二〇一五年中国淮阴屈原暨楚辞学国际学术研讨会论文

中国楚辞学

第二十五辑

中国屈原学会 编

主办 北京市哲学社会科学北京语言大学首都国际文化研究基地

协办
江苏高校哲学社会科学重点研究基地南通大学楚辞研究中心
江苏春雨教育集团有限公司
北京艺术传媒职业学院

学苑出版社

图书在版编目（CIP）数据

中国楚辞学．第二十五辑/中国屈原学会编．—北京：学苑出版社，2019.6

ISBN 978-7-5077-5727-9

Ⅰ.①中… Ⅱ.①中… Ⅲ.①楚辞研究-中国-丛刊 Ⅳ.①I207.223-55

中国版本图书馆 CIP 数据核字（2019）第 118350 号

责任编辑：	战葆红　李蕊沁
出版发行：	学苑出版社
社　　址：	北京市丰台区南方庄2号院1号楼
邮政编码：	100079
网　　址：	www.book001.com
电子信箱：	xueyuanpress@163.com
联系电话：	010-67601101（营销部）　67603091（总编室）
经　　销：	新华书店
印　刷　厂：	保定市彩虹艺雅印刷有限公司
开本尺寸：	787×1092　1/16
印　　张：	32.25
字　　数：	632 千字
版　　次：	2019 年 7 月北京第 1 版
印　　次：	2019 年 7 月北京第 1 次印刷
定　　价：	120.00 元

编 委 会

顾　问　谭家健　陈怡良（中国台湾）　李炳海　崔富章　毛　庆　赵逵夫
　　　　　蒋南华　潘啸龙　章必功　殷光熹　张崇琛　詹福瑞

主　编　方　铭　周建忠　张　强

编　委　（按姓氏笔画顺序排列）
　　　　　力　之　大野圭介[日本]　王德华　邓国光（中国澳门）　叶子衡
　　　　　白　马[德国]　朴永焕[韩国]　朱闻宇　刘　刚　刘生良
　　　　　刘毓庆　汤漳平　严　军　李金善　李　诚　李洲良　杨生虎
　　　　　杨　波　吴万钟[韩国]　吴广平　何新文　谷口洋[日本]
　　　　　张宏洪　陈书良　陈　亮　林家骊　林登顺（中国台湾）　罗　漫
　　　　　金荣权　周秉高　屈学民　赵敏俐　钟兴永　姚小鸥　徐志啸
　　　　　徐文武　凌智民　郭　杰　郭　丹　郭建勋　黄震云　黄崇浩
　　　　　黄耀坤（中国香港）　黄凤显　黄灵庚　钱　征　彭千红　程本兴
　　　　　傅利民　鲁瑞菁（中国台湾）　谢　君　詹航伦[马来西亚]　蔡靖泉
　　　　　廖　群　谭家斌

编辑部　谢　君　朱闻宇　王孝强　冯　莉　张　鹤　李　敏　蔡柯欣
　　　　　伊雯君　赵　妍

目 录

屈原作品研究

《橘颂》写作年代新探 ······ 周秉高（1）
《天问》文体与屈原"呵壁"说再检讨 ······ 姚小鸥 孟祥笑（8）
屈原《九歌》的礼乐属性和韶舞 ······ 黄震云（15）
屈辞中的古史传说与先秦"说体"互证 ······ 廖 群（31）
《怀沙》题义探析与屈原绝命辞辩 ······ 谢 君（45）
《楚辞·九章》中的"节士喻"及其文学渊源与价值 ······ 许富宏（52）
《九歌·少司命》创作旨归刍议 ······ 夏 云（63）
《九歌》与巫风 ······ 李嘉诚（69）
《天问》创作时地研究综论 ······ 孟祥笑（77）
《离骚》"女嬃"寓意新辨 ······ 韩国良（87）
论《离骚》中的"灵均"与"灵氛" ······ 刘 盼（95）

屈原经历与思想研究

屈原放逐考 ······ 周秉高（102）
屈原新考四题 ······ 郑志强（108）
屈原"放逐"与"流放"考辨 ······ 王 强（124）
屈原放逐次数、时间及地点研究 ······ 蒋 双（132）
屈原为何不愿离开楚国 ······ 张 艳（140）
屈原投汨罗辩
——与凌智民先生商榷 ······ 刘石林（150）
屈辞中时间意识的多维性及其意涵与渊源 ······ 李世萍（157）

屈赋文学影响研究

楚辞"重著"言说方式的文学史意义 ······ 熊良智（165）
诗歌中的"面具"美学
——从屈原"香草美人"之"引类譬喻"模式说起 ······ 殷晓燕 万 平（193）
从端午诗篇看杜甫对屈赋的继承和发展 ······ 张思齐（201）

屈骚传统的多角度解读
　　——南宋中期骚体创作新貌探析 ································ 刘　培(228)
悲情与幽韵,千载遥相通
　　——屈原、戴望舒诗歌类同性探究 ················ 刘挺颂　胡凤娇(249)
从思妇形象分析战国与汉末婚恋观的异同
　　——以《楚辞·九歌》和《古诗十九首》为核心 ············· 吴慧鋆(264)

屈原思想及精神影响研究

论屈原对黄宗羲的影响
　　——屈原精神与浙东文化传统研究之四 ······················ 张宏洪(273)
从屈原抒愤传统看文学的自我疗愈 ································ 何慧俐(284)
简论柳宗元对屈骚精神的传承 ···················· 翟满桂　蔡自新(293)
黄道周骚体赋创作原因初探 ······································· 陈良武(303)
陈洪绶的遗民情结与屈骚情怀 ···································· 刘树胜(314)
浅论屈原形象的神化与仙化 ······································· 林彬晖(344)

宋玉研究

宋玉赋几种物类事象及其生成源头 ······························· 李炳海(351)
宋玉赋"衡山"地望田野调查与研究 ············ 刘　刚　吴龙宪　蒋梦婷(372)
近百年中国文学史宋玉书写概观
　　——从与屈原书写比较的角度考察 ··························· 何新文(399)
宋玉赋与倡优话语体系及赋的创始 ······························· 赵　辉(410)
宋玉的文士主体性内涵论析 ······································· 陈咏红(422)
宋玉的"色""义"焦虑及其文学创作 ··························· 杨　允(427)
试析宋玉《九辩》的忠君思想 ···································· 王　芳(439)

楚辞与民俗及地方文化研究

《易经》筮法与屈赋占卜 ·· 黄灵庚(445)
端午为屈原的节俗演变与文化意义 ······························· 蔡靖泉(458)
试论闽南文化与楚文化之关系 ···································· 汤漳平(477)
楚辞植物占卜研究 ·· 孙秀华(487)
南阳屈原传说主题概说 ·· 唐旭东(497)

屈原作品研究

《橘颂》写作年代新探

《职大学报》编辑部　周秉高

【摘　要】　在先秦时代，"士之子恒为士冠礼"，且"冠礼"十分隆重；如果正月名"陬"，二月即名"橘"。"士冠礼"上激动人心的氛围，再加二月名"橘"的诱因，当可触发屈原对橘树的"白热化"的"幻想和感情"。据此可推断，《橘颂》当写于屈原二十岁时的二月间。从史料价值说，《橘颂》一诗也许恰好填补了屈原生平资料的一个空白。

【关键词】　《橘颂》　屈原　冠礼　二月　名"橘"

《橘颂》的写作年代是楚辞研究史上的又一个难题。王逸《章句》认为《橘颂》乃"屈原自喻才德如橘树"，而在谈及屈原写作《橘颂》的年龄时，前云"言己……年且衰老"，后云"言己幼少"，[①]相互矛盾，莫衷一是。朱熹《楚辞集注》对此问题基本上是避而不谈，尽管他将"幼志"释为"自幼而已有此志"，将"年岁虽少"释为"言其本性自少而然"[②]，两个"自"字，使此二词的解释明显异乎他人，似乎别有含意，但也只是闪烁其词，不敢断言。

宋代以后，人们开始研究这个问题，提出几种不同的说法。大体上有两类，一类认为是屈原仕途坎坷后所作，主要人物有王夫之[③]、蒋骥[④]、林云铭[⑤]和汤炳正[⑥]等；另

---

①　洪兴祖：《楚辞补注》，北京：中华书局，1983年版。
②　朱熹：《楚辞集注》，上海：上海古籍出版社，1979年版。
③　王夫之：《楚辞通释》，清同治四年船山遗书本。（王夫之在《九章》序中云："屈原放于江南之野，思君念国，忧心罔极，故复作《九章》……《九章》之作在顷襄时，其说是也。"）
④　蒋骥：《山带阁注楚辞》，上海：上海古籍出版社，1984年版。（蒋骥在《橘颂》篇末叙云："作文之时不可考，然玩卒章之语，愀然有不终永年之意焉，殆亦近死之音矣。"）
⑤　林云铭：《楚辞灯》，保定：河北大学出版社，2012年版。（林云铭在《橘颂》篇末叙云："在原当日，见国事不可为，而又有宗国无可去之义，故把橘之不能逾淮做题目，不觉滔滔汩汩，写过又写。"）
⑥　汤炳正：《屈赋新探》，济南：齐鲁书社，1984年版。（汤炳正反驳郭沫若等人的观点，并云：《橘颂》"决不会是早期怀王信任时的作品，而应当是顷襄王初年令尹子兰、上官大夫交进谗言时的作品。"）

一类认为是屈原早期作品,并非放逐之后所作,持这种看法的人较多,主要人物有汪瑗①、陈本礼②、郭沫若③、林庚④、姜亮夫⑤、谭介甫⑥、马茂元⑦、聂石樵⑧、胡念贻⑨、褚斌杰⑩、周建忠⑪等。这些不同说法之间,互相驳斥,但由于都是证据不足,很难定于一尊。现代楚辞学大家游国恩先生对此颇感头疼,其《屈原作品介绍》中讲到《橘颂》时云:"这篇短短的咏物诗也很可能是再放时所作。"此处"很可能"三个字表示游先生对这种说法仅是勉强认可而已。而此句后他又用括号加了一句:"有人据篇中'嗟尔幼志'及'年岁虽少'之文,定为屈原早年的作品。"⑫这表明他对"早年说"也并非完全排斥故而录以备考。以上两段话证明,游国恩先生对此难题也感到无法解决,所以只能模棱两可,不作定论。

看来,仅从文本一个角度来探讨《橘颂》的写作年代,已经是很难取得共识了,

---

① 汪瑗:《楚辞集解》,北京:北京古籍出版社,1994年版。(汪瑗云:"此篇乃平日所作,未必放逐之后之所作也。")

② 陈本礼:《屈辞精义》,清嘉庆十七年刻本。(陈本礼云:"其曰'嗟尔幼志',明明自道,盖早年童冠时作也。")

③ 郭沫若:《屈原研究》,北京:新文艺出版社,1953年版。(郭沫若云:"据我看来,《橘颂》作得最早,本是一种比兴……这里找不出任何悲愤的情绪,而大体上是遵守着四字句的古调。其余的八篇气象和格调都迥然不同。")

④ 林庚:《诗人屈原及其作品研究》,上海:上海古籍出版社,1981年版。(林庚云:"《橘颂》因此更使人相信其为少年时期的作品。")

⑤ 姜亮夫:《楚辞学论文集》,上海:上海古籍出版社,1984年版,第56页。(姜亮夫云:"楚怀王十年壬寅二十五岁屈子为王左徒,当在此年,王甚任之,作《橘颂》。《橘颂》作于此时,依友人陆侃如。")

⑥ 谭介甫:《屈赋新编》,北京:中华书局,1978年版。(谭介甫谈到《橘颂》时写道:"这是他的早年作品,除后章'嗟尔幼志'和'乱辞'的'年岁虽少'两句已明白表示外,再就思想内容看,全篇没有露出一点忧伤愤懑的情绪,必是早作无疑。")

⑦ 马茂元:《楚辞选》,北京:人民文学出版社,1958年版。(马茂元云:《橘颂》"基本上是四言,句法少变化,当是屈原在文学生活中创造性还没有发挥出来少年时期的作品"。)

⑧ 聂石樵:《屈原论稿》,北京:人民文学出版社,1982年版。(聂石樵在列举陈本礼等人的观点后写道:"他们都认为《橘颂》是屈原早年所作,这个意见是合理的。")

⑨ 胡念贻:《先秦文学论集》,北京:中国社会科学出版社,1981年版。(胡念贻云:"关于《橘颂》的写作年代,说法很多,综合起来,可分两说,一说以为作于屈原早年,一说以为晚年之作……两种说法中,以早期说为较可靠。《橘颂》在判明写作年代上有困难,因为它没有写到作者具体的生活经历。但唯其如此,我们可以推测它产生较早。如果是晚期作品,诗人的愁苦之音,抑郁之语,总不免要渗透到作品里去。这在《橘颂》里找不出来的。")

⑩ 褚斌杰:《楚辞选评》,西安:三秦出版社,2004年版。(褚斌杰先生云:"按《橘颂》一诗作于诗人的青少年时代,是现存屈原作品中最早的一篇,同时也是一篇重要的明志之作。")

⑪ 周建忠:《楚辞讲演录》,桂林:广西师范大学出版社,2007年版,第479页。(建忠先生云:"此诗是屈原的早年之作,是屈原登上政治舞台的第一次人格'亮相'。")

⑫ 游国恩:《游国恩学术论文集》,北京:中华书局,1989年版。

我们应该以文本为根基，联系时代背景和风俗习惯作综合研究。

马茂元先生曾言：《橘颂》"由于作品本身没有正面透露出写作时代的消息，因而也就很难得出确切不移的结论"。① 而在我们看来，《橘颂》这个题目就似乎曲折地透露出了关于写作年代的若干信息。

先说"颂"。《诗·大序》曰："颂者，美盛德之形容"。② 王逸在为《橘颂》作注最后总结曰："美橘之有是德，故曰颂。"③ 因此除了个别学者居然能从这篇美橘之诗中体会出"沉痛誓言"和"悲愤""情思"④ 外，恐怕极大多数读者只能从中感受到热烈的赞美之情。那么，屈原是在什么情况下爆发出这种强烈的赞美之情的？

再说"橘"。天下植物众多，屈原为什么偏偏要专门来颂橘？

顺着这两个问题去探讨，庶几可以揭示出关于《橘颂》写作年代的若干信息。

先探讨第一个问题。英国19世纪著名的文艺批评家威廉·赫士列特在《泛论诗歌》一文中强调："诗歌是幻想和感情的白热化。"⑤ 这种"白热化"的"幻想和感情"从何而来？刘勰《文心雕龙·明诗》有云："人禀七情，应物斯感；感物吟志，莫非自然。"⑥ "物"者，客观事物也，客观环境也。钟嵘《诗品·总论》列举"楚臣去境，汉妾辞宫"等种种事件之后亦云："凡斯种种，感荡心灵，非陈诗何以展其义？非长歌何以骋其情？"⑦ 那么，屈原是在什么环境中或者是在遇到什么人生重大事件时才激发起对橘子的"白热化"的"幻想和感情"，并加以热烈的赞美，且借此来表白自己的坚定志向的呢？是"洞房花烛"夜？是"金榜题名"时？还是……"金榜题名"是后世之事，当与《橘颂》的写作动机关系不大；"洞房花烛"是要繁衍子嗣，传宗接代，与"独立不迁""秉德无私"等无涉。众所周知，在古人的人生道路上，除"洞房花烛""金榜题名"外，还有一个十分重大的事情，那就是"加冠之礼"。记载先秦礼数的著名典籍《仪礼》将"士冠礼"列为全书之首，其次才是"士婚礼"（"洞房花烛"）等。另外，《橘颂》内容是"美橘之有是德"，形式上则基本是四字句式，且变化不大，显得比较古朴。我们发现，这些特点同《仪礼·士冠礼》中所载祝词有相仿之处。如

---

① 马茂元：《楚辞选》，北京：人民文学出版社，1958年版，第168页。
② 阮元等：《十三经注疏·毛诗正义》，北京：中华书局，1980年版，第272页。
③ 洪兴祖：《楚辞补注》，北京：中华书局，1983年版。
④ 汤炳正：《屈赋新探》，济南：齐鲁书社，1984年版。（汤炳正云："《橘颂》里的'受命不迁'则显然是被'迁'前矢志式的沉痛誓言。像郭沫若同志所说'找不出任何悲愤的情绪'，或像詹安泰同志所说'没有表露出一些悲郁愤恨的情思'，都是不符合事实的。"）
⑤ 赫士列特著、袁可嘉译：《泛论诗歌》，《古典文艺理论译丛》第1册，北京：知识产权出版社，2010年版，第61页。
⑥ 刘勰著、黄叔琳等注：《文心雕龙校注》，上海：中华书局，1961年版。
⑦ 陈延杰：《诗品注》，北京：人民文学出版社，1961年版。

《士冠礼》中祝词有云：

> 令月吉日，始加元服。
> 弃尔幼志，顺尔成德。
> 寿考惟祺，介尔景福。
>
> 吉月令辰，乃申尔服。
> 敬尔威仪，淑慎尔德。
> 眉寿万年，永受胡服。①
> ……

这些祝词的思想内容和艺术水准当然不能同《橘颂》相提并论，仿佛一为巍巍高山，一为一抔黄土，但我们可以从这篇文献切入，做进一步探索。湖北楚辞学者黄崇浩先生在其《屈子阳秋》一书中已将《橘颂》与"冠礼"联系在一起，可谓灼见，但他认为《橘颂》是屈原为他父亲"代拟"的"给他加冠而读的《冠词》或曰《冠辞》"，这个说法则是不可信的。②

古人重礼，尤重冠礼。《礼记》有云："冠者，礼之始也，是故古者圣王重冠。古者冠礼，筮日筮宾，所以敬冠事。敬冠事，所以重礼。重礼，所以为国本也。"先秦时代，"士之子恒为士冠礼。""其大夫始仕者二十，已冠讫。"③ 据《士冠礼》记载，冠礼十分隆重，前期准备就需三日，首先由筮人在家庙门前占卜确定吉日；举礼之日，父母、兄弟、僚友及筮赞一众人等都衣着整齐，庄重肃穆，礼仪周全，几近烦琐（详

---

① 阮元等：《十三经注疏·仪礼注疏》，北京：中华书局，1980年版。
② 黄崇浩：《屈子阳秋》，武汉：湖北人民出版社，2003年版，第165—166页。（黄崇浩云："以愚意度之，《橘颂》乃是屈原及冠时父亲给他加冠而读的《冠词》或曰《冠辞》……《橘颂》既为'冠词'，然则何人作也？其可能性有三：贵宾所作；父亲所作；屈原代拟。我认为'屈原代拟'的可能性最大。"周按：黄氏观点不可信，理由是，一、"士冠礼"中的"祝词"等均云"弃尔幼志"，即对"幼志"取否定、轻视甚至鄙弃的态度，而《橘颂》则云"嗟尔幼志"，则是对"幼志"取肯定、重视甚至赞美的态度，二者正好背反，怎能是"父亲"给屈原的"冠词"？二、"士冠礼"上，父辈要求儿辈放弃"幼志"，然后"顺尔成德"，"淑慎尔德"，"以成厥德"，以"承天之休"，"承天之祜"，"承天之庆"；而《橘颂》则要继承"幼志"，宏扬"独立不迁"，"深固难徙"，"苏世独立"，"闭心自慎"和"秉德无私"的精神，这二者又完全背反。三、"士冠礼"上的"祝词"等乃程式化的套语，如一个模子里套出来的。试将《仪礼·士冠礼》中的"祝辞""醴辞""醮辞"或"字辞"等与《孔子家语·冠颂》及后来汉昭帝、南齐南郡王萧昭业等人的"冠词"相对照便可一目了然，因此也根本用不着"重拟"或"代拟"。而《橘颂》则是全新的思想，全新的形式，怎能由屈原"代拟"之后让其父亲在庄重的"士冠礼"宣读？总之，黄氏的观点是不能成立的。）
③ 同上。

见《仪礼·士冠礼》①)。既然"士之子恒为士冠礼",屈原当然也不会例外。对于青年屈原来说,"冠礼"是一件人生大事,其后便可由童子变为成人,进而步入仕途,实现自己的理想、抱负,因此,印象必然深刻,情绪肯定激动。特别是士冠礼正式举行前(即三天准备期间)有酒宴:"冠者(按,指冠礼主角)升筵坐,左执爵,右祭脯醢,祭酒,兴……"②此类记述说明,举行冠礼酒宴时,青年屈原俨然成为中心,要不断向父母、师长敬酒,同时也要接受他人贺酒,其盛况可想而知。尤其酒宴进行过程中必然会有的师长及亲友们的诸多勉励之语,当更能振奋人心,激发起即将步入仕途的青年屈子的远大抱负和高尚情操。古代文人雅士有个习惯——"开琼宴以坐花,飞羽觞而醉月,不有佳咏,何伸雅怀?"③酒酣之后的青年屈原此时怎能不诗兴大发?

另外,把《橘颂》中的"嗟尔幼志"与《士冠礼》中的"弃尔幼志"联系到一起,似乎可以发现,青年屈子酒酣"吟志",不仅是文人雅士的习惯,而且还是"士冠礼"中的一个"仪程"——在酒酣之际,长辈们总会鼓励刚刚步入成年的"冠主"借酒酣吟志,借此了解这个晚辈的思想,然后在冠礼正式进行那个庄重肃穆的时刻加以引导。屈原《橘颂》所赞叹的"独立不迁""苏世独立"等思想在长辈们心目中自然是"幼稚可笑"的,所以在正式举行冠礼的"祝词"中劈头就说"弃尔幼志,顺而成德"。总之,《橘颂》中的"嗟尔幼志"与《士冠礼》中的"弃尔幼志"决不仅仅是词语上的巧合,而是存在着内在的必然的联系。

那么,他感何"物"以"吟志"呢?

再探讨第二个问题。楚地植物众多,屈赋中所载芳草嘉木,据宋人吴仁杰《离骚草木疏》汇综,有44种之多。其中出现次数较多的芳草有:兰、蕙、荷、芷、菊等;出现次数较多的嘉木有:桂、椒、辛夷、木兰等。列表④如下:

植物名		出现次数	所在篇名
芳草	兰	29次	离骚、东皇太一、云中君、湘君、湘夫人、少司命、山鬼
	蕙	14次	离骚、湘君、湘夫人、少司命
	荷	9次	离骚、湘夫人、少司命、河伯、招魂
	芷	5次	离骚、湘夫人、招魂
	菊	3次	离骚、礼魂、惜诵

---

① 黄崇浩:《屈子阳秋》,武汉:湖北人民出版社,2003年版,第165—166页。(同上页注释②)
② 同上。
③ 李白:《李太白全集》,北京:中华书局,1977年版,第1292页。
④ 参阅周秉高:《新编楚辞索引》,呼和浩特:内蒙古大学出版社,1999年版。

续　表

植物名		出现次数	所在篇名
嘉木	桂	11次	离骚、东皇太一、湘君、湘夫人、大司命、东君、山鬼、远游、招魂
	椒	10次	离骚、东皇太一、湘夫人、惜诵、悲回风
	辛夷	3次	湘夫人、山鬼、涉江
	木兰	3次	离骚、惜诵

上述芳草嘉木都出现在众所公认为屈原被逐后的作品之中。在屈原的其他作品中都没有出现过"橘"字，这就产生了一个令人深思的问题——屈子为何不专门写"兰颂""菊颂"或"桂颂""柏颂"等等，而偏要专门写《橘颂》呢？要想搞清这个问题，除要了解"士冠礼"等历史知识外，还必须了解先秦的一些天文知识和风俗习惯。

《离骚》有云："摄提贞于孟陬兮，惟庚寅吾以降。"王逸注曰："正月为陬。"① 这说明，屈原生日在正月，月名为"陬"。在这种干支纪月之法，颇为复杂多变，即使在春秋战国时代也仅仅为少数掌握天文知识的人所独用。《离骚》此句证明，屈原正是这样的人。古人"冠必筮日"，即举行冠礼时必须通过占卜，选择吉日良辰，但月份却不必另行卜占，因为这有固定的月份，《夏小正》载曰："冠子娶妇之时"定在二月②。又，《尔雅·释天》记载"月名"时有云："月在甲曰毕，在乙曰橘"。宋人邢昺疏曰："设若正月得甲则曰毕、陬，二月得乙曰橘、如"③。据此推算，屈原二十岁时，恰好仍是正月在甲，曰"陬"；二月在乙，曰"橘"。《离骚》已明言斯年正月名"陬"，自然表明屈原也会知晓此年二月名"橘"。

司马迁《史记·货殖列传》载曰，"安邑千树枣，燕、秦千树栗，蜀、汉、江陵千树橘"④。《汉书·地理志》曰，"江陵，故楚郢都"⑤。这两则文献证明，橘是郢都地区的特产。某些学者根据诗中"南国"二字就认为此篇作于屈原放逐南行途中见橘之后⑥的说法显然是不能成立的。屈原自幼生长在橘树的盛产地，所以当然十分了解橘子的各种特性。那么，他又为什么要极其热情地歌颂橘树呢？

黑格尔讲到"灵感"时有段名言："作为一个天生的具有才能的人，他与一种碰到

---

① 洪兴祖：《楚辞补注》，北京：中华书局，1983年版。
② 徐世溥：《夏小正解》，《钦定四库全书·经部·夏小正卷》，吉林：吉林出版集团，2005年版。
③ 阮元等：《十三经注疏·尔雅注疏》，北京：中华书局，1980年版。
④ 司马迁：《史记·货殖列传》，北京：中华书局，1882年版，第3276页。
⑤ 班固：《汉书·地理志》，北京：中华书局，1962年版，第1566页。
⑥ 游国恩：《游国恩学术论文集》，北京：中华书局，1989年版。(游先生云："《橘颂》写作的时代表面上是看不出的。从'生南国兮'一语看来，似乎这橘树就是屈原在江南途中所见。")

现存的材料发生了关系，通过一种外缘，一个事件……他自觉有一种要求，要把这种材料表现出来，并且因此也表现他自己。"①屈原在正月刚刚过完20岁生日，二月又举行成人冠礼。加冠之日，可以想见其精神振奋，情绪昂扬。告别童年，即将踏上仕途，在此重大转折之点，任何人都会考虑，未来的人生道路究竟应该怎样走。屈原独立不群的思想在此也表现了出来。常规的冠礼"祝辞""醴辞"等要求"冠者""弃尔幼志"，从而"顺而成德"，"淑慎尔德"，"以成厥德"以"承天之休"，"承天之祜"，"承天之庆"，但屈原恰恰相反，他看中了橘树"独立不迁"，"深固难徙"，"苏世独立"，"闭心自慎"和"秉德无私"等与传统道德不同的"幼志"。正是这种"自幼而已有"的思想，奠定了屈原后来一生"举世皆浊我独清，众人皆醉我独醒"的道路。酒后性起，诗兴大发，恰巧又逢橘月，必然会激发起屈原对橘子的强烈的"幻想和感情"，从而模仿冠礼仪式中之祝词而作《橘颂》以自励，这该是"莫非自然"之事，也当是《橘颂》的写作动机。《橘颂》，既是屈原人格的自我写照，也是他初入仕途的宣言书。

总之，将《离骚》之"陬"、《橘颂》之"橘"、《橘颂》中的"嗟尔幼志"、《士冠礼》中的"弃尔幼志"等，与先秦纪月之法及《士冠礼》筮日卜月等信息联系到一起考察，人们不难看出其中内在的必然的联系，也因此，可以探索出《橘颂》写作的大致背景。从史料价值说，《橘颂》一诗也许恰好填补了屈原生平资料的一个空白。

结　论

"士冠礼"上激动人心的氛围，再加二月名"橘"的诱因，当可触发屈原对橘树的"白热化"的"幻想和感情"。据此可推断，《橘颂》当写于屈原二十岁时的二月间。②

---

① 黑格尔：《美学》，北京：人民文学出版社，1959年版，第355页。
② 关于屈原的出生之年，学术界有多种说法。如果根据清人陈玚推算，屈原出生在楚宣王二十七年（公元前343年），那么就可以判定《橘颂》当写于屈原二十岁时（公元前323年），即楚怀王五年二月。

《天问》文体与屈原"呵壁"说再检讨

中国传媒大学　姚小鸥　孟祥笑

【摘　要】　王逸《〈天问章句〉序》提出屈原"呵壁"而作《天问》。这是研究《天问》创作问题的起点。历代学者对此说持续进行讨论,到目前为止,仍有诸多疑问尚未解决。从《天问》的文体辨析出发,对"呵壁"说重新审视,可知王逸所言虽有合理之处,但与《天问》的创作过程并不完全契合。

【关键词】　《天问》　"呵壁"说　文体

王逸《〈天问章句〉序》提出,屈原于放流中见先王之庙及公卿祠堂壁画而作《天问》。相关论述如下:

> 屈原放逐,忧心愁悴。彷徨山泽,经历陵陆。嗟号昊旻,仰天叹息。见楚有先王之庙及公卿祠堂,图画天地山川神灵,琦玮僪佹,及古贤圣怪物行事。周流罢倦,休息其下,仰见图画,因书其壁,何(呵)而问之,以泄愤懑,舒泻愁思。楚人哀惜屈原,因共论述,故其文义不次序云尔。①

上引文"仰见图画,因书其壁,何(呵)而问之",言及《天问》的创作过程,此即"呵壁"说之由来。② 唐宋诸儒所论承此,明代始有异议,至今争而未决,成为屈骚研究史上的重要学案。

"呵壁"说首先涉及"先王之庙及公卿祠堂"与其中的壁画问题。在关于《天问》创作缘起的讨论中,人们的关注点最早集中在这里。

古代制度,宗庙建于都中。③ 文献记载和考古发现表明,楚国都城先后有多处。据

---

①　洪兴祖撰、白化文等点校:《楚辞补注》,北京:中华书局,1983年版,第85页。

②　高秋凤:《〈天问〉研究》,收入《古典诗歌研究汇刊》第四辑,台北:花木兰文化出版社,2008年版,第42页。

③　《左传·庄公二十八年》:"凡邑,有宗庙先君之主曰都。"《春秋左传正义》,阮元刻《十三经注疏》,北京:中华书局,1980年版,第1782页。

《清华大学藏战国竹简·楚居》篇的记载，楚都称"郢"者，先后有十几处之多。① 这为屈原放流中可能到过多处楚王都提供了依据。② 关于"公卿祠堂"，王逸说，《天问》中"白蜺婴茀，胡为此堂"，"盖屈原所见祠堂也"。③ 孙作云虽然赞成《天问》创作缘起于壁画，但否认这一问题涉及"公卿祠堂"。④ 有学者根据考古材料包括楚墓建筑遗存指出："商、西周时期的人们已在墓上建筑了封土，并设立了用于祭祀先祖的'享堂'。"⑤ 这说明先秦时期确实有与"公卿祠堂"性质相类的建筑。

"先王之庙及公卿祠堂"多有壁画。《吕氏春秋·谕大》篇说："《商书》曰：'五世之庙，可以观怪。'"⑥ 王逸之子王延寿《鲁灵光殿赋》系据汉鲁恭王灵光殿壁画而作，赋作的内容与《天问》所述颇有相似之处。⑦ 由汉代发达的壁画艺术与出土楚地帛画等美术实物可知，《天问》所描写的天地开辟、人类降生、忠臣孝子、贤愚成败等神话故事以及历史人物、历史事件，是包括壁画在内的古代图画经常表现的内容。

"先王之庙与公卿祠堂"确有壁画，屈原也确实见到过这些壁画，是否就可以判定《天问》系叩壁而问的题画诗呢？事情并不那么简单。首先，篇中的某些抽象内容，如"皇天集命，惟何戒之"等，很难见诸图画。而且正如质疑者所言，《天问》所述内容极为丰富，任何一座建筑的壁画难以将其一一呈现。⑧

那么，壁画与《天问》创作契机的关系究竟如何呢？学术史上讨论《天问》的创作时，学者们已经考虑到了屈原的个人修养和知识储备。⑨ 各种资料显示，屈原是一位博学多才的哲人。《史记·屈原列传》说他"博闻强志"。明末觉浪道盛的《三子会宗

---

① 清华大学出土文献研究与保护中心编、李学勤主编：《清华大学藏战国竹简（壹）》，上海：中西书局，2010年版，第180—182页。
② 关于屈原在放流中可能到过的楚国都城，前人曾多有讨论。孙作云认为，屈原所见先王之庙在楚昭王十二年所迁都都。孙作云：《天问研究》，中华书局，1989年版，第52页。林庚、路百占持论与之相类。林庚：《天问论笺》，人民文学出版社，1983年版，第1页。路百占：《〈天问〉发微》，《许昌师专学报》（社会科学版）1989年第2期。陈子展说楚国有三处旧都。陈子展：《〈天问〉解题》，《复旦学报》（社会科学版）1980年第5期。徐英认为在怀王之前先后有四处楚都。徐英：《楚辞札记》，南京：钟山书局，1935年版，第85—87页。
③ 洪兴祖撰、白化文等点校：《楚辞补注》，北京：中华书局，1983年版，第101页。
④ 孙作云：《天问研究》，北京：中华书局，1989年版，第54页。
⑤ 王从礼：《楚墓建筑研究》，武汉：湖北人民出版社，2006年版，第462页。
⑥ 许维遹撰、梁运华整理：《吕氏春秋集释》，北京：中华书局，2009年版，第304页。
⑦ 参见徐英：《楚辞札记》，南京：钟山书局，1935年版，第85页。
⑧ 参见黄文焕：《楚辞听直》，上海：上海古籍出版社，影印明崇祯十六年刻清顺治十四年增修本，第678页。
⑨ 参见潘啸龙：《〈天问〉的渊源与艺术》，《中国社会科学》1988年第6期。

论》将屈子与孟子、庄子相提并论，俱视为战国时代精神的代表。① 从其全部作品来看，屈原对楚地的神话传说和历史掌故都非常熟悉。所以，《天问》中的许多内容本不待其偶遇壁画而获知。见壁画而呵问云云，只能说是屈原创作《天问》动机的获得而已。②

更为重要的是，《天问》形式上的特点与"呵壁"说颇相参差。任何事物皆须依托其形式而存在，事物的形式又由其内在与外显两个方面组成。自其内部观之，则如王夫之《楚辞通释》所言，《天问》"篇内事虽杂举，而自天地山川，次及人事，追述往古，终之以楚先，未尝无次序存焉。固原自所合缀以成章者。逸谓书壁而问，非其实矣"。③《楚辞通释》的上述分析，深刻地揭示出了《〈天问章句〉序》所言"楚人哀惜屈原，因共论述，故其文义不次序云尔"，与《天问》文章本身存在的矛盾。

《楚辞通释》对《天问》内在文理的分析，及其与"呵壁"说矛盾之处的论述虽颇为精当，但在《楚辞》学史上却未成定论。一个重要的原因是，王氏此说缺乏对《天问》外显形式的分析。《天问》的文体综合反映了屈原作品外在形式与内在文理不可分割的联系。这一点，正是破解《天问》创作之谜的枢机。我们曾经指出，《天问》是史诗式的哲理诗。④ 文体性质决定它的创作必然经过一个复杂的心理过程，这一过程远非"呵壁"说所能涵盖。

回顾学术史，关于《天问》的文体，先后有"四言诗""哲理诗""史诗""咏史诗""抒情诗"诸说。这些说法分别照顾到了《天问》形式和内容的某些方面，但说者拘泥于诗篇之个别要素，皆未能参透《天问》内容、形式与其创作过程之间的密切关联。故难以对"呵壁"说进行周严的解释。"史诗式的哲理诗"说，汲取了以上各种观点的合理之处，使《天问》的本质特征得以显现。沿波讨源，可由此窥得《天问》创作之奥窔。

"史诗式的哲理诗"含有两个关键词，即"史诗"与"哲理诗"。就形式而言，《天问》首先为史诗之属，此即"史诗式"之由来。下面就此逐一进行讨论。

首先谈《天问》的句式。学者早就注意到，《天问》的四言句式在屈骚中具有独特性，"四言诗"说即由此产生。⑤ 按照王逸《〈天问章句〉序》所言，《天问》类乎

---

① 杨雪：《重估中国古代文明的高度——李学勤先生谈清华简的学术意义及对于历史文化再认识的作用》，《人民政协报》，2013年5月20日。
② 参见毛庆：《析史解难：〈天问〉错简整理史的反思》，《湖北大学学报》（哲学社会科学版）2001年第5期。
③ 王夫之：《楚辞通释》，上海：上海人民出版社，1975年版，第46页。
④ 姚小鸥：《〈天问〉意旨、文体与诗学精神探原》，《文艺研究》2004年第3期。
⑤ 王世贞说"《天问》虽属《离骚》，自是四言之韵"。王世贞著，罗仲鼎校注：《艺苑卮言校注》，济南：齐鲁书社，1992年版，第68页。

"题赞诗"。古代的题赞诗大多为四言体。宋代王回《古列女传序》曾总结说:"各颂其义,图其状总为卒篇。传如太史公记,颂如诗之四言,而图为屏风。"① 孙作云先生继此分析说:"《天问》是根据壁画,或基本上根据壁画而作的,壁画上有人像,像旁有像赞,而像赞是四言诗,所以《天问》也采用了四言诗的形式。"②

前人讨论《天问》与图赞诗四言句式的关联时,多依据汉代文献材料。事实上,《天问》的四言句式有更早的来源,它与我国古代图文结合的史诗传统关系密切。③《文心雕龙·辨骚》篇指出,《楚辞》之作深受《诗经》影响。④《诗经·大雅》中的《大明》《绵》《皇矣》《公刘》《生民》诸篇,一般被认为是周族史诗。⑤ 有学者认为,上述周族史诗为"宗庙壁图上祖先人物及其业绩的述赞之辞"。⑥《清华大学藏战国竹简·周公之琴舞》等出土文献的发现,说明战国时期《诗经》及其他《诗经》类文献在楚地曾十分流行。这使得《天问》四言形式与《诗经》以来史诗传统的关联,得到文献学方面的进一步证明。

文学作品的形式在相当程度上反映了作者素养的文化背景和历史渊源。《天问》对传统文学样式的继承和发展,与屈原早年接受的教育有关。楚国贵族教育的内容与中原诸国相类。《国语·楚语》载申叔时谈论贵族教育时说:

> 教之《春秋》,而为之耸善而抑恶焉,以戒劝其心;教之《世》,而为之昭明德而废幽昏焉,以休惧其动;教之《诗》,而为之导广显德,以耀明其志;教之《礼》,使知上下之则,教之《乐》,以疏其秽而镇其浮;教之《令》,使访物官;教之《语》,使明其德,而知先王之务用明德于民也;教之《故志》,使知废兴者而戒惧焉;教之《训典》,使知族类,行比义焉。⑦

由《楚语》可知,楚地贵族教育的内容涉及周代礼乐文化的各个方面。其中,"诗"与"史"占据重要地位。在屈原的早期学习经历中,必然接触到各种经典文献样

---

① 永瑢等:《四库全书总目》,北京:中华书局,1965年版,第517页。
② 孙作云:《天问研究》,北京:中华书局,1989年版,第36页。
③ 参见吴成国、彭忠德:《屈原〈天问〉的史学价值论析》,《文艺研究》2012年第11期。
④ 刘勰:《文心雕龙》,北京:中华书局,1985年版,第7页。
⑤ 傅道彬认为,曾在楚地流传的《诗经》中之《大武》亦具有史诗的性质。傅道彬:《诗可以观——礼乐文化与周代诗学精神》,北京:中华书局,2010年版,第71—72页。
⑥ 李山:《〈诗·大雅〉若干诗篇图赞说及由此发现的〈雅〉〈颂〉间部分对应》,《文学遗产》2000年第4期。
⑦ 徐元诰撰、王树民、沈长云点校:《国语集解》,北京:中华书局,2002年版,第483—486页。

式，这为《天问》文体的建立奠定了基础。王国维说屈原是"南人而学北方之学者也"。①《天问》与《诗经》所代表的南北方文学的关系，显示了其诗学精神的渊源所在。

四言句式本身，尚不能充分证明《天问》的史诗性质。统领全篇、铁证其为史诗形式的是开篇所用"曰"字。

《天问》开篇的"曰"字十分醒目，曾引起历代学者的关注。游国恩《天问纂义》关于"曰"字的"按语"说："此曰字，自是发端叩问之辞，其上当省一问字。"②游氏按语"发端叩问之辞"一语显系由"呵壁"说派生，它并未阐明"曰"字与《天问》整体结构的关系。近代有学者指出《天问》开篇"曰"字的使用与"呵壁"说不契合，但未做进一步的说明。③

"曰"字置于篇首，具有重要的文体标志意义。传世文献和出土文献包括楚地简帛文献，多有以"曰"字开篇者，兹举要如下：

《尚书·尧典》："曰若稽古帝尧……"
《尚书·皋陶谟》："曰若稽古皋陶……"④
《史墙盘》："曰古文王，初鳌和于政……"
《㝬钟》："曰古文王，初鳌和于政……"⑤
《楚帛书》："曰故（古）〔黄〕熊包戏……"⑥
《清华简·赤鹄之集汤之屋》："曰故（古）有赤鹄，集于汤之屋……"⑦

李学勤先生首先发现"曰"字的这种特殊用法。他指出，这是"古人追述往史的常用体裁"。⑧以"曰"字统领全篇，说明屈原在《天问》的创作过程中有意识地采用史诗的形式。

《天问》是韵文的问句体裁。与前引《尚书》《史墙盘》《楚帛书》等叙事文体不同，世界各民族流传下来的早期历史文献，很多采用的都是问句体。饶宗颐先生《〈天

---

① 姚淦铭、王燕主编：《王国维文集（上）》，北京：中国文史出版社，2007年版，第20页。
② 游国恩主编、金开诚、董洪利、高路明补辑：《天问纂义》，北京：中华书局，1982年版，第10页。
③ 参见苏雪林：《天问正简·引言》，武汉：武汉大学出版社，2007年版。
④ 《尚书正义》，阮刻《十三经注疏》，北京：中华书局，1980年版，第118、138页。
⑤ 张亚初：《殷周金文集成引得》，北京：中华书局，2001年版，第154、12页。
⑥ 李零：《长沙子弹库战国楚帛书研究》，北京：中华书局，1985年版，第64页。
⑦ 清华大学出土文献研究与保护中心编、李学勤主编：《清华大学藏战国竹简（叁）》，上海：中西书局，2012年版，第167页。
⑧ 李学勤：《简帛佚籍与学术史》，南昌：江西教育出版社，2001年版，第48页。

问〉文体的源流》指出，《梨俱吠陀》《火教经》《圣经旧约》等域外文献采用的都是问句体。类似文献还有巴基斯坦联邦直辖北部地区的巴尔蒂斯坦流传的《索玛莱克》。这首对话体的创世歌，包括150个问题及回答。《天问》采用问句的表达方式，曾使一些学者误认为它的主要目的是对宇宙万物的怀疑甚至否定。但从《天问》的内容来看，诗人对篇中的提问并非不知答案。有些问句之间，本身就互含答案。由此可见，作者"问"非求答，而是借助提问，通过隐喻的方式引起人们对相关问题的深入思考。①

从形式上来说，《天问》的艺术创造在于，它将以"曰"字开篇的先秦史传、原始民族问句体史诗和以《诗经》为代表的中原传统史诗三种文体形式有机地结合起来，构成了屈骚中别具一格的文体样式。《〈天问章句〉序》所言楚人哀集屈原零星题壁诗句辑成《天问》的说法，显然与此龃龉。

从内容来看，《天问》与一般史诗有所区别。屈原创造性地将上古神话传说和孔子笔削《春秋》以来以史为鉴的史家传统相接续，大至宇宙、细至鸟兽的自然万物与天地开辟以来的人类社会都是作者思考探索的对象。由此看来，《天问》虽具有史诗的形式，却不宜简单地称作史诗。从本质上来说，它是一首探索宇宙、社会与人生奥秘的哲理诗。

《天问》全篇蕴含着深刻的哲理，"反映了屈原对有关天地万物、宇宙自然产生发展的神话传说，皆持严肃的怀疑态度；对社会历史、善恶是非等问题，也以深刻的理性思索待之"。②《天问》对天地万物等自然现象和历代兴亡等历史教训的描述和体察，与古代相关专门著作相比，毫不逊色，甚至往往深刻得多。③对哲理的阐发，屈原往往通过素材的捡选和安排来实现。篇中有关禹的记述，很具有代表性。

先秦文献所记述的禹有三种形象。在《天问》中，屈原分别在两处描述了禹的创世神和半神英雄形象，借以表达不同的历史哲学内涵。《离骚》所极力推崇的禹的先圣王形象，在《天问》中则未有述及。这种选择和安排，服从于《天问》历史和哲学的思辨，显示了大匠调动细节的非凡功力。④

在对传统文献样式的利用和改造方面，《天问》是一则经典的成功范例。《文心雕龙·辨骚》篇言：屈骚诸篇"虽取镕经意，亦自铸伟辞"。⑤《天问》这篇皇皇巨作为屈原精心构筑，绝非作者临时起意的涂壁之作，更不可能由他人哀辑零句拼凑而成。

---

① 姚小鸥：《〈天问〉意旨、文体与诗学精神探原》，《文艺研究》2004年第3期。
② 郭杰：《论屈原艺术想象的独创性》，《东北师大学报》（哲学社会科学版）1988年第4期。
③ 姚小鸥：《〈天问〉意旨、文体与诗学精神探原》，《文艺研究》2004年第3期。
④ 参见姚小鸥、孟祥笑：《"文义次序"与〈天问〉中的禹》，《山西大学学报》2013年第6期。
⑤ 刘勰：《文心雕龙》，北京：中华书局，1985年版，第7页。

《天问》在文学创作方面的伟大成就，为古人所许。司马迁在《史记·屈原贾生列传》中说："余读《离骚》《天问》《招魂》《哀郢》，悲其志。"① 太史公的惺惺之意并未得到学界的普遍理解。钱钟书《管锥编》认为，《天问》煞尾部分"冷淡零星，与《离骚》《九歌》之'伤情'、'哀志'，未许并日而语"。他又说，"苟马迁只读《天问》，恐未必遽'悲'耳"。② 钱氏此说，似未注意到屈骚诸篇系通过不同的文体形式，采用不同的表达方式，从不同层面来表达相类的意愿与志趣。《离骚》为抒情诗，情感充沛而表达外显。《招魂》作为屈原首创的赋体作品，奇伟谲诡而寄意深广。《哀郢》等篇则于纪行叙事中杂以愤懑的抒发。《天问》是史诗式的哲理诗，在这篇作品中，深刻的哲理和强烈的情感通过史诗的外在形式，寄寓了作者对宇宙、社会和人生的独特思考。

　　有关《楚辞章句》的学术传承，《四库全书总目提要》说："逸注虽不甚详赅，而去古未远，多传先儒之训诂。"③ 据此可知，王逸对《楚辞》文本的训释及各篇本事的索隐皆可能承有前人旧说。然《楚辞章句》于词语的训释方面虽然相对可靠，但对诸篇本事的推断则疑问较多。就《天问》创作而言，屈原至宗庙而"因书其壁"，或有其实。但楚人"因共论述"，纂成全部之说，显然值得商榷。需要指出的是，学者探索屈骚诸篇本事与屈原事迹之间的关联时，多注目于作品的内容，而本文进一步证明了对诸篇形式的分析是屈骚创作史研究不可忽视的重要切入点。④

---

① 司马迁：《史记·屈原贾生列传》，北京：中华书局，1959年版，第2503页。
② 钱钟书：《管锥编》，北京：三联书店，2007年版，第929页。
③ 永瑢等：《四库全书总目》，北京：中华书局，1965年版，第517、1267页。
④ 关于这一问题，参见姚小鸥、孟祥笑：《赋体文学源流与〈招魂〉的文体性质》，《学术界》2012年第6期。

屈原《九歌》的礼乐属性和韶舞

中国政法大学 黄震云

【摘 要】 虞舜登基时在修订黄帝帝喾时代的礼乐《九招》《九英》的基础上,增加了尧帝二女娥皇和女英,制作了韶乐。用干戚,是武舞性质。殷商时期,伊尹在改编韶乐的时候,突出了善的表现,因此到春秋时期孔子看到的韶乐已经尽善尽美。《国殇》计九韵十八句,九层意思表现九功,因此又称为"九歌",楚辞的《九歌》是殇祀的礼乐,主要是由韶乐(舞)和《国殇》(九歌)组成。《离骚》奏"九歌"舞韶的"九歌"就是指《国殇》。楚辞《九歌》主要是春享不幸死秦的楚怀王,其格局是醮诸神,礼太一(舜)。这样一个祭祀礼乐格局是战国以后流行的娱神方式。

【关键词】 《九歌》 韶舞 屈原 研究

比较起来,《九歌》和《天问》是楚辞中最难疏解把握的篇章,原因是《天问》涉及天地自然、人文历史的时空过长,难以和其他材料印证;屈原又以带有思索性的语言反问,所以要具体落实其诗义十分困难,争论也就不可避免。《九歌》在学界有一个共同的看法就是娱神之作,纪念为国阵亡的将士,由此引发出多种推测。娱神之说是一个俗语推测,是对作品系统表现的状态的描绘,或者说感受文心指向,而不是一个学术的表达。组诗《九歌》将帝女湘君湘夫人和东皇与"国殇"放在一个平面上,这是一个似乎很费解的问题。这些阵亡将士怎么能称为神呢?实在于古无训。为什么选择舜的两个妃子入《九歌》,而不是女娲或者涂山氏呢?为什么楚国的《九歌》有黄河之神河伯呢?这也违反传统的礼乐规制。曾经有人想将这些鬼神图画分割成一个模型,怎奈没有学术基础,弄来弄去,落下一个笑话。但是,问题疑难客观存在,这是楚辞研究很重要的又绕不过去的问题?需要我们学界做出回答。

一、《九歌》的格局和春享

王逸《楚辞章句》是我们研究楚辞的一个重要的门径和坐标。其卷二说:"《九歌》者，屈原之所作也。昔楚国南郢之邑，沅湘之间，其俗信鬼而好祠，其祠必作歌乐舞鼓，以乐诸神，屈原放逐，窜伏其域，怀忧苦毒，愁思沸郁，出见俗人祭祀之礼，歌舞之乐，其词鄙陋。因为作《九歌》之曲。上陈事神之敬，下见己之冤结，托之以风谏，故其文意不同，章句错杂而广异义焉。"① 句中的祠一本作祀，无沅湘之间，无歌字。王逸认为是乐神之作，古人乐神的方式有很多，他没有具体说明是哪一种形式。按照王逸的说明，屈原对《九歌》是改作，改作的内容是《九歌》之曲，表现出三方面的内容：上陈事神之敬，下见己之冤结，托之以风谏。由此带来的结果是章句错杂而广异义。这样一来，乐神的祠祭就成了屈原书愤的歌舞了。那么，这些祭神的人会乐意去改变初衷尊重体现屈原的感受吗？这显然是不可能的。但是，我们不否认，能够感觉到现在的《九歌》中有屈原的口吻和影子。同时，根据王逸章句分析，按照传统礼乐的形制《九歌》应该是歌乐舞三位一体，王认为屈原只是作其曲，改其词，没有提到舞！那么，《九歌》之舞是什么样的舞？按照郭茂倩《乐府诗集》的理解，先秦祭祀只有文武两种形式，具体到《九歌》会是哪一种呢？要回答这些问题，首先要弄清楚《九歌》的布局。

《九歌》计十一篇：《东皇太一》《云中君》《湘君》《湘夫人》《大司命》《少司命》《东君》《河伯》《山鬼》《国殇》《礼魂》。直觉上和楚国有直接关系的就是最后三篇：《山鬼》《国殇》《礼魂》。前面的基本上就是两组：一天神类：《东皇太一》《云中君》《大司命》《少司命》，地祇类：《东君》《河伯》《湘君》《湘夫人》。这是一个直觉的归纳，但归纳以后我们就很容易发现《九歌》一个规律就是天神、地祇和关于楚国的作品《山鬼》《国殇》《礼魂》。看上去，这些神灵的表现亦庄亦谐，譬如说《云中君》："灵皇皇兮既降，猋远举兮云中。览冀州②兮有馀，横四海兮焉穷。思夫君兮太息，极劳心兮忡忡。"③ 云中君不管是雷电还是云彩，但是他看到的是九州之一的冀州，而不是荆楚，看上去颇为滑稽。虽然冀州在九州之首，但是荆河惟豫州，《周礼》称"河南曰豫州"。需要越过豫州才看到冀州，那么享受楚国人的香火，眼睛看到冀州或者说跑到冀州去了，是不是很滑稽？又何尝看到屈原改动的痕迹？只能说这个是现成的并且不能改动的礼乐作品。屈原是时代礼崩乐坏了，楚国没有自己系统的礼乐，《诗经》中也没有楚风，毕竟当初西周统治者不喜欢楚人，不与之结盟，楚人也就只好说我蛮夷也，不与中国同，那么当然也不太可能是周的礼乐，而是更早的流传下来的古乐了。

中国的祭祀风气由来已久，商汤灭葛的理由就是葛伯拒绝祭祀鬼神，殷纣王率民

---

① 黄灵庚：《楚辞章句疏证》，北京：中华书局，2007年版，第742—743页。
② 按《竹书纪年》言：(舜)"元年己未，帝即位，居冀。作大韶之乐。"无疑《九歌》祭祀天神的乐曲出自舜。
③ 屈原：《楚辞》，郑州：中州古籍出版社，2007年版，第65页。

以事神，直至亡国不悟。屈原经常提到伍子胥，在那个时代也是巫风盛行。东汉桓谭《新论·言体》上说："昔楚灵王骄逸轻下，简贤务鬼，信巫祝之道，斋戒洁鲜，以祀上帝。礼群神，躬执羽绂，起舞坛前。吴人来攻，其国人告急，而灵王鼓舞自若，顾应之曰：'寡人方祭上帝，乐明神，当蒙福佑焉，不敢赴救。'而吴兵遂至，俘获其太子及后姬，甚可伤。"① 楚灵王祀上帝、礼群神，在社稷坛执羽起舞，这是典型的文舞，但明显和《九歌》以东皇太一为尊不同。这大概是楚国传统的祭祀格局吧。到屈原时代这种风气似乎没有太大的改变。《汉书·郊祀志下》："楚怀王隆祭祀，事鬼神，欲获福助，却秦师，而兵挫地削，身辱国危。"② 贾谊《新书·春秋》曰："楚怀王心矜好高，人无道而欲有伯（霸）王之号，铸金以象诸侯人君，令大国之王编而先马；梁王御、宋王骖乘，周、召、毕、陈、滕、薛、卫、中山之君，皆象使随从而趋。诸侯闻之，以为不宜，故兴师而伐之。"③ 由此观之，楚怀王曾经通过祭祀希望借助鬼神的力量打败秦国，那么这显然不是楚俗，而是楚国的公序亦即战略决策，亦即楚国代表性礼乐了。

这样一个祭祀的格局由来已久。《周易·豫·象传》曰："雷出地奋，豫，先王以作乐崇德，殷荐之上帝，以配祖考。"④ 以上帝配祖考这样的格局主要形成于西周，和楚灵王的祭祀格局类似，但与《九歌》不同。《孝经·圣治》说："昔者，周公郊祀后稷以配天，宗祀文王于明堂，以配上帝。是以四海之内，各以其职来祭。"⑤ 为什么要以后稷以配天，按照郑玄的理解，含有礼遇以及引导上帝及其诸神的意思。所以《史记·礼书》总结说："天地者，生之本也；先祖者，类之本也；君师者，治之本也。无天地恶生？无先祖恶出？无君师恶治？三者偏亡，则无安人。故礼，上事天，下事地，尊先祖而隆君师，是礼之三本也。"⑥ 这是指祭祀的形式。但很明显《九歌》中没有始祖，也没有将历代祖先合在一起，不符合禘祫的规格。那么只能是一般的岁时祭祀了。

《周礼·春官·大宗伯》说："以祠春享先王，以禴夏享先王，以尝秋享先王，以烝冬享先王。"⑦ 又《诗·小雅·天保》说："禴祠烝尝。"毛传："春曰祠，夏曰禴，秋曰尝，冬曰烝。"⑧《书·伊训》曰："伊尹祠于先王。"⑨ 陆德明释文："祠，祭也。"

---

① 桓谭：《新论》，上海：上海人民出版社，1977年版，14页。
② 班固：《汉书今注》，南京：凤凰出版社，2013年版，702页。
③ 贾谊：《新书》，北京：中华书局，2012年版，211页。
④ 阮元：《十三经注疏》，北京：中华书局，1980年版，第31页。
⑤ 阮元：《十三经注疏》，北京：中华书局，1980年版，第2553页。
⑥ 司马迁：《史记》，北京：中华书局，1982年版，第1167页。
⑦ 杨天宇：《周礼译注》，上海：上海古籍出版社，2004年版，276页。
⑧《诗经鉴赏辞典》，合肥：安徽文艺出版社，2006年版，第404—405页。
⑨《尚书》，北京：中华书局，2012年版，第390页。

孔颖达疏："祠则有主有尸，其礼大；奠则奠器而已，其礼小。奠祠俱是享神，故可以祠言尊。"① 祠可以有纪念、奔丧等多种含义。因此《九歌》体现的礼乐性质是祭享先王，也就是春享性质，以楚先王配东皇太一，礼神主要是大小司命等，而这个先王很明显和屈原关系最为关联的可成为国殇的当然是楚怀王。

二、《韶乐》的产生和流传与《九歌》的礼乐性质

上古以来，圣贤制乐以应天，作礼以配地。五帝殊时，不相颂乐；三王异世，不相袭礼。但韶乐是一个例外，昌盛不衰。孔子整理《诗经》，也是以韶武雅颂为标准，韶为正乐标准依据之首，所以《诗经》礼乐上承三代，先周宾商，已然是事实。《乐府诗集·卷第五十二·雅舞》说："周存六代之乐，至秦唯余《韶》《武》。汉魏已后，咸有改革。然其所用，文武二舞而已，名虽不同，不变其舞。故《古今乐录》曰："自周以来，唯改其辞，示不相袭，未有变其舞者也。"② 韶乐流传久远，为中国古代经典礼乐之最。究其原因，一是韶乐本身尽善尽美，二是本身早期经历了一个增损完善的过程，非单纯的一代礼乐。

（一）韶乐的产生

目前有关资料可以证明韶乐产生在黄帝帝喾时代。《吕氏春秋·古乐》说："帝喾命咸墨作为声歌：九招、六列、六英。" 又其卷五曰："黄帝又命伶伦与荣将，铸十二钟，以和五音，以施《英韶》。"③ 南朝梁刘勰《文心雕龙·颂赞》："昔帝喾之世，咸墨为颂，以歌《九韶》。"④ 据此，韶乐最早是黄帝制作，名为《英韶》，而作为声歌则出自帝喾。

（二）舜禹和韶乐

《尚书大传》曰："惟五祀，定钟石，论人声，鸟兽咸变，于是勃然兴韶于大麓之野。执事还归，二年唠然，乃作《大唐之歌》，以声帝美，声成而彩凤至。故其乐曰：'舟张辟雍，鸧鸧相从。八风回回，凤皇喈喈'。"⑤《今本竹书纪年》："元年己未，帝即位，居冀，作大韶之乐即帝位。"⑥ 韶乐的本质是歌颂，就是说有虞氏即帝位时候用的礼乐是大韶，而不是九韶即帝喾时代的《九招》或《应韶》，故《九歌》中的《云中君》言"览冀州兮有馀"，独独挑出一个冀州，表示舜登基是奉天承运，也就对应舜

---

① 孔颖达：《尚书正义》，北京：北京大学出版社，1999年版，第202页。
② 郭茂倩：《乐府诗集》，北京：中华书局，1979年版，第753—754页。
③ 吕不韦编：《吕氏春秋》，北京：中华书局，2011年版，第148—150页。
④ 刘勰：《文心雕龙》，长沙：岳麓书社，2004年版，第74页。
⑤ 逯钦立辑校：《先秦汉魏晋南北朝诗》卷一，北京：中华书局，1983年版，第3页。
⑥ 林春溥：《今本竹书纪年》，济南：齐鲁书社，2010年版，第47页。

之大韶乐了。屈原作品多次提到九州，这里的云中君，显然是冀州的云中君了。由于用的是舜的韶乐，所以没有改动。汉代王符《潜夫论》卷八说："世号有虞，作乐九韶。"① 又《淮南子》卷十三《泛论训》："尧大章，舜九韶，禹大夏，汤大濩，周武象，此乐之不同者也。"② 《风俗通义·声音》："故黄帝作咸池……舜作韶。"注云："'韶'，汉志作'招'，下同。乐记：'韶，继也。'注：'舜乐名也。韶之言绍也，言舜能绍尧之德。《周礼》曰'大招。'"③ 显然，汉代人将九韶、九招、大韶几个混而为一，即韶乐又称为九韶。但根据上引材料看，英韶、大韶、九韶和九招应该有所区别，只有《九招》，后人视为《九韶》，但《九韶》不能说就是《大韶》。至于汉代人将几者作为一部乐来看待，实在缺少根据。

考《尚书·益稷》说："夔击鸣球，搏拊琴瑟，以咏祖考来格，虞宾在位，群后德让。下管鼗鼓，合止柷敔笙镛以间，鸟兽跄跄；箫韶九成，凤凰来仪。"④ 箫韶九成的描绘和《尚书大传》中记载的"定钟石，论人声，鸟兽咸变，于是勃然兴韶于大麓之野"内容相似，时间发生在舜禹时期。说明舜确实制作了韶乐。其特点是用钟磬天籁本色之音。效法鸟兽之形制作了九成之作，所以帝喾虽然制作了九招，但是舜时代制作的是《大韶》，虽然也是九成，但看不出二者是同一部乐。《史记·吴太伯世家》作"见舞招箾。"服虔注曰："有虞氏之乐大韶也。"⑤ 还是能够分清楚的。至于二者有没有联系和继承，没有充足的资料可以证明，但区别肯定存在。《韩诗外传》卷四说："韶用干戚，非至乐也；舜兼二女，非达礼也。"⑥ 由此观之，韶舞干戚，那么肯定是表现建功的武舞，娥皇女英是舜时代加入的重要内容。如《吕氏春秋》言，韶在殷商时代进行了修订，加入了善的成分，因此孔子说韶尽善尽美。

又《史记·夏本纪》说："于是夔行乐，祖考至，群后相让，鸟兽翔舞，箫韶九成，凤皇来仪，百兽率舞，百官信谐。帝用此作歌曰：'陟天之命，维时维几。'乃歌曰：'股肱喜哉，元首起哉，百工熙哉！'皋陶拜手稽首扬言曰：'念哉，率为兴事，慎乃宪，敬哉！'乃更为歌曰：'元首明哉，股肱良哉，庶事康哉！'（舜）又歌曰：'元首丛脞哉，股肱惰哉，万事堕哉！'帝拜曰：'然，往钦哉！'于是天下皆宗禹之明度数声乐，为山川神主。"⑦ 这里提到箫韶九成，舜为之歌的箫韶应该指的是舞蹈，或者说

---

① 王符：《潜夫论》，郑州：河南大学出版社，2008年版，第254页。
② 《淮南子》，北京：中华书局，2012年版，第719页。
③ 应劭：《风俗通义校注》，北京：中华书局，2010年版，第267页，第269页。
④ 《尚书》，北京：中华书局，2012年版，第50页。
⑤ 司马迁：《史记》，北京：中华书局，2011年版，第1340页、1343页。
⑥ 韩婴：《韩诗外传》卷四，北京：中华书局，1980年版，第136页。
⑦ 司马迁：《史记》，北京：中华书局，2011年版，第73页。

乐，表明楚辞《九歌》的仪节如《离骚》所言，歌《九歌》而舞韶，舞不变，但词曲未必对应。

百兽率舞最早见于《尚书》，传统以为是恩及禽兽，以至于百兽率舞。其实是一个很大的误解。

我国的行政体制历史悠久，传说伏羲氏以龙纪，以龙名官；共工氏以水纪，以水名官；神农氏以火名官，黄帝以云名官，少昊氏以鸟名官，周初以天地四时名六卿。司马迁将中国历史从黄帝开始写作。《史记·五帝本纪》说："自黄帝至舜禹，皆同性而异其国号，以彰明德。故黄帝为有熊，帝颛顼为高阳。"① 黄帝"教熊、罴、貔、貅、貙、虎，以与炎帝战于阪泉之野，三战，然后得其志"。黄帝就是有熊氏，熊、罴、貔、貅、貙、虎六师即黄帝的六支军队，熊以外皆是他的盟军。这样的好处和作用是体国经野，设官分职。黄帝不仅对行政系统进行了规范，也对军队系统进行了安排。就有关的典籍称呼看，熊这些动物也有的称为鸟，那么也就是说少昊氏以鸟名官，但是并不是将过去的命名全部推翻。换言之，黄帝时代也应该是这样。但历代的名官系统皆以四方和中为纲纪，满足五即可，但黄帝的军队却是六师，是一个明显的变化，而夏代的九，周代的八，皆是各自的特色。

百兽率舞是对和谐天下的一种描述，也是设职分官的需要，经历了一个漫长的过程。和大禹的九州划分一样，皆是人类对世界进行更加清晰准确理解认识把握的创举。这些创举完成以后就是进一步的推进，政治思维与措施随之跟进，等级、权责关系也就更加明朗。如祭祀，《礼记·王制》《史记·封禅书》等皆指出：天子祭天下名山大川，五岳视三公，四渎视诸侯，诸侯祭其疆内名山大川。所以，《九歌》如果是楚歌，不当有黄河祭祀对象《河伯》，否则和王孙满问鼎是同一种性质了。又《史记·乐书》说：

> 太史公曰：余每读虞书，至于君臣相敕，维是几安，而股肱不良，万事堕坏，未尝不流涕也……凡作乐者，所以节乐。君子以谦退为礼，以损减为乐，乐其如此也。以为州异国殊，情习不同，故博采风俗，协比声律，以补短移化，助流政教。天子躬于明堂临观，而万民咸荡涤邪秽，斟酌饱满，以饰厥性。故云雅颂之音理而民正，嘄噭之声兴而士奋，郑卫之曲动而心淫。及其调和谐合，鸟兽尽感，而况怀五常，含好恶，自然之势也？

所谓州异国殊，也是指礼乐风俗之差异。这种差异是有意去推动强化形成的。在乐舞时为什么要用百兽？其实这也是求异和变化的一种设计。其原理《周礼·春官》说：

---

① 司马迁：《史记》，北京：中华书局，2011年版，第41页。

大司乐掌成均之法，以治建国之学政，而合国之子弟焉。凡有道者，有德者，使教焉。死则以为乐祖，祭于瞽宗；以乐德教国子，中、和、只、庸、孝、友；以乐语教国子，兴、道、讽、诵、言、语；以乐舞教国子，舞云门、大卷、大咸、大韶、大夏、大濩、大武；以六律、六同、五声、八音、六舞，大合乐以致鬼神示，以和邦国，以谐万民，以安宾客，以说远人，以作动物。乃分乐而序之，以祭、以享、以祀，乃奏黄钟、歌大吕、舞云门，以祀天神。乃奏大蔟，歌应钟，舞咸池，以祭地示。乃奏姑洗，歌南吕，舞大韶，以祀四望。乃奏蕤宾，歌函钟，舞大夏，以祭山川。乃奏夷则，歌小吕，舞大濩，以享先妣。乃奏无射，歌夹钟，舞大武，以享先祖。凡六乐者，文之以五声，播之以八音。凡六乐者，一变而致羽物，及川泽之示；再变而致裸物，及山林之示；三变而致鳞物，及丘陵之示；四变而致毛物，及坟衍之示；五变而致介物，及土示；六变而致象物，及天神。

根据《周礼·春官》的资料我们看出，在周人天人合一的宇宙理论中，乐具有全面的价值功能，所谓六变之象物和以作动物，就是百兽率舞的理论依据。和历代以物命官是性质相似。

禹和韶乐是一个什么样的关系？考《史记·五帝本纪》："四海之内，咸戴帝舜之功。于是禹乃兴《九招》之乐，致异物，凤皇来翔。天下明德皆自虞帝始。"①索隐曰："招，音韶。"根据上面的材料我们看出，大禹是兴《九招》之乐，原因是四海之内，咸戴帝舜之功，那么无疑九韶并不是大禹制作，大禹时代的韶乐就是舜时代的韶，可称为九韶，后来流传的韶乐也就是舜制作的韶乐。

《山海经·海经·大荒西经》："西南海之外，赤水之南，流沙之西，有人珥两青蛇，乘两龙，名曰夏后开。此天穆之野，高二千仞，开焉得始歌《九招》。"②开上三嫔于天——和尚书宾通，指的是参见礼乐，得九辩与九歌以下。郝懿行注云："盖谓启三度嫔于天帝，而得九奏之乐也。"夏后开即夏启，为避景帝刘启之讳，改启为开。所谓天帝也就是已经去世的君王，即禹。禹的《九招》就是舜的《九歌》。又《左传》文公七年《夏书》曰："'戒之用休，董之用威，劝之以九歌，勿使坏。'九功之德皆可歌也，谓之九歌。六府三事谓之九功，水火金木土谷谓之六府。"③歌的特质就是歌

---

① 司马迁：《史记》，北京：中华书局，2011年版，第39页。
② 《山海经》，上海：商务印书馆，2009年版，第460页。
③ 左丘明：《左传译注》，广州：花城出版社，2007年版，第376页。

功,所以说功成作乐。这里的九歌和我们讨论的楚辞《九歌》不是一回事,但是命名方式一样。现在楚辞的《九歌》十一篇,包括了韶乐和"九歌"。"九歌"实际上就是歌颂六府三事的九功之歌。核之现行《九歌》中的《国殇》,正好是十八句,九韵九层意思,显然真正的九歌指的是《国殇》,其余的内容如《河伯》《湘君》等主要是韶舞的内容。楚辞另外一首宋玉的《九辩》,在现在看来是一首诗,但是《文选》把其分为九个部分,每部分看作一首,与此类似,应该是当时的文章方式。

殷商时代,韶乐发生了一些变化。《吕氏春秋·古乐》"汤乃命伊尹作为大护,歌晨露,修九招、六列,以见其善"。① 修九招就是说伊尹对韶乐进行了必要的修订,突出了善。《左传·襄公二十九年》记载,吴国的公子季札在鲁国观看周王室的乐舞时看过韶乐,他赞美韶乐说:"德至矣哉,大矣!如天之无不帱也,如地之无不载也!虽有盛德,其蔑以加于此矣。观止矣!若有他乐,事不敢请已!"② 这表明,作为古代经典礼乐韶乐一直在发挥作用,得到有效传承。韶乐以其至德的品格和尽善尽美的生态,不仅传承,而且还会和其他的礼乐作品配合。从干戚舞到尽善尽美,伊尹起到了重要作用。荀子《乐论》篇第二十说:"故乐者、出所以征诛也,入所以揖让也;征诛揖让,其义一也。出所以征诛,则莫不听从;入所以揖让,则莫不从服。故乐者、天下之大齐也,中和之纪也,人情之所必不免也。是先王立乐之术也,而墨子非之,奈何!且乐者、先王之所以饰喜也;军旅斧钺者,先王之所以饰怒也……故齐衰之服,哭泣之声,使人之心悲;带甲婴胄,歌于行伍,使人之心伤;姚冶之容,郑卫之音,使人之心淫;绅、端、章甫,舞韶歌武,使人之心庄。故君子耳不听淫声,目不视邪色,口不出恶言,此三者,君子慎之。"③ 舞韶歌舞,表明歌舞可以不对称使用,另外,韶乐也可以分析表演。《庄子·达生》说:"奏九韶以乐之。"舞韶歌武和奏九歌而舞韶在祭祀以外,也有的是假日娱乐之功能。歌乐舞中,奏"九歌"说明"九歌"还是音乐作品,从名称上看"九歌"就是九层意思的歌,即歌功的作品,因此是礼乐作品无疑。

汉高祖六年,韶乐"更名文始"。更名的原因,据说是汉代统治者为了要表示"不相袭"前代乐舞的缘故。实际上,汉代的《文始》在魏文帝黄初二年"改汉文始舞曰大韶舞",又改了回去。

三、《山鬼》与沉狸仪式

《山鬼》是楚辞中很有争议的一篇作品,历来有不同的解释。二十年前,我在《江

---

① 吕不韦:《吕氏春秋》,北京:中华书局,2011年版,第153页。
② 左丘明:《左传译注》,广州:花城出版社,2007年版,第921页。
③ 荀卿:《荀子》,上海:上海古籍出版社,1996年版,第215—216页。

海学刊》上发表了《山鬼漫议》（1996年5期）一文，认为是祭礼，和庭寮有关。后来在《楚辞通论》（1997年湖南教育出版社）也表示了类似的观点。最近几年，在进行楚辞的研究中一直在探讨历代研究楚辞的差异及其原因，发现从东汉王逸开始，《山鬼》阐释的文字中有一点特别一致，就是《山鬼》就是山神，而恰恰这一关键点的解释有误，所以，后来才出现对《山鬼》的各色各样的分歧。

战国以前，《山鬼》就是山神说于史无征，所以凡言《山鬼》就是山神，皆为误解。鬼，在先秦从来都是指一般人死以后的灵魂，没有别解。甲骨文中，鬼的字形多变，是人戴着面具的样子，大概与巫祝有关，巫祝编演内容不同，故形态出现差异。《礼记·祭法》第二十三言："大凡生于天地间者皆曰命，其万物死皆曰折，人死曰鬼，此五代之所不变也。七代之所更立者，禘郊宗祖，其余不变也。"①"庶士、庶人无庙，死曰鬼。"②《周礼》说："大宗伯之职，掌建邦之天神人鬼地示之礼，以佐王建保邦国，以吉礼事邦国之鬼神示，以禋祀祀昊天上帝，以实柴祀日月星辰，以槱燎祀司中司命飌师雨师，以血祭祭社稷五祀五岳，以狸沉祭山林川泽。"③"凡以神仕者，掌三辰之法，以犹鬼神，示之居，辨其名物，以冬日至，致天神人鬼，以夏日至，致地示物魅，以袷国之凶荒，民之札丧。"④ 显然，《礼记》《周礼》中鬼神还是分得很清楚的，还有等级，不能混淆或者互相替代。就是到了东汉许慎的《说文解字》也解释为"人神曰鬼，鬼，人之归也。"⑤ 这是东汉人的理解。屈原的作品《国殇》说："魂魄毅兮为鬼雄。"⑥ 鬼就是指人的灵魂。那么，《山鬼》就不能说是山神了。

那么，山神如何称呼呢。从古代文献看，山之灵概称为山神，绝不是鬼，而具体的名称各不相同。历史上经过了几次封神，西周则遍封名山大川。《礼记·祭法》曰："山林川谷丘陵，能出云，为风雨，见怪物，皆曰神。"⑦ 即人们在山中所见而无法将其识别的生物都是神，如"烛阴"，《山海经·海外北经》云："钟山之神，名曰烛阴，视为昼，瞑为夜，吹为冬，呼为夏，不饮，不食，不息，息为风，身长千里。在无启之东。其为物，人面，蛇身，赤色，居钟山下。"⑧

又葛洪《抱朴子·登涉》说："山无大小，皆有神灵。山大则神大，山小则神小

---

① 阮元：《十三经注疏》，北京：中华书局，1980年版，第1588页。
② 阮元：《十三经注疏》，北京：中华书局，1980年版，第1589页。
③ 阮元：《十三经注疏》，北京：中华书局，1980年版，第757页。
④ 阮元：《十三经注疏》，北京：中华书局，1980年版，第827页。
⑤ 桂馥：《说文解字义证》，上海：上海古籍出版社，1987年版，第754页。
⑥ 洪兴祖：《楚辞补注》，北京：中华书局，1983年版，第83页。
⑦ 阮元：《十三经注疏》，北京：中华书局，1980年版，第1588页。
⑧ 袁珂：《山海经校注》，上海：上海古籍出版社，1980年版，第1230页。

也。"① 根据这些资料我们看出，山为本，皆有神灵，各有自己的神形，也有各自的名称。其理由如《尚书大传》等都有解释。山中往往风云际会，那是通天的标志，所以认为是神灵。可是，我们并不知道《山鬼》描述的山是什么山，不过，《山海经·中山经》对洞庭湖一带山及其祭祀的描绘，可以作为我们研究的参考：

> 又东南一百二十里，曰洞庭之山，其上多黄金，其下多银铁，其木多柤梨橘柚，其草多菱䕬芜芍药芎䓖。帝之二女居之，是常游于江渊。澧沅之风，交潇湘之渊，是在九江之闲，出入必以飘风暴雨。是多怪神，状如人而载蛇，左右手操蛇。多怪鸟。……凡洞庭山之首，自篇遇之山至于荣余之山，凡十五山，二千八百里。其神状皆鸟身而龙首。其祠毛，用一雄鸡、一牝豚（气刀），糈用稌。凡夫夫之山、即公之山、尧山、阳帝之山皆冢也，其祠：皆肆瘗，祈用酒，毛用少牢，婴毛一吉玉。洞庭、荣余山神也，其祠皆肆瘗，祈酒太牢祠，婴用圭璧十五，五采惠之。②

根据《山海经》，洞庭湖一带的山神皆鸟身而龙首，这个形象与山鬼形象明显不同。从祭祀看，有的祠用鸡，即扁毛物，有的祠用毛，毛用少牢，就是说用猪羊，猪羊是圆毛，那么鸡鸭等扁毛的就不行了。狸属于圆毛类。埋就是《国殇》中霾两轮的霾，轮指的是玉璧。少牢是大礼，所不同的是天子祭祀天地用太牢。

以这样的格局对照《山鬼》，只能婉约地看出其大致性质过程。按《山鬼》说：

> 若有人兮山之阿，被薜荔兮带女萝。既含睇兮又宜笑，子慕予兮善窈窕。乘赤豹兮从文狸，辛夷车兮结桂旗。被石兰兮带杜衡，折芳馨兮遗所思。余处幽篁兮终不见天，路险难兮独后来。表独立兮山之上，云容容兮而在下。杳冥冥兮羌昼晦，东风飘兮神灵雨。留灵修兮憺忘归，岁既晏兮孰华予？采三秀兮于山间，石磊磊兮葛蔓蔓。怨公子兮怅忘归，君思我兮不得闲。山中人兮芳杜若，饮石泉兮荫松柏。君思我兮然疑作。雷填填兮雨冥冥，猿啾啾兮又夜鸣。风飒飒兮木萧萧，思公子兮徒离忧。③

王逸《九歌章句序》认为："九歌者，屈原之所作也。昔楚国南郢之邑，沅湘之

---

① 葛洪：《抱朴子》，上海：上海书店，1986年版，第76页。
② 袁珂：《山海经校注》，上海：上海古籍出版社，1980年版，第176页。
③ 洪兴祖：《楚辞补注》，北京：中华书局，1983年版，第79页。

间,其俗信鬼而好祠;其祠必作歌乐鼓舞,以乐诸神。屈原放逐,窜伏其域,怀忧苦毒,愁思沸郁;出见俗人祭祀之礼,歌舞之乐,其词鄙陋,因为作《九歌》之曲;上陈事神之敬,下见己之冤结,托之以风谏;故其文意之不同,章句杂错,而广异义焉。"① 王逸把《九歌》作为一个整体来看,认为《九歌》乃屈原根据楚国祭祀巫歌改编而成,这是一篇祭歌,而创作的原因是为了"上陈事神之敬,下见己之冤结,托之以风谏",即屈原写九歌是为了抒发心中的冤屈和对某人加以讽谏,此可以从其生平与经历见之。王逸的根据是什么我们不知道,但他把《九歌》分成两个部分就是陈事和讽谏,似乎部分接近实情。

屈原《离骚》说:"启棘宾商,九辨九歌。"② "奏九歌而舞韶兮,聊假日以偷乐。"③《九歌》用来祭祀神祇,韶是传说中舜的乐舞《九韶》。《史记·夏本纪》载:"于是夔行乐……鸟兽翔舞,《箫韶》九成,皆宗禹之明度,数声乐,为山川神主。"④说《九歌》皆宗禹之法度,难以落实。但言韶舞和《九歌》二者可以配合使用,符合事实,现存《九歌》就是韶舞和"九歌"的混合体。检《周礼·天官冢宰》说:

> 内饔掌王及后世子膳羞之割亨煎和之事,辨体名肉物,辨百品味之物,王举,则陈其鼎俎,以牲体实之。选百羞酱物珍物以俟馈,共后及世子之膳羞,辨腥臊膻香之不可食者。牛夜鸣,则庮,羊泠毛而毳膻,犬赤股而躁,臊;鸟皫色而沙鸣,狸;豕盲视而交睫,腥;马黑脊而般臂,蝼。凡宗庙之祭祀,掌割亨之事。凡燕饮食亦如之,凡掌共羞、修刑、膴胖、骨鱐,以待共膳。凡王之好赐肉修,则饔人共之。……渔人掌以时为梁,春献王鲔,辨鱼物,为鲜薧,以共王膳羞。凡祭祀、宾客、丧纪,共其鱼之鲜薧。凡渔者,掌其政令。凡渔征入于玉府。鳖人,掌取互物。以时籍鱼、鳖、龟、蜃,凡狸物。春献鳖蜃,秋献龟鱼。祭祀,共蠯、蠃、蚳,以授醢人。⑤

从《周礼》我们看出,周人有禽献之礼,既是朝廷膳羞,也是祭祀之用,而狸是其中重要的禽献。《诗经·七月》也有"取彼狐狸,为公子裘"⑥的记载。根据《山鬼》的叙述,"乘赤豹兮从文狸,辛夷车兮结桂旗"。由象征性的赤豹领路,后面跟着

---

① 洪兴祖:《楚辞补注》,北京:中华书局,1983年版,第54页。
② 洪兴祖:《楚辞补注》,北京:中华书局,1983年版,第21页。
③ 洪兴祖:《楚辞补注》,北京:中华书局,1983年版,第46页。
④ 司马迁撰、张守节正义:《史记》,北京:中华书局,1982年版,第81页。
⑤ 阮元:《十三经注疏》,北京:中华书局,1980年版,第661页。
⑥ 阮元:《十三经注疏》,北京:中华书局,1980年版,第391页。

装饰了文采的狸,地点是在山之阿,显然正在从事隆重的祭祀仪式。前引《山海经》言"洞庭、荣余山神也,其祠皆肆瘗,祈酒太牢祠,婴用圭璧十五,五采惠之"。说明祭山川土地神的时候注重五彩装饰,和狸的行走队伍十分类似。对照《周礼》"以禋祀祀昊天上帝,以实柴祀日月星辰,以槱燎祀司中、司命、飌师、雨师,以血祭祭社稷五祀五岳,以狸沉祭山林川泽。"① "凡以神仕者,掌三辰之法,以犹鬼神,示之居,辨其名物,以冬日至,致天神人鬼。"② 那么,《山鬼》记录的乐舞正是古老的祭祀形式,到周代仍然作为礼的规范的狸沉之礼,时间正是春夏。其内容就是前八句,而后面的文字则以余的口吻叙述参与狸沉的过程及其感受。如王逸所言:"屈原放逐,窜伏其域,怀忧苦毒,愁思沸郁;出见俗人祭祀之礼,歌舞之乐,其词鄙陋,因为作《九歌》之曲。"显然,屈原的《山鬼》既保存了舜、夏时代流传下来的诗歌原貌,也通过叙述自己的感受,扩大了《九歌》的篇幅内容,含义也不复杂,表现了楚辞一贯的作风,自比香草,叹息年老,希望得到朝廷重视。至此我们就明白了一下事实:《山鬼》前八句言述狸沉之礼仪,是为乐舞,而后面是屈原自伤之词。这是礼山川土地,是春享的一个环节,顺序应该在韶舞之后。

四、《国殇》《礼魂》和殇祀

(一) 楚国关于战争的法律

近年来,我清楚地认识到,研究作家作品或者文学现象,甚至文体,都离不开对当时思想和制度的考察,而制度的设计具有直接全面的影响,制约着文学的生态。在屈原时代,楚国发生过一些内乱。对外也有一些战事,但是基本上惨败的都是楚国,怀王死秦,更使楚史蒙羞,因此出现《九歌》为纪念阵亡将士的想法也就不足奇怪。但是,我们考察楚国当时的王命和法律,作为顶层设计的军事法非常的严厉,对战败者惩罚严厉,更不用说去纪念他们了。在大数据环境时代,我们不妨让资料说话:

资料一《左传·桓公十三年》说:

十三年春,楚屈瑕伐罗,斗伯比送之。还,谓其御曰:"莫敖必败。举趾高,心不固矣。"遂见楚子曰:"必济师。"楚子辞焉。入告夫人邓曼。邓曼曰:"大夫其非众之谓,其谓君抚小民以信,训诸司以德,而威莫敖以刑也……莫敖使徇于师曰:"谏者有刑。"及鄢,乱次以济。遂无次,且不设备。及罗,罗与卢戎两军之,大败之。莫敖缢于荒谷,群帅囚于冶父以听刑。楚

---

① 阮元:《十三经注疏》,北京:中华书局,1980 年版,第 757 页。
② 阮元:《十三经注疏》,北京:中华书局,1980 年版,第 827 页。

子曰："孤之罪也。"皆免之。

资料二《左传·僖公二十八年》记载：

夏，四月己巳，晋侯、齐师、宋师、秦师及楚人战于城濮，楚师败绩。楚杀其大夫得臣。正义曰：子玉违其君命以取败，称名以杀，罪之。

资料三《左传·昭公二十三年》曰：

蔿越曰："再败君师，死且有罪。此年秋败于鸡父，设往复败为再败。亡君夫人，不可以莫之死也。"乃缢于薳澨。薳澨，楚地。缢，一赐反。澨，市制反。

资料四《吕氏春秋·高义》称：

荆人与吴人将战，荆师寡，吴师众。荆将军子囊曰："我与吴人战，必败。败王师，辱王名，亏壤土，忠臣不忍为也。"不复于王而遁。至于郊，使人复于王曰："臣请死。"王曰："将军之遁也，以其为利也。今诚利，将军何死？"子囊曰："遁者无罪，则后世之为王臣者，将皆依不利之名而效臣遁。若是，则荆国终为天下挠。"遂伏剑而死。王曰："请成将军之义。"乃为之桐棺三寸，加斧锧其上。人主之患，存而不知所以存，亡而不知所以亡。此存亡之所以数至也。

上列四条资料告诉我们，战国时期的楚国有战争失败罪的刑罚，非常严厉，战死也是犯罪。但是，如果逃跑则可以免于刑罚。对未战自杀者采取象刑制度，即为之桐棺三寸，加斧锧其上。看了这几条资料我们就知道，《九歌》是不可能是纪念阵亡将士之作了。究其原理，楚人认为，死于战事也有罪，还是恶鬼（包山简考释）。

(二)《国殇》和殇祀

一般认为，《国殇》是纪念楚国阵亡将士，完全是想当然。为国捐躯，在现当代可以称为国殇。但是，当时的楚国对于战败有着严格的法律规定，当然是不可能的了。那么，这个《国殇》必然有对象，上面我们根据礼制的特点确定作品是属于春享礼，祠死去的君王也就是楚怀王。这里，通过《国殇》，我们可以进一步得到证明。《昭明文选》卷二十八鲍照《出自蓟北门行》"身死为国殇"，李善注引楚辞《国殇祠》曰：

"国殇,为国战亡也。楚辞祠国殇曰。"① 李善战亡论也是出自唐代道德观念的判断,不足为训,但称《国殇》为国殇祠是说明唐代流传的版本楚辞依然是祠的特质。而祠并非一般战死士兵所能拥有的待遇,韶乐亦主要是庙堂礼乐,当然不会用在纪念阵亡的士兵的场合。

《礼记》有士丧礼,记载士丧问题,《礼记》卷十一有丧服,涉及的范围更加广泛:

> 《传》曰:何以大功也?未成人也。何以无受也?丧成人者,其文缛。丧未成人者,其文不缛。故殇之绖不樛垂,盖未成人也。年十九至十六为长殇,十五至十二为中殇,十一至八岁为下殇,不满八岁以下皆为无服之殇。无服之殇以日易月。以日易月之殇,殇而无服。故子生三月,则父名之,死则哭之;未名则不哭也。叔父之长殇、中殇,姑、姊妹之长殇、中殇,昆弟之长殇、中殇,夫之昆弟之子、女子子之长殇、中殇,適孙之长殇、中殇,大夫之庶子为適昆弟之长殇、中殇,公为適之子长殇、中殇,大夫为適子之长殇、中殇。其长殇,皆九月,缨绖;其中殇,七月,不缨绖。②

按经丧也就是殇,指的是十九岁以下死亡者,十六以上即为长殇,显然和军人的年龄不相匹配。换言之,殇指的是未成年人死亡,带有不幸的意思。因此祭祀不幸死亡的人也会用殇来表示。《穆天子传》卷六说

> 天子乃殡盛姬于谷丘之庙壬寅,天子命哭,启为主,为之丧主……天子宾之命终丧礼,于是殇祀而哭,内史执策……敷筵席设几,盛馈具,肺盐羹,截脯、枣、醢、鱼腊、糇、韭,百物,乃陈腥俎十二,乾豆九十,鼎敦壶尊四十,器,曾祝祭食……祭,祝报祭觞大师,乃哭即位,毕哭,内史策而哭……乐人陈琴瑟,竽,龠。

这是周穆王殇祀年轻的盛姬举行的仪式。在这个仪式中,其主张的实物和楚辞《招魂》中的结构形式非常类似。因此,《招魂》应该招的是楚怀王的魂无疑。这里用的乐器和《东皇太一》中:"扬枹兮拊鼓,疏缓节兮安歌,陈竽瑟兮浩倡。"也完全符合。尽管这不是绝对的证据,但至少可以看到祭祀的礼乐规格之高,也符合传统的殇祀方式。《礼魂》也是大礼的体现,和《招魂》合为当时楚国国家举行的大礼。

---

① 萧纲:《文选》,北京:中华书局,1981年版,第403页。
② 《仪礼》卷十一,《汉魏古注十三经》,北京:中华书局,1998年版,第163页。

（三）《九歌》是祭祀怀王的乐舞

考《周礼·春官宗伯下》云："龙门之琴瑟，九德之歌，九韶之舞，于宗庙之中奏之，若乐九变。则人鬼可得而礼矣。……王大食，三宥，皆令奏钟鼓"①，"教乐仪，行以肆夏，趋以采荠，车亦如之，环拜以钟鼓为节"。② 所谓九德之歌，就是《九歌》，是用来礼人鬼的大礼。那么可想而知，《九歌》在当时祭祀可以作为国殇的人，当然是不幸去世的楚怀王了。就屈原的性格来说，他是一个高傲的人，关心的是国家大事，民间祭祀他应该没有什么兴趣，更不会为之出手。以《周礼》宗庙礼乐核之《楚辞》屈原《离骚》："奏九歌而舞韶兮，聊假日以偷乐。"又《楚辞·九叹·忧苦》："恶虞氏之《箫韶》兮，好遗风之《激楚》。"那么，与东皇和主神相配的祭祀对象，只有被骗死于秦难不幸的楚怀王了。王逸在《楚辞章句》认为：国殇"谓死于国事者"。也是对楚怀王而言。又捡《文献通考卷六十八　郊社考一》说：

> 太史公作《封禅书》，所序者秦汉间不经之祠，而必以舜类上帝，三代郊祀之礼先之。至班孟坚则直名其书曰《郊祀志》，盖汉世以三代之所郊祀者祀泰一、五帝，于是以天为有六，以祀六帝为郊。自迁、固以来，议论相袭而然矣。康成注二《礼》，凡祀天处必指以为所祀者某帝，其所谓天者非一帝，故其所谓配天者亦非一祖，于是释禘、郊、祖、宗以为或祀一帝，或祀五帝，各配以一祖。其病盖在于取谶纬之书解经，以秦汉之事为三代之事。然六天之祀，汉人崇之，六天之说，迁、固志之，则其谬亦非始于康成也。愚尝著《汉不郊祀论》，见所叙西汉事之后。③

为什么以东皇为主？《文献通考》给出了答案，以舜为上帝，这是秦汉间的事情，而显然战国末期的楚国就已经这样了。如此看来，东皇太一就是舜，与其相应的礼乐也就是韶乐，其词就是歌功的"九歌"即《国殇》。以此核对与屈原基本同时的宋玉《高唐赋》：

> 进纯牺，祷璇室。醮诸神，礼太一。传祝已具，言辞已毕。王乃乘玉舆，驷仓螭，垂旒旌；旆合谐。纣大弦而雅声流，冽风过而增悲哀。于是调讴，令人惏悷惨凄，胁息增欷。

---

① 郑玄注、贾公彦疏：《周礼注疏》卷二十二，上海：上海古籍出版社，1997年版，第790—791页。
② 郑玄注、贾公彦疏：《周礼注疏》卷二十三，上海：上海古籍出版社，1997年版，第793页。
③ 马端临：《文献通考》，北京：中华书局，1986年版，第611页。

所谓醮诸神，礼太一，也就是这个意思了。《诗经》中的《车攻》是首会诸侯于东都的礼乐作品：

我车既攻，我马既同。四牡庞庞，驾言徂东。田车既好，田牡孔阜。东有甫草，驾言行狩之子于苗，选徒嚣嚣。建旐设旄，搏兽于敖。驾彼四牡，四牡奕奕。赤芾金舄，会同有绎决拾既佽，弓矢既调。射夫既同，助我举柴。四黄既驾，两骖不猗。不失其驰，舍矢如破萧萧马鸣，悠悠旆旌。徒御不惊，大庖不盈。之子于征，有闻无声。允矣君子，展也大成。

记载宣王能内修政事，外攘夷狄，复文武之境土，修车马，备器械，复会诸侯于东都。这首礼乐作品类似于《国殇》，以田猎表现威武。又《吉日》说：

吉日维戊，既伯既祷。田车既好，四牡孔阜。升彼大阜，从其群丑。
吉日庚午，既差我马。兽之所同，麀鹿麌麌。漆沮之从，天子之所。
瞻彼中原，其祁孔有。儦儦俟俟，或群或友。悉率左右，以燕天子。
既张我弓，既挟我矢。发彼小豝，殪此大兕。以御宾客，且以酌醴。

《吉日》也是赞美周宣王的作品，记录田猎礼仪。根据以上两篇作品对比《国殇》看，《国殇》是首表现楚国斗力神武的作品。由于得到神灵的支持，所以在激烈的战斗中，取得了辉煌的战绩："天时怼兮威灵怒，严杀尽兮弃原野。"无论如何楚国人不会说他们惹了威灵怒，被敌人杀得很惨这样的话，毕竟他们已经祭祀了太一和众神，所以从顺序上说，《国殇》是在祭祀神灵以后开始表演的军礼。所以"诚既勇兮又以武，终刚强兮不可凌"。取得了胜利，他们的信念是"身既死兮神以灵，魂魄毅兮为鬼雄"，一副大无畏的样子，祈祷楚怀王。这里说的"霾两轮兮絷四马"的霾是沉埋礼的霾，两轮当然指的是玉璧，毕竟霾两轮难以说通。霾两轮和从文狸，构成了沉埋礼。这就是醮诸神，礼太一的殇祀的分界。

屈辞中的古史传说与先秦"说体"互证

山东大学 廖 群

【摘 要】 屈辞中有许多涉及古史传说故事的表达，正可以与先秦"说体"文本互相发明。本文选取了"尧舜禅让及舜之三劫""从有穷代夏到少康中兴""妹嬉、伊尹与成汤放桀"三个故事系列尝试做了互证考察，在揭示出故事的情节和细节的同时，既可有助于对屈辞的解读和理解，又为先秦"说体"研究提供了新的个案。

【关键词】 屈辞 楚辞 古史 先秦 说体

屈辞，屈原所作楚辞作品的简称，其中《离骚》《天问》《九章》的表达中援用了相当丰富的古史传说，其中有些还隐含着具体情节和故事。只因屈辞并非叙事，古史传说只是用来辅助抒发和表达，加上当时故事共知的特定语境，屈辞援用这些故事常常点到为止，或语焉不详，脱离了特定语境的后世读者若不借助材料还原情节，就会产生理解障碍。

"说体"，笔者对源自讲说、具有情节和故事的叙事体文本的界定[①]。讲说较之书写的方便性、趣味性决定了情节的具体性、描述性。种种迹象表明先秦确有说体文本存在，被《汉书·艺文志》著录的已经亡佚的先秦"小说家"著作中应该有不少说体故事，《韩非子》中的《说林》《储说》、刘向《说苑》等直接以"说"名题，载录了不少先秦或传自先秦的说体故事，《左传》《国语》《韩诗外传》《列女传》等，以与"说"同类的"语""传"名题，先秦说体故事是其中重要的组成部分；《孟子》《墨子》《吕氏春秋》《史记》等诸子和史传著作，虽未以说名题，但或出自作者援用，或出自人物之口，也包含了许多先秦说体故事。只因这些传世著作，或为撰史，或为说理，或为经说宣教，均非专录说体故事，说体只是借用材料，故事的保存与流传带有必然的偶然性，所录情节也因各取所需而难全。

本文即拟借助先秦说体材料，对屈辞中提及的部分含有故事情节的古史传说予以考索和揭示；同时，对屈辞古史传说情节信息的考察，也有助于对先秦说体文本情节

---

① 参考拙作《"说""传""语"：先秦"说体"考索》，《文学遗产》2006年第6期。

的发现、印证和补充。

一、尧舜禅让及舜之三劫

屈辞中尧舜多并提，凡三见。一见于《离骚》："彼尧、舜之耿介兮，既遵道而得路。"一见于《天问》："舜闵在家，父何以鳏？尧不姚告，二女何亲？"一见于《九章·哀郢》："尧、舜之抗行兮，了杳杳而薄天。"《离骚》和《哀郢》两处都是泛泛赞誉，《天问》几句则隐含着发生在舜、舜父、尧、尧之二女这些人物之间的纠葛故事。关于舜，《天问》还有这样的问句："舜服厥弟，终然为害。何肆犬豕，而厥身不危败？"这又隐含着舜、舜弟的纠葛，好像还有与犬豕相关的为害未遂情节。另外，《离骚》中还有关于鲧的一个说法，即"鲧婞直以亡身兮，终然夭乎羽之野"，若联系先秦说体故事（详后），似乎也与尧舜禅让颇相关联。

对于屈辞中的上述诗句，结合先秦说体故事，需要厘清的是，其一，尧嫁二女于舜的来由和情况；其二，舜为其弟所害而未遂的事件原委；其三，鲧之被殛于羽野与尧舜禅让有何关联？

就传世文献而言，尧嫁二女于舜事最早也最详见于《尚书·尧典》：

> 帝曰："咨！四岳！朕在位七十载，汝能庸命，巽朕位？"岳曰："否德忝帝位。"曰："明明扬侧陋。"师锡帝曰："有鳏在下，曰虞舜。"帝曰："俞，予闻。如何？"岳曰："瞽子，父顽，母嚚，象傲；克谐以孝，烝烝乂不格奸。"帝曰："我其试哉。"女于时，观厥刑于二女。厘降二女于妫汭，嫔于虞。帝曰："钦哉！"

据此，帝尧嫁女是在在位七十载之时，原本有意将帝位让于四岳（即四方伯长）之一，四岳推举了在恶劣家庭环境中仍"克谐以孝"的虞舜，于是帝尧嫁女，为的是就近考察舜的品行。这即是说，嫁女是与禅位联系在一起的。其中提到了父顽、母嚚、象傲，但并没有提到为害之事。《尧典》为《尚书·虞书》的第一篇。就今所知系统文字出现的时间而言，讲述尧舜之事的《虞书》不可能是当年的原始文档，其故事当为后人据传说所追述。故事写定应不晚于春秋中叶，因为《左传·文公十八年》记述鲁太史克的大段对话，其中提到了《虞书》："舜臣尧，宾于四门，……去四凶也。故《虞书》数舜之功，……曰'宾于四门，四门穆穆'，无凶人也。"

《孟子》提及舜"不告而娶"："孟子曰：'不孝有三，无后为大。舜不告而娶，为无后也。君子以为犹告也。'"（《离娄上》）"万章问曰：'《诗》云："娶妻如之何？

必告父母。"信斯言也，宜莫如舜。舜之不告而娶，何也？'孟子曰：'告则不得娶。男女居室，人之大伦也。如告，则废人之大伦，以怼父母，是以不告也？'万章曰：'舜之不告而娶，则吾既得闻命矣；帝之妻舜而不告，何也？'曰：'帝亦知告焉则不得妻也。'"（《万章上》）"无后为大"的说辞出自孟子自己的解读，但透露的基本情节是帝尧嫁女或虞舜娶女没有事先禀告舜之父母得到应允，并非明媒正娶。

《荀子·成相篇》和《韩非子·忠孝》也都提到了舜妻二女，前者称"请成相，道圣王，尧舜尚贤身辞让，……尧不德，舜不辞，妻以二女任以事。大人哉舜，南面而立，万物备"，后者称舜"妻帝二女而取天下，不可谓义"，虽一正一反，但都明示尧嫁二女于舜或舜娶尧之二女与禅位、与得天下有关。

舜受其弟及父母迫害的故事见于《孟子》，属于最富于故事性的传说：

> 万章曰："父母使舜完廪，捐阶，瞽瞍焚廪。使浚井，出，从而掩之。象曰：'谟盖都君咸我绩，牛羊父母，仓廪父母，干戈朕，琴朕，弤朕，二嫂使治朕栖。'象往入舜宫，舜在床琴。象曰：'郁陶思君尔。'忸怩。舜曰：'惟兹臣庶，汝其于予治。'不识舜不知象之将杀己与？"曰："奚而不知也？象忧亦忧，象喜亦喜。"（《万章上》）

故事被提及出于师生二人的话题讨论，情节所述仍较简省，比如舜被骗至仓廪之上遭遇撤梯、焚廪，他是如何脱险；被骗下井遭遇填土，他是如何出逃；更费解的是家人为何要下此毒手。但从中除了可知焚廪、填井的基本情节外，还可知迫害事件发生在尧嫁二女之后，因为弟象自以为已经除掉兄舜，扬言要"二嫂使治朕栖"；还有舜明知家人下套，每次都听命前往，因为讨论中孟子回答万章关于"舜不知象之将杀己与"的提问，直称"奚而不知也"，而万章说的是"将杀"。

《韩诗外传·卷八》引孔子之语，也暗含着瞽瞍欲加害于舜的情节："曾子有过，曾皙引杖击之，仆地，有间，乃苏，起曰：'先生得无病乎？'鲁人贤曾子，以告夫子。夫子告门人：'参来，勿内也。'曾参自以无罪，使人谢孔子，孔子曰：'汝不闻昔者舜为人子乎？小棰则待笞，大杖则逃。索而使之，未尝不在侧；索而杀之，未尝可得。……'"说辞缘出曾子是否该承受其父曾皙杖击，故下文"索而杀之"的主语必是舜父瞽瞍。

《史记·五帝本纪》综合先秦说体材料，讲述了尧欲禅位、妻舜以观及其后发生的舜的迫害事件，值得再加援引的缘故是其中多出迫害的原因与舜脱险的办法和情节：

> 舜父瞽叟盲，而舜母死，瞽叟更娶妻而生象，象傲。瞽叟爱后妻子，常

欲杀舜……舜父瞽叟顽,母嚚,弟象傲,皆欲杀舜。……舜年二十以孝闻。三十而帝尧问可用者,四岳咸荐虞舜,曰可。于是尧乃以二女妻舜以观其内,使九男与处以观其外。舜居妫汭,内行弥谨。尧二女不敢以贵骄事舜亲戚,甚有妇道。尧九男皆益笃。舜耕历山,历山之人皆让畔;渔雷泽,雷泽上人皆让居;陶河滨,河滨器皆不苦窳。一年而所居成聚,二年成邑,三年成都。尧乃赐舜絺衣,与琴,为筑仓廪,予牛羊。瞽叟尚复欲杀之,使舜上涂廪,瞽叟从下纵火焚廪。舜乃以两笠自扞而下,去,得不死。后瞽叟又使舜穿井,舜穿井为匿空旁出。舜既入深,瞽叟与象共下土实井,舜从匿空出,去。瞽叟、象喜,以舜为已死。象曰:"本谋者象。"象与其父母分,于是曰:"舜妻尧二女,与琴,象取之。牛羊仓廪予父母。"象乃止舜宫居,鼓其琴。舜往见之。象鄂不怿,曰:"我思舜正郁陶!"舜曰:"然,尔其庶矣!"舜复事瞽叟爱弟弥谨。于是尧乃试舜五典百官,皆治。

原来,母为舜后母,象为舜同父异母弟。而关于舜"以两笠自扞而下""穿井为匿空旁出"、成功逃避迫害的部分,其实也并非太史公的演绎,因为《列女传》有相似而更详尽的情节,且多出一次,多出的这次恰恰与《楚辞·天问》所问的弟象为害有关:

有虞二妃者,帝尧之二女也。长娥皇,次女英。……瞽叟与象谋杀舜。使涂廪,舜归告二女曰:"父母使我涂廪,我其往。"二女曰:"往哉!"舜既治廪,乃捐阶,瞽叟焚廪,舜往飞出。象复与父母谋,使舜浚井。舜乃告二女,二女曰:"俞,往哉!"舜往浚井,格其出入,从掩,舜潜出。时既不能杀舜,瞽叟又速舜饮酒,醉将杀之,舜告二女,二女乃与舜药浴汪遂。往,舜终日饮酒不醉……(《母仪传·有虞二妃》)

所增第三次迫害是欲醉舜杀之,舜告二女瞽叟之邀,二女调制药物使舜沐浴,结果舜终日不醉,因此逃过此劫。而这较之《孟子》《史记》多出的一劫,恰恰很可能是《楚辞·天问》"舜服厥弟,终然为害。何肆犬豕,而厥身不危败"一问所针对的情节。对此,闻一多《楚辞校补》有较详考证:"考书传载象谋害舜者,有完廪、浚井、饮酒三事。饮酒事惟见《列女传·有虞二妃传》。其言曰'瞽叟又速舜饮酒,醉将杀之,舜告二女,二女乃与舜药浴注豕(各本作"汪遂",《路史·发挥》二引作"汪豕",陆归蒙《杂说》作"注豕",今依陆文),舜往(各本二字误倒,今正。《路史》无舜字,亦通),终日饮酒不醉。'注豕者,豕读为矢。《说文》曰'膢,臂,羊矢也',《仪礼·乡射礼》《释文》引《字林》矢作豕,是其比。《韩非子·内储说下篇》说燕人妻有通于士者，夫至，适遇士出，问何客，妻佯作无客，因诬其夫惑易，而浴之以狗矢。舜注矢以御醉，盖犹燕人浴矢以解惑。此其事虽不雅驯，然以秽恶禳灾，今民间巫术犹多行之，以今推古，亦亦同然，固不必为舜讳也。本篇'肆犬豕'当即斥此。豕借为矢，与《列女传》同。肆读为潰（经传肆肆通用，本系同字。《诗·雨无正》"莫知我勩"，《左传昭十六年》引勩作肄。肆之通潰，犹肄之通勩也）。《广韵》曰'潰，注也'。潰犬豕即《列女传》之注矢，亦犹《韩非子》之言浴狗矢矣。注矢后，即终日饮酒不醉，故曰'厥身不危败。'"①

由此可见，舜逃过这第三劫分明是得到二女相助。其实，前面两劫亦复如此。上引《列女传》乃今本，《楚辞·天问》洪兴祖补注引古本《列女传》即云："瞽叟与象谋杀舜。使涂廪，舜告二女。二女曰：'时唯其戕汝，时唯其焚汝，鹊汝裳衣，鸟工往。'舜既治廪，旋捐阶，瞽叟焚廪，舜往飞。复使浚井。舜告二女，二女曰：'时亦唯其戕汝，时其掩汝，汝去裳衣，龙工往。'舜往浚井，格其入出，从掩，舜潜出。"②

这说明，舜迫害故事中原本就是三劫，皆因二女神助而逃脱。《孟子》《史记》只是提及了其中二劫，《列女传》专传虞舜二妃，则全引了先秦这段说体故事。

关于第三点，《韩非子》和《吕氏春秋》不约而同，都讲述到尧不惜诛杀鲧而禅位于舜的故事：

尧欲传天下于舜，鲧谏曰："不祥哉！孰以天下而传之于匹夫乎？"尧不听，举兵而诛，杀鲧于羽山之郊。（《韩非子·外储说右上》）

尧以天下让舜。鲧为诸侯，怒于尧曰："得天之道者为帝，得帝之道者为三公。今我得地之道，而不以我为三公。"以尧为失论，欲得三公。怒甚猛兽，欲以为乱。比兽之角，能以为城；举其尾，能以为旌。召之不来，仿佯于野以患帝。舜于是殛之于羽山，副之以吴刀。禹不敢怨，而反事之。官为司空，以通水潦。颜色黎黑，步不相过，窍气不通，以中帝心。（《吕氏春秋·行论》）

《韩非子》与《吕氏春秋》的成文成书年代十分接近（据《史记》，吕不韦被迫自杀于前235年，韩非被迫自杀于前233年），所著故事不存在谁取自谁的问题，当采自大致相同的传说文本而又有所演绎。这即是说，鲧因反对传位于舜而遭诛杀的故事并

---

① 闻一多：《楚辞校补》，《古典新义》，《闻一多全集》第2卷，上海：三联书店，1982年版，第399—400页。

② 洪兴祖：《楚辞补注》，北京：中华书局，1983年版，第104页。

非出自韩非的杜撰，确属先秦流传的说体故事中的一个"版本"。

《国语》和《左传》都记述到子产关于鲧死羽山的说法："侨闻之，昔者鲧违帝命，殛之于羽山，化为黄熊，以入于羽渊，实为夏郊，三代举之。"（《国语·晋语八》）"郑子产对曰：'……昔尧殛鲧于羽山，其神化为黄熊，以入于羽渊，实为夏郊，三代祀之。'"（《左传·昭公七年》）《墨子》亦有此一说："然则亲而不善，以得其罚者谁也？曰若昔者伯鲧，帝之元子，废帝之德庸，既乃刑之于羽之郊。"（《尚贤中》）几处提及要么直称"殛鲧"，未言原因；要么泛称"违帝命""废帝之德庸"，未言违帝何命，废帝何德。联系上述《韩非子》与《吕氏春秋》的说法，似乎即是指反对传位于舜。问题是，典籍中关于鲧的被杀还有障堵治水"不待帝命"之说，《山海经·海内经》称"洪水滔天。鲧窃帝之息壤以堙洪水，不待帝命。帝命祝融杀鲧于羽郊"，《国语·鲁语上》称"鲧障洪水而殛死"。如果综合、调和诸说，当是原本伯鲧有继位希望，但因治水不利，帝尧另择他人，伯鲧激烈反对，导致被殛羽山。《大戴礼记·五帝德》记述孔子曾说帝尧"殛鲧于羽山，以变东夷"，似乎也意味着鲧之被殛并非直接缘自治水问题。

如此看来，《离骚》"鲧婞直以亡身兮，终然殀乎羽之野"之句，更大的可能是指鲧反对传位之事，若是窃土治水，或治水不利，似都与"婞直"一词关系不大。

那么鲧被殛死之事究竟发生在尧舜禅让这个故事系列中的哪个时段或环节呢？综合考量，应该是跨越了上述帝尧妻舜及舜的迫害事件始末。起因是伯鲧被四岳推举负责治水，此时舜还没有进入叙事视线。《尚书·尧典》开篇在讲述舜被推荐之前即记述道："帝曰：'咨！四岳！汤汤洪水方割，荡荡怀山襄陵，浩浩滔天。下民其咨，有能俾乂？'佥曰：'於，鲧哉！'帝曰：'吁！咈哉！方命圮族。'岳曰：'异哉，试可，乃已。'帝曰：'往，钦哉！'九载，绩用弗成。"接下来才是帝尧又询问"咨！四岳！朕在位七十载，汝能庸命，巽朕位"，意欲传位于四岳之一。这说明，伯鲧治水"九载""弗成"已经失去帝尧的信任，但此时并未遭遇帝尧惩处。再后来即发生了帝尧欲考察舜而引发的一系列事件。帝尧是在经过这一系列考察后才真正决定传位于舜的，已然宣布传位后才会发生伯鲧激烈反对之事，才导致了伯鲧被殛羽野的下场。

至此，这个故事系列中还有一点仍令人费解，这就是舜的三劫。即便后母及弟象欲杀舜于理可通，瞽叟身为舜之生父，怎会必欲致之死地而后快？舜明知有险，又为何每次都做好准备欣然前往？对此，《尧典》中帝尧说"我其试哉"特别值得玩味。关于测试内容，《史记·五帝本纪》还有"尧使舜入山林川泽，暴风雷雨，舜行不迷，尧以为圣"的说法，这种项目，也属于凶多吉少的关口。因此，日本学者伊滕清司结合对民间文学"难题求婚"故事的分析，提出舜的三劫乃是国丈帝尧正式接纳并传位于舜之前所进行的死亡考验仪式，舜的家人只不过是执行者①，其解读颇为新颖而有趣。

二、从有穷代夏到少康中兴

屈辞中有多处言及夏史传说中自有穷后羿代夏至少康中兴一段时期的过往故事。如《离骚》曰："羿淫游以佚畋兮，又好射夫封狐。固乱流其鲜终兮，浞又贪夫厥家。浇身被服强圉兮，纵欲而不忍。日康娱而自忘兮，厥首用夫颠陨。"其中提及有穷氏后羿、寒浞、过浇等的行径和下场。《离骚》后文以神话构思展开三次求女的寓言表达中，又有"及少康之未家兮，留有虞之二姚"，提及了少康及其妻室。《天问》中更有一系列针对这段古史的提问："浞娶纯狐，眩妻爰谋。何羿之射革，而交吞揆之？……惟浇在户，何求于嫂？何少康逐犬，而颠陨厥首？女歧缝裳，而馆同爰止。何颠易厥首，而亲以逢殆？""覆舟斟寻，何道取之？"

对于这些提及故事或针对故事却并未叙述故事的表达，自然需要结合故事才能读懂。

其一，后羿于何时、因何故以代夏？《离骚》在历数羿、寒浞、过浇行迹之前，尚有四句提及夏史，即"启《九辨》与《九歌》兮，夏康娱以自纵。不顾难以图后兮，五子用失乎家巷"。王逸注谓夏康为"启子太康也"，称这几句是"言太康不遵禹、启之乐，而更作淫声，放纵情欲，以自娱乐，不顾患难，不谋后世，卒以失国，兄弟五人，家居闾巷，失尊位也"②。然近人多辨其非，如姜亮夫《屈原赋校注》以句法、史实等辨正，"夏康娱以自纵"之"夏"当读为《诗》"夏屋渠渠"之"夏"，《毛传》"大也"，其文与"日康娱以淫游""日康娱而自忘"同；"五子用失乎家巷"，用王引之说，"失"字衍，当作"五子用乎家巷"，与后文"厥首用夫颠陨"句法同，"巷"读为《孟子》"邹与鲁哄"之"哄"，家哄即内讧；而关于"五子"，《史记·夏本纪》称"帝太康失国，昆弟五人，须于洛汭"，《逸周书·尝麦解》"其在夏（原作"殷"，依惠栋说改）之五子，忘伯禹之命，假国无正，用胥兴作乱，遂凶厥国"，《国语·楚语》士亹曰"启有五观"，《春秋传》曰"夏有观、扈"，《汉书·古今人表》太康下云"启子兄弟五人，号五观"，王符《潜夫论》"夏后启子太康、仲康更立，兄弟五人，皆有昏德，不堪帝事，降须洛汭，是谓五观"。对此姜亮夫加按语称"五子指太康兄弟五人言。五观应作武观，乃启之季子。诸书皆误合为一，非也。然五子中有武观，故

---

① ［日］伊腾清司：《难题求婚故事、成人仪式与尧舜禅让传说》，载叶舒宪：《神话-原型批评》，西安：陕西师范大学出版社，1987年版，第408—435页。
② 洪兴祖：《楚辞补注》，北京：中华书局，1983年版，第21页。

征引不妨两用"①。

关于五子"家巷（哄）"事，有两个问题需要解决。一是《离骚》此处的"五子"（或"五观"），是五子中的一子，还是泛称包括太康、仲康、武观在内的夏启的五个儿子；其二，五子家巷（哄）发生在夏启时期还是夏启之后。关于第一点，姜亮夫所引《国语·楚语》士䵅（士亹，即申叔时）之言的完整语句为"故尧有丹朱，舜有商均，启有五观，汤有太甲，文王有管、蔡。是五王者，皆有元德也，而有奸子"，前后所举丹朱、商均、太甲、管、蔡均为单人，且称为"奸子"，五观似单指武观为宜；太康、仲康等虽无能为帝，但尚不能算作"奸子"。关于第二点，古本、今本《竹书纪年》都记载有武观据西河以叛、夏启征伐之事，《今本竹书纪年》于夏启之世记曰："十一年，放王季子武观于西河。十五年，武观以西河叛。彭伯寿帅师征西河，武观来归。"而《北堂书钞》卷一三帝王部引《纪年》云："启征西河。"这样，《离骚》五子"家巷（哄）"四句应是专就"启征西河"事感慨，夏启的"不顾难以图后"，导致了儿子武观的反叛和家庭的内讧。但也由此很快使夏室陷入了衰败，导致了有穷后羿的趁虚而入。

《左传·襄公四年》记述晋魏绛援引《夏训》，称"昔有夏之方衰也，后羿自鉏迁于穷石，因夏民以代夏政"。只言夏衰，未明言当夏哪个时代，但从"因夏民"来看，当是得到了夏民的拥戴。《古本竹书纪年》辑录薛瓒《汉书集注》引《汲郡古文》云"太康居斟寻"，"又云羿亦居之"；《今本竹书纪年》记帝太康之世时称"元年癸未，帝即位，居斟寻。羿入居斟寻"，记帝仲康之世时称"元年己丑，帝即位，居斟寻。六年，锡昆吾命作伯。世子相出居商丘，依邳侯"，由此可知有穷后羿"代夏政"即当太康、仲康之世。但此所谓"代夏政"，尚不具有杀戮夺位性质，太康、仲康及世子相仍在传位、迁居，只不过卑微一隅，主导华夏已为有穷氏后羿所取代。《左传·襄公四年》记述魏绛之语，还引到《虞人之箴》曰"在帝夷羿，冒于原兽，忘其国恤，而思其麀牡。武不可重，用不恢于夏家"，有穷后羿被称作"帝夷羿"，或许后羿已经袭夏帝号，《竹书纪年》避讳未提？

其二，有穷氏代夏后，后羿、寒浞、夏后相、过浇之间究竟发生了怎样的纠葛？

首先是后羿为宠臣寒浞所杀。叙此事最详者即上述魏绛援引《夏训》的一段说辞：

（后羿）恃其射也，不修民事，而淫于原兽，弃武罗、伯因、熊髡、龙圉，而用寒浞。寒浞，伯明氏之谗子弟也，伯明后寒弃之，夷羿收之，信而使之，以为己相。浞行媚于内而施赂于外，愚弄其民而虞羿于田。树之诈慝，

---

① 姜亮夫：《重订屈原赋校注》，天津：天津古籍出版社，1987年版，第54—56页。

以取其国家，外内咸服。羿犹不悛，将归自田，家众杀而亨之，以食其子，其子不忍食诸，死于穷门。……浞因羿室，生浇及豷。

据此知寒浞是极力劝诱鼓励后羿耽于田猎，不理国事，而自己于中内外施惠笼络人心，最终后羿落得个众叛亲离、被自家臣仆杀而烹之的下场。而且他们还将肉汤"以食其子，其子不忍食诸，死于穷门"。随后寒浞即将羿妻据为己有，与之生了两个儿子，即浇和豷。这也就是屈辞《离骚》所谓"羿淫游以佚畋兮，又好射夫封狐。固乱流其鲜终兮，浞又贪夫厥家"，《天问》所谓"浞娶纯狐，眩妻爰谋。何羿之射革，而交吞揆之"。从《天问》的字里行间，又可悟出寒浞所娶的羿妻实与寒浞合谋杀掉了她的前夫后羿。

关于后羿的这个妻子，《左传·昭公二十八年》所述叔向母的一段话中提到过一位"玄妻"，很可能就是此女。叔向母反对叔向娶申公巫臣与夏姬所生之女，称"甚美必有甚恶"，"天钟美于是，将必以是大有败"，于是举例说"昔有仍氏生女，鬒黑而甚美，光可以监，名曰玄妻。乐正后夔取之，生伯封，实有豕心，贪惏无餍，忿颣无期，谓之封豕。有穷后羿灭之，夔是以不祀"。话里虽未明言后羿是否娶了玄妻，但就其要表达的美女是祸水的意思看，后夔之被后羿所灭，乃因他有个其光可监的黑美人；而《天问》称寒浞所夺的羿妻为"纯狐"，即黑狐狸，又称"眩妻爰谋"，眩、玄可通，"眩妻"即"玄妻"也。这么说来，这个"鬒黑而甚美，光可以监"的女人，害了前夫后夔，又害了第二个前夫后羿。

其次是过浇灭夏后相，"后缗归于有仍"。魏绛援引《夏训》接下来讲的就是寒浞"使浇用师，灭斟灌及斟寻氏。处浇于过，处豷于戈"。所谓"灭斟灌及斟寻氏"指的即是灭夏后相。《今本竹书纪年》记述帝相之世"八年，寒浞杀羿，使其子浇居过。九年，相居于斟灌。二十年，寒浞灭戈。二十六年，寒浞使其子帅师灭斟灌。二十七年，浇伐斟鄩，大战于潍，覆其舟，灭之。二十八年，寒浞使其子浇弑帝，后缗归于有仍"。此外还记有"斟灌之墟，是为帝丘。后缗方娠，逃出自窦，归于有仍"。《古本竹书纪年》辑录引《太平御览》卷八二皇王部也有"《纪年》曰：帝相即位，处商丘"之说。

过浇伐斟鄩等史事一定曾经传闻颇广，其说见于记录，因为《论语》中记述，"南宫适问于孔子曰：'羿善射，奡荡舟，俱不得其死然。禹稷躬稼而有天下。'夫子不答。南宫适出，子曰：'君子哉若人！尚德哉若人！'"（《宪问》）奡即浇，荡舟即覆舟。

这些传说，正是屈辞《离骚》"浇身被服强圉兮"、《天问》"覆舟斟寻，何道取之"的注脚。

再次是少康"逃奔有虞"，妻"有虞之二姚"。上引《今本竹书纪年》提到夏后相遭难之时,"后缗方娠,逃出自窦,归于有仍",《左传·哀公元年》记述伍员反对吴王夫差与越行成,称"树德莫如滋,去疾莫如尽",举少康复仇、夏朝中兴之例,首先提及少康逃奔有虞之事:

> 昔有过浇杀斟灌以伐斟鄩,灭夏后相,后缗方娠,逃出自窦,归于有仍,生少康焉。为仍牧正,惎浇能戒之。浇使椒求之,逃奔有虞,为之庖正,以除其害。虞思于是妻之以二姚,而邑诸纶,有田一成,有众一旅。

这即是说,夏后相妻子自狗洞逃出归于有仍后生下少康,后来过浇得知有少康,又派臣椒前去斩杀,少康匆匆出逃,逃至有虞,在有虞成家立业,得以发展。

关于少康逃奔有虞,《周易》《睽》卦中有两条爻辞,即九四"睽孤遇元夫,交孚,厉,无咎"和上六"睽孤见豕负涂,载鬼一车,先张之弧,后说之弧。匪寇婚媾。往遇雨则吉",高亨先生据"睽孤"犹今所谓遗腹子,结合《左传》中的上述叙事,推测这两条爻辞当是称述少康逃奔途中之事:"睽孤见豕负涂……五句乃记一古代故事。盖睽孤夜行,见豕伏道中,更有一车,众鬼乘之,睽孤先张弓欲射之,后弛弓而不射,盖详审之非鬼也,乃人也,非寇也,乃婚姻也。……又按九四与本爻疑皆夏少康故事。《左传·哀公元年》:'昔有过浇……'《易》文之睽孤,似即少康,少康,帝相之遗腹子也。'睽孤遇元夫交孚厉无咎'者,盖少康由有仍奔有虞时,遇一大夫从之,曾俱被俘而终脱去也。'睽孤见豕负涂……'者,盖少康由有仍奔有虞时,夜行遇有虞之人之情状也。'匪寇婚媾'者,即指虞思妻少康以二姚而言也。"按高亨先生的推测不无道理。后缗归有仍是回到本家,少康至有虞则无因可寻,不排除途中偶遇的戏剧性因缘。

其三,故事人物最终有着怎样的命运和下场?

《左传·襄公四年》魏绛援引《夏训》最后提到了故事的结局,即斟灌之难发生时,夏后相之臣伯靡"奔有鬲氏"。多年后,"靡自有鬲氏,收二国之烬,以灭浞而立少康。少康灭浇于过,后杼灭豷于戈,有穷由是遂亡"。《左传·哀公元年》伍员的讲述多出两个细节:"(少康)使女艾谍浇,使季杼诱豷。遂灭过、戈。"看来其间还上演了"谍战片",使用了诱敌法。可惜这些都属谈话中的转述,重点不在此,也就略过不表。比较而言,屈辞《离骚》《天问》倒是透露着某些消息,与上述来自说体故事的转述或可互相发明:"浇身被服强圉兮,纵欲而不忍。日康娱而自忘兮,厥首用夫颠陨。"(《离骚》)"惟浇在户,何求于嫂?何少康逐犬,而颠陨厥首?女歧缝裳,而馆同爰止。何颠易厥首,而亲以逢殆?"(《天问》)或许正是综合了上述材料及今尚不见的材料,包括对屈辞的理解和演绎,《今本竹书纪年》叙述了下面的故事:

……夏之遗臣伯靡，自有鬲氏收二斟以伐浞。浞恃浇皆康娱，日忘其恶而不为备。少康使汝艾谍浇。初，浞娶纯狐氏，有子早死，其妇曰女歧，寡居。浇强圉，往至其户，阳有所求。女歧为之缝裳，共舍而宿。汝艾夜使人袭断其首，乃女歧也。浇既多力，又善走，艾乃畋猎，放犬逐兽，因嗾浇颠陨，乃斩浇以归于少康。于是，夏众灭浞，奉少康归于夏邑。

其间具体细节或有出入，但有个基本事实已然可以肯定下来，这就是过浇最后的下场是被砍断脖颈。

三、妹嬉、伊尹与成汤放桀

屈辞中涉及夏商之际古史传说的诗句也是情节性较强的部分，需要借助说体故事展开互证。其中《离骚》有诗句曰："夏桀之常违兮，乃遂焉而逢殃。""汤、禹俨而求合兮，挚、咎繇而能调。"《天问》曰："桀伐蒙山，何所得焉？妹嬉何肆，汤何殛焉？""缘鹄饰玉，后帝是飨。何承谋夏桀，终以灭丧？帝乃降观，下逢伊挚。何条放致罚，而黎服大说？""成汤东巡，有莘爰极。何乞彼小臣，而吉妃是得？水滨之木，得彼小子。夫何恶之，媵有莘之妇？汤出重泉，夫何罪尤？不胜心伐帝，夫谁使挑之？""初汤臣挚，后兹承辅。何卒官汤，尊食宗绪？"《九章·惜往日》曰："闻百里之为虏兮，伊尹烹于庖厨。"这些对史实的援引和提问中，出现的人物有夏桀、妹嬉、成汤、伊尹（即伊挚），涉及的事件有桀伐蒙山得二女、妹嬉与伊尹谋亡夏、伊尹身世与身份、汤拘夏台、汤逢伊尹与伊尹为媵、成汤灭夏放桀等，还需一一道来。

《天问》问道："桀伐蒙山，何所得焉？妹嬉何肆，汤何殛焉？"意指夏桀最终为成汤所殛，直接起因，缘于伐蒙山所得。所得何物？《太平御览》卷一三五"皇亲部"引《竹书纪年》曰："后桀伐岷山，岷山女于桀二人，曰琬、曰琰。桀受二女，无子，刻其名于苕华之玉，苕是琬，华是琰。而弃其元妃于洛，曰末喜氏。末喜氏以与伊尹交，遂以间夏。"《艺文类聚》卷八三"宝玉部"引《竹书纪年》作"桀伐憜山"。岷山、憜山与蒙山皆一声之转。《左传·昭公十一年》记述叔向语："桀克有缗以丧其国。"《韩非子·难四》曰："是以桀索崏山之女……而天下离。"有缗、崏山与蒙山也音近相通，当亦同指一事，可为印证。《管子·轻重甲》有"女华者，桀之所爱也"之语，《吕氏春秋·慎大》称"桀迷惑于末嬉，好彼琬、琰"，也是佐证。这即是说，夏桀另结新欢导致旧爱元妃妹嬉（又作末喜、末嬉、妹喜）备受冷落，妹嬉遂与伊尹合谋反间，给商汤灭夏提供方便。

不过此事还有另外的版本。《国语·晋语一》记述史苏告大夫曰:"有男戎必有女戎。若晋以男戎胜戎,而戎亦必以女戎胜晋,其若之何!"里克曰:"何如?"史苏曰:"昔夏桀伐有施,有施人以妺喜女焉,妺喜有宠,于是乎与伊尹比而亡夏。"依此说,则妺喜也属于俘获女,原本就心存亡夏之心。参照《天问》所言乃"伐蒙山","所得"应如《纪年》所说为"岷山二女"。若调和二说,应是夏桀的移情二女加速了妺喜的报复行动。

再说与妺喜"间夏"的伊尹究竟是谁的人,是什么身份。《孙子·用间篇》有云:"昔殷之兴也,伊挚在夏……故明君贤将能以上智为间者,必成大功。"这是以伊尹为商汤之间谍,这样其与妺喜相好自应是出于间夏的需要。《孟子·告子下》称"五就汤、五就桀者,伊尹也",《战国策·燕策二·苏代为奉阳君说燕于赵以伐齐》称"伊尹再逃汤而之桀,再逃桀而之汤,果与鸣条之战,而以汤为天子",也道出了伊尹的反间身份。《今本竹书纪年》记述夏桀之世"十七年,商使伊尹来朝。二十年,伊尹归于商及汝鸠、汝方,会于北门",也坐实了其往返经历。

问题是伊尹先事桀还是先事汤?

关于伊尹的身世、来历及其与商汤的遇合,《吕氏春秋·本味》有一段颇为传奇的故事:

> 有侁氏女子采桑,得婴儿于空桑之中,献之其君。其君令烰人养之,察其所以然。曰:"其母居伊水之上,孕,梦有神告之曰:'白出水而东走,毋顾!'明日,视白出水,告其邻,东走十里而顾,其邑尽为水,身因化为空桑。故命之曰伊尹。"此伊尹生空桑之故也。长而贤。汤闻伊尹,使人请之有侁氏,有侁氏不可。伊尹亦欲归汤,汤于是请取妇为婚。有侁氏喜,以伊尹媵女。

由这个故事,我们自然就读懂了《天问》的这些问句:"成汤东巡,有莘爰极。何乞彼小臣,而吉妃是得?水滨之木,得彼小子。夫何恶之,媵有莘之妇?"《墨子·尚贤下》称"昔伊尹为莘氏女师仆,使为庖人,汤得而举之,立为三公",则知伊尹作为媵臣的具体身份是新妇的庖厨。这恐怕也是后来传成"伊尹以割烹要汤"(《孟子·万章上》)的缘故。这也就是《九章·惜往日》"闻百里之为虏兮,伊尹烹于庖厨"的注脚。

如此说来,自是伊尹先为商汤之臣。《吕氏春秋·慎大》还记述有商汤遣伊尹赴夏履行间谍任务的具体情节和细节:"桀为无道,暴戾顽贪……汤乃惕惧,忧天下之不宁,欲令伊尹往视旷夏,恐其不信,汤由亲自射伊尹。伊尹奔夏三年,反报于亳,曰:

'桀迷惑于末嬉，好彼琬琰，不恤其众。众志不堪，上下相疾，民心积怨，皆曰："上天弗恤，夏命其卒。"'汤谓伊尹曰：'若告我旷夏尽如诗。'汤与伊尹盟，以示必灭夏。伊尹又复往视旷夏，听于末嬉。末嬉言曰：'今昔天子梦西方有日，东方有日，两日相与斗，西方日胜，东方日不胜。'伊尹以告汤。商涸旱，汤犹发师，以信伊尹之盟。故令师从东方出于国西以进。未接刃而桀走，逐之至大沙。"

然而《韩诗外传·卷二》却有另一种说法："昔者桀为酒池糟堤，纵靡靡之乐，而牛饮者三千，群臣皆相持而歌，'江水沛兮！舟楫败兮！我王废兮！趣归于亳，亳亦大兮！'……伊尹知大命之将去，举觞造桀曰：'君王不听臣言，大命去矣，亡无日矣。'桀相然而抃，盍然而笑曰：'子又妖言矣。吾有天下，犹天之有日也，日有亡乎？日亡，吾亦亡也。'于是伊尹接履而趋，遂适于汤，汤以为相。"

调和两说，伊尹既为间谍，在夏桀王朝自然亦应表现为夏桀的忠臣，表面也应劝谏几句，夏桀的荒淫与狂妄，群臣希望归附商亳的情绪，正都被伊尹看在眼里，此正是离开夏桀、回归商亳、一举灭夏的最好时机。这正是《天问》所问："缘鹄饰玉，后帝是飨。何承谋夏桀，终以灭丧？""缘鹄饰玉"指鼎俎之饰，看来伊尹臣桀臣汤都是庖厨身份。这个看似为夏桀进言、谋划之臣，怎么最终却导致了主子的灭丧？

而就商汤而言，其志在灭夏，除了忧虑天下，还与他曾被夏桀囚禁有关。《天问》"汤出重泉，夫何罪尤？不胜心伐帝，夫谁使挑之"几句就是针对此而发。《今本竹书纪年》曰"二十二年，商侯履来朝，命囚履于夏台"，《史记·夏本纪》亦曰"桀乃召汤而囚之于夏台"，重泉当即夏台。并无罪尤却遭遇惩处，这让成汤心甚不堪，于是立志攻伐帝桀，此心此志并非出于他人所挑。

就这样，商汤、伊尹找准时机，里应外合，一举灭夏，放桀于鸣条，建立商王朝。伊尹也因立有大功，由小臣升任国相，并世享商祀。这也就是《天问》所云："帝乃降观，下逢伊挚。何条放致罚，而黎服大说？""初汤臣挚，后兹承辅。何卒官汤，尊食宗绪。"

关于伊尹助商汤灭夏放桀，《说苑·权谋》还记有一段插曲："汤欲伐桀。伊尹曰：'请阻乏贡职以观其动。'桀怒，起九夷之师以伐之。伊尹曰：'未可。彼尚犹能起九夷之师，是罪在我也。'汤乃谢罪请服，复入贡职。明年，又不供贡职。桀怒，起九夷之师，九夷之师不起。伊尹曰：'可矣。'汤乃兴师，伐而残之。迁桀南巢氏焉。"可见关于这段历史的传说还有很多。

楚地屈辞中提及的古史传说能与诸子、史传著作中援引的说体故事互相生发，可见必有说体文本为其所共本。比如《汉书·艺文志》著录小说家著作第一条即是"《伊尹说》二十七篇"，并自注"其语浅薄，似依托也"，上引关于伊尹生于空桑的传说之类，会不会是出于此类说体文本呢？还有《汉书·艺文志》著录道家著作中有"《周训》十四篇"，师古曰："刘向《别录》云人间小书，其言俗薄。"由此联想，《左传》所述魏绛援引的《夏训》之类，会不会也属于"其言俗薄"的"人间小书"？应该说，这种可能性还是有的。

《怀沙》题义探析与屈原绝命辞辩①

中国人民公安大学 谢 君

【摘 要】 《怀沙》之篇名既非怀抱沙石之义,也非感怀长沙等地之义,而是指投身于河沙之怀,即投江之义。《怀沙》中表现出了屈原决绝赴死之意,是屈原的绝命辞,太史公的记载不容置疑。《惜往日》《悲回风》等篇不能取代《怀沙》,成为屈原的绝命辞。

【关键词】 《怀沙》 题义 屈原 绝命辞

《怀沙》次于《抽思》,是《九章》的第五篇。屈原于汉北作《抽思》不久就回到了郢都,怀王三十年（公元前 299 年）,秦约与怀王会,怀王欲往,屈原谏阻,怀王不听,入秦不返。顷襄王立,令尹子兰使上官大夫短屈原于顷襄王,王怒而迁屈原,迁所在江南之野。《怀沙》篇就是屈原在这次被迁江南后所作。《怀沙》的篇名为何义,《怀沙》是否为屈原的绝命之辞,是《怀沙》篇留给研究者的两个最具争议的问题。

关于《怀沙》题义,最早给出明确释义的是朱熹。朱熹对篇名的解释是"言怀抱沙石,以自沉也"。②朱熹对"怀沙"的解释受到东方朔、司马迁的影响。东方朔在《七谏·沉江》中言:"怀沙砾以自沉兮,不忍见君之蔽壅。"③将屈原的死法称为怀沙砾自沉。太史公亦曰,屈原作《怀沙》之赋,怀石遂自投汨罗以死。虽然他们均未明言"怀沙"即怀抱沙石以自沉,但显然就是如此理解的,且把《怀沙》当作了屈原的绝笔之作。东方朔与司马迁两相印证,使"怀沙"意即怀沙石自沉以及《怀沙》为屈原绝命辞的观念深入人心。

朱熹虽然继承了前人对《怀沙》篇名含义的解释,但却扬弃了将《怀沙》作为屈原绝命辞的做法。因为朱熹在《楚辞辩证》中曰:"《骚经》《渔父》《怀沙》,虽有彭咸、江鱼、死不可让之说,然犹未有决然之计也,是以其词虽切而犹未失其常度。《抽

---

① 本文属于"中国人民公安大学 2019 年度新任教师科研启动基金项目"阶段成果,项目编号:2019JKF421。
② 朱熹撰、李庆甲校点:《楚辞集注》,上海:上海古籍出版社,1979 年版,第 91 页。
③ 东方朔:《七谏》,见洪兴祖:《楚辞补注》,北京:中华书局,1983 年版,第 242 页。

思》以下，死期渐迫，至《惜往日》《悲回风》，则其身已临沅、湘之渊，而命在旦刻矣。"① 明确指出《怀沙》"犹未有决然之计"，反而是《惜往日》《悲回风》更接近屈原死期。综合来看，朱熹的意思就是"怀沙"之义虽然是怀抱沙石以自沉，但屈原并非作完《怀沙》后就真的自沉了，《怀沙》还远不是屈原的绝笔。朱熹之所以在不赞同《怀沙》作为屈原绝命辞的情况下仍释"怀沙"为"怀抱沙石以自沉"，可能是因为没有找到更好的解释方法，实际上他对这种释义已有了质疑。这种看似矛盾的观点开启了后人将"怀沙"与"怀石自沉"义相分离的路径。从明代起，就有学者不但认为《怀沙》不是屈原的绝命辞，而且还认为《怀沙》篇名与"怀沙石自沉"无涉。自汪瑗始，蒋骥、游国恩、马茂元、姜亮夫等人均就把"怀沙"之"沙"理解为长沙，"怀沙"即感怀长沙、寓怀于长沙或怀念长沙；且均持《怀沙》非屈原绝命辞的观点。此论成了怀沙石自沉论最有力的挑战者，并启发了其他研究者将"怀沙"之"沙"理解成地名的研究思路，在长沙之外，又找出各种地名来释解"沙"②。但以"怀抱沙石以自沉"解"怀沙"的研究者仍大有人在。

以上关于《怀沙》篇名含义的两种主流观点之所以相持不下，谁也说服不了谁，是因为这两种观点都存在明显的缺陷。"怀抱沙石自沉"论受到两个方面的质疑：一是以"沙石"解"沙"不合理。《史记》云"怀石"自沉，非怀沙也。"沙"与"石"不可等同。怀石可以，散碎之沙却不可怀，并且也无助于沉江。如果是怀石自沉，何曰"怀沙"而不以"怀石"或"负石"等为篇名？"怀沙自沉"明显不通，所以才说"怀沙石自沉"，增字为解，是为了弥补"怀沙自沉"之不合理。二是既然《怀沙》篇非屈原绝笔，那么以"怀沙石自沉"来释解篇名显然不合理。自朱熹以来，就不断有人质疑《怀沙》作为屈原绝命辞的可能性，纷纷以《惜往日》或者《悲回风》来取代《怀沙》的绝命辞地位。

而"感怀长沙"论同样受到反对者的质疑。一是"感怀长沙"，没有道理简称为"怀沙"，"沙"的指代性不明，不宜作为"长沙"之简称。二是篇中根本没有关于长沙的任何迹象。《涉江》《哀郢》篇中都提到了篇名中的"江"与"郢"，如果《怀江》篇名结构与之相同，"沙"也是地理名词的话，那理应也会在篇中出现有关"沙"的内容，但事实并非如此。可见，"沙"并非是地名，"怀沙"并非"感怀长沙"之义。

对以上这两种观点的质疑都具有说服力，这说明两种观点都存在严重缺陷。其实，

---

① 朱熹撰、李庆甲校点：《楚辞集注·楚辞辩证下》，上海：上海古籍出版社，1979年版，第197页。
② 如冀凡在《〈怀沙〉之"沙"与沙市之"沙"——〈九章〉单篇研究之五》（《黄石教育学院学报》1994年第2期）一文认为"沙"是指屈原的故居"沙头"，即今天的沙市。

在以上两种主流观点外,还有一种观点值得我们重视。王夫之在《楚辞通释》中说:"《怀沙》者,自述其沉湘而陈尸于沙碛之怀,所谓不畏死而勿让也。"① 也就是说"怀沙"之义为"陈尸于沙碛之怀"。王氏的表述似乎还显得不够通顺,换一种说法其实就是"委体渊沙"之义。范晔《后汉书·高凤传》有"委体渊沙"之语,唐李贤注曰:"谓屈原怀沙砾而自沉也。"② 实际上,"委体渊沙"与"怀沙砾自沉"还是存在很大不同的。"委体渊沙"虽然也是水死,但不一定是怀抱沙砾自沉,"委体渊沙"只是交代了结果,并没有说明投水方法。以"委体渊沙"来解"怀沙",意即投身于河沙之怀,与河沙为伍,也就是跳河自杀的意思。这样就避免了以"怀抱沙石"来释"怀沙"的不足。所以我们认为,将《怀沙》篇名理解为"委体渊沙"或"投身于河沙之怀"更为合理。胡念贻先生曰:"'怀'当释作'归'、'依'。《文雅·释诂二》:'怀,归也。'《后汉书·吴汉传》注:'怀,依也。''沙'指水中。《易·需卦》'需于沙',虞注:'水中之阳称沙也。''怀沙',意即沉江。"③ 我们认为胡氏此论已经揭露出《怀沙》篇名之真义。

既然《怀沙》之篇名为"委体渊沙"之义,那么《怀沙》篇是不是屈原的绝命之辞呢?我们认为,答案是肯定的。首先,太史公说屈原作完《怀沙》后便自沉汨罗,明确将《怀沙》作为屈原的绝命辞。太史公的记载应该得到尊重。将《惜往日》或《悲回风》代替《怀沙》作为屈原绝命辞的论述并没有什么有力的论据,只是凭着对文章的主观解读做出的判断,不足以推翻《史记》的明载。

其次,从《怀沙》的内容看,也明显表现出决绝赴死的迹象。文中曰:"舒忧娱哀兮,限之以大故。""大故"即生命之大限,表明屈原已确知自己的大限快到。篇内又曰:

伯乐既没,骥焉程兮。民生禀命,各有所错兮。定心广志,余何畏惧兮!曾伤爰哀,永叹喟兮。世溷浊莫吾知,人心不可谓兮。知死不可让,愿勿爱兮。明告君子,吾将以为类兮。

其中的"伯乐既没,骥焉程兮"应该就是屈原在感慨怀王死后,再也无人能重用自己。怀王对屈原有知遇之恩,虽然也曾听信谗言而疏远并外放屈原,但屈原一生最得意的仕途及最主要的政绩都是在怀王朝完成的,屈原对怀王的感情是深厚的,对怀王的知遇是感激的。而顷襄王一即位,便轻信谗言远迁屈原,丝毫也没给屈原一展身手的机

---

① 王夫之:《楚辞通释》,北京:中华书局,1959年版,第85页。
② 范晔撰、李贤注:《后汉书·逸民列传第七十三·高凤传》,北京:中华书局,1965年版,第2769、2770页。
③ 胡念贻:《楚辞选注及考证》,长沙:岳麓书社,1984年版,第402页。

会。所以，听到怀王死于秦的信息后，屈原十分悲痛，万念俱灰。"知死不可让，愿勿爱兮。明告君子，吾将以为类兮。"明确表达了死亡的决心，而且表现得异常的冷静与悲壮。朱熹所言："《骚经》《渔父》《怀沙》，虽有彭咸、江鱼、死不可让之说，然犹未有决然之计也，是以其词虽切而犹未失其常度。《抽思》以下，死期渐迫，至《惜往日》《悲回风》，则其身已临沅、湘之渊，而命在晷刻矣。"①只读出了表面的平静，并没有看到深层的悲凉。《怀沙》篇中的"未失其常度"是痛定后的平静与万念俱灰后的冷酷，这比那种激烈的言辞更为可怕。"知死不可让，愿勿爱兮。"说明之前可能还多少有点顾虑和爱惜生命，这回是知道死不可让，彻底来真的了。

最后，自朱熹以来，历代认为《惜往日》或《悲回风》更接近屈原死期的观点，其实是站不住脚的②。

在《惜往日》里，屈原谪居沅湘之间，将往日被君王信任重用与今日见尤而远迁作对比，文中曰：

> 惜往日之曾信兮，受命诏以昭诗。奉先功以照下兮，明法度之嫌疑。国富强而法立兮，属贞臣而日娭。秘密事之载心兮，虽过失犹弗治。心纯厖而不泄兮，遭谗人而嫉之。君含怒而待臣兮，不清澈其然否。蔽晦君之聪明兮，虚惑误又以欺。弗参验以考实兮，远迁臣而弗思。信谗谀之溷浊兮，晟气志而过之。何贞臣之无罪兮，被离谤而见尤！

这一段的诉说对象一定是怀王，因为只有在怀王朝，屈原才有被信任受重用的经历。所以，"弗参验以考实兮，远迁臣而弗思"者指的也是怀王。怀王受小人蒙蔽，不察屈原之忠贞，迁屈原于江南。屈原愤慨于无罪而"离谤见尤"，尤其在今昔对比间更觉悲哀。所以屈原准备"临沅、湘之玄渊兮，遂自忍而沉流"。但他当时还是没有一死了之，因为他还有顾虑和犹豫，他担心"卒没身而绝名兮，惜壅君之不昭"。自己身死名绝，而君王因壅蔽而并不了解我之忠贞与冤屈。此处之君当然也是指怀王。最后，屈原又说："宁溘死而流亡兮，恐祸殃之有再。不毕辞而赴渊兮，惜壅君之不识。""宁溘死以流亡"在屈原的作品中出现过多次，是屈原的常用语，且并不重在"溘死"，而是重在"流亡"。"恐祸殃之有再"担心这样被远迁的祸害还会有第二次。这句说明他当时是第一次被放，也表明此篇只能是创作于屈原于怀王朝初次被外放之时，而不可能

---

① 朱熹撰、李庆甲校点：《楚辞集注·楚辞辩证下》，上海：上海古籍出版社，1979年版，第197页。

② 关于屈原绝笔的说法有《怀沙》《惜往日》《悲回风》《橘颂》《离骚》等诸说，（可参见谢东贵：《屈原绝笔研究述评》，《求索》1991年第6期）。后两者说法影响不大，在此不论。

是在顷襄世被再次远迁江南时。否则，就得说"恐祸殃之有三"了。"不毕辞而赴渊兮，惜壅君之不识"与"卒没身而绝名兮，惜壅君之不昭"是同样的意思，非但不能表明屈原赴死的决心，反倒证明此时屈原仍有顾虑和犹豫，不会立即赴死。"自忍而沉流""不毕辞而赴渊"都只是屈原一时的激愤之辞，并不能表明此篇就是屈原的绝命辞。

《悲回风》跟《惜往日》一样，也不是屈原的绝命辞。篇中曰："宁逝死而流亡兮，不忍为此之常愁。孤子吟而抆泪兮，放子出而不还。孰能思而不隐兮，昭彭咸之所闻。""宁逝死而流亡"是屈原常用语，非决心赴死之辞。"昭彭咸之所闻"之"彭咸"被不少研究者认作是屈原自沉的效法对象。这其实是一种误解，已有不少研究者做过澄清。为说明《悲回风》非屈原之绝命辞，我们在此不得不再作进一步论述。

"彭咸"在《离骚》中出现过两次，《抽思》《思美人》中各出现过一次，在此篇中出现过三次。《离骚》：

> 謇吾法夫前修兮，非世俗之所服。虽不周于今之人兮，愿依彭咸之遗则。
> 国无人兮莫我知兮，又何怀乎故都。既莫足与为美政兮，吾将从彭咸之所居。

《抽思》：

> 望三五以为像兮，指彭咸以为仪。夫何极而不至兮，故远闻而难亏。

《思美人》：

> 广遂前画兮，未改此度也。命则处幽吾将罢兮，愿及白日之未暮也。独茕茕而南行兮，思彭咸之故也。

《悲回风》：

> 物有微而陨性兮，声有隐而先倡。夫何彭咸之造思兮，暨志介而不忘。万变其情岂可盖兮，孰虚伪之可长。
> 孤子吟而抆泪兮，放子出而不还。孰能思而不隐兮，昭彭咸之所闻。
> 邈漫漫之不可量兮，缥绵绵之不可纡。愁悄悄之常悲兮，翩冥冥之不可娱。凌大波而流风兮，托彭咸之所居。

从这些表述中可以看出，屈原提及彭咸，表示要效法彭咸时，是屈原决心不与人同流合污时，或没机会实现自身抱负时，或处于困境中而立志不改节操时。屈原将彭咸作为自己榜样，但并没有决心立即赴死的意思。东方朔在《七谏·谬谏》中曰："直士隐而辟匿兮，谗谀登乎明堂。弃彭咸之娱乐兮，灭巧倕之绳墨。"① 前后两句是一种互文关系，"弃彭咸之娱乐"明显是与"直士隐而辟匿"相对应的，说明在东方朔看来，彭咸是"直士"的典范，而非投水自杀的诤臣。如果彭咸为怀石自沉者，且屈原效法彭咸意即投水自杀，那么东方朔不可能说"弃彭咸之娱乐"，也不可能在《七谏·谬谏》中提及彭咸，而在《七谏·沉江》中却只字未及。

王逸注彭咸为"殷贤大夫，谏其君不听，自投水而死"② 明显是不正确的。洪兴祖承王氏观点而补充其说。朱熹作《集注》时虽仍其旧，但明显已对王、洪观点的可靠性产生了质疑。他在《楚辞辩证》中表达了这种质疑："彭咸，洪引颜师古，以为'殷之介士，不得其志，而投江以死'，与王逸异。然二说皆不知其所据也。"③ 明代汪瑗更是反对王逸的观点，认为屈原并非水死，而彭咸则是"当殷之末世，悼其丧乱，遂遁流沙。遭壅君，处乱世，与屈原实相类焉"④。意即，彭咸是前代隐者，非投水而死；屈原欲法彭咸，不是决心水死，而是想隐遁。我们虽然不接受汪瑗认为屈原非沉江而死的观点，但认为汪氏关于彭咸非投水而死的判断却是很有道理的。屈原效法彭咸是要学习他不同流合污、保守自身高洁品质的精神，而绝不是说要投水自杀。

《悲回风》中曰："凌大波而流风兮，托彭咸之所居。"前半句与《哀郢》中的"凌阳侯之泛滥兮"相仿，只是表示舟行时波涛汹涌，并不是代表要临水自杀。所以紧接着屈原写道：

> 上高岩之峭岸兮，处雌霓之标颠。据青冥而摅虹兮，遂倏忽而扪天。吸湛露之浮源兮，漱凝霜之雰雰。依风穴以自息兮，忽倾寤以婵媛。凭昆仑以瞰雾兮，隐岷山以清江。惮涌湍之磕磕兮，听波声之汹汹。纷容容之无经兮，罔芒芒之无纪。轧洋洋之无从兮，驰委移之焉止。漂翻翻其上下兮，翼遥遥其左右。泛潏潏其前后兮，伴张驰之信期。观炎气之相仍兮，窥烟液之所积。悲霜雪之俱下兮，听潮水之相击。借光景以往来兮，施黄棘之枉策。求介子之所在兮，见伯夷之放迹。心调度而弗去兮，刻著志之无适。

---

① 东方朔：《七谏》，见洪兴祖：《楚辞补注》，北京：中华书局，1983年版，第253—254页。
② 王逸：《楚辞章句》，见洪兴祖：《楚辞补注》，北京：中华书局，1983年版，第13页。
③ 朱熹撰、李庆甲校点：《楚辞集注·楚辞辩证上》，上海：上海古籍出版社，1979年版，第177页。
④ 汪瑗：《楚辞集解》，北京：北京古籍出版社，1994年版，第331页。

整个这一段都是屈原对自己"托彭咸之所居"后生活的想象。这完全是一幅远离尘世、纵情山水、放逸闲游的处士生活图画。尤其是"隐岷山以清江""求介子之所在""见伯夷之放迹"等语，均表明屈原想学介子推和伯夷、叔齐过隐逸生活。当然屈原不可能做到真的归隐，他只是以此作为一种精神的慰藉，心向往之，但却做不到，放不下楚国及君王，放不下建功立业的意愿；所以他才会如此痛苦。凡提及"彭咸"的篇目，都不是屈原的绝命辞。

屈原在《悲回风》中又曰："望大河之洲渚兮，悲申徒之抗迹。"据载，申徒狄是水死，研究者据此认为，屈原此句正是效仿申徒狄的誓言。但此句并没有说要立即效法申徒"拥石赴河"，而是表达了对申徒的同情。屈原以申徒投水自杀为可悲，说明他自己此时还不可能效法其行为。所以屈原接着又说："骤谏君而不听兮，重任石之何益。"认为谏君而不听，投水自杀又有何益，只能是无谓牺牲，无补于事，明确表示出对申徒抱石投水自杀行为的不赞同。此句与《惜往日》中的"卒没身而绝名兮，惜壅君之不昭。""不毕辞而赴渊兮，惜壅君之不识。"是相似的表述，代表着《悲回风》与《惜往日》应是同一时期的作品。

所以，《惜往日》《悲回风》不能取代《怀沙》而成为屈原的绝命辞。《怀沙》作为屈原的绝命辞才是最可靠的。

根据太史公的记载，屈原被"顷襄王怒而迁之"后，来到江滨，遇见渔父，在与渔父的对话中，就已萌生了"宁赴湘流，葬于江鱼之腹中"（《渔父》）的决心。史公紧接着就写道："乃作怀沙之赋（后引《怀沙》全文），于是怀石遂自沉汨罗以死。"① 可知，屈原自沉是作《怀沙》后不久，而作《怀沙》又距遇渔父不久，遇渔父又是被迁江南后不久。由此可推知，屈原作《怀沙》应该是在顷襄王将其迁至江南后不久，很可能是听到怀王客死于秦的消息后所作，作完后便从容赴死了。具体创作时间应该在顷襄王三年（公元前296，怀王死于是年），或者之后不久；创作地点就在洞庭湖一带，在屈原最终死亡地——汨罗江附近。屈原生年按公元前331年计算②，至公元前296年，屈原创作《怀沙》并自沉汨罗时，可能还不足四十岁③

---

① 司马迁撰、裴骃集解、司马贞索隐、张守节正义：《史记·屈原贾生列传》，北京：中华书局，1982年版，第2486—2490页。

② 关于屈原生年，笔者有专文论述。笔者认为，"摄提贞于孟陬兮惟庚寅吾以降"一句只交代了屈原的生年为庚寅年，即公元前331年。

③ 当然，太史公的记载可能只是概述而已，各事件的中间可能有着较长的相隔时间，所以将《怀沙》的作时与屈原的卒年具体到某一年其实是很困难的，只能推算其大致发生在某一时间段内。可以大致肯定的是《怀沙》作于顷襄王迁屈原于江南之野后，即公元前298年之后，是屈原的绝笔。屈原也死在是年之后，至于之后多久却难说，很有可能是在怀王客死于秦的前296年。

《楚辞·九章》中的"节士喻"及其文学渊源与价值①

南通大学楚辞研究中心　许富宏

【摘　要】　在《九章》中，诗人屈原也像《离骚》等篇一样称引历史人物，但与《离骚》多以明君贤臣或者暴君奸臣的人物不同，《九章》称引的历史人物多是节士，且用来自比，可以称之为"节士喻"。诗人把"节士"作为载体，通过"节士"人物的忠诚、廉洁、正直、守信的品质，以及投水、自枯等不惜死行为事迹来抒发自己的情感。在《九章》中，诗人是将"节士喻"与"芳草喻"综合使用的。"芳草喻"与"节士喻"是承袭的"《诗经》的比兴传统"而来，通过对"节士喻"的研究，还可以更加清楚地认识到屈原投江自杀的必然性。

【关键词】　屈原　九章　节士喻

《九章》是屈原的重要作品，对研究屈原的生平与艺术成就具有重要价值。在《九章》中，诗人也像《离骚》等篇一样称引历史人物，但与《离骚》多以明君贤臣或者暴君奸臣的人物不同，《九章》中历史人物多是节士，且用来自比，可以称之为"节士喻"。这个问题此前没有引起学者的关注，本文试就此作出探讨。

一、节士是《九章》中主要的人物类型

节，《说文》："竹约也。"原指竹节。节士，指坚持气节之士。节士是先秦时期一个重要群体，其事迹在刘向《新序·节士》篇中有集中的反映，此外《左传》《史记》及先秦时期的诸子作品中也常有见到。在《九章》中，节士人物主要有：

（一）申生

见于《惜诵》，其云："晋申生之孝子兮，父信谗而不好。"刘向《新序·节士》

---

① 基金项目：江苏高校人文社会科学研究重点基地重大项目"《楚辞·九章》注释的汇集整理"（项目批准号：2012JDXM021）；国家社科基金重大招标项目"东亚楚辞文献发掘、整理与研究"（项目批准号：13&ZD112）。

中载，晋献公太子申生路行，遇到蛇绕车轮，随从以为天降祥瑞，建议申生取代父亲，自己即位，即所谓"得国"。申生说："不然。我得国，君之孽也。拜君之孽，不可谓礼。见礼祥而忘君之安，国之贼也。怀贼心以事君，不可谓孝。挟伪意以御天下，怀贼心以事君，邪之大者也。而使我行之，是欲国之危，明也。"遂伏剑而死。《节士》篇引"君子"曰"可谓远嫌一节之士也"。关于申生事迹，《节士》篇与《左传·僖公四年》《史记·晋世家》不同。《左传》与《史记》均记载申生是受到其父亲晋献公宠姬骊姬的谋害，有人对申生说"太子何不自辞明之？"申生说："吾君老矣，非骊姬，寝不安，食不甘。即辞之，君且怒之，不可。"也有人对申生说："可奔他国。"申生说："被此恶名以出，人谁纳我？我自杀耳。"不久，申生自杀于新城。申生自杀事迹，各本记载虽不同，但是申生是个孝子，为了国家的安危，甘愿受屈自杀以免国家受到损害，这一点是一致的。申生的这种行为与《节士》篇里的许国太子相似，《节士》云许悼公"疾疟，饮药毒而死"，太子"止自责不尝药，不立其位"，"专哭泣"，"未逾年而死"。"故《春秋》义之"。申生与许国太子都是节士。

（二）接舆、桑扈

见于《涉江》，其云："接舆髡首兮，桑扈裸行。"王逸《楚辞章句》注说："接舆，楚狂接舆也。髡，剔也。首，头也，自刑身体，避世不仕也。桑扈，隐士也。去衣裸裎，效夷狄也。言屈原自伤不容于世，引此隐者以自慰也。"王逸将接舆、桑扈解为隐士，隐士归隐也是节士的一种表现。胡文英也说："接舆、桑扈，盖皆贤人，知世不能用己，而托于狂放，以自隐者也。"① 接舆、桑扈是对世俗不满，不愿同流合污而避世隐居，有坚持气节的意蕴在内，是节士。接舆被皇甫谧列为高士，皇甫谧《高士传》载："陆通，字接舆，楚人也。好养性，躬耕以为食。楚昭王时，通见楚政无常，乃佯狂不仕，故时人谓之楚狂。"按照皇甫谧《高士传序》的说法，高士是从未入仕途之士，其名节过于节士者。接舆既是高士，虽不见于《节士》篇，其为节士也属自然。

（三）伍子胥

见于《涉江》《惜往日》《悲回风》。如《涉江》曰："伍子逢殃兮，比干菹醢。"《惜往日》亦曰："吴信谗而弗味兮，子胥死而后忧。"《悲回风》："浮江淮而入海兮，从子胥而自适。"伍子胥事见《左传》《史记》等，王逸注曰："伍子，伍子胥也，为吴王夫差臣，谏令伐越，夫差不听，遂赐剑而自杀。后越竟灭吴，故言逢殃。"伍子胥忠心为国，而吴王竟听信谗言，赐剑而死，死后还把子胥尸盛以鸱夷之革，浮之江中。伍子胥忠而不用，明知有危险，勇而直谏，被谗而杀，为节士之行。

---

① 胡文英：《屈骚指掌》，黄灵庚主编：《楚辞文献丛刊》（第59册），北京：国家图书馆出版社，2014年版，第467页。

（四）比干

见于《涉江》，王逸注曰："比干，纣之诸父也。纣惑妲己，作糟丘酒池，长夜之饮，断斫朝涉，刳剔孕妇。比干正谏，纣怒曰：'吾闻圣人心有七孔。'于是乃杀比干，剖其心而观之，故言菹醢也。"比干，是商纣王叔父，《节士》载其事："纣作炮烙之刑，王子比干曰：'主暴不谏，非忠臣也；畏死不言，非勇士也。见过则谏，不用则死，忠之至也。'遂进谏，三日不去朝，纣因而杀之。"比干亦是节士之一。

（五）伯夷

见于《橘颂》与《悲回风》。《橘颂》云："行比伯夷，置以为像兮。"《悲回风》也说"见伯夷之放迹"。伯夷，也是节士。王逸注："伯夷，孤竹君之子也。父欲立伯夷，伯夷让弟叔齐，叔齐不肯受，兄弟弃国，俱去之首阳山下。周武王伐纣，伯夷、叔齐扣马谏之曰：'父死不葬，谋及干戈，可谓孝乎？以臣弑君，可谓忠乎？'左右欲杀之。太公曰：'不可。'引而去之。遂不食周粟而饿死。"朱熹、汪瑗等皆赞同此说。《节士》载"伯成子高辞为诸侯而耕"、曹国的"子臧让千乘之国"、吴国的延陵季子不受国君之位，这些人皆被列为节士。所以伯夷、叔齐兄弟让国，这种行为即是节士之行。

（六）介子推

见于《惜往日》与《悲回风》，其中《惜往日》云："介子忠而立枯兮，文君寤而追求。"《悲回风》曰："求介子之所存兮，见伯夷之放迹。"王逸曰："介子，介子推也。文君，晋文公也。寤，觉也。昔文公被骊姬之谮，出奔齐楚，介子推从行，道乏粮，割股肉以食文公。文公得国，赏诸从行者，失忘子推，子推遂逃介山隐。文公觉悟，追而求之。子推遂不肯出。文公因烧其山，子推抱树烧而死，故言立枯也。"介子推事亦见《节士》篇，内容与诸史记载略有不同。介子推因功而不受禄，即便死也不要被感恩，被列为节士之一。

（七）彭咸

见于《抽思》《思美人》《悲回风》。《抽思》："望三五以为像兮，指彭咸以为仪。"《思美人》："独茕茕而南行兮，思彭咸之故也。"《悲回风》："夫何彭咸之造思兮，暨志介而不忘。"又曰："凌大波而流风兮，托彭咸之所居。"彭咸，被屈原多次提到，立为效法的榜样。彭咸，传统的注释中亦解为节士，王逸注曰："彭咸，殷贤大夫，谏其君不听，自投水而死。"洪兴祖补曰："颜师古云：彭咸，殷之介士，不得其志，投江而死。"介士，就是节士。彭咸为殷时节士。

（八）申徒狄

见于《悲回风》，其云："望大河之洲渚兮，悲申徒之抗迹。"申徒狄也被《节士》篇列为节士，其云："申徒狄非其世，将自投于河，崔嘉闻而止之曰：'吾闻圣人仁士之于天地之间，民之父母也。今为濡足之故，不救溺人，可也?'申徒狄曰：'不然。昔者，桀杀关龙逢、纣杀王子比干而亡天下；吴杀子胥、陈杀泄冶而灭其国。故亡国残家，非圣智也。不用故也。'遂负石沉于河。"

上述彭咸、比干、伯夷、申生、介子推、伍子胥、接舆、桑扈、申徒狄等人皆为节士，是《九章》中抒情称引最多的一个群体，是《九章》抒情重要特征之一。

二、"节士喻"是自喻

《九章》中的节士成群出现，屈原也多次表白要置伯夷"以为像"，欲"从彭咸之所居"，引节士为知音，明言效法节士。加之，屈原本身就是节士，刘向《节士》篇就把屈原列为节士之一。因此，《九章》中的节士是屈原自喻自比，可以称之为"节士喻"。通过对"节士喻"的分析，对屈原个性品质的了解以及对屈原作品的解读就会更加深入。

第一，忠诚为国。

节士的品质之一就是以国家、国事为重，忠诚于国家，在国家与个人私利的关系上，节士均毫不犹豫地选择以国为重，公而为国，心甘情愿地牺牲自己。如比干，《节士》篇载，纣王作炮烙之刑，比干说"主暴不谏，非忠臣也；畏死不言，非勇士也。见过则谏，不用则死，忠之至也"，于是进谏，被纣残杀。又如申包胥，吴灭楚，申包胥至秦求救，秦师不出。申包胥"倚于庭墙立哭，日夜不绝声，水浆不入口，七日七夜"，最终秦哀公被打动，出兵救楚。比干、申包胥都是节士，都有为国家的事业不惜牺牲性命，通过个人的死来保全国家的安危。这就是"忠"。

对国家的忠诚，在屈原的作品中有充分的表现。《橘颂》篇借颂橘表明自己"受命不迁，生南国兮""深固难徙"的爱国之情。《离骚》也说"恐皇舆之败绩"，担心国家走向失败。《九歌·国殇》中，屈原以诗歌颂为国牺牲的战士。即使在外流放时，诗人仍然关心时局，时刻想返回郢都，挂念国家的安危。如《哀郢》即云："羌灵魂之欲归兮，何须臾而忘反。"即使临终将死，也要把头对着郢都方向，《哀郢》"乱词"曰："鸟飞反故乡兮，狐死必首丘。"屈原时刻不忘返回郢都，就是对国家命运的深刻关注与忧虑，就是忠于国家。

在古代中国，由于家国同构的模式，君主往往代表国家，使得忠于国家往往与忠于君主相一致，忠君就是忠于祖国。屈原的忠于国家更多地表现为忠于楚君，尤其是楚怀王。《惜诵》云"事君而不贰兮，迷不知宠之门"，《哀郢》也说"楫齐扬以容与兮，哀见君而不再得"，表达了对楚国、楚君的忠心不二。《史记》载忠于国家，忠于君主，是屈原人格的重要方面，这一点从"节士喻"中，得到了有力的证明。

第二，廉而不屈。

"廉"的意思是生于浊世，而不苟活。申徒狄"非其世"，负石沉于河，"君子闻之曰：廉矣乎！如仁与智，吾未见也。"申徒狄认为其生活的时代，不是一个明君贤臣相得益彰的时代，而是贤人不用、奸臣当道的时代，这样的时代，如果进入仕途，则是对自己品性的玷污，因而投河而死。鲍焦亦是廉的代表。《节士》说："鲍焦衣蔽肤见，洁畚将蔬，遇子赣于道。子赣曰：'吾子何以至此也？'焦曰：'天下之遗德教者众矣，吾何以不至于此也。吾闻之，世不己知而行之不已者，是爽行也；上不己知而干之不止者，是毁廉也。行爽廉毁，然且不舍，惑于利者也。'子赣曰：'吾闻之，非其世者不生其利，污其君者不履其土。今吾子污其君而履其土，非其世而将其蔬，此谁之有哉？'鲍焦曰：'呜呼！吾闻贤者重进而轻退，廉者易丑而轻死。'乃弃其蔬而立，槁死于洛水之上。君子闻之曰：'廉夫，刚哉！'"鲍焦遇到子贡（子赣即子贡），说自己生不逢时，活非所世。子贡就说既然你觉得你生不逢时，那你为什么还要活着呢？于是鲍焦即枯死洛水之上。

廉士的这种特征，对理解屈原的作品十分关键。过去关于屈原的死，有"殉国难"与"殉道"等多种说法，但是未注意到屈原是节士，未注意到屈原对廉的认同，未注意到屈原的死可能与他认为生不逢时有关。在《涉江》中，屈原说："鸾鸟凤凰，日以远兮。燕雀乌鹊，巢堂坛兮。露申辛夷，死林薄兮。腥臊并御，芳不得薄兮。阴阳易位，时不当兮。"就是感慨自己生不逢时，抨击当时的楚国阴阳易位。《怀沙》中，诗人感叹"世溷浊莫吾知，人心不可谓兮。知死不可让，愿勿爱兮。明告君子，吾将以为类兮"。这里的"君子"就是节士，诗人明确地说出自己的死，是仿效节士，以节士为同类。因此，其投水而死，应该就是仿效申徒狄、鲍焦，对生不逢时的一种控诉，同时也表明自己的廉而不屈的品行。

第三，清洁不污。

节士都注重个体的人格尊严，注重人格修养，保持品质的纯洁不污。《节士》篇载黔敖不食嗟来之食而死，东方之士爱旌目误食强盗送与之食，遂吐而死等事。"旌目不食而死，洁之至也"。《节士》篇说屈原"有博通之知，清洁之行"。其云："屈原疾暗主乱俗，汶汶嘿嘿，以是为非，以清为浊。不忍见污世，将自投于渊。……遂自投湘水汨罗之中而死。"《卜居》："宁廉洁正直以自清乎？"《渔父》："屈原曰：举世皆浊我独清，众人皆醉我独醒。"又曰："宁赴湘流，葬于江鱼之腹中。安能以皓皓之白，而蒙世俗之尘埃乎？"

这一点在屈原的作品中也得到了真实的反映。《离骚》中，诗人"扈江离与辟芷兮，纫秋兰以为佩""朝搴阰之木兰兮，夕揽洲之宿莽"，后又回忆"余既滋兰之九畹兮，又树蕙之百亩。畦留夷与揭车兮，杂杜衡与芳芷"，"朝饮木兰之坠露兮，夕餐秋菊之落英"等。诗人以《离骚》中的兰、蕙、椒、江离、辟芷、菊等，《九章》中的露申、辛夷等芳草来喻自己品性之高洁。这便是屈原创作手法中的"芳草喻"。因为以物为喻，用了比兴手法，前人多有论述。如王逸即曾说："《离骚》之文，依《诗》取兴，引类譬喻，故善鸟香草，以配忠贞；恶禽臭物，以比谗佞；灵修美人，以媲于君；宓妃佚女，以譬贤臣；虬龙鸾凤，以托君子；飘风云霓，以为小人。""善鸟香草，以配忠贞"，忠贞即是从节士的品质上来说的，可见王逸也认识到这一点。对于屈原的清洁品质，刘勰《文心雕龙·辨骚》："蝉蜕秽浊之中，浮游尘埃之外，皭然涅而不缁，虽与日月争光可矣。"给予了极高的评价。

第四，守信不变。

《节士》篇多言节士守信之事，可见守信也是节士的重要品质特征。如载延陵季子路过徐国，徐国国君看到延陵季子的宝剑，"不言而色欲之"。后延陵季子归国路过徐君，准备把剑送给徐国国君时，国君已去世，于是"季子以剑带徐君墓树而去"，以守信。又如叫柳下惠的鲁国人，齐国攻打鲁国，索要鲁国的岑鼎，鲁国国君就送了一个鼎，齐国国君不相信这个鼎是真的，就说"柳下惠以为是，因请受之"。可见，柳下惠是守信的人，连敌国的人也只相信他。程婴、公孙杵臼为赵氏孤儿相继牺牲，"君子曰：程婴、公孙杵臼，可谓信交厚士也"。

节士守信对理解屈原的作品也是很重要的。在《离骚》中，诗人说"曰黄昏以为期兮，羌中道而改路。初既与余成言兮，后悔遁而有他。余既不难夫离别兮，伤灵修之数化"。楚王先与我约，共同变法实施美政，但是楚王不是守信之人，多次失约，变化初衷，致使美政理想的实施，半途而废，谴责楚王的失信。《抽思》中："惜君与我诚言兮，曰黄昏以为期。羌中道而回畔兮，反既有此他志。"也是对楚王失信的谴责。而在《惜诵》中，诗人说"言与行其可迹兮，情与貌其不变"，表白自己始终如一，守信不变。

第五，坚持正义。

节士大都坚守正义，不畏邪恶。《节士》篇记载齐国的太史群体，就是如此。齐相崔杼杀国君庄公，"止太史无书君弑及贼"，太史不听，"遂书贼"。崔杼将这个太史杀了，"其弟又嗣书之，崔氏又杀之。死者二人，其弟又嗣复书之"。太史兄弟不惧强权，不畏死亡威胁，前仆后继，支持的力量就是坚持正义。不仅如此，"南史氏是其族也，闻太史尽死，执简以往，将复书之，闻既书矣，乃还"。太史身上的正义感，是节士的标志性的品质之一。这对理解屈原个性及其作品，有着重要的启发意义。

在《离骚》中，诗人说："众皆竞进以贪婪兮，凭不厌乎求索。羌内恕己以量人兮，各兴心而嫉妒。忽驰骛以追逐兮，非余心之所急。"党人贪婪竞进而嫉妒，所行非正道，而诗人与其异道，坚持正义的方向。诗人曰"孰非义而可用兮，孰非善而可服"，坚持"义"与"善"是人们行为的基本准则。《惜诵》说"事君而不贰兮，迷不知宠之门"，不愿为了博得君主的欢心而去阿谀奉承。又曰"欲横奔而失路兮，坚志而不忍"，即便被放走投无路，也坚持自己的理想信念绝不放弃。《涉江》中说得更加直接："吾不能变心而从俗兮，固将愁苦而终穷。"在《九章》系列诗歌中，诗人足迹遍及长江南北，身历春夏秋冬，"九年不复"，但一直未放弃正义，一直坚持理想，绝不同流合污，都可以从持节得到解读。后世的节士苏武，在匈奴牧羊十九年，持节不降，感人至深。屈原的作品之所以有打动人的巨大魅力，与其持节不变的行为也是密不可分的。

第六，正道直行。

直是节士的一个共同特征。《节士》篇载楚国的石奢，是一个主管楚国刑法诉讼的官员，有一次在道上遇到有人杀人，于是追上去抓住了这个杀人犯，可是杀人犯人却是他的父亲。于是石奢就放走了他的父亲，亲自到朝廷来认罪，说："杀人者，仆之父也。以父成政，不孝；不行君法，不忠。"于是刎颈而死于朝堂之上。孔子听说了这件事，感慨地说："子为父隐，父为子隐，直在其中也。"《节士》篇又载晋文公臣李离，因为误判了案子，自求请死，晋文公百般阻拦，还是没有拦得住，"遂伏剑而死"。也是"直而不枉"的节士典范。

节士的正道直行，在屈原的诗歌中也有充分的反映。如《离骚》云："固时俗之工巧兮，偭规矩而改错。背绳墨以追曲兮，竞周容以为度。忳郁邑余侘傺兮，吾独穷困乎此时也。宁溘死以流亡兮，余不忍为此态也。"又曰："鸷鸟之不群兮，自前世而固然。何方圜之能周兮，夫孰异道而相安？屈心而抑志兮，忍尤而攘垢，伏清白以死直兮，固前圣之所厚。"屈原宁愿"独穷困"，也不愿追曲竞容；宁愿"溘死流亡"，也不愿阿谀媚态；宁愿"伏清白以死直"，也不"异道而相安"！《离骚》又说："鲧婞直以亡身兮，终然殀乎羽之野。"《惜诵》曰："行婞直而不豫兮，鲧功用而不就。"即使像鲧那样亡死身灭，也不愿放弃正道直行。

第七，勇于牺牲。

不惜死，是节士的一个共同特点。《韩诗外传》卷十："吾闻之，节士不以辱生。"在《节士》篇中，节士的死都是不愿受辱，有的节士是被冤杀，如比干、齐国的太史兄弟等；但大多数节士是主动自杀。《节士》篇中载节士李离的故事，结局是"遂伏剑而死"。许悼公太子哭而死。卫宣公之子，兄弟伋、寿、朔等争为死，结果"兄弟俱死"等。

不惜死对理解屈原的诗作有重要的启发。过去以为屈原投水而死是效仿古人彭咸，因为彭咸是"贤大夫",其死的方式是投水,故屈原也投水,这样理解没能真正理解屈原投水的必然性。彭咸是"贤大夫",更是"节士",正因为是节士,彭咸才被认为是"贤大夫",因此只有从节士的品质特征上来加以解读屈原投水的必然性,才是抓住了根本。如《怀沙》:"知死不可让,愿勿爱兮。明告君子,吾将以为类兮。""类",就是节士。诗人自言将像节士那样,准备自死,不再偷生。至于死的方式,《惜往日》说:"不毕辞而赴渊兮,惜壅君之不识。"《渔父》也说"赴湘流",投水是节士屈原选择死的方式。

节士具有的忠诚为国、廉而不屈、清洁不污、坚持正义、正道直行、不惜死等精神品质,这些品质在屈原的作品得到了充分的展现。从表现手法看,诗人运用"节士喻",表达了自己忠诚、正直、廉洁等品质,批判了楚国黑暗的社会现实与庸俗的人际关系,抒发了热爱祖国、坚持正义的情感,达到了非常好的艺术效果。王逸《楚辞章句》"序"中评价说:"今若屈原,膺忠贞之质,体清洁之性,直若砥矢,言若丹青,进不隐其谋,退不顾其命,此诚绝世之行,俊彦之英也。"

三、"节士喻"的文学贡献

《九章》中的"节士喻"是诗人屈原的抒情方式之一,那么这种抒情方式的来源是什么?其对后世诗歌创作又有哪些影响?探讨其来龙去脉对文学史的发展具有重要意义。

在诗歌中言及历史人物,在《诗经》小雅、大雅、颂中已经比较普遍地出现了。《诗经》中提到历史人物名字的诗篇,综合起来看,其中的历史人物主要可以分为两类:

一类是周王,主要是文王,见《大雅》中的《文王》《皇矣》《文王有声》,《周颂》中的《清庙》《维天之命》《维清》等篇;武王,见《大雅》中的《大明》《下武》《文王有声》《周颂》中的《武》等;成王,见《周颂》中的《昊天有成命》《噫嘻》等。还包括周族的先祖后稷,见《大雅》中的《生民》《周颂》中的《思文》;公刘,见《大雅》中的《公刘》;古公亶父,见《大雅》中的《绵》等;王季,见《大雅》中的《皇矣》等。

另一类是贤士,包括尹吉甫,见《小雅》中的《六月》;南仲,见《小雅》中的《出车》;方叔,见《小雅》中的《采芑》;邵伯虎,见《小雅》中的《黍苗》《大雅》中的《江汉》;申伯,见《大雅》中的《崧高》;仲山甫,见《大雅》中的《烝民》;韩侯,见《大雅》中的《韩奕》等。还有《小雅·十月之交》谴责的庸臣皇父等。

与屈原的作品对照,《离骚》中多言君王,如尧、舜、禹、汤、武丁、文王,也包括暴君的启、羿、浞、浇、桀、纣等，贤臣也说到皋陶、伊尹、傅说、吕望、宁戚等，可见屈原诗歌中的"述人"是继承《诗经》而来。王逸《楚辞章句》说："故上述唐、虞、三后之制，下序桀、纣、羿、浇之败，冀君觉悟，反于正道而还已也。"王逸虽然没有讲到"节士"，但述"唐、虞、三后之制，下序桀、纣、羿、浇之败"，与《诗经》言文王、武王等非常相似，可见，屈原诗中言及历史人物的传统确实是继承了《诗经》。

就《九章》中的"节士"群体来说，也是继承了《诗经》的传统，并加以创新，主要表现在以下几个方面：

第一，化赋为比。

赋法是《诗经》的重要的艺术表现手法。朱熹《诗集传》说："赋者，敷陈其事以直言之者也。"赋，一般认为就是铺陈、叙述。其特点与比、兴相比较，是叙事直言。比，朱熹说："以彼物比此物也。"兴，朱熹说："先言他物以引起所咏之词也。"比与兴，皆有托物的手法在内，含蓄蕴藉。赋则直言。就《诗经》"述人"篇章而言，皆为赋法。如《小雅·出车》："王命南仲，往城于方。出车彭彭，旂旐央央。"朱熹即曰"赋也"。《大雅·文王》，朱熹分为七章，第一章"文王"章下均言"赋也"；《大明》八章，每章下亦言"赋也"。余不例举。在《诗经》中，上述诸先王、先祖、贤臣都是直接颂赞的对象，都是使用了赋的手法。

《九章》中的"节士"并不是直接的颂赞对象，而是用作抒情的载体的，诗人是借节士自喻。《九章》中述及的节士皆为真实的历史人物，这些节士背后都有"持节"的历史事迹，将这些"节士"作为载体来抒情，人们就可以通过对历史上这些"节士"人物的忠诚、廉洁、正直、守信的品质，以及投水、自枯等不惜死行为事迹，来表达诗人的品质。如以申包胥的爱国来表达自己的爱国，以比干、伍子胥的忠君来表达自己的忠君；以申徒狄的不生浊世来表达自己的清洁之行等。可以说，《九章》中的诸多节士都是屈原用来自比、自喻的，这比屈原自述自己的品行、事迹要委婉曲折得多！这种方式就是文学的方式，含蓄委婉，将不尽之意寄托于言外，体现了作为诗人屈原的高超的文学表达技巧。与《诗经》直接歌颂历史人物不同，《九章》的"节士"都是诗人用来抒情的，是诗人的自喻、自比，是"比"的手法，而不是"赋法"。这种手法可以称之为"化赋为比"。

"化赋为比"是屈原对文学创作手法的一大创新与发展，在中国文学史上最少具有以下两个方面的价值：首先，将真实的历史人物化为作品中的文学人物形象，使之成为抒情的载体，这样就为后世"咏人"系列的先河；其次，在表达方式上，可以将叙事转化为抒情。在《诗经》中，"比"与"兴"常常连用，有时"比"中有"兴"，有时"兴"中有"比"，但是"赋"与"比"之间如何转换甚是少见。屈原的"化赋为比"开创了一种新的表达方式,反映了屈原的创新精神。

第二,屈原在《九章》中,是将"节士喻"与"芳草喻"综合使用的。

关于"芳草喻",王逸说:"《离骚》之文,依《诗》取兴,引类譬喻,故善鸟香草,以配忠贞;恶禽臭物,以比谗佞;灵修美人,以媲于君;宓妃佚女,以譬贤臣;虬龙鸾凤,以托君子;飘风云霓,以为小人。"王逸在这里仅言及以"芳草"来比喻明君、贤臣,"恶草"谗佞、小人。"芳草喻"是以"物"喻"人",在手法上属于"托物喻人"。而"节士喻"则属于以"人"喻"人"。节士的品格,芳草也予以印证,芳草的寓意,节士也能给以很好的说明。这样,诗人以"芳草"与"节士"双重的比喻来抒发自己的情感,要比单纯的"托物"抒情更加深刻与浓烈,也更加能打动人心。

"节士喻"显示出屈原在艺术手法上的创新。根据王逸的说法,"芳草喻"是承袭的"《诗经》的比兴传统"而来,这一点被屈原继承并发扬光大,形成著名的"香草美人"文学传统。但多年来,学术界忽视了"节士喻"的存在及其价值。"节士喻"是屈原在《诗经》述人传统基础上的创新,大大地丰富了诗歌的表现手法,是诗歌创作手法上的一次伟大的创新。"楚辞体"各篇的篇幅体量都比较大,与"节士喻"的使用是有着密切关联的。

第三,继承《诗经》"托古讽今"的手法,赋予"节士"新的内涵。

《诗经·大雅》中的《荡》等篇,已经使用了"托古讽今"的手法。关于《荡》的写作手法,程俊英说:"诗的第一章托言上帝,二章至末章设为文王咨嗟指责殷纣之词,而其意则在刺厉王。"《荡》篇是诗人感叹周厉王无道,但又不敢直说,只能假托文王批评商纣王的口气。在写作手法上,属于"托古讽今"。"这种不多见的托古讽今咏史的表现手法,自《荡》滥觞以来,竟然延续了数千年而不衰,真是中国文学史上的奇观"。[①] 在《九章》中,"节士喻"不仅有屈原自比,也有借节士讥讽楚国黑暗的现实的意思。节士,都是坚持理想、忠贞不屈、清正廉洁,但最终的结局都是冤死。历史上的节士是如此,诗人也是如此,所以"节士喻"也有借节士批判楚国社会黑暗的含义。

王逸说:"《离骚》之文,依《诗》取兴,引类譬喻,故善鸟香草,以配忠贞;恶禽臭物,以比谗佞;灵修美人,以媲于君;宓妃佚女,以譬贤臣;虬龙鸾凤,以托君子;飘风云霓,以为小人。"这里所说的"《离骚》之文"不限于《离骚》而以《离骚》为典范概称屈原作品。根据王逸的说法,屈原的抒情方式是"依《诗》取兴",这就暗示了"节士喻"的手法与《诗经》的表现手法有关。事实确实如此。对于屈原

---

① 程俊英:《诗经注析》,北京:中华书局,1991年版,第848页。

在文学上的种种探索与创新，其价值怎么评价也不过分。刘勰《文心雕龙·辨骚》说："名儒词赋，莫不拟其仪表，所谓金相玉质，百世无匹者也。""其衣被词人，非一代也"。

《九歌·少司命》创作旨归刍议

中央民族大学 夏 云

【摘　要】　《九歌·少司命》一文，在屈赋中别有风采。有关研究，多注重从《少司命》的主题、文学形式、民俗等社会文化方面展开，而对其创作意图的研究尚有一定的探讨空间。本文通过少司命的性别界定，《少司命》与高禖祭祀的关系，《少司命》的情感指向等三个方面的考量，探讨《九歌·少司命》的创作意图，以期接近文本内容的真实面目。

【关键词】　性别　高禖祭祀　情感指向

《九歌》是楚辞世界中的奇幻画卷，历代方家进行过诸多的研究、考释，《少司命》的研究也是其中热点之一。《少司命》在诞生后的两千多年时间长河中，研究成果众多。对于《九歌·少司命》的内涵、艺术风格等，古来训释甚众。但是，关于《少司命》创作意图的探讨，存在诸多问题，尚有不少空间，可以深入研究。

"司命"最早见于《周礼·春官·大宗伯》，"以槱燎祀司中、司命、飌师、雨师。"[①]"司命"被列入周朝祭祀典礼中，后可能随秦统一，影响波及于汉。《史记·封禅书》提到汉高祖初年，"长安置祠祝官、女巫。其梁巫，祠天、地、天社、天水、房中、堂上之属；晋巫，祠五帝、东君、云中君、司命、巫社、巫祠、族人、先炊之属……荆巫，祠堂下、巫先、司命、施糜之属。"汉高祖初年距屈原去世约70年左右时间，说明祭祀司命现象依然存在于官方典礼之中。司马迁又于《史记·天官书》中载："斗魁戴匡六星曰文昌宫：一曰上将，二曰次将，三曰贵相，四曰司命，五曰司中，六曰司禄。"[②]《汉书·天文志》："斗魁戴筐六星，曰文昌宫：一曰上将，二曰次将，三曰贵相，四曰司命，五曰司禄，六曰司灾。"[③]《史记》《汉书》都记载了司命是文昌第四星，为《周礼》祭祀的天神之一。然而，《少司命》一文显然不可能仅仅为祭

---

① 孙诒让：《周礼正义》，北京：中华书局，1963年版，第248页。
② 司马迁：《史记》，北京：中华书局，1983年版，第1116页。
③ 班固：《汉书》，北京：中华书局，1958年版，第2124页。

祀而作，其创作的深层意图，就是本文的探讨旨归。本文的分析，先从少司命的性别设定入手。

一、"少司命"之性别

有关《少司命》一文的较多争议中，少司命的性别是焦点之一。少司命的性别归属，学界尚无定论。

20 世纪 50 年代，山东济宁出土一尊汉代石抱子俑像，正面形象为一男子左手围抱一幼儿。孙作云认为此石像尺寸与《风俗通义》一段记载相符①，《风俗通义》："《周礼》。司命，文昌也。今民间祀司命，刻木长尺二寸，为人像，行者檐箧中，居者别作小屋，齐地大尊重之，汝南余郡亦多有，皆祠以豚，率以春秋之月。"② 认为这尊汉俑就是少司命神像，为男性。陈子展则认为此俑像"侧面看来是女像，上衣下裳，腰际显有紧束系痕。臀部突出，盘骨发达，下身几乎大于腰际以上一半"，是鲜明的女性体型特征，且因古楚地有祭祀送子娘娘的习俗，因而认为少司命当是高禖神，为女性。

笔者认为少司命是男性，至少到目前为止，没有典籍或者其他出土材料证明少司命是女性神。汉应劭注《汉书·东方朔传》说："《黄帝泰阶六符经》曰：'泰阶者，天之三阶也。上阶为天子，中阶为诸侯公卿大夫，下阶为士庶人。上阶上星为男主，下星为女主。中阶上星为诸侯三公，下星为卿大夫。下阶上星为元士，下星为庶人。三阶平则阴阳和，风雨时，社稷神祇咸获其宜，天下大安，是为太平。'"前文已言，《史记·天官书》《汉书》皆载"司命"为第四文昌星，属于中阶下星。那么，其职位就相当于卿大夫，而卿及卿大夫古代一般由男性担任。因此，从典籍记载的行政功能上看，司命相当于卿大夫的爵位，应该男性的可能性要远大于女性。

另外，从作品解读来看，少司命也应该是一位男性。王国维《宋元戏曲史》："古之祭也必有尸……盖群巫之中必有象神之衣服形貌动作者·……一是则灵之为职，或偃蹇以象神，或婆娑以乐神，盖后世戏剧之萌芽，已有存焉者矣。"③《少司命》一文，巫在娱神过程中，也存在着表演形式。巫祈求少司命尽早降临："夕宿兮帝郊，君谁须兮云之际？"少司命降临人世后，看到祭堂布列鲜花、香草和美人："秋兰兮麋芜，罗生兮堂下。绿叶兮素华，芳菲菲兮袭予。"可惜好景不长，盛景难续。"入不言兮出不辞，乘回风兮载云旗。"巫与少司命初识，就被迫分离："悲莫悲兮生别离，乐莫乐兮新相知。荷衣兮蕙带，儵而来兮忽而逝。"巫进而想象少司在天际的生活情景："与女

---

① 孙作云：《光明日报》，1963 年 12 月 4 日。
② 应劭：《风俗通义》，北京：中华书局，2010 年版，第 97 页。
③ 王国维：《宋元戏曲史》，上海：上海古籍出版社，2011 年版，第 34 页。

游兮九河，冲风至兮水扬波。与女沐兮咸池，晞女发兮阳之阿。望美人兮未来，临风怳兮浩歌。"古代在祭神过程中，被祭祀者往往被当成真实对象进行沟通。闻一多《说舞》："他们不因舞中的假，而从事舞，正如他们不以巫术中的假，而从事巫术。反之，正因为他们相信那是真，才肯那样做，那样认真地作。"因而，《少司命》一文，女子对神祇的眷恋、惜别等细腻情思，亦幻亦真，在叙事中流转呈现。因此，作为这种女性心怀的情感指向，少司命被塑造成男性形象才是最大的可能。

艺术作品的创作，或多或少有原型作为参考。那么，这个男性的少司命，有没有可能有现实人物的烙印？《少司命》一文，人物设置至少有两个人，一少司命，一为美人，有"夫人自有兮美子"句。《考工记》："夫人而能为镈也。夫人，犹言凡人也。此言爱其子者，人之常情，非司命所忧，犹恐不得其所。原于君有同姓之恩，而怀王曾莫之恤也。荪亦喻君。《骚经》曰：荃不察余之中情。是也。"① 笔者认为，文中的少司命为男性，或象征着楚怀王。第一，楚怀王十六年受张仪蛊惑，渐渐疏远屈原，时年三十不到，富于春秋，从年龄上较为符合少司命的设定。第二，楚怀王与屈原曾经关系密切，《少司命》有"满堂兮美人，忽独与余兮目成"的描写。《史记·屈原列传》："屈原者，名平，楚之同姓也。为楚怀王左徒。博闻强志，明于治乱，娴于辞令。入则与王图议国事，以出号令；出则接遇宾客，应对诸侯。王甚任之。"② 然而好景不长，霎时旧人哭，新人笑，"悲莫悲兮生别离，乐莫乐兮新相知"。这与"上官大夫与之同列，争宠而心害其能害，王怒而疏屈平"在经历上高度一致。同时，少司命最终沉迷于美色，"与女沐兮咸池，晞女发兮阳之阿。望美人兮未来，临风怳兮浩歌。"《史记·楚世家》《屈原列传》都有记载，楚怀王宠信郑袖，而屈原在《离骚》《天问》《惜诵》等文中，都表达了对妹喜、褒姒、骊姬等女性的警惕与厌恶，这与楚怀王宠幸郑袖，应该有一定的关联性。如《戴震全书》所言："批章有报秦之心……怀王入秦不反之后，歌此以见顷襄之当复仇，而不可安于声色之娱也。"③

如果少司命的性别设定是男性，而又有以楚怀王为原型的可能，那么这种性别设定，对于《少司命》一文创作旨归、意图研究的意义，下文会进一步剖析。

二、《少司命》与高禖祭祀

《少司命》所祭之神究竟为何者？《文选》五臣注《九歌》："司命，星名，主知生

---

① 闻人军：《考工记译注》，上海：上海古籍出版社，2008年版，第304页。
② 司马迁：《史记》，北京：中华书局，1983年版，第856页。
③ 戴震撰、杨应奇主编：《戴震全书》，合肥：黄山书社，2010年版，第626页。

死,辅天行化,诛恶护善也。"① 王逸、朱熹、汪瑗等人亦认为少司命主寿夭、灾异。戴震《屈原赋注》:"大司命主寿夭,少司命主管灾祥。"少司命主子嗣说,也从者甚众。《尔雅翼》:"生人子孙也。"王夫之:"大司命,统人之生死;而少司命,则司人子嗣之有无。以其所司者婴稚,故曰少。"另有一派认为少司命主姻缘,蒋骥《山带阁注楚辞》认为:"司命主缘,故以男女离合为说,殆月老之类也。"郭沫若认为少司命是"司恋爱的处女神"。

《少司命》在创作过程中,祭祀的目的被艺术加工,但祭祀对象的蛛丝马迹,在遣词造句中依稀可见,可以从《少司命》文本中找到内证。

《楚辞通释》:"大司命统司人之生死,而少司命则司人子嗣之有无。以其所司者婴稚,故曰少;大,则统摄之辞也。而弗无子者,祀高禖。大司命、少司命,皆楚俗为之名而祀之。"② 古人祭高禖,从某种意义上讲也是祭祀司命。《周礼·大宗伯》:"以槱燎祀司中、司命","槱燎",《文选》薛综注:"谓聚薪焚火,扬其光炎,使上达于天也。"《礼记·郊特牲》郑玄《疏》:"仲春祭社之前,田猎取禽以祭社……出火为焚也。"③ 仲春祭社前的仪式,实际就是高禖祭祀的传统。《礼记·月令·仲春》:"是月也,玄鸟至、以太牢祠于高禖。天子亲往,后妃帅九嫔御。乃礼天子所御,带以弓韣、援以弓矢。于高禖之前。"记载了天子率妻妾向禖神祷子的宗教巫术仪式。

古代祭高禖"行浴乞子"的仪式,在《少司命》中,已有体现。文章开始就营造了一个浓郁的求子环境:"夫人自有兮美子,荪何以兮愁苦,秋兰兮青青,绿叶兮紫茎。"王夫之释为:"言人皆有美子,如芳草之生于庭,而翳我独无,荪何使我愁苦乎,此述祈子者之情。此下言神之来,下歆其祀,而相眷顾也。""秋兰""蘼芜"与求子活动有密切的关系,《尔雅翼》云:"兰为国香,人服媚之,古以为生子之祥。而蘼芜之根主妇人无子。故《少司命》引之。"④ 植物的繁茂象征子孙昌盛,少司命在奇花异草散发的繁茂的草木异香中飘然而临:"满堂兮美人,忽独与余兮目成。"然而,短暂的欢愉之后,祀主将"夕宿兮帝郊",这是说自己离开后将去的地方。《礼记·月令》孔颖达正义引《郑志》,简狄为禖官之后,"祀之以配帝,谓之高禖"。而少司命宿于帝郊,想来不是闲笔。

巫与少司命的相视,也承继了高禖神的"交感"文化功能。《少司命》一文有"与女沐兮咸池"句。"咸",或为两性关系的隐语。《易传·象传》:"感也……男下

---

① 《文选》,李善等:《六臣注文选》,北京:中华书局,2012 年版,第 356 页。
② 王夫之:《船山全书·楚辞通释》,长沙,岳麓书社,2008 年版,第 128 页。
③ 郑玄注、孔颖达正义:《礼记正义》,上海:上海古籍出版社,2008 年版,第 109 页。
④ 罗愿:《尔雅翼》,合肥:黄山书社,2013 年版,第 58 页。

女，是以亨利贞。"咸池是太阳洗浴之处。《淮南子·天文训》："日出于旸谷（即《少司命》中的'阳之阿'），浴于咸池，拂于扶桑。"① 咸、感、甘古音相同。《周易·咸》邵雍解："咸，感也。两性交感，正道感应；物击则鸣，识时知机。"此外，《少司命》有"乘回风兮载云旗"句，《大司命》王逸注："回风为飘。"《说文解字》："风，风动虫生，故虫八日而化。"孔颖达《正义》"牝牡相诱谓之风。""飘风"从自然之风而转为婚姻子嗣之神，是少司命作为高禖之神的职责所在。姜亮夫："《九歌》阴阳两神相对者，有东君，云中君，湘君，湘夫人，大司命，少司命，山鬼，河伯八种，分四对……有即阴阳之义引而为夫妇之神者，大司命少司命是也。"②

从上文分析可以看出，少司命祭祀的神祇最可能的就是高禖神，而祭祀高禖，于全文创作旨归而言，有何深意？这个就关涉到作者屈原的创作情感关照问题。

三、《少司命》的情感指向

如果单从祭祀对象来理解《少司命》，有点淡乎寡味。现在来讨论《少司命》所承载的祭祀心理、抒情特征。古人祭祀必有目的："祭有祈焉，有报焉，有由避焉。"③ 郭沫若评论《九歌》说："在遣词用意上和《离骚》等篇均有一脉相承的痕迹。"笔者认为，《少司命》表层主情重祭，深层却蕴含着政治情怀，是屈原自喻之作。

《少司命》文中有一美人："满堂兮美人，忽独与余兮目成。"游国恩："'美人'二字，都兼有男女关系上相亲相爱的意义。一面指自己，同时也指楚王。"文章还有一处，与美人有关。"夫人自有兮美子，荪何以兮愁苦。""美人"与"美子"同义。胡文英："夫人，与祭之人也。此原暗以自喻，言善后事宜，皆所素裕，君何用为我忧乎？""荪"，《梦溪笔谈》认为即石菖蒲，一种香草，古人多用以指君王等尊贵者。这个美人也与《离骚》中有内美、修能的人物互为呼应。"秋兰兮麋芜，罗生兮堂下。"清代胡文英《屈骚指掌》："此言秋兰亦如麋芜之多，绕堂阶而生，则为芳易矣，喻国家教化盛行，则熏陶渐染，成就人材亦易，盖懊王承威王之烈，始固全盛也。"④ 如《离骚》"昔三后之纯粹兮，固众芳之所在"之意。"芳菲菲兮袭予。"王逸注："袭，及也……言芳草茂盛，吐叶垂华，芳香菲菲，上及我也。"然而，这个内有修美，外环众才的人，却遭遇了背叛。"入不言兮出不辞。乘回风兮载云旗。"少司命降临祭堂，与美人幽会。不久，却是别离的来临。少司命在咸池，又有了新的伴侣，"与女沐兮咸

---

① 刘安：《淮南子》，北京：中华书局，1978年版，第210页。
② 姜亮夫：《屈原赋校注》，北京：人民文学出版社，1958年版，第337页。
③ 郑玄注、孔颖达正义：《礼记正义》，上海：上海古籍出版社，2008年版，第284页。
④ 胡文英：《屈骚指掌》，北京：北京古籍出版社，1979年，第106页。

池，晞女发兮阳之阿。"他们沐浴、晒发，有《离骚》"初既与余成言兮，后悔遁而有他"异曲同工之妙。最后，文中美者"登九天兮抚彗星，辣长剑兮拥幼艾。""九天"是天的最高处，是权力的顶峰所在，王逸："九天，八方中央也。"彗星是祸星，《甘石星经》："文昌与三公、摄提、轩辕共为一体，通占：木土星守之，天下安；火星守，国乱兵起；金星守，兵大起。若彗孛流星入之，大将返叛乱也。""抚彗星"，就是为苍生除害。"幼艾"，《楚辞补注》："《孟子》曰：'知好色，则慕少艾'。说者曰：'艾，美好也'。"① 只是"抚彗星""辣长剑"，针对谁？诗中没有明说。《少司命》最后暗示少司命的职责所在，"辣长剑兮拥幼艾，荪独宜兮为民正"。"为民正"，《论语·尧曰》："允执其中。"洪兴祖补注："折中，正也。"《离骚》亦言："耿吾既得此中正兮。"《楚辞章句》："言司命执心公方，无所阿私，善者佑之，恶者诛之，故宜为万民之平正也。"②《楚辞补注》："言司命执持长剑，以诛绝凶恶，拥护万民长少，使各得其命也。"这个"万民之平正"的人物，手持长剑，对邪恶毫不留情，诛绝灭凶。这些，都与《离骚》的内容与创作方式何其相似。

艺术作品的最大魅力在于，它在著者、读者之间架构起微妙的心理桥梁。刘熙载《艺概·赋概》："《楚辞·九歌》两言以蔽之，曰：乐以迎来，哀以送往。"细读《少司命》，其事神敬祇意图开卷即知，不必赘述。但其"哀以送往"的"哀"感，却是解读文本的关键密钥。战国时期，楚地之人，可能已经不太明了《少司命》的祀主原型。但《少司命》植根于楚国土地，是楚人的性格、理想和追求载体，自然也承载着屈原自身的情感关照。

综前文所言，笔者认为，《少司命》一文的创作旨归，或是以楚怀王为创作原型。而"少司命"这个男性形象，就是楚怀王的文学设定。同时，《少司命》一文，通过高禖祭祀的方式，求子交感的暗示，以喻君臣遇合，是屈原常系心于君王（楚怀王）的文学自喻。《戴震全书》："怀王初甚任屈原，而其后疏之，故二歌以与司命离合为辞，悲其离而思合者，冀道之行也。"③ 因而，这篇作品从本质上来说，并不是单纯的祭祀神灵之作，而是对《离骚》香草、美人创作方式的补充、呼应。表达了作者对少司命（楚怀王）火热、纯真的情感，最后希望自己能上九天仗剑除害，保护黎庶的热望。如果认为《少司命》只是求神赐福的祭歌，未免过于简单化。或许这种对《少司命》创作意图的分析，有可能比较接近其文本表达的本真面目。以此作结。

---

① 洪兴祖：《楚辞补注》，南京：凤凰出版社，2007年出版，第199页。
② 黄灵庚：《楚辞章句疏证》，北京：中华书局，2007年版，第1032页。
③ 戴震撰、杨应奇主编：《戴震全书》，合肥：黄山书社，2010年版，第645页。

《九歌》与巫风

南通大学 李嘉诚

【摘 要】 楚文学丰富多彩、博大精深，奇异的巫文化在中国文学史上有着独特的地位，《九歌》作为楚文化的代表作，集中反映了楚国的巫风貌。本文以楚巫文化为背景，综合文献、民俗，阐释楚巫文化的来源、《九歌》与巫文化的关系，通过解读《九歌》深入了解奇幻的巫风文化。

【关键词】 巫风 九歌 祭祀

一、巫风的形成与发展

巫风是原始时代普遍盛行的社会习俗、文化现象，原始社会生存环境恶劣、生产力低下，导致原始人追求实物的神秘属性，感知事物之间的神秘联系，希望通过自己的主观意识影响自然，因此巫风十分浓郁。"巫风"见于《尚书·伊训》："敢有恒舞于宫，酣歌于室，时谓巫风。"[1] 初始的巫风是一种活动，以歌舞娱乐鬼神，与古乐相对的俗乐，其主要表现形式和主要内容是酣歌恒舞。唐孔颖达曰："巫以歌舞事神，故歌舞为巫觋之风俗也。"然而在《墨子·非乐》云："先王之书，汤之官刑有之曰：'其恒舞于宫，是谓巫风。'其刑君子出丝二卫，小人否。"[2] 即常在宫中跳舞是巫风，带有惩罚，此处的巫风是一种罪名。至汉，班固对巫风有了新的定义，《汉书·地理志》云："凡民函五常之性，而其刚柔缓急，音声不同，系水土之风气，故谓之风；好恶取舍，动静亡常，随君上之情欲，故谓之俗。"[3] 风俗以一定的社会物质条件和自然条件为必要基础，作为社会经济基础和上层建筑意识的媒介，对人们的文化生活产生潜移默化的影响，构成深层次的行为动机和潜在的支配力量，推动时代的步伐，影响地域文化独特的风貌。

---

[1] 李民、王健：《十三经经注·尚书绎注》，上海：上海古籍出版社，2004年版，第123页。
[2] 谭家健、孙中原：《墨子今注今译》，北京：商务印书馆，2009年版。
[3] 班固撰、颜师古注：《汉书·地理志》，北京：中华书局，1999年版，第1320页。

时间的沉淀、文化的发展和民族的融合是巫风逐渐形成的重要因素，独特的地理位置为奇异的巫风形成提供了天然的条件，故楚地的巫风既鲜明区别于中原地域，又深受中原影响。《史记·楚世家》："熊绎当周成王之时，举文、武勤劳之后嗣，而封熊绎于楚蛮，封以子男之田，姓芈氏，居丹阳。"① 周王朝取代殷商，熊绎受封丹阳之前，先楚与殷商关系密切，自觉接受殷商文化，殷商重巫对先楚产生深刻影响。殷商好巫，其君主领袖身兼大巫之职，《吕氏春秋·顺民》篇载："汤克夏而正天下，天大旱，五年不收，汤乃以身祷于桑林，曰：'余一人有罪，无及万夫。万夫有罪，在余一人。无以一人之不敏，使上帝鬼神伤民之命。'于是剪其发，枥其手，以身为牺牲，用祈福于上帝，民乃甚说，雨乃大至。"② 楚源自颛顼高阳氏部落，颛顼后为祝融氏部落，《左传·昭公十七年》云："郑，祝融之虚也。"③《汉书·地理志》载："今河南之新郑，本高辛氏火正祝融之虚也。"④ 此处"郑"乃同一概念，为祝融部落所在地，位于殷商都丘西方，相距百里。祝融部落划分为八姓，其中芈姓季连部落为楚之先祖，部落所在地为"楚丘"，在黄河一带，与殷商邶地较近。楚部族的发展变迁范围与殷商管理范围有着密切联系，上行下效，殷商的巫活动影响着楚的文化发展。

　　在江汉流域，楚人受地理环境的影响以及通过战争扩大领地，消灭土著，传播文化，在此过程中也吸收土著文化，由此促进巫风快速形成。在封于江汉地区初始，荆棘丛生，荒芜幽僻，毒蛇猛兽，瘴气弥漫，疾病肆虐，恶劣的环境使得人们对未知事物产生畏惧，萌发对祖先神鬼的崇拜。后经过劈荆垦荒，环境巨变，山川相缪，林泽广布，风物秀美，灵气肆溢，改变楚人心性，灵活多智，想象丰富。《左传》中大量记载了楚人灭蛮杀蛮的事迹，如《左传·文公十六年》："庸人帅群蛮以叛楚……群蛮从楚子盟，遂灭庸"⑤ 和《左传·庄公十八年》："及文王即位，与巴人伐申……楚子杀之。"⑥ 楚人经过灭庸、灭巴等战争扩大领土，楚国领土面积最终有百万平方公里，涵盖了大部分南方土著。土著虽然灭亡，但土著文化悄悄影响着楚文化，这些区域怪异事物怪异神话深刻影响楚巫文化的形成。《山海经·大荒北经》："西北海之外，赤水之北，有章尾山。有神，人面蛇身而赤，直目正乘，其瞑乃晦，其视乃明，不食不寝不息，风雨是谒，是烛九阴，是谓烛龙。"⑦ 怪异色彩浓厚，神秘属性浓郁，充满神性。

---

① 司马迁：《史记》，北京：新世界出版社，2013年版，第509页。
② 晁福林：《商代的巫与巫术》，《学术月刊》1996年第10期。
③ 杨伯峻：《春秋左传注》第4册，北京：中华书局，1981年版，第1391页。
④ 班固撰，颜师古注：《汉书·地理志》，北京：中华书局，1999年版，第1317页。
⑤ 杨伯峻：《春秋左传注》第2册，北京：中华书局，1981年版，第617页。
⑥ 杨伯峻：《春秋左传注》第1册，北京：中华书局，1981年版，第209页。
⑦ 袁珂：《山海经校注》，上海：上海古籍出版社，1980年版，第438页。

苗族长期聚居于江汉地区，苗人多信人间祸福，鬼神主宰，畏鬼敬天，故常常祭祀，苗人祭祀的对象多种多样，常言三十六神，七十二鬼。苗人祭祀风俗深刻影响楚人，故楚人是多神崇拜，可谓自立信仰，《九歌》一篇为一神，如东皇太一、云中君、大司命、少司命等神，多神共祭。领土扩张导致文化的多样性，推动文化的借鉴融合，江汉土著巫文化是楚巫文化形成的重要部分。

先秦国家之间的摩擦碰撞较多，国与国的军事活动频繁，巫风普遍存在于各个国家间，故多进行占卜，鼓舞士气、坚定信念。《左传·成公十三年》："国之大事，在祀与戎。"① 阐明"祀"与"戎"显得寻常，乃是生活中不可缺少的一部分，如《左传·哀公六年》："秋七月，楚子在城父，将救陈。卜战，不吉。卜退，不吉。"② 征战与祭祀紧密联系，占卜的凶吉决定是否出征，国家大事深受天命的影响。《周礼·大宗伯》记载了五礼，除吉礼外，其余四礼与巫教活动有着密切联系，其一为"以凶礼哀邦国之忧"，即哀民丧葬，涵盖天灾、战败、祸乱等大悲之事；其二为"以宾礼亲邦国"，即国家外交，包括对天子的朝见、诸侯的同盟、大臣的出使等活动；其三为"以军礼同邦国"，主要包含了大师、大役、大封等；其四为"以嘉礼亲万民"，即婚冠、飨宴、宾射等。四礼由巫觋主持，而巫觋可谓是构成巫风的重要部分。巫觋的产生基于巫术活动、氏族利益的共同需要，担任巫觋之职的人选，必须能歌善舞，熟悉族史神话，精通天文地理。《说文解字》释："巫，祝也，女能事无形，以舞降神者也，象人两褎舞形。"③ 古时候巫的写法如同女子跳舞，这与担任巫一职需要的才能相吻合。楚国贤者观射父高度评价巫觋一职，曰："古者民神不杂。民之精爽不携贰者，而又能齐肃衷正，其智能上下比义，其圣能光远宣朗，其明能光照之，其聪能听彻之，如是则明神降之，在男曰觋，在女曰巫。"④ 巫觋在楚人心中公正圣明，品行高洁，博学多才，地位崇高，祝、宗和五官皆位列其下。

殷商巫文化、江汉土著巫文化以及"祀""戎"文化直接影响了楚国巫风的形成，造成楚人重视巫文化，下至民俗上至国策，均与巫文化紧紧联系在一起。楚国巫风是一种独特的文化现象，反映楚民的宗教意识，拥有具体的仪式行为，包括了巫觋在主持巫术仪式，占卜、安灵、祭神等，其内容涉及楚国政治军事、平凡生活以及文学艺术等等。巫文化集中体现在楚国文学作品中，呈现出奇幻烂漫的文学色彩，与中原地区的现实肃穆色彩截然不同。《九歌》是楚巫文化的杰出代表作品，反映巫文化影响下楚地的风俗，记载楚人与巫术活动关联的宏伟祭祀。

---

① 杨伯峻：《春秋左传注》第2册，北京：中华书局，1981年版，第861页。
② 杨伯峻：《春秋左传注》第4册，北京：中华书局，1981年版，第1634页。
③ 许慎撰、徐铉校订：《说文解字》卷五，北京：中华书局，2012年版，第95页。
④ 《国语》卷十八，长沙：岳麓书社，1988年版，第174页。

二、《九歌》中蕴含的巫风

学术界普遍认为,《九歌》的最初性质是自娱、娱神的祭祀之乐,至周发展为维护统治秩序的政治工具。《九歌》可划分为四个阶段,分别是原始(巫术)《九歌》、中原《九歌》、楚地《九歌》和《楚辞·九歌》,第四阶段即屈原创作。屈原汲取前三阶段《九歌》的特色,又汲取南方地域文化特色,对南楚民间的信巫好祠进行了认识、继承和发展,最终创作了旷世之作《九歌》,《九歌》可谓集中反映了楚巫文化。屈原《九歌》名中带"九",实际为十一篇,包括《东皇太一》《云中君》《湘君》《湘夫人》《大司命》《少司命》《东君》《河伯》《山鬼》《国殇》《礼魂》。《九歌》乃祭祀之礼、歌舞之乐,内容丰富多样、涉及范围广泛,虽承袭夏部族《九歌》之名,实则已发展为南楚的巫风巫祠,涵盖了祭祀对象、供献祭品、华服香草、歌舞娱神和情爱降神等方面。

巫觋是构成巫祭巫风的关键因素,巫觋们吟咏歌唱,舞袖跳跃,虔诚祈祷,主导巫祭的过程。巫与祝、灵有类似之意,巫者在施法降神时会陷入一种如痴如醉、癫狂疯乱的状态,如此便可以称为灵。中原地区具有悠远的史官文化,维护着巫是宗教职能的正统称谓,但在南楚则发生转变,保留巫的正统称谓,对巫又有灵、祝之称。南方楚地可以说具有巫官文化,楚人喜爱将"巫"称为"灵""灵子"。"灵"字在《九歌》中频繁出现,如"灵偃蹇兮姣服""灵皇皇兮既降""灵连蜷兮既留"等等,多达十四次。

楚国建立本身是一部军事战争、民族融合、文化兼并的史书,在此漫长的过程中吸收了当地土著文化,最终形成多神崇拜的理念信仰。《九歌》中清晰记载楚人祭祀的神灵,有天神东皇太一、云中君、大司命、少司命和东君,地神湘君、湘夫人、河伯和山鬼,最后还有人鬼。楚国受巫文化的影响,以山川神灵为主要祭祀对象,倡导多神崇拜,不同于周王朝充满功利性的国家祭祀,以先祖为祭祀对象,关乎江山社稷,利在教化子民。楚人所祭祀的神灵具有巫觋色彩,如东皇太一,朱熹注:"太一,神名,天之尊神,祠在楚东,以配东帝,故云东皇。《汉书》云:天神贵者太一,太一佐曰五帝。中宫天极星,其一明者,太一常居也。《淮南子》曰:太微者,太一之庭。紫宫者,太一之居。"① 先秦时期,楚人称天为皇,"皇"象征神圣高贵,故东皇太一有着至尊至高的地位,统帅诸神。在《庄子》中则对"太一"做出另一番解释,"关尹、老聃,闻其风而悦之,建之以常无有,主之以太一"。② 在道家易家文学背景下,"太

---

① 朱熹:《楚辞集注》,扬州:广陵书社,2010年版,第16页。
② 洪兴祖:《楚辞补注》,北京:中华书局,1983年版,第57页。

一"并不是天神的指称,而是大道,可以衍生万物。云中君有着多种身份,大部分学者认为是云神,洪兴祖《楚辞补注》:"云神丰隆也,一曰屏翳。"① 清代后,学术界出现不同观点,徐大靖认为云中君是水神,姜亮夫主张云中君是月神,何剑熏指出云中君是电神,云中君的身份多种多样,但身份的神秘性恰恰暗示了云中君地位崇高、巫力通天。《周礼·大宗伯》:"以橮燎祀司中、司命、飌师、雨师。"② 对于司命的祭祀很早就存在,《史记·天官书》:"文昌六星,四曰司命。"③ 大司命和少司命有星神之属,王夫之认为大司命掌管人之生死、少司命掌管人之子嗣的观点,也有大司命主寿命长短、少司命主儿童命运的观点,突显楚人信天命、望长寿的观念。对于东君身份的争议较少,应是太阳神,朱熹注:"此日神也。《礼》曰:天子朝日于东门之外。又曰:王宫祭日也。《汉志》亦有东君。"④ 故东君是日神,楚人乃火正祝融之后,因此对于太阳神怀有特殊的情感,期望阳光普照,温和柔暖,日出而耕,日落而归。"二湘"旧多指与舜、娥皇女英的传说有关,也有主张与神话传说无关,仅仅是指称水神。《九歌》阐释了楚人多神崇拜,信仰神灵,热衷祭祀,巫风习俗在现实生活中普遍寻常。

《九歌》是国家祭祀的乐组,用于祭祀迎神、娱神、送神,祭祀的本质是人与神之间求索酬报,寻求神灵的佑护恩泽,因此需要向神奉献祭品、祈祷致敬,表示敬畏、祈求和崇拜的心理。"祭"在许慎《说文解字》云:"祭,祭祀也,从示,以手持肉。"⑤ 原始社会环境恶劣、食物匮乏,古人将稀少贵重的腥肉献祭于神灵,反映了原始社会食用腥肉的风俗。随着时间的推移,原始社会血腥献祭表虔诚的方式逐渐转变,中原地区保留了原始风俗,而楚地进一步发展巫术祭祀活动,祭品乃是楚地富有巫风特色的事物。《九歌》涉及了楚人祭品,如瑶席、蕙肴、桂酒、龙驾、蕙绸、兰旌以及各种香草玉器,《东皇太一》:"蕙肴蒸兮兰藉,奠桂酒兮椒浆。"蕙草包裹着肉放置在兰草垫上,并献上桂花酒与椒汤,香气为藉。"兰""蕙""椒""桂"有芳洁之意,用这些物品装饰、制作食物,体现楚地巫祭迎神的专心虔诚。楚人祭神处神幻美好,充满浪漫气息,《湘夫人》:"筑室兮水中,葺之兮荷盖。荪壁兮紫坛,播芳椒兮成堂。桂栋兮兰橑,辛夷楣兮药房。罔薜荔兮为帷,擗蕙櫋兮既张。"桂树为横梁,兰木作椽子,辛夷为门楣,荷叶盖房顶,杜衡绕室外,结构讲究,陈设高雅,装饰精美,环境芳洁,由里及外皆是美好的草木。楚人献祭还讲究"一纯"和"二精","二精"就是

---

① 洪兴祖:《楚辞补注》,北京:中华书局,1983年版,第59页。
② 洪兴祖:《楚辞补注》,北京:中华书局,1983年版,第71页。
③ 司马迁:《史记》,北京:新世界出版社,2013年版,第289页。
④ 朱熹:《楚辞集注》,扬州:广陵书社,2010年版,第20页。
⑤ 许慎撰、徐铉校订:《说文解字》卷一,北京:中华书局,2012年版,第2页。

供献于神灵的玉帛，玉是至洁至纯之物，符合神灵的神圣芳洁，因此在楚巫宗教中占据重要地位。楚人相信用玉祭祀神灵，可保佑楚国五谷丰登、无灾无难。《九歌》中出现"玉珥""玉瑱""玦""佩"和"白玉"等关于玉的字词，凸显楚人对玉的喜爱，如"抚长剑兮玉珥"即祭祀所用的剑柄以玉制成，祭祀之剑区别于寻常宝剑。《东皇太一》中"瑶席兮玉瑱"与《湘夫人》中"白玉兮为镇"意思相同，巫祭时用玉器镇席子，区别于平常用竹木镇席子，即玉象征身份的高贵典雅。《大司命》中"灵衣兮被被，玉佩兮陆离"，身穿光彩绚丽的衣服，佩戴冰清玉洁的玉器，衣服随风飘逸，玉佩随风摇曳，塑造了缥缈逍遥的神灵形象。《东皇太一》中，主持祭祀的巫觋向神灵供奉各种精美的祭品和玉器，呼唤楚人心中对东皇的崇拜与敬仰，祈求东皇太一的降临。楚人希望通过供奉精美祭品来传达对神灵的忠贞虔诚，以求与神建立交流，获得神灵的恩赐，达到取悦大众的目的，最终期望神灵保佑国家。

祭祀在巫觋的主持下进行，为保证巫祭的有效性，巫祭的时间和巫觋的服饰都有严格的要求。巫祭的时间应该是在夜晚，《九歌》中表明巫祭时间的句章较多，如《少司命》中"夕宿兮帝郊，君谁须兮云之际"，欲留少司命夜宿而不可得。《湘君》中"朝骋骛兮江皋，夕弭节兮北渚"和《湘夫人》中"朝驰余马兮江皋，夕济兮西澨"。二湘之神约定在夜晚相会，信物互换，互表爱意。《山鬼》描述了女主人公赴约、等待、思念的过程，人约黄昏后，郎君却不至，苦苦等待，直到天气阴雨，昏暗如夜，"杳冥冥兮羌昼晦，东风飘兮神灵雨"。巫祭之前，巫觋必须浴兰汤，沐香芷，衣五彩，《云中君》："浴兰汤兮沐芳，华采衣兮若英。"即巫者在主持祭祀前用香草浸过的水进行清洗，祛除身上的不祥、凡俗之气。上善若水，古人相信水乃至洁物，可以祛除污病，这是一种特定的巫术仪式。香草则是构成清洁仪式的重要部分，楚人认为草木具有神奇疗效，而这种功能与巫术关联。《山海经》中对于草木的记载颇多，这些草木不仅可以治疗疾病，还可以祛除人们的消极痛苦心理。《大司命》："折疏麻兮瑶华，将以遗兮离居。"《楚辞补注》曰："疏麻，神麻也；瑶华，玉华也。此花香，服食可致长寿。"[①] 这些神奇的功效使香草神秘化，逐步成为吉祥的象征。《九歌》之中含有草木的诗句多达四十句，明确草木的名称有二十三种，其中"兰""椒""蕙""桂"和"芷"等植物在《九歌》中大量出现，"兰"字出现次数最多，祭祀时广泛使用兰草。周建忠先生在《兰文化》一书中，对兰草的象征功能、广泛运用作了详细的阐述。《少司命》曰："秋兰兮麋芜，罗生兮堂下。"《山鬼》云："被石兰兮带杜衡，折芳馨兮结桂旗。"《礼魂》载："春兰兮秋菊，长无绝兮终古。""兰"在《九歌》中运用广泛，深得楚人喜爱，王孙贵族纷纷以兰为佩。香草在巫术祭祀中十分神圣，运用香草使巫

---

① 洪兴祖：《楚辞补注》，北京：中华书局，1983年版，第72页。

觋获得香草的神圣性，进而让自身神圣化，增强与神灵的沟通交流，促使神灵附体。在此过程中，巫觋需身穿华美服饰，显示对神灵的尊重。朱熹注："古者巫以降神，神降而托于巫，则见其貌之美而服之好，蓋身则巫而心则神也。"神灵有选择地附体于巫觋，华服是抉择条件之一，服饰美丽增强巫神的融合度。"姣服""采衣""灵衣"和"云衣"均阐明服饰的华美高雅，《云中君》："龙驾兮帝服，聊翱游兮周章。"描绘云神身穿天帝之服，翱翔飘逸，周流迅疾的状态。如果说香草象征楚人追求内心高雅纯洁之美，那么华服则象征楚人注重外貌冰清玉洁之美，内外兼修的巫术祭祀能够更好地娱乐神灵。

供献祭品、沐浴斋戒后，巫觋们演奏乐器，拂袖翩跹，舒喉高歌，演绎鬼神，取悦众神。歌舞在巫术祭祀中处占据中心位置，与巫术实施紧密相结合，是巫术活动的主要手段，可谓巫术的艺术。《九歌》将巫觋们载歌载舞的美妙画面呈现给后人，钟鼓齐鸣，竽瑟合奏，华彩丽服，翩翩起舞，婀娜多姿。《东皇太一》曰："扬枹兮拊鼓，疏缓节兮安歌，陈竽瑟兮浩倡。"鼓槌击鼓，节拍舒缓，放声高歌，太一神降，蹁跹起舞。在《东君》中歌舞的场面更加宏美，"緪瑟兮交鼓，箫钟兮瑶簴。鸣篪兮吹竽，思灵保兮贤姱。翾飞兮翠曾，展诗兮会舞。应律兮合节"。祭坛芳菲，巫觋起舞，清声悦耳，舞姿婀娜，神灵愉悦，乐而忘归。神灵似乎与常人一样，喜爱歌舞，享受歌舞带来的欢愉。《九歌》呈现歌舞画面浪漫愉悦，这与周礼规定乐舞的稳健严谨不同，少一分急功近利，多一分浪漫欢快。巫乐场面，热闹隆重，多姿多彩，欢声笑语，这些离不开乐器的伴奏，故《九歌》中展现了楚人所用的各种乐器，如鼓、箫、钟、竽。在众多乐器中，以鼓为主，效果明朗，其余次之。巫觋为达到通神灵的目的，必须精神集中，专心致志，而强劲有规则的鼓声能够帮助巫觋进入空灵状态，在乐声中实现神降。诗歌、音乐、舞蹈三者完美地结合在一起，辅以华服、佩饰、兵器等精致祭品，群巫围绕，助唱陪舞，巫祭者活灵活现地扮演神灵，祈求神灵佑护。

歌舞是娱神方式之一，而演绎山川神灵的爱情则是另一种娱神方式。远古宗教注重繁衍后代，崇拜男女性爱，以求生命延续，故在巫教活动中以情爱为娱神方式显得寻常。南楚神灵区别于北方神灵，若北方神灵不苟言笑、不怒自威、正气凛然，南楚神灵则七情六欲、依恋人间、感情细腻。楚人将神灵人格化，并且都是俊男美女，可以神神相恋、人神相恋。楚人重视异性相吸之规，遵循阴阳融合之道，故多男觋迎女神，女巫接男神。《大司命》以男巫饰神，女巫主祭，《山鬼》则为女巫饰神，男觋主祭，表现男女之间的相互爱慕之意。楚人将人间美好的恋情寄托于神灵身上，通过巫觋与神灵的相爱来娱神、祈神，希望自己得到神灵的眷顾，得到神灵的恩泽。神灵的世界折射出人的世界，人神相恋反映了人们对美好爱情生活的追求与向往。学术界存在《九歌》为爱情诗歌的观点，认为《九歌》涉及四对情侣，即东君与云中君、湘君与湘夫人、大司命与少司命、河伯与山鬼,但普通百姓与多数专家学者认同湘君湘夫人为一对。《湘君》是湘夫人追求、思念湘君,刻意打扮,不辞劳苦,临风企盼望湘君出现,最终久候不见,黯然神伤,心生怨恨。《湘夫人》是湘君思念、追求湘夫人,期望及时赴约,倾诉相思之苦。二湘故事凄美,有人将二湘与舜、二妃联系在一起,认为二湘就是舜、二妃的神话传说。舜与娥皇、女英的爱情故事实则是民间传说、宗教背景,屈原在此基础上虚拟配偶神的约会,细致入微地刻画了二湘因深挚爱情而产生苦苦相思的心理变化,以此抒发男女相思之情、人神敬慕之意。

《九歌》神话色彩浓郁,巫风习俗浓厚,属于楚之国家祭典,由楚王率群巫觋,对神灵对先祖进行巫祭。《九歌》集中反映了楚巫文化,信鬼迷神,认为神灵能够佑护楚国,这种巫祭迎合了百姓对神灵对先祖的敬畏、崇拜心理,更体现了楚地从下至上的巫风特色。

《天问》创作时地研究综论

中国传媒大学 孟祥笑

【摘　要】　王逸《〈天问章句〉序》提出屈原放流中见先王之庙及公卿祠堂中的壁画而作《天问》，成为历代学者研究《天问》创作时地的重要依据。无论是从《天问》的文本还是屈原的生平经历来看，《天问》创作确实与屈原"放流"有关。不过屈原"放流"并非刑罚，他遭谗被疏来到汉北，又因战乱而至江南。出土文献研究表明，楚怀王时期，楚地核心地区集中在长江中游及汉北一带。楚之先王宗庙，无一见于江南。《天问》反映的壁画内容，绝非一处建筑所容纳，而是多处建筑中相关内容的集合。综合各种情况可知，《天问》创作于屈原"放流"汉北时稳定的居住场所。将作品分析，作者的人生经历与当时的社会制度和历史地理相结合，不仅对《天问》研究，且对《楚辞》，甚至楚文化的研究都具有重要意义。

【关键词】　《天问》　时地　放流　三闾邑

关于《天问》的写作时间和地点问题，最早见于王逸的《楚辞章句》。王逸说：

《天问》者，屈原之所作也。何不言问天？天尊不可问，故曰天问也。屈原放逐，忧心愁悴，彷徨山泽，经历陵陆，嗟号昊旻，仰天叹息。见楚有先王之庙及公卿祠堂，图画天地山川神灵，琦玮僪佹，及古贤圣怪物行事，周流罢（疲）倦，休息其下，仰见图画，因书其壁，何（呵）而问之。以渫愤懑，舒泻愁思，楚人哀惜屈原，因共论述，故其文义不次序云尔。①

王逸认为，《天问》是屈原放流中见先王之庙及公卿祠堂中的壁画而作。《四库全书总目提要》说"逸注虽不甚详赅，而去古未远，多传先儒训诂"②。故考证《天问》

---

①　洪兴祖撰、白化文等点校：《楚辞补注》，北京：中华书局，1983年版，第85页。
②　永瑢等撰：《四库全书总目》，北京：中华书局，1965年版，第1267页。

创作时地者皆不能避开王逸所述。后世学者多从《天问》文句出发，辅以王逸之说，来推测《天问》的创作时地。

关于《天问》的创作时间，朱熹《楚辞辩证》说："屈子初放，犹未尝有奋然自绝之意，故《九歌》《天问》《远游》……皆无一语以及自沉之事，而其词气雍容整暇，尚无异于平日。"① 晁公武《郡斋读书志》曰："平自伤忠而被谤，乃作《离骚经》以讽，不见省纳。及襄王立，又放之江南，复作《九歌》《天问》《九章》……自沉汨罗以死。"② 朱熹和晁公武都认为《天问》作于屈原放逐之后，但朱熹认为是屈原初放之时，晁公武认为是再放江南之时。由此可知，多数学者认为《天问》的创作时地与屈原放流密切相关，这是讨论这一问题的重要切入点。

纵观历代关于《天问》创作时地的研究，诸家皆以屈原放流期间作为重要的时间断点，将王逸《天问序》作为重要的考辨依据。我们曾经指出："汉代经学家恪守'师法'、'家法'，师之所传，弟之所受，一字毋敢出入。经说如此，对待经籍文本更十分慎重，不肯妄改古书。"③ 王逸对待《天问》文本如此，其序言写作亦理应参考当时流传的经典楚辞注本，在王逸之前的楚辞注本不存的情况下，《天问序》是应当珍视的重要资料。事实证明，与《天问》创作于屈原"放流"时期相龃龉之论，皆存在论证上的不足之处。

日本学者竹治贞夫在《楚辞研究》中，认为《天问》自承袭《诗经》之四言句法观之，乃年轻修学时代所作，为屈子最早期作品。④ 战国时期的楚国，贵族教育内容十分丰富。《国语·楚语》载："庄王使士亹傅大子箴……问于申叔时，叔时曰：教之春秋，而为之耸善而抑恶焉，以戒劝其心；教之世，而为之昭明德而废幽昏焉，以休惧其动；教之诗，而为之导广显德，以耀明其志；教之礼，使知上下之则；教之乐，以疏其秽而镇其浮；教之令，使访物官；教之语，使明其德，而知先王之务，用明德于民也；教之故志，使知废兴者而戒惧焉；教之训典，使知族类，行比义焉。"⑤ 由是观之，屈原不仅学习过《诗经》"四言体"的形式，还熟习包括春秋、令、训典等与《诗经》语言形式不同的各种典籍，因此不能根据《天问》与《诗经》同属"四言体"就判断《天问》作于屈原"修学时代"。

---

① 朱熹：《楚辞辩证》卷下，文渊阁《四库全书》本。
② 晁公武：《郡斋读书志》卷十七，续古逸丛书本。
③ 孟祥笑：《简册制度与〈天问〉的错简问题——以〈天问〉"女娲有体"句为中心》，《学术研究》2014年第8期。
④ 参见高秋凤：《〈天问〉研究》，收入《古典诗歌研究汇刊》第四辑，台北：花木兰文化出版社，2008年版，第19页。
⑤ 徐元诰撰、王树民、沈长云点校：《国语集解》，北京：中华书局，2002年版，第483—486页。

陆侃如、程嘉哲、蒋天枢等皆认为《天问》作于屈原自沉之前。蒋氏言"《天问》为沉江前不久之作，通观全篇所言者固无可疑也"。① 有学者认为，《天问》文辞的质直和情感激愤的强度，与《怀沙》等篇是比较接近的，当作于屈原自沉之前。② 上述所言，皆从《天问》文辞和表现的情感出发，然悲愤之语未必是绝望之辞。《怀沙》篇主要讲述的是"小人蔽贤，群起而攻之。举世之人，无知我者。思古人而不得见，仗节死义而已"。结尾言："知死不可让，愿勿爱兮。明告君子，吾将以为类兮。"③ 文辞中明显表现出自沉之意。《天问》中描写了夏商周直至楚国历史上兴亡大事，篇中似有通过叙述历史的方式劝谏楚王之意，结尾处言："悟过改更，我又何言？"尚对国君怀有希望，难以遽定为绝命之辞。

龚维英《从内证探索〈天问〉的著作期》一文，根据《天问》和屈骚其他篇章相类文句来推测其写作年代。《离骚》："皇天无私阿兮，览民德焉错辅。"《哀郢》："皇天之不纯命兮，何百姓之震愆？民离散而相失兮，方仲春而东迁。"《天问》："皇天集命，惟何戒之？受礼天下，又使至代之？"龚氏认为从上述诗句中可以推测，屈原对"皇天"的认识过程是《离骚》《哀郢》《天问》，愈到后来愈深刻，说明《天问》写完的年代相当晚，不仅远远晚于《离骚》，抑且后于《哀郢》，可能"《天问》的完稿应在公元前 278 年仲春之后、自沉之前"。④

龚维英的结论有进一步讨论的余地。《史记·屈原贾生列传》言："屈平疾王听之不聪也，谗谄之蔽明也，邪曲之害公也，方正之不容也，故忧愁幽思而作《离骚》。离骚者，犹离忧也。夫天者，人之始也；父母者，人之本也。人穷则反本，故劳苦倦极，未尝不呼天也；疾痛惨怛，未尝不呼父母也。"⑤ 如果《离骚》是屈原对自己遭遇忧患的"牢骚"之作，《天问》的内容则比《离骚》情感更为强烈，由忠心不被理解的愤懑，转而对宇宙、社会和人生产生了疑问。由对个人遭遇、个人命运的关注，转而对天地万物、历代兴亡、国家命运等大事的关注。可见，《天问》虽然运用了不同于《离骚》的艺术形式，却继承和发展了《离骚》的创作精神，表达的同是作者忠而见疏的苦闷。故司马迁说："余读《离骚》《天问》《招魂》《哀郢》，悲其志。"⑥ 就太史公的述论次第而言，《天问》作于《离骚》之后较为可信。龚氏通过《天问》诗句探讨

---

① 蒋天枢：《楚辞论文集》，西安：陕西人民出版社，1982 年版，第 34 页。
② 高秋凤：《〈天问〉研究》，收入《古典诗歌研究汇刊》第四辑，台北：花木兰文化出版社，2008 年版，第 29 页。
③ 洪兴祖撰、白化文等点校：《楚辞补注》，北京：中华书局，1983 年版，第 146 页。
④ 龚维英：《从内证探索〈天问〉的著作期》，《延安大学学报》1984 年第 3 期。
⑤ 司马迁：《史记·屈原贾生列传》，北京：中华书局，1959 年版，第 2482 页。
⑥ 司马迁：《史记·屈原贾生列传》，北京：中华书局，1959 年版，第 2503 页。

《天问》创作时地的方法是正确的,但《天问》中一些诗句的解释有很大争议。① 因此,探索《天问》的创作时地还需要借助其途径。

前文已经指出《〈天问章句〉序》是研究《天问》创作时地的重要依据,但《〈天问章句〉序》本身的解读就存在疑问,尤其是对"放流"的理解。现代楚辞学的开创者游国恩先生对《天问》创作时地的研究就说明了这一问题。游先生对《天问》创作时地前后有不同的看法,相关研究结论和方法对楚辞研究界都产生了很大的影响,成为《天问》创作时地研究的典型个案。游国恩在《楚辞概论》中第一次提出了他对《天问》创作时地的看法:

> 《天问》中绝无放逐的痕迹,至多只能说他带有愤懑和失意的情态罢了。所以说他是放逐后的作品,是靠不住的。但他究竟是什么时候作的呢?据我的推测,大概是屈原头一回被谗去职以后,放于汉北以前所作。这也许就是上官大夫夺稿未遂,因而谗他的那回事。②

游先生关于《天问》是屈原被谗去职以后,放于汉北以前所作的观点,当时得到众多学者的赞同。部分学者在游氏划定时间的基础上,进一步得出《天问》可能作于楚怀王十一年至十三年、十四年、十五年、十六年、十八年等不同意见。③ 根据现存文献资料,屈原遭谗见疏,放流汉北的时间很难具体到某一年,只能作大致推测,因此,以上意见皆难得到确证。

20 世纪 80 年代,游国恩先生根据王逸序,并结合《天问》相关内容,认为《天问》当作于屈原"再放"时,与《离骚》的写作时间相近:

> 《天问》作于何时,向来没有定论。据王逸说,屈原放逐于山泽之间,看见楚国先王宗庙和公卿祠堂的壁画,有天地山川神灵怪异,因题图书壁,后人述之,遂成此篇。……如果这个说法不错,那么再放比初放更有可能,因为《天问》后半篇的历史鉴戒录与《离骚》陈词的用意相同,估计它们写作的时间可能相去不远。④

---

① 林庚:《诗人屈原及其作品研究》,上海:棠棣出版社,1952 年版,第 9 页。
② 游国恩:《楚辞概论》,北京:北新书局,1926 年版,第 142 页。
③ 参见高秋凤:《〈天问〉研究》,收入《古典诗歌研究汇刊》第四辑,台北:花木兰文化出版社,2008 年版,第 20—21 页。
④ 游国恩:《屈原》,北京:中华书局,1980 年版,第 44—45 页。

胡念贻先生《楚辞选注及考证》认为："《天问》的写作，大约是在怀王末年。"①从材料及方法上，都受到游先生的影响。郭世谦先生《屈原〈天问〉今译考辨》认为："《天问》当也属于晚年作品，很可能也写成于白起拔郢之后。"②虽然郭世谦先生在他的论证中加上了一些游国恩先生未使用的零散材料，具体结论与游国恩先生也有些不同，但主要材料及方法与游国恩先生相仿。褚斌杰先生《楚辞要论》则用相似的材料得出"此诗或作于顷王立，诗人被放时期"。③凡此，皆可见游先生前说影响之大。

游国恩先生所说"再放比初放更有可能"即认为屈原一生总曾遭遇过两次放流。《史记·屈原列传》叙述屈原生平事迹时，曾六次提到屈原放流或与之相关的经历。司马迁《报任安书》说"屈原放逐，乃赋《离骚》"。除司马迁外，刘向在《新序》中认为屈原曾两次被放逐。④王逸《楚辞章句》中有相似之论。⑤这些都影响了后世学者对屈原放流问题的认识。故学者在讨论《天问》创作时地的时候形成了两种不同的说法，一为放逐汉北所作，一为放逐江南所作。

如前所述，屈原"放流"的问题是解决《天问》创作时地的关键。实际上，大多数学者误解了屈原"放流"性质，所谓屈原"放逐"并非刑罚，这关乎到对屈原生平和创作的认识。方铭教授具体分析了古代的流放刑罚，指出流刑是把犯罪的人遣送到边缘之地的一种刑罚，而且没有随意更换地域的行动自由。至于春秋战国时期楚国的制度，方铭教授说："据我们今天所知，战国时期的楚国尚没有作为刑罚的放流的律令及实例，而屈原的所有行为，并无需要用流放的刑罚来惩处的特别重大的罪行。更何况，屈原所活动的汉北、江南这样的区域，并不是人迹罕至的恶劣地区"。⑥屈原"放流"虽非刑罚，但对屈原的一生产生了重要影响，姚小鸥教授指出："据记载，屈原曾为怀王信任，以左徒的身份参与机要，后怀王听信小人谗言，怒而疏之，即史料所称屈原的被'放流'。先秦时期的'放流'与后世的'流放'不同，只是表明不再为君王所亲任，不能再担任重要的政治职务。《战国策》载，齐国的孟尝君曾一度不再担任执政大臣，当时人们称齐国'放其大臣孟尝君'，表达方式及内涵与此相近。"⑦

屈原来到汉北，诚如学者所论，为屈原被疏后活动的地方。著名历史学家钱穆先生说："屈原自怀王十八年使齐返，至三十年怀王入秦，中间凡十二年，事迹无考……

---

① 胡念贻：《楚辞选注及考证》，长沙：岳麓书社，1984年版，第353页。
② 郭世谦：《屈原天问今译考辨》，天津：天津古籍出版社，2006年版，第3页。
③ 褚斌杰：《楚辞要论》，北京：北京大学出版社，2003年版，第205页。
④ 刘向著、李华年译：《新序全译》，贵阳：贵州人民出版社，1994年版，第241页。
⑤ 洪兴祖撰、白化文等点校：《楚辞补注》，北京：中华书局，1983年版，第1—2页。
⑥ 方铭：《屈原的"放流"问题》，《光明日报》，2004年11月24日。
⑦ 姚小鸥：《西峡、楚史与屈原》，《光明日报》，2013年2月18日。

余则谓原为三闾大夫,盖即其居汉北之时也。"① 屈原来到江南则是当时的政治环境造成的,并非为楚王"放逐"。郭沫若《屈原时代》说:"襄王二十一年,秦将白起侵略楚国,把楚国的郢都破了,取了洞庭、五湖、江南,逼得楚国君臣仓皇奔走,东北保于陈诚;屈原自己也从汉北逃到江南,作了《哀郢》《涉江》《怀沙》《惜往日》诸篇,便终于在汨罗自沉了。"② 孙作云先生说:"屈原是确实到过江南的,而且死在江南,但那时候不是放逐,而是在楚襄王二十一年、公元前278年,秦将白起攻占郢都、屈原在国破家亡的时候,到江南'视察'的。"③ 郭瑞林从屈原的作品内容出发,分析说:"《涉江》中'乘鄂渚以反顾兮'至'夕宿辰阳'一段,更表明诗人的行动自由得很,并无谁来限制他。他本已到了辰阳、溆浦一带比较荒僻落后的地方,可后来又折回比较发达的湘北地区,这更说明诗人的行动完全由自己支配。从这些地方都可以看出,屈原的江南之行确非为朝廷所放逐,而只是战乱中的流亡!"④

从以上论述可以得出如下结论:所谓屈原两次"放流"的实际情况是,屈原遭谗被疏后离开王都,来到汉北,又因战乱郢都陷落,离开汉北来到江南。由此可知,屈原放逐江南而作《天问》之说值得商榷,从学者认为《天问》作于屈原再放江南的观点出发,其所持论据也有不当之处。何敬群《楚辞天问诠释》说:

> 今观王逸所说:屈原放逐,彷徨山泽,即知是在江南湘沅之间时所写。楚人好鬼,于湘沅之间,有河伯山鬼湘君湘夫人的祭祀,亦必有先王先公卿祠庙的祭祀。屈原祀东皇太一等神而作《九歌》,则见祠庙图画而写《天问》,亦非异事。……而且南方僻远,这些祠庙,又在山泽之间,亦可毫无顾忌,任意在壁上题字,抒写愁思。以此证知屈原此文,决非退居汉北时写,而是放逐在江南所写,王逸此记。乃是正确的。⑤

高秋凤《天问研究》对上述内容有所讨论,她说:"王逸所谓'彷徨山泽'未必可证是放于江南所作。盖据《离骚经章句序》观之,王逸以屈子之遭放,一在怀王之世,一在顷襄之世。又就《章句》诸序观之,其以为在江南所作者,如《九歌》'昔楚国南郢之邑、沅湘之间',《九章》'屈原放于江南之野'云云,皆明谓作于江南。

---

① 钱穆:《先秦诸子系年》,台北:九州岛出版社,2011年版,第401—402页。
② 郭沫若:《郭沫若古典文学论文集》上海:上海古籍出版社,1985年版,第302页。
③ 孙作云:《屈原的放逐问题》,《河南大学学报(社会科学版)》1961年第01期。
④ 郭瑞林:《屈原"放逐"说质疑》,《求索》1993年第6期。
⑤ 何敬群:《楚辞天问诠释》,《珠海学报》1977年第9期。转引自高秋凤:《〈天问〉研究》第33页,收入《古典诗歌研究汇刊》第四辑,台北:花木兰文化出版社,2008年版。

至于《天问》则仅言'彷徨山泽,经历陵陆'。既王逸以为屈子之放有两次,而此序又未明言作于江南,则亦有可能为放于汉北所作。至于以为南方僻远,其祠庙可任意题字,则亦不是唯一可能。盖旧都废庙,虽不在僻远,亦可题字。且沅湘之间,既未尝为国都,虽或有山鬼、河伯、二湘之庙,却不可能有先王之庙,尤其如《天问》所展现偌大规模之壁画,尤不可能存于江南小祠。"①

前文指出游国恩先生认为,《天问》为屈原放逐时作,且再放比初放更有可能,因为《天问》后半篇的历史鉴戒录与《离骚》陈词用意相同,估计二者的写作时间相去不远。关于《离骚》的作年,学界存在争议,以此为考辨依据似有不妥。《天问》从天地开辟开始问起,叙述了夏、商、周以及楚国历史,意在通过叙述历史表现对宇宙、社会和人生的思索,这与屈原于江南所作品中的情感宣泄有明显不同。诚如游氏所言,《天问》后半篇表明《天问》的创作目的即以史为鉴,这集中体现在《天问》结尾"悟过改更,我又何言",诗句中屈原冀君之觉悟,对当时的楚王和楚国尚怀有信心,这是屈原因郢都陷落而来到江南时不可能再出现的语词。

以上讨论显示,《天问》作于屈原再放江南的观点,不仅本身论点存在疑问,且与屈原的人生遭遇以及《天问》诗句内容不符。对于《天问》作于汉北的观点,因各家使用材料以及对《天问》理解的不同,具体的时间以及地点存在争论。徐英《楚辞札记》认为《天问》作于屈原放逐时,地点在纪南城,他说:

> 楚之建都,在怀王以前,其可考者,已有四处。熊绎始封,实都丹阳。……周庄王八年,楚文王熊赀,始都郢,实纪南城。……其后周敬王元年……于今江陵县东北六十里筑新城而都之,仍称郢都,而非其故地。周敬王十六年……新郢又已残破,遂徙都鄀。
>
> 楚之故都,既有数处,然则《天问》之作,果何所乎?考《天问》篇末,述及楚事,有云"吾告堵敖以不长",洪曰"《左传》楚子灭息,以息妫归,生堵敖及成王焉"。楚子文王也,庄公十九年,杜敖生,二十三年成王生,杜敖即堵敖也。审是,则堵敖者,楚文王之子,而成王之兄,不长者,谓其欲弑成王,反被杀也。楚宗庙或公卿祠堂而有堵敖之画像,则其地在纪南城之旧庙,可无疑矣。②

---

① 高秋凤:《〈天问〉研究》第33页,收入《古典诗歌研究汇刊》第四辑,台北:花木兰文化出版社,2008。

② 徐英:《楚辞札记》,南京:钟山书局,1935年版,第85—87页。

文中虽未说明屈原何时放逐,从其考论楚怀王之前的先王宗庙可以得出,徐英先生认为《天问》是屈原在怀王时放逐汉北所作,李翘《楚辞天问管见》持论与此同。①陈子展《〈天问〉解题》有不同见解,他认为,《天问》当作在楚怀王二十五年左右,那时他正被放逐在汉北,地点在鄢郢、丹阳一带。②

孙作云先生是屈原放逐汉北而作《天问》之说的代表。他通过细致考证王逸的《天问章句序》,分析《天问》所记历史起讫述以及相关的楚辞作品和研究成果认为:"《天问》……写作于楚怀王三十年,秦昭王八年(公元前299年)的秋天。写作的地点是春秋末年的楚昭王十二年所迁的鄀都"。孙氏的考证方法和结论为林庚、路百占、高秋凤等学者所采纳。③

孙先生注意到屈原所见楚之先王宗庙可能在楚的旧都。但他只注意到了楚旧都之一的鄀,而忽略了历史上楚的其他建都之地,故他认为鄀应为《天问》的写作之地。另一个方面,孙作云先生只注意了"先王宗庙",而忽略了"公卿祠堂"。孙先生认为,王逸提到"公卿祠堂"是受到汉代制度的影响。实际上,汉代的墓葬制度传自先秦,汉人的"公卿祠堂"包括墓地祭祀场所的建筑,在先秦时期,都能够找到先例。④ 由于这些原因,孙先生有关《天问》写作时、地的研究结论的正确性不能不受到影响。

需要说明的是,有学者引用晋代王子年《拾遗记》卷10《洞庭山》条,以为《天问》创作当在洞庭山北。⑤ 此外还有《天问》作于湖南桃花江之说。⑥ 学者对《鄂君启舟节》的最新研究表明,"鄂君启船队的出发地'鄂'为河南南阳,而非湖北鄂州。鄂君启船队进入的'湘''沅''澧'在汉江上游,而非现在的湖南同名河流。"⑦ 这说明,楚怀王时期楚地的范围在汉江一带,而非两湖。由此可知上述观点与相关地理不合。这也是《天问》作于汉北而非江南的又一证据。

通过以上讨论可知,屈原"放流"中所见先王宗庙是考证《天问》创作时地的重要依据之一,许多学者在论述中指出了这一点。关于先王宗庙,学者的研究已经取得

---

① 李翘:《楚辞〈天问〉管见》,《文澜学报》,1937年2卷1期。
② 陈子展:《〈天问〉解题》,《复旦学报(社会科学版)》,1980年第5期。
③ 高秋凤:《〈天问〉研究》,收入《古典诗歌研究汇刊》第四辑,台北:花木兰文化出版社,2008年版,第40—41页。
④ 王从礼:《楚墓建筑研究》第十二章《楚墓建筑中有关问题的讨论》,武汉:湖北人民出版社,2006年版。
⑤ 黄震云:《楚辞通论》,长沙:湖南教育出版社,1997年版,第107页。
⑥ 高秋凤:《〈天问〉研究》,收入《古典诗歌研究汇刊》第四辑,台北:花木兰文化出版社,2008年版,第28页。
⑦ 凌智民:《〈鄂君启舟节〉地理密码》,《光明日报》,2015年1月29日。

了相当的成绩。陈子展说楚国有三处旧都，徐英认为在楚怀王之前先后有四处王都。①《清华大学藏战国竹简·楚居》篇公布后，知道旧史的记载及人们过去对楚旧都的认识很不全面。楚人之都城而称"郢"者，先后有十几处之多。整理者说："本篇主要是讲述楚公、楚王之居处与迁徙，许多地方可以获得与历史记载完全不同的新知。例如，自楚武王至悼王，以'郢'命名的王居就有疆浧（郢）、湫郢、樊郢、爲郢、免郢、郝郢、睽郢、嫩郢、鄂郢、鄢郢、蓝郢、䣹郢、㮾郢、郎郢等十四个以上，楚王在期间迁徙往来，诚闻所未闻。"②

黄灵庚教授《清华战国竹简〈楚居〉笺疏》一文对王都的位置进行了考辨指出："《楚居》载自季连以下凡建都计二十有六……所建之都若橐宅、焚、宵、郝郢、𡕣（鄩）郢、㷄（睽）郢、同宫之丘、承埜（烝野）、乾溪章华台、㘓㵎、䣹郢等多在汝南、淮上陈蔡之间。"③

《清华简》所载楚之旧都，皆在汉北，无一建于江南，这也说明《天问》只能作于汉北而不是江南。孙作云等学者认为《天问》所问史事只问到春秋史事，可以推定，屈原见楚先王庙为楚昭王所迁郝都。④然后成之宗庙亦可能图画前代故事，由《清华简》可知，郝都之后尚有多处王都，以此为据论定《天问》作于郝都似有可商。

我们认为，进行《天问》写作时、地的研究，要考虑如下要素，即王逸《〈天问〉章句序》所言屈原"彷徨山泽，经历陵陆"与"见楚有先王之庙及公卿祠堂，图画天地山川神灵，琦玮僪佹，及古贤圣怪物行事"之间的关系。也就是说，屈原所见"图画"的"先王之庙及公卿祠堂"是在一地还是数地？其次，见到之壁画与《天问》的内容是否有一一对应的关系？以上问题能够明确，则《天问》写作时、地的问题论证方可得以落实。

屈原早期担任怀王"左徒"，左徒之职在祭祀中有重要作用。⑤还有学者根据屈原名字"灵均"等以及楚国文化特征、屈氏世守之职掌情况，判断屈原与祭祀文化关系极为密切。⑥从屈原早期经历其职掌来看，他有许多机会进入郝之先王宗庙。另外，由屈原的身份、经历、职掌及当时的社会制度来看，屈原对公卿祠堂也十分熟悉。这说

---

① 陈子展：《〈天问〉解题》，《复旦学报》（社会科学版）1980年第5期。徐英：《楚辞札记》，南京：钟山书局，1935年版，第85—87页。

② 清华大学出土文献研究与保护中心编、李学勤主编：《清华大学藏战国竹简（壹）》，上海：中西书局，2010年版，第180—181页。

③ 黄灵庚：《清华战国竹简〈楚居〉笺疏》，《中华文史论丛》2012年第1期。

④ 孙作云：《天问研究》，北京：中华书局，1989年版，第13—14页。高秋凤：《〈天问〉研究》，收入《古典诗歌研究汇刊》第四辑，台北：花木兰文化出版社，2008年版，第41页。

⑤ 姚小鸥：《〈离骚〉"先路"与屈原早期经历的再认识》，《中州学刊》2001年第5期。

⑥ 曲德来：《屈原及其作品新探》，沈阳：辽宁古籍出版社，1995年版，第32页。

明，屈原所经旧都只是《天问》的创作诱因，单纯根据《天问》所述历史的起讫，并不能确定《天问》的创作时地。

回顾王逸《〈天问〉章句》所说"屈原放逐，忧心愁悴，彷徨山泽，经历陵陆"，可知屈原在被放流即被逐出当时的楚国王都——郢都之后，曾经历长期的流浪，到过不少楚国的旧都。根据先秦礼制，王都必有先王宗庙。这样，屈原必拜谒过许多旧都的先王宗庙，见到许多先王宗庙的壁画。《天问》中所反映的壁画内容，绝非一处建筑所容纳，而是多处建筑中相关内容的集合。

基于以上讨论，《天问》的创作地点无法具体到某一处旧都，它创作最可能的地点，当是屈原"放流"汉北时稳定的居住场所，且是近于王都聚集之处。钱穆先生说：

> 原为三闾大夫，盖即其居汉北之时也。……三闾乃邑名，因谓执掌昭屈景三族……屈原为三闾大夫，正在丹析之三户，故其后乃有岗名遗欤？……余更考诸《楚辞》言汉北诸地者皆合。因知原居汉北，即为三闾大夫，在南阳之三户也。①

由以上钱穆先生的考证可知：三闾曾为楚之旧地。根据孙作云先生所言屈原放流汉北的路线，在屈原到三闾邑之前，可能经过郡鄀、鄢郢等楚国旧都。屈原流放汉北，具体时间无从考察，但此期间秦楚之间战争频发，屈原主张抗秦，在任三闾大夫期间也很可能到各处进行"视察"，拜谒过诸多先王宗庙和公卿祠堂，并得以最后于定居处三闾邑创作《天问》，借助历史上的兴衰大事，劝诫楚王，寄予楚王"悔过改更"之望。

综上所述，关于屈原作品创作的时间和地点讨论，不仅要结合作品本身和屈原的人生遭际，更重要的是充分吸收出土文献反映的当时社会制度和历史地理状况。这一研究方法，不仅对《天问》研究，且对《楚辞》，甚至楚文化研究都具有重要意义。

---

① 钱穆：《先秦诸子系年》，台北：九州岛出版社，2011年版，第401—402页。

《离骚》"女媭"寓意新辨

南阳师范学院 韩国良

【摘　要】　正如许多学者所说,在包括《离骚》在内的楚辞创作中,作者常常表面上写的是男女,而实际上映射的却是君臣。这就是我们常常称道的"男女君臣之喻"。借助女媭对屈原的詈语不难发现她在思想性格上主要有以下三个特点:其一,谙于世故,明哲保身;其二,以长者自居,对屈原的劝说颇含训诫意味;其三,良心未泯,对屈原不乏关切之意。如果依照"楚人谓姊为媭"的旧俗,并将以上两点结合起来,则我们很易得出如下结论,即"女媭"在此乃是一种比兴用法,她具体象征一位年事较高、涉世较深、做事圆滑的楚国老臣。这位老臣一方面善于自保,另一方面又良心未泯,对屈原不乏关切之意,故而才发出了那些对屈原既爱且怨、既怜又责的詈语。

【关键词】　屈原　《离骚》　"男女君臣之喻"　女媭

　　一提到楚辞,我们常常都会想到"男女君臣之喻"。再具体说,也即是在传统上人们常常有这样的认识,即在包括《离骚》在内的楚辞创作中,作者常常表面上写的是男女,而实际上却是在映射君臣的。当然,说楚辞中广泛存在着"男女君臣之喻"的"兴辞",这只是从总体上说的,至于何处用了这样的"兴辞",何诗用了这样的"兴辞",前人的认识则颇不统一。就《离骚》来说,比如"女媭"与屈原究竟是什么关系,"中正"一词究系何指,诗人的"求女"活动究竟有何寓意等等,像这些问题,学术界的争论一直都是很激烈的。也正基于此,为了对屈原的"男女君臣之喻"手法有一个更深入的了解,对这类问题再加探索无疑也仍是很有价值的。不过,由于本文篇幅所限,这里只拟就"女媭"的思想寓意谈谈个人粗浅的认识。

　　通观《离骚》一诗可以看出,它主要包含三个部分:从诗文开头至女媭之詈为第一部分,自女媭之詈至诗尾"乱曰"为第二部分,"乱曰"以下为第三部分。由于第三部分的乱辞乃系全诗的总结,文字很少,所以第一、第二部分实为全诗的主体,而女媭之詈所处的位置正是第一、第二部分的转关处,《离骚》一诗后半部分的陈辞重华、求女漫游等等上天入地的求索活动可谓皆由它引出。清人陈本礼《屈赋精义》说："此借女媭为中峰起顶，以下陈辞上征，占氛占咸，总从此一詈生出。"① 所言可谓是非常切当的。

前人对于"女媭"身份的理解，总体而言可分15类。出现如此众多的歧解，这恐怕也是屈原生前无论如何也意想不到的。具体来说，这些歧解分别是：

1. 屈原姊

此说最早盖贾逵提出。《说文·女部》："媭，女字也。从女须声。楚词（辞）曰：'女媭之婵媛。'贾侍中说：'楚人谓姊为媭。'"段注曰："贾语盖释楚辞之'女媭'。"② 所说应当是完全可信的。又，王逸曰："女媭，屈原姊也。"③ 又，朱熹曰："女媭，屈原姊也。……女媭以屈原刚直太过，恐亦将如鲧之遇祸也。"④ 据此则王逸、朱熹对"屈原姊"之说也是肯认的。

2. 屈原妹

此说最早由郑玄提出。《诗经·小雅·桑扈》孔颖达正义引《周易·归妹》郑玄注："屈原之妹名女须（媭）。"⑤ 今人岑仲勉对此表示认同：女媭"实屈原的妹子"，"媭就是古汉语的'女弟'"⑥。然《说文·女部》"媭"字段注曰："王逸、袁山松、郦道元皆言女媭屈原之姊，惟郑注《周易》：'屈原之妹名女须（媭）。'《诗》正义所引如此。'妹'字恐'姊'字之讹。"⑦ 如果段注所言不差，则"屈原妹"之说就是今人岑仲勉最早提出了。

3. 屈原女

此说主要由刘石林提出：女媭"应从方言的角度理解为'女儿'。'女媭之婵媛兮，申申其詈予'即：'我那未出嫁的女儿，一边撒娇，一边安慰和责备我。''女媭'并不是作名字使用，而是'女儿'的通称。"⑧

4. 屈原女伴

此说最早在郭沫若那里初露端倪："女须（媭）旧以为人名，或说为屈原姊，或说

---

① 陈本礼：《屈辞精义》，杜松柏《楚辞汇编》第5册，台北：新文丰出版公司，1986年版，第586页。
② 段玉裁：《说文解字注》，杭州：浙江古籍出版社，1998年版，第167页。
③ 王逸：《楚辞章句》，洪兴祖《楚辞补注》，北京：中华书局，1983年版，第81页。
④ 朱熹：《楚辞集注》，上海：上海古籍出版社，合肥：安徽教育出版社，2001年版，第19页。
⑤ 孔颖达：《毛诗正义》引，孔颖达等《十三经注疏》，北京：中华书局，1980年版，第840页。
⑥ 岑仲勉：《楚辞注要翻案的有几十条》，《中山大学学报》1961年第2期，第36页。
⑦ 段玉裁：《说文解字注》，杭州：浙江古籍出版社，1998年版，第761页。
⑧ 刘石林：《女媭考》，《求索》1990第2期，第86页。

为屈原妹，均不确。今姑译为'女伴'，疑是屈原之侍女。"① 此后文怀沙、马茂元等也表示肯认，如文氏曰：女媭应"从沫若师，作'女伴'"②。又，马氏曰：女媭"或说是屈原之姊，或说是屈原之妹，均无确证。郭沫若译作女伴，较为恰当。"③

5. 女伴之年长者

此说最早由游国恩提出："这女媭不过是一个假设的老太婆——与他有相当关系的老太婆。说得文雅一点，只是师傅保姆之类罢了。"④ 又曰："以责劝之态度、内容及语气观之，则其人身分盖女伴中之长者，故可以直言训斥而又深有关切之情也。"⑤ 又，梅桐生云："从《离骚》文例来看，女媭应是屈原虚构的一个'老大姐'式的人物，并不是实指。"⑥ 这一认识与游国恩显然也是如出一辙的。

6. 屈原母

此说主要由龚维英提出："《北齐书》的《后妃传》及《诸王传》载，称生母和乳母均曰'姊姊'。而宋高宗赵构也称母亲韦太后为'大姊姊'（《四朝闻见录》）。……又，《说文·女部》：'蜀谓母曰姐。'……古时母、女往往混用，故《天问》'女歧无合'之女歧，到《吕氏春秋·谕大》内，便成了歧母（闻一多《天问疏证》）。然则，《离骚》的'女媭'岂不就是'媭母'，也即'妈妈'的同义语吗？……由老母之口发出慈爱之'詈'（或'骂'），就不是不可理解的了。"⑦

7. 女性始祖

此说最早在闻一多那里初露端倪："女媭似又即女嬇，楚之先妣也。女媭为人名，又为星名，与下文重华亦星名兼人名同例。"⑧ 此后蒋方等又有进一步的发挥："在楚人，'女某'是一特殊的名号，它指称神话传说中的女性始祖，而兼有神与巫的身份，因此推论女媭与重华、巫咸和灵氛一样，都是在楚人中享有尊崇地位的具有神性的人，只不过她是一位具有神性的女人。"⑨ 虽然所述并不完全相同，然其认识理论显然是一脉相应的。

8. 屈原侍女

如郭沫若云："据我看来，'女媭'不应该是屈原的姊或妹，因为《离骚》是屈原

---

① 郭沫若：《卷耳集屈原赋今译》，北京：人民文学出版社，1981年版，第171页。
② 文怀沙：《屈原离骚今绎》，北京：中华书局，1958年版，第97页。
③ 马茂元：《楚辞选》，北京：人民文学出版社，1998年版，第23页。
④ 游国恩：《楚辞论文集·楚辞女性中心说》，北京：古典文学出版社，1957年版，第126页。
⑤ 游国恩：《离骚纂义》，北京：中华书局，1980年版，第137页。
⑥ 梅桐生：《楚辞今译》，贵阳：贵州人民出版社，2000年版，第36页。
⑦ 龚维英：《女媭为屈母说》，《贵州社会科学》1982年第3期，第39页。
⑧ 闻一多：《离骚解诂》，上海：上海古籍出版社，1985年版，第72页。
⑨ 蒋方：《离骚中的女媭和上古时期的女性名号》，《古典文学知识》2003第4期，第13页。

晚年六十二岁的作品，在那时候不应该还有老姊和老妹陪着他过窜逐的生活，而且做老姊、老妹的人也不好那样'申申'地去骂他。'女媭'可以解为屈原的侍女。"① 又，薛亚康云："春秋战国之时，贵族女子出嫁，必有陪嫁之媵妾和陪嫁之侍女（即后世之通房丫头）。屈原之《离骚》乃是一篇浪漫主义的杰作，其比兴手法的运用，神乎其技。其既以'美人'自喻，又以男女嬿好比君臣之遇合，故比中用比，用'女媭'来比喻自己的同情者。这个同情者，因地位低下，没有匹配君王的资格，所以，屈原视其为自己的'侍女'。"②

9. 屈原妾

此说最早由姜亮夫提出："就辞气论之，此不宜姊氏，而当为小妻。"③ 又，汤炳正也云："女媭，即侍妾。《周易·归妹》六三'归妹以须'，汉帛书'须'作'嬬'。《说文》：'嬬，下妻也。'下妻即侍妾。故《广雅·释亲》云：'妾谓之嬬。'嬬即须，亦即媭。"④ 虽然"侍妾"之说与"侍女"之说颇多相似，然严格而论二者毕竟又是不尽相同的。

10. 妾之低贱者

此说主要由汪瑗提出："须（媭）者，贱妾之称，以比党人也。屈原以娥眉自比，故前言众女之嫉，指其党之盛也，此言女媭之詈，斥其德之贱也。""夫须（媭）何以谓为女之贱也？盖尝考之《天官书》，天文有织女三星，婺女四星。织女，天女孙也，女之至贵者也。婺女，贱妾之称，妇职之卑者。《尔雅》曰：'须女谓之婺女。'婺又一作务。是婺星之谓须（媭）女，须（媭）女之谓贱女也明矣也。故女须（媭）者，谓女之至贱者也。媭正作须，女傍者，后人所增耳。"⑤ 虽然汪氏之说颇不明确，然细推其义也不难得知此说盖谓屈原自比妻妾中之君子，而以党人为妻妾中之小人。

11. 妾之年长者

此说最早由刘梦鹏初露端倪："媭，众女相弟兄之称，盖以比朝士大夫。"⑥ 此后王闿运又作了进一步明确："女媭，女有才智者。《易》曰：'归妹以媭（须）。'妾之长称媭，盖以喻臣之长，上官、令尹之属，阳与原为同志者。旧以为屈之姊，屈姊容亦名媭，作赋不宜见姊名也。"⑦ 所谓"众女相弟兄"也即女性之间彼此对对方的尊称，

---

① 郭沫若：《屈原研究》，《历史人物》，北京：人民文学出版社，1979年版，第91页。
② 薛亚康：《关于楚辞中的几个问题》，《解放军外语学院学报》1990年第1期，第68页。
③ 姜亮夫：《楚辞通故》第二辑，昆明：云南人民出版社，1999年版，第167页。
④ 汤炳正等：《楚辞今注》，上海：上海古籍出版社，1996年版，第76页。
⑤ 汪瑗：《楚辞集解》，北京：北京古籍出版社，1994年版，第547页。
⑥ 刘梦鹏：《屈子章句》，游国恩《离骚纂义》，北京：中华书局，1980年版，第168页。
⑦ 王闿运：《楚辞释》，游国恩《离骚纂义》，北京：中华书局，1980年版，第181页。

这与"妾之长称媭"其含义是十分相近的。与汪氏之说一样，刘王之说盖也认为屈原乃将自己与其他同僚同比为妻妾。所不同者汪氏乃是从贵贱立论，而刘王乃是以长幼立论罢了。

12. 女巫

此说最早由周拱辰提出："按《汉书·广陵王胥传》，胥迎李巫女媭，使下神祝诅。则媭乃女巫之称，与灵氛之詹卜同一流人，以为原姊缪矣。"① 此后林昌彝等也表示肯认，如林氏曰："其曰'女媭之婵媛兮，申申其詈予'，乃屈子往见女巫，问以休咎，女巫告以明哲保身。此与《楚辞·卜居》篇往见太卜郑詹尹前后为一例，则女媭非屈原之姊妹也明矣。"②

13. 女人通称

此说最早由张凤翼提出："媭以鲧为诫，似非知原者，何足为贤。恐媭者女人通称，未必原姊，不过如室人交遍责我之谓耳。"③ 此后张云璈等也表示肯认。如张氏云："注以女媭为原姊，按《汉书·高帝纪》：'吕禄过其姑吕媭。'师古曰：'媭，吕后妹。'吕媭，樊哙妻也。《陈平传》：'帝命平斩哙，道中计曰："哙，后女弟吕须夫。"'是妹亦可称媭。则知媭乃女之通称，不必专属姊妹。"④ 又，马茂元曰："'媭'的本义为女，楚语谓女为'媭'，因而'女媭'应当作为广义的女性来解释。"⑤ 等等。

14. 须女星

此说最早由李嘉言提出："'女媭'与'须女'同意。须女本是星名。……屈原于行至吴越荒野区域四顾无人之时，忽然仰观上苍，看见或联想及媭女星，遂假托之为对话人，借以引起他下面的一段话。……《离骚》本多神仙家之词，而神仙家又无不善星宿，《离骚》中的羲和、巫咸及屈原之祖重黎、伯阳皆精通天文，则'女须'之应解作星名，更无可疑。"⑥ 此后李兰柱等又有进一步发挥。如李氏云："'女媭'就是'须女'，也就是天上的女宿——须女四星的形象。屈原在心情郁结、彷徨无路，必同流合污而又心志不愿之际，仰天长叹而见'须女'正明，所以借'须女'这个'天之少府，主裁制、嫁娶'之神来斥世态、剖心曲，淋漓尽致地写出屈原当时的矛盾心境和痛苦心情，是再合适也没有的了。"⑦

---

① 周拱辰：《离骚拾细》，游国恩《离骚纂义》，北京：中华书局，1980年版，第158页。
② 林昌彝：《砚精绪录》，游国恩《离骚纂义》，北京：中华书局，1980年版，第180页。
③ 张凤翼：《文选纂注》，游国恩《离骚纂义》，北京：中华书局，1980年版，第148页。
④ 张云璈：《选学胶言》，游国恩《离骚纂义》，北京：中华书局，1980年版，第178页。
⑤ 马茂元：《楚辞注释》，武汉：湖北人民出版社，1999年版，第37页。
⑥ 李嘉言：《离骚丛说》，《河南师大学报》1982年第5期，第31页。
⑦ 李兰柱：《女媭试诠》，《许昌师专报》1990年第2期，第93页。

15. 另一个自我

此说最早由朱碧莲提出："说女媭是女巫，就身份来说，是对的，然认为是现实中的人物，似太拘泥。……我认为女媭是诗人虚构的女性形象，她的身分与灵氛、巫咸相似，是代表神灵的女巫之类。……其实，女媭和灵氛、巫咸说的话是诗人内心一世界的形象表现。面对党人的围攻、诽谤和国君的昏庸不明，究竟还要不要坚持节操，继续斗争？是去国远游，还是怀恋故土？怎样表明自己的心迹和决心？对于这些问题，《离骚》就是通过与女媭等神巫的设问设答来表现的。"① 此后潘啸龙等也有发明。如潘氏云："此节出现的'女媭'究竟是谁？旧说纷纭杂陈，莫衷一是。但若把这一人物看作诗人的虚设（当为诗人假托的'亲近之人'），我们就可领悟这一节'人我对话'，亦是诗人内心两个'自我'冲突的展开。"②

前人有关"女媭"身份的认识如此不一，那么在以上这15种看法里又有哪一个更可信呢？严格来说，应当说都是不周延的。因为：

第一，以夫妇或男女喻君臣，这乃是《离骚》乃至整个楚辞创作的重要特征。有关这一点不仅在《离骚》以及许多楚辞作品中有切实依据，如"曰黄昏以为期，羌中道而改路"③、"众女疾余之娥眉兮，谣诼谓余以善淫"等，而且前代不少学者对此也有明确揭示，如东汉王逸释"众女疾余之娥眉"曰："众女，谓众臣。女，阴也，无专擅之义，犹君动而臣随也。"④ 又，南宋朱熹释"曰黄昏以为期"曰："黄昏者，古人亲迎之期，《仪礼》所谓初昏也。……中道而改路，则女将行而见弃，正君臣之契已合而复离之比也。"⑤ 等等。既然以男女喻君臣，这乃是《离骚》的基本手法，由此而论，则"女媭"其人，也即她的身份就也必然是一臣子无疑。可是令人奇怪的是上文各家除汪瑗、刘梦鹏、王闿运和薛亚康认为屈原乃是以女媭譬喻朝臣外，竟再无一人从男女君臣之喻的角度对女媭的角色加以厘定，这一点就是连男女君臣之喻的倡导者王逸、朱熹也未能幸免，这样的情景实在让人遗憾。

第二，借助女媭对屈原的詈语："鲧婞直以亡身兮，终然夭乎羽之野。汝何博謇而好修兮，纷独有此姱节？……世并举而好朋兮，夫何茕独而不予听"⑥，不难发现她在思想性格上主要具有以下三个特点：其一，谙于世故，明哲保身；其二，以长者自居，

---

① 朱碧莲：《论〈离骚〉中的女媭和"子兰"》，《兰州大学学报》1985年第1期，第36页。
② 潘啸龙：《论屈赋抒写心灵冲突的三种对话方式》，潘啸龙等《诗骚诗学与艺术》，上海：上海古籍出版社，2004年版，第267页。
③ 屈原：《离骚》，洪兴祖《楚辞补注》，北京：中华书局，1983年版，第18页。
④ 王逸：《楚辞章句》，洪兴祖《楚辞补注》，中华书局，1983年版，第41页。
⑤ 朱熹：《楚辞集注》，上海：上海古籍出版社；合肥：安徽教育出版社，2001年版，第43页。
⑥ 屈原：《离骚》，洪兴祖《楚辞补注》，北京：中华书局，1983年版，第46页。

对屈原的劝说颇含训诫意味；其三，良心未泯，对屈原不乏关切之意。有关以上三个特点，应当说不少前人也注意到了。如《说文·女部》"媭"字段注曰："须即媭字也。《周易》：'归妹以须。'郑云：'须，有才智之称。天文有须女。'按郑意须（媭）与谞、胥同音通用。谞者，有才智也。"① 又，朱熹曰："女媭以屈原刚直太过，恐亦将如鲧之遇祸也。"贺贻孙曰："自鲧婞直以亡身，至汝何茕独而不予听八句，呢喃絮叨，无限亲爱。"② 朱亦栋曰：女媭"詈词，是爱惜不是嫉妒"③ 等等。综合以上这些论述，不难看出前人有关女媭个性的认识应当说还是颇为全面的。

那么，弄清了有关女媭的以上两个方面的问题，这对我们最终确定女媭的身份有何助益呢？具体来说，女媭既然与屈原同殿为臣，彼此并列，那在以上15种说法中，所谓屈原女、屈原母、屈原妾、屈原侍女、女巫、女性始祖、须女星和另一个自我这八种观点显然都是很难成立的。之所以这样说，最根本的原因就在她们在身份属性上与屈原都不是并列的。而在这剩下的七种看法中，由于屈原妹、屈原女伴、妾之低贱者和女人通称这四种观点也都明显不能满足我们上文所绎出的女媭的性格——屈原妹和屈原女伴不能满足一二条，妾之低贱者和女人通称三条皆不能满足，既然如此，则它们显然也是同样难成立的。那么，对于最后剩下的三种看法，也即屈原姊、女伴之年长者和妾之年长者，我们又如何看待呢？进一步结合楚辞创作长于男女君臣之喻的特点，应当说"妾之年长者"这一观点才是其中最经得起推敲的。不过，需要注意的是这里所说的"妾"并不与"妻"相对，而是与"夫"相对，或者更为明确地说，它乃是"妻妾"的泛称。虽然字面只是"妾"，但其实也包含"妻"在内。因为在中国古代无论是"妻"还是"妾"，在丈夫面前都是自称为"妾"的。

一方面"妾"与"夫"对，而"姊"和"女伴"不与"夫"对，因此把"女媭"理解为"妾之年长者"应当说更合乎楚辞"男女君臣之喻"的诗歌特点，而另一方面"妻妾"之间彼此也可视为"女伴"，"妻妾之年长者"也可视如"姐姐"，因此把"女媭"解为"妾之年长者"也是兼含有"女伴之年长者"以及"姐姐"之意的。也正是基于以上这些原因，所以我们认为屈原这里所说的"女媭"应当依贾逵"楚人谓姊为媭"的训语释为"姐姐"，但是这个"姐姐"乃是从"妻妾之年长者"的意义上讲的，她与屈原自己的同胞姐妹并不是一回事。更进一步说也就是她在这里乃属一种比兴用法，具体象征一位年事较高、涉世较深、做事圆滑的楚国老臣。这位老臣一方面善于自保，另一方面又良心未泯，对屈原不乏关切之意，故而才会发出上文所说那些对屈

---

① 段玉裁：《说文解字注》，杭州：浙江古籍出版社，1998年版，第267页。
② 贺贻孙：《骚筏》，游国恩《离骚纂义》，北京：中华书局，1980年版，第85页。
③ 朱亦栋：《群书札记》，游国恩《离骚纂义》，北京：中华书局，1980年版，第77页。

原既爱且怨、既怜又责的詈语。如上所引，刘梦鹏、王闿运尽管已提出应把"女媭"释为"妻妾之年长者"，然而在另一方面他们却又认为女媭"盖以比朝士大夫""盖以喻臣之长，上官、令尹之属，阳与原为同志者"，这则显然又是不准确的。"朝士大夫"过于笼统，"上官、令尹之属"乃屈原无情鞭挞的奸佞之臣。陈仅曰："女媭以鲧比原，重在忘身，岂有党人而称屈原以博謇好修、独有姱节者？似不必强作翻案。"① 尽管他的批驳乃是对汪瑗的"须（媭）者，贱妾之称，以比党人也"的观点而发，但是显而易见对于我们认识王闿运的"上官、令尹"之说的不合情理，无疑也同样是很有启发的。至于王亚康氏，他虽然也看到了"女媭"应喻"同情"屈原的朝臣，但却认为其地位较低，并将其释为屈原"自己的'侍女'"，这与我们上文所述的相关要素显然也是不相合的。

---

① 陈仅：《读选意戬》，游国恩《离骚纂义》，北京：中华书局，1980年版，第105页。

论《离骚》中的"灵均"与"灵氛"

中央民族大学 刘 盼

【摘 要】 在屈原的《离骚》中，抒情主人公的形象除了体现在处于表层的"灵均"角色上外，还体现在另一个角色——"灵氛"身上，"灵均"与"灵氛"共同构成了《离骚》完整的抒情主人公形象。从性质上看，二者同为大巫觋；从精神上看，后者是抒情主人公内心的另一个自我；从结构上看，"灵均"与"灵氛"的合并作为感性象征，与诗中的理性形象构成平衡。"灵均"与"灵氛"形象具有高度的同一性。

【关键词】 《离骚》 "灵均" "灵氛" 同一性

在抒情长诗《离骚》中，作家自叙其出身和姓名："皇览揆余初度兮，肇锡余以嘉名。名余曰正则兮，字余曰灵均。"① 历代学者对"灵均"形象的争论主要集中在其是否为屈原本人上。观点大致分两种：一种认为"正则""灵均"是屈原本名的化用或者别名，如王逸、姜亮夫；另一种认为"正则""灵均"不是屈原的名字，只是隐语或化名，持此观点的有游国恩等。笔者认同后一种观点，即《离骚》的主人公不能与屈原等同，"灵均"是被塑造出的抒情主人公，近年已有研究者分析论述"灵均"这一《离骚》的抒情主人公②。但事实上，"灵均"不但不能直接与屈原本人画等号，也不能被简单地认为就是一个能够传达出屈原全部情感意识的形象。《离骚》全诗表面上都在以"灵均"为第一人称抒情，但还存在着另一个重要的抒情形象——"灵氛"（出现在诗歌的后半部分，"索藑茅以筳篿兮，命灵氛为余占之"）。历代注家多以"灵氛"为占卜巫师，目前学界对"灵氛"形象的探讨主要是与同篇中的"巫咸"做比

---

① 洪兴祖：《楚辞补注》，北京：中华书局，1983年版，第4页。本文所引《离骚》原文及王逸注均出自此版本，下不再出注。

② 如施仲贞：《自我的觉醒：论〈离骚〉的"灵均"形象》，《海南大学学报（人文社会科学版）》2012年第3期。

较，或延续以往话题继续辨析二者劝去劝留之意①；或论述二者的不同作用②。"灵氛"这一在研究抒情主人公时通常被忽略的形象，应和前面比较明显的"灵均"一起，构建成完整的《离骚》抒情形象。也就是说，诗人屈原的情感意志，是通过"灵均"与"灵氛"两个形象共同展现的，"灵均"形象与"灵氛"形象，具有同一性特征。下面笔者试从三方面分析这种特征。

一、另外一个大巫觋——"灵均"

屈原的楚辞作品充满了神祇与灵巫，在《离骚》中，"灵氛"巫觋的特性很明显，而且没有争议，以往学者多有论述，而"灵均"作为抒情形象的另一部分，与"灵氛"具有同样的巫觋性质。

先来看"灵均"的名字："灵"字在屈原的作品中出现的次数较多，如《云中君》："灵连蜷兮既留""灵皇皇兮既降"；《东君》："灵之来兮蔽日"，而"巫"字的出现则较少。《说文》："灵，巫也"。在王逸的注中也能看出"灵"与"巫"的密切关系，如《九歌·云中君》"灵连蜷兮既留"，王逸注云："灵，巫也。楚人名巫为灵子。"《离骚》"夫唯灵修之故也"注："灵，神也。"《东皇太一》《东君》亦以"灵"为巫。游国恩《离骚纂义》："按《楚辞》凡事涉鬼神，多以灵言之，若灵巫、灵保、灵氛等等"③。王念孙说："《广雅》，灵，巫也，古者卜筮之事亦使巫掌之，故灵、筮二字并从巫"④。王国维在《宋元戏曲考》中说："古之所谓巫，楚人谓之曰灵……楚辞之灵，殆以巫而兼尸之用者也"⑤。可见，屈原常以"灵"字来代替"巫"字使用，"灵均"的名称上具有了一定的巫觋特质，启良的《中国文明史》一书干脆就直接称屈原是"巫师"。

再来看"灵均"的身份和行为："帝高阳之苗裔兮，朕皇考曰伯庸。摄提贞于孟陬兮，惟庚寅吾以降"，主人公是日神祝融的后裔，也高阳帝颛顼的后代,⑥ 又在"庚寅"（寅年寅月寅日）⑦ 这样与众不同的日子出生，着实具有神异性。"据湖北云梦睡

---

① 如赵沛霖：《灵氛与巫咸的意见并非相同》，《沈阳师院学报》1985年第4期。
② 如马世年：《〈离骚〉中的卜筮与祭祷——灵氛占断与巫咸夕降之关系新论》，《甘肃社会科学》2006年第2期。
③ 游国恩：《离骚纂义》，北京：中华书局，1980年版，第77页。
④ 游国恩：《离骚纂义》，北京：中华书局，1980年版，第351页。
⑤ 王国维：《王国维遗书·宋元戏曲考》，上海：上海古籍出版社，1983年版，第1—2页。
⑥ 参见萧兵：《楚辞与神话·伯庸祝融日神考》，南京：江苏古籍出版社，1987年版，第265页。
⑦ 见聂石樵：《楚辞新注》，北京：商务印书馆，2004年版，第2页。

虎地十一号秦墓出土的《日书》875简、1137简载：'凡庚寅生者为巫'"①。而无论是在屈原本人的楚辞作品中，还是在先秦典籍中，"降"字多是用在神或巫身上的。在篇章的最后，又有"陟升皇之赫戏兮"句，汪瑗《楚辞集解》认为"陟亦升也，陟升重言之也"②，"陟""升"都是上升的意思，同意连用。《左传》昭公七年，周景王派郊简公到卫国吊唁，并追命卫襄公说："叔父陟格，在我先王之左右，以佐事上帝。'"③ 从以上例子我们可以看出，"陟"字与"升"之类字并列一般用于神灵，"降"与"陟""升"是巫风习俗的一种反映。④ 在行为上，"灵均"的"飞升"过程在《离骚》中有两处，两次神异的"飞升"过程中，主人公"驷玉虬以乘鹥兮""为余驾飞龙兮""驾八龙之婉婉兮"，"前望舒使先驱兮，后飞廉使奔属"，"朝发轫于天津兮，夕余至乎西极"，这种种乘龙凤在天地间飞升的行为，即为巫歌中显示巫觋通神过程的表述。先秦时期的巫觋具有半人半神的性质，从事的活动主要有占卜、行医、降神、祭祀等，其目的在于沟通神与人。在《离骚》中，大巫觋"灵均"的这种"飞升"行为，不仅是为病态的楚国政治飞天通神，为自己的美政理想寻求裁决和支持的象征，还是其理想无法实现之后得以在精神上疏离世俗污浊的途径。所以，和"灵氛"一样，"灵均"不仅有巫觋的名字，还有巫觋的身份和行为，二者具有很大程度的同一性。

二、内心与梦中的另一个自我——"灵氛"

《离骚》中比兴、隐喻的手法非常常见，晋代挚虞在其《文章流别论》中说："《楚辞》之赋，赋之善者也。故扬子称赋莫深于《离骚》"⑤。屈原在《离骚》中巧妙地设置了"灵均"和"灵氛"两个抒情形象，表面上看似乎是"灵氛"作为"灵均"的朋友在与之交流，但实质上"灵氛"是情感丰富、内心矛盾的抒情主人公内在精神的外化。"灵均"出现在一开篇："名余曰正则兮，字余曰灵均"；而"灵氛"则出现在《离骚》的后半部分。《离骚》全篇以"灵均"的独白为主导，而"灵氛"的话语则是除"灵均"外最多的：

索藑茅以筳篿兮，命灵氛为余占之。曰："两美其必合兮，孰信修而慕

---

① 刘亚虎：《中华民族文学关系史：南方卷》，北京：人民文学出版社，1997年版，第111页。
② 汪瑗：《楚辞集解》，北京：北京古籍出版社，1994年版，第105页。
③ 杜预集解：《春秋经传集解》，上海：上海古籍出版社，1988年版，第1300页。
④ 参见江林昌：《楚辞巫风习俗考》，《民族艺术》1996年第4期。
⑤ 郁沅、张高明编选：《魏晋南北朝文论选》，北京：人民文学出版社，1996年版，第136页。

之？思九洲之博大兮，岂为是有其女？"曰："勉远逝而无狐疑兮，孰求美而释女？何所独无芳草兮，尔何怀乎故宇？世幽昧以眩曜兮，孰云察余之善恶？民好恶其不同兮，为此党人其独异。户服艾以盈要兮，谓幽兰其不可佩。览察草木其犹未得兮，岂珵美之能当？苏粪壤以充帏兮，谓申椒其不芳！"

学界对"灵氛"这段话的切分一直存在着争议，争议集中在第二个"曰"上。现在可以肯定的是，第二个"曰"后的内容和前面的"曰"一样，同样为"灵氛"所说，问题在于到哪里结束。有观点认为截止到"尔何怀乎故宇"，和第一个"曰"一样，后面跟两句话，持此观点有王逸①、林云铭②、聂石樵③等；还有观点认为应截止到"谓申椒其不芳"，持此观点的有朱熹④、王夫之⑤、赵逵夫⑥等。第一种看法之所以认为应该截止到"尔何怀乎故宇"，原因之一就是没法解释紧跟在后面的一句"世幽昧以眩曜兮，孰云察余之善恶"中"余"的所指。第二种看法认为此处的"余"或为"灵氛"代"灵均"说话，为"我们"之意，认为称"我们"是由于"灵均"与"灵氛"关系亲近所致。笔者认同后一种观点，只有后一种切分方法才能表达出"灵氛"抒情的完整含义。笔者认为，我们应该把完整的抒情主人公形象看作是"灵均"和"灵氛"的总和，进而就容易理解看似突兀的"余"字的内涵。在这里，"余"可以看作"我们"，"孰云察余之善恶"是"灵氛"对"灵均"的陈述，"灵氛"的诉说与"灵均"的沉默再次展示了抒情主人公内心的挣扎。

这段话从表面上看是"灵氛"通过"吉占"为"灵均"增加自信、痛斥"党人"（指旧贵族），并劝"灵均""远逝"，但实质上却是抒情主人公内心另一个自我的独白，体现了作者屈原矛盾的心理：欲留而"恐修名之不立"；欲去而"恐皇舆之败绩"。借两个看似独立的形象，合成矛盾的统一体，这也是"灵氛"形象存在的重要意义。哲学家尼采在其美学、哲学著作《悲剧的诞生》中提出"日神"状态与"酒神"状态的美学理论，其中"日神"状态是指个体的人借外观的幻觉自我肯定的冲动，"酒神"状态则是指个体的人自我否定而归附世界本体的冲动。他认为，悲剧和抒情诗表面上是以"日神"的形式展现的，但在本质上是"酒神"艺术。⑦这一观点与《离骚》"灵

---

① 见洪兴祖：《楚辞补注》，北京：中华书局，1983年版，第36页。
② 见林云铭：《楚辞灯》，上海：华东师范大学出版社，第13页。
③ 见聂石樵：《楚辞新注》，北京：商务印书馆，2004年版，第20页。
④ 见朱熹：《楚辞集注》，上海：上海古籍出版社，1979年版，第20页。
⑤ 见王夫之：《楚辞通释》，上海：上海人民出版社，1975年版，第17页。
⑥ 见赵逵夫：《屈骚探幽》，成都：巴蜀书社，2004年版，第382页。
⑦ 见［德］尼采著、周国平译：《悲剧的诞生》，北京：北岳文艺出版社，2004年版，第8页。

均""灵氛"二位一体抒情形象的设置十分相似:"灵均"处在表层位置,"就重华而陈词"是欲肯定自我的表现;"灵氛"处在隐藏的内心里,"勉远逝而无狐疑"道出回归的渴望。去意与留意的相互交替使抒情主人公反复求索不能释怀,造就了一种西绪弗斯式的徒劳与悲哀。所以,上下求索奔走的"灵均"与劝其看清世态、远逝自疏的"灵氛"两个形象实质是一个人的两面,二者的悖反是以艺术的形式展现一个复杂心理过程,隐藏在其背后的是作者深沉丰盈的情感。"灵均""灵氛"两者具有同一性,均属于非理性领域,即情感领域。

吴世尚在其《楚辞疏》中曾论及《离骚》的一部分乃梦中之事,他说:"'耿吾既得此中正',乃入梦之始,其入也,何其明白而从容。'焉能忍与此终古',乃出梦之终,其出也,何其瞀乱而迫蹙。"① 现今亦有学者从结构等角度入手分析,另辟蹊径,以大量篇幅的述梦来解释《离骚》的浪漫与夸张。②《离骚》中固然有对人类潜意识思维的描绘,但这种描绘并非浮于表层记述,而是体现在深层的形象设置中。"灵氛"形象体现的即是潜意识中的人格,即"梦中的自我"。因为梦是现实的反映,所以积淀并纳入潜意识的内容都来自现实世界。在现实生活中,大凡经历丰富,喜欢思索的人往往对外界事物较一般人敏感,生命意识也更加充盈,这些意识会在梦中不自觉地以各种形式出现。弗洛伊德认为:"梦,它不是空穴来风,不是毫无意义的,不是荒谬的,也不是一部分意识昏睡,而只有少部分乍睡乍醒的产物,它完全是有意义的精神现象。实际上,是一种愿望的达成。它可以算是一种清醒状态精神活动的延续,它是由高度错综复杂的智慧活动所产生的"③。屈原大半生坎坷羁泊,情感细腻的诗人在自己的长篇抒情诗里创造了"灵氛"这个梦中的自我,来与外在的"灵均"对话,抒发不平,劝慰自我、鼓励自我。

"灵均""灵氛"两形象一显一隐,一外一内,在展现抒情主人公矛盾内心的同时,起到了分裂与平衡的作用,使《离骚》的抒情在总体上更显得蕴藉深厚。"灵均"对"灵氛"的态度,从开始的"欲从灵氛之吉占兮,心犹豫而狐疑"到后来"灵氛既告余以吉占兮,历吉日乎吾将行",经历了怀疑到肯定。这一动态的过程展现了抒情主人公内心世界的矛盾与丰富,"灵均"与"灵氛"两形象分开存在的意义正在于此。

三、感性与理性的平衡——"灵均""灵氛"与"女媭""巫咸"

屈原的经历及其所处的环境使屈辞充斥了诸多对立的元素,如阴阳、天地、男女、

---

① 转引自汤漳平、陆永品:《楚辞论析》,太原:山西教育出版社,1990年版,第112—113页。
② 见翟振业:《论离骚自我与梦的关系》,《阴山学刊(哲学社会科学版)》1991年第2期。
③ 弗洛伊德著、赖其万、符传孝译:《梦的解析》,北京:作家出版社,1986年版,第17页。

君臣、美丑、善恶等。如《渔父》篇即设置了屈原与渔父两个形象,其目的在于突出屈原坚守信念的执着。在《离骚》中,除了这些外在的对立元素之外,还有抒情上设置了感性与理性的内在对立元素。这种精神上二元对立的设置,是通过"灵均"与"灵氛""女嬃"与"巫咸"四个形象来体现的。"灵均"与"灵氛"形象结合在一起,经过艺术加工,传达出作者屈原情感的、非理性的矛盾与统一,在本文第二部分业已说明。"女嬃"与"巫咸"形象则构成了"灵均"与"灵氛"的对立面——理性思维。"女嬃"劝诫主人公说:"鲧婞直以亡身兮,终然殀乎羽之野。汝何博謇而好修兮,纷独有此姱节?薋菉葹以盈室兮,判独离而不服。"据《山海经·海内经》记载,"鲧窃帝之息壤以堙洪水,不待帝命。帝令祝融杀鲧于羽郊"①,朱熹《楚辞集注》认为,"女嬃"的用心在于:"以屈原刚直太过,恐亦将如鲧之遇祸也"②,所以便以鲧治水的故事,责怨屈原,极力劝他改正从俗。"世并举而好朋兮,夫何茕独而不予听","女嬃"的规劝从安身立命的角度出发,分析"好朋"的益处,这种依据现实而作的理性分析与指教,是一种"大隐隐于朝"思想的表达,属于理性范畴。

"巫咸"则以伊尹、咎繇、傅说、吕望、宁戚分别被汤、禹、武丁、周文王、齐桓公举用的历史故事为范例,劝说抒情主人公改变以往的作风。他说:"汤、禹俨而求合兮,挚、咎繇而能调。苟中情其好修兮,又何必用夫行媒?说操筑于傅岩兮,武丁用而不疑。吕望之鼓刀兮,遭周文而得举。宁戚之讴歌兮,齐桓闻以该辅。""挚"是上古商汤贤相伊尹的名字,传说他做过厨师,起初以烹调技术高超为汤所赏识,后成为一代名臣,挚是一个适合君王、能屈能伸的典型人物。"咎繇"即皋陶,是舜时贤臣,后又成为夏禹的贤臣,皋陶与两代君主的关系都十分和谐。伊尹等五人因能主动配合、适当调整方法策略而得以被任用,最终实现了自身的政治抱负,均是求合成功的典范。"巫咸"还提醒主人公,趁"年岁之未晏""时亦犹其未央",楚国时局尚未完全恶化,抓紧时机留以求合,施展抱负。"勉升降以上下兮,求矩矱之所同",从现实出发,做出一些妥协,从而达到"求同"的目的。巫咸"吉故"的内容基本上与北土儒家思想,或者说传统仁德思想积极进取人生态度是一致的,同样明显地属于能够权衡利弊的理性思维。又,《国语·楚语》:"在男曰觋,在女曰巫",③"巫咸"有可能和"女嬃"一样,同为女性;"女嬃"也可能和"巫咸"一样,同为巫师,所以"女嬃""巫咸"作为女性巫师与"灵均""灵氛"的男性巫师身份对立,④这样则在"灵均"与"灵氛""女嬃"与"巫咸"形象构建感性与理性平衡的同时,又增加了一层男女对立的

---

① 袁珂:《山海经校注》,上海:上海古籍出版社,1980年版,第472页。
② 朱熹:《楚辞集注》,上海:上海古籍出版社,1979年版,第11页。
③ 徐元诰:《国语集解》,北京:中华书局,2002年版,第513页。
④ 参见中国屈原学会编:《楚辞研究》,济南:齐鲁书社,1988年版,第184页。

元素。

与"女媭""巫咸"这一对喜欢以典故表达理性的形象不同,"灵均"与"灵氛"这一对代表感性的抒情形象,在历史理性之外,还独有一套自己的人生操守——"香草美人"。香草既是在巫觋降神过程作为献祭或取悦对方的事物,同时还象征着高洁的品质。《离骚》中涉及的香草就有几十种,诸如江离、辟芷、秋兰、桂、宿莽、秋菊等,在这个"芳与泽其杂糅"的环境中,除了"揽茹蕙以掩涕"之外,他们也能够"伏清白以死直"。在以情感为主导的《离骚》中,抒情主人公在经历了内心挣扎后,选择了远离,即:"灵氛既告余以吉占兮,历吉日乎吾将行","何离心之可同兮? 吾将远逝以自疏",但是最后即将离开时却是"陟升皇之赫戏兮,忽临睨夫旧乡。仆夫悲余马怀兮,蜷局顾而不行",对楚国无法割舍的情感使其不能一走了之,最终只能选择自沉旧渊:"既莫足与为美政兮,吾将从彭咸之所居"。从这一点也可以看出,屈原的气质更近于诗人而非政治家。感性与理性,耿直与屈就,在这种悖谬中的寻求,表达了诗人执着其信念与价值的高洁与真诚。"女媭"与"巫咸"角色,作为对立面的理性因素的作用也正在于此。"女媭""巫咸"形象的设置,进一步说明了代表感性的"灵均""灵氛"的同一性,强化了屈原在以抒情为主的《离骚》中所表达的非理性的主题。

综上所述,"灵均"与"灵氛"具有相同的巫觋性质,二者共同展示了《离骚》抒情主人公思想人格上的矛盾,这种二位一体的艺术形象设置手法丰富了诗歌的抒情内涵,使抒情主人公的形象在激荡往复的情理冲突中显得更加真实、生动可感。具有同一性的"灵均"与"灵氛"形象塑造,是《离骚》艺术成就的一个组成部分。

屈原经历与思想研究

屈原放逐考

《职大学报》编辑部　周秉高

【摘　要】　屈原一生，两次放逐。第一次是怀王十六年，"王怒而疏屈平"；第二次是顷襄王三年，"顷襄王怒而迁之"。第一次乃无罪而主动去国，第二次则为"有罪"而被迫去国。屈原对怀王是很有感情的，而他与顷襄王君臣关系不足三年，两人之间的感情比较起其与怀王的感情，淡薄程度，可想而知。屈原第一次被放逐，时间不足三年；第二次则一直未被召回，最后自投于汨罗江。了解这两次放逐的性质、背景和结果很重要，可以进一步了解到屈原对两位君王的感情是截然不同的，也就可以了解到屈原作品中写的主要是哪位君王，从而可正确地理解作品的思想内容。

【关键词】　屈原　放逐　史实　性质　背景　结果

文学批评讲究"知人论世"。研究屈原作品，自然要努力搞清屈原的身世，尤其是他一生的放逐情况。历史上，关于屈原的放逐情况，颇多异说，有所谓"一次放逐说""一疏一放说""二次放逐说""一疏二放说""自请放逐南行抗秦说"和"未遭放逐说"，等等。① 上述诸说中，刘向、洪兴祖两家之说，较为可信，然言之

---

① 周建忠、汤漳平：《楚辞学通典》，武汉：湖北教育出版社，2003年版，第589—592页。

不详①；王白田之说，一知半解，幼稚可笑；蒋天枢、孙作云、张中一等人之说，无确切史料支持，可断为臆测②，不值一驳；其他诸种说法（以游国恩、潘啸龙二位先生的说法为例③）似乎言之有"理"，实际仍多揣测之辞，对于研究屈原作品没有裨益，反

---

① 刘向著、卢元骏注译：《新序今注今译》，天津：天津古籍出版社，1987年版，第240—241页。刘向云："屈原者，名平，楚之同姓大夫。有博通之知，清洁之行，怀王用之。秦欲吞灭诸侯，并兼天下。屈原为楚东使于齐，以结强党。秦国患之，使张仪之楚，货楚贵臣上官大夫靳尚之属，上及令子兰、司马之椒；内赂夫人郑袖，共谮屈原。屈原遂放于外，乃作《离骚》。张仪因使楚绝齐，许谢地六百里，怀王信左右之奸媒，听张仪之邪说，遂绝强齐之大辅。楚既绝齐，而秦欺以六里。怀王大怒，举兵伐秦，大战者数，秦兵大败楚师，斩首数万级。秦使人愿以汉中地谢怀王，不听，愿得张仪而甘心焉。张仪曰：'以一仪而易汉中地，何爱仪！'请行，遂至楚，楚囚之。上官大夫之属共言之王，王归之。是时怀王悔不用屈原之策，以至于此，于是复用屈原。屈原使齐，还闻张仪已去，大为王言张仪之罪，怀王使人追之，不及。后秦嫁女于楚，与怀王欢，为蓝田之会，屈原以为秦不可信，愿勿会，群臣皆以为可会，怀王遂会，果见囚拘，客死于秦，为天下笑。怀王子顷襄王，亦知群臣谄误怀王，不察其罪，反听谗之口，复放屈原。屈原疾暗王乱俗，汶汶嘿嘿，以是为非，以清为浊，不忍见于世，将自投于渊……遂自投湘水汨罗之中而死。"洪兴祖：《楚辞补注》，北京：中华书局，1983年版，第135页。洪兴祖曰："《楚世家》《屈原传》《六国世表》、刘向《新序》云：秦欲吞灭诸侯，屈原为楚东使于齐，以结强党。秦国患之，使张仪之楚，赂贵臣上官大夫靳尚之属，及令尹子兰、司马子椒；内赂夫人郑袖，共谮屈原。屈原遂放于外，乃作《离骚》当怀王之十六年，张仪相楚。十八年楚囚张仪，复释去之。是时屈平既疏，不复在位，怀王悔不用屈原之策，于是复用屈原。屈原谏怀王曰：何不杀张仪？怀王使人追之不及。三十年，秦昭王欲与怀王会，屈平曰：不如无行。怀王卒行。当顷襄王之三年，怀王卒于秦。顷襄听谗，复放屈原。"

② 王懋竑《白田草堂存稿》卷三"书楚辞后"曰："《卜居》言既放三年，《哀郢》言九年不复，一返无时，则初未召用再放事。原之被放在十六年，以九年计，其自沉当在二十四五间。"王氏乃清代理学名家，一生专治朱熹之学，似乎不精楚辞，亦未谙司马迁《楚世家》、刘向《新序》诸书，不知顷襄三年屈原还有被迁之事，故其言楚辞，犹如小儿言大人事，幼稚可笑，不足为训。蒋天枢、孙作云和张中一辈胡言屈原未曾被逐，而是受命东迁、南行，组织民众开展抗秦救国活动等等，纯属臆测，可一笑置之。

③ 游国恩：《游国恩学术论文集》，北京：中华书局，1989年版，第38—43页。游先生在其《论屈原放死及楚辞地理》一文中云："按屈子初放之时，当在怀王二十四年，此可以从约之离合推而知之也……至怀王十六年，张仪自秦来相楚，疏间楚君臣……然屈子斯时犹未至于放逐也……本传于夺稿潜，但谓'王怒而疏屈平'，又于怀王见欺伐秦之后，但谓'是时屈平既疏，不复在位'，是其证也。说者多谓屈子之放即在此时，盖误据《新序》之过，不知《新序》所云，亦止大略言之；考之《楚辞》，其初次见放尚在七八年之后也。"游先生又云："其（按指屈原）再放江南，约在顷襄王之十三四年……《九章·哀郢》一篇自序再放之迹甚详，而其作此篇时，已闻白起破郢，故有'不知夏之为丘，孰两东门之可芜'之言。考白起之入郢，在顷襄二十一年，今其文曰：'忽若不信兮，至今九年而不复。'从二十一年逆推之，则屈子再放当在顷襄王十三年。"潘啸龙：《屈原与楚辞研究》，合肥：安徽大学出版社，1999年版，第27—32页。啸龙先生云："屈原于怀王十六年后，直至怀王三十年'武关之会'前夕，只是处在被怀王疏远的地位，并无被'放流'的迹象。"啸龙先生又云，怀王三十年"武关之会"之前，"屈原进谏后，即有遭到'放流'的境况，也颇在情理之中"。

多障碍。故特考证如下。

一、史料载之凿凿

屈原一生，两次放逐。这是《史记·屈原列传》有明确记载的。第一次是怀王十六年，"王怒而疏屈平"①。第二次是顷襄王三年，"顷襄王怒而迁之"②。这两次放逐，在屈原作品中也有记述。第一次是在《离骚》中，其曰："何离心之可同兮，吾将远逝以自疏。"③ 第二次是在《哀郢》中，其曰："民离散而相失兮，方仲春而东迁。"④ 司马迁的记述与屈原作品用词如此吻合，是"巧合"，还是司马迁根据屈原作品用词来写屈原本传？此已不得而知，然其如此吻合，确实证明了《史记·屈原列传》所载屈原两次放逐这一史实的可靠性。

屈原第一次被放逐，地点在汉北。《抽思》有云："有鸟自南兮，来集汉北。好姱佳丽兮，牉独处异域。"⑤ 王夫之《楚辞通释》有释《抽思》时云："此追述怀王不用时事。时楚尚都郢，在汉南，原不用而去国，退居汉北。"⑥ 蒋骥《山带阁注楚辞》在解读《抽思》时说得更明确，其云："此谪居汉北以后……汉北，今郧襄之地。原自郢都而迁于此，犹鸟自南而集北也。"⑦

屈原第二次被放逐的地点，《哀郢》《涉江》二诗记述最为明白：先是"东迁"至夏浦，时间长达九年；确认返郢无望，屈子其后自夏浦涉江登上鄂渚，进而乘船"上沅"，"朝发枉渚，夕宿辰阳"，竟入溆浦，独处山中。⑧《怀沙》《惜往日》二诗表明，屈原最后自投汨罗。屈子自述如此确凿，不容后人随意演绎。

二、性质完全不同

第一次乃无罪而主动去国，第二次则为"有罪"而被迫去国。

先说第一次——"王怒而疏屈平"。对于这个"疏"字，宋代以后人们均未正确认识，包括现代楚辞学大家游国恩先生等。最典型者当数姜亮夫先生，其《史记屈原列传疏证》一文在"王怒而疏屈平"句下疏曰："此言疏谓疏远之，非放逐之也。"甚至

---

① 司马迁：《史记·屈原列传》，北京：中华书局，1982年版，第2481页。
② 司马迁：《史记·屈原列传》，北京：中华书局，1982年版，第2485页。
③ 洪兴祖：《楚辞补注》，北京：中华书局，1983年版，第25页、43页、132页、139页。
④ 洪兴祖：《楚辞补注》，北京：中华书局，1983年版，第132页。
⑤ 洪兴祖：《楚辞补注》，北京：中华书局，1983年版，第139页。
⑥ 王夫之：《楚辞通释》，《续修四库全书》（同治四年本），第230页。
⑦ 蒋骥：《山带阁注楚辞》上海：上海古籍出版社，1984年版，第124页。
⑧ 详见拙文：《〈哀郢〉"陵阳"研究述评》，《职大学报》2012年第1期。

云："后世言此疏即放逐，大误。"① 其所云"后世言"，指的是刘向《新序》所言。实际上，错的恰恰正是姜先生自己。因为司马迁同时代人孔安国明言："疏""亦是放逐之义"，不过是无罪而主动去国。后代之人，特别是朱熹之后的历代楚辞学家，根本不知道这是先秦官场的规矩，故而误认为司马迁"王怒而疏屈平……屈平忧愁幽思而作《离骚》"与"屈原放逐乃赋《离骚》"②是"矛盾"，进而妄言"王怒而疏屈平"之"疏""非放逐之也"。兹将证据罗列于下：

《礼记·曲礼下》载曰："为人臣之礼，不显谏，三谏而不听，则逃之。"③

《春秋左传正义》宣公元年"晋放其大夫胥甲父于卫"句下唐人孔颖达疏文中引用了孔安国的一段话，其云："是放者，有罪当刑而不忍刑之，宽其罪而放弃之也；三谏不从待放而去者，彼虽无罪，君不用其言，但令自去，亦是放逐之义。"④

故《离骚》有云："何离心之可同兮，吾将远逝以自疏。"⑤

此事还有旁证。晋朝杜预《春秋释例》载曰，"臣之事君，三谏不从，有待放之礼"⑥。今查《礼记·曲礼》，果然有"人臣三谏不从去国之礼"，而且这个礼节十分庄重。其原文云："大夫、士去国，逾境为坛位，乡国而哭，素衣，素裳，素冠，撤缘，鞮屦，簚，乘髦马，不蚤鬋，不祭食，不说人以无罪，妇人不当御，三月而复服。"⑦

据此可知，楚怀王十六年屈原被"疏"（"放"）离开郢都时，亦当筑台行"去国之礼"，白衣白裤白袜，披头散发，痛哭流涕，情绪十分激动，此当如《离骚》文本所载："曾歔欷余郁邑兮，哀朕时之不当。揽茹蕙以掩涕兮，沾余襟之浪浪。跪敷衽以陈辞兮，耿吾既得此中正。"⑧ 面对此情此景，"非陈诗何以展其义？非长歌何以骋其情？"⑨《离骚》当是在这样的情景下写作来的。

宋人朱熹之后一般学者误以为"疏"并非放逐，从而挑起《离骚》写作年代问题的大混战，谬种流传，长达800多年，实在很不应该。

---

① 姜亮夫：《楚辞论文集》，上海：上海古籍出版社，1984年版，第14—15页。
② 班固：《汉书·司马迁传》，北京：中华书局，1962年版，第2735页。
③ 孔颖达：《礼记正义》，《十三经注疏》本，北京：中华书局，1980年版影印版，第1267、1258页。
④ 孔颖达：《春秋左传正义》，《十三经注疏》本，北京：中华书局，1980年影印版，第1865页。
⑤ 洪兴祖：《楚辞补注》，北京：中华书局，1983年版，第43页。
⑥ 孔颖达：《春秋左传正义》，《十三经注疏》本，北京：中华书局，1980年影印版，第1865页。
⑦ 孔颖达：《春秋左传正义》，《十三经注疏》本，北京：中华书局，1980年影印版，第1865页。
⑧ 洪兴祖：《楚辞补注》，北京：中华书局，1983年版，第25页。
⑨ 郭绍虞主编：《中国历代文论选》，北京：中华书局，1962年版，第271页。

再说第二次——"顷襄王怒而迁之"。这次放逐的性质比较明确,历来争议不大。"迁"为"有罪"而被迫去国。《尚书·皋陶谟》"何迁乎有苗"句下有疏曰:"尧畏其乱政故迁放之。"① 《事物异名录·政治·贬谪》曰:"山堂肆考,人臣有罪而见贬,谓之逐臣,又谓之迁客。"② 因为是"有罪"而被逐,所以也就没有类似上述"待放之礼"那种庄重肃穆的礼节。《哀郢》对屈原这次放逐去国时的情景有直接的描述:"皇天之不纯兮,何百姓之震愆?民离散而相失兮,方仲春而东迁。去故乡而就远兮,遵江夏以流亡。"③ 用"皇天之不纯命""百姓震愆"和"民离散而相失"作为"东迁"的背景,可见屈原第二次被逐,是既遭君王怒迁,又遇自然灾害,仓皇离京,妻离子散,孤身一人,乘船沿着夏水流亡,其狼狈、尴尬之情可想而知。

三、政治背景迥异

屈原的第一次被放逐是在楚怀王时期,而屈原对怀王有着十分深厚的感情。关于屈原的出生之年,学术界有多种说法。如果根据清人陈玚推算,屈原出生在楚宣王二十七年(公元前343年)④。古代士大夫二十岁时方可入仕,那么就可以判定,屈原当在楚怀王五年入仕。

《屈原列传》载曰:"屈原者,名平,楚之同姓也。为楚怀王左徒,博闻强志,明于治乱,娴于辞令。入则与王图议国事,以出号令,出则接遇宾客,应对诸侯。王甚任之。"⑤

刘向《新序》载曰:屈原"楚之同姓大夫,有博通之知,清洁之行,怀王用之。秦欲吞灭诸侯,并兼天下,屈原为楚东使于齐,以结强党。秦国患之,使张仪之楚,货楚贵臣上官大夫靳尚之属,上及令尹子兰、司马子椒,内赂夫人郑袖,共谮屈原。屈原遂放于外"。"怀王信左右之奸谋,听张仪之邪说",以致屡遭大败,"是时怀王悔不用屈原之策,以至于此,于是复用屈原。屈原使齐"。⑥

《楚世家》载曰:怀王十八年,"仪因说楚王以叛从约而与秦合亲,约婚姻。张仪已去,屈原使从齐来,谏王曰:'何不诛张仪?'怀王悔,使人追仪,弗及"。⑦《屈原列传》除有此记载外,还载曰:怀王三十年,"秦昭王与楚婚,欲与怀王会。怀王欲

---

① 孔颖达:《尚书正义》,《十三经注疏》本,北京:中华书局,1980年版,第138页。
② 厉荃原辑、关槐增纂:《事物异名录》,长沙:岳麓书社,1991年版。
③ 洪兴祖:《楚辞补注》,北京:中华书局,1983年版,第132页。
④ 陈玚:《屈子生卒年月考》,《清史稿》卷一百四十八,志一百二十三。
⑤ 司马迁:《史记·屈原列传》,北京:中华书局,1982年版,第2481页。
⑥ 刘向著、卢元骏注译:《新序今注今译》,天津:天津古籍出版社,1987年版,第240页。
⑦ 司马迁:《史记·楚世家》,北京:中华书局,1982年版,第1725页。

行，屈平曰：'秦虎狼之国，不可信，不如毋行。'"①

这些史料表明，屈原与怀王当有二十五年君臣之谊，尽管怀王曾听信谗言，一度疏远放逐过屈原，但总的说，屈原对怀王是很有感情的。

屈原第二次放逐是在楚顷襄王时期，屈原与顷襄王之间并无多少感情。怀王三十年，其入秦而不反，太子横立，为顷襄王，"顷襄王三年，怀王卒于秦，秦归其丧于楚。楚人皆怜之，如悲亲戚"。"楚人既咎子兰以劝怀王入秦而不反也……令尹子兰闻之大怒，卒使上官大夫短屈原于顷襄王，顷襄王怒而迁之。"② 由此可判，屈原与顷襄王君臣关系不足三年，两人之间的感情比较起其与怀王的感情，淡薄程度，可想而知。

四、结果截然相反

第一次是，屈原于怀王十六年自疏去国，而史料有载怀王十八年他已能当面谏王，可见早已召回。《荀子·大略》"绝人以玦，反绝以环"句下有注曰："古者臣有罪待放于境，三年不敢去。与之环则还；与之玦则绝。"③ 刘向《新序》载曰：怀王十七年，丹阳、蓝田战败，"是时怀王悔不用屈原之策以至于此，于是复用屈原"。④ 可见，屈原第一次被放逐，时间不足三年。

第二次，"怀王子顷襄王，亦知群臣诏误怀王，不察其罪，反听群谗之口，复放屈原"⑤，其后屈原一直未被召回。他写《哀郢》时已"至今九年而不复"，只好"涉江"前往沅湘一带，最后自投于汨罗江。

了解这两次放逐的性质、背景和结果很重要，可以进一步了解到屈原对两位君王的感情是截然不同的，也就可以了解到屈原作品中写的主要是哪位君王，从而可正确地理解作品的思想内容。

---

① 司马迁：《史记·屈原列传》，北京：中华书局，1982年版，第2484页。
② 司马迁：《史记·屈原列传》，北京：中华书局，1982年版，第2484—2485页。
③ 王先谦：《荀子集解》，《诸子集成》本，石家庄：河北人民出版社，1986年版，第322页。
④ 刘向著、卢元骏注译：《新序今注今译》，天津：天津古籍出版社，1987年版，第240页。
⑤ 刘向著、卢元骏注译：《新序今注今译》，天津：天津古籍出版社，1987年版，第241页。

屈原新考四题

河南省社会科学院 郑志强

【摘　要】　对屈原生年的研究，学界分别有公元前335年、前339年、前340年、前340—前278年和前353年诸说；本文认为应以前353年左右为屈原生年为宜；屈原投江时75岁左右更加可信。《橘颂》的歌颂对象，一般认为是屈原自颂；但本文认为，应当以屈原歌颂刚即位的楚怀王较为妥当。《离骚》中的"女媭"作"屈原姊""屈原妹""党人""屈原妾""星宿名"诸解均不妥帖；应以"女媭"暗喻郑袖为妥。屈原与怀王关系由亲而疏，怀王最终囚死于秦，《史记·屈原列传》中认为主要是怀王"外欺于张仪，疏屈平而信上官大夫、令尹子兰"；本文认为，怀王与屈原关系由亲而疏及二人的非正常死亡，主要不在于上官大夫的谗言和张仪的离间，而是源于怀王从根本上丧失了对"合纵"的信心；同时，两人均为刚直有余、弹性不足的性格，这种类型的性格在遇到双方政见不合时必然导致冲突，在遇到"无妄之灾"时往往会作出激切反应，这也是"性格决定命运"在屈原和怀王两人身上的应然反映。

【关键词】　屈原生年与享年　《橘颂》主题　女媭与郑袖　屈原与楚怀王性格

一、屈原生年、享年以及被免去"左徒""行人"之职到沉江自尽的时间段再考

关于屈原生年，据郭沫若《屈原研究》推算，为楚宣王三十年（公元前340年）正月初七；魏昌著《楚国史》判定，为约公元前340至公元前278年之间。[①] 亦即认同了郭沫若对屈原诞生年份的判定。林庚先生在《诗人屈原及其作品》中推算为"楚威王五年"（公元前335年）正月初七；浦江清、游国恩均认为屈原生年为楚威王元年

---

① 魏昌著：《楚国史》，武汉：武汉出版社，2002年版，第275页。

（公元前339年）。而据胡念贻《屈原生年新考》推算为楚宣王十七年（公元前353年）正月二十三日。究竟哪一个更切合实际呢？我们可以作出以下深入分析。据柏杨《中国历史年表》记载，张仪被任命为秦国丞相在秦惠王二年，此年亦即楚怀王元年，亦即公元前328年。同年张仪与齐相、楚令尹会于啮桑。楚怀王芈槐十一年，即公元前318年，楚怀王就任楚、魏、韩、赵、燕五国合纵联军合纵长，并亲率合纵联军攻秦，但合纵联军在函谷关前不战自溃。公元前318年，楚怀王当上第二任合纵纵约长，主要是因为苏秦在齐国被齐大夫谋杀，并被齐王车裂。"合纵""联横"两政治学说，首为苏秦、张仪分别主倡。苏秦既死，张仪学说形势更强，这是大的思想文化背景。

如果按郭沫若和魏昌二人的判定，则楚怀王初上任即任命屈原为"左徒"，屈原只有12岁；按林庚先生推算的前335年，屈原亦只有7岁；按浦江清、游国恩推算屈原也只有11岁。若按怀王自信奉"合纵"到十一年被五国推举为"合纵长"（公元前318年），而已为"左徒"的屈原"入则与王图议国事，以出号令；出则接遇宾客，应对诸侯。王甚任之"。①其间经过10年，此时屈原不过17岁至22岁。但依照春秋时代人们已普遍形成的"三十而立"的人才观念，屈原在17—22岁即在楚国任"左徒"高官是靠不住的。综合考察古代宫廷政治制度，国王若年幼即位，必当选老成持重的大臣辅佐，所以重臣特别是文臣，一般年龄不轻。个别年龄特轻者，《史记》必有明载。如"甘罗者，甘茂孙也。茂既死后，甘罗年十二，事秦相文信侯吕不韦"。②"贾生年少，颇通诸子百家之书。文帝召以为博士。……是时贾生年二十余，最为少。每诏令议下，诸老先生不能言，贾生尽为之对，……文帝说之，超迁，一岁中至太中大夫。……诸律令所更定，及列侯悉就国，其说皆自贾生发。于是天子议以为贾生任公卿之位。绛、灌、东阳侯、冯敬之属尽害之，乃短贾生曰：'洛阳人，年少初学，专欲擅权，纷乱诸事。'于是天子后亦疏之，不用其议。"③又如："项籍……初起时，年二十四。"（《史记·项羽本纪》）"大将军姊子霍去病年十八，幸，为天子侍中。善骑射，再从大将军，受诏与壮士，为骠姚校尉"，"然少而侍中，贵，不省士。其从军，天子为遣大官赍数十乘。既还，重车余弃粱肉，而士有饥者。其在塞外，卒乏粮，或不能自振，而骠骑尚穿域蹋鞠。"④司马迁《史记》对40岁后尚不发达者，亦均有画龙点睛的笔墨。如："孔子年四十二，鲁昭公卒于乾侯，定公立。…陪臣执国政，是以鲁自大夫以下皆僭，离于正道。故孔子不仕，退而修诗、书、礼、乐，弟子弥众。"（《史记·孔子世家》）又如："荀卿，赵人，年五十，始来游学于齐"（《史记·孟子荀卿列传》）；

---

① 司马迁：《史记·屈原贾生列传》，北京：中华书局，1982年版，第2481页。
② 司马迁：《史记·樗里子甘茂列传》，北京：中华书局，1982年版。
③ 司马迁：《史记·屈原贾生列传》，北京：中华书局，1982年版，第2491—2492页。
④ 司马迁：《史记·卫将军骠骑列传》，北京：中华书局，1982年版，第2928—2939页。

等。而对于30—40岁强壮之年进入国家中枢机构的人物，《史记》一般不特别点明年龄，因为隐存一个"三十而立，四十而不惑"的世俗观念而已。

据《离骚》开篇自记"摄提贞于孟陬兮，惟庚寅吾以降"可知，屈原采用的不是"干支纪年法"而是"岁星纪年法"。这种纪年法确定"岁星"绕太阳一周为12年，以十二地支来表示。"摄提格"即"寅年"。值得注意的是，依"岁星纪年法"每隔12年即有一个"寅年"。那么，结合楚国"左徒"（楚人不仿周王朝设"大司徒"而设"柱国"，但楚人尚左，因此，"左司徒"即"第一副司徒"，"右司徒"即"第二副司徒"）这一仅次于"令尹""柱国"而相当于楚国中央"常务副秘书长"的高级职位。根据"三十曰壮，有室；四十曰强，而仕"的时代惯例，当时的大国楚国一般不会让一位不足30岁的人来承担"左徒"高职。屈原如果在30岁前即任"左徒"，则以太史公著史惯例，必标明其年龄。然而在同一列传中，贾谊标了年龄而屈原未标。可见，屈原任"左徒"一般当在35—45岁壮年这一虽仍然年轻但尚属正常年龄段。因此，屈原的诞生年份以再上溯12年左右为宜，亦即胡念贻所推定的楚宣王十七年（公元前353年）左右为宜。如此，屈原担任"左徒"要职当在楚怀王九至十一年左右，此时正是楚怀王崇信"合纵"国策并于次年（公元前318年）被推举为"合纵长"之时，屈原与怀王在推行这一重大国策上高度一致。此时楚怀王的年龄当在25—30岁，屈原年龄当在35岁左右。而屈原受上官大夫之谗，被免去"左徒"要职，应在楚怀王十一年（公元前318年）之后，亦即楚怀王亲率"合纵国军"征讨秦军失败之后。恼羞成怒的楚怀王完全有可能迁怒于积极主张合纵抗秦的屈原，靳尚的谗言也许只是这样一个导火索而已。

关于屈原沉江自尽的时间，詹安泰、魏昌认为是公元前278年，而柏杨则认为是公元前299年。① 两种判定究竟哪一种更确切呢？若依柏杨的判断，在公元前299年这一年，"秦昭襄王嬴稷邀楚怀王芈槐会武关……突劫芈槐至咸阳……乃留不返。楚迎立太子芈横嗣位，是为顷襄王。楚大夫屈原以屡次向国王进谏，皆不见从，且被贬逐，悲愤之余，投汨罗江（湖南汨罗）自杀。"② 但柏杨的判断出现一个难以解决的问题，即：今本《楚辞·大招》古今一致自西汉司马迁、王逸至当代孙作云、陈子展、姜亮夫等，一致确认为屈原作品。既然如此，公元前299年，楚怀王尚未去世，而当时仍是三闾大夫的屈原，怎么会作出《大招》为怀王招魂并立即急火火沉江自尽呢？《大招》问世最早不应早于公元前296年。此年即"楚顷襄王三年，怀王卒于秦，秦归其

---

① 柏杨：《中国历史年表》，海口：海南出版社，2006年版，第187页。
② 柏杨：《中国历史年表》，海口：海南出版社，2006年版，第193页。

丧于楚。楚人皆怜之，如悲亲戚"。① 屈原于此时被顷襄王召回并参与楚怀王招魂、祭祀等丧礼活动，符合"大赦"常规。可见，屈原自杀于公元前299年之说不可信。若依魏昌的判定，则公元278年，楚国发生的巨变是："秦大将白起攻楚，陷其国都郢都（湖北江陵），烧其先王坟墓夷陵（湖北宜昌），楚兵溃败，不能复战，迁都陈丘（故陈国），今河南淮阳。"② 詹安泰和魏昌的判断，正好与《楚辞·哀郢》中所陈述的内容相一致，可以相互印证。而关于《哀郢》的作者为屈原，古今并无大的异议。根据上述综合分析判断，我们可以基本确定屈原约生于公元前353年左右，投江自尽于约公元前278年，享年约75岁左右。

若以郭沫若、詹安泰、魏昌和时永乐、王景明的判定，屈原自杀时年仅62岁或61岁③。但这个岁数远不到致仕年龄，也与屈原作品中透露出的信息不符。以屈原"吾将上下而求索"的不屈性格，尚不到绝望的极致。要知道，古代很早自西周就有"人生十年，曰幼，学；二十曰弱，冠；三十曰壮，有室；四十曰强，而仕；五十曰艾，服官政；六十曰耆，指使；七十曰老，而传"④ 亦即"七十而致仕"的政界规矩。这里的"耆""艾"虽亦含有年长之意，但重在强调政治资历深；"七十曰老，而传"特指年龄之老，即到了退休年龄，"而传"把政治职位传给更年轻的官员。对于当时人们年龄段的这种惯用称谓，在屈原作品中能否找到一些印证呢？回答是肯定的。如："嗟尔幼志，有以异兮……年岁虽少，可师长兮"（《橘颂》）；"朕幼以清廉兮，身服义而未昧"（《招魂》）；"余幼好此奇服兮，年既老而不衰"（《涉江》）；"留灵修兮憺忘归，岁既晏兮孰华予?"（《九歌·山鬼》）在上述诗句中，既提到怀王年"幼"，又提到屈原自己年"幼"，还提到屈原"既老""岁既晏"。"既老"即是年龄达到70岁以上，诗中亦有对60岁以上的叙述。如："老冉冉其将至兮，恐修名之不立"（《离骚》）；"老冉冉兮既极，不浸近兮愈疏"（《九歌·大司命》）。亦有对50岁左右的叙述，如："及年岁之未晏兮，时亦犹其未央"（《离骚》）；这里明白讲自己的年龄还不算老，时间和时机尚有，时运尚未穷尽，只是言"怀朕情而不发兮，余焉能忍与此终古"（《离骚》），岂能受冤屈后没有穷期地静静忍耐等待平反。诗中亦有对自己40岁左右的叙述。如："及荣华之未落兮，相下女之可诒"（《离骚》）；用"荣华之未落"暗喻自己尚处"强壮"之年。诗人亦有对年龄30岁左右的叙述。如："不抚壮而弃秽兮，何不改此度?"（《离骚》）这里暗指怀王不能趁壮年（30岁左右）时智力正盛而勇于改正

---

① 司马迁：《史记·楚世家》，喀什：喀什维吾尔文出版社，2002年版，第470页。
② 柏杨：《中国历史年表》，海南：海南出版社，2006年版，第187页。
③ 时永乐、王景明撰：《论衡词典》，北京：人民出版社，2005年版，第389页"屈原"条。
④ 陈戍国点校：《礼记·曲礼上》，长沙：岳麓书社，1989年版，第280页。

自己不健康的思维方式和行为方式。"冀枝叶之峻茂兮,愿俟时乎吾将刈"(《离骚》),此句则指屈原自己当时正值 30—40 岁枝叶峻茂的强壮之年,一旦时机成熟,就为怀王所用。

将上述诗句中涉及年龄段的词语及其相关诗篇联系起来综合分析,屈原第一次被怀王流放当在 50 岁左右,怀王死后屈原曾一度被召回朝廷(以《大招》《招魂》等诗篇为内证)。但由于他在怀王去世后,不断批评令尹子兰、司马子椒等人在怀王死这一重大政治灾难中所犯的罪错,而事实上,怀王之死也直接以太子横杀秦大夫为诱因,顷襄王也是罪错人之一。因而,面对屈原的追责,令尹子兰和顷襄王当然既恐惧又恼羞成怒,再次对屈原"怒而迁之"①。屈原第二次被顷襄王无限期流放。这次流放实际持续了 20 年,直至屈原年迈体衰,精神绝望;再加上楚国郢都最终被秦国占领并烧毁,这成为压垮屈原精神的最后一根稻草。屈原也就是在这样的情绪崩溃中投江自尽。屈原在 60 岁左右并未自尽,这与他的诗句"屈心而抑志兮,忍尤而攘诟";"路漫漫其修远兮,吾将上下而求索"(《离骚》)这种身心仍然健旺而力求平反昭雪的生动写照相一致。而屈原自尽时 75 岁左右,这与《悲回风》中"岁忽忽其若颓兮,时亦冉冉而将至"(指年岁已高,自然生命的大限即将到来)和《涉江》中所载"屈原既放,游于江潭,行吟泽畔,颜色憔悴,形容枯槁"(《渔父》)等一系列辞句中对老年屈原的描绘一致,可以相互印证。与其让衰朽的生命自然死去,不如主动自杀更壮烈,更有警世价值。这也符合屈原的性格选择。

鉴于上述问题基本廓清,我们则可以判定:在楚怀王生前,屈原被免去"左徒"当在楚怀王十一年左右,被免去"行人"之职并被赶出朝廷而成为"放子"的屈原当在楚怀王二十五年(公元前 304 年)左右,但仍拥有"三闾大夫"爵位。屈原第二次被流放当在楚顷襄王四年(公元前 295 年),之后就再也没有被重新起用。屈原先后有两次被流放的过程。这两个过程加起来既不是 3 年,也不是 9 年,而是大约 25 年左右。第一次被怀王罢黜并流放不早于楚怀王二十五年;第二次被流放当不早于楚顷襄王二年(公元前 297 年),而投江自尽不迟于楚顷襄王二十一年(公元前 278 年)。对这样漫长的流放过程,屈原在《悲回风》中自述感受是:"终长夜之曼曼兮,掩此哀而不去";"藐蔓蔓之不可量兮,缛绵绵之不可纡",确实达到常人所能忍耐的极限了。

二、《橘颂》歌颂的主要对象到底是谁?

关于屈原创作的楚辞名篇《橘颂》的歌颂对象,自古以来,一直被认为是屈原自

---

① 司马迁:《史记·屈原贾生列传二十四》,喀什:喀什维吾尔文出版社,2002 年版,第 633 页。

颂而无疑义。其中的细微异解，主要有王逸的"顷襄王时作"、姚鼐的"怀王朝初被逸时所作"和当今学者吴广平的"屈原早年的作品，很可能是处女作"①等等。本文认为，吴广平先生的"处女作"说是有价值的，不足之处是缺少申论。无论从《橘颂》文本的内在表述解读，还是结合屈原的创作时代背景看，《橘颂》的歌颂对象都不可能是屈原自己，当然也就不可能是屈原被流放时期的作品了。

综观屈原在《楚辞》中的所有作品，屈原谈到自己时，一般使用过"朕""余""吾""我"，甚至径称"屈原"；只有在书写二人对话时，对方称屈原为"尔"或"君"。如《离骚》中屈原"命灵氛为余占之"，灵氛反问："尔何怀乎故宇？"

又如《卜居》："屈原既放，三年不得复见……往见太卜郑詹尹曰：'余有所疑，愿因先生决之。'詹尹乃端策拂龟，曰：'君将何以教之？'屈原曰：'吾宁悃悃款款朴以忠乎？'"

总之，统观屈原所有作品，基本没有屈原在直叙时自称"尔"的现象。唯《橘颂》一篇中之"尔"，古今注家偏偏认为屈原是自称。这是值得反思的。要认真反思，必须对《橘颂》文本进行细读。通过细读我们不难发现，《橘颂》中的诗词语气中，事实上是有自我称谓的。只是诗中省略了"予""余""吾""我"这种第一人称代词。这句诗即是"愿岁并谢，与长友兮"。在此句诗中，为了适应乐歌节拍，诗人有意在文首省略了"我"或"予"。"愿岁并谢，与长友兮"细译成白话文，应为"我愿与您长久结为密友，一同与岁月并进，直至终生"。如果这句白话细译确切无误的话，那么《橘颂》的歌颂主角必定是与屈原相对的"尔"，而非屈原自己。

那么，《橘颂》中的"尔"应指的是谁呢？换句话说，在当时的屈原心目中，什么样的角色才有资格在《橘颂》中被如此颂扬呢？反复研究，角色只有一个，这就是楚怀王。统观《橘颂》，诗人崇尚道家思想十分明显："独立不迁""苏世独立，横而不流"均是道家思想的人格愿境，而"秉德无私，参天地兮"，更是对《老子·道德经》中的"域中有四大：天大、地大、王大、道亦大"；"域中有四大，王居其一焉"思想观念的化用。中国的汉字"王"字，即是对"沟通天、地、人"观念的形象化书写。"秉德无私"是"天无私覆，地无私载，日月无私照"这一道家思想对君王品德的明确要求。而具有与天、地并列为三的，只有"王"而非一般的人，包括屈原。否则他就僭越了。而只有"王"才有资格被《橘颂》喻为"后皇嘉树"。屈原对自己的叙述，只不过是帝高阳之"苗裔"。"苗裔"不过是众多后代中的一个；而"后皇嘉树"既可实指"神树"，又可隐喻高贵的王位继承人。

考证到此，最后一个问题也就需要回答了：《橘颂》最有可能作于何时？本文的回

---

① 吴广平译注：《白话楚辞》，长沙：岳麓书社，1996年版，第208页。

答是，应当作于楚怀王初即王位之际。这首诗很可能在楚怀王即王位的一系列典礼上，被采纳作为新王祭社稷仪式上的乐歌歌辞。在那个时代，橘树被确定为楚国族中的"社树"或"神丛"当没有什么可奇怪的。屈原在《橘颂》中一方面借楚怀王之口歌颂社树橘树，另一方面借"社神"之口赞美新即位的楚王。"嗟尔幼志"口气虽然是模拟"社神"之口气，从一个侧面也说明了楚怀王刚即王位时确属"年幼"。关于这一点，《战国策·楚策·张仪为秦破从连横说楚王》中亦有佐证："张仪为秦破从连横，说楚王曰：'且夫为纵者，无异于驱群羊而攻猛虎也。夫虎之与羊，不格明矣。今大王不与猛虎而与群羊，窃以为大王之过矣。'……楚（怀）王曰：'楚国僻陋，托东海之上。寡人年幼，不习国家之长计。今上客幸教以明制，寡人闻之，敬以国从。'"① 这次对话发生在怀王十八年（公元前311年），即怀王主动发兵与秦大战于丹、淅及悉发国内兵再战于蓝田又大败之后。楚怀王即位18年后仍称"寡人年幼"，可见即位之初就更年幼，而张仪当时显然比楚怀王年长许多。《橘颂》与《九歌》这些新王即位举行大祭的祭歌歌辞写得如此之好，楚怀王即位就对屈原产生强烈好感，逐渐提拔重用也就是顺理成章的事了。反之，如果《橘颂》不是屈原颂美怀王而是自颂，那完全可以断定，屈原自赞得越高妙，就越没有进入怀王朝廷核心决策层的机会。因为以怀王的个性，他会喜欢极度自恋的下属吗？当然不会。

三、《离骚》中的"女媭"究竟是人名还是星宿名？

《离骚》中有一最难判清的楚辞"公案"，即"女媭"该如何确切诠解。自东汉王逸在《楚辞章句》中提出"女媭，屈原姊也"之后，"女媭"是"屈原姊"的诠释一度成为主流。之后，不同的诠释陆续出现，归纳起来，其代表性的异解有"屈原妹""女巫或神巫""女伴、侍女""贱妾""党人"诸说；当下，又出现了重申闻一多和李嘉言早年所主张的女媭为媭女的"《离骚》'女媭'为女星宿名"② 一说。虽然上述七种诠释各有各的学理依据，但本文认为，七说亦各有各的不圆融之处。"屈原姊"之说虽然盛行，但不仅于史无据，亦且与屈原在《离骚》中所明言或隐喻出的人物身份不相称。《离骚》中的人物除屈原外有灵修（怀王）、子兰、子椒、党人等，这些人均身居高位；忽然出现一位身无官爵的"姊"来与皇考"伯庸"一起说，屈原文思不至如此错乱。"屈原姊"说不通，则"屈原妹""屈原妾"及"侍女""女巫"诸说就都站立不稳了。那么，闻一多、李嘉言和戴伟华所主张的"女媭"为星名说又怎么样？毫

---

① 孟庆祥译注：《战国策译注》，哈尔滨：黑龙江人民出版社，1986年版，第375—377页。
② 戴伟华：《〈离骚〉"女媭"为女星宿名的文化诠释》，《中山大学学报》（社会科学版）2015年第1期。

无疑问,中国天文学"二十八宿"的命名中确有"婺女""嫛女"之星宿名称。但结合《离骚》全文文本来深入品味,屈原在《离骚》中并不是在写一位"女星宿"或扮演"女星宿"之神的女巫或"党人"在"申申其詈予"。因为在《离骚》中,"党人"明指一群迫害他的人,是多指;而"女嫛"是单指——"夫何茕独而不予听?"你为什么那么倔,不听我的呢?而屈原听了仍不愿服从,又"就重华而陈词"。这里,出现了一个对偶即"嫛女"与"重华";不仅如此,全诗还有一个贯彻全篇的对偶性隐喻。这个隐喻很明显地继承了《诗经·关雎》中"窈窕淑女,君子好逑"这一以"君子"喻国王,以"淑女"喻大臣的文学艺术表现传统。因此,司马迁在《史记》中明言:"国风好色而不淫,《小雅》怨悱而不乱;若《离骚》者,可谓兼之矣。"① 正是对《离骚》中所述"男女关系"的最好阐释。因此,无论是"女嫛"屈原姊或妹、妾之说,女巫、星名之说或自朱熹之后所言"以女喻贤君"② 说,均应属歧解无疑。本文认为,《离骚》中的"灵修"是怀王别名或字。名或字为"灵修"的君主,与包括屈原自己在内的"众女"关系错综复杂。"众女嫉余之蛾眉兮,谣诼谓余以善淫"——屈原也把自己比喻为同"众女"一样的一个"女子",只不过这个女子品德高尚——"余固知謇謇之为患兮,忍而不能舍也。指九天以为正兮,夫唯灵修故也"——心中只有灵修而没有自己;而其他"女人"则是"众皆竞进以贪婪兮,凭不严乎求索"——以屈原为对立面的"众女"或"无女"大多以个人利益的最大化为主要思维方式,什么样的权力都敢揽,什么样人的财物贿赂都敢"求索",什么样的事情都敢说和——郑袖不正是这样一个深受怀王宠信不疑,什么人的财物都敢收,什么样的事都敢干预的"嫛女"、下贱的美妇人么?

应当指出,"嫛女"在中国古代天文学中确是一个星宿的名称。但古代中国文化的"天人合一"观念来源甚远。《周易·归妹》中的"归妹以须,位不当也"即是指小妹同姐嫁一夫,就像天上的织女星带上嫛女星一样,虽不得为主妇而可为受宠的"贱妾",因其"婵媛"往往讨男人喜欢。因此,将人间身份低贱却容貌美丽、天赋聪慧、机巧善博男人欢心的少女往往取名为"女嫛",几乎成一种社会取名习惯。如夏桀宠妃名妹喜、吕太后名为娥姁、其妹名吕须、汉武帝母亲王夫人小妹名曰倪姁(亦女嫛)等等。所以,在《离骚》中,若机械地将"女嫛"直解为星宿名,则与《离骚》全文文意扞格不通。当时,楚怀王的正宫为南后,于"星喻"当为高贵的"织女";郑袖只是众妾中最受宠者,以"女嫛"喻之正相当。可见《离骚》中的"女嫛"应当是隐喻郑袖。屈原在《卜居》中一连提出了八个他在未来政治生活中采取何种作风的"宁

---

① 司马迁:《史记·屈原贾生列传》,长沙:岳麓书社,1988年版,第626页。
② 朱熹:《楚辞集注》,上海:上海古籍出版社,1979年版。

……乎？将……乎？"中，特别列出了"宁超然高举，以保真乎？将呢訾栗斯，喔咿儒儿，以事妇人乎？"话语中的"儒儿""妇人"特指的是郑袖无疑。我们在《离骚》中可以看到，屈原在被怀王疏远后并非一无作为，他主动找了许多朝廷要人，希望他们能为缓和怀王与他的关系做积极的沟通，其中包括郑袖。但郑袖"申申其詈予"，要求他在政治态度和处事作风上做彻底改变。只是屈原认为"联齐抗秦""杀张仪"是关乎楚国存亡的大是大非问题，含糊不得，因此，不愿意哪怕是在政治技巧或形式上予以一点妥协。

四、屈原从"王甚任之"转向"黜"而"放"之的根本原因何在

关于屈原与楚怀王之间，由早期的相互信任，到后来的终生疏离。司马迁《史记·屈原贾生列传》中似乎写得很明白：

> 屈原者，为楚怀王左徒，……王甚任之。上官大夫与之同列，争宠而心害其能。怀王使屈原造为宪令，屈原属草稿未定，上官大夫见而欲夺之，屈平不与。（上官大夫）因谗之曰："王使屈平为令，众莫不知。每一令出，平伐其功，以为非我莫能为也。"王怒而疏平。①
>
> ……屈原既嫉之，虽放流，眷顾楚国，心系怀王，不忘欲反，……然终无可奈何，故不可以反，卒以见怀王终不悟也。人君无愚智贤不肖，莫不欲求忠（臣）以自为，举贤（人）以自佐。然亡国破家相随属，而圣君治国累世而不见者，其所谓忠者不忠，而所谓贤者不贤也。怀王以不知忠臣之分，故内惑于郑袖，外欺于张仪，疏屈平而信上官大夫、令尹子兰。兵挫地削，亡其六郡，身客死于秦，为天下笑。此不知人之祸也。②

从所引上述《史记》的内容看，司马迁认为屈原与怀王从开始的互相倚重信任裂变为楚怀王对屈原至死不信，根本原因是怀王"不知人"。是"内惑于郑袖，外欺于张仪，疏屈平而信上官大夫、令尹子兰"的结果。而这个结论两千多年来也成为后人对楚怀王迫害屈原根本原因的主流认识。

然而，根据我们当今对楚国这段史料的精心爬梳，发现这种认识过于简单化了。事实上，楚怀王听信上官大夫靳尚的谗言"怒而疏平"，也许只是一时的浅表性诱因；后来楚怀王对屈原多年的不信任，也许主因不是上官大夫和张仪造成的。我们不妨来

---

① 司马迁：《史记·屈原贾生列传》，长沙：岳麓书社，1988年版，第626页。
② 司马迁：《史记·屈原贾生列传》，长沙：岳麓书社，1988年版，第628页。

看以下两则史料：

> 楚（怀）王将出张子，恐其败己也。靳尚谓楚王曰："臣请随之。仪事王不善，臣请杀之。"楚小臣，靳尚之仇也，谓张旄曰："以张仪之知，而有秦楚之用，君必穷矣。君不如使人微要靳尚而刺之，楚王必大怒仪也。彼仪穷，则子重矣。楚秦相难，则魏无患矣。"张旄果令人要靳尚刺之。楚王大怒，秦楚构兵而战。秦楚争事魏，张旄果大重。①

与此段史料相联系，《战国策·楚策·楚怀王拘张仪》一篇详细记载了怀王"不愿得地，愿得张仪而甘心焉"后张仪来到楚国被拘，楚内奸上官大夫靳尚用计谋让郑袖迫使怀王放出张的详情。这两篇史料不仅与《史记》相印证，而且还进一步述清了靳尚救张仪的详细经过与个人结局。靳尚救张仪的方式，《史记·楚世家》中记载明确：一方面劝说怀王，另一方面通过郑袖要挟怀王："郑袖卒言张仪于王而出之。仪出，怀王因善遇张仪。仪因说楚王以叛从约而与亲合亲，约婚姻。"② 但张仪走后，楚秦合亲之事遇到了屈原的谏阻："张仪已去，屈原使从齐来，谏王曰：'何不杀张仪？'怀王悔，使人追仪，弗及。是岁秦惠王卒。"③ 如果说，《楚世家》中并未明言怀王派什么人追张仪，那么，上引《战国策·楚策·楚王将出张子》一文则讲明了，此人就是靳尚。而靳尚就在追张仪的过程中意外被刺死。也就是说，上官大夫靳尚以怀王宠臣身份却为张仪收买，成为暗中助秦的间谍，极力在张仪身危的情况下千方百计要从怀王手中救出张仪。但怀王朝廷中反对放张仪者并非仅屈原一人，尚有陈轸、昭阳、昭雎等重臣。在楚怀王犹豫之际，靳尚为坚定怀王对他的信任，挺身献计，以自己出面暗中跟踪监视张仪，发现其不忠即将张仪暗杀。但令靳尚殊难意料的是，靳尚却被仇人"楚小臣"暗中假魏臣张旄派出的刺客之手暗杀了。当"屈原使从齐来，谏王曰：'何不杀张仪？'楚王悔，使人追仪，弗及"。④ 所谓"弗及"即是靳尚被暗杀了。此时为周赧王四年，亦即楚怀王十八年（公元前311年）。

再看另一则史料：

> （秦）武王立。武王自为太子时不悦张仪……秦武王元年，群臣日夜恶张

---

① 孟庆祥译注：《战国策译注·楚策·楚王将出张子》，哈尔滨：黑龙江人民出版社，1986年版，第396页。
② 司马迁：《史记·楚世家》，喀什：喀什维吾尔文出版社，2002年版，第470页。
③ 司马迁：《史记·楚世家》，喀什：喀什维吾尔文出版社，2002年版，第470页。
④ 司马迁：《史记·楚世家》，喀什：喀什维吾尔文出版社，2002年版，第470页。

仪未已,……秦王以为然,乃具革车三十乘,入(仪)之梁。……张仪相魏一岁,卒于魏也。①

也就是说,张仪死于秦武王三年,即周赧王六年,亦即楚怀王二十年(公元前309年)。

引述以上史料是为了说明,当时屈原的两个劲敌张仪和上官大夫死后,屈原仍在怀王朝廷"使齐"即任"行人"之职,并仍有三闾大夫爵位。可见,说屈原与怀王疏离并交恶至死未能和解如初,是"外欺于张仪,疏屈平而信上官大夫"等,似乎只是触及一时一事的表面现象,未抓住二人由信任到反目的根本原因。

那么,楚怀王由信任屈原到疏远并先后"黜"去屈原"左徒""行人"之职,根本原因是什么呢?本文认为:第一个根本原因是楚怀王由崇信"合纵"到从根本上不信任唯"合纵"可以强楚的转变;怀王此时完全堕落到哪个国家给他眼前利益,他就亲近哪个国家。所以,后来虽然靳尚、张仪死后,他仍坚持与秦和亲。屈原谏曰:"'前大王见欺于张仪,张仪至,臣以为大王烹之。今纵弗忍杀之,又听其邪说,不可。'怀王曰:'许仪而得黔中,美利也。后而背之,不可。'卒许张仪,与秦亲。"② 第二个根本原因是楚怀王的个人秉性与屈原的个人秉性雷同。两个人均属"性情中人",在性格"刚硬""刚直""固执而任性"方面是雷同的。这种个性特点会直接导致彼此双方见解一致时会亲如兄弟和恋人,而一旦见解有异则极易反目成怨。我们不妨举出以下例子予以说明。

> 苏秦为赵合纵,说楚威王曰:"楚,天下之强国也。大王,天下之贤王也。楚地西有黔中、巫郡,东有夏州、海阳,南有洞庭、苍梧,北有汾、陉之塞、郇阳。地方五千里,带甲百万,车千乘,骑万匹,粟支十年,此霸王之资也。夫以楚之强,与大王之贤,天下莫能当也。今乃欲西面而事秦,则诸侯莫不西面而朝于章台之下矣。秦之所害天下莫如楚,楚强则秦弱,楚弱则秦强,此其势不两立。故为王至计,莫如从亲以孤秦。……"威王曰:"寡人之国,西与秦接境。秦有举巴蜀并汉中之心。秦,虎狼之国不可亲也。……寡人自料以楚当秦,未见胜焉。内与君臣谋不足恃也。寡人卧不安席,食不甘味,心摇摇如悬旌,而无所终薄。今君欲一天下,安诸侯,存危国,寡人

---

① 司马迁:《史记·张仪列传》,喀什:喀什维吾尔文出版社,2002年版。
② 司马迁:《史记·张仪列传》,喀什:喀什维吾尔文出版社,2002年版。

谨奉社稷以从。"①

回顾整个楚国历史，最伟大的楚国君主中，楚威王算是一个。他那时已吞并了吴越，在秦吞并巴蜀之前，应属天下诸侯王国中最强者。但他此时已然将秦国视为与楚争雄的最大威胁。因此采纳了苏秦的合纵之策。楚怀王即位后，应当说是与朝中一批大臣如屈原等一样，忠实奉行了合纵抗秦之策。并曾一度继苏秦担任了第二任纵约长。但接下来的合纵实践却并非一帆风顺。其中有两件大事改变了楚怀王"合纵"可以强国的观念。正如楚威王八年（公元前332年）"秦使犀首欺齐、魏，与共伐赵，欲败纵约。齐、魏伐赵，赵王让苏秦。苏秦恐，请使燕，必报齐。苏秦去赵而纵约皆解"② 一样，楚怀王十年，苏秦被燕易王撤掉相职，逐出燕国，逃到齐国。"齐王因受而相之。居二年而觉，齐王大怒，车裂苏秦于市。"③ 第一任"合纵长"苏秦的暴死，使"合纵抗秦"的理论再一次受到东方诸国的质疑。一时间关于苏秦的负面国际新闻满世界飞，苏秦的正面形象受到极大损害。社会舆论一时认为苏秦是"左右卖国反覆之臣也"，"天下共笑之；讳其学术"④，其合纵理论受到齐、秦、楚诸国朝野人士的怀疑当属人之常情。与此同时，楚怀王在坚持合纵抗秦的过程中曾主动做出了一个重大战略决策，亲率五国联军进攻秦国，希望一战而彻底打垮秦军士气。但结果是，不仅齐王因与怀王争当纵约长不得拒绝参战，而且参战的魏、韩、赵、燕四国军队在秦人开关延敌之际，竟纷纷不听楚王指挥而擅自败退。此事发生在怀王十一年（公元前318年）。由此两件事的发生，彻底从思想深处摧毁了楚怀王对合纵之策可以制秦的信念。于是，在怀王十六年张仪欺骗怀王绝齐联秦，楚怀王因受骗连续发动两次楚秦大战一败再败后，张仪于楚怀王十八年主动来到楚国。怀王与屈原本一致决议杀掉张仪；结果张仪非但没有被杀，怀王反而又接受了张仪如下游说：

> 张仪为秦破从连横，说楚王曰："秦地半天下，兵敌四国，被山带河，四塞以为固。虎贲之士百余万，车千乘，骑万匹，粟如丘山。法令既明，士卒安难乐死。主严以明，将知以武。虽无出兵甲，席卷常山之险，折天下之脊，天下后服者先亡。且夫为从者，无以异于驱群羊而攻猛虎也。夫虎之与羊，不格明矣。今大王不与猛虎而与群羊，窃以为大王之计过矣。""凡天下强国，

---

① 孟庆祥译注：《战国策译注》，哈尔滨：黑龙江人民出版社，1986年版，第371—372页。
② 司马迁：《史记·苏秦列传》，喀什：喀什维吾尔文出版社，2002年版。
③ 司马迁：《史记·张仪列传》，喀什：喀什维吾尔文出版社，2002年版。
④ 司马迁：《史记·苏秦列传》，喀什：喀什维吾尔文出版社，2002年版。

非秦而楚，非楚而秦。两国敌侔交争，其势不两立。而大王不与秦，……楚尝与秦构难，战于汉中。楚人不胜，通侯执珪死者七十余人，遂亡汉中。楚王大怒，兴师袭秦，战于兰田，又却。此所谓两虎相搏者也。夫秦楚相弊，而韩魏以全制其后，计无过于此者矣，是故愿大王熟计之也。……今秦之于楚也，接境壤界，固形亲之国也。大王诚能听臣，臣请秦太子入质于楚，楚太子入质于秦，请以秦女为大王箕帚之妾，效万家之都，以为汤沐之邑，长为昆弟之国，终身无相攻击。……楚王曰：'楚国僻陋，托东海之上。寡人年幼，不习国家之长计。今上客幸教以明制，寡人闻之，敬以国从。'"①

据《史记·张仪列传》载，当时张仪与楚怀王意外转仇为友时，屈原很是惊诧，反问怀王："'前大王见欺于张仪。张仪至，臣以为大王宜烹之。今纵弗忍杀之，又听其邪说，不可。'怀王却回答说：'许仪而得黔中，美利也。后而倍之，不可。'故卒许张仪，与秦亲。"② 可见，此时的楚怀王从根本上相信了"没有不变的朋友，没有不变的敌人，只有不变的利益"，从而抛弃了"合纵抗秦"的既定国策；之后无论对齐国还是秦国，均采取了有用则合作，有害则斗争这种唯利是图的实用主义政策。而屈原此时却仍一直坚守合纵抗秦这一既定国策。在《离骚》中，他对怀王这一巨大变化非常生气和伤感，在"伤灵修之数化"的情感驱使下，做出了不少"直谏"的谏诤行为，并埋怨怀王"初既与余成言兮，后悔遁而有他。"结果使怀王"荃不察余之中情兮，反信谗而激怒"。尤其是在怀王二十五年楚与秦昭王会盟于黄棘（今河南南阳）并签署"黄棘之盟"这件重大国事上，怀王与屈原发生重大分歧。关于这次分歧，屈原在《悲回风》中有较为明确的记载：整个楚国宫廷只有屈原一人反对怀王去与秦昭王参加会盟。认为怀王采取的是一种短期投机态度，会破坏与齐、韩、魏、赵诸国的关系，不利于楚国长远利益。"借光景以往来兮，施黄棘之枉策"，一般解释为屈原"用黄棘作马鞭很弯"③ 不确。此处屈原明确判定"黄棘会盟"是"枉策"；"孤子吟而抆泪兮，放子出而不还"则明言反对此策者只有屈原一人，最终他亦因此被罢免"行人"之职。所谓"謇朝谇而夕替"（《离骚》）也许正是暗喻此事。毫无疑问，怀王认为屈原亲齐，不适合从事"亲秦"外交。由上述分析可知，怀王不仅进一步疏远了屈原并在怀王二十五年"黄棘会盟"前撤了他的"行人"之职，将其赶出朝廷。

在此，有必要对《史记》中的一段记载加以辨析。《史记·屈原列传》中

---

① 孟庆祥译注：《战国策译注》，哈尔滨：黑龙江人民出版社，1986年版，第375—377页。
② 司马迁：《史记·张仪列传》，喀什：喀什维吾尔文出版社，2002年版。
③ 吴广平注译：《白话楚辞》，长沙：岳麓书社，1996年版，第222页。

时秦昭王与楚婚，欲与怀王会。怀王欲行，屈平曰："秦，虎狼之国，不可信，不如毋行。"怀王稚子子兰劝王行："奈何绝秦欢！"怀王卒行。入武关，秦伏兵绝其后，因留怀王，以求割地。怀王怒，不听。……竟死于秦而归葬。

　　特别值得提醒读者和研究者的是，司马迁在此用了"'本传'水墨留白"和"以他传补白"相结合的表达手法。因此，在屈原本传中简写了楚怀王二十五年和三十年两次与秦昭王的会盟。而所引上文屈原谏怀王"不如毋行"指的是第一次"黄棘之盟"。由于屈原力谏，怀王罢免了屈原"行人"之职。而怀王应秦之约"入武关"则是怀王三十年怀王与昭王的第二次会盟。此时屈原已不复在朝且被"放流"。谏阻怀王参加武关会盟的人是昭雎和陈轸。怀王不听昭雎和陈轸的理性劝阻并再赴第二次诈盟中一去不返，这些细节，在《楚世家》中写得很明白。这是太史公为避免史书重复所创造的一种特殊写作手法，应特别引起学者的注意。若仅单独研读一篇传记而想了解该人物命运的全貌，往往会产生误解。必须将该人物所处的历史人群的所有传记进行综合研读，才能较为准确地了解整个人物的行为脉络及重大历史事件的真相。

　　"黄棘会盟"无论从当时看，还是现在看，都应是怀王30年为王生涯中最出彩的一笔。关于这件事的前前后后，我们不仅在《史记·楚世家》中看不明白，而且在《屈原列传》中也看不明白，但却能从《樗里子甘茂列传》《穰侯列传》中能基本还原历史真相：虽然楚怀王在与秦惠王的两次大战中均严重损兵折将，但其实怀王并未服输。他也采取了间谍战，并在秦武王死后发生"诸弟争立"的秦国乱局中，成功帮助楚女宣太后芈八子及其两个弟弟魏冉、芈戎"诛季君之乱""逐武王后出之魏，昭王诸兄弟不善者皆灭之"，辅助身为武王妃子的芈八子的亲生儿子嬴稷夺取了秦王之位，是为秦昭王。这几年间，"昭王少，宣太后自治，魏冉为政"，而"向寿者，宣太后外族也，而与昭王少相长，故任用。向寿如楚，楚闻秦之贵向寿，而厚事向寿"。① 所谓的楚秦"黄棘之盟"就是在这样的历史背景下达成的。楚怀王不仅兵不血刃要回了上庸，同时，"与秦合婚而欢"② 并且事实上暗中控制秦国朝政达3年之久（怀王二十五至二十七年，公元前304—302年），若不是太子横怒杀秦大夫而败盟，那么怀王这个得意局面还会延长一段时间。在这3年中，怀王应是很得意于自己的谋略的，所以当屈原提出异议时，必将受到怀王处罚。楚怀王曾一度左右了秦国丞相人选的任命。关于这一点，司马迁在《史记·樗里子甘茂列传》中记载甚明："楚（怀）王问于范蜎曰：

---

① 司马迁：《史记》，喀什：喀什维吾尔文出版社，2002年版，第592页。
② 司马迁：《史记》，喀什：喀什维吾尔文出版社，2002年版，第592页。

'寡人欲置相于秦,孰可?'对曰:'臣不足以识之。'楚王曰:'寡人欲相甘茂,可乎?'对曰:'不可。……(甘)茂诚贤者也,然不可相于秦。夫秦之有贤相,非楚国之利也。……然则王若欲置相于秦,则莫若向寿者可。夫向寿之于秦王,亲也,少与之同衣,长与之同车,以听事。王必相向寿于秦,则楚国之利也。'于是(怀王)使使请秦相向寿于秦。秦卒相向寿,而甘茂竟不得复入秦,卒于魏。"① 不过,面对怀王垂涎的这顿"不战而屈敌之兵"的大餐,屈原却坚持予以反对。怀王由此同屈原彻底反目。这反映了二人对国家现实利益与长远利益关系的不同认识;同时,也暴露了双方性格均刚直有余而弹性不足这种缺憾。

如果说,屈原性格刚直有余而弹性不足,不仅表现在他存留的楚辞篇章中,而且表现在他的忠言长期不被理睬、感到救国无望愤而投水自杀上;那么,楚怀王刚直有余、弹性不足同样表现在很多方面。如张仪与他初次相见,一次深谈就对其深信不疑;一旦发现受了张仪的欺骗,则又不顾陈轸等人的一再劝谏,一方面派上官大夫秘密监视张仪并伺机刺杀,另一方面又连续两次在没有充分准备的情况下,怒而兴师向秦国进行大规模军事进攻,结果惨败而归。更能彰显怀王刚直有余、弹性不足的最后一件大事是,秦昭王邀楚怀王会盟武关,突劫怀王至咸阳,并逼迫他签订割巫郡、黔中郡的协约。秦王的这一荒谬举动当然属于"要盟"。对付"要盟"孔子早有假意变通的实践范式在前。"要盟也,神不听。"签与不签,这种举动都不必然导致楚怀王死于秦国。因为从各种史料看,秦王并不要楚怀王的性命,而仅是要羞辱他。但怀王的应对行为却充分彰显了他性格中勇有余智不足、刚直有余而弹性不足的一面。怀王一方面死也不签,另一方面怒而越狱、被追回后又怒火攻心,发病而死。但对于类似事件的处理,他儿子的师傅"慎子"却辅导楚顷襄王进行了一次成功的"危机应对":

楚襄王为太子之时,质于齐。怀王薨,太子辞于齐王而归。齐王隘之:"予我东地五百里,乃归子。子不予我,不得归!"太子曰:"臣有傅,请追而问傅。"傅慎子曰:"献之,地所以为身也。爱地不送死父,不义。臣故曰献之便。"太子入,致命齐王曰:"敬献地五百里。"齐王归楚太子。②

等到太子横顺利回到楚国即王位后,齐国派使者拿着协约要求割地时,楚顷襄王在他的老师慎子的指导下,一方面郑重其事地派上柱国子良佯装领着齐国使者去交割土地,另一方面却先派大司马昭阳率重兵驻扎此地拒绝交割;并同时也先派使者景鲤

---

① 司马迁:《史记》,喀什:喀什维吾尔文出版社,2002年版,第593页。
② 孟庆祥译注:《战国策译注》,哈尔滨:黑龙江人民出版社,1986年版,第398页。

到秦国搬来救兵。这样一来，齐楚所谓的割地合约最终变成一纸空文。

　　由此可见，屈原虽然与怀王乃至以后的顷襄王、令尹子兰发生了重大政见分歧，从而遭受了"无妄之灾"，但不必死。投水自杀，是屈原的性格选择。楚怀王受骗被秦昭王所拘，从而也受了"无妄之灾"，但亦不必死。"发病而死"亦是楚怀王的性格决定了他的命运。当然，无论屈原还是楚怀王，就事论事，二人之死虽均令人遗憾，但又均不失为一种英雄气概。另一方面，如果二人的性格驱使他们选择不死而活着，亦不失其英雄本色。他们当另有更恰当的方式解除"无妄之灾"。在国际关系和人际交往日益复杂多变的今天，我们研究楚怀王和屈原的关系及其彼此的命运，并不是以苛求的态度责备古人，因为古往今来，面对国家生死存亡的大是大非问题，断然选择"不曲而死"，永远都应确认为一种英雄人格。我们的研究并不止于此，而是为辩证地吸取两位历史人物的经验教训提供具有现实意义的有益启示。

屈原"放逐"与"流放"考辨

中央民族大学 王 强

【摘 要】 屈原的放逐问题，是屈原研究的焦点和热点。历来学者大多从司马迁之说以为屈原是被放逐。但当代不少学者在研究相关问题时以为屈原所遭为流放，此非严谨之表述。先秦时期"放""流""迁"所指大体相同，其中"放"是主要针对部落首领、士大夫的政治驱逐措施，与封建时代的流放之刑有本质区别。为避免混乱，应从司马迁之说，统一表述为"放逐"。

【关键词】 屈原 放逐 流放

屈原的放逐问题，历来为楚辞研究者所关注。他们多以司马迁的相关记载为依据，而太史公之语又多异辞，是故说者纷纭，有"一次放逐""一疏一放""二次放逐""一疏二放"等说。但正如周建忠所言，这种循环论证的误区无疑是相当明显的，在没有新材料佐证以前，在此问题上应从整体上把握，知其被谗而疏、居于汉北及流放江南之事实即可。[①]

值得注意的是，古今学者对于屈原被放的经历在表达上有所不同。司马迁称之为"放逐"[②]、"放流""迁"[③]、"放"[④]，刘向书曰"放"[⑤]，王逸说为"放逐""迁"[⑥]，陆

[①] 周建忠：《屈原"放逐"问题证辩》，《南都学坛》2002年第4期。
[②] 司马迁撰、裴骃集解、司马贞索隐、张守节正义：《史记》，北京：中华书局，1963年版，第3300页。
[③] 司马迁撰、裴骃集解、司马贞索隐、张守节正义：《史记》，北京：中华书局，1963年版，第2485页。
[④] 司马迁撰、裴骃集解、司马贞索隐、张守节正义：《史记》，北京：中华书局，1963年版，第2486页。
[⑤] 刘向撰、赵仲邑注：《新序详注》，北京：中华书局，1997年版，第214页。
[⑥] 王逸：《楚辞章句》（丛书集成本），上海：商务印书馆，1939年版，第1页。

云以为"放逐"①,魏征等人作"放逐"②,顾炎武乃为"放流"③,林云铭认定"放"④,蒋骥说为"迁逐"⑤、"放"⑥。大体看来,古代学者看法比较统一,基本沿袭了司马迁的说法。近现代的研究者,如郭沫若、姜亮夫、文怀沙、游国恩、陆侃如、褚斌杰、蒋天枢、赵逵夫等人对屈原被"放逐"的事实大体上是认同的。但不少的学者,或以"流放"之词取代"放逐"标目,如邝振华《屈原流放湖南与〈离骚〉创作年代初探》⑦、袁朝《屈原流放新证》⑧、李伟实《屈原两次被流放的时间及第二次流放的出发地和流放地》⑨、蔡彦峰《屈原三次流放说考辨》⑩、钱征《屈原流放陵阳考》⑪;或直以"流放"之意行文,如李炳海《〈楚辞·九歌〉的东夷文化基因》云"《九歌》是屈原流放到江南时所作,产生于沅湘流域,这在学术界已成定论,基本没有异议"⑫、杨镰《流放的诗人》曰"中国诗史第一人屈原,就是流放诗人"⑬ 等。

那么,屈原所遭究竟是"放逐",还是"流放",抑或是"放逐"与"流放"本为一事?

一

《说文》:"放,逐也。"《尚书·舜典》:"放欢兜于崇山。"《疏》曰:"放者,使之自活。"⑭《淮南子·修务训》:"放欢兜于三苗。"《注》云:"放,弃也。"⑮《周礼·

---

① 严可均:《全上古三代秦汉三国六朝文》,北京:中华书局,1985年版,第2036页。
② 魏征、令狐德棻:《隋书》,北京:中华书局,1982年版,第1056页。
③ 顾炎武著、黄汝成集释、栾保群等校点:《日知录》,上海:上海古籍出版社,2012年版,第1433页。
④ 林云铭:《楚辞灯·楚怀襄二王在位事迹考》,见四库全书存目丛书编纂委员会:《四库全书存目丛书·集部·楚辞类》,济南:齐鲁书社,1997年版,第166页。
⑤ 蒋骥:《山带阁注楚辞·楚辞余论卷下》,上海:上海古籍出版社,1984年版,第24页。
⑥ 蒋骥:《山带阁注楚辞·楚世家节略》,上海:上海古籍出版社,1984年版,第217页。
⑦ 邝振华:《屈原流放湖南与〈离骚〉创作年代初探》,《教学研究(社会科学版)》1982年第2期。
⑧ 袁朝:《屈原流放新证》,《中南民族学院学报(人文社会科学版)》2000年第4期。
⑨ 李伟实:《屈原两次被流放的时间及第二次流放的出发地和流放地》,《复旦学报(社会科学版)》2001年第2期。
⑩ 蔡彦峰:《屈原三次流放说考辨》,《云梦学刊》2007年第3期。
⑪ 钱征:《屈原流放陵阳考》,《池州学院学报》2012年第5期。
⑫ 李炳海:《〈楚辞·九歌〉的东夷文化基因》,《中国社会科学》1991年第4期。
⑬ 杨镰:《流放的诗人》,《文学遗产》2000年第5期。
⑭ 孔安国传、(唐)孔颖达疏:《尚书正义》,北京:北京大学出版社,1999年版,第70页。
⑮ 何宁:《淮南子集释》,北京:中华书局,1998年版,第1312页。

夏官·大司马》："放弑其君则残之。"郑玄注："放，逐也。"①《春秋·宣公元年》："晋放其大夫胥甲父于卫。"《谷梁传》云："放，犹屏也。"② 考察《尚书》《孟子》《春秋》《左传》《史记》《淮南子》《周礼》等书中有关"放"之记载，我们可以发现：其一，所涉及对象全为王公贵臣大夫一类；其二，周时"放"在五刑之外，仅作为一种辅助形式，即《尚书·舜典》所谓"流宥五刑"。沈家本将周时之"放"分为两类：一者乃"迫窘而去，逃死四邻，不以礼出也"；再者为"受罪黜免，宥之以远"③。前者如《左传·文公十四年》"宋高哀为萧封人，以为卿，不义宋公而出，遂来奔"；后者如《左传·庄公六年》"夏，卫侯入，放公子黔牟于周，放宁跪于秦"。"放"的初衷，大约因古来"刑不上大夫"，又"哀其断毁支体"④，"当刑而不忍刑之，宽其罪而放弃之"，⑤ 于是"驱逐出都，不许与闻国事。用解放以前的旧话说，就是'下野'"⑥。在先秦的政治生态中，都城无疑是全国政治经济文化的中心，远离都城就意味着远离政治和权力的核心。盖"放"的最初目的，是削弱乃至消除被放者在政治上的影响力。

屈原乃"楚之同姓也。为楚怀王左徒。博闻强志，明于治乱，娴于辞令。入则与王图议国事，以出号令；出则接遇宾客，应对诸侯。王甚任之"⑦，这当然会招致朝廷内部保守势力及忌惮楚国强大的列强嫉恨。其遭遇也印证了这一点。《太史公自序》云"屈原放逐，乃赋《离骚》"⑧；屈原本传一曰"屈平既嫉之，虽放流，眷顾楚国，系心怀王，不忘欲反，冀幸君之一悟，俗之一改也"，又曰"令尹子兰闻之大怒，卒使上官大夫短屈原于顷襄王，顷襄王怒而迁之"⑨。沈家本云："屈原是迁而亦曰放。"⑩ 林云铭云："迁之于外，止不使预朝政。"⑪《史记·白起王翦列传》所言"秦王乃使人遣

---

① 郑玄传、(唐) 贾公彦疏：《周礼注疏》，北京：北京大学出版社，1999年版，第762页。
② 范宁：《春秋谷梁传》，上海：商务印书馆，1936年版，第177页。
③ 沈家本撰、邓经元、骈宇骞点校：《历代刑法考》，北京：中华书局，1985年版，第262—263页。
④ 欧阳修、宋祁：《新唐书》，北京：中华书局，1975年版，第1409页。
⑤ 左丘明、杜预注、孔颖达正义：《春秋左传正义》，北京：北京大学出版社，1999年版，第586页。
⑥ 孙作云：《屈原的放逐问题》，《开封师院学报》1961年。
⑦ 司马迁撰、裴骃集解、司马贞索隐、张守节正义：《史记》，北京：中华书局，1963年版，第2481页。
⑧ 司马迁撰、裴骃集解、司马贞索隐、张守节正义：《史记》，北京：中华书局，1963年版，第3300页。
⑨ 司马迁撰、裴骃集解、司马贞索隐、张守节正义：《史记》，北京：中华书局，1963年版，第2485页。
⑩ 沈家本撰、邓经元、骈宇骞点校：《历代刑法考》，北京：中华书局，1985年版，第264页。
⑪ 林云铭：《楚辞灯》（卷三），康熙三十六年（公元1697年）刊本。

白起，不得留咸阳中"①，大体与此同类。《尚书·太甲》："太甲既立，不明，伊尹放诸桐。"《正义》："不知朝政，故曰放。使之远离国都，往居墓侧，与彼放逐事同，故亦称放也。"②

与政治上的放黜相伴而生的，是对被放者精神和肉体的折磨。米沃什在《关于流放》一文中说：

> 在一所自小就已经熟悉的城市或村庄里，我们活动在一个驯服的空间中，在各处都能找到的工作顺理成章地与我们熟知的机械程式相吻合。而当我们置身于异国他乡，就会因心神不定、张皇失措而心情压抑——这里有太多太多新的形态，而且它们总在流变之中，因为我们还没有发现其机械程式运行所遵循的规则。③

当然，能彻底完成这种惩罚的，也只有后代的流放之刑。

据上，先秦的"放"是有特定内涵的，且仅存于此时期。与其说是一种刑罚，不如说是一种政治斗争手段。其特征乃是：所涉及的对象一般是有政治影响力之人，要么是部落首领，要么是王公士大夫；其目的是要将被放者驱逐出政治中心，使其不能再左右政治，从而给予其政治生命以沉重打击；所"放"之地，"若卫之于周、于秦，晋之于卫、于齐，齐之于燕、郑，蔡之于吴，楚之于越"④。

二

《史记》屈原本传言"虽放流，眷顾楚国"。沈家本以为"放、流一意。放者，流之别名也"⑤。汤炳正以为此段文字乃刘安《离骚传》窜入，非原文所有。⑥ 潘啸龙则据《礼记·大学》"唯仁人，放流之，迸诸四夷，不与中国同"以为"放流"应作"放逐"解。⑦《尚书·舜典》："流宥五刑。"《传》："宥，宽也。以流放之法宽五

---

① 司马迁撰、裴骃集解、司马贞索隐、张守节正义：《史记》，北京：中华书局，1963年版，第2337页。
② 孔安国传、孔颖达疏：《尚书正义》，北京：北京大学出版社，1999年版，第207页。
③ [波兰] 米沃什：《关于流放》，《东方杂志》2003年第5期。
④ 沈家本撰、邓经元、骈宇骞点校：《历代刑法考》，北京：中华书局，1985年版，第264页。
⑤ 沈家本撰、邓经元、骈宇骞点校：《历代刑法考》，北京：中华书局，1985年版，第264页。
⑥ 汤炳正：《屈原列传新探》，《文史》（第一辑），新建设编辑部编，1962年。
⑦ 潘啸龙：《关于屈原放逐问题的商榷》，《安徽师大学报》（哲学社会科学版），1980年第3期。

刑。"①《正义》："'流'谓徙之远方；'放'，使生活；以流放之法宽纵五刑也。"② 宋代吴棫、朱熹等人就开始质疑《尚书》孔传的真实性。清代阎若璩作《古文尚书疏证》指出伪书、伪传不合三代文献及西汉人传注处128条，确认乃伪书无疑。因此，传言"流放"之词，殆是后起，非为当时之谓也。先秦时期，"放""流"所指，大体相同。

沈家本言："秦汉以降，未有流刑。梁武天监三年，因任提女之子景慈证成母罪，流于交州。自此复有流刑，盖不在正刑之内。"③ 流刑入正刑，似在北周。

考察秦汉以后流刑，有如下特征：

其一，多有道里之制。《隋书·刑法志》："四曰流刑五，流卫服，去皇畿二千五百里者，鞭一百，笞六十。流要服，去皇畿三千里者，鞭一百，笞七十。流荒服，去皇畿三千五百里者，鞭一百，笞八十。流镇服，去皇畿四千里者，鞭一百，笞九十。流蕃服，去皇畿四千五百里者，鞭一百，笞一百。"④ 隋朝分千里、一千五百里、二千里三等；唐代有二千里、二千五百里及三千里之等。

其二，被流者有居作年限。《隋书·刑法志》："诏流役六年改为五载。"⑤《新唐书·刑法志》："（武德四年）已而又诏仆射裴寂等十五人更撰律令，凡律五百，丽以五十三条。流罪三，皆加千里；居作三岁至二岁半者悉为一岁。余无改焉。"⑥

其三，多重目的。除过惩戒之外，有了戍边及应役的需要。如北朝为了解决北方边防空虚的问题，将流者主要迁北方。《北齐律》："谓论犯可死，原情可降，鞭笞各一百，髡之，投入边裔以为兵卒。"⑦

"迁"（或曰"徙"）刑，亦见于云梦睡虎地秦简。如：

故大夫斩首者，迁。（《秦律杂抄》）

吏自佐、史以上负从马、守书私卒，令市取钱焉，皆迁。（《秦律杂抄》）⑧

百姓不当老，至老时不用请，敢为诈伪者，……伍人，户一盾，皆迁之。

---

① 孔安国传、孔颖达疏：《尚书正义》，北京：北京大学出版社，1999年版，第65页。
② 孔安国传、孔颖达疏：《尚书正义》，北京：北京大学出版社，1999年版，第67页。
③ 沈家本撰、邓经元、骈宇骞点校：《历代刑法考》，北京：中华书局，1985年版，第269页。
④ 魏征、令狐德棻：《隋书》，北京：中华书局，1982年版，第707—708页。
⑤ 魏征、令狐德棻：《隋书》，北京：中华书局，1982年版，第711页。
⑥ 欧阳修、宋祁：《新唐书》，北京：中华书局，1975年版，第1408页。
⑦ 魏征、令狐德棻：《隋书》，北京：中华书局，1982年版，第705页。
⑧ 睡虎地秦墓竹简整理小组：《睡虎地秦墓竹简》，北京：文物出版社，1978年版，第131页。

(《秦律杂抄》)①

　　五人盗，……不盈二百廿以下到一钱，迁之。(《法律答问》)②

　　某里士五(伍)甲告曰："谒鋈亲子同里士五(伍)丙足，(迁)蜀边县，令终身毋得去(迁)所，敢告。"(《封诊式·迁子》)③

《史记·商君列传》载商鞅曾将"乱化之民""尽迁之于边城"④，是此种刑罚始于商鞅主秦时之明证。睡虎地秦简所见涉及迁刑之人，多为下层之人，而被判处迁刑的，亦非重罪。士伍甲控告己子不孝，请求政府断足流放；盗窃不满六人，一钱以上不满二百二十钱，获迁罪。另，察史载之迁刑，有如下特点：

首先，获迁之罪者或为一人，但所移者，盖非一人。《封诊式·迁子》中政府将不孝子丙迁往蜀地，并依法让其家属同往。《史记·秦始皇本纪》载长信侯为乱，"及其舍人，轻者为鬼薪。及夺爵迁蜀四千余家，家房陵"⑤。《后汉书·显宗孝明帝纪》："十一月，楚王英谋反，废，国除，迁泾县，所连及死徙者数千人。"⑥

其次，不一定剥夺爵位。《史记·秦始皇本纪》："十二年，文信侯不韦死，窃葬。其舍人临者，晋人也逐出之；秦人六百石以上夺爵，迁；五百石以下不临，迁，勿夺爵。"⑦《后汉书·阜陵王延传》："建武十五年封淮阳公，……有司奏请诛延，显宗以延罪薄于楚王英，故特加恩，徙阜陵王，食二县。"⑧沈本家以为"汉世言徙者(彭)越始，此后淮南、济川诸王皆用此法。虽谋反大逆，亦得减死，亲亲之谊，与常人不同也"⑨。在惩戒王公士大夫时，放、流及迁在宽宥这点上是相同的。沈家本言"屈原是迁而亦曰放"⑩，此或是原因。最后，如上所述，迁刑的适用对象比较广发，既有下层平民，也有王公贵族。从现有材料看，似乎此刑法在具体实施时，因对象不同略有区别。

---

　①　睡虎地秦墓竹简整理小组：《睡虎地秦墓竹简》，北京：文物出版社，1978年版，第143页。
　②　睡虎地秦墓竹简整理小组：《睡虎地秦墓竹简》，北京：文物出版社，1978年版，第150页。
　③　睡虎地秦墓竹简整理小组：《睡虎地秦墓竹简》，北京：文物出版社，1978年版，第261页。
　④　司马迁撰、裴骃集解、司马贞索隐、张守节正义：《史记》，北京：中华书局，1963年版，第2231页。
　⑤　司马迁撰、裴骃集解、司马贞索隐、张守节正义：《史记》，北京：中华书局，1963年版，第227页。
　⑥　范晔撰、李贤等注：《后汉书》，北京：中华书局，1965年版，第117页。
　⑦　司马迁撰、裴骃集解、司马贞索隐、张守节正义：《史记》，北京：中华书局，1963年版，第231页。
　⑧　范晔撰、李贤等注：《后汉书》，北京：中华书局，1965年版，第1444页。
　⑨　沈家本撰、邓经元、骈宇骞点校：《历代刑法考》，北京：中华书局，1985年版，第248页。
　⑩　沈家本撰、邓经元、骈宇骞点校：《历代刑法考》，北京：中华书局，1985年版，第264页。

三

"放""流""迁"三种刑罚，互有异同，该以"放"为最早，后之"流""迁"二刑皆由"放"出。"放""流"在先秦所指相同而以"放"为正。"迁"自秦始，与"放""流"所指不完全相同。秦汉以降，无流刑，至北周始将流刑入五刑，成为一种"把罪犯押解到边远地方服劳役或戍守，不得离开该地区的刑罚"①。日人滋贺秀三在《中国上古刑罚考》一文中说："上古的放、流应看成是依据绝交之盟，把受到众人一致非难的为恶者驱逐到共同体之外。"② 此说颇有道理。先秦时代的"放""流"与后世真正刑法学意义上的流放之刑，所指根本不同。屈原所遭，即是被放逐到政治共同体之外，大概也不戴什么刑具，享有一定的人身自由。《隋书·刑法志》云："凡死罪枷而拲，流罪枷而梏，徒罪枷，鞭罪桎，杖罪以待断。"③ 上古之刑具，主要有桎、梏及拲三种。《释文》："在足曰桎，在手曰梏。"《周礼·秋官·掌囚》："掌守盗贼。凡囚者，上罪梏拲而桎，中罪桎梏，下罪梏。王之同族拲，有爵者桎，以待弊罪。"郑玄注曰："拲者，两手共一木。桎梏者，两手各一木也。"贾公彦疏："此谓五刑罪人。古者五刑不入圜土，故使身居之木，掌囚守之。此一经所云刑之人，三木之囚，轻重著之；极重者三木俱著，次者二，下者一；王之同族及有爵纵重罪亦著一而已，以其尊之故也。"④ 只有五刑罪人才著三木明矣。至于枷，《说文》以为"柫也"，乃脱粒用的农具。沈本家以为"枷"为刑具之称大抵自《晋书·石勒载记》"两胡一枷"⑤ 始。王逸《九歌序》云屈原放逐楚南郢与沅湘之间时"窜伏其域"⑥；《天问序》曰："屈原放逐，忧心愁悴。彷徨山泽，经历陵陆。嗟号昊旻，仰天叹息。见楚有先王之庙及公卿祠堂，图画天地山川神灵，琦玮僪佹，及古贤圣怪物行事。周流罢倦，休息其下，仰见图画，因书其壁，何而问之，以渫愤懑，舒泻愁思。"⑦ 这些看起来都不太像一位失去自由戴有刑具的囚犯。

郭瑞林将"放"与"流放"概念等同，故他认为屈原并未被放逐，此说值得商榷。⑧《楚国法律制度研究》一书以为"放与迁"是一种"将犯罪本人或全家迁徙、放

---

① 《中国大百科全书》总编辑委员会：《中国大百科全书》，北京：中国大百科全书出版社，1984年版，第391页。
② 刘俊文：《日本学者研究中国史论著选译》，北京：中华书局，1992年版，第8页。
③ 魏征、令狐德棻：《隋书》，北京：中华书局，1982年版，第708页。
④ 郑玄传、（唐）贾公彦疏：《周礼注疏》，北京：北京大学出版社，1999年版，第959页。
⑤ 房玄龄等：《晋书》，北京：中华书局，1974年版，第2708页。
⑥ 王逸：《楚辞章句》（丛书集成本），上海：商务印书馆，1939年版，第24页。
⑦ 王逸：《楚辞章句》（丛书集成本），上海：商务印书馆，1939年版，第39页。
⑧ 郭瑞林：《屈原"放逐"说质疑》，《求索》1993年第6期。

逐到荒蛮边远之地或新开辟地区从事苦役的刑罚"①，其所举《春秋·昭公八年》所谓"楚师灭陈，执陈公子招，放之于越"，盖为上文所称"受罪黜免，宥之以远"之例。该书将先秦之"放""迁"与北周以后流放之刑杂糅，在表达上是不严谨的。

综上，"放""流""迁""流放"等概念，内涵与外延并不完全相同，且在不同的历史时期，所指不同。有学者以"流放"代"放逐"，系概念上的混同，值得商榷。在当代的屈原研究中，不做分辨而妄书"流放"之语，至少缺乏学术上的严谨精神。故此，在无新文献面世之前，当从司马迁"放逐"之说。

---

① 陈绍辉：《楚国法律制度研究》，武汉：湖北教育出版社，2012年版，第113—114页。

屈原放逐次数、时间及地点研究

南通大学 蒋 双

【摘 要】 屈原的放逐问题自古以来一直是困扰后人的一个难题。秦汉以来，诸位伟大的文学家、史学家和思想家们对此问题都各持己见，莫衷一是。所以本文将基于屈原放逐的真实性，并结合古今各位学者的观点，从屈原放逐次数、时间、地点三个方面谈谈我对于屈原放逐问题的看法，希望加深对于楚辞的理解。

【关键词】 屈原 放逐 难题 看法

一、屈原放逐的真实性探析

屈原是我国古代历史上一位伟大的爱国诗人，他的爱国诗歌《离骚》流传千古，被奉为经典。司马迁在《报任安书》中说道："屈原放逐，乃赋离骚"。屈原的放逐问题自古以来就一直为人们所探讨，那么"屈原放逐"这件事是真的吗？其有真实的历史依据还是司马迁一家之言呢？

关于屈原的放逐，屈原自身的作品中就有相关记载。例如：

屈原既放，三年不得复见。（《卜居》）
忽若不信兮，至今九年而不复。（《九章·哀郢》）
弗参验以考实兮，远迁臣而弗思。（《九章·惜往日》）

这些都是关于屈原放逐的第一手证据。同时，他的徒弟宋玉在其作品《渔父》中也说道"屈原既放，游于江潭"等话。这里的"既放"也恰恰证明了屈原放逐的真实性。

另外，《史记》是目前存在的第一部系统地记述屈原放逐问题的史书，且司马迁生活的年代距离屈原的年代也未远，所以应当是相当可靠的。研究屈原的生平，所以，无疑要承认司马迁的《屈原列传》乃是最重要的依据，不承认这个，一切就无所适从，不同的意见也就将永远纷纭下去。① 关于屈原的放逐问题，司马迁《屈原列传》中记载："屈平既嫉之，虽放流，眷顾楚国""令尹子兰闻之大怒……顷襄王怒而迁之"②以上是司马迁关于屈原放逐经历的记载。此外，东汉王逸是目前所知的第一位注疏楚辞的大家，其《楚辞章句》对后世产生了极大的影响。其在《离骚》之前的介绍中也说襄王因为谗言将屈原流放到了江南。这也恰恰说明了其对于屈原放逐的认可。后世文人注疏楚辞也大都借鉴王逸的观点，都认可屈原放逐这一事件的真实性，例如东汉的班固；宋朝的洪兴祖、朱熹；清代的遗民楚辞大家们；近代的郭沫若、游国恩、林庚等人。

但是，也曾有人持不同的观点，认为屈原并没有被放逐过。例如郭瑞林怀疑《屈原列传》的真实性，认为其自相矛盾，难以让人相信，并且认为楚国没有放逐的历史，屈原的行为只不过是战乱中的流亡。同时，张中一认为屈原只是被楚王谴谪，并没有被放逐。③

我个人认为此种说法是不可靠的，只是一家之言，并没有充分的资料可以说明。屈原的放逐问题以上已经说明得很清楚了，其真实性也是毋容置疑的。

二、屈原有过一次被疏、两次放逐的经历

对于屈原放逐的次数，目前学术界有多种说法，但根据史料记载基本上认为屈原有过三次不幸的遭遇。有人认为屈原被放逐了三次；有人认为被放逐了两次，另外一次只是被疏黜了；也有人认为屈原只是被放逐了一次。例如廖化津先生认为屈原第一次是被疏黜，第二次被迫厄了，第三次才被放逐。④ 而清朝的王夫之等明朝遗民们大都认为屈原只在顷襄王朝被放逐过一次。学者们各持己见，都有自己的看法，那么真实的情况到底是怎样的呢？屈原到底被放逐了几次呢？

清代黄文焕的作品首次将"疏"与"放"区别开来；林云铭则将"疏"分了等级，认为屈原在楚怀王时遭到谗毁，结果只是被疏远了，再进谏则被迁汉北，但未遭拘禁，后来被召回，顷襄王时被放江南，永不召回，没有人身自由。而现代的楚辞作品研究一般是在王逸、黄文焕、林云铭他们的成果基础上的调整和发挥。他们认为屈原的当官生涯分为三个时期：第一个是在郢都任职因谗言被疏远免职；第二时期流放

---

① 林庚：《民族诗人屈原传》，载于《林庚楚辞研究两种》，清华大学出版社，2006年7月，第1版。
② 司马迁：《史记·屈原贾生列传》，北京：新世界出版社，2014年3月，第1版。
③ 周建忠：《屈原"放逐"问题证辩》，《南都学坛》2002年7月第4期，22卷。
④ 廖化津：《屈原遭遇考》，《湘潭大学学报》1994年第1期。

在汉北,并生活了一段时间;第三个时期则被流放江南。① 那么真实的情况到底是不是如此呢?首先我们得从史书上找答案。

关于屈原第一次不幸遭遇,根据《史记·屈原列传》记载说楚怀王让屈原"造为宪令",上官大夫见此就想抢夺屈原功劳,屈原不愿意,于是他就在怀王面前说屈原坏话,最后"王怒而疏屈平"。王逸的《楚辞章句》也有记载说上官大夫、靳尚等人妒害屈原才能,共同污蔑他,怀王就疏远屈原这样的话。② 这里司马迁和王逸都用了"疏"对屈原第一次不幸遭遇进行记载。"疏"在字面上是疏黜的意思,是指被罢官疏远,不再重用。那么真实的情况是不是就如《史记》和《楚辞章句》记载的这样呢?

据我们所知,《离骚》是屈原的早期作品,是在屈原第一次不幸遭遇之后创作的。屈原在《离骚》中描述自己的不幸遭遇,抒发自己的愤懑之情,屈原写道:

1. 羌内恕己以量人兮,各异心而嫉妒。
2. 宁溘死以流亡兮,余不能为此态也。
3. 忽反顾以游目兮,将往观乎四荒。
4. 何离心之可同兮,吾将远逝以自疏。

又在其后的乱词中说:"国无人莫我知兮……吾将从彭咸之所居。"大意就是说既然没人理解我,还不如就一走了之。从上述记载中我们可以看出,在《离骚》中,屈原并没有写到自己被放逐了,只是遭了谗言被怀王给罢黜了,不再重用。然后自己负气离走。所以说屈原第一次的不幸遭遇正如司马迁、王逸等人的记载那样,只是被"疏"了。我认为《九歌·抽思》也是屈原被疏黜期间的作品,因为其基本内容和《离骚》的感情很像。他在《抽思》中说:"愿摇起而横奔兮,览民尤以自镇。"又乱词写道:"狂顾南行,聊以娱心兮。"我们可以看出,其抒发的感情基本上是同《离骚》同出一辙,都是为了抒发自我的郁闷心情而出走而非被怀王放逐。

关于屈原的第二次不幸遭遇,没有资料说明到底是因为什么,但从有些史料的记载中大概可以推测出来。而根据司马迁在《史记·屈原列传》中"虽放流,眷顾楚国,系心怀王……"这句话我们可以知道,屈原到此时已经被"放流"了,想回郢都却不可以回去,于是写了一篇文章表述自己返回故都的愿望,希望怀王感悟召自己回去,却始终没能实现。从这我们并不能看出屈原此次"放流"是源于何时何事,我们也只有从其作品中找答案。那么我们能否从屈原自身的作品中找到此次被放的依据呢?

---

① 周建忠:《屈原"流放江南"考》,《文学遗产》2007年第4期。
② 王逸:《楚辞章句》,见洪兴祖:《楚辞补注》,北京:中华书局,1983年版,第2页。

《哀郢》是屈原后期流放江南时的作品，屈原在《哀郢》中也说："忽若不信兮，至今九年而不复"，由此可以推断，他在此之前已经有了一次不幸的遭遇，因为不被信任已经有九年的时间，而且肯定不是第一次的那个"被疏"。屈原也说："屈原既放，三年不得复见"（《卜居》）。洪兴祖在注中解释说顷襄王三年复放屈原，并且认为他在怀王时被黜又被复用，在顷襄王时又被放到了江南，他又说既放三年，是指被放开始之时，而"九年而不复"，则是指到此时为止已经放了九年时间。

由此可以看出，屈原在怀王之世已经被放逐过一次，之后又被任用了。但洪兴祖认为，《卜居》是屈原在被顷襄王放于江南之后作的，但本人认为不太可能。《卜居》的内容主要是关于"孰吉孰凶，何去何从"的问题，如屈原说："吾宁悃悃款款，朴以忠乎？""将送往劳来，斯无穷乎？""将游大人，以成名乎？""宁正言不讳，以危身乎？"①屈原一生多难，早期就已经决定了自己的决心，正如在《离骚》中说"亦余心之所善兮，虽九死其犹未悔"，又怎么会在晚期去占卜关于何去何从的问题呢！且屈原在顷襄时被放是没有人生自由的，且没有再被召回，太仆又是朝廷的官员，屈原又怎么会在被放三年之后"往见太仆"呢？所以洪兴祖关于屈原在被襄王放逐之后作《卜居》是不可靠的。而且，也有人认为《卜居》作于怀王之世，且是在被怀王放逐三年被召回之后。我认为这也不太可能，因为如果屈原真的有过三年之放，且在之后被召回，根据屈原的抱负及美政思想，当野心勃勃极力报国努力实现自己的梦想，又怎么会去见太仆问关于自己是去是留的问题呢，那样岂不是不合逻辑吗？所以此被放三年只可能是在怀王之世，是在九年之放的前三年之后，绝无被召回的可能。

屈原在顷襄王时的不幸遭遇是有原因可依的，屈原在《哀郢》中写道："忠湛湛而愿进兮，妒被离而彰之""众谗人之嫉妒兮，被以不慈之伪名"等，都直接表达了自己因嫉妒被谗放逐的经历。同时司马迁说："令尹子兰闻之大怒……顷襄王怒而迁之。"（《屈原列传》）在这里，可以看出屈原此次遭遇是因为令尹子兰使上官大夫在襄王面前说屈原坏话，使屈原被"迁"了。那么这个"之"指的是什么呢？子兰为什么要这么生气呢？上面提到，屈原曾在"一篇之中，三致志焉"，据林庚在《民族诗人屈原传》中说，此篇文章当是《哀郢》。屈原在《九章·哀郢》中曾表述道："哀见君而不再得""孰两东门之可芜""湛茬弱而难持"等话，极力表达自己见到君主的愿望，并猛烈批评子兰等人的误国行为。所以屈原在此时再一次因为谗言被迁了。而游国恩却认为是因为顷襄王三年怀王的死使屈原怪罪子兰等人当初力荐怀王入秦才导致客死于秦的事，是子兰陷害屈原的。②我个人认为游国恩先生的推断相对可靠些，因为《哀

---

① 屈原：《卜居》，载于洪兴祖：《楚辞补注》，北京：中华书局1983年版。
② 游国恩：《游国恩楚辞论著集》，北京：中华书局，2008年版。

郢》中记载了一些人民外迁的情况,也记载了一些地点,应当是被迁之后写的描述了自己被迁线路。那么这个"之"在我看来不是指《哀郢》,而是指怀王的死。关于这一次被放逐,屈原在之后的《惜往日》中也说:"远迁臣而弗思""信谗谀之浑浊兮"这样的话,那么此次屈原被迁当是确定无疑的了。

综上可以看出,屈原主要有过三次的不幸遭遇,在怀王时,早年被疏黜过一次,此次屈原负气离走,作了《离骚》,后来在怀王之世,屈原被流放过一次,达九年之久,并在头三年作了《卜居》。在顷襄王时,因为得罪了子兰,再次因为谗言被流放了。所以,屈原共有过两次放逐,一次被疏的经历,《史记》等的记述是相当可靠的。

三、屈原初放于怀王二十四年,再放于顷襄王三年

据我们了解屈原一生有过两次的放逐经历,此说源于西汉刘向的《新序·节士篇》,据刘向记载,秦国想吞灭诸侯,兼并天下,而屈原去齐国结交抗秦,秦国害怕就让张仪去楚国贿赂靳尚、子兰、子椒、郑袖等人,污蔑屈原,于是屈原就流放在外作了《离骚》。同时,刘向又说怀王子顷襄王明知屈原是清白的,但还是相信谗言再次流放了屈原。

史料记载,张仪于怀王十六年相楚,由此可知刘向认为屈原当初放于怀王十六年,顷襄王时被放是在怀王客死于秦之后,当在顷襄三年之后。自古以来,关于屈原两次放逐时间的认定,众学者都提出了自己不同的见解。后来,从王逸到洪兴祖等人都从此说。到了明末清初,由于见证了家国的破碎,清初移民文人们都崇尚屈原,对于屈原的生平的考据多了起来,王夫之、黄文焕、林云铭、蒋骥等人都注疏楚辞,去考据了解屈原的生平事迹。例如王夫之、林云铭、蒋骥等人认为屈原只被放逐过一次,在怀王时只是被疏,到了襄王时才被放逐。到了近代,也有很多人力主此说,如郭沫若、姜亮夫等人。但也有人提出不同看法,如游国恩认为屈原初放于怀王二十四五年间,第二次放逐在顷襄王时,具体时间不能确定;陆侃如认为屈原初放于怀王十六年,再放于顷襄王三年;李日刚认为屈原初放于怀王二十四年,再放于顷襄王三年等。① 既然学者们对于屈原生平有那么多的看法,那么屈原到底放逐于何时呢?

屈原自己并未给出明确的答案,只是在作品中模糊给出了"既放三年"(《卜居》)、"至今九年而不复"(《哀郢》)等话,《史记》对此也语焉不详,后人只有去考据推理,但也都不能给出肯定的答案。有人认为《哀郢》当作于顷襄王二十一年吴起破郢之时,所以认定屈原被迁于襄王十三年,例如王夫之、游国恩等人就从此说。王夫之在《楚辞通释》中说顷襄王想迁陈,屈原不让,于是"谗人以沮国大计定原

---

① 周建忠:《屈原"放逐"问题证辩》,《南都学坛》2002年7月第4期,22卷。

罪"，于是因为再次被放逐就作了《哀郢》。我认为这种说法是不太可能的，如果《哀郢》真的作于襄王二十一年，那么屈原已是六十多岁了，而屈原一生孤苦，又那么感伤抑郁，真的能活那么久吗，何况他仕途不顺，常年流徙，应该早就精神崩溃了。那么《哀郢》如果不是作于白起破郢，那么作于何时？林庚在《民族诗人屈原传》中说：顷襄王元年楚国连年丧师失地，楚国朝夕难保。恐慌的人都从郢都逃跑到长江下游去避难了。屈原这时正在那个地方，看见了这些情况，并且忧心着郢都安危，痛恨楚贵族大夫误国殃民的行为，于是写了一篇《哀郢》，希望借此表达自己的郁闷之情。

按照林庚的观点，《哀郢》作于顷襄王二年，屈原于襄王三年一月开始被迁。但这说法又和屈原因怀王之死在被襄王放逐之后作《哀郢》相冲突，所以在我看来屈原在顷襄王三年作此篇比较妥当。那么根据屈原所说的"至今九年而不复"推断在怀王之世屈原被放逐当在二十四年间。而且根据史料记载，那年楚背齐和秦，屈原当是极力反对，所以才导致的被放逐。我个人认为此说是可信的，游国恩先生也推断屈原初放于怀王二十四五年间，而且他给出的原因也是因为楚背齐和秦这件事。此外，还有很多学者认同此说。而且我认为《卜居》就作于屈原被怀王放逐之后的三年间，也就是怀王二十六七年，而不是作于第二次放逐之时。

此外，关于屈原第二次放逐时间学者们还有些不同的意见。比如有些人认为屈原被再次被放是在顷襄王元年，沉江于襄王三年。而廖化津认为屈原被放逐是在顷襄王七年，原因是根据《史记》记载，屈原再放是在顷襄三年之后，而456年秦楚绝交，子兰短屈原不合时宜，所以七年被放，待放三年，十一年赴贬所，再结合"九年不复"正好是顷襄二十一年白起破郢作《哀郢》。① 但不管怎样，我认为屈原初放于怀王二十四年，再放于顷襄王三年这样的说法是相当可靠的，而廖的说法未免太过牵强。

四、屈原没有被放于汉北，再放是在江南

屈原一生经历了三次不幸：怀王十六年被谗去郢，后来出访齐国；怀王二十四年因为谏和秦被放逐在外；襄王三年被谗再次被放逐。关于屈原两次放逐的地点，历来也是有争论的，但目前学术界几乎一致认为屈原第一次被放逐在汉北，再放于江南。例如游国恩先生说屈原第一次放逐是在楚怀王二十四到二十五年之间，地点是在汉北；第二次放逐是在顷襄王时，具体是哪一年不详，地点可以确定是在江南。李日刚也认为屈原初放于怀王二十四年，在汉北，再放于顷襄王十三年，在江南。那么是不是就可以说屈原初放汉北再放江南是一定的了？

汉宋间，人们尚未将汉北与屈原的放逐地联系在一起，将汉北作为屈原被迁的地

---

① 廖化津：《屈原遭遇考》，《湘潭大学学报》1994年第1期。

点，应该始于明代汪瑗。其根据是屈原《九章·抽思》"有鸟自南兮，来集汉北"这句话，汪瑗注此句说南，就是指郢都。汉北，就是当时被迁之地。屈原被迁之地，在郢都的南边，江汉的北面。汪瑗开启了后世对"汉北"与屈原放逐地之间关系的重视。①之后清初从黄文焕、林云铭到蒋骥都认为屈原初放汉北，再放江南。而近代的研究，主要是在王逸、黄文焕、蒋骥的基础上调整与发挥，且都认为屈原初放汉北再放江南，尤以游国恩为代表。

关于屈原是否的确到过汉北在学术界也是争论蛮大的。纵有很多学者力主屈原初放于汉北，但还是有些人不这么认为。例如清朝姚鼐认为屈原说的"有鸟自南，来集汉北"是指怀王入秦的这件事，而不是屈原被放在了汉北，他说："怀王入秦，渡汉而北，故托言有鸟而悲伤其南望郢而不得返也。"也有人认为汉北之地当时在秦手中，屈原是不会被放到那个地方去的。又，林庚认为汉北即正当樊城一带，这个地方是不会放逐犯人的。按古时放逐多在偏僻边邑，而樊城一带却是交通重镇，商贾孔道，游览则可，放逐犯人却是在偏僻的江南，和汉北背道而驰。屈原去汉北，不过是"远逝自疏"的流浪罢了。此外，虽然王夫之坚持认为屈原一生只是在襄王时被放逐，怀王并没有放逐屈原，但其楚辞专著《楚辞通释》认为《抽思》"有鸟自南兮，来集汉北"是"追述怀王不用时事，时楚尚在郢都，地点在汉南，屈原不被重用而离开，退居汉北"。我也认为，屈原不太可能被放于汉北，且《抽思》基调情感和《离骚》如出一辙，当作于被疏去郢之时，屈原所谓的"有鸟自南，来集汉北"只不过是屈原当时远逝自疏的游览罢了，关于其放逐的去向，由于此时期自身作品很少，且没有说明，也就无从考论了。

屈原再放于江南似乎是毫无疑问的，而《哀郢》《涉江》就是关于屈原放逐江南路线记载。自汉朝起，从贾谊《吊屈原赋》、司马迁《屈原列传》到王逸的《楚辞章句》都论定了屈原曾放逐于江南。一直到清朝，黄文焕将屈原作品分为"汉北"与"江南"；蒋骥在注疏楚辞时，将屈原流放江南的路途分为三个不同阶段：第一个是从郢都到陵阳，再而从陵阳到溆浦，最后是从溆浦出发至汨罗，投江而死。此外，清朝的王夫之、林云铭等人也都论定屈原被放江南。近现代学者，郭沫若、梁启超、钱穆、姜亮夫、林庚、游国恩等人也都从此说。

在屈原自身的作品中，我们也可以清楚看到其放逐江南的经历。周建忠先生认为根据屈原的作品、历史记载、出土文献等可以互相作为印证，证明了屈原《哀郢》《涉江》中所记载的那些放逐路线是比较真实客观的，而且带有明显的自传性质。② 屈原在

---

① 王德华：《楚辞地理研究述论》，《文学遗产》2012年第5期。
② 周建忠：《屈原"流放江南"考》，《文学遗产》2007年第4期。

《哀郢》中，关于放逐江南的语句有："方仲春而东迁""遵江夏以流亡""发郢都而去闾""过夏首而西浮""上洞庭而下江""背夏浦而西思""当陵阳之焉至""淼南渡之焉如"等相关语句，再如《涉江》中的"旦余济乎江湘""步余马兮山皋""邸余车兮方林""乘舲船而上沅""朝发枉渚兮，夕宿辰阳""入溆浦余儃佪"等，都明确记述了屈原放逐江南的经历，游国恩曾写道：

> 那时的江南地方很广，包括湖北南部及湖南北部一带。《哀郢》中说："去故乡而就远兮，遵江夏以流亡。"以下是他历述经过的地方有夏首、龙门、洞庭、夏浦、陵阳等处。夏浦即今汉口，陵阳现在不可考。看他所走的路线是从郢都顺流而下，一直到陵阳为止。中途虽然经过洞庭和大江交流处，但并未转向南走。后来经过很长的时间，溯流而上，再过鄂堵（今武昌），入洞庭，溯沅水，至辰阳，复折而南，入溆浦（辰阳、溆浦在今湖南沅陵一带），暂时停留下来。不久后复下沅入湖，渡湘水而达汨罗。①

由上述记载与相关研究可见屈原放逐江南是明确无疑的。

综上所述，经过屈原自身作品和后人的研究可以看出，屈原一生大概有过两次的放逐，和一次被疏的经历。虽然众学者意见有分歧不一定认同，也是可以理解的，毕竟相关历史记载有限。本着百家争鸣的立场，各种说法都有值得借鉴的地方。根据我个人看法屈原一生两次放逐，自怀王十六年被疏之后，于怀王二十四年谏和秦被放逐，地点有人认为是汉北，我不这么认为；在襄王三年由于被子兰等人陷害再次被放逐，地点在江南，此后到汨罗，心灰意冷的屈原终于自沉大江身亡了。

---

① 游国恩：《游国恩楚辞论著集》，北京：中华书局，2008年版。

屈原为何不愿离开楚国

复旦大学 张 艳

【摘 要】 屈原之死是文学史上的重要事件,历来为人重视并有诸多阐释,其中忠君爱国之说流传最广。然而我们认为屈原之所以不愿离开楚国,固然有爱国的成分,然而其巫官身份及立场以及由此而导致的屈原个人精神洁癖的形成才是他没有离开楚国更是其后选择从容赴死的深层因素。本文从屈原的身份认定出发,展开对屈原精神洁癖的分析并由此得出屈原放弃去国远游并最终选择自沉的必然性结论。

【关键词】 巫官身份 精神洁癖 自沉

屈原之死是中国文学史上重要事件,历来被视为符号象征,而不仅仅只是一个纯粹的死亡事件。而探索符号的背后所隐喻的发人深省的美学内涵和哲学意蕴更是学界的兴趣所在。本文对于千百年来为人们热烈赞扬的"爱国"说提出不同看法,并从屈原本人的立身从事出发,认定是屈原原为巫官这一身份立场影响并强化了其个人深层心理中所具有的精神洁癖,而在这种心理机制的主导下,放弃去国远游并最终选择死亡则成为屈原人生的必然。

一、巫官身份和精神洁癖的形成

(一)屈原的巫官身份

关于屈原的身份,姜亮夫先生曾指出"屈子行事,也颇于巫史有关"[1],这一认知也基本为学术界所认可,毕竟就现有史料来看,认定屈原身份为巫颇有迹可循:首先,屈原的部分亲属如"女须","女须者,巫之名也"(《汉书·武五子传》颜师古注);"伯庸"则"筮而卜之,卦得坤";此外,从屈原的生活背景和创作来看,"楚人信巫

---

[1] 吕慧娟、刘波、卢达编:《中国历代著名文学家评传》,济南:山东教育出版社,1984年版,第34页。

鬼重淫祀"(《汉书·地理志》),屈原作品如《离骚》《九歌》等皆具"祭歌结构"①,必是曾有祀神的经验才能有此之作。《史记·屈原贾生列传》记载屈原曾担任"左徒"和"三闾大夫"等职务,赵辉先生在《屈宋身份构成的差异与其创作的差异》一文中曾指出屈原的职官同于宗伯(大宗伯职掌"天神人鬼地示之礼"),即屈原实为巫官。屈原其人是有着丰厚的巫文化内涵的代表人物。

屈原出身贵族,而那个时代里巫官是有着非常高的社会地位的:首先是权力的掌握者。所谓"国之大事,在祀与戎"(《左传·成公十三年》),祭祀权俨然便是国家权力的象征,因此"巫"也处于权力的核心。据甲骨卜辞来看,商王即同时兼任大祭司,如汤曾"以身祷于桑林";其后国家建制渐繁,政教逐步分离,但祭司仍然有着很高的地位,如《周礼·春官》曰:"大宗伯之职,掌建邦之天神、人鬼、地示之礼,以佐王建保邦国。……若王不与祭祀,则摄位",即祭司在特定的场合可以代替王来主持大典。其次,巫亦是文化的掌握者。《礼记·礼运》言"祝嘏辞说,藏于宗祝巫史",《国语·楚语下》载"又有左史倚相,能道训典,以叙百物,以朝夕献善败于寡君,使寡君无忘先王之业;又能上下悦于鬼神,顺道其欲恶,使神无有怨痛于楚国",可见巫史合流的史实以及"巫"在当时的社会声望。《说文解字》解释"儒"字为:"儒,柔也,术士之称。"早期的儒,即是巫师、术士,是办理丧葬事务的神职人员。可见儒这一阶层亦由"巫"而来,巫师可以说是古代知识分子的最早源头。屈原掌管王室祭祀,这一高贵身份决定了他的行为方式。刘大杰先生曾指出屈原之所以会成为"一个多疑善感的殉情者,缺少道家的旷达"即与他"少年得志"、占据高位有关,此说虽不无武断,但也不无道理。就屈原的生平来看,在面对现实时他更多地表现出"不为瓦全"的刚烈,而缺乏孔孟的婉曲。

(二)巫官的职业特点强化了屈原的精神洁癖

就"巫"这一群体特征而言,《国语·楚语》曾言其"能知山川之号、高祖之主、宗庙之事、昭穆之世、齐敬之勤、礼节之宜、威仪之则、容貌之崇、忠信之质、禋洁之服,而敬恭明神","而又能齐肃衷正,其智能上下比义,其圣能光远宣朗,其明能光照之,其聪能听彻之,如是则明神降之",这里可以看出身为巫师所具备的综合素质以及由此决定的巫官的言行方式。

首先,巫师的外在"威仪"决定了屈原保持自我形象的美好与高洁的必要性。巫师常具"容貌之崇""禋洁之服"等,孔子亦言"禹……菲饮食而致孝乎鬼神,恶衣服而致美乎黻冕",即夏朝首领兼大祭司大禹其日常衣服、饮食都很简朴,但却尽力去孝敬鬼神,祭祀时尽量穿得华美。这些特点在屈原的身上有着突出的呈现,如屈原的

---

① 过常宝:《楚辞与原始宗教》,北京:东方出版社,1997年版,第94页。

装扮即为"高余冠之岌岌兮,长余佩之陆离","陆离,美好貌;钱皋之说:陆离,光耀也"①;除了冠戴外,日常亦佩戴大量香草,所谓"佩缤纷其繁饰兮,芳菲菲兮弥章","朱冀说:芳是香气"②,有学者认为这就是"祝宗祭神的穿戴的工作服"③也不无根据,毕竟上古祭祀中即是用"馨香感于神明";屈原的日常生活亦是好洁成性,"朝饮木兰之坠露兮,夕餐秋菊之落英",以木兰之露、秋菊之英为食粮者大约也就是需要"斋戒"的巫;《云中君》描写"浴兰汤兮沐芳",王逸注曰:"言己将修飨祭以事云神,乃使灵巫先浴兰汤,沐香芷,衣五采,华衣饰以杜若之英,以自洁清也",可见巫师在祭神之前要进行沐浴,保持芳香和洁净以祭神。至于"餐六气而饮流瀣兮,漱正阳而含朝霞"(《远游》),这种近似不食人间烟火的境界更是宗教的体现,后世的方士、神仙家莫不效仿。屈原常"奏《九歌》而舞《韶》兮,聊假日以娱乐",这种带有浓重的宗教意味的生活方式决定了屈原个体常表现出"潇洒出尘"的气质,盖高雅有余,而世俗色彩较淡。

其次,祭祀仪式的清洁庄严决定了巫官的精神世界的虔诚和纯粹。古人祭祀,不仅于物质上致力,还有精神方面的竭诚,如"齐敬之勤、礼节之宜"。《周礼·春官》曰:"凡祀大神、享大鬼、祭大示,帅执事而卜日,宿□涤濯,莅玉鬯,省牲镬,奉玉齍,诏大号,治其大礼",即祭器要洗涤干净,并且预习所当行的祭祀礼仪,可见祭品之清洁、仪式的庄重;《左传·僖公四年》亦记载诸侯国"尔贡包茅"之事,所谓"包茅",《辞海》云即"菁茅",因其根洁白,又称"白茅",祭祀缩酒用菁茅是因为"泉陵县有香茅,气甚芳香,言贡之以缩酒"(《水经注》),即祭祀讲究物品的洁白芳香;此外亦强调"明德",即只有"忠信之质"才能以"芬芳馨气动于神明",《尚书·君陈》篇曰"至治馨香,感于神明。黍稷非馨,明德惟馨",所谓的"馨香感神",即除了黍稷饮食的馨香外也包括明德之馨。精神世界的高贵才能使神明报以"赐福"或"禳解"。巫官的这些职事特点无疑会塑造和强化巫师追求行止和精神上的高洁这一行为特色,曾为巫官的屈原自然也不例外。王逸《楚辞章句·离骚经序》曰:"今若屈原,膺忠贞之质,体清洁之性,直若砥矢,言若丹青。进不隐其谋,退不顾其命。此诚绝世之行,俊彦之英",正指出了屈原日常中那崇尚高洁、追求完美的外在特征必然会导致一种内在的精神倾向,司马迁亦指出:"其志洁,故其称物芳",屈原作品中以大量的香草佩饰等美好高洁的事物来自喻自勉,这既体现出他的"内美"品质,也可见出他对于高洁人格的高度珍爱。而屈原将对个体洁净程度的追求升华到对社会层

---

① 金开诚:《屈原集校注》,北京:中华书局,1996年版,第52页。
② 金开诚:《屈原集校注》,北京:中华书局,1996年版,第53页。
③ 吴郁芳:《屈原职业考》,《江淮论坛》1982年第11期。

面清洁度的追求,既是一种必然,也是一种互为因果的关系。

就"巫"的思维方式和精神境界来看,显然也是高迈远超于世俗层面的。巫"能事无形以舞降神"(《说文》),即具备某种神性,可以与鬼神沟通,不同于凡俗之人。所谓的"神意""天示"大概只有到了周代,开始以道德等概念来诠释神意时,才上升为一种理性的解说,而在人类早期则通常表现为不可思议、难以解说的一种体验,究其本质而言是一种感性化的行为。从文化的层面来看,楚地的鬼神观明显不同于周代,而较接近早期的认识。"巫"这一阶层其举止与言行具备特殊的形态,如《周礼·春官·宗伯》记载"凡邦之大灾,歌哭而请",即巫师的语言("咒语")和行为常表现为神秘性、象征性,带有诡谲与夸饰等特征。闻一多曾指出:"我不相信《离骚》是什么绝命书,我每逢读到这篇奇文,总仿佛看见一个粉墨登场的神采奕奕、潇洒出尘的美男子,扮演着一个什么名正则、字灵均的'神仙中人'说话(毋宁是唱歌),但说着说着,优伶丢掉了他剧中人的身份,说出自己的心事来,于是个人的身世,国家的命运,变成哀怨和愤怒,火浆似的喷向听众,炙灼着,燃烧着千百人的心——这时大概他自己也不知道是在演戏,还是在骂街吧!"①,这一见解可谓是慧眼独具,指出了屈原这种言行方式正是扮演"神仙中人"才有的举止。屈原的歌唱里也包含着愤怒,如《天问》中一口气提出上百个问题,言辞犀利,既有质疑也是控诉,这种兴奋乃至近于癫狂的状态,让人联想到《山海经》中常有巫与医、药的相连记载,则巫术的表演中亦很可能有药物的成分,与祭祀中芳香气味的刺激等因素综合作用起来,导致巫师的行为激越处颇有异于常人。

结合以上几点,可知巫官这一职业所特有的高洁出尘的言行、思维在屈原身上留下了鲜明的痕迹,而此一不同流俗的精神世界必然导致屈原的人生走向一种理想主义的存在。因此《渔父》中的屈原形象是:

> 颜色憔悴,形容枯槁。渔父见而问之曰:"子非三闾大夫与?何故至于斯!"屈原曰:"举世皆浊我独清,众人皆醉我独醒,是以见放。"渔父曰:"圣人不凝滞于物,而能与世推移。世人皆浊,何不淈其泥而扬其波?众人皆醉,何不哺其糟而歠其醨?何故深思高举,自令放为?"屈原曰:"吾闻之,新沐者必弹冠,新浴者必振衣;安能以身之察察,受物之汶汶者乎!宁赴湘流,葬于江鱼之腹中。安能以皓皓之白,而蒙世俗之尘埃乎!"

这里渔父的思想显然是大众化的表达,即和光同尘,明哲保身,而屈原却是憔悴

---

① 闻一多:《闻一多全集》(一),上海:三联书店,1982年版,第256页。

枯槁犹不肯改弦易辙。西汉淮南王刘安的《离骚传》云:"蝉蜕浊秽之中,浮游尘埃之外,皭然泥而不滓。推此志,虽与日月争光可也",指出屈原的精神洁癖不仅是生理洁癖,更深入到"志"的层面,成为一种道德洁癖,而这种洁癖的深入所导致的必然是"蝉蜕浊秽"的结果。

二、屈原为什么没有离开楚国

(一) 屈原的心理过程是有迹可循的

政治理想的驱动下,屈原一度有远适他国的想法。如《离骚》曾表示"国无人莫我知兮,又何怀乎故都","吾将远逝以自疏",屈原有远适他国的想法并不离奇,而是有着现实逻辑支撑的:首先是"楚才晋用"的历史传统。《左传·襄公二十六年》中载楚国令尹子木与声子论及"晋大夫与楚孰贤"这个问题,曰:"晋卿不如楚,其大夫则贤,皆卿材也。如杞、梓、皮革,自楚往也。虽楚有材,晋实用之",即如析公、子灵、贲皇等人,在楚国被埋没冤屈,而在晋国却得到礼遇,故而众心归晋并助晋胜楚。也因此屈原更加叹息"黄钟毁弃,瓦釜雷鸣;逸人高张,贤士无名"(《卜居》),屈原既对此深有体会,也就不能没有想法。其次,也有儒家守道传统的影响。"楚才晋用"的现象,既说明了楚国与中原国家的人才流动之密切,也体现出楚人深受中原文化影响也因此能为晋所用。这种影响在屈原的身上也有鲜明的体现,如屈原"选贤与能""修明法度"的"美政"理想也同样是儒家政治理想的体现,屈原云"既莫足与为美政兮,吾将从彭咸之所居",可见为了理想的实现,屈原是甘愿付出一切的,因此屈原曾有远适他国的念头并不突兀。

(二) 屈原放弃去国远游的想法其原因则在于:

1. 对"清白"人格的追求

屈原的精神洁癖首先体现在人生品格上,如果说高古而神圣的巫术文化赐予他的异质"内美",是楚国固有文化的标识,那么他的"修能"则是接受了儒家理性文化的理念,人的先天价值和道德自律、后天完善等结合,其性情里高洁的底色更加得到凸显和放大。《卜居》云:"吁嗟默默兮,谁知吾之廉贞。""廉贞"即屈原的夫子自道,《广雅》云:"廉,清也。"《孟子》亦云:"廉,人之高行也。"《周书·谥法》云:"清白守节曰贞。"可以看出无论是"廉"还是"贞",皆有清、正之义,也因为清白守洁,也因此不能"屈心而抑志兮,忍尤而攘诟",宁愿选择效仿前贤"伏清白以死直"。

屈原固然有着对"美政"的追求,但屈原所仰慕的圣王如尧舜等既是"遵道而得路"的贤君,同时又是具备"耿介"之美德的贤人。"耿,光也;介,大也"(王逸《楚辞章句》),即尧舜有光明正大之德,因此才能举贤任能王天下。然则当世道晦暗,世风日下之际,又如何能保持光明正大的品行;且以个体之力即不被现实环境的同化尚且很难,又如何能够改变整个现实。这一现实困境在儒家看来,可以以"独善其身"来自解,在道家看来,更是可以以"和光同尘"或是"遗世而独立"为选择,然而屈原则拒绝了所有这些理念,固执地将对自我与社会的要求结合在一起,将保持个体高洁的品行扩大到社会群体上,这不仅是痛苦的,也注定在现实中寻求不到出路,正如《卜居》中詹尹所说:"夫尺有所短,寸有所长,物有所不足,智有所不明,数有所不逮,神有所不通。用君之心,行君之意,龟策诚不能知事。"屈子的清醒使得他碰触到了人类永恒的命题,对此屈原不能有更理想的答案,而他的敏锐感知又使得他领悟到困境的普遍性,所谓"过洁世同嫌",在楚国既受排挤,在其他诸侯国亦然,也因此放弃了去国远游的想法。

2. 屈原的精神洁癖更由个体层面上升到道德层面

其道德洁癖首先表现在对社会道德的要求上,"屈原是一位有洁癖的人,为情而死。他极诚专虑地爱恋一个人,要与之结婚,但悬着理想的条件。……结果拿自己生命去殉那种'单相思'的爱情。他的恋人就是那时候的社会"①。他的死亦是有着深刻的社会背景的:屈原所在的楚国,据《汉书·郊祀志下》记载:"楚怀王隆祭祀,事鬼神,欲获福助,却秦师,而兵挫地削,身辱国危",楚王信巫且因崇巫以致国危,《后全汉文》十三《桓子新论》载:"昔楚灵王骄逸轻下,简贤务鬼,信巫祝之道,斋戒洁鲜以事上帝,礼群神,躬执羽,发起舞坛前。吴人来攻,其国人告急,而灵王鼓舞自若,顾应之曰:'寡人方祭(祀)上帝,礼明神,当蒙福佑焉,不敢赴救。而吴兵遂至,俘获其太子及后姬。'"可见楚地以巫立国的信念之深。而当楚国君臣从古老的巫史传统出发,沿袭文化故旧的观点之时,其他诸侯国则在王霸之道的指引下迅速壮大。楚文化所具备的神话和诗意、热情和想象,固然有其深刻的审美意义,然而却最终不敌功利世俗、理智冷酷的法家文化,楚国君臣所设想的"美政"已经无法承载历史的巨变,从学术到政治上都已濒临土崩瓦解,楚王后来受欺于张仪之言,即显出其面对时代巨变茫然无措的一面。对于屈原来说,他那"选贤与能"的主张与张仪式的功利主义体现的是截然不同的价值取向,因此屈原的弃世绝非"文死谏,武死战",也并非"平日袖手谈心性,临危一死报君王",而是基于社会、文化背景之下的决定,是对社会文化道德的身殉。

屈原的道德洁癖还表现在他对群体道德的高标准要求,屈原哀叹:"余既滋兰之九畹兮,又树蕙之百亩。……冀枝叶之峻茂兮,愿俟时乎吾将刈",言自己多年来致力于

---

① 梁启超:《屈原研究》,《饮冰室合集·文集》卷三十九,北京:中华书局,1989年版,第67页。

培养人才，不想所栽培的人渐渐改变初衷，"皆竞进以贪婪兮，凭不厌乎求索"，与现实同流合污起来，然而正如黄庭坚所云："兰蕙之才德不同，世罕能别之。……盖兰似君子，蕙似士大夫，大概山林中十蕙而一兰也。……蕙虽不若兰，其视椒则远矣。"（黄庭坚《书幽芳亭记》），即一些士大夫虽然品德修养不如"君子"，但较之庸碌常人，又已远甚。盖推崇高洁气节固然重要，然而不为已甚，如屈原这般激烈，"亦莫得而友也"（苏轼《答黄鲁直书》），无独有偶，《宋史》曾用"自信所见，执意不回"八字来评价本朝宰相王安石，并认为这是"偏狭"，即在史官看来，政治家施行教化也正如个体道德的修善一样，虽应"严以律己"，却不妨"宽以待人"。此前曾有学者论及屈原不愿离开楚国是因为他忠于楚国，忠于王室，诚然，屈原不愿离开楚国，是因为他把实现自我的价值和实现楚国的复兴联系在了一起。然而既是下定了休戚与共的决心，可屈原却并未能融入楚国的兴国大业中去，反而越来越被边缘化。他的被边缘化固然与政治的倾轧有关，但屈原本就是政治场合中人，因此政治倾轧这点并不能完全解释屈原淡出政坛的原因。究其原因，屈原选择远离政治群体，甚至包括自己所培养的人才，后期更是越来越离群索居，以致"憔悴枯槁"，这些皆是因其道德精神上的洁癖，以屈原理想之高，要求之严，在楚国固然找不到知己与出路，在其他的国家亦难免曲高和寡的命运，同样会被孤立，也同样不能实现自己的"美政"理想。《国语·郑语》中史伯曾言："夫和实生物，同则不继。以他平他谓之和，故能丰长而物归之；若以同裨同尽乃弃矣。故先王以土与金木水火杂，以成百物。"，这里以简单的譬喻来说明调和各种元素以求得矛盾的均衡和统一的道理，言以此道理指导生产能"丰长而物归之"，而以此道理治理国家，才会有平和的局面。类似的道理在孔子那里也有体会，如孔子曾经跟群弟子论政，却并不附和或是排斥任何一方，而是强调各尽其事，共同为政；至于人才的培养，孔子更是持"或安而行之，或利而行之，或勉强而行之，及其成功，一也"的开放姿态，正所谓"人能弘道，非道弘人"（《论语·卫灵公》），而道即不能弘人却也并不远人。对照而言，屈原拒绝与世调和作为一种人格理想和精神范式存在固然有其道理，但却很难见容于世俗现实，事实上，屈原对自己的精神洁癖也有认识，故而他没有离开楚国，也不再出现在集体场合；楚王固然对他心生猜忌，屈原更自我放逐到自然山水之中，孤独徘徊于江畔，最后并以自沉以寻解脱。

3. 以屈原和孔子对比来看，我们可以窥见不同立场下的人生选择的差异

身为政治家的屈原，有着战国时期士人立德、立功、立名的价值追求，而这也正是儒家范畴内的价值追求；屈原也曾主管贵族教育，以其所拥有的知识体系对他人进行教化，可见无论是理念还是行为，屈原与孔子都有相似之处。然而屈原最终选择了与孔子截然不同的人生道路，其主要原因则在于同时身为巫师的屈原所具有的宗教知识体系以及由此而决定的思考问题的宗教立场：对于理想，孔子有着与屈原相同的执

着,但同时孔子又有着"知其不可为而为之"的韧性和"道之不孤"的信念,孔子周行列国,虽历尽艰辛却始终不改其志,道之不行便退而著书、设帐授徒。而从其学生那里,如颜回等人的存在让孔子坚信"道"将是火尽薪传的存在;对于人格,孔子亦有相当高的道德操守方面的要求,可以说也有着某种程度的精神洁癖,但孔子讲究独善其身的同时也讲求明哲保身,并没有巫官那种对精神高度清洁的狂热追求。因此在面临内外困境之时,孔子没有选择自杀,而是选择以身守道。但屈原则不同,从《离骚》可以看出,屈原对自己培养的人才表示灰心,对于当时在诸侯国之间自由往来的士人也并不认同,因此他上天入地却不曾开始周游列国的行动,在遭遇危机时他所虔诚祈求的是神的启示,将神灵看成人间正道的仲裁者和道德的楷模。他所认同的是"巫咸"这类人,"愿依彭咸之遗则",由王逸注可知彭咸既是巫,也是殷朝贤大夫,谏其君不听,投水而死。屈原对于和自己身份相类似的人有着深切的认同感,然而彭咸作为上古时代的贤臣楷模,其价值理念及行为方式与战国那个功利的时代已经隔膜甚远,屈原以彭咸为仪,反过来说亦已意识到自己在当时的社会里只能是一个孤独者,即使周游列国也不会得到认可,其结果亦同楚国一样。

三、精神洁癖与屈原的自沉

闻一多曾总结历来解释屈原自杀的动机者,并认为大致可分三说[①]:一为班固所言"忿怼不容,沉江而死"(《离骚序》),即愤而自杀;一为《渔父》所谓"宁赴常流而葬江鱼腹中耳,又安能以皓皓之白而蒙世之温蠖乎",可谓是洁身自好说。而中古以来渐渐侧重突出屈原的忠君爱国之心。这三种说法中,忠君爱国的说法影响最大,然而当我们回避掉后人的诸多强加,靠近屈原的时代,回归人物本身来观照时,反而更多地感受到的是其个体精神世界之高洁及其对清洁度的高度维持。因此洁身自好这一深层心理因素决定其最终的选择的可能性反而是最大的。

(一)高洁的宿命和自我的承担

屈原难见容于世俗社会,君王"荃不察余之中情兮,反信谗而齌怒";党人"疾余之蛾眉兮,谣诼谓余以善淫";朋友"昔日之芳草,今直为此萧艾也";亲人亦是责难不已,"申申其詈予",然而屈原却不乏承担的勇气,他决然宣称:"鸷鸟之不群兮,自前世而固然","虽体解吾犹未变兮,岂余心之可惩",屈原最终选择了以自己的死亡坚持理想,同时也留给后人无尽的思索。对于屈原的"伏清白以死直",后人则不乏责难,如宋代葛立方曾言:"(屈原)不得志,狷急褊躁,甘葬江渔之腹,知命者肯如是乎?故班固谓露才扬己,忿怼沉江;刘勰谓依彭咸之遗则者,狷狭之志也;扬雄谓遇

[①] 闻一多:《读骚杂记》,《天津益世报》,1935年4月3日。

不遇命也，何必沉身哉？（《韵语阳秋》）"从这些责难中可看出屈原之选择与儒道两家文化的本质不同之处。在其后的几千年中我们常见儒道两家文化的互补，而如屈原这般独立于儒道之外的强烈的自我个性无论是在理念上还是在行为上都极少出现。然而这也正是屈原精神的独特价值所在，屈原以此确保人格的高洁，同时也是对理想的最大追求和最终实现。屈原以死捍卫了身心的洁净，完成了自己的人格形象，并由此成为人们的精神坐标和心灵的救赎。身处普遍困境中的人们"虽不能至"，但"心向往之"，也因此我们看到，就整个历史来看，推崇屈原者远远胜于贬屈者。

值得一提的是：屈原这种强烈的主体精神并非孤立的存在，就历史来看，似乎楚地尤重主体意识，从屈原到项羽，其表现都体现出"南方民族特有的内聚生命力的爆发"①。王国维曾有词曰："碧苔深锁长门路，总为蛾眉误。自来积毁骨能销"，又云"从今不复梦承恩，且自簪花，坐赏镜中人"，这里写决不同流合污的心态与屈原颇为相同，而其中"簪花""对镜"等细节描写里所透露出的对自我生命美好状态的欣赏之意和自恋之情也都与屈原颇为相似，无怪乎二人之归宿之相同。或许正如梁启超所说："彼之自杀，实其个性最猛烈最纯洁之全部表现。非有奇特之个性不能产此文学，亦惟以最后一死能使其人格与文学永不死也。"②即屈原的"死亡"作为主体的自觉行为本身就具备了深刻的美学意义。

（二）屈原效仿彭咸选择投水而死亦与他职掌宗教的体验不无关系

因为自沉亦可视作一种"献祭"行为。献祭仪式曾是远古巫术和宗教社会里常见而重大的活动，向祖先、自然等诸神奉献的"牺牲"包括物品也包括人类本身。从甲骨文得知以人为祭也有两种形式：即或是抓获俘虏强迫献祭，或是族人自愿献祭。而自愿献祭更是被视为是伟大而崇高的壮举。屈原曾为巫官，自也难免有着某种自愿献祭的深层心理因素。刘献之曾言："观屈原《离骚》之作，自是狂人"，诗人哲人常常逸兴遄飞，大有"狂"气，但如屈原这般强烈的程度则多半要归于宗教的影响。基于此，我们认为选择于端午节投水而死也很可能是屈原的有意行为。据闻一多等学者的考证，端午节日的由来已久，如《大戴礼》中曰："五月五日蓄兰为沐浴"；《风俗通》佚文云："俗说五月五日生子，男害父，女害母"；《夏小正》中记："此日蓄药，以蠲除毒气"，即重五是不祥之日，故沐浴蓄药以驱邪，而屈原选择此日投江，本身就有宗教献身，大有"质本洁来还洁去"的意味。

观屈原作品，主人公上下穿越以求索，异域与现实几乎难以分辨，"水死"如果以

---

① 凌宇：《重建楚文学的神话系统》，《现代文学与民族文化的重构》，长沙：湖南师范大学出版社，2002年版，第2页。

② 梁启超：《要籍解题及其读法》，《饮冰室合集·专集》卷七十二，北京：中华书局，1989年版，第79、80页。

宗教的眼光来看的话,大约也并不是"死",而是另外一种形式的永生,如香草之在阆苑,是符合自然之道的生命循环意识,如受南方文化影响的道家思想里就常有"死生存亡之一体"(《庄子·德充符》)、"以死生为一条"(《庄子·大宗师》)等说法。可见以死为生这种逻辑分析看似不符合现实,但却符合宗教的奇思幻想,也符合屈原作品的浪漫气息。巫师作为沟通人与神的媒介,长期处于现实世界与神灵世界之间,故而其意识和心理都具有某种超现实的幻想。因此自沉这种精神世界的激越之举,正如学者所言"把他的作品添加几倍权威,成就万劫不磨的生命,永远和我们相摩相荡"①。

屈原之死是个人意志的强烈体现。刘熙载《艺概》中曾指出"屈原是有路可走,卒归于无路可走",这一认识可谓深刻。盖屈原之死,在他人则不必然,而独于屈原则成必然。而意志上的坚强更突出了其精神的高度。王国维曾有诗云:"人生过处惟存悔,知识增时只益疑"(《六月二十七日宿硖石》),然屈原的的情感,"全含亢奋性,看不出一点消极的痕迹"②。对于先秦诸子所提供的诸多人生选项,屈原最终仍然选择死亡,这种勇气无疑是源于个体清洁所产生的崇高感以及由此而激发的情感的高扬,也因此其自沉是突破理性构筑的思维空间和意识领域而采取的积极行为,所以李泽厚才说"死亡构成屈原作品和思想最为惊采绝艳的头号主题"③。

结　语

屈原之死,历来有各种说法,或从历史或从哲学或从文化等角度来解读,不能说这些分析不够深刻,然而屈原自沉究其本质首先是一种个体的行为,因此我们认为应该更侧重对屈原的主体意识的认知,探讨支撑这一行为的心理因素。本文基于屈原原是巫官这一身份,对其言行方式进行解读,从而得出"洁身自好说"反是最近人情事理的原因这一结论,并且与屈原作品中的情感表达也比较吻合。当然,作为一个以天才的努力传承并创新着巫楚文化的巨匠,其形象的内涵绝不仅只一端。"文化的真正价值,从文化的整体完整性和文化的具体联系的全部多样性上说,在于以对象化的形式包含着个性的独特世界。"④屈原正是这样一个包含了文化共性和个性的独特世界,我们对于屈原的解读将是永无止境的。

---

① 梁启超:《屈原研究》,《饮冰室合集·文集》卷三十九,北京:中华书局,1989年版,第66页。
② 梁启超:《中国韵文里头所表现的情感》,《饮冰室合集·文集》卷三十七,北京:中华书局,1989年版,第75页。
③ 李泽厚:《古典文学札记一则》,《文学评论》1986年第4期。
④ [苏]弗·让·凯勒:《文化的本质与过程》,杭州:浙江人民出版社,1989年版,第111页。

屈原投汨罗辩

——与凌智民先生商榷

湖南省汨罗市屈原纪念馆　刘石林

【摘　要】　最近,湖北郧县学者凌智民先生重拾石泉先生的旧论,认为屈原投江不在湖南汨罗,而在湖北郧县。对此,笔者从屈原本人的诗作;古人亲临汨罗的记述;古文献的记载;屈原投江的时间节点;"湘"的地理位置以及有关罗子国的最新考古发现等六个方面进行了辨析,论证了司马迁的记载属实无误,不能轻易推翻。

【关键词】　屈原　投　汨罗　辩

司马迁在《史记·屈原列传》中说:屈原"乃作《怀沙》之赋,于是怀石,遂自投汨罗以死"。汨罗有关屈原众多的遗迹和传说,也印证了司马迁的记载属实,两千多年来,也已成为了人们的共识。

然而,最近凌智民先生捡起多年前石泉先生的旧论,对司马迁的上述结论提出了不同的看法,他说"屈原……其蹈水的地方也应该在郧阳境内的湘水","楚文王时期,楚国的势力范围还没有扩展到湖南,因此罗国为楚所灭后将罗迁湘,并不是将罗国贵族迁徙到湖南,而是将其迁徙到了汉江上游(湘),通过古籍对其迁徙地的描述,具体地址应在现郧县的辽瓦一带。""湘水就是现在的汉江丹江口到旬阳江段,沅水就是浙川境内的淇河。"中国史记研究会一位副会长、北京师范大学某教授竟说:"我曾说过,虽然《史记》记载屈原的投江地在汨罗,但屈原的真正投江地不一定在湖南。因为《史记》也有错漏的地方……凌先生的研究……对我来说是有认同感的。"清华大学一位教授也称赞此说"是一种开创性的工作,是一种颠覆性的工作"[①],对于凌智民先生就上述问题提出的一些论点,我想从六个方面来辩证,并就教于凌智民先生和各位方家。

第一,我们来看看屈原自己是怎么说的。

屈原在《怀沙》中写道:"浩浩沅湘,分流汨兮"。怎么解释这个"汨"是解开这

---

① 《屈原与郧阳》,《光明日报》,2014年9月16日,国学版。

个疑问的关键。东汉王逸《楚辞章句》注云"'浩浩'广大貌也。'汨'流也。言浩浩广大乎沅、湘之水,分汨而流,将归乎海,伤己放弃,独无所归也。"①"分汨而流"即指汨罗江是湘江的支流。清钱澄之《屈诂》云:"'汨',水名,近长沙所谓汨罗江也。"他在注《涉江》"哀南夷之莫吾知兮,旦余济乎江湘"句时说:"南夷不指郢,指江湘以南……原之所以比寿齐光,惟在汨罗一死。"②清屈复《楚辞新注》云:"'浩浩'广大。'汨',汨罗,汨水,乃沅湘之分流也……浩浩沅湘,分为汨水。"③他说得非常明确,"汨"就是指湘江的支流汨水——在汨罗山下会合罗水后称为汨罗江。清陈本礼《屈辞精义》云:"汨罗在长沙府湘阴县,沅出蜀郡至长沙,湘出零陵亦至长沙。"他在注《怀沙》"进路北次"句也说"向汨罗之路"。④清刘梦鹏《屈子章句》也云:"独由湘至汨罗也。"⑤清蒋骥《山带阁注楚辞》云:"'沙'即今长沙之地,汨罗所在也。"他在释《怀沙》开篇"滔滔孟夏兮,草木莽莽。伤怀永哀兮,汨徂南土"句说:"滔滔,水大貌。莽莽,茂密貌。汨,行貌。南土,指所怀之沙言,今长沙府湘阴县汨罗江在焉,其地在湖之南也。"⑥这些注释都讲得非常清楚,屈原自己说的"分流汨兮"的"汨",就是现在的汨罗江。

第二是古人亲临汨罗的记述。

最早是汉初贾谊,他在公元前176年,也就是说距屈原投汨罗仅102年时,赴长沙王太傅任途中,亲临汨罗凭吊屈原,有感自己几乎与屈原相同的遭遇,写下了千古名篇《吊屈原赋》,开篇即写道:"恭承嘉惠兮,俟罪长沙。仄(古侧字)闻屈原兮,自湛(古沉字)汨罗,造托湘流兮,敬吊先生。""俟",等待,待罪是也。"仄闻"就是说他在这里听到了屈原投江的传说。向他讲述这些传说的人的父辈或祖父辈,算来应是与屈原同时代的人,所以这个"仄闻"应该是可信的。清郭嵩焘《湘阴县图志·卷四》载县北凤凰局"有贾谊吊屈原处,旧志在汨罗江,或谓谊舟行之长沙,停帆湘江,为赋以吊,则指汨罗(江)北岸。或谓谊为傅三年,羁处长沙,赋鵩长沙,故造湘流,敬吊三闾以寄慨,则在汨罗(江)南岸,今两岸俱有土台,乡人彼此相夸,以为名胜"。郭嵩焘说明这是"旧志"所载,肯定不是郭杜撰的传说。继贾谊之后,司马迁又来到汨罗,遍访屈原遗迹,临江凭吊,痛哭流涕,为我们留下了宝贵的《屈原列传》。至今这一带还有"昔日子长流涕处,至今无草怆江潭"的传说。南朝梁湘州刺史张邵,

---

① 吴平、回达强主编:《楚辞文献集成》,扬州:广陵书社,2008年版,第1259页。
② 吴平、回达强主编:《楚辞文献集成》,扬州:广陵书社,2008年版,第6696、6653页。
③ 吴平、回达强主编:《楚辞文献集成》,扬州:广陵书社,2008年版,第9174页。
④ 吴平、回达强主编:《楚辞文献集成》,扬州:广陵书社,2008年版,第10513页。
⑤ 吴平、回达强主编:《楚辞文献集成》,扬州:广陵书社,2008年版,第19634页。
⑥ 吴平、回达强主编:《楚辞文献集成》,扬州:广陵书社,2008年版,第6270、6262页。

任上曾于公元424年亲临汨罗，凭吊屈原，并请著名文人颜延之写了《吊屈原文》，开篇即写道：张邵"恭承帝命，建旐旧楚，访怀沙之渊，得捐佩之浦。弭节罗潭，舣舟汨渚。""罗潭"即屈原投江处，又称罗渊，今称河泊潭。"舣舟"即停舟，"汨渚"即汨罗江边。最后感叹道："望汨心欷，瞻罗思越。"① 望着滔滔的汨罗江水，令人欷歔不已，站在罗渊之畔，思绪跨越时空。唐代蒋防在赴袁州（今江西宜春）刺史任途中，也专程来汨罗凭吊，经过一番实地考察，在《汨罗庙碑》一文中写道："案《图经》汨冬水二尺，夏九尺，则为大水也，古之与今，其汨不甚异也……愚则以为三闾魂归于泉，尸归于坟，灵归于祠，为其实。"② 唐代亲临汨罗凭吊的文人雅士还有韩愈、柳宗元、戴叔伦、杜甫等不胜枚举。宋潭州守真德秀继朱熹守潭州，在续修朱熹启动的忠洁侯庙（即今屈子祠前身）落成后，恰逢端午节，他亲临汨罗主持竣工典礼和祭祀屈原仪典。亲撰《祭屈原文》，文中有"伊南阳之吉里兮，祠妥灵而尚存"之句。③（文存《湘阴县图志·艺文志》，汨罗原属湘阴县，1966年析置汨罗县，1988年撤县改市）。南阳里是屈原流放汨罗首先居住的地方，后迁玉笥山。元、明、清来凭吊者无以数记，就不一一赘述了。难道这些先贤都搞错了吗？我想不会。

第三是看历代文献的记载。

晋罗含《湘中记》载："屈潭之左有玉笥山，屈平之放栖于此。"那么屈潭、玉笥山又在哪里呢？北魏郦道元《水经注·卷三十八》载："湘水又北，汨水注之……汨水又西迳罗县北，本罗子国也，故在襄阳宜城县西，楚文王移之于此，秦立长沙郡因以为县，水亦谓之罗水。汨水又西迳玉笥山，罗含《湘中记》云：'屈潭之左有玉笥山，道士遗言，此福地也，一曰地脚山。'汨水又西为屈潭，即汨罗渊也。屈原怀沙，自沉于此，故渊潭以屈为名。昔贾谊、史迁尝迳此，弭楫江波，投吊于渊。"④ 不仅记载了屈原在汨罗投江，也记载了贾谊、司马迁来此凭吊屈原。这里还有一个地理坐标问题，即长沙，秦始皇统一六国后，于公元前221年即屈原投江57年后，秦始皇设长沙郡。长沙的地名据有文字可考，已达三千多年之久，文献记载最早见于《逸周书·王会篇》：该书所载上献局王的贡品中有"长沙鳖"的名目。《逸周书》成书于战国之前，方物以地为名，可见当时长沙已是很有名气的地方了。再看出土文物的印证，1986年湖北荆门发掘了属于战国中期的包山2号楚墓，墓中出土了一批楚简，有两件记有"长沙"之名，一为"长沙正龚泽"，一为"长沙公之军"。可证战国中期以前，"长沙"地名已经确立。晋罗含《湘中记》云："秦分黔中郡以南之沙平地区置长沙郡，则

---

① 许梿：《六朝文絜笺注》，北京：中华书局，1962年版，第181—183页。
② 刘石林编著：《汨罗江畔屈子祠》，长沙：湖南人民出版社，2003年版，第123页。
③ 刘石林编著：《汨罗江畔屈子祠》，长沙：湖南人民出版社，2003年版，第97页。
④ 郦道元：《水经注·湘水》，吉林：时代文艺出版社，2002年版，第289页。

长沙之名起于洪荒之时。"他的地望,是与天上的"长沙星"对应的。① 循着这个地理坐标,汨罗江的地理位置不是昭然若揭明白无误了嘛。

南朝梁吴均《续齐谐记》载:"屈原五月五日投汨罗水,楚人哀之,每至此日,辄以竹筒储米,投水祭之。""世人五日作粽,皆汨罗遗风"。简短的文字,一是记载了屈原于端午节投汨罗而死,二是记载了投粽于江祭祀屈原之风俗源于汨罗。

南朝梁宗懔《荆楚岁时记》载:"五月五日竞渡,俗为屈原投汨罗日,伤其死,故并命舟楫以拯之。"

隋杜台卿《玉烛宝典》载:"南方民又竞渡,世谓屈原沉汨罗之日,并楫拯之。"《隋书·地理志》载:"屈原以五月望日赴汨罗,土人追至洞庭不见,湖大船小,莫得济者,乃歌曰'何由得渡湖',因而鼓棹争归,竞会亭上。习以相传,为竞渡之戏……诸郡率然"。这几条关于龙舟的史料,一是说明了屈原于五月五日投汨罗江而死;二是说明龙舟竞渡缘自拯救屈原,源于汨罗,逐渐流传外地,以致"诸郡率然";三是说明汨罗江在五月涨水季节是流入洞庭湖的一条河流(汨罗江是湘江的支流,在磊石山南注入湘江,然后汇入洞庭湖,涨水季节,这一带一片汪洋。1958年汨罗江尾闾围垦工程,将汨罗江改道从磊石山北直接注入洞庭湖,汨罗江才成为一条独立的河流)。

第四,是一个时间节点。

目前学界比较公认的屈原投汨罗的时间是楚顷襄王二十一年(公元前278年),秦将白起拔郢(纪郢)之后。而楚顷襄王"十九年,秦伐楚,楚军败,割上庸、汉北地予秦。"② 凌智民先生不是说郧阳即楚之汉北吗,周秉高先生,刘刚先生等通过实地考察,也都认为郧阳属古之汉北,笔者也不反对这一结论,郧阳有可能属古之汉北,屈原也确实到过汉北,具体的说或到过郧阳,在郧阳也可能留下了一些遗迹、传说或纪念地,但那都应该是汉北(包括郧阳)属楚时的事,即顷襄王十九年前的事。然而,屈原投汨罗江时,郧阳一带的汉北已属于秦的版图了,屈原能跑到自己痛恨的敌国秦国去投江吗?

第五,关于"湘"的问题。

明清之际的王船山在《楚辞通释》中释"怀沙"说:"怀沙者,自述其沉湘而陈尸于沙碛之怀……司马迁云乃作《怀沙》之赋,遂自投汨罗"。③ 可见王船山是认可屈原在"湘"投汨罗江之说的,但是他没有说"湘"和"汨罗"的地望,这就可以给后人多种解读。凌智民先生就认为王船山所说的"湘"不在湖南,他通过破解《鄂君启

---

① 《长沙地名的由来》,《中国地名》,2006年2月16日。
② 冯永轩:《史记楚世家会注考证校补》,武汉:湖北教育出版社,1993年版,第105页。
③ 吴平、回达强主编:《楚辞文献集成》,扬州:广陵书社,2008年版,第6987页。

舟节》，认为"湘水就是现在汉江丹江口到旬阳江段，沅水就是淅川县境内的淇河"。秦始皇统一中国后，"秦弃楚名，改到湖南"。于是屈原投江就自然而然地到了"郧阳境内的湘水"。① 史籍中有秦始皇焚书坑儒的记载，没有将地名批量的从甲地移往乙地的记载，他这么做有必要吗？焚书坑儒是为了巩固他的统治，移其地名难道也是为了巩固自己的政权？因此，我们有必要对"湘"进行一番考证。任国瑞先生在《湖南称"湘"小考》一文中说："商王武丁子河亶甲为相，封地于今河北省临漳县西（一说今河南安阳内黄东南），地以官名。周武王灭商时……相人一部迁至湖南聚居，故有'湘水'之名。""从历史典籍中可知，湘江的名称，便经历了一个从'相'到'湘'到'湘水'再到'湘江'的历史过程。"② 我觉得这个考证是可信的，相人迁到湖南，为不忘故地，将迁入地命名为"相"，又用来命名这条河，河中有水，后人便在"相"字的左边加上三点水变成了"湘"，这也符合汉字的形成规律。再看《山海经·卷五·中山经》之中次十二经的记载："……曰洞庭之山……帝之二女居之，是常游于江渊。澧沅之风，交潇湘之渊，是在九江之间，出入必以飘风暴雨。"③ 洞庭山又称湘山，即今君山，在洞庭湖中，这里明确记载了湘、沅、澧在洞庭之域。《山海经》十八卷，是中国最早的地理志书，非一人之作，成书于战国中晚期至西汉初期，除卷十《海内南经》、卷十一《海内西经》、卷十二《海内北经》、卷十三《海内东经》四篇为汉代初年的作品外，其余皆为战国时期的作品。由此可见位于湖南境内的湘水的"湘"，根本不是秦始皇从郧阳移来的，而是在秦始皇之前很久就已存在。最近在与凌智民先生的一次交谈中，我提出如果"湘"在郧阳，那么怎么解释《九歌·湘君》中说的"驾飞龙兮北征，邅吾道兮洞庭"中的"洞庭"，郧阳没有洞庭湖啊！他引《山海经》说，这个洞庭是指洞庭山，而不是洞庭湖。并举《九歌·湘夫人》句"袅袅兮秋风，洞庭波兮木叶下。"说湖面上岂有"木叶"飘下，只有山中才有。但是我不知道凌先生怎么解释这个"波"字？况且我们不能忽略一个事实，这两篇写的都是水乡之景啊！

第六，关于罗的地望问题。

汨罗是罗氏贵族聚居地，而罗氏与楚、屈同祖。根据历届《湘阴县志》记载，汨罗一带春秋之前，属蛮夷之地，民为"三苗"，《左传·哀公十七年》载："子谷曰'观丁父，鄀俘也，武王以为军率'，是以克州、蓼、服随、唐，大启群蛮。"④ 可见楚武王在征服了鄀、州、蓼、隨、唐之后，又大力开辟南蛮之地。他在向周王室提出"尊号"被拒之后，愤怒地说"今居楚，蛮夷皆率服"，说明楚的势力范围已扩及湖南

---

① 《屈原与郧阳》，《光明日报》，2014年9月16日，国学版。
② 任国瑞：《湖南称"湘"小考》，《文献与人物》2014年第1期。
③ 袁珂译注：《山海经全译》，贵州：贵州人民出版社，1991年版，第183页。
④ 杨伯峻：《春秋左传注》，北京：中华书局，1981年版，第1708页。

北部一带，迫使这一带的蛮夷"三苗"之民南迁。清郭嵩焘编《湘阴县图志·卷六》载："湖以南历古为荆州地，而后渐沦为三苗，其地广大，春秋时尽入楚分。"这些都说明楚武王时，楚的势力范围已达湘北一带。楚文王徙罗时，遵循了灭国不灭祀的规则，保留了罗的子爵待遇，允许其在汨罗江南岸筑城聚居，该城址保存较为完好，现为全国重点文物保护单位，通过几次勘探，出土了不少春秋时遗物，如鬲、罐、盂、豆、箭镞等。①

1993年在距罗子国城南两公里的高泉山发现了一座大型楚墓，考古界将其定名为高泉山1号墓，出土的文物中有一个精美的铜盘（实物现存故宫博物院），内有"铭文共22字，分四行镌刻：'隹正月初吉乙亥罗子箴择其吉金铸其盥盘子孙用之'……盥盘铭文是湖南省考古发现的楚国青铜器铭文中最长的，铭文明确显示高泉山1号墓为一代罗子之墓"。② 这是一个名字叫"箴"的罗氏子爵继承人所使用的盥洗用具。说明了汨罗江下游的楚文化遗存序列，可以上溯到春秋早期，与文献记载完全吻合，印证了春秋早期楚文王徙罗于湘北的历史事实。距罗子国城北约两公里汨罗山上，还有数量众多的大中小型春秋战国墓葬，屈原墓十二疑冢便在其中，1983年中南五省考古培训班在此进行了试掘和勘探，出土了大量的春秋早中期器物，现存湖南省博物馆，专家推测，这里应是罗人的墓葬区。传世文物还有"湖南汨罗市一带的罗国青铜器罗子戍链壶"。③ 这是一个名字叫"戍"的罗氏子爵继承人所使用的壶，也是春秋早中期的遗物。2004年高泉山汨罗市司法局职工宿舍工地又发掘了几座楚墓，其中一号墓为一棺一椁，出土有戈、带鞘的剑、漆木戈柲、弓、玉玦等随葬品，戈上有铭文："鄝叔义行之用"，鄝即蓼国，叔即国君之弟，义行则为其名，此戈为蓼君的弟弟名义行者所用之兵器，"戈甚至可推至春秋早期"。④ 判断墓主是一位居于罗地的中下级武官，这是他在灭蓼国时的战利品，这把戈不是正印证了前文《左传》所记楚武王克蓼吗？有专家认为楚迁罗以后，罗已是楚的附庸国，不管是不是附庸国，罗人已是楚的臣民，要服从楚的调遣。这座楚墓的出土，就是一个有力的证据。《左传·昭公五年（公元前537年）》还记载了楚于罗境内的罗汭（《水经注》谓罗汭即汨罗江）还设立了驿传，是为湖南境内最早的驿传。汨罗现在还有"罗家坪""罗家巷"等与罗有关的地名，还居

---

① 欧继凡：《罗子国及其南迁汨罗的考古推测》，《考古耕耘录》，长沙：岳麓书社，1999年版，第229—236页。

② 张春龙、胡铁南、向开旺：《湖南出土的两件东周铜器铭文考释》，《中国历史文物》2004年第5期。

③ 王龙正、王宏伟：《南北交汇的青铜文化》，《文史知识》2010年第11期。

④ 湖南省博物馆、汨罗市文物管理所：《湖南省汨罗市司法局建设工地古墓葬发掘简报》，湖南：岳麓书社，2008年版，第301页。

住着许多罗氏后人。所有这些都说明楚文王所徙之罗，就在今汨罗、湘阴、平江一带，屈原也是冲着与自己同祖的罗人在此而来的。

  去年在南通会议上，屈学界一位权威对笔者说：这是一个学术问题（指凌智民先生的观点），不必太认真。而笔者的看法却恰恰相反，理不辩不明啊！利用古人留下的宝贵的文化遗产，作为我们今天开发地方经济的资源，弘扬传统文化，是一项值得倡导的举措，但是，我们必须要尊重历史，不能为开发而窜改历史事实，否则会适得其反，不但有损地方经济，还会贻笑大方，不知凌智民先生以为然否？

屈辞中时间意识的多维性及其意涵与渊源

廊坊师范学院　李世萍

【摘　要】　战国时期，屈原辞中就已经体现出强烈的时间意识。在楚文化的长期浸染下，在传统儒家文化的熏陶下，屈原的《离骚》《九歌》等作品中的时间意识表现得错综复杂，意涵深刻。本文主要从自然、历史、想象等维度，对屈辞中的时间意识进行探析。屈原关照自然，以"香草美人"的比兴手法凸显时间意识：曲折而深微；钩沉历史，延展时间意识：一则感叹生不逢时，另则表现出对现实的焦虑；屈原在想象世界中遨游，希望时间停留，给晦暗人生涂抹上一丝亮色。屈原辞频繁写"秋"和"日暮"两个意象，集中体现诗人深重的忧患意识。正因为人生苦短，国家岌岌可危，屈原才倍加惜时，对时间的流逝极其敏感和恐惧。诗作中的时间忧患，体现出屈原人格的伟大。

【关键词】　屈原　时间意识　日暮　秋

一、屈原辞中时间意识的多维体现

　　时间的脚步永不停歇，一去不回。孔子曾在河川上发出慨叹："逝者如斯夫！不舍昼夜。"古人也创作出大量诗歌来表达对时间的敏感和恐惧。早在战国时期，屈原辞中就已经体现出强烈的时间意识。在楚国巫文化的长期浸染下，在传统儒家文化的熏陶下，屈原的《离骚》《九歌》等作品中的时间意识表现得错综复杂，意涵深刻，令人感佩，引人深思。本文主要从自然、历史、神话等维度，对屈辞中的时间意识进行探析，试图以此走进诗人的内心世界，了解诗人的所思所想，更好地考察其灵魂深处的矛盾、纠结与绝望、解脱。从而加深对其作品的认识和理解。

　　时间是生命的本质存在，时间意识体现为诗人对时间的独特感知和把握。时间意识是人性觉醒的一种重要标志，春秋时期以《诗经》为例，更多地显示自然的时间，体现出农耕文明春耕秋收的时间尺度。而楚辞中的时间意识则有所不同。

屈原对生命有限性的思考由来已久，这可以从其诗中得到佐证。《离骚》中多次用到"恐"字，其意思为"害怕，畏惧"，"疑虑恐怕，表示估计兼担心"，体现出鲜明的时间意识。他清醒地认识到楚国君昏臣谗，国家日益危机，而自己的一片赤忱，不但不为楚王所体察，反而听信谗言放逐自己，楚国已经处在灭亡的边缘，作为楚王之后，自己只能眼睁睁看着国家破败、人民流离，无法挽狂澜于既倒，这是诗人最不可忍受的痛！痛定思痛，屈原对时间的体验尤为痛切，感悟尤为深刻。

（一）关照自然，凸显时间意识：惟草木之零落兮，恐美人之迟暮。

屈原在《离骚》中，开始便以自豪的口吻介绍自己："帝高阳之苗裔兮，朕皇考曰伯庸。摄提贞于孟陬兮，惟庚寅吾以降。"追溯古史，言说自己出身的高贵与时辰的吉利，为下文的忠贞爱国奠定了情感基调。接着又直接抒发时间的紧迫感："汨余若将不及兮，恐年岁之不吾与。""日月忽其不淹兮，春与秋其代序。""老冉冉其将至兮，恐修名之不立。"岁月匆匆不停留，屈原渴望趁着青壮年，尽早建功立业，为楚国的兴盛出一份力量。这是一种自我鞭策和激励。

屈原才华横溢，荆楚大地的自然风物尽收眼底，对春夏秋冬四季的自然美景多有描写。如春天的气象清明：《思美人》"开春发岁兮，白日出之悠悠"。夏天的葱茏旺盛：《怀沙》"滔滔孟夏兮，草木莽莽。伤怀永哀兮，汩徂南土"。以水流之滔滔形容孟夏，说明诗人更多感受到的是时间的流逝，而无心欣赏自然美景。屈原较早写到秋天景象，而且不止一处。如《少司命》"秋兰兮麋芜，罗生兮堂下。绿叶兮素华，芳菲菲兮袭予。夫人自有兮美子，荪何以兮愁苦？秋兰兮青青，绿叶兮紫茎。满堂兮美人，忽独与余兮目成。"屈原笔下的秋天，芳草萋萋，香气阵阵，缠绵而惆怅，唯美而动人。但也蕴含着丝丝悲凉。

屈原深受儒家思想的影响，积极进取，对政治有着深切的关注。如年轻时写就的《橘颂》"年岁虽少，可师长兮。行比伯夷，置以为象兮"。屈原很早就立志向贤人学习。《悲回风》"曾歔欷之嗟嗟兮，独隐伏而思虑。涕泣交而凄凄兮，思不眠以至曙。终长夜之曼曼兮，掩此哀而不去。寤从容以周流兮，聊逍遥以自恃。"长夜难眠之际，诗人思虑不已，国破家亡无力回天时，只有聊以自慰。

《离骚》中诗人对爱情的追求，也极具时间的紧迫感。如"溘吾游此春宫兮，折琼枝以继佩。及荣华之未落兮，相下女之可诒。""及少康之未家兮，留有虞之二姚。"这里两次用"及"字，表现出发自内心的紧张，必须尽早行动，以免落后。但即便如此，还是有人捷足先登，求女无果，"望瑶台之偃蹇兮，见有娀之佚女。凤皇既受诒兮，恐高辛之先我。"有时相聚短暂，悲欢离合，尽显人生的无奈：《少司命》"悲莫悲兮生别离，乐莫乐兮新相知。荷衣兮蕙带，倏而来兮忽而逝"。

屈原还常常通过积极的行动来表现时不我待的心理，用"朝……，夕……"这种句式，表达诗人只争朝夕的思想，体现出积极入世的人生态度。《离骚》有"朝发轫于苍梧兮，夕余至乎县圃""朝发轫于天津兮，夕余至乎西极"。诗人马不停蹄地上下求索。《湘君》"朝骋骛兮江皋，夕弭节兮北渚"。《湘夫人》"朝驰余马兮江皋，夕济兮西澨"。《涉江》"朝发枉陼兮，夕宿辰阳"。"一方面是时间的'不淹'（留），另一方面是人生的恐'不及'，在'不淹—不及'之间，充满着个体生命有限与国家民族事业无限的矛盾。"诗人希望自己趁着年轻尽早辅佐统治者走上正途，字里行间流露出炽热的生命焦灼感。①

屈原涉及祭祀的篇目，通常、选择吉日良辰：《东皇太一》"吉日兮辰良，穆将愉兮上皇"。《离骚》"灵氛既告余以吉占兮，历吉日乎吾将行"。

屈原不仅仅感知、记录自然的时间，而且另辟蹊径，独具慧眼地抓住花草这一类令人赏心悦目的特殊事物，以其盛衰显示时间意识。花草的芳香美艳让人流连品味，而其枯萎凋零又惹人怜爱叹息。这种借助特定对象所表现的时间感悟，是刻骨铭心，动人心魄的。诗人多写草木的变节，也常写自我对芳草的呵护与替换，表达了对高洁人格的坚守。因为香草易凋，屈原还常有美人迟暮之感。

王逸认为："《离骚》之文，依《诗》取兴，引类譬喻。故善鸟香草，以配忠贞；恶禽臭物，以比谗佞；灵修美人，以媲于君；宓妃佚女，以譬贤臣。"屈原独创"香草美人"的比兴手法，表达其志向的高洁。如《离骚》"扈江离与辟芷兮，纫秋兰以为佩"。诗人以各种香草装饰自己，表明自己有着不同流俗的理想和追求。

在屈原《离骚》中，以草木的盛衰形象地表现时间的流逝，以及时间带给人的紧迫感。《离骚》云："及年岁之未晏兮，时亦犹其未央。恐鹈鴂之先鸣兮，使夫百草为之不芳。"鹈鴂一旦鸣叫，就到了秋季，万物开始凋零。"惟草木之零落兮，恐美人之迟暮。"诗人希望尽早辅佐君王，建功立业："不抚壮而弃秽兮，何不改乎此度？"

诗人常用"朝……，夕……"这样的句式，表达对自我操守的坚持。《离骚》中有"朝搴阰之木兰兮，夕揽洲之宿莽"，"朝饮木兰之坠露兮，夕餐秋菊之落英"。香草极易枯萎，很快就要替换成其他的新鲜香草，其中的时间感表现得曲折微妙，耐人寻味。这一手法被杨义先生概括为"芳草喻"，"诗人在吟颂芳草的美好之时，总不能拂去随时序代谢而发生的草木凋零的阴影。这里的芳草妙喻是与时间意识相交织的，草木凋零乃是具象化的时间体验。"②诚哉斯言，时间的流逝让人难以捉摸，屈原用美丽芳香的植物加以形象化的表现，令人感同身受，极易引人共鸣。屈原以不断的更替香草表明自己追求"美政"理想的坚定不移："余虽好修姱以鞿羁兮，謇朝谇而夕替。既替余

---

① 杨义：《楚辞诗学》，《杨义文存》第七卷，北京：人民出版社，1998年版，第66页。
② 杨义：《楚辞诗学》，《杨义文存》第七卷，北京：人民出版社，1998年版，第65页。

以蕙纕兮,又申之以揽茝。亦余心之所善兮,虽九死其犹未悔。"

在时间的流转中,一切都在变化。"时缤纷其变易兮,又何可以淹留?兰芷变而不芳兮,荃蕙化而为茅。何昔日之芳草兮,今直为此萧艾也?岂其有他故兮,莫好修之害也!"可惜在流俗中,"兰芷变而不芳兮,荃蕙化而为茅"。昔日的芳草纷纷堕落变质,诗人却出淤泥而不染,"芳菲菲而难亏兮,芬至今犹未沬"。诗人的节操经受住了时间的考验,人格被锤炼得异常的崇高。

(二) 钩沉历史,延展时间意识:乘骐骥以驰骋兮,来吾道夫先路。

现实政治的昏暗,让屈原不禁追溯历史。楚国当时君昏臣谗,国家危在旦夕。作为一位政治家,屈原希望以史为鉴,规劝君王。由此,他把时间延伸到了前代。屈原在对历史的追溯中,体现出更为复杂深沉的时间意识:对现实的焦虑、对国运的担忧、哀民生之多艰。首先,屈原以贤良的君王为榜样来激励楚王;转而又以历史上昏君误国的例子来警戒楚王。屈原又以积极的行动来表明引导君王的急切心理:"乘骐骥以驰骋兮,来吾道夫先路!""忽奔走以先后兮,及前王之踵武。"

屈原在朝代更迭的历史轨迹中找寻规律,以正反两方面的历史事实,来对当朝国君进行委婉讽谏。"昔三后之纯粹兮,固众芳之所在。杂申椒与菌桂兮,岂维纫夫蕙茝!彼尧、舜之耿介兮,既遵道而得路。何桀纣之昌披兮,夫唯捷径以窘步。"这里,屈原以芳草比喻贤才,说明贤臣对于国家的重要意义。政治清明的尧舜时代,明君贤臣治国则国家昌盛;昏君夏桀、商纣王统治时期,国家却陷入了危机。于是,"畦留夷与揭车兮,杂杜衡与芳芷。冀枝叶之峻茂兮,原俟时乎吾将刈。虽萎绝其亦何伤兮,哀众芳之芜秽。"屈原培植人才,希望能够与他一道实现"美政"理想。草木枯萎不足惜,人才衰老也无妨,但可惜的是,在流俗的熏染下,那些人才为一己之私而变节。

屈原在走投无路时,通常也是从历史中找寻心灵的依托。如"就重华而陈词":"启《九辨》与《九歌》兮,夏康娱以自纵。不顾难以图后兮,五子用失乎家巷。羿淫游以佚畋兮,又好射夫封狐。固乱流其鲜终兮,浞又贪夫厥家。浇身被服强圉兮,纵欲而不忍。日康娱而自忘兮,厥首用夫颠陨。夏桀之常违兮,乃遂焉而逢殃。后辛之菹醢兮,殷宗用而不长。汤、禹俨而祗敬兮,周论道而莫差。举贤才而授能兮,循绳墨而不颇。"夏启耽于安乐,放纵自己,其子发动叛变;后羿喜欢田猎,其相寒浞派人杀之并霸占其妻;寒浞儿子依靠暴力,不克制欲望,最后也掉了脑袋;夏桀违背正道,终究没有好结果;商纣王后辛暴虐无道,草菅人命,殷商因此灭亡。屈原回顾与反思历史,指出君王纵欲与残暴必将亡国,间接表达对当时楚国政治的不满与警戒。

还有,"巫咸夕降兮,告余以吉故"。曰:"勉升降以上下兮,求矩矱之所同。汤、禹俨而求合兮,挚、咎繇而能调。苟中情其好修兮,又何必用夫行媒?说操筑于傅岩兮,武丁用而不疑。吕望之鼓刀兮,遭周文而得举。宁戚之讴歌兮,齐桓闻以该辅。"

很多出身低贱的有识之士，被贤明的君王起用，大量的历史事实证明，只有"举贤而授能兮，循绳墨而不颇"，君明臣贤，国家才能长盛不衰。

身在楚怀王与顷襄王卑躬屈膝、俯首称臣的时代，小人当道，贤才饱受压抑，黑白颠倒，屈原一腔政治抱负无以施展，于是不禁哀叹生不逢时："曾歔欷余郁邑兮，哀朕时之不当。"《涉江》乱辞曰："鸾鸟凤皇，日以远兮。燕雀乌鹊，巢堂坛兮。露申辛夷，死林薄兮。腥臊并御，芳不得薄兮。阴阳易位，时不当兮。"怀才不遇的感慨尤深，引人扼腕。现实是如此的残酷，令人绝望，屈原只有从前代贤人那里找到精神支柱，并效仿他们投江，以死殉志："伏清白以死直兮，固前圣之所厚"。"既莫足与为美政兮，吾将从彭咸之所居！"

（三）驰骋想象，创造性地表现时间意识：吾令羲和弭节兮，与天地兮比寿。

前面讲到屈原总是行色匆匆，只争朝夕。但面对残酷的现实，诗人心力交瘁，有时又会突发奇想，让时间延缓或停留，重新梳理装点自己，以便开始新的追求："悔相道之不察兮，延伫乎吾将反。回朕车以复路兮，及行迷之未远。步余马于兰皋兮，驰椒丘且焉止息。进不入以离尤兮，退将复修吾初服。制芰荷以为衣兮，集芙蓉以为裳。不吾知其亦已兮，苟余情其信芳。高余冠之岌岌兮，长余佩之陆离。芳与泽其杂糅兮，唯昭质其犹未亏。忽反顾以游目兮，将往观乎四荒。"趁着偏离正道还不远，我赶紧返回原路，在布满芬芳的山丘上驻足停留，重新装扮自己，在流俗中保持本真，给自己一个缓冲修复的余地。《大司命》："老冉冉兮既极，不浸近兮愈疏。乘龙兮辚辚，高驰兮冲天。结桂枝兮延伫，羌愈思兮愁人。愁人兮奈何！愿若今兮无亏。固人命兮有当，孰离合兮可为？"老之将至，自己不但没有亲近君王，反而愈加疏远，于是乘龙腾空，手持桂枝伫立，久久等待无果，君臣不遇心离忧。

当未被对方接纳时，诗人或驻足等待，或徜徉徘徊，留一丝希望给未来。如《九歌》之《湘君》《湘夫人》有异曲同工之妙。《湘君》"捐余玦兮江中，遗余佩兮醴浦。采芳洲兮杜若，将以遗兮下女。时不可兮再得，聊逍遥兮容与。"洪兴祖《楚辞补注》解释为："言天时不再至，人年不再盛。己年既老矣，不遇于时，聊且逍遥而游，容与而戏，以待天命之至也。"①《湘夫人》结尾："捐余袂兮江中，遗余褋兮醴浦。搴汀洲兮杜若，将以遗兮远者。时不可兮骤得，聊逍遥兮容与。"洪兴祖解释为："骤，数。""言富贵有命，天时难值，不可数得，聊且游戏，以尽年寿也。"②两首诗歌的结尾几乎相同，因为意中人久候不至，诗人陷入失望，以"玦"表示决绝，或把外衣或衣袖留在江边，希望对方能感知自己的"一片冰心"。

---

① 洪兴祖：《楚辞补注》，北京：中华书局，1983年版，第64页。
② 洪兴祖：《楚辞补注》，北京：中华书局，1983年版，第68页。

在《离骚》中，诗人荡开一笔，到现实以外的天界去神游，如昆仑仙山游，渴望能被天宫接纳，但还是吃了闭门羹："吾令羲和弭节兮，望崦嵫而勿迫……吾令帝阍开关兮，倚阊阖而望予。时暧暧其将罢兮，结幽兰而延伫。世溷浊而不分兮，好蔽美而嫉妒。"我命令羲和慢点儿赶车，好让太阳晚一点落山。天色昏暗，我拿着兰花伫立等待。其实，这都是诗人一厢情愿的美好想象，太阳不会为他放慢脚步。《离骚》结尾："和调度以自娱兮，聊浮游而求女。及余饰之方壮兮，周流观乎上下。……抑志而弭节兮，神高驰之邈邈。奏《九歌》而舞《韶》兮，聊假日以愉乐。陟升皇之赫戏兮，忽临睨夫旧乡。仆夫悲余马怀兮，蜷局顾而不行。"诗人矢志不渝，压抑心志放慢脚步，继续四顾追求，登上光明的天空，在那一刹那间，诗人忽而瞥见了故乡，于是再也迈不开脚步。

当然，诗人在黑暗的政治形势下，也有对光明的渴望，奢望能够天长地久，与日月同辉。《涉江》："登昆仑兮食玉英，与天地兮比寿，与日月兮齐光。哀南夷之莫吾知兮，旦余济乎江湘。"表达其志行高洁，渴望光明常在。《东君》"暾将出兮东方，照吾槛兮扶桑。抚余马兮安驱，夜皎皎兮既明。"写出日出时光明普照的景象。

二、屈辞中独特的时间意象及其意涵与渊源

每个人都会面临有限与永恒、生与死的困扰，这是人类难以逃脱的终极命题。对这个问题的回答已经不仅仅体现出人的自我觉醒，而是要将人生的有限性作为思考的前提，从而去追寻人生真正存在的价值和意义。我们整体关照屈原的作品，不难发现，诗人频繁地使用"秋"和"日暮"两个意象，集中表现其时间意识。黄昏乃一日之尾，秋季为四季当中由盛转衰的季节，这两个时间节点本身在人们的生活中就很重要，在屈原笔下，它们有着更深厚的内涵。

中国自古以来是以农业立国，先民们通常是"日出而作，日落而息"。我国第一部诗歌集——《诗经》，体现的是农业文明的悠闲恬淡，人间的温馨：《王风·君子于役》"鸡栖于桀，日之夕矣，羊牛下括"表达了黄昏时分鸡上窝、牛羊归圈的一片温馨祥和景象；《豳风·七月》"七月流火，九月授衣"显示的是农耕文明的时令感；《陈风·东门之杨》"昏以为期，明星煌煌"则表现恋人们幽期密约的美好。而屈原辞中强调的却是时间的紧迫，其间的内涵与韵味和《诗经》截然不同。

屈原辞中多处写黄昏日暮的情景，折射出自己前程的无望与国家的穷途末路，体现诗人深重的忧患意识。如《河伯》："与女游兮九河，冲风起兮横波……日将暮兮怅忘归，惟极浦兮寤怀。"《离骚》中尤为典型。诗人上天入地地求索，可时不我待，眼看着太阳就要落山，我只好让羲和不再挥鞭，好使日落来得稍晚些："欲少留此灵琐

兮，日忽忽其将暮。吾令羲和弭节兮，望崦嵫而勿迫。路曼曼其修远兮，吾将上下而求索。"于是诗人在各路神灵的陪伴下，夜以继日地追求。太阳就要落山，诗人在咸池饮马，拴马在扶桑树上，折一枝神木来遮蔽太阳，让它放慢脚步，隐喻自己老之将至，期望岁月延宕，以实现自己的理想。望舒飞廉紧随前后，鸾皇为我开路，乘着凤鸟飞腾。飘风率领云霓来挡路。守门神毫不理睬，不肯开门，最终诗人被挡在了门外。

屈原对秋天富有诗意的描写，其实已含有淡淡的哀愁。《湘夫人》："帝子降兮北渚，目眇眇兮愁予。袅袅兮秋风，洞庭波兮木叶下。"这种唯美的描写背后，实质暗含着人过中年而事业无成之感。与宋玉《九辨》"时亹亹而过中兮，蹇淹留而无成"表现的情感是一致的。《抽思》："悲秋风之动容兮，何回极之浮浮！望孟夏之短夜兮，何晦明之若岁！"秋风改变了万物的颜色，回旋于天地之间，让人心飘浮不定。《悲回风》："悲回风之摇蕙兮，心冤结而内伤。物有微而陨性兮，声有隐而先倡。"芬芳的蕙草被秋风摇落，诗人无比悲悯，心情郁结。"岁忽忽其若颓兮，时亦冉冉而将至。……宁逝死而流亡兮，不忍为此之常愁。"岁月倏忽，生命的时限即至，草木枯槁，佳人孤独难熬，宁愿速死流亡。登高远望，置身神界，解脱尘累而会合幽明，心灵变得空明澄澈。诗人主动地选择死亡，既可以解脱生存困境的心灵忧患，又可以证明生命的永恒价值。

人们一般称宋玉为"悲秋"之祖，其实早在屈原那里，秋天的意绪已被大加渲染描写，且已现出"悲凉"意味。以屈原为悲秋情结的首创者毫不为过。宋玉正是在屈原的基础上，深化了悲秋主题。

在中国古代"天人合一"的哲学观念支配下，在天—地—人的宇宙时空结构秩序中，中国古代特有的农业文化及宗法社会中发展起来的时间观，一方面决定了人的社会文化生活活动，另一方面也使中国文人对"时间"具有异常的敏感性体悟。屈原在对具体历史事件的审视中，表现出一定的主体性时间意识。在屈原眼中，外在的各种事物和现象突破了自然时间律的限制。这种时间意识赋予屈原敏锐的历史洞察力。这种主体性时间意识形成的原因是极其复杂的，它与诗人的生平经历、心理体验、思维特征以及哲学观念密切相关。

屈原奇诗《天问》也有对时间的审思与生命的拷问。如："遂古之初，谁传道之？""何所不死？长人何守？""延年不死，寿何所止？"

从哲学层面看，人都会面临这样的两难处境：时间易逝而功业难成。于是或有生不逢时的无奈，或多怀才不遇的感慨。诗人内心深处的矛盾与挣扎，会随着时间流逝与日俱增，当诗人目睹楚国郢都被攻破时，陷入彻底的绝望。于是自沉汨罗，质本洁来还洁去，义无反顾回归"人之初"，终点又回到了起点。在时间的流程中，屈原既是一个积极的行动者，也是一个深沉的思考者。清人林云铭《楚辞灯》说："《思美人》《抽思》两篇皆一言彭咸，《离骚》两言彭咸。唯此篇（《悲回风》）三言彭咸，自当以彭咸为主脑。"① 彭咸这位古代贤人在屈原作品中反复出现，不是偶然的，已成为诗人追求永恒的一种特定的方式。

肖驰说："时间忧患本身正是社会现实忧患富于哲思意味的表达，是现实忧患向人生和宇宙意识的升华。"② 时间的流逝伴随着实现了的和未实现的功业带给人们躁动不安的生命焦虑，当一切繁华和美丽在各种艰难坎坷中悄无声息地老去，人们自然而然地对时间的流逝表现出热切的关注，一方面不自觉地流露出对美好韶华的无限留恋和追慕，另一方面又情不自禁地对时光荏苒的无可追返发出深沉的慨叹，这两种情绪交织错落，呈现出复杂而又矛盾的态势。面对老之将至的忧愁与恐慌、落寞与悲凉，人们只得以诗歌来挽留时间，对抗时间的永恒和人生的短暂。屈原辞中表现出深沉的时间忧患。《左传》所谓"三不朽"的思想，于屈原而言，在当时的时代背景下，立功不成，转而发愤立言，进而通过"立德"永远活在人们心中。

综上，屈原主要以"香草美人"的比兴手法显示自然时间，曲折而深微；通过追溯历史，体现出更为复杂深沉的时间意识：一则感叹生不逢时，另则表现出对现实的焦虑，对国运的担忧；屈原在想象世界中遨游，幻想时间停留或无限延长，显示诗人对未来的追寻，给晦暗人生涂抹上一丝亮色。正因人生苦短，国家岌岌可危，屈原才倍加惜时，对时间的流逝极其敏感和恐惧。诗作中体现的时间忧患，是屈原时间意识的独特性所在，也是历代士人"先天下之忧而忧"情怀的发端，彰显出诗人伟大的人格和宽广的胸襟。

---

① 杨义：《楚辞诗学》，《杨义文存》第七卷，北京：人民出版社，1998年版，第441页。
② 肖驰：《中国诗歌美学》，北京：北京大学出版社，1986年版，第241页。

屈赋文学影响研究

楚辞"重著"言说方式的文学史意义

四川师范大学　熊良智

【摘　要】　楚辞拟骚诗句重复，未必是模仿、抄袭，或由此判断作品真伪，因为屈原作品中也存在这种现象。这些诗句，句式相同，主题语境相似，代言同一人物"屈原"故事，虽然宋玉或汉人也有"变调"。六言的诗句约四字重复，有的全句一字不差，出现在同一首或数首诗作之中，屈原把这种言说方式叫作"重著"。在《楚辞》全部4653个诗行中，约有464句次，占10%左右。用口头诗学理论重复诗句比例统计的标准，《楚辞》中的重复诗句不能称作"套语"或"程式"，因为它们是作家创作，而非口头诗歌的生成方式，所以是口头文学向作家书面创作过渡阶段留下的遗迹。如果《诗经》体现了这一阶段的过渡，《楚辞》则是这一阶段的完成。

【关键词】　楚辞　重著　口头诗学　作家书面创作　过渡

楚辞中大量诗句反复出现，这被看成是一种不良的艺术现象。宋人叶梦得曾在《石林清话》中批评说："尝怪两汉间所作骚文，未尝有新语，直是句句规模屈、宋，但换字不同耳。至晋、宋以后，诗人之词，其弊亦然。"① 游国恩先生论述则更为具体，说：

（《七谏》）这些句子或是整段的钞袭，或是零句的钞袭，或但窃取其意义，或竟直钞其字面。七章之中这类辞句要占十之七八。②

严格的说，自《惜誓》以下诸篇，除《招隐士》而外，在文学上的确没有什么贡献。他们的成绩至多只能造成后人模仿的习惯，造成后人追悼或崇

---

① 何文焕：《历代诗话》，北京：中华书局，1981年版，第434页。
② 游国恩：《楚辞概论》，上海：商务印书馆，1933年版，第269页。

拜屈原的心理。①

不仅如此，这种现象，还成为人们怀疑楚辞作品真伪的理由："一些可疑的作品在遣词造语上和《离骚》等篇很多雷同。《惜往日》《悲回风》常和《离骚》等篇语意重复，看来是有意模拟。这种情形在《远游》中更加严重，它对《离骚》简直是整段整句的抄袭。命意遣辞，前后作品有些相同之处，这不奇怪，奇怪的是作品中表现出来的思想感情有差异而语句却雷同。这说明作者可能并非屈原，却在模拟屈原作品。"② 学术界批评的理由很明确，这些诗句重复的作品不会是同一作者所作，其中的思想感情和生活内容不是作者的亲身经历和真情实感："由于刘汉皇室的提倡，西汉之时写作骚体的人很多。只是这批文人缺乏和屈原同样的品格和生活经历，因此他们的创作活动也就不免流为死板的模仿。王逸附入《楚辞章句》中的一些作品，就是明显的例证。"③ 但是，同为西汉文人所作骚体，虽为重复，又有另一种评价：

    他（刘向）接连用五个"灵怀"，的确能表现一种很深的悲痛。大概中垒的地位与环境都与屈原极相同，故说的比王褒、王逸更要真切。他是极关心宗室安危的人，所以《九叹》一篇决非无病呻吟的文字可比。④

也同样是诗句重复，一时被指为浅薄、剽窃、伪作：

    其（《惜往日》）词句极浅白重复，好像少年人的作品。
    有剽窃词句的嫌疑。
    此篇（《悲回风》）除有几句说及关于屈原的事外，其余都系浮辞。……或是后人引用史事来比拟屈原，亦未可定。
    （《惜诵》）一连用了十一个"君"字，五个"忠"字，在一篇短短的文章里实为各章所无（指《怀沙》《哀郢》《离骚》《涉江》等篇而言），且其文章浅露无含蓄，似是汉朝人文字。⑤

---

① 游国恩：《楚辞概论》，上海：商务印书馆，1933年版，第276页。
② 胡念贻：《先秦文学论集》，北京：中国社会科学出版社，1981年版，第321页。
③ 周勋初：《文史探微》，上海：上海古籍出版社，1987年版，第4—5页。
④ 游国恩：《楚辞概论》，上海：商务印书馆，1933年版，第274页。
⑤ 方书林：《九章真伪》，《中山大学语史研究所集刊》，第4卷第43期，1948年8月，第6页，第8页，第12页。

可是，朱熹却说：

> 而《惜往日》《悲回风》又其临绝之音，以故颠倒重复，倔强疏卤，尤愤懑而极悲哀，读之使人太息流涕而不能已。①

这里的"重复"又不是抄袭、伪作的理由，反"使人太息流涕而不能已"，更加感动。林纾也十分推崇这种"复沓"的真情的艺术表达。他说：

> 少时喜诵《九章》，谓怨悱不可申诉者，无如《惜诵》之文。曰："忠何罪而遇罚兮，亦非余心之所志。行不群以颠越兮，又众兆之所咍。纷逢尤以离谤兮，謇不可释。情沉抑而不达兮，又蔽而莫之白。心郁邑余侘傺兮，又莫察余之中情。固烦言不可结诒兮，愿陈志而无路。退静默而莫余知兮，进呼号又莫吾闻。"其曰："莫之白"，曰"莫察"，曰"无路"，曰"莫吾闻"，积沓而下，不外一意，胡以读之不觉其沓？由积愫莫伸，悲愤中沸，口不择言而发。唯其无可伸诉故沓，唯沓乃愈见其情之真；若无病而呻，为此絮絮者，便不是矣。
>
> 乃知《骚经》之文，非文也，有是心血，始有是至言。贾谊、刘向作《惜誓》《九叹》皆有所感，故声悲而韵亦长。东方、严忌诸人习而步之，弥不及矣。②

这样看来，诗句的重复并不是诗歌艺术评价的标准，关键还在它是否表达了诗人的真情实感，是否反映了生活的真实面貌。虽然它有模仿之嫌，但也有学者认为这是一种特定的诗歌的修辞艺术——"重现"的表现方式。而它是"诗歌在一定发展阶段上的历史特征"，"这种'重现'现象，在世界古代的口头文学里，是普遍存在的（如古希腊'荷马史诗'中的《伊利亚特》等就是如此）。而在由口头文学到书面文学的过渡作品中，也是屡见不鲜的"。③ 那么，应该怎样认识楚辞中诗句的重复现象，仍然是值得探讨的。

---

① 朱熹：《楚辞集注》，上海：上海古籍出版社，1979年版，第73页。
② 林纾：《畏庐论文·流别论》，《清代诗文集汇编》第775册，上海：上海古籍出版社，2010年版，第727—728页。
③ 汤炳正：《屈赋新探》，济南：齐鲁书社，1984年版，第353—354页。

一、屈原诗歌中的"重著"

楚辞中出现诗句的重复是不是模仿或模拟,甚至用于判断作品真伪,这是值得商榷的。

首先,我们看在屈原的诗歌中,这种诗句重复的现象:

① 心犹豫而狐疑兮,欲自适而不可。　　　　（《离骚》）
　欲从灵氛之吉占兮,心犹豫而狐疑。　　　　（《离骚》）
② 朝发轫于苍梧兮,夕余至乎悬圃。　　　　（《离骚》）
　朝发轫于天津兮,夕于至乎西极。　　　　（《离骚》）
③ 世溷浊而不分兮,好蔽美而嫉妒。　　　　（《离骚》）
　世溷浊而嫉贤兮,好蔽美而称恶。　　　　（《离骚》）
④ 苟余情其信姱以练要兮,长顑颔亦何伤?　　　　（《离骚》）
　不吾知其亦已兮,苟余情其信芳。　　　　（《离骚》）
⑤ 汤禹俨而祗敬兮,周论道而莫差。　　　　（《离骚》）
　汤禹严而求合兮,挚咎繇而能调。　　　　（《离骚》）
⑥ 纷总总其离合兮,斑陆离其上下。　　　　（《离骚》）
　纷总总其离合兮,忽纬𦈛其难迁。　　　　（《离骚》）
⑦ 何所独无芳草兮,尔何怀乎故宇?　　　　（《离骚》）
　国无人莫我知兮,又何怀乎故都?　　　　（《离骚》）
⑧ 欲远集而无所止兮,聊浮游以逍遥。　　　　（《离骚》）
　和调度以自娱兮,聊浮游而求女。　　　　（《离骚》）
⑨ 驾八龙之婉婉兮,载云旗之委蛇。　　　　（《离骚》）
　驾龙辀兮乘雷,载云旗之委蛇。　　　　（《九歌·东君》）
⑩ 长太息以掩涕兮,哀民生之多艰。　　　　（《离骚》）
　长太息兮将上,心低徊兮顾怀。　　　　（《九歌·东君》）
⑪ 老冉冉其将至兮,恐修名之不立。　　　　（《离骚》）
　老冉冉兮既极,不浸近兮愈疏。　　　　（《九歌·大司命》）
⑫ 时暧暧其将罢兮,结幽兰而延伫。　　　　（《离骚》）
　结桂枝兮延伫,羌愈思兮愁人。　　　　（《九歌·大司命》）
⑬ 邅吾道夫昆仑兮,路修远以周流。　　　　（《离骚》）
　驾飞龙兮北征,邅吾道兮洞庭。　　　　（《九歌·湘君》）

⑭ 百神翳其备降兮,九疑缤其并迎。　　　　　(《离骚》)
　　九嶷缤兮并迎,灵之来兮如云。　　　　　　(《九歌·湘夫人》)
⑮ 捐余袂兮江中,遗余佩兮澧浦。　　　　　　(《九歌·湘君》)
　　捐余袂兮江中,遗余褋兮澧浦。　　　　　　(《九歌·湘夫人》)
⑯ 采芳洲兮杜若,将以遗兮下女。　　　　　　(《九歌·湘君》)
　　搴汀洲兮杜若,将以遗兮远者。　　　　　　(《九歌·湘夫人》)
　　折疏麻兮瑶华,将以遗兮离居。　　　　　　(《九歌·大司命》)
　　结微情以陈词兮,矫以遗夫美人。　　　　　(《九章·抽思》)
⑰ 折若木以拂日兮,聊逍遥以相羊。　　　　　(《离骚》)
　　时不可兮再得,聊逍遥兮容与。　　　　　　(《九歌·湘君》)
　　时不可兮骤得,聊逍遥兮容与。　　　　　　(《九歌·湘夫人》)
⑱ 荃不察余之中情兮,反信谗而齌怒。　　　　(《离骚》)
　　心郁邑余侘傺兮,又莫察余之中情。　　　　(《九章·惜诵》)
⑲ 指九天以为正兮,夫唯灵修之故也。　　　　(《离骚》)
　　所作忠而言之兮,指苍天以为正。　　　　　(《九章·惜诵》)
⑳ 忳郁邑余侘傺兮,吾独穷困乎此时也。　　　(《离骚》)
　　心郁邑余侘傺兮,又莫察余之中情。　　　　(《九章·惜诵》)
㉑ 鸷鸟之不群兮,自前世而固然。　　　　　　(《离骚》)
　　与前世而皆然兮,吾又何怨乎今之人。　　　(《九章·涉江》)
㉒ 理弱而媒拙兮,恐导言之不固。　　　　　　(《离骚》)
　　理弱而媒不通兮,尚不知余之从容。　　　　(《九章·抽思》)
㉓ 欲少留此灵琐兮,日忽忽其将暮。　　　　　(《离骚》)
　　进路北次兮,日昧昧其将暮。　　　　　　　(《九章·怀沙》)
㉔ 世溷浊而莫余知兮,吾方高驰而不顾。　　　(《九章·涉江》)
　　世溷浊莫吾知,人心不可谓兮。　　　　　　(《九章·怀沙》)
㉕ 吾谊先君而后身兮,羌众人之所仇。　　　　(《九章·惜诵》)
　　专惟君而无他兮,又众兆之所雠。　　　　　(《九章·惜诵》)
　　行不群以巅越兮,又众兆之所咍。　　　　　(《九章·惜诵》)
㉖ 背膺牉以交痛兮,心郁结而纡轸。　　　　　(《九章·惜诵》)
　　郁结而纡轸兮,离愍而长鞠。　　　　　　　(《九章·怀沙》)
㉗ 吾不能变心而从俗兮,固将愁苦而终穷。　　(《九章·涉江》)
　　余将董道而不豫兮,固将重昏而终身。　　　(《九章·涉江》)
㉘ 心絓结而不解兮,思蹇产而不释。　　　　　(《九章·涉江》)

　　　　思蹇产之不释兮，曼遭夜之方长。　　　（《九章·抽思》）
㉙　惟郢路之辽远兮，江与夏之不可涉。　　　（《九章·哀郢》）
　　　　惟郢路之辽远兮，魂一夕而九逝。　　　（《九章·抽思》）
㉚　理弱而媒不通兮，尚不知余之从容。　　　（《九章·涉江》）
　　　　重华不可遻兮，孰知余之从容？　　　　（《九章·怀沙》）
㉛　憍吾以其美好兮，览余以其修姱。　　　　（《九章·抽思》）
　　　　憍吾以其美好兮，敖朕辞而不听。　　　（《九章·抽思》）
㉜　蹇将憺兮寿宫，与日月兮齐光。　　　　　（《九歌·云中君》）
　　　　与天地兮同寿，与日月兮同光。　　　　（《九章·涉江》）
㉝　厥利维何，而顾菟在腹。　　　　　　　　（《天问》）
　　　　厥利维何，逢彼白雉。　　　　　　　　（《天问》）
㉞　深固难徙，更壹志兮。　　　　　　　　　（《九章·橘颂》）
　　　　深固难徙，廓其无求兮。　　　　　　　（《九章·橘颂》）
㉟　兰膏明烛，华容备些。　　　　　　　　　（《招魂》）
　　　　兰膏明烛，华灯错些。　　　　　　　　（《招魂》）
㊱　雄虺九首，儵忽焉在？　　　　　　　　　（《天问》）
　　　　雄虺九首，往来儵忽，吞人以益其心些。（《招魂》）

　　上面例举了36组70余行诗歌，每一组句式结构相同，主题语境相似，在一个六言诗句中，都有三字或五字重复出现，有的还整句一字不差的重现，《天问》《招魂》《橘颂》则四言重现。其中《离骚》有20行诗句重复，仅在《离骚》本诗中就有8行。其他涉及《九歌》的《云中君》《东君》《湘君》《湘夫人》《大司命》，《九章》的《惜诵》《涉江》《哀郢》《抽思》《怀沙》《橘颂》，包括《天问》《招魂》。既然这些无可置疑都是屈原自己的创作，则虽有诗句的重复，我们不可能将同一作者自己的作品称为模仿，更不可能判断为伪作。由此可以使我们更相信它们的真实性，并由它们的真实性，进一步去探讨屈原诗作中"重现"的艺术表现方式存在的普遍性。比如：

①　驾八龙之婉婉兮，载云旗之委蛇。　　　　（《离骚》）
　　驾八龙之婉婉兮，载云旗之逶蛇。　　　　（《远游》）
②　宁溘死以流亡兮，余不忍为此态也。　　　（《离骚》）
　　宁溘死而流亡兮，恐祸殃之有再。　　　　（《九章·惜往日》）
　　宁逝死而流亡兮，不忍为此之常愁。　　　（《九章·悲回风》）
③　芳与泽其杂糅兮，唯昭质其犹未亏。　　　（《离骚》）

芳与泽其杂糅兮，羌芳华自中出。	（《九章·思美人》）
芳与泽其杂糅兮，孰申旦而别之。	（《九章·惜往日》）
④ 心絓结而不解兮，思蹇产而不释。	（《九章·涉江》）
思蹇产之不释兮，曼遭夜之方长。	（《九章·抽思》）
心絓结而不解兮，思蹇产而不释。	（《九章·悲回风》）
⑤ 惜吾不及古人兮，吾谁与玩此芳草？	（《九章·思美人》）
谁可与玩斯遗芳兮，晨向风而舒情。	（《远游》）

上述例证就涉及了屈原诗歌中的被质疑的作品，在诗句重现的形式上，它们与前面确认的屈原的诗作没有两样。据笔者的粗略统计，这类诗句的重现，大约《远游》20个诗行，《惜往日》12个诗行，《思美人》15个诗行，《悲回风》12个诗行。这样看来，历史上被确认的屈原诗歌25篇中18篇都有诗句重现的现象，而不是偶然个别作品的遣词造句。

这种诗句重现的现象，是屈原及其楚辞作家的一种艺术表现形式。屈原在《惜诵》篇中写道：

恐情质之不信兮，故重著以自明。

王逸解释稍嫌迂回，说："复重深陈饮食清洁，以自著明也。"① 这当然是承接前面所言："梼木兰以矫蕙兮，鑿申椒以为粮。播江离与滋菊兮，愿春日以为糗芳。"我们都知道屈原笔下多以香草象征美德修养，所谓"言己饮食清洁，诚欲使我形貌信而美好，中心简练，而合于道要。"② 因此，"重著"，乃是反复申述，表明自己真情本性。黄文焕解说最为透辟：

重著者，语多重叠也。曰佗傺，曰申佗傺，曰干傺；曰背众，曰众人，曰众兆，曰不群，离群；曰专惟君，曰待君，曰亲君，无一而非重著也。屡言情，屡言志，屡言路，又无一非重著也。③

---

① 洪兴祖：《楚辞补注》，北京：中华书局，1983年版，第127页。
② 王逸：《楚辞章句》，洪兴祖：《楚辞补注》，北京：中华书局，1983年版，第12页。
③ 黄文焕：《楚辞听直》，卷七，《续修四库全书》，第1301册，上海：上海古籍出版社，2002年版，第595页。

一般学者多以"重著"专言《惜诵》，所谓："言作《离骚》之后，再著是篇也。"①但是"重著"的方式并不只表现在《惜诵》中，我们看《怀沙》的表达：

> 夫惟党人鄙固兮，羌不知余之所臧。
> 怀瑾握瑜兮，穷不知所示。
> 文质疏内兮，众不知余之异采。
> 材朴委积兮，莫知余之所有。
> 重华不可遻兮，孰知余之从容。
> 古固有不并兮，岂知何其故？
> 世溷浊莫吾知，人心不可谓兮。

这在同一首诗反复表达了一个基本主题"不知"，可以说也是"重著以自明"的例证，是否也可以说就是《离骚》"国无人莫我知兮"的又一次反复表达呢？当然，这里论及的似乎并不是整行诗句。但是，按《惜诵》所言"恐情质之不信"，则"重著"不会仅仅是一字一词的问题，也一定会涉及整个诗句，甚至整篇作品。所以，清人朱骏声就将《离骚》中的三种语言现象都归为重复。第一种是"复句，如：纷总总其离合兮，心犹豫而狐疑"；第二种是"复调，如：愿竢时乎吾将刈，延伫乎吾将反"；第三种是"复字，如朝夕凡六见，灵修三见"。② 笔者以为这三种形式的重复，都可以归结为"重著"的艺术表现。如果"重现"主要是指诗句整行的再现，而"重著"则可以概括多样的重复表现形式。所以，前面例举各篇中重现的诗句，也可以看成是"重著以自明"的方式。屈原诗中的运用是最好的例证，我们比较《九歌》与《离骚》的几句诗：

九嶷缤兮并迎。（《湘君》）	九疑缤其并迎。（《离骚》）
遭吾道兮洞庭。（《湘君》）	遭吾道夫昆仑。（《离骚》）
结桂枝兮延伫。（《大司命》）	结幽兰而延伫。（《离骚》）
载云旗兮委蛇。（《东君》）	载云旗之逶蛇。（《离骚》）

---

① 林云铭：《楚辞灯》，《四库全书存目丛书》，集部第2册，济南：齐鲁书社，1997年版，第203页。
② 朱骏声：《离骚补注序》，《续修四库全书》，第1514册，上海：上海古籍出版社，2002年版，第608—609页。

这些诗句几乎全句重现，只是《九歌》诗句中的"兮"字，变成《离骚》中的虚词"其""夫""而""之"，表达的前后语言之间的结构关系更加明确。

重现的诗句的意义也更丰富明确：

① 理弱而媒拙兮，恐导言之不固。（《离骚》）
   理弱而媒不通兮，尚不知余之从容。（《九章·抽思》）
② 何所独无芳草兮，尔何怀乎故宇？（《离骚》）
   国无人莫我知兮，又何怀乎故都？（《离骚》）
③ 世溷浊而不分兮，好蔽美而嫉妒。（《离骚》）
   世溷浊而嫉贤兮，好蔽美而称恶。（《离骚》）

这里第①组是以男女婚姻交通比喻追求君臣相知，王逸《离骚》注说："又恐媒人弱钝，达言于君不能坚固"①。《抽思》篇中洪兴祖补曰："言尚不知己志，况能召我也？"② 这里虽皆言"理弱"而"媒"之"不通"，《离骚》"拙"字意义更加显豁。第②组都在叙述世俗溷浊，蔽美嫉贤，但下两行意义虽为重现，而意义概括更加深刻。"世溷浊而嫉贤"一行已概括前两行诗意，"嫉贤"比"不分"更加明确。王逸已注意其"重现"的意义，说："再言世溷浊者，怀、襄二世不明，故群下好蔽忠正之士，而举邪恶之人。"洪兴祖《补注》说："再言世溷浊者，甚之也。"③ 第③组"尔何怀乎故宇？"不过是灵氛之词，借以言抒情主人公内心的矛盾，在"去"与"留"的冲突中的思索。而乱词中"又何怀乎故都？"是在诗中抒情主人公"忽临睨夫旧乡"，"顾而不行"的情况下，表现出了一种强烈的失望，应该说情感和主题都是前面"尔何怀乎故宇"的深化突现。所以，洪兴祖总结屈原诗歌艺术设计说："《离骚》有乱有重，乱者，总理一赋之终；重者，情志未申，更作赋也。"④ 可以看出屈原诗句的"重现"，并不是简单的重复，在构成新的语境时，又表现着更丰富的意义。

二、汉人骚体的屈原主题

学术界对汉人骚体的批评，似乎说是抓住了问题的焦点："这批文人缺乏和屈原同

---

① 洪兴祖：《楚辞补注》，北京：中华书局，1983年版，第34页。
② 洪兴祖：《楚辞补注》，北京：中华书局，1983年版，第140页。
③ 洪兴祖：《楚辞补注》，北京：中华书局，1983年版，第34页。
④ 洪兴祖：《楚辞补注》，北京：中华书局，1983年版，第47页。

样的品格和生活经历"①，所以，"词气平缓，意不深切，如无所疾痛而强为呻吟者"。②所谓"无疾痛"而"强为呻吟"，似在批评这些骚体作品写的不是汉代文人自己真实的生活感情。只要看看这些文人作品的篇目，就可以看出其中的问题。我们看《楚辞章句》载述：

  东方朔《七谏》：《初放》《沉江》《怨世》《怨思》《自悲》《哀命》《谬谏》。

  王褒《九怀》：《匡机》《通路》《危俊》《昭世》《尊嘉》《蓄英》《思忠》《陶壅》《株昭》。

  刘向《九叹》：《逢纷》《离世》《怨思》《远逝》《惜贤》《忧苦》《愍命》《思古》《远游》。

  王逸《九思》：《逢尤》《怨上》《疾世》《悯上》《遭厄》《悼乱》《伤时》《哀岁》《守志》。

东方朔绝未有"初放""沉江"的经历，王褒《九怀》篇目似不明显，但读《昭世》说："世溷兮冥昏，违君兮归真。乘龙兮偃蹇，高回翔兮上臻。"③ 则说王褒"违君兮归真"，却不见相关记载。刘向《九叹·忧苦》叙述："悲余心之悁悁兮，哀故邦之逢殃。辞九年而不复兮，独茕茕而南行。"④ 即此也知不是刘向自己身世。至于王逸《九怀·逢尤》开头就说："悲兮愁，哀兮忧。天生我兮当暗时，被谗谮兮虚获尤。"⑤ 遭遇"谗谮"也似与王逸遭遇不合。至于严忌所言"灵皇其不寤知兮，焉陈词而效忠？"皆可见出屈原诗中的意象。这些现象证明了一个普遍的事实，它们不像是作者自己遭遇而是在叙说屈原的故事，所以《楚辞章句》序文总说是"追悯屈原"，显示出它们的主题特征。但这并没有说出《楚辞章句》中汉人作品的全部真实。

  我们看到楚辞中汉人骚体作品的共同特征是，采用第一人称的叙述视角，用屈原的口吻说话，运用了直接的自身故事的叙述方式，讲抒情主人公屈原的故事。这是《楚辞》中汉人骚体作品的独特的艺术视角，也是《楚辞》收录作品的真正标准。既然这是汉人骚体作品的创作事实，那么屈原诗句的重现，就是一个必然。因为它们本身讲述屈原的身世、遭遇，用屈原的口吻抒情言志。学术界多称这类作品为"代言"，只

---

① 周勋初：《文史探微》，上海：上海古籍出版社，1987年版，第4页。
② 朱熹：《楚辞辩证》，《楚辞集注》，上海：上海古籍出版社，1979年版，第172页。
③ 洪兴祖：《楚辞补注》，北京：中华书局，1983年版，第273页。
④ 洪兴祖：《楚辞补注》，北京：中华书局，1983年版，第299页。
⑤ 洪兴祖：《楚辞补注》，北京：中华书局，1983年版，第314页。

是人们未能从这一视点进一步思索它的整体艺术构思的特点。如清人李渔所言：

> 欲代此一人立言，先宜代此一人立心，若非梦往神游，何谓设身处地？无论立心端正者，我当设身处地，代生端正之想；即遇立心邪辟者，我亦当舍经从权，暂为邪辟之思。务使心曲隐微，随口唾出，说一人，肖一人，勿使雷同，弗使浮泛。①

这虽是后世所言戏曲表演的角色意识，小说、诗歌中也有相似的创作方式。卞之琳先生曾说：

> 写小说的往往用第一人称"我"来叙述故事，而这个"我"当然不必是作者自己，有时候就代表小说里的主人公。其所以这样用者，或者是为了方便，或是为了求亲切，求戏剧的效力……写诗的亦然，而且，为了同样的目的。②

楚辞中汉人骚体既被称为"代言"，自然要为主人公"设身处地"，"说一人肖一人"，也就是用角色口吻，则必酷似角色。

正因如此，我们看刘向《九叹》叙述抒情主人公身世、名字：

> 伊伯庸之末胄兮，谅皇直之屈原。
> 云余肇祖于高阳兮，惟楚怀之婵连。
> 立师旷俾端辞兮，命咎繇使并听。
> 兆出名曰正则兮，卦发字曰灵均。

这些诗句都能看出是《离骚》诗句的重著形式，而"命咎繇使并听"，又是《惜诵》"命咎繇使听直"的重著。说道现实人生的溷浊，这些作品几乎是众口一词：

① 固时俗之工巧兮。　　　　　　　　　　（《离骚》）
　　何时俗之工巧兮。　　　　　　　　　　（《九辩》）
　　固时俗之工巧兮。　　　　　　　　　（《七谏·谬谏》）

---

① 李渔：《闲情偶寄》"语求肖似"，北京：中华书局，2007年版，第75页。
② 转引自李健吾：《李健吾文学评论选》，银川：宁夏人民出版社，1983年版，第113页。

② 固时俗之从流兮。　　　　　　　　　　（《离骚》）
　　固时俗之溷浊兮。　　　　　　　　（《七谏·哀命》）
　　伤时俗兮溷乱。　　　　　　　　　（《九怀·陶壅》）
③ 世溷浊而莫余知兮。　　　　　　　　（《九章·涉江》）
　　世溷浊莫吾知。　　　　　　　　　（《九章·怀沙》）
　　世溷浊而不知。　　　　　　　　　（《七谏·哀命》）
④ 世溷浊而不分兮。　　　　　　　　　　（《离骚》）
　　世溷浊而不清。　　　　　　　　　　（《卜居》）
　　时溷浊犹未清兮。　　　　　　　　（《九叹·怨思》）
　　时溷浊其犹未央。　　　　　　　　（《九叹·远游》）

这种溷浊的具体表现是奸佞朋党当道，淆乱是非，败坏法度，蔽贤嫉能：

① 世并举而好朋兮。　　　　　　　　　　（《离骚》）
　　世并举而好朋兮。　　　　　　　　　（《哀时命》）
② 鸾鸟凤皇，日以远兮。燕雀乌鹊，巢堂坛兮。（《九章·涉江》）
　　鸾皇孔凤日以远兮，畜凫鹅。鸡鹜满堂坛兮，蛙黾游乎华池
　　　　　　　　　　　　　　　　　　（《七谏·乱词》）
③ 尧舜之抗行兮，瞭杳杳而薄天。众谗人之嫉妒兮，被以不慈之伪名。憎愠惀之修美兮，好夫人之慷慨。众踥蹀而日进兮，美超远而逾迈。
　　　　　　　　　　　　　　　　　　（《九章·哀郢》）
　　尧舜之抗行兮，瞭冥冥而薄天。何险巇之嫉妒兮？被以不慈之伪名。憎愠惀之修美兮，好夫人之慷慨。众踥蹀而日进兮，美超远而逾迈。
　　　　　　　　　　　　　　　　　　（《九辩》）
④ 固时俗之工巧兮，偭规矩而改错。背绳墨以追曲兮，竞周容以为度。
　　　　　　　　　　　　　　　　　　（《离骚》）
　　何时俗之工巧兮，背绳墨而改错。却骐骥而不乘兮，策驽骀而取路。当世岂无骐骥兮，诚莫之能善御。见执辔者非其人兮，故驹跳而远去。
　　　　　　　　　　　　　　　　　　（《九辩》）
　　固时俗之工巧兮，灭规矩而改错。郄骐骥而不乘兮，策驽骀而取路。当世岂无骐骥兮，诚无王良之善驭。见执辔者非其人兮，故驹跳而远去。
　　　　　　　　　　　　　　　　　　（《七谏·谬谏》）
⑤ 铅刀进御兮，遥弃太阿。　　　　　　（《七谏·乱辞》）

铅刀厉御兮，顿弃太阿。	（《九怀·株昭》）

作品引喻典故也相同：

① 箕子详狂。	（《天问》）
箕子被发而佯狂。	（《惜誓》）
箕子痦而佯狂。	（《七谏·沉江》）
② 比干忠谏而剖心兮。	（《惜誓》）
比干忠而剖心。	（《七谏·怨思》）
③ 伯夷死于首阳兮。	（《哀时命》）
伯夷饿于首阳。	（《七谏·沉江》）
④ 伍子逢殃兮，比干菹醢。	（《九章·涉江》）
王子比干之逢醢。	（《九叹·怨思》）
吴申胥之抉眼兮，王子比干之横废。	（《九叹·惜贤》）

因而引发的原因和结果是群小谗言，君王壅蔽不知，人生中道变化受阻：

① 故众口其铄金兮。	（《九章·惜诵》）
苦众口之铄金。	（《七谏·自悲》）
② 妒被离而障之。	（《九章·哀郢》）
妒被离而障之。	（《九章·九辩》）
妒被离而折之。	（《九叹·远游》）
③ 路壅绝而不通。	（《九辩》）
道壅绝而不通。	（《七谏·怨思》）
道壅塞而不通兮。	（《哀时命》）
路中断而不通。	（《哀时命》）
④ 羌中道回畔兮。	（《九章·抽思》）
信中涂而叛之。	（《九叹·逢纷》）
舆中涂以回畔兮。	（《九叹·离世》）
⑤ 被离谤而见尤。	（《九章·惜往日》）
反离谤而见攘。	（《七谏·沉江》）
⑥ 荃不察余之中情兮。	（《离骚》）
又莫察余之中情。	（《九章·惜诵》）

⑦ 灵皇其不寤知兮。　　　　　　　　（《哀时命》）
　　灵怀其不吾知兮。　　　　　　　（《九叹·逢纷》）

于是感叹时命不遇：

① 哀朕时之不当。　　　　　　　　　（《离骚》）
　　悼余生之不时兮。　　　　　　　　（《九辩》）
　　哀余生之不当兮。　　　　　　　（《九叹·愍命》）
　　夫何予生之不遘时。　　　　　　　（《哀时命》）
　　怜余身终不足以卒意兮。　　　　（《七谏·自悲》）
② 运余兮念兹。　　　　　　　　　（《九怀·尊嘉》）
　　伊余兮念兹。　　　　　　　　　（《九思·悼乱》）

由此更产生了时不我待的人生紧迫：

① 老冉冉其将至兮。　　　　　　　　（《离骚》）
　　老冉冉兮既极。　　　　　　　（《九歌·大司命》）
　　昔（时）亦冉冉而将至。　　　　（《九章·悲回风》）
　　老冉冉而愈。　　　　　　　　　　（《九辩》）
　　寿冉冉而日衰兮。　　　　　　　　（《惜誓》）
　　寿冉冉而愈衰。　　　　　　　（《七谏·谬谏》）
　　老冉冉而逮之。　　　　　　　　　（《哀时命》）
② 时暧暧其将罢兮。　　　　　　　　（《离骚》）
　　时暧暧其将罢兮。　　　　　　　　（《哀时命》）
③ 日忽忽其将暮。　　　　　　　　　（《离骚》）
　　日昧昧其将暮。　　　　　　　（《九章·怀沙》）
　　日晻晻而下颓。　　　　　　　（《九叹·惜贤》）
④ 岁曶曶其若颓兮。　　　　　　　（《九章·悲回风》）
　　岁忽忽其若颓。　　　　　　　（《七谏·自悲》）
⑤ 岁忽忽而道尽兮。　　　　　　　　（《九辩》）
　　岁忽忽而不反。　　　　　　　　　（《惜誓》）
　　年忽忽而日度。　　　　　　　（《九叹·惜贤》）
　　岁忽忽兮惟暮。　　　　　　　（《九思·哀岁》）

⑥ 白日晼晚其将入兮。　　　　　　　　　（《九辩》）
　　白日晼晚其将入兮。　　　　　　　　　（《哀时命》）
⑦ 生天地之若过兮。　　　　　　　　　　（《九辩》）
　　生天墬之若过兮。　　　　　　　　　　（《哀时命》）

然而，虽有急迫的人生追求，总因不遇，使得充满的人生焦虑，无力于理想实现的压抑和苦闷，又犹豫，有徘徊，因而郁结而无法排解：

① 情沉抑而不达兮。　　　　　　　　　　（《九章·惜诵》）
　　志沉菀而莫达。　　　　　　　　　　　（《九章·思美人》）
　　情沉抑而不扬。　　　　　　　　　　　（《七谏·谬谏》）
　　志沉抑而不扬。　　　　　　　　　　　（《哀时命》）
　　思沉抑而不扬。　　　　　　　　　　　（《九叹·怨思》）
② 心冤结而内伤。　　　　　　　　　　　（《九章·悲回风》）
　　心怫郁而内伤。　　　　　　　　　　　（《七谏·沉江》）
　　心怫郁兮内伤。　　　　　　　　　　　（《九怀·思忠》）

这些无法排解的苦闷，又源于"道"之不同，人们的理想追求不同，价值实现方式不同，必然面临难以相融的困境：

① 何方圆之能周兮，夫孰异道而相安？　　（《离骚》）
　　夫方圆之异形兮，势不可以相错。　　　（《七谏·谬谏》）
　　方圆殊而不合兮，钩绳用而异态。　　　（《九叹·惜贤》）
② 不量凿而正枘兮，固前修以菹醢。　　　（《离骚》）
　　不量凿而正枘兮，恐矩矱之不同。　　　（《七谏·谬谏》）

以上诗句，几乎可以说都是诗句的重现。不过要说是一种袭用，甚至模仿，也似乎有道理。但是，笔者以为，这只是简单地停留在单一的语句形式上的比较，没有从汉人骚体作品的整体的艺术构思角度上分析。所以，我们认为这是楚辞中的重著的艺术表现方式，而不是简单的诗句重现，这是服从整篇作品构思需要而选择的表现方式。既然是"代言"，要取得"戏剧的效果"，自然应该充分展现诗中抒情主人公的角色意识。因而，八个方面的人生遭遇情结描述，是要讲屈原的故事，都共同展示的是"屈原"的人生情结，那么选用屈原自己的诗句，才能真切地表现"屈原"。这在世界文学中并不缺少例证：

  在古希腊，荷马的诗歌被认为是模仿缪斯女神的，是女神所见所闻的真实记录；荷马诗歌中引用了神或英雄的言语，这不是再现，而是真实地发生的事实。史诗吟诵者通过表演荷马而重复荷马的行为，他表演时他就是荷马。①

三、汉人骚体作品的变调

  《楚辞章句》中汉人的骚体作品呈现出了多种多样的叙述声音，让我们感受到这些作品不过是借"屈原"的故事在讲述他们自己，他们的遭遇和思想情感与"屈原"有着强烈的共鸣，但又带有汉代士大夫、知识分子生活的时代特征。我们看刘向《九叹》叙述"韩信蒙于介胄兮，行夫将而攻城"的现象，来感叹"哀余生之不当"，虽"兴《离骚》之微文，冀灵修之壹悟"，却在抨击现实"绝《洪范》之辟纪"，表达了刘向自己的政治思想。我们再看王褒《九怀》乱词：

  皇门开兮照下土，株秽除兮兰芷睹。四佞放兮后得禹，圣舜摄兮昭尧绪，孰能若兮愿为辅。

又《九思》乱词：

  天庭明兮云霓藏，三光朗兮镜万方。斥蜥蜴兮进龟龙，策谋从兮翼机衡。配稷契兮恢唐功，嗟英俊兮未为双。

两篇乱词都向往政治清明的社会，君主能够任贤能，除邪恶，远小人，而这种政治清明的模式就是"昭尧绪"，"恢唐功"。这显然与屈原诗中贤王政治不同："汤禹俨而祗敬兮，周论道而莫差"，"说操筑于傅岩兮，武丁用而不疑。吕望之鼓刀兮，遭周文而得举。宁戚之讴歌兮，齐桓闻以该辅"。这是因为王褒、王逸推崇的贤王政治带有了汉代社会的时代特征。《汉书·高帝纪》赞曰：

  刘向云，战国时刘氏自秦获于魏，秦灭魏，迁大梁，都于丰，故周市说

---

① 尹虎彬：《古代经典与口头传统》，北京：中国社会科学出版社，2002年版，第216页。

雍齿曰：丰，故梁徙也。是以颂高祖云：汉帝本系出自唐帝，降及于周，在秦作刘，涉魏而东遂为丰公。丰公盖太上皇父，其迁日浅，坟墓在丰鲜焉。及高祖即位，置祠祀官，则有秦、晋、梁、荆之巫，世祠天地缀之以祀，岂不信哉？由是推之，汉承尧运，德祚已盛，断蛇著符，旗帜上赤，协于火德，自然之应，得天统矣。①

"尧绪""唐功"是汉代推崇的"天统"，也就成了《九怀》《九思》表现的政治模式。

不仅如此，我们从中还看到了汉代士大夫、知识分子自身的生活处境和人格特征。前面我们曾从重著的诗句中综观了八个方面的内容，表达了抒情主人公"屈原"的人生遭遇和情结，其中除了家世状况，也可以说是汉代士大夫自身不遇表现出来的情感共鸣。但是，面对"浊世"，人生不遇，又表现出他们与"屈原"迥然不同的人生情怀。要么是自怜自哀：

  然惆怅而自悲。   （《九辩》）
  然怊怅而自悲。   （《七谏·谬谏》）
  心惶惑而自悲。   （《九叹·思古》）
  惆怅兮自悲。   （《九思·怨上》）
  惆怅兮而私自怜。   （《九辩》）
  惆怅兮自怜。   （《九怀·通路》）

要么就是远身自藏：

  彼圣人之神德兮，远浊世而自藏。 （《惜誓》）
  攀援桂枝兮聊淹留，王孙游兮不归。 （《招隐士》）
  经浊世而不得志兮，愿侧身岩穴而自托。（《七谏·谬谏》）
  孰魁摧之可久兮，愿退身而穷处。 （《哀时命》）
  时厌饫而不用兮，且隐伏而远身。 （《哀时命》）

或者他们又是欲诉无门，欲告无语：

  心郁郁而无告兮，众孰可与深谋？ （《哀时命》）

---

① 王先谦：《汉书补注》，北京：中华书局，1983年版，第59页。

举世皆然兮，吾将谁告？	（《七谏·初放》）
怫郁兮莫陈，永怀兮内伤。	（《九怀·匡机》）
心婵媛而无告兮，口噤闭而不言。	（《九叹·思古》）
思怫郁兮肝切剥，怨悁悒兮孰诉告？	（《九思·悯上》）

"屈原"也有不遇，遭受政治挫败，人生失意，但汉人骚体作品虽用屈原口吻说话，却听不见"九死不悔""忍而不舍"的执着，"好修为常""鸷鸟不群"的独立，抗争黑暗，坚持理想，"夫孰非义而可用兮，孰非善而可服"的信念。屈原诗中的抒情主人公绝不自怜自哀，也决不全身自藏，虽也有"欲陈志而无路"的愤激，"固将愁苦而终穷"，却表现的是一种坚韧和刚毅，绝不像汉人骚体中表现出来无语哀告的愁苦。所以，姜亮夫先生概括屈原文学的艺术精神：

> 其构思大体可分三阶段，其先从现实愿望出发，其次是在现实中其理想不可能实现，则远游高举，以自放于神仙家言，此两者皆不可得，故又返回故都。至放逐江南后，九年不复，遂以九死不悔之身，伏清白以死直，了此一生，先后序然，一丝不乱。此其从容就义，至大至刚之气，非铮铮然小人引以自杀逃生者可比。此一刚健笃实光辉之气，既为其文学构思之根本原则，亦成为中华民族永立于天地之庞大坚实精神所在。①

汉人骚体作品中"屈原"主题的变调，也表现在重现的诗句中。也就是说，虽然有的是诗句的重复，却显示了不同的思想情感。比如，表现岁月流逝的诗句引发出了不同人生情状：

① 欲少留此灵琐兮，日忽忽其将暮。	（《离骚》）
② 岁忽忽而遒尽兮，恐余寿之弗将。	（《九辩》）
③ 岁忽忽而遒尽兮，老冉冉而愈弛。	（《九辩》）
④ 惜余年老而日衰兮，岁忽忽而不反。	（《惜誓》）
⑤ 隐三年而无决兮，岁忽忽其若颓。	（《七谏·自悲》）
⑥ 时迟迟其日进兮，年忽忽而日度。	（《九叹·惜贤》）
⑦ 岁忽忽兮惟暮，余感时兮凄怆。	（《九思·哀岁》）

---

① 姜亮夫：《楚辞学论文集》，上海：上海古籍出版社，1984年版，第231页。

《离骚》述时间流逝,言"时将欲暮",所以"望崦嵫而勿迫",为的是"吾将上下而求索"。《九辩》表达的却是"惧我生命之不长也"。《惜誓》也是感叹年岁已老,担心的是"功不成,德不立"。《七谏·自悲》言年老是在"隐三年"的情况下,因而希望得复回见君。《九叹·惜贤》表现的则是面对时世混浊,期待时风清激,然而"孰契契而委栋兮,日晻晻而下颓",表现出对时事的失望,"伤不得行也"。《九思》也是人生流逝,而感伤时俗。这里七组诗歌,都表达时间流逝,除了《离骚》有理想追求的时不我待的紧迫,其余都因各自不同的人生情结,表达着不同的岁月流逝的感叹。又比如,描写人生压抑苦闷诗句:

① 情沉抑而不达兮,又蔽而莫之白。　　　(《九章·惜诵》)
② 申旦以舒中情兮,志沉菀而莫达。　　　(《九章·思美人》)
③ 身寝疾而日愁兮,情沉抑而不扬。　　　(《七谏·谬谏》)
④ 居处愁以隐约兮,志沉抑而不扬。　　　(《哀时命》)
⑤ 伤压次而不发兮,思沉抑而不扬。　　　(《九叹·怨思》)

屈原《惜诵》《思美人》压抑之情是君王壅蔽、自己遭受谗谤而无人为之辩白。东方朔《七谏》的"沉抑"是"众人莫可与论道",以致"悲精神之不通"。严忌《哀时命》所言"沉抑"是"放于山泽,隐身守约","不得扬见于君"。刘向《九叹》沉抑之情是"名靡散而不彰"。可以说都是情感压抑苦闷的状况,但表现出的人生情结仍然是各自不同,带了作者自己的寄托。

又比如,屈原诗中有"就重华而陈词",得求证于先圣中正之道,坚持理想,上下求索,或"结微情以陈词兮,矫以遗夫美人",冀王之相知而能觉悟,尽管君"言而不信","为余而造怒"。可在严忌《哀时命》中却是"灵皇其不寤知兮,焉陈词而效忠?"王逸《九思·守志》也是"伊我后兮不聪,焉陈诚兮效忠?"可见屈原诗中的抒情主人公的人生信念与严忌、王逸笔下的主人公是不一样的。我们读《惜诵》,有"欲高飞而远集兮,君罔谓女何之?"述说抒情主人公忠而遇罚后的选择和思考,想打算高飞而去,又担心君王的疑虑。东方朔《七谏·怨世》也用此句,而述说的却是:"年既已过太半兮,然埳轲而留滞。欲高飞而远集兮,恐离罔而灭败。"思考的是主人公年过半百的坎坷,也有远去的愿望,却又担心自己遭受罪罚。这也可见同样的诗句表达着不同人生情怀。

汉人骚体作品既讲"屈原"故事,又出现这种变调,其实是与汉代士大夫、知识分子的历史境遇密切相关的。因而他们借用屈原口吻的自身故事叙述,以及"屈原"诗句的重现,都是这种历史境遇的艺术表达的需要。"哀时命不及古人兮",常常是

"予生之不遭时"的现实遭遇的解脱方式。他们代屈原立言,是需要寻求一种历史的支撑,给予自己内心的坚定和慰藉。其中更有一种价值的寄托和回望,所以思古,都是由于现实的触发和选择,因而汉人骚体作品几乎都有"生之不当"的感慨。我们看王褒《九怀·尊嘉》说道"伊思兮往古,亦多兮遭殃。伍胥兮浮江,屈子兮沉湘。运余兮念兹,心内兮怀伤。"① 王逸《九思·遭厄》中说:"悼屈子兮遭厄,沉玉躬兮湘汨。何楚国兮难化,迄于今兮不易。"② 他们是在讲述屈原,却都联系在"念兹""于今"的现实之中。因为"历史知识考虑的事件是同价值有关的事件,而这种价值是由历史的角色或目击者——观众所确认了的"。③ 这个价值就正如徐复观先生所言:"乃是当时的知识分子,以屈原的'信而见疑,忠而被谤,能无怨乎'的'怨',象征着他们自身的'怨';以屈原的'怀石遂自投汨罗以死'的悲剧命运,象征着他们自身的命运。"④

四、文学史意义的分析

前面论述了诗句重复现象在屈原诗歌以及汉代骚体,包括"变调"中体现的艺术特征。笔者统计《楚辞》一书这种反复出现的诗句有182组,涉及《楚辞章句》中所有作家,根据屈原的说法把这种"重复"称为"重著"。分为这182组,是指每一组中都有诗行重新出现过,最少的重新出现1次,最多的同一句出现过23次,比如《大招》中"魂乎归来""魂乎来归"。有的是同一篇作品中,有的是在其他作品中出现,有的是在同一个作家作品中,有的是在其他作家的作品中。《楚辞章句》搜录了9位作家(《大招》《惜誓》王逸引有异说。)共17卷作品,加上54篇小题则有81篇。在9位作家的作品中,56篇出现过重著的句例,大约共有464句次。《楚辞》全书约有4653句,这种重复句例约占10%。比如宋玉《九辩》共有296句,重复诗有46句;《惜誓》75句,重复诗5句;《招隐士》31句,有2句重复,即"攀援桂枝兮聊淹留",在同篇出现两次;东方朔《七谏》406句,重复56句,仅《谬谏》一篇80句中,重复句有20句;严忌《哀时命》共162句,重复30句;王褒《九怀》261句,重复11句;刘向《九叹》629句,重复41句;王逸《九思》365句,重复7句;《招魂》重复17句,《大招》有32句,而屈原诗约重复出现217句次。

这种诗句重复的现象不应简单看作是抄袭或模仿,因为在作家自己的作品中也同样出现诗句重复,我们前面曾举屈原诗句重复的例证,证明屈原作品中的这种艺术现

---

① 洪兴祖:《楚辞补注》,北京:中华书局,1983年版,第274页。
② 洪兴祖:《楚辞补注》,北京:中华书局,1983年版,第321页。
③ [法]雷蒙·阿隆:《历史哲学》,转引自《现代西方史学流派文选》,上海:上海人民出版社,1982年版,第99页。
④ 徐复观:《两汉思想史》第1卷,上海:华东师范大学出版社,2001年版,第168页。

象。我们再看刘向《九叹》中例子：

① 终不返兮。　　　　　　　　　　　（《离世》）
　　终不返兮。　　　　　　　　　　　（《愍命》）
② 王子比干之逢醢。　　　　　　　　（《怨思》）
　　王子比干之横废。　　　　　　　　（《惜贤》）
③ 时溷浊犹未清兮。　　　　　　　　（《怨思》）
　　时溷浊其犹未央。　　　　　　　　（《远游》）
④ 悲余心之悁悁兮。　　　　　　　　（《忧苦》）
　　悲余心之悁悁兮。　　　　　　　　（《思古》）
⑤ 蹇离尤兮。　　　　　　　　　　　（《逢纷》）
　　蹇离尤而干诟。　　　　　　　　　（《怨思》）

又东方朔《七谏》：

① 世俗更而变化兮。　　　　　　　　（《沉江》）
　　世从俗而变化兮。　　　　　　　　（《沉江》）
② 惜年齿之未央。　　　　　　　　　（《沉江》）
　　惜予年之未央。　　　　　　　　　（《自悲》）
③ 贤者蔽而不见兮。　　　　　　　　（《怨思》）
　　贤良蔽而不群兮。　　　　　　　　（《谬谏》）
④ 魂迷惑而不知路。　　　　　　　　（《哀命》）
　　志瞀迷而不知路。　　　　　　　　（《哀命》）

既是诗句重复出现在同一作家自己的作品中，当然不能说是模拟或抄袭，由此而怀疑作品的真伪的看法也就值得商榷。

汤炳正先生认为楚辞中这种诗句重复现象是一种修辞手法，称之为"重现"，在世界古代的口头文学里具有普遍意义，"是古代诗歌由口头文学到书面创作所遗留下的痕迹"①。口头文学理论将这类诗歌现象称为"程式"，也有人称之为"套语"。口述学的代表人物洛德在《故事的歌手》里这样解释：

---

① 汤炳正：《屈赋新探》，济南：齐鲁书社，1984年版，第362页。

在荷马史诗研究中，曾几何时，人们还不能够充分地解释荷马史诗中的"重复"（repetitions）、"常备的属性形容词"（stock epithets）、"史诗套语"（epic clichés），以及"惯用的词语"（stereotyped phrases）等等。这样的一些术语不太模糊，就是过于限定，这时需要一种精确性。米尔曼·帕里的工作最大限度地满足了这种需要。他的研究成果之一便是程式概念："在相同的格律条件下为一种特定的基本观念而经常使用的一组词。"①

帕里关于"程式"的概念，是口头诗歌理论中的经典，但是在不同民族的口头诗歌中，由于文化、语言的差异，这一概念又得到了一定程度上的修正②。美国华裔学者王靖献在博士论文《钟与鼓——〈诗经〉的套语及其创作方式》中，根据汉语单音节特点和《诗经》四言为主的句型，确立了关于《诗经》的套语的定义：

以帕里的定义为基础，我对《诗经》的套语作如下定义：所谓套语者，即由不少于三个字的一组文字所形成的一组表达清楚的语义单元，这一语义单元在相同的韵律条件下，重复出现于一首诗或数首诗中，以表达某一给定的基本意念。③

王靖献确定《诗经》的"套语"，大概是指在一个四言诗行中，要有不少于三个相同的文字组成语义单元，重复出现一首或数首诗中，并据以确认《诗经》是"文人也曾借助口述套语"创作的作品④。美国密苏里大学口头传统研究中心弗里教授这样评价：

他（王靖献）在《诗经》中发现存在着大量构成其文本特征的程式化的和主题的结构，并进而论证说，流传至今的《诗经》文体，是在一个过渡时期完成的，此时期中口头程式的方法得到了文人诗人的利用。⑤

---

① ［美］阿尔伯特·贝茨·洛德著、尹虎彬译：《故事的歌手》，北京：中华书局，2004年版，第40页。
② ［美］约翰·迈尔斯·弗里著、朝戈金译：《口头诗学：帕里—洛德理论》，北京：社会科学文献出版社，2000年版，第169—179页。
③ 王靖献著、谢谦译：《钟与鼓——〈诗经〉的套语及其创作方式》，成都：四川人民出版社，1990年版，第52页。
④ 王靖献著、谢谦译：《钟与鼓——〈诗经〉的套语及其创作方式》，成都：四川人民出版社，1990年版，第154页。
⑤ ［美］约翰·迈尔斯·弗里著、朝戈金译：《口头诗学：帕里—洛德理论》，北京：社会科学文献出版社，2000年版，第218页。

楚辞也有大量的反复出现的诗句，如前节所述。这些诗句有的一字不差的重复，约有77句，其余近400句，只有个别文字的改变，句式结构相同。受王靖献先生的方法启发，笔者认定的楚辞中重复的诗句，根据骚体诗歌六言为主的句式结构特点，以每句基本不少于四字相同的一组文字，重复出现在一首诗或数首诗中。而且，我们还看到，这些反复出现的诗句，虽是在不同诗人的作品中，又总是出现在相同的场景之中，表达主题反复出现的情节与描写。这也可以看作口述传统遗留的痕迹。洛德就说："在以传统的、歌的程式化文体来讲述故事时，有一些经常使用的意义群，对此，我们可以按照帕里的定义，把它们称为诗的'主题'。"① 赖弗则认为口头传说的创作除了程式化主题，还有"典型场景"的单元②。比如，描述现实人生的溷浊：

① 固时俗之工巧兮。　　　　　　　　　　　　（《离骚》）
　　何时俗之工巧兮。　　　　　　　　　　　　（《九辩》）
　　固时俗之工巧兮。　　　　　　　　　　　　（《七谏·谬谏》）
② 固时俗之从流兮。　　　　　　　　　　　　（《离骚》）
　　固时俗之溷浊兮。　　　　　　　　　　　　（《七谏·哀命》）
　　伤时俗兮溷乱。　　　　　　　　　　　　　（《九怀·陶壅》）
③ 世溷浊而莫余知兮。　　　　　　　　　　　（《九章·涉江》）
　　世溷浊而不清。　　　　　　　　　　　　　（《卜居》）
　　时溷浊犹未清。　　　　　　　　　　　　　（《九叹·怨思》）
　　时溷浊其犹未央。　　　　　　　　　　　　（《九叹·远游》）

又如感叹时命不遇：

　　哀朕时之不当。　　　　　　　　　　　　　（《离骚》）
　　悼余生之不时兮。　　　　　　　　　　　　（《九辩》）
　　哀余生之不当兮。　　　　　　　　　　　　（《九叹·愍命》）
　　夫何予生之不遘时。　　　　　　　　　　　（《哀时命》）

由此滋生时不我待的紧迫：

---

① ［美］阿尔伯特·贝茨·洛德著、尹虎彬译：《故事的歌手》，北京：中华书局，2004年版，第96页。
② 尹虎彬：《古代经典与口头传统》，北京：中国社会科学出版社，2002年版，第148页。

老冉冉其将至兮。	(《离骚》)
老冉冉兮既极。	(《九歌·大司命》)
岂（时）亦冉冉而将至	(《九章·悲回风》)
老冉冉而愈。	(《九辩》)
老冉冉而逮之。	(《哀时命》)
寿冉冉而日衰兮。	(《惜誓》)
寿冉冉而愈衰。	(《七谏·谬谏》)

甚至表达理想不能实现的苦闷和压抑，无法排解的情怀：

情沉抑而不达兮。	(《九章·惜诵》)
志沉菀而莫达。	(《九章·思美人》)
情沉抑而不扬。	(《七谏·谬谏》)
志沉抑而不扬。	(《哀时命》)
思沉抑而不扬。	(《九叹·怨思》)

在这些相同场景中反复出现的诗句中，选用的意象和典故也相同：

① 鸾鸟凤皇，日以远兮。燕雀乌鹊，巢堂坛兮。(《九章·涉江》)
  鸾皇孔凤，日以远兮，畜凫驾鹅。鸡鹜满堂坛兮，蛙黾游乎华池。
  　　　　　　　　　　　　　　　　　　　　　(《七谏·乱词》)
② 箕子佯狂。　　　　　　　　　　　　　　　　(《天问》)
  箕子被发而佯狂。　　　　　　　　　　　　　(《惜誓》)
  箕子寤而佯狂。　　　　　　　　　　　　　　(《七谏·沉江》)
③ 伍子逢殃兮，比干菹醢。　　　　　　　　　　(《九章·涉江》)
  吴申胥之抉眼兮，王子比干之横废。　　　　　(《九叹·惜贤》)

　　但是，楚辞中这些反复出现的诗句，却不能称作"套语"，也不能叫作"程式"。因为根据口头诗学的理论来看，"套语"或"程式"是口头诗歌的创作方式，是歌手在演唱中构筑诗行的方法，他是在口头表演中完成的创作。正如洛德所说：

　　　　许多歌手已经适应了这种需要，人们在世世代代中所形成的许多常用的词语表达方式，以不同的格律模式表达了诗歌中的一些共同的意义。这样一些词语表达方式就是帕里所说的程式。①

屈原的诗和汉代拟骚作品是作家的书面创作,不是歌手的表演。况且按照口头诗学一般区别口头诗歌与书面创作的"程式"应用的密度来说,楚辞是不能算作口头诗歌的。约瑟夫·杜根说:

> 一般而言,如果一部古代法兰西的叙事性诗歌作品中的直接重复少于20%,那它就可能是具有文字的,或者说是书写来源的创作。当程式的频密度超过20%,就强有力地证明它属于口头创作,并且其可能性随着该项百分比的增加而增加。②

虽然,这个频密度的区分标志,也遭到质疑,但王靖献先生研究《诗经》的口述性特征时,却参照了这一标准。他通过了具体数据统计分析:

> 《诗经》诗句总数是7284行,而全句是套语的诗句是1531行,即占《诗经》总句数的21%。这一数字恰好通过了杜根在分析古代法语诗歌时所作的"口述创作"的限定线。③

楚辞中重复出现的诗句464行,仅占全书4653行大约10%左右,因而只能表明楚辞中的重著诗句,是作家文学中遗留下来的口头诗歌的痕迹,是口头诗歌对作家文学创作中的影响。如果从口头诗歌与文人书面创作先后出现的时序来看,也可以说是体现了口头诗歌向作家文学的演变和过渡。

楚辞反复出现的诗句,作为"重著"的艺术现象,可以看作是口头诗歌传统的遗迹,转变为作家创作的艺术方式。"重"在楚辞作品中的反复、重复的抒写,前面引朱骏声说法已经罗列了三种形式,都主要表现在文辞语句上,这在篇章结构上也有表现。《远游》中有"重"曰:

---

① [美]阿尔伯特·贝茨·洛德著、尹虎彬译:《故事的歌手》,北京:中华书局,2004年版,第30页。
② [美]约翰·迈尔斯·弗里著、朝戈金译:《口头诗学:帕里—洛德理论》,北京:社会科学文献出版社,2000年版,第250页。
③ 王靖献著、谢谦译:《钟与鼓——〈诗经〉的套语及其创作方式》,成都:四川人民出版社,1990年版,第57页。

> 春秋忽其不淹兮，奚久留此故居？
> 轩辕不可攀援兮，吾将从王乔而娱戏！
> 餐六气而饮沆瀣兮，漱正阳而含朝霞。
> 保神明之清澄兮，精气入而粗秽除。
> 顺凯风以从游兮，至南巢而壹息。
> 见王子而宿之兮，审壹气之和德。

王逸注解"重曰"，"愤懑未尽，复陈词也"，正是重申远游以慕"赤松之清尘"，又"将从王乔而娱戏"。表现方式是"复陈词"，也就是一种重复方式。林云铭认为："'重曰'，亦歌之音节，申前意。"① 蒋骥也认为是乐歌形式："重，乐节之名。洪氏曰：情志未申，更作赋也。"② 从乐歌形式来评价楚辞的"重"，更能说明其传统来源，又在文人书面创作中的发展演变。我们看董仲舒《士不遇赋》：

> 重曰：生不丁三代之盛隆兮，而丁三季之末俗。末俗以辩诈而期通，贞士以耿介而自束。③

班倢伃有自悼赋，"重曰：潜玄宫兮幽以清，应门闭兮禁闼扃。华殿尘兮玉阶苔，中庭萋兮绿草生。"颜师古说："重者，情志未申，更作赋也。"④ 对这种"重"的方式，董仲舒更有明确的论断：

> 其辞直而重，有再叹之，欲人省其意也。而人尚不省，何其忘哉！孔子曰："书之重，辞之复。呜呼！不可不察也，其中必有美者焉。"此之谓也。⑤

其辞之重，乃"再叹之"意，目的要人"省其意"，还说"其中必有美者焉"。可知"重复"已从一种单纯修辞，发展为一种自觉的表现方式，而引所谓孔子之言，更为证其言说的意义。

综上所述，屈原为代表的楚辞创作"重著"的言说方式，是口传文学的遗迹，这

---

① 林云铭：《楚辞灯》，《四库存目丛书》，济南：齐鲁书社，1997年版，集部第2册，第224页。
② 蒋骥：《山带阁注楚辞》，上海：上海古籍出版社，1984年版，第147页。
③ 欧阳询：《艺文类聚》，上海：上海古籍出版社，1982年版，第541页。
④ 王先谦：《汉书补注》，北京：中华书局，1983年版，第1661页。
⑤ 苏舆：《春秋繁露义证》，北京：中华书局，1992年版，第442页。

和屈原创作中的口传传统元素也有关联。《九歌》所作，出见俗人之礼、"歌舞之乐"，《离骚》《卜居》《招魂》借用了民间占卜、招魂的习俗，《天问》"曰"残留的口传历史的传统。尽管如此，楚辞却是以作家文学著称，代表了作家独立创作的新时代。这在世界文学发展研究中得到证明，在口头传统和书面创作之间有一个过渡时期，尹虎彬先生说：

> 人们也发现，与洛德原来的结论不同，在口头和书面文学之间有一个过渡性的阶段。有一些文本来自口头传统，但并不属于表演中的创作的文本。①

中国文学史中，王靖献博士的《诗经》研究揭示了这样一个过渡时期的事实：

> 西周王朝的这一衰落时期也许正相当于中国古典诗歌的"过渡时期"；在此期间，口述创作与书写创作同时并存。②
>
> 在过渡时期，诗歌的文人作者，还没有认识到语言独创性的需要，他们经常利用来源于职业歌手口头语言的套语式短语。③

王靖献博士的这一判断，主要是对《诗经》套语创作方式进行了独特的富有创见的研究。而对《诗经》过渡性的文学贡献，早在30年代，陈世骧先生则作了充分肯定：

> 从原始根源到初民歌谣，发展到《诗经》完美形式，可看得出一个进化演变的阶段。这个阶段是中国文学发展史的缩影，民间文学不断地演化，经过个人才具的润饰加工，进入上层的知识社会而定型。④

不过，《诗经》确有"上层知识阶层"的加工润饰。但是，在那个有诗歌，无诗人的时代，人们见不到其中诗人的个性，自然也难说明文人是如何润饰加工的。诚如日本学者村上哲见所指出的：

---

① 尹虎彬：《古代经典与口头传统》，北京：中国社会科学出版社，2002年版，第121页。
② 王靖献著、谢谦译：《钟与鼓——〈诗经〉的套语及其创作方式》，成都：四川人民出版社，1990年版，第35页。
③ 王靖献著、谢谦译：《钟与鼓——〈诗经〉的套语及其创作方式》，成都：四川人民出版社，1990年版，第107页。
④ 陈世骧：《陈世骧文存》，沈阳：辽宁教育出版社，1998年版，第161页。

作为明确表现知识分子自我意识的早期例子，可以举以《离骚》为主的《楚辞》中的一批作品，与原来在《诗经》中可以看到的古代歌谣中自我意识淡薄的现象相反，在《楚辞》里自我意识被相当明确地表现出来。①

这个"自我意识"在诗歌中当然就表现出了作家的创作意识和艺术个性，也就是朱自清先生所肯定的写己之穷通，"但真正开始歌咏自己的还得推'骚人'"。② 正因如此，我们说，口头传统到书面创作的过渡，虽有《诗经》的阶段，却是屈原为代表的楚辞作家实现完成的。

---

① ［日］村上哲见：《雅俗考》，顾歆艺译,：《中国典籍与文化论丛》，北京：中华书局，1997年版，第4辑，第429页。
② 朱自清：《诗言志辨》，《朱自清古典文学论文集》，上海：上海古籍出版社，1981年版，第218页。

诗歌中的"面具"美学

——从屈原"香草美人"之"引类譬喻"模式说起

成都大学 殷晓燕 万 平

【摘 要】 屈原《离骚》使用的"香草美人"意象，不仅创立了新的文学传统，同时建立了以"男女"喻"君臣"的抒情模式，为后代诗歌创作提供了一个典型范例，成为后世文人模仿与效法的对象。而由"香草美人"所开创的隐喻模式，也引发了中国文学史中的"代言""立言""拟言"说，此类以"美人喻君臣""男女政治"之"性别倒置"模式，引发了西方汉学家的兴趣，孙康宜从性别置换角度出发，将之称为"性别面具"，从文学心理学的角度，剖析男性文人因屈原"香草美人"隐喻引发的"性别面具"创作心理。

【关键词】 屈原 香草美人 隐喻 面具

屈原《离骚》中，最引人注目的就是"香草"和"美人"意象的使用，诗人使用大量笔墨描绘了芬美芳香的植物意象以及极富女性魅力的"美人"形象。"朝饮木兰之坠露兮，夕餐秋菊之落英""扈江离与辟芷兮，纫秋兰以为佩""制芰荷以为衣兮，集芙蓉以为裳"，他将香草佩饰身上，使之与己连为一体，成为其美好人格的象征；他摇身一变，自比为洁身自好、容貌娇美之女子，却遭他女嫉恨与诬陷，惨遭心上人抛弃："众女嫉余之娥眉兮，谣诼谓余以善淫""指九天以为正兮，夫唯灵修之故也。曰黄昏以为期兮，羌中道而改路"；"初既与余成言兮，后悔遁而有他，余既不难夫离别兮，伤灵修之数化！"故而王逸在《楚辞章句·离骚序》中说："《离骚》之文，依《诗》取兴，引类譬喻，故善鸟香草，以配忠贞，恶禽臭物，以配谗佞。"

将"比兴"手法用于诗歌，自《诗经》开始。游国恩先生在其《楚辞女性中心说》中言："在公元前五六百年间，我国的韵文，如《诗经》，它已经在广泛地试验那'比兴'体的作法了。"正是由于有了"比兴"之法，从此也为文学艺术领域开辟了崭新的境界。因为在《诗经》当中用于"比兴"的材料非常多，有虫鱼鸟兽，也有各种器物，还有自然现象，如风、雷、雨、雪、蟏蛸和阴霾等，但却没有"人"，更没有"女人"。"文学用女人来做比兴的材料，最早是《楚辞》。他的'比兴'材料虽不限于

'女人',但'女人'至少是其中最重要的材料之一。所以我国文学首先与'女人'发生关系的是《楚辞》,而在表现技巧上崭新的一大进步的文学也是《楚辞》。"① 王逸《楚辞章句·离骚序》则提道:"《离骚》以灵修、美人目君,盖托为男女之辞而寓意于君,非以是直指而名之也。"乃是"灵修美人以媲于君,宓妃佚女以譬贤臣,虬龙鸾凤以托君子,飘风云霓以为小人"。刘勰《文心雕龙·辨骚》称屈原"衣被词人,非一代也",他不仅开启了诗歌个体吟唱的新行为,同时以"香草美人"之意象创立了文学新传统,建立了以"男女"喻"君臣"的抒情模式,"为后世中国士大夫在君臣不遇的困境中,抒发心中的郁结不平构建了一套政治隐喻符码,为后代诗歌的创作提供了一个典型范例"。② 以至于"整个中国文学都'楚'化了"。③ 众多文学家,如曹植、陶渊明、李白、杜甫、柳宗元、苏轼、曹雪芹等人,在遭遇怀才不遇、人格磨砺时,都会从屈原模式中去模仿与效法。而其借"香草美人"隐喻的模式,也引发了中国文学史中的"代言""立言""拟言"说,如汉代张衡的《同声歌》《四愁诗》《定情赋》等,即是效"屈原以美人为君子,以珍宝为仁义,以水深雪雾为小人"之法写就,自此历代文学家皆有以此"美人喻君臣""男女政治"之"性别倒置"模式造就之作,抒不能直抒之情,言不能直言之意。

对此文学现象,引起了西方汉学家的研究兴趣,美国耶鲁大学教授孙康宜(Kang-I Sun Chang),即从性别置换的角度予以剖析,将其称为"性别面具"(gender mask),使"香草美人"意象与其所开创的"引类譬喻"模式,以文学为主体,在"面具"的隐喻下,跨越了性别、身份与政治,将诗歌中的抒情张力予以无限延伸。

一

《离骚》中,屈原运用大量日常生活中习见的事物作为比兴材料,将其意象发挥到极致,以此隐喻自己因遭受他人谗言与嫉恨而不受重用的愤懑,这就是王逸所说的"依《诗》取兴,引类譬喻"。

诗人取为比兴的"类",在《离骚》中以花草为最多。宋吴仁杰《离骚草木疏卷》说:"《离骚》以香草为忠贞,以臭草为小人,苏芙蓉以下凡四十又四种,犹青史氏忠义独行之有全转也,赘菉葹之类十一种传著卷末,犹佞幸奸臣传也,彼既不能流芳后

---

① 游国恩:《楚辞论文集·楚辞女性中心说》,上海:古典文学出版社,1957年版。
② 张晓梅:《男子作闺音——中国古典文学中的男扮女装现象研究》,北京:人民出版社,2008年版。
③ 张晓梅:《男子作闺音——中国古典文学中的男扮女装现象研究》,北京:人民出版社,2008年版。

世，姑使之遗臭万载也。"① 所说的虽未必完全正确，但指出《离骚》用花草作喻的原则是很有见地的。下面我们试举例来说明之。

《离骚》常常以香草香花比喻自己美好的品德和才能。诗之开头，诗人在叙述了自己的生辰名字以后，表示要趁年富力强之时不断培养品德、增进才能。诗中写道："扈江离与辟芷兮，纫秋兰以为佩"；"朝搴阰之木兰兮，夕揽洲之宿莽。"这些诗句里的江离、辟芷、秋兰、木兰、宿莽等香草就是其美好的品德和杰出才能的象征。

有时诗人又以香草香花比喻具有美好品德和才能的人。诗人在步入社会，参与朝政之后，为了表达"尚贤"的政治理想，他写道："昔三后之纯粹兮，固众芳之所在。杂申椒与菌桂兮，岂惟纫夫蕙茞。"这里诗人以"众芳"喻"众贤"，申椒菌桂、蕙茞则是"众贤"的几个代表。

有时又以培植香草比喻培育人才，以收割香草比喻举用人才，以众芳抚秽，比喻人才变坏。为了实践"尚贤"的主张，诗人说他曾"既滋兰之九畹兮，又树蕙之百亩，畦留夷与揭车兮，杂杜衡与芳芷。冀枝叶之峻茂兮，愿竢时乎吾将刈。虽萎绝其亦何伤兮，哀众芳之芜秽。"这些诗句中的兰、蕙、留夷、揭车、杜衡、芳芷都是指诗人培育的贤才；而"滋""树""畦""杂"等词则表明诗人为培育人才所付出的辛苦劳动；"九畹""百亩"，极言其人才之众多。诗人希望他们长得枝叶峻茂，有朝一日，就向国家举荐他们。不幸的是诗人苦心培育的人才在严酷的斗争中，经不住考验而纷纷芜秽变质了："兰芷变而不芳兮，荃蕙化而为茅"，这让诗人感到无限的忧伤。

有时又以采撷芳物、佩饰香草，比喻志行的高洁。诗人"尚贤"的理想虽然被楚国黑暗势力扼杀了，但他仍然要保持高尚的品格，决不与黑暗势力同流合污。他表示要"朝饮木兰之坠露"，"夕餐秋菊之落英"，就是因此而"长顑颔"，也不愿与雄鸷争食；就是受到更大的打击，也还要穿饰满香草的服装："制芰荷以为衣兮，集芙蓉以为裳"。这里，诗人借助香花香草为喻，形象地展现了其无比高尚的思想境界。

众所周知，香花香草本身就是一种具有一定审美价值和美学意义的美好形象。现在诗人把它们从分散于各地的山间水滨，一株一株地精心移植到诗里，这在诗中就好像形成一个春意盎然、百花盛开、异香扑鼻、沁人心脾的大花园。再加上诗人对这些花草的香味、色泽的特点加以适当的夸张和集中的描写，其美丽的形象和美学的意义就更加典型、更为突出了。而这如此美好的形象又被诗人用来比喻象征高洁的品德和美丽的灵魂，且这种比喻的双方，又是那样地彼此结合、物我交融，这不仅使诗人的形象被衬托得更加美丽，就是这些香草也因此获得永久的艺术生命而流芳千古了。

诗人对香物癖爱，对臭物必然憎恶。出于这种鲜明的爱憎感情，诗人就用臭物来

---

① 吴仁杰：《离骚草木疏卷》，文渊阁《四库全书》本，上海古籍出版社，1987年版。

比喻那些他所不喜欢的人和事。有时诗里以臭草来比喻品行的污秽:"薋菉葹以盈室兮,制独离而不服";有时又用人们指香为臭,以臭为香来比黑暗现实中的那种颠倒黑白、香臭不分、是非不明的特征:"世幽昧以昡曜兮,孰云察余之善恶?民好恶其不同兮,惟此党人其独异。户服艾以盈要兮,谓幽兰其不可佩。览察草木其犹未得兮,岂珵美之能当?苏粪壤以充帏兮,谓申椒其不芳。"这些臭物本身就臭气难闻,令人生厌,再加上诗人对它们的这些特点加以适当的夸张和集中的描写,并用来比喻象征那些具有丑恶灵魂、卑污品质的"党人",这样黑暗势力的代表者——"党人"的形象,就必然与这些臭物一起遗臭万年了。

除了以"花草"为喻外,《离骚》中还出现以下三种类型的比喻:

一类是以人们行走的"道路"来比喻国家执行的政治路线。由此出发,以"皇舆"比喻君王治理国家,以"皇舆"所驾的骐骥比喻辅佐君王治国的贤臣;以"皇舆""遵道得路"比喻路线正确,国策得当;以"捷径""险隘"比喻路线错误,国策失当;以"皇舆""败绩"比喻国家衰败灭亡。

再一类是以"规矩绳墨"喻国家法度。由此,以"循绳墨而不颇"喻贤臣遵守法度的美德;以"偭规矩而改错""背绳墨以追曲",喻"党人"随意破坏法纪的罪行。

第三类则是以美人自比。据游国恩《楚辞女性中心说》,除《离骚》外,"美人"之意象在屈原楚辞中凡四见:一是《离骚》"恐美人之迟暮";二是《思美人》中"思美人兮览涕而伫眙",其余两处便是《抽思》的"矫以遗夫美人"及"与美人抽怨兮"。除第一个指诗人自己外,其余三个都言指楚怀王。由此出发,以男女关系喻君臣关系;以成言定婚喻君臣遇合;以众女嫉美,喻群小嫉贤;以求女无媒,喻求合不成,以男女离别,喻君臣疏远。

正是其以"美人"自比有所寄托的方式,借美人之口、之身,暗含了处境的艰难,表达了对君王的不弃、不舍之思。而无论屈原以"美人"喻自己还是喻君王,其借用的"香草美人"意象,避免了直接抒情的直白,使诗歌的婉曲、反讽之意更为含蓄蕴藉,使诗歌这一文体也能够成为"对话"文本,满足了古代诗人对诗歌"含不尽之意见于言外"的"韵外之致""味外之旨"的要求,也使得"香草美人"这一艺术手法"先天具备的象征和隐喻性质从诞生之日起便被'黄袍加身'为一种创作'原型'。此后,'香草美人'与'男女君臣之喻'成为了中国政治抒情诗千年不变的表达方式,对后世文学产生了巨大的影响"。①

上述种种"引类譬喻"是《离骚》以前的诗歌不曾出现过的,它多样而又统一,

---

① 张晓梅:《男子作闺音——中国古典文学中的男扮女装现象研究》,北京:人民出版社,2008年版。

丰富而又和谐。就每类比喻看，它们都自成系统，都有一正一反互相对立的两个方面；就全诗看，每类比喻的正反两个方面又联合起来构成了一组互相对立的两个形象。其一是"党人"的形象，他挂萧艾，背绳墨，嫉美人，从捷径；其二是诗人的自我形象，他带香草，食香花，循绳墨，遵大道。这两个形象在矛盾着、斗争着。他们之间的矛盾和斗争是当时楚国政治舞台上的阶段斗争的缩影。因此，诗人通过这些描写，就把当年楚国政治舞台上的两个阶级、两种思想、两条路线、两格人品的对立、斗争，真实、深刻、具体、形象地表现了出来。

二

"香草美人"意象的丰富与其"引类譬喻"手法的运用，无论是来自楚国深厚的文化资源，还是来自巫觋之风盛行的宗教话语，屈原对诗歌的改造，对巫风艺术的升华，使之向文学审美方式的过渡，都为中国诗歌的发展带来崭新风貌，开辟了新的文学模式。而此模式，吸引了后世文人的效仿，并在文学史中形成了蔚为大观的盛况。当文人们宦海沉浮、仕途失意、人生受挫时，他们就会情不自禁地把自己比作屈原，把屈原当作人格"样板"，借用其开创的"香草美人"样式，"依附着'原型'进行抒情形式的挪用与'复制'"。①而当他们为自己戴上"美人面具"时，他们会沉浸在屈原的心境中，体味到当年屈原在遭遇困境时流露出的委屈，再对照时下自己的境遇，使郁结之心境予以纾解。而以"美人"的身份而非自己身份进行倾诉时，更让他们感到如鱼得水，在"面具"的覆盖下，在"他者"的叙事与抒情中，使"文人"与"美人""心灵"与"文本"进行"对话"。

明朱鹤龄《笺注李义山诗集序》言："离骚托芳草以怨王孙，借美人以喻君子，遂为六朝乐府之祖。古人之不得志于君臣朋友者，往往寄遥情于婉娈，结深怨于蹇修，以抒其忠愤无聊，缠绵宕往之致。"托"芳草"发抒幽怨，借"美人"以喻君子，自屈原始，使之成为此文学现象之祖，文人对此乐而不疲，在男与女二元对立的性别定位中，频频转换角色，游刃有余游离其中。对此，孙康宜将其命名为"性别面具"(gender mask)，揭露了面具覆盖之下文人的性别移置。

耶鲁大学，既是美国新批评派的重镇，也是解构批评的要塞。而身为耶鲁大学教授的孙康宜，多年来却一直致力于对文学中最本质东西的挖掘——"声音"。她将文学写作中的"性别"叙事与她一直致力研究的文学"声音"联系起来。通过多年对文学的关注，她发现文学中的"声音"是非常难以捕捉的，"有时近在眼前，有时远在天

---

① 张晓梅：《男子作闺音——中国古典文学中的男扮女装现象研究》，北京：人民出版社，2008年版。

边;有时是作者本人的真实声音,有时又是寄托的声音"。而从中国文学"惯例"看,但凡男性文人所做之情诗,一般会被认为是"政治隐喻",诗中所描写的爱情常常是"言在于此,意在于彼";"因为男性作者常借着'男女君臣'的比喻和'美人香草'的意象来写情诗,所以他们也用同样的托喻策略来解读别人的诗歌。"① 所以男性文人受屈原影响,习惯于用女性身份、虚构的女性声音建立起来的托喻美学,孙康宜命之为"性别面具"。"之所以称为'面具',乃是因为男性文人的这种写作和阅读传统包含着这样一个观念:情诗或政治诗是一种'表演',诗人的表述是通过诗中的一个女性角色,借以达到必要的自我掩饰和自我表现。这一诗歌形式的显著特征是,它使作者铸造'性别面具'之同时,可以借着艺术的客观化途径来摆脱政治困境。通过一首以女性口吻唱出的恋歌,男性作者可以公开而无惧地表达内心隐秘的政治情怀。另一方面,这种艺术手法也使男性文人无形中进入了'性别越界'(gender crossing)的联想;通过性别置换与移情的作用,他们不仅表达自己的情感,也能投入女性角色的心境与立场。"② 孙教授从女性学者的立场去体察古代男性文人的角色转换与心境变化,覆盖在女性面具之下,使用着虚构中的"女性声音",男性文人有如鱼得水之感,他们可以隐藏自己的身份,将遭遇到的仕途挫折与人生失意以女性受到冷落、被人抛弃后伤心、哀怨、绝望的心境表达出来。而男女之间、君臣之间形成了"表演"的关系,采用的"虚构"的方式,内含着"隐喻"的秘密,将人性心理的婉曲、隐秘、不欲为人知晓但又意欲表达的矛盾心理展示出来。而因屈原《离骚》而开启的"香草美人"模式,有时也会引发过度"政治托喻"的阐释,如曹植《秋胡行》中渴望"双鱼比目,鸳鸯交颈"的美人,则被说成是"乐众贤之来辅"的贤明君王;而张籍《节妇吟》:

君知妾有夫,赠妾双明珠;感君缠绵意,系在红罗襦。妾家高楼连苑起,良人执戟明光里。知君用心如日月,事夫誓拟同生死。还君明珠双泪垂,恨不相逢未嫁时。

而这明明是一首"政治托喻"诗,是张籍在政治上面对两个职位的难以取舍之情,反而被人们从字面上理解为一位已婚女子接受多情男子"定情信物",在犹豫、矛盾、痛苦之后,还是决定将信物还给男子留在婚姻中,但却表现出来了痛定思痛的不舍。可见,在"香草美人"的模式下,既可能出现以美人面具为遮掩身份与性别声音的文学创作,同时因此惯例而形成的文本解读同样会让人过度阐释。

---

① 孙康宜:《文学的声音》,台北:三民书局,2001年版。
② 孙康宜:《文学的声音》,台北:三民书局,2001年版。

王尔德说："给他一个面具，他便会给你说实话。"传统社会的政治环境，实在不是宜于说实话、说真话的场所，尤其是那些四面楚歌、遭受他人诬陷的文人，任何不当的言论都有可能使自己陷入到"文字狱"。但有了"香草美人"式的"面具"则使之大不同，这种写作策略可以使文人游离于本事以外，以隐晦的形式抒发心志。而对"性别面具"的运用，孙康宜出于如此考虑，"其学理，端在使诗篇变成一种演出，诗人假诗中人物口吻传情达意，既收匿名的效果，又具自我指涉的作用，若即若离，左右逢源。诗中'说话者'（speaker）或'角色'（persona）一经设定，因文运事，顺水推舟，其声容与实际作者看来大相径庭。"① 有了"面具"，男性文人可以借由"香草美人"之模式抒发自己的政治失意、人生挫意，在性别角色的转换中，他们重新找到在文学中的快意人生。

与此相对，在性别角色的替换中进行创作，不仅是男性的特权，对女子而言，同样可在二元对立的性别角色中避免父权文化对女性的歧视，从而获得认可。父权社会对女性文人的束缚与要求要比男性多得多，传统社会中对女性的定位让女子即使有才也不便直接抒发，因此，使用"性别面具"，跨越性别界线隐藏自己的身份以期获得男性文化的认同，则使得有些女性也借用了"香草美人"之喻，只不过是性别的倒置。如19世纪著名女词人兼剧作家吴藻，在其《饮酒读骚图》（又名《乔影》），吴藻把自己比为屈原。剧中的"她"，女扮男装，唱出了比男人更加男性化的心曲，此剧在当时也激起了许多男性作家的热烈反应。如清齐彦槐说道：

  一卷《离骚》酒百杯，自调商徵写繁哀；红妆抛却浑闲事，正恐须眉少此才。词客深愁托美人，美人翻恨女儿身；安知蕙质兰心者，不是当时楚放臣。

对此，孙康宜认为："这些男性文人的评语都强调：最有效的寄托笔法乃是一种性别的跨越。屈原以美人自喻，吴藻却以屈原自喻。两性都企图在'性别面具'中寻求自我发抒的艺术途径。重要的是，要创造一个角色、一种表演、一个意象、一种与'异性'认同的价值。"② 所以，"香草美人"式的"男女君臣"之作，即使被男、女性作者同时使用，但其起到的效果却非一致。从屈原所创"香草美人"式写作模式开始，它为中国文人所开创的是一种政治上的隐喻，他们身为男性，自比为"女子""妾"，心上之人则为"君""男子"；他们以女子口吻所倾诉的委屈、心怨甚至愤懑，实际是对君

---

 ① 孙康宜：《文学经典的挑战》，南昌：百花洲文艺出版社，2002年版。
 ② 孙康宜：《文学的声音》，台北：三民书局，2001年版。

王所诉之政治清白与忠心;因此,宫怨诗、闺怨诗、弃妇诗在历代逐臣的手中得到了很好的发展,恰到好处地模拟了男女君臣的处境与情怀。与男性不同,女性作者所使用的"女扮男装"手法,以"面具"的方式模糊性别身份,一则是为了获得男权社会男子的认同;二则希冀在想象的男性世界中寻找到寄托,满足"举手空羡榜中名"的遗憾,故与真正的"香草美人"式写作还是有所区别。

对此,孙康宜从社会政治、文化环境与人性心理的角度进行了剖析,她说:"文学中的模式与创作实与男女彼此的社会处境息息相关。所谓'男女君臣'的托喻美学也同样反映了中国传统男性文人的艰难处境。从成千上万的托喻政治诗看来,许多文人的政治处境是极其'女性化'的:他们的性别是'男性',但心理却酷似'女人'。通常的政治情况是:上自宰相,下至百官,所有的人只为了讨好一个共同的皇帝。"① 故而在这样一种政治环境下,为了获得君王的重用,使自己的才华抱负得以施展,得意之时难以写出脍炙人口之作,失意时不平则鸣的哀怨则引起了众多文人的共鸣,反而造就了出彩之作。但身处政治迫害时的劣势,既想翻身上位又想保存生命,在诗歌的表达上就显得小心谨慎,斟而又酌,故只能以"美人""妾"等讨好之女性角色出现。

总而言之,由屈原"香草美人"所引发的中国传统写作模式,既是楚国政治文化与宗教气息所造成的结果,同时也迎合了中国政治的架构,吸引了传统知识分子的心理需求,故其能够成为一种文学惯例长盛不衰、蔚然成风,既是中国文学史之幸,又是中国传统文人之不幸。对此,孙康宜见解犀利,引人深思。"无论是'男女君臣'或是'女扮男装',这些一再重复地以'模拟'为其价值的文学模式,乃是传统中国文化及历史的特殊产物。这两种模式各表现出两种不同的'扭曲'的人格:前者代表着男性文人对统治者的无能为力之依靠,后者象征着女性对自身存在的不满与一味的向往'他性'。二者都反映了现实生活中难以弥补的缺憾。"②

---

① 孙康宜:《文学的声音》,台北:三民书局,2001年版。
② 孙康宜:《文学的声音》,台北:三民书局,2001年版

从端午诗篇看杜甫对屈赋的继承和发展①

武汉大学 张思齐

【摘 要】 在杜诗中有直接言及端午节的诗篇,它们反映了杜甫居官必忠心尽职的儒家正统思想。端午节的起源说法不一。尽管如此,人们大都认为端午节起源于民众悼念投江自沉的楚国爱国诗人屈原,因而此节所反映的主要为楚地的民俗。在杜诗中有许多言及楚地的诗篇,它们反映了杜甫对楚地的深刻认识和对屈原的人格体认。在杜诗中还有许多诗篇言及楚辞的主要作家屈原和宋玉。中国诗歌到《诗经》为一大变,到以《离骚》为代表的屈赋又一大变。《诗经》和《楚辞》是杜诗的两大源头。杜甫对《楚辞》做了继承,杜诗中的某些作品具有楚骚的韵味。杜甫对中国文学的贡献,不仅集大成,而且有创新。杜甫还对屈赋做了发展,杜甫的赋作因具有骈文成分而有别于屈赋。

【关键词】 杜甫诗歌 楚地风物 屈宋辞赋 继承发展

一、端午诗篇

在杜诗中有直接言及端午节的诗篇。清仇兆鳌详注《杜诗详注》卷六《端午日赐衣》写道:

> 官衣亦有名,端午被恩荣。细葛含风软,香罗叠雪轻。自天题处湿,当暑著来清。意内称长短,终身荷圣情。②

杜甫于乾元元年(公元758年)五月作此诗。在我国古代有个习俗,在端午节那一天

---

① 本文为国家社会科学基金一般项目"杜诗比较批评史和杜工部集英译"的(项目编号:11BZW020)的阶段性成果之一。
② 杜甫撰、仇兆鳌详注:《杜诗详注》,上海:上海古籍出版社,1992年版,第193页。

皇帝赐臣子宫衣。皇帝仅一人，臣子却众多。臣子获得皇帝的赏赐，其机会非常少。一般说来，只有近臣才能获得皇帝的赏赐。况且宫衣是较大的物件，因而获此者感到莫大的恩宠和荣耀。皇帝赏赐臣子宫衣，为何定在端午节这一天呢？笔者认为此习俗隐含着对屈原的追忆和缅怀：皇帝是国家的象征，屈原是伟大的忠臣。近臣获赐宫衣，自然要表示感谢。杜甫《端午日赐衣》诗，宛如近臣写给皇帝的一封感谢信。杜甫写作此诗的时候，尚在左拾遗任上。左拾遗属于近臣，故而杜甫也获赐宫衣一袭。然而，不久之后杜甫就遭到贬斥了。杜甫明知自己即将遭到贬斥，却写下了这首诗。这说明杜甫具有一片忠心。

在杜诗中，还有一首诗也直接地言及端午节。清仇兆鳌详注《杜诗详注》卷二一《惜别行，送向卿进奉端午御衣之上都》写道：

肃宗昔在灵武城，指挥猛将收咸京。向公泣血洒行殿，佐佑卿相乾坤平。逆胡冥寞随烟烬，卿家兄弟功名震。麒麟图画鸿雁行，紫极出入黄金印。尚书勋业超千古，雄镇荆州继吾祖。裁缝云雾成御衣，拜跪题封向端午。向卿将命寸心赤，青山落日江潮白。卿到朝廷说老翁，漂零已是沧浪客。①

杜甫于大历三年（公元768年）在江陵作此诗。这年初夏，江陵节度使卫伯玉派遣向莩入京进奉端午御衣。大臣向皇帝奉献珍贵物品，这是古代表示忠心的方式之一。这件事情使得客居江陵的杜甫，想起乾元元年自己获赐宫衣一事。他不禁感慨万端，写下了这首诗。浦起龙《读杜心解》卷二之三评论这首诗说："垂老作客，情所必至，而神味正复翩翩。"② 这一年杜甫已经57岁，正处于人生苦旅的最后一程。杜甫做出峡之游，茫茫然漂泊于荆湘之间。两年后，杜甫就去世了。诗中的"尚书"指卫伯玉。广德二年（公元764年）七月，卫伯玉因平息吐蕃寇乱有功，加检校工部尚书，开府仪同三司。"向卿"指向莩。至德年间向莩扈从肃宗在灵武，有功勋。"向公"指向莩的哥哥，他也是忠臣。卿家兄弟，指向莩和他的哥哥，他们功名震天下。他们的可贵之处在于"寸心赤"。人生匆匆，此时杜甫已是漂泊在碧波上的一介过客了，但他仍然忠心一片。

端午节是流传在中国各民族中的重大节日。在同属汉字文化圈的一些国家，比如日本，民间自古以来就有过端午节的习俗。黄遵宪《日本国志》卷三五："五月五日谓之端午，插艾及菖蒲于门檐，饮蒲酒，食粽，始服布葛。是日，贺茂庙前走马，谓之

---

① 杜甫撰、仇兆鳌详注：《杜诗详注》，上海：上海古籍出版社，1992年版，第750页。
② 浦起龙著：《读杜心解》，北京：中华书局，1961年版，第322页。

竞马。士庶得男，必竖彩旗，陈武像，及木刀枪，以饮燕。"① 这里所记述的日本之端午习俗，与中国是类似的。不过，这里特别提到了日本人往往趁此节日对男孩进行尚武的教育。这使我们想到了屈赋中的《国殇》篇。其实，端午还是日本人对女孩进行教育的节日。"五月五日，又叫'容貌时节'，有的地方这一天为女子显摆之日。"② 在这一天女孩们打扮得花枝招展，并展示才艺。从昭和二十三年（公元1948年）起，日本的儿童节为公历的五月五日，这是日本国民法定节日之一。日本从明治六年开始采用阳历，称为新历，将明治五年（公元1872年）十二月三日作为明治六年（公元1873年）1月1日。虽然使用公历，仍然可以看到端午节的影子。

在朝鲜和韩国，人们至今有过端午节的习俗。在朝鲜半岛，端午节为五月初五日，也称为端阳，或元中节。在这一天人们先是祭祀祖先，接着举行家宴。在宴席上人们喝菖蒲水，饮益母草汁，吃端午饼，据说此三者均可延年益寿。在祠堂里人们举行祈求丰收的仪式，还戴着面具跳舞。根据当地的风物不同，朝鲜半岛的端午节也有不同于中国之处。比如，蝴蝶花可派大用场。女性用蝴蝶花煮水洗头发，用蝴蝶花的根做成装饰用的梳子插在头发上。在这一天妇女们比赛荡秋千，男人们比赛摔跤。不过，培养忠心仍然是朝鲜半岛端午节的重要内容。卢守慎《端午祭孝陵》诗："庙表全心德，陵加百行源。衣裳图不见，社稷欲无言。天靳逾年寿，人含万古冤。春坊旧僚属，只有右司存。"③ 卢守慎，光山人，字寡悔，号苏斋，谥文懿。卢守慎在李氏朝鲜中宗朝登魁科，选湖堂。卢守慎一生坎坷，曾遭贬谪居珍岛十九年，后于宣祖朝放还，典文衡，官至领相。这首诗悼念朝鲜仁宗（公元1515—1545年）。仁宗寿仅31岁，在位仅八个月。仁宗在东宫时，卢守慎曾任右司书。该诗最后两句一字一泪，表达了旧臣对先皇的追思。这与杜甫的端午诗篇在精神的层面上是完全一致的。

在越南，人们至今有过端午节的习俗。关于端午节的起源，还有别的说法。有学者认为端午节起源于古代越人的龙图腾祭俗。现代越人，亦称京族，占越南人口的84%，操越南语。越南语又称京语，系古代雒越语演变而来。现代越人与古越人之间具有人种上的渊源关系。赵龙生《越南诗歌的几种体式》："公元前三世纪至十八世纪初，越南尚无自己的民族文字，中国古文一直是越南的官方文字。在这一漫长的历史阶段，各种文学作品都用汉文写成。诗歌也不例外，其形式以仿唐律诗为主。"④ 由于杜诗代

---

① 黄遵宪著、吴振清、徐勇、王家祥点校整理：《日本国志》，天津：天津人民出版社，2005年版，第866页。
② 大岛建彦（ほか）编：《日本を知る事典》，东京：社会思想社，1971年版，第511页。
③ 南龙翼编、赵季校注：《箕雅》，北京：中华书局，2008年版，第492页。
④ 段宝林、过伟、刘琦主编：《中外民间诗律》，北京：北京大学出版社，1991年版，第1032页。

表了唐代律诗的最高成就，越南人作仿唐律诗的时候总以杜甫为宗。较之李白，越南人更喜欢杜甫。就其原因，大约有三。第一，诗歌体制上的原因。李白的诗歌大都为古风，而杜甫的诗歌以律诗为多。第二，诗歌内容上的原因。李白的诗篇多浪漫主义的想象，距离现实较远；而杜甫的诗歌多现实主义的叙写，贴近实际生活。第三，诗歌模仿学习上的原因。从李白入手学习写诗，路子容易走偏，弄成四不像，而从杜甫学习诗歌，容易受到实效，即使做得不好，也不至于将路子走歪。在"二战"以前的越南乡间，大凡条件较好有读书人的村庄，人们习惯于在晚饭后坐在院坝里吟诵诗篇。他们所吟诵的诗篇，有的是村里先生所作的仿唐律诗，有的干脆就是杜甫的现成诗篇。值得注意的是，即使有人以为端午节起源于古越人的龙图腾祭俗，这也是与屈原有紧密联系的。虽然古越人的龙图腾祭俗远早于屈原生活的那个时代，但是屈原自沉江中这一举动早已赋予龙图腾祭俗新的内涵了。在端午节里，人们举行很多活动，不过最闹热的还是龙舟竞渡。为什么会这样呢？这只能说明，屈原早已变质为神，而他的灵魂也早已渗透到龙图腾祭俗之中了。

　　唐宋之际杜甫的端午诗篇传入日本。大江维时（仁和四年至应和三年，即公元888—963年）是日本的杜诗学家，其生年相当于唐僖宗文德元年，卒年相当于北宋太祖乾德元年。大江维时出身于书香世家，他是大江千古的儿子、大江音人的孙子。作为学者，大江维时非常成功，他精通经史。作为官员，大江维时也非常成功，他步步亨通。大江维时历任式部大辅、大学头和参议，品为从三位，官至中纳言。作为文学家，大江维时能做汉诗，他堪称秀颖。他的文学生涯，起于文章生，至于文章博士。大江维时生活在平安时代（公元794—1192年）中期，那正是日本努力向中国唐朝学习的时候。中国的文化以盛唐和隆宋并称，它们俱为同时期世界上最发达的文化。在大江维时出生之前大约120年，杜诗集就已经在中国出现了，这就是樊晃辑《杜工部小集》六卷，该书大约成书于大历五年（公元770年）至七年（公元772年）。在唐五代时期，中国学者编撰了大量的杜甫诗文集。其中，唐阙名编《杜员外集》二卷，为日本僧人圆仁《入唐新求圣教目录》所著录。圆仁为日本天台宗第三代座主。他于唐文宗开成三年（公元838年）随日本第十八次遣唐使藤原常嗣入唐求法，于唐宣宗大中元年（公元847年）携带584部汉文典籍回到日本。由此可知，早在唐代杜甫诗文集就已经流传到日本了。宋代是杜诗学勃兴的时代，当有更多的杜甫诗文集流传到日本。大江维时与从兄大江朝纲，以及菅原文时同为当时的日本文坛领袖。在大江维时编著的《千载佳句》一书中，记录了唐诗中的七言秀句，其中有六联出于杜诗。

　　"秦城楼阁莺花里，汉主山河锦绣中。"此联出于《清明二首》之二，见《杜诗详注》卷二二。莺花，一作烟花。

　　"林花著雨胭脂落，水荇牵风翠带长。"此联出于《曲江对雨》，见《杜诗详注》

卷六。著雨，一作着雨。胭脂，一作燕支。曲江对雨，一作曲江值雨。

"蓝水远从千涧落，玉山高并两峰寒。"此联出于《九日蓝田崔氏庄》，见《杜诗详注》卷六。

"五夜漏声催晓箭，九重春色醉仙桃。"此联出于《奉和贾至舍人早朝大明宫》，见《杜诗详注》卷五。

"鱼吹细浪摇歌扇，燕蹴飞花落舞筵。"此联出于《城西陂泛舟》，见《杜诗详注》卷三。

"数茎白发那抛得？百罚深杯辞不辞？"此联出于《乐游园歌》，见《杜诗详注》卷二。辞不辞，一作亦不辞，又作也不辞。在大江维时《千载佳句》中，这首诗的标题写作"陪阳傅贺兰长史会乐游原"。

以上情形足以证明杜诗在唐代就已经流传到日本。我们有理由相信，杜甫的端午诗篇也流传到了日本。这是因为天皇制的日本社会对臣子的忠心要求极高。大隈重信《开国五十年史序论》："日本人常自信云，日本为神国，由神而享受其殊恩。"① 欲人有归属感，必使其有优越感。欲人尽忠诚，必予之殊恩。一个团队如此，一个国家更是如此。新渡户稻造《武士道》："把生命看作是臣事主君的手段，而其理想则放在名誉上面。因此，武士的全部教育和训练就是以此为基础来进行的。"② 正如英国以绅士之国（gentlemen's kingdom）为理想来建设国家一样，日本也以武士之国为理想来建设国家。诚然，并非每个英国人都是绅士，而且小人亦在所不少，然其建国理想毕竟高悬在那里，英国人觉得他们应该那样去追求。诚然，并非每个日本人都是武士，而且猥琐者亦在在多有，然其建国理想毕竟高悬在那里，日本人势必那样去追求。日本人自以为神的子孙，故向天皇尽忠为其最高的使命。在这种民族共同心理的支配下，日本人对杜诗极为看重。杜甫的端午诗篇所反映的，不是别的，而正是杜甫那居官必忠的儒家正统思想。以此之故，杜甫的端午诗篇必然受到日本人的高度重视。

杜甫是具有世界影响的伟大诗人，他的诗歌以现实主义为基本格调，因而民生的一切大都在他的诗歌中有所反映。杜诗以创作题材广泛而著称，在杜诗中有直接言及端午节的诗篇，这是毫不足怪的。

二、楚地风物

尽管端午节的起源说法不一，但是人们大都认为端午节起源于悼念投江自沉的爱

---

① [日] 大隈重信撰：《日本开国五十年史》，上海：上海社会科学院出版社，2007年版，第5页。
② [日] 新渡户稻造著、张俊彦译：《武士道》，北京：商务印书馆，2006年版，第57页。

国诗人屈原,因而它所反映的主要为楚地的民俗。至于其他的端午节起源说,只要我们仔细地搜求和分析,就会发现,其实它们也与悼念屈原一事有联系。屈原是楚国的爱国诗人,因而悼念屈原的诗作也往往言及楚地及其风物。杜诗亦然。楚山、楚水、楚地、楚人、楚客、楚材、楚江、楚天、荆楚,这些皆为涉楚关键词,它们频频出现在杜诗之中。在杜诗中有许多言及楚地的诗篇,它们反映了杜甫对楚地的深刻认识。以下为主要的例证,以及笔者做的比较和分析。

"大暑运金气,荆扬不知秋。……楚材择杞梓,汉苑归骅骝。"① 此两联出于《毒热寄简崔评事十六弟》,见《杜诗详注》卷十五。据黄鹤注,这首诗作于大历元年(公元766年),杜甫时在夔州。荆扬,荆州和扬州。荆州,在长江中游,属于楚地。扬州,在长江下游。杜甫青年时期曾游历吴越。杜甫晚年想到了自己青年时期的理想,楚地的炎热竟然也使他感慨万端。楚材,这是我们联想到名言:惟楚有才,于斯为盛。

"楚宫久已灭,幽佩为谁哀。侍臣书王梦,赋有冠古才。冥冥翠龙驾,多自巫山台。"② 此三联出于《雨》(峡云行清晓),见《杜诗详注》卷十五。这首诗也是杜甫居夔州时所作。在这首诗中,杜甫还谈到了宋玉,称他为"侍臣"。宋玉是楚辞的重要作者。宋玉的赋作,多奇思妙想,以得江山之助之缘故也,其《高唐赋》和《神女赋》,收入《文选》卷十九。江山之助,指环境对文学创作的正面影响。法国文论家泰纳(Hippolyte Adolphe Taine,1828—1893)《〈英国文学史〉序言》一文中指出:"三个不同的根源有助于产生这种基本的道德状态——种族、环境和时代。"③(拙译)同理,种族、环境和时代也是影响文学创作的三个决定性的因素。他还指出:"这样勾勒出一个种族的内部结构之后,我们还必须考虑该族存在于其中的那种环境。这是因为人在世界上不是孤单的。你看,大自然环绕着他,他的同类环绕着他;种种偶然和次要的倾向掩盖了他那原始的倾向。并且,物质环境或社会环境在发挥其作用时,它们自身的品质还会干扰或增强。"④(拙译)具体说来,宋玉在创作这两篇赋的时候,是巫山神女给了他创作的灵感。巫山是楚地的一处具体的环境,它耸立在大江边上,这是典

---

① 杜甫撰、仇兆鳌详注:《杜诗详注》,上海:上海古籍出版社,1992年版,第516页。
② 杜甫撰、仇兆鳌详注:《杜诗详注》,上海:上海古籍出版社,1992年版,第522页。
③ Three different sources contributed to produce this elementary moral state—the race, the surroundings, and the epoch. ——Hazard Adams and Leroy Searle, ed. *Critical Theory since Plato*, third edition (Stamford, CT, USA: Thomas Learning, 2005) 645.
④ Having thus outlined the interior structure of a race, we must consider the surroundings in which it exists. For man is not alone in the world: nature surrounds him, and his fellow men surround him; accidental and secondary tendencies come to place themselves on his primitive tendencies, and physical or social circumstances disturb or confirm the character committed to their charge. ——Hazard Adams and Leroy Searle, ed. *Critical Theory since Plato*, third edition (Stamford, CT, USA: Thomas Learning, 2005) 645.

型的"江山"。神女是传说中的巫山的女儿。巫山哪来女儿？人们称之为神女，是因为江山能启迪人的心智，给人以创作的灵感罢了。

楚宫是楚王的宫殿，也是屈原生前的工作场所。屈原不仅是伟大的诗人，还是具有政治理想的思想家。当时的楚国，政权把持在贵族手里。屈原顺应时代潮流，提出了自己的政治主张，《离骚》第162—163句："举贤而授能兮，循绳墨而不颇。"① 即从"士"这一阶层中提拔能人以充实国家政权，让他们有职有权以从事改革。当时"士"这一阶层出现了。士代表商人和地主阶级的利益。较之守旧的贵族，士毕竟具有先进性。所谓士，就是那个时代追求进步的知识分子，他们遵循一定的法度，因而不至于偏颇。屈原是他那个时代伟大的改革家。《史记》卷八四《屈原传》："上官大夫与之同列，争宠而心害其能。怀王使屈原造为宪令，屈平属草稿未定。上官大夫见而欲夺之，屈平不与，因谗之曰：'王使屈平为令，众莫不知，每一令出，平伐其功，以为非我莫能为也。'王怒而疏屈平。"② 这里所说的"宪令"就是全楚国改革的总体计划。可惜昏庸的楚王拒绝实施屈原的改革计划。屈原被放逐，流徙途中，悲愤无奈，投江自沉。屈原的改革计划是在楚宫中制定的，因而杜诗中言及"楚宫"的诗篇还有很多。

"泊舟楚宫岸，恋阙浩酸辛。"③ 此联出于《敬寄族弟唐十八使君》，见《杜诗详注》卷二一。

"巫峡曾经宝屏见，楚宫犹对碧峰疑。"④ 此联出于《夔州歌十绝句》之八，见《杜诗详注》卷十五。

"最是楚宫俱泯灭，舟人指点到今疑。"⑤ 此联出于《咏怀古迹五首》之二，见《杜诗详注》卷十七。

"清旭楚宫南，霜空万岭含。"⑥ 此联出于《朝二首》之一，见《杜诗详注》卷二十。

楚宫，楚国的王宫，这是简称。楚宫，又作楚王宫，此表述更明晰。在诗歌中，因为牵涉韵律，所以诗人根据需要而随意选用。在杜诗中，也言及楚王宫。

"瘴馀夔子国，霜薄楚王宫。"⑦ 此联出于《大历二年九月三十日》，见《杜诗详

---

① 黄寿祺、梅桐生：《楚辞全译》，贵阳：贵州人民出版社，1984年版，第13页。
② 司马迁：《史记》，北京：中华书局，2006年版，第505页。
③ 杜甫撰、仇兆鳌详注：《杜诗详注》，上海：上海古籍出版社，1992年版，第740页。
④ 杜甫撰、仇兆鳌详注：《杜诗详注》，上海：上海古籍出版社，1992年版，第515页。
⑤ 杜甫撰、仇兆鳌详注：《杜诗详注》，上海：上海古籍出版社，1992年版，第592页。
⑥ 杜甫撰、仇兆鳌详注：《杜诗详注》，上海：上海古籍出版社，1992年版，第710页。
⑦ 杜甫撰、仇兆鳌详注：《杜诗详注》，上海：上海古籍出版社，1992年版，第961页。

注·补注》卷下之二十卷，诗题误作"大历三年九月三十日"。

"春雨暗暗塞峡中，早晚来自楚王宫。"① 此联出于《江雨有怀郑典设》，见《杜诗详注》卷十八。

楚王台是与楚王宫相关的楚地胜迹，又名阳台、阳云台。萧涤非主编《杜甫全集校注》卷十三："楚王台，即阳台。《太平寰宇记·山南东道七·夔州》：楚宫在巫山县西北二百步，在阳台古城内。即襄王所游之地。阳云台高一百二十丈，南枕长江。"② 相传楚襄王曾在阳台与巫山神女幽会，故称楚王台。杜甫在其诗歌中多次言及楚王台。

"暂留鱼复浦，同过楚王台。"③ 此联出于《奉寄李十五秘书二首》之一，见《杜诗详注》卷十五。

"何须妒云雨，霹雳楚王台。"④ 此联出于《雷》（巫峡中宵动），见《杜诗详注》卷二十。

在杜诗的涉楚关键词中，"屈原宅"最为重要。《杜诗详注》卷十五《最能行》：

峡中丈夫绝轻死，少在公门多在水。富豪有钱驾大舸，贫穷取给行艓子。小儿学问止《论语》，大儿结束随商旅。欹帆侧柁入波涛，撇漩捎濆无险阻。朝发白帝暮江陵，顷来目击信有征。瞿塘漫天虎须怒，归州长年行最能。此乡之人气量窄，误竞南风疏北客。若道土无英俊才，何得山有屈原宅？⑤

屈原宅就是屈原的故居。北魏郦道元《水经注》卷三四注"又东过秭归县之南"曰："县东北数十里，有屈原旧田宅，虽畦堰麋漫，犹保屈田之称也。县北一百六十里有屈原故宅，累石为室基，名其地曰乐平里，宅之东北六十里有女媭庙，捣衣石犹存。故《宜都记》曰：秭归盖楚子熊绎之始国，而屈原之乡里也。原田宅于今具存。指谓此也。"⑥ 屈原宅故址在今湖北省秭归县三闾乡乐平里，当地人称之为"落脚坪"。屈原有时称故居为"故宇"，《离骚》第265—266句："何所独无芳草兮，尔何怀乎故宇？"⑦ 天涯何处无芳草？青年时期的屈原毅然决然离开故乡，为的是干一番事业。这与杜甫青年时期的心态是一致的。屈原有时候也径称故居，《远游》第51—52句："春

---

① 杜甫撰、仇兆鳌详注：《杜诗详注》，上海：上海古籍出版社，1992年版，第639页。
② 萧涤非主编：《杜甫全集校注》，北京：人民文学出版社，2014年版，第3608页。
③ 杜甫撰、仇兆鳌详注：《杜诗详注》，上海：上海古籍出版社，1992年版，第511页。
④ 杜甫撰、仇兆鳌详注：《杜诗详注》，上海：上海古籍出版社，1992年版，第709页。
⑤ 杜甫撰、仇兆鳌详注：《杜诗详注》，上海：上海古籍出版社，1992年版，第508页。
⑥ 郦道元著、陈桥驿校正：《水经注校正》，北京：中华书局，2013年版，第757页。
⑦ 黄寿祺、梅桐生：《楚辞全译》，贵阳：贵州人民出版社，1984年版，第22页。

秋忽其不掩兮，奚久留此故居？"① 青青的岁月倏焉而过，有志者不能长久地留在故居。屈原有时候称故居为"故室"，《招魂》："魂兮归来！返故居兮。"② 若将故居放大开来，那么便是故乡和故国。故居之所以重要，乃是因为它是灵魂的归宿。这是一种宗教意识。屈原热爱自己的故居，既有离开故乡的时候，更有回归故居的时候。屈原是一个有宗教寄托的人。

《最能行》是杜甫出道夔州时写下的诗篇，作于大历元年。在这首诗中，杜甫描写了三峡民间的风俗。峡中男子，轻视生命，追逐钱财，气量狭小，读书不多，蔑视教育。对此，杜甫做了讽刺。不过，字里行间也流露出了杜甫的惊叹：峡中男子，最熟悉水性，他们从小便奔波来往于江上。在风口浪尖讨生活，在峡中男子看来并非难事。因此，杜甫称他们"最能"，即最有本领。行，这首诗的体裁，即歌行体。屈原是三峡中人，他具有峡中男子的优点，即勇敢奋斗的精神。尽管屈原是三峡中人，他却没有峡中男子的那些缺点。屈原的人格是高大完美的。原因何在呢？杜甫认为，成就屈原人格的根本原因是文化教育。

良好的文化教育使屈原成为一代英才。《离骚》第9—10句："纷吾既有此内美兮，又重之以修能。"③ 所谓"内美"，指美好的内在本质。人们对此没有争议。至于"修能"，有人把它理解为高高大大的样子，美好的姿容。姿容，主要指人的体貌，其侧重在于肉体。古人已经觉得这样的理解有问题。比如，明汪瑗《楚辞集解·离骚》："内美句承上以德言，修能句启下以才言。"④ 笔者赞同汪瑗的理解。屈原固然是美男子，但是人们崇敬屈原并非因为他貌美。相比之下，精神的美远比肉体的美来得重要。英语中有一条谚语：Everybody is beautiful, in one way or another. 意思是说：人人皆可为美，仅在方式不同。具有基督教信仰的人，尤其坚信这一点。在西方人看来，大凡公义的人们（just men）都是美的，尽管他们的容貌各不相同。公义的人，这一说法带有基督宗教的色彩，其实它所指的就是正直的人、具有正义感的人。即使容貌丑陋的人，如果具有公义的人格，也能透露出强烈的美感。法国作家维克多·雨果（Victor Hugo, 1802—1805）《巴黎圣母院》（Notre Dame de Paris）中的那个驼背卡西莫多（Quasimodo）就是如此。他的举手投足，他的目光，他的表情，都透露出强烈的美感。副主教弗洛罗（Frollo）则与之形成对照，他身材匀称，五官端正，确实具有肉体美，但是他内心狠毒，灵魂肮脏，于是处处给人丑恶的感觉。显然，用美好的姿容来概括屈原的

---

① 黄寿祺、梅桐生：《楚辞全译》，贵阳：贵州人民出版社，1984年版，第124页。
② 黄寿祺、梅桐生：《楚辞全译》，贵阳：贵州人民出版社，1984年版，第158页。
③ 黄寿祺、梅桐生：《楚辞全译》，贵阳：贵州人民出版社，1984年版，第1页。
④ 汪瑗撰、董洪利点校：《楚辞集解》，北京：北京古籍出版社，1994年版，第33页。

外貌是不准确的。清林云铭《楚辞灯》卷之一:"'纷吾既有此内美兮',纷,众盛貌。言既秉有许多美质。'又重之以修能',又加以修治之力。下文许多'修'字,俱本于此。旧注作长才,大谬。"① 关于"修能"的含义,林云铭讲得更为明确。他还批驳了那种把"修能"理解为"身材高大魁梧"的说法。林云铭指出,那样的理解大大地错了。值得注意的是,林云铭《楚辞灯》早就传播到了日本。"在楚辞的译介方面,早在1651年,日本就印行过训读本《注解楚辞全集》,1798年林云铭《楚辞灯》等印行之时,均附有训读。"② 有不少日本楚辞学家都接受林云铭对于"修能"的解释。从根本上说,林云铭对"修能"的解释符合屈原的人格之实际。

屈原的如此人格,当然具有感动力。宋李昉等编《文苑英华》卷七八六王茂元《楚三闾大夫屈先生祠堂铭并序》:

> 按《史记》本传及《图经》,先生秭归人也,姓屈名原,字灵均,一名平,字正则,本实楚之苗系。大父瑕受屈为卿,遂以命氏。先生义特百夫,文横千古,其忠可以激俗,其清可以厉贪。仕楚为三闾大夫,属君怀不惠,与靳尚等夷,尚嫉原才,谮漏宪令,构成衅状,锢绝恩私。由是忠言如风,不入主听,险党若铁,斥为穷人。始楚与齐连衡以弱秦,秦以商於之地六百里为河外五城以饵楚,楚嗜张仪之绐,不纳先生之谏。子兰、郑袖,内蠹于朝;蛇秦、豕齐,外披封略。原为放臣,王卒客死,《离骚》始作,徒冀幸君之一悟,汨罗终赴,痛皆醉而独醒。呜呼!忠在祸先,功成罔贵,洎成忠死,世责何深?盖有国有家之所大病,志士仁人之所悼叹也。嗟乎先生,君辱身死,周旋存殁之际,感慨今古之心,宜乎上与比干、夷、齐携手,作华胥、羲轩之游,假灵于遗芳,而困于佞幸者也,安可为鼠肝虫臂,鱼腴鳖迹而已哉?元和十五年,徐刺建平之再岁也,考验图籍,则州之东偏十里而近,先生旧宅之址存焉。爰立小祠,凭神土偶,用表忠贞之所诞,卓荦之不泯也。铭曰:麟出非时,终困于人。剑有雄铓,不用无神。矫矫先生,不缁不磷。举世皆醉,抱忠没身。汨水悠悠,言问其滨。归山高高,独揖清尘。诞灵是所,粤秭归土。义风敬承,庙貌无睹。庭而可修,予期负弩。死不可作,余构其宇。耸忠来者,载陈清酤。乞灵臧氏,非愚所取。已矣先生,蘋诚其吐。③

---

① 林云铭撰、彭丹华点校:《楚辞灯》,上海:华东师范大学出版社,2012年版,第1页。
② 马祖毅、任荣贞:《汉集外译史》,武汉:湖北教育出版社,1997年版,第550页。
③ 李昉等编:《文苑英华》,北京:中华书局,1966年版,第4156页。

王茂元，传见《旧唐书》卷一五二和《新唐书》卷一七零。《全唐文》卷六八四收录王茂元文两篇，另一篇为《奏吐蕃交马事宜状》。在秭归与香溪之间有一处高地叫"屈原沱"，据信屈原遗体葬于此。唐元和十五年（公元820年），归州刺史王茂元在这里修建了屈原祠堂，并撰写了这篇文章。这篇文章由序文和铭文两部分组成。按说，铭文才是文章的主体，序文只是对铭文的说明。不过，由于铭文系用四言韵语写成而难于具体地叙事，因而铭文一般只用作笼统的颂辞。铭文让人们知道作者在号呼歌颂，而序文说明何以号呼歌颂的理由。这样一来，序文反而成了文章的主体。这就是为什么古人作铭，总要在其前附上长长的序文之原因。王茂元这篇文章也是如此，其重心在序文。在序文中，王茂元首先叙述了屈原的生平，这与其他史料的记载无甚差别。接着，王茂元用一声"呜呼"起首，针对屈原的生平事迹，发表了自己的感想。这一部分较为珍贵，有三点值得注意。第一，定位屈原的人格。屈原的人格高尚。那么，高尚到什么地步呢？屈原在人格上与比干、伯夷和叔齐一样伟大。他们都是中国士人的万代楷模。第二，确定屈原的神格。屈原去世之后，变质为神，人们纪念他，为他修祠堂。祠堂，在中国文化中，那是神圣的场所，因为它具有教堂的部分功能。第三，提出神学的命题：凭神土偶。在祠堂里供奉的屈原塑像固然是用泥土做成的，但是这并非一坨泥巴，而是一位神灵。在这里，那一坨泥巴已经被赋值了。泥巴之所以不再是泥巴而是神灵，原因在于神灵凭附在其上了。这就好比基督教的圣餐礼，明明喝的是葡萄酒嘛，但是参加圣餐礼的人都说那是耶稣的血，而且他们深信不疑；明明吃的是面包嘛，但是参加圣餐礼的人们都说那是耶稣的身体，而且他们深信不疑。这是怎么一回事呢？原来，那葡萄酒经过了一道祝圣的仪式，在信众领受它之前，主祭曾对之呢喃低语。这样一来，葡萄酒就变成了凭神红酒，被尊称为宝血。原来，那面包经过了一道祝圣的仪式，在信众领受它之前，主祭曾对之低语呢喃。这样一来，面饼就变成了凭神面饼，被尊称为圣体。

屈原宅本是建筑物，不过，由于屈原的灵魂居于其中，它便成为屈原人格的可以触知的物体了。屈原的灵魂是看不见摸不着的，然而屈原宅却是看得见也摸得着的。以此之故，我们有理由认为，屈原宅是屈原人格的固化和物化。这是杜甫见到屈原宅便心潮起伏的根本原因。

三、缅怀屈宋

在杜诗中有许多言及屈宋的诗篇。杜甫所用的关键词是：屈宋、屈贾辈、楚大夫。这些诗篇反映了杜甫对楚辞的主要作家屈原和宋玉的认识，尤其反映了杜甫对屈原人格的认同，以及对屈原理想的践行。

(一) 屈宋

《杜诗详注》卷三《醉时歌》写道：

> 诸公衮衮登台省，广文先生官独冷。甲第纷纷厌粱肉，广文先生饭不足。先生有道出羲皇，先生有才过屈宋。德尊一代常轗轲，名垂万古知何用。杜陵野客人更嗤，被褐短窄鬓如丝。日籴太仓五升米，时赴郑老同襟期。得钱即相觅，沽酒不复疑。忘形到尔汝，痛饮真吾师。清夜沉沉动春酌，灯前细雨檐花落。但觉高歌有鬼神，焉知饿死填沟壑。相如逸才亲涤器，子云识字终投阁。先生早赋《归去来》，石田茅屋荒苍苔。儒术于我何有哉，孔丘盗跖俱尘埃。不须闻此意惨怆，生前相遇且衔杯。①

此诗作于天宝十三载春。郑虔（公元685—764年）年长杜甫27岁，他是杜甫的忘年交。在杜诗中，有许多诗篇言及郑虔。郑虔很有才华，但生活贫穷。玄宗爱人才，设立广文馆，纳天下才士，郑虔为第一位广文馆博士。此诗有四点值得注意。第一，在这首诗中，杜甫称赞说，郑虔的才华超过了屈原和宋玉。这是一句夸张的话。杜甫如此夸张，因为他受到这首诗的中心思想之限制。该诗题下原注："赠广文馆博士郑虔。"② 古代文人交往应酬的诗篇，大都如此。我们不能因此而认为杜甫把屈原和宋玉看得比郑虔低一些。第二，杜甫崇敬屈原和宋玉，他把他们看得和陶渊明一样伟大。与屈原和宋玉类似，陶渊明也擅长写作辞赋。先生早赋《归去来》，这一行诗颇有趣味。《归去来》指陶渊明《归去来辞并序》。陶渊明《归去来兮辞》是辞赋中的佳作，而其《桃花源记》是古文中的名篇。先生，指郑虔。杜甫希望郑虔早一点儿写出《归去来》那样的辞赋作品来。这就告诉我们，郑虔毕竟还是没有写出《归去来》，因而他比陶渊明在文学才华上还是低了许多的。第三，杜甫尊崇前辈诗人，不仅从其文学成就看，而其主要还是从他们的人格看。屈原、宋玉和陶渊明都是人品高洁之士。第四，杜甫具有浓厚的儒家正统思想，尽管如此，从这首诗的最后两联看，杜甫对儒家思想做了一定的批判。儒家思想只是杜甫思想的一个方面，尽管这一方面所占的比重较大，但儒家思想绝不是杜甫思想的全部。

在看人、取士、交友和择邻的时候，注重人品而不是仅仅看对象的才能，这是杜甫的一贯主张。《杜诗详注》卷十四《赠郑十八贲》写道：

---

① 杜甫撰、仇兆鳌详注：《杜诗详注》，上海：上海古籍出版社，1992年版，第76页。
② 杜甫撰、仇兆鳌详注：《杜诗详注》，上海：上海古籍出版社，1992年版，第76页。

温温士君子，令我怀抱尽。灵芝冠众芳，安得阙亲近。遭乱意不归，窜身迹非隐。细人尚姑息，吾子色愈谨。高怀见物理，识者安肯哂。卑飞欲何待，捷径应未忍。示我百篇文，诗家一标准。羁离交屈宋，牢落值颜闵。水陆迷畏途，药饵驻修轸。古人日以远，青史字不泯。步趾咏唐虞，追随饭葵堇。数杯资好事，异味烦县尹。心虽在朝谒，力与愿矛盾。抱病排金门，衰容岂为敏。①

此诗当作于大历元年（公元766年）春末。杜甫当时住在云安县（今重庆市云阳县）。郑贲，排行十八，与杜甫一样，也是流落到云安的士人。一个人遭逢乱世而能坚持自己的操守，这是不容易的。对此，杜甫深有所感。杜甫认为郑贲人品高尚，因此写下了这首诗赠送给他。郑贲流落他乡，穷困而地位低下。于是杜甫就引用《礼记》上的话来鼓励他，《礼记·檀弓上》："君子之爱人也以德，细人之爱人也以姑息。"②君子爱别人，就要成全别人的美德；小人爱别人，才会苟且地讨人喜欢。杜甫对郑贲说，有见识的人绝不会嘲笑他的贫穷和寒酸。当时杜甫自己也处于流寓之中，因此他说，屈身低飞并非不光彩，我们不要走什么捷径。郑贲喜欢写文章，他从自己的文章中选出一百篇送给杜甫看，并请他提意见。于是，杜甫说：诗家一标准。

　　诗家一标准。这句话，可以看成是杜甫提出的一个诗学命题。衡量诗人，应该有一个起码的标准。这个标准是什么呢？具体说来，就是：羁离交屈宋，牢落值颜闵。在人生苦旅之中要交屈原和宋玉那样的朋友。在穷愁潦倒中要学习颜回和闵子骞。颜回和闵损俱为孔子的好学生。

　　颜回，字子渊，亦称颜渊，他家境贫寒，箪食瓢浆，居住陋巷，而不改其乐。颜回天资聪颖，勤奋好学，尊重老师，德行出众。颜回的品德后来成为仁德的象征。我国历代对于颜回，都有所追封。汉高祖时，以颜回配享孔庙。唐贞观二年（公元628年），诏称颜回为先师。唐开元八年（公元720年），诏颜回为十哲之一。十哲为颜回、闵子骞、冉伯牛、仲弓、宰我、子贡、冉有、季路、子由和子夏，他们都是孔子的门徒。按照孔庙的祀典，这十人列侍于孔子之侧。唐开元二十七年（公元739年）追封颜回为兖公。宋大中祥符二年（公元1009年），改封颜回为"兖国公"。南宋咸淳三年（公元1267年），颜回从十哲升为四配之一，配享于孔庙。四配为颜、曾、思、孟，即颜渊、曾孙、子思和孟轲。在孔庙里，孔子居中，颜渊和子思居东，曾孙和孟轲居西。元至顺元年（公元1330年），加封颜回为"兖国复圣公"。明嘉靖九年（公元1530

---

① 杜甫撰、仇兆鳌详注：《杜诗详注》，上海：上海古籍出版社，1992年版，第495页。
② 陈戍国点校：《周礼 仪礼 礼记》，长沙：岳麓书社，1989年版，第299页。

年），颜回改称"复圣"。在曲阜城内有"复圣庙"，民间称之为"颜庙"。

闵损，字子骞，《太平御览》卷三四引《孝子传》曰："闵子骞，幼时为后母所苦，冬月以芦花衣之，以代絮。其父后知之，欲出后母。子骞跪曰：'母在一子单，母去三子寒。'父遂止。"① 这就是民间流传的《芦花记》故事的雏形，曾有据此而改编的连环画。小孩子阅读这个故事，往往泣成一个泪人儿。唐开元二十七年，追封闵子骞为"费侯"。宋大中祥符二年，追封闵子骞为"琅琊公"。南宋咸淳三年，又改封闵子骞为"费公"。明嘉靖九年，改称闵子骞为闵子。闵子骞上事父母，下顺兄弟，以孝著称。

孝，这是子女对父母的敬爱。悌，这是一个人对兄弟的敬爱。孝和悌都是美德。悌德是孝德的扩展。对比而观之，孝的本质是虔敬。在英文中，孝作 filial piety，直译为：子女的虔敬。在德文中，孝作 Kindespietät，直译仍为：子女的虔敬。虔敬是笃信，不怀疑。圣经新约《希伯来书》11：1 写道："信就是所望之事的实底，是未见之事的确据。"② 一个人在未实现某事时坚信它能实现，一个人在未见到某物时坚信它的存在，这就需要信仰，而虔敬是信仰的前提。唯有心中虔敬，感情才能厚重。圣经新约《彼得后书》1：7 写道："有了虔敬，又要加上爱兄弟的心；有了爱兄弟的心，又要加上爱众人的心。"③ 在中国古代也有类似的看法，古人认为，移孝可作忠。只有那些具有孝心的人才能够忠诚于君主。在古代君主是国家的象征，因而忠君爱国总是联系在一起的。唯有忠君爱国者，才能够爱民众。试想，如果一个人连自己最亲近的人都不爱，那么他怎么能够忠君爱国关心老百姓呢？

值得注意的是杜甫将屈宋颜闵并称。在这里，杜甫把屈原和宋玉的高尚人格进一步具体化了，杜甫把屈原和宋玉的人格来源追溯到了儒家圣人的地步了。这与意大利大作家但丁（Dante Alighieri，公元 1265—1352 年）的情形十分相似。屈原作《离骚》，但丁作《神曲》（*La Divina Comedia*）。屈原遭贬斥放逐，但丁遭终身流放。杜甫将屈原归位于儒家圣人的行列里。但丁去死后，基督宗教将他列为神学家。

此外，《杜诗详注》卷二二《送覃二判官》也言及屈宋。

先帝弓剑远，小臣馀此生。蹉跎病江汉，不复谒承明。饯尔白头日，永

---

① 李昉编纂、夏剑钦等校点：《太平御览》第七卷，石家庄：河北教育出版社，2000 年第二版，第 619 页。
② 《圣经——中英文对照》（和合本·新标准修订版），北京：中国基督教两会，2000 年版，第 292 页。
③ 《圣经——中英文对照》（和合本·新标准修订版），北京：中国基督教两会，2000 年版，第 414 页。

怀丹凤城。迟迟恋屈宋，渺渺卧荆衡。魂断航舸失，天寒沙水清。肺肝若稍愈，亦上赤霄行。①

此诗作于大历三年杜甫在江陵时。在荆南节度判官任上的覃某，排行第二，要离开江陵前往长安，杜甫为他饯行。杜甫感触万端，写下了这首诗。浦起龙《读杜心解》卷五之四："覃二之行，必是归京，故送别而三致恋阙之思。"值得注意的是该诗第四联。一说宋玉为楚顷襄王侍从。笔者认同此说，纯粹的一介寒士，很难在官本位根深蒂固的中国传统文化中留存下文学作品来。杜甫想到屈原和宋玉，他们也是流落荆楚的逐臣。屈宋的命运，与自己多么相似啊！"居庙堂之高，则忧其民；处江湖之远，则忧其君。"② 前一分句，宛如杜甫在长安任左拾遗时的写照；后一分句，恰似杜甫在江陵过漂泊生活的画图。杜甫在《送覃二判官》一诗中流露出忠君爱国之思，这与范仲淹在《岳阳楼记》中所说一致。这年秋天，杜甫还写过《秋日荆南述怀三十韵》，见《杜诗详注》卷二一。该诗第二十韵："不必伊周地，皆知屈宋才。"③ 在这首诗中，杜甫言及"屈宋才"，他肯定了屈原和宋玉具有为官的才干，也流露出自己那忠君爱国之思：身处江湖，心向金阙。

（二）屈贾辈

《杜诗详注》卷二二《上水遣怀》：

> 我衰太平时，身病戎马后。蹭蹬多拙为，安得不皓首。驱驰四海内，童稚日糊口。但遇新少年，少逢旧亲友。低颜下色地，故人知善诱。后生血气豪，举动见老丑。穷迫挫囊怀，常如中风走。一纪出西蜀，于今向南斗。孤舟乱春华，暮齿依蒲柳。冥冥九疑葬，圣者骨亦朽。蹉跎陶唐人，鞭挞日月久。中间屈贾辈，谗毁竟自取。郁没二悲魂，萧条犹在否。嶕崒清湘石，逆行杂林薮。篙工密逞巧，气若酣杯酒。歌讴互激远，回辔明受授。善知应触类，各藉颖脱手。古来经济才，何事独罕有。苍苍众色晚，熊挂玄蛇吼。黄黑在树颠，正为群虎守。羸骸将何适，履险颜益厚。庶与达者论，吞声混瑕垢。④

---

① 杜甫撰、仇兆鳌详注：《杜诗详注》，上海：上海古籍出版社，1992年版，第768页。
② 吕祖谦编：《钦定四库全书荟要·宋文鉴》，长春：吉林出版集团有限责任公司，2005年版，第823页。
③ 杜甫撰、仇兆鳌详注：《杜诗详注》，上海：上海古籍出版社，1992年版，第757页。
④ 杜甫撰、仇兆鳌详注：《杜诗详注》，上海：上海古籍出版社，1992年版，第778页。

此诗作于大历四年（公元769年）杜甫由岳阳乘舟前往湘潭的途中，第二年杜甫就去世了。逆水行舟，舟行缓慢。杜甫年老漂泊，已知穷途末路。他触景生情，心中惶恐。一路上杜甫所遇皆新进的少年。他的老朋友很少了，因为他们一个一个都走了（试比较：They have passed away one by one）。后生们血气方刚，而杜甫行动缓慢，已经显出老态和丑态了。打从乾元元年离京入蜀，杜甫已经漂泊了将近一纪的时光。远方的九嶷山是大舜的葬地。圣人死了，其骨已朽。《杜诗详注》卷二《同诸公登慈恩寺塔》诗："羲和鞭白日，少昊行清秋。"① 羲和是为太阳驾车的神。这与希腊神话中的太阳神阿波罗相仿佛，他也驾着金车行驶天上。少昊是传说中远古东夷族的首领，后来也变质为神，掌管时间。《文选》卷十三祢衡《鹦鹉赋》："若乃少昊司辰，蓐收整辔。"② 在大舜和杜甫之间有屈原和贾谊。即使像屈原和贾谊那样伟大的人们，也是毁誉参半的，而今他们只是两个悲泣的孤魂。他往南方走啊走，越走越远，越见处处春色，越知夕照无多。自己的想法涌起，世事的无常依然，何处才是归宿呢？浦起龙《读杜心解》卷一之六："上水而见舟师之熟悉，因悟凡事皆有动变入神之用。"③ 杜甫《上水遣怀》一诗的宗教意识是明显的。此诗作于大历四年（公元769年）杜甫由岳阳乘舟前往湘潭的途中，第二年杜甫就去世了。处于人生暮年的杜甫极为需要终极关怀。那么，他到何处去寻找终极关怀呢？答案如下：杜甫到中华文化的源头中去寻找终极关怀。

（三）楚大夫

《杜诗详注》卷二三《地隅》：

  江汉山重阻，风云地一隅。年年非故物，处处是穷途。丧乱秦公子，悲凉楚大夫。平生心已折，行路日荒芜。④

关于此诗的写作时间，历代杜诗家有争议。从内容看，此诗当作于大历三年深秋。诗中"江汉"一语，泛指江水之上。此时杜甫已经快走到人生的尽头了，他感觉仿佛来到天涯地角一样，于是将心中所想写进这首短诗之中。在诗中杜甫提到三个人物，他们是楚大夫屈原。秦公子王粲，以及杜甫自己。杜甫仍然在上下求索，行走在人生的旅途上。此诗口吻悲凉，为穷途末路之叹。诗人意志壮烈，仍在不懈追求。有宗教意识的人不绝望。

---

 ① 杜甫撰、仇兆鳌详注：《杜诗详注》，上海：上海古籍出版社，1992年版，第48页。
 ② 萧统编：《文选》，上海：上海古籍出版社，1988年版，第184页。
 ③ 浦起龙著：《读杜心解》，北京：中华书局，1961年版，第197页。
 ④ 杜甫撰、仇兆鳌详注：《杜诗详注》，上海：上海古籍出版社，1992年版，第807页。

四、继承屈赋

杜甫对屈赋的继承,表现在有关招魂的心理活动、人生憧憬、理论发展和创作实践这四个方面。

(一)杜甫招魂的心理活动

杜甫言及招魂,原因究竟何在?这可以从心理活动的层面来考察。杜甫认为自己与屈原遭遇相似、抱负相同、才华相当。杜甫从未进行过招魂这一宗教仪式。杜甫只是借屈原来比喻他自己。他要承先启后,继承和发展屈原和宋玉的事业。在杜诗中我们看到杜甫屡屡写到招魂。

"易下杨朱泪,难招楚客魂。"① 此联出于《冬深》,见《杜诗详注》卷二二。杜甫《冬深》诗的写作时间,历代杜诗家有争议,从内容看当是杜甫离开公安以后作。楚客,本指屈原,在这首诗中杜甫用来比喻他自己。

"不可久留豺虎乱,南方实有未招魂。"② 此联出于《返照》(楚王宫北正黄昏),见《杜诗详注》卷十五。此诗作于大历元年秋天,时杜甫寓居夔州西阁。南方未招的魂,杜甫借屈原以指自己。屈原遭放逐后,再也没有回到家乡。因遭遇动乱,杜甫估计自己再难回到北方的家乡。

"楚隔乾坤远,难招病客魂。"③ 此联出于《寄高适》,见《杜诗详注》卷十一。此诗作于宝应元年(公元762年),时杜甫居住在梓州。严武奉诏返京,朝廷任命高适代理成都尹。这年七月,剑南西川兵马使徐知道(公元?—762年)反叛,伪称成都尹。杜甫欲返成都草堂,以诗代谏,询问高适,是否可行。《读书堂杜工部诗集注解》卷之八:"时高适官蜀,喜其见召,而悲己尚淹。首二句,公自谓居蜀如屈平谪于沅湘,去君日远,而招魂不归也。以《楚辞》有《招魂》,故即用楚事。"④ 病客,指杜甫自己。杜甫有志而不得伸,心中郁闷,经常病恹恹的,故自称病客。

"梦归归未得,不用楚辞招。"⑤ 此联出于《归梦》,见《杜诗详注》卷二二。此诗作于大历三、四年之间,属于杜甫最晚时期的作品之一。归梦,此指返归首都长安之梦。在《楚辞·招魂》中,诗人八次呼喊:魂兮归来!第一次以呼格(vocative)直接唤魂,第二次向东方招魂,第三次向南方招魂,第四次向西方招魂,第五次向北方招魂,第六次向天上招魂,第七次向地下招魂,最后第八次,招魂入门。可是,杜甫却

---

① 杜甫撰、仇兆鳌详注:《杜诗详注》,上海:上海古籍出版社,1992年版,第770页。
② 杜甫撰、仇兆鳌详注:《杜诗详注》,上海:上海古籍出版社,1992年版,第526页。
③ 杜甫撰、仇兆鳌详注:《杜诗详注》,上海:上海古籍出版社,1992年版,第373页。
④ 张溍著、聂巧平点校:《读书堂杜工部诗集注解》,济南:齐鲁书社,2014年版,第564页。
⑤ 杜甫撰、仇兆鳌详注:《杜诗详注》,上海:上海古籍出版社,1992年版,第775页。

说，他不必采用楚辞那种方式来招魂。那么杜甫采用什么方式来招魂呢？

（二）杜甫招魂的方式是以诗招魂

杜甫以诗招魂，有其人生的憧憬，这就是自己也要当个大作家。杜甫于大历元年秋天在夔州写下了《偶题》诗，见《杜诗详注》卷十八。诗中有云："骚人嗟不见，汉道胜于斯。"① 这是二十二韵的五言排律。明王嗣奭《杜臆》："此公一生精力，用之文章，始成一部《杜诗》，而此篇乃其自序也。"② 在该诗中，杜甫论述了中国诗学的渊源、他对诗歌的见解、自己的创作经验，也附带叙述了某些人生的经历。由于杜甫在这首诗中数处用谦辞来言及自己，因而诗中"骚人"一语，既指屈原和宋玉等前辈作家，也应包括他自己。该诗末联："不敢要佳句，愁来赋别离。"③ 这是我们想到楚辞《九歌·少司命》："悲莫悲兮生别离，乐莫乐兮新相知。"④ 这也是杜甫的谦辞：我哪敢希求美好的诗句呀，只是忧愁时写写离别的忧伤罢了。其实，屈原正是如此写出《离骚》的。人完全没有对名声的欲望，那是不可能的。柳宗元《答韦中立论师道书》："又何以师云尔哉？取其实而去其名，无招越蜀吠怪而为外廷所笑，则幸矣。"⑤ 事实上，衡、湘以南士子，皆以柳宗元为师。今人印名片，要标上"博士生导师"字样。学问好的人还是希望有师名，只是这名声要恰如其分罢了。

（三）从理论上看，杜甫对于屈原的诗学主张有所继承，并提出了两个相关的诗学命题

命题一：有才继骚雅。

《杜诗详注》卷十一《陈拾遗故宅》："拾遗平昔居，大屋尚修椽。悠扬荒山日，惨澹故园烟。位下曷足伤，所贵者圣贤。有才继骚雅，哲匠不比肩。公生扬马后，名与日月悬。同游英俊人，多秉辅佐权。彦昭超玉价，郭振起通泉。到今素壁滑，洒翰银钩连。盛事会一时，此堂岂千年。终古立忠义，《感遇》有遗编。"⑥ 此诗作于宝应元年（公元762年）冬，时杜甫在陈子昂的故乡射洪县。陈子昂是唐代诗歌改革的先驱，其《感遇》诗表现了社会政治的弊端，反映了诗人忧国伤时的思想感情，为唐代关心政治社会的诗歌之发展树立了典范。杜甫高度评价陈子昂的为人和作品，并认为其诗可以继承具有怨悱特色的骚雅，必将永垂不朽。"有才继骚雅"，这本来是赞美陈子昂的话，不过我们也可以把它理解为杜甫提出来的一个诗学命题：真正有文学才能

---

① 杜甫撰、仇兆鳌详注：《杜诗详注》，上海：上海古籍出版社，1992年版，第610页。
② 王嗣奭：《杜臆》，上海：上海古籍出版社，1983年版，第262页。
③ 杜甫撰、仇兆鳌详注：《杜诗详注》，上海：上海古籍出版社，1992年版，第612页。
④ 黄寿祺、梅桐生：《楚辞全译》，贵阳：贵州人民出版社，1984年版，第43页。
⑤ 柳宗元著、曹明纲标点：《柳宗元全集》，上海：上海古籍出版社，1997年版，第278页。
⑥ 杜甫撰、仇兆鳌详注：《杜诗详注》，上海：上海古籍出版社，1992年版，第374页。

的人应该继承由《楚辞》和《诗经》所开创的诗学传统。

命题二：风骚共推激。

《杜诗详注》卷三《夜听许十损诵诗爱而有作》："许生五台宾，业白出石壁。余亦师粲可，身犹缚禅寂。何阶子方便，谬引为匹敌。离索晚相逢，包蒙欣有击。诵诗浑游衍，四座皆辟易。应手看捶钩，清心听鸣镝。精微穿溟涬，飞动摧霹雳。陶谢不枝梧，风骚共推激。紫燕自超诣，翠驳谁剪剔。君意人莫知，人间夜寥阒。"① 此诗做于天宝十四载（公元755年），时杜甫在长安。在这首诗中，杜甫提出了一个诗学命题：风骚共推激。风，指《诗经》；骚，指《楚辞》。中国诗歌到《诗经》为一大变，到以《离骚》为代表的屈赋又一大变。与《诗经》并列的屈赋是杜诗的两大源头之一。推激，这是一个其主体涉及多方的动词，意思是，相互激荡，共同推动，向前发展。因此，这个命题的含义是：由《诗经》和《楚辞》所开创的中国诗学传统需要大家共同努力以推动它向前发展。

（四）杜甫以诗招魂，其最终目的就是要创作出具有楚风楚调的作品来

那么，杜甫办到了吗。答案是肯定的。楚辞带有浓郁的楚地地域色彩。杜甫在楚地的长期生活，使得他体会到了楚歌的文体风貌。身历其境，毕竟有别于单从书本上学习。《杜诗详注》卷十四《将晓二首》之二："军吏回官烛，舟人自楚歌。寒沙蒙薄雾，落月去清波。壮惜身名晚，衰惭应接多。归朝日簪笏，筋力定如何。"② 在楚地，连舟子也会唱楚歌。记得1989年4月，笔者乘船由重庆去上海参加博士生的入学考试。进入枝江境内时，船上播放渔鼓词。渔鼓声声，唱词悠悠，笔者顿感，何其浑厚！当时心境，至今难忘。这或许有助于我们体认杜甫后期诗歌创作的风貌。

杜甫对屈赋做了继承，杜诗中的某些作品具有楚辞韵味。在这方面，突出的例子是《茅屋为秋风所破歌》：

> 八月秋高风怒号，卷我屋上三重茅。
> 茅飞度江洒江郊，高者挂罥长林梢，下者飘转沉塘坳。
> 南村群童欺我老无力，忍能对面为盗贼，公然抱茅入竹去。
> 唇焦口燥呼不得，归来倚杖自叹息。
> 俄顷风定云墨色，秋天漠漠向昏黑。
> 布衾多年冷似铁，骄儿恶卧踏里裂。
> 床头屋漏无干处，雨脚如麻未断绝。

---

① 杜甫撰、仇兆鳌详注：《杜诗详注》，上海：上海古籍出版社，1992年版，第103页。
② 杜甫撰、仇兆鳌详注：《杜诗详注》，上海：上海古籍出版社，1992年版，第488页。

  自经丧乱少睡眠，长夜沾湿何由彻。
  安得广厦千万间，大庇天下寒士俱欢颜，风雨不动安如山。
  呜呼！何时眼前突兀见此屋，吾庐独破受冻死亦足。①

  此诗见《杜诗详注》卷十。为了下面论述的方便，特地排列成以上方式。杜甫做此诗于上元二年（公元761年），当时他居住在成都草堂。
  这首诗具有楚辞的韵味，理由有四。
  第一，从句式上看，《茅屋为秋风所破歌》是一首杂言的古风。该诗的主要句式为七言，但是也有四句为九言。杜甫还有一首古风《楠树为风雨所拔叹》，它与《茅屋为秋风所破歌》写作时间相同，主题也相同，其句式全部为七言。相比之下，《楠树为风雨所拔叹》以整齐显其美质，这是杜诗中向近体诗靠拢的古风；《茅屋为秋风所破歌》以杂多显其美质，这是杜诗中向辞赋回溯的古风，而楚辞为辞赋之祖。
  第二，从文脉上看，《茅屋为秋风所破歌》并非按每两句为一个意义单元而将文思向前推进，有以三句为一个意义单元的情况，共两处。上引诗的句号经过了斟酌，它足以说明这一点。定型的五七言诗歌大多按两句为一个意义单元来推进，然而在早期中国诗歌中则未必如此。在楚辞中不按两句为一个意义单元来运思的例子很多。请看：
  "乱曰：已矣哉！国无人莫我知兮，又何怀乎故都？"② 此三句出于《离骚》，它们构成一个意义单元。"乱曰：已矣哉！"本身并不构成独立的句子，不过是交代下文，并以呼语开头。
  "高飞兮安翔，乘清气兮御阴阳，吾与君兮齐速，道帝之兮九坑。"③ 此四句出于《大司命》，它们构成一个意义单元。前两句相当于英文的现在分词短语，其动作主体均为"吾"。
  "乘白鼋兮逐文鱼，与女游兮河之渚，流澌纷兮将来下。"④ 此三句出于《河伯》。河之渚，一本作河之清。
  "出自汤谷，次于蒙汜，自明及晦，所行几里？"⑤ 此四句出于《天问》，它们构成一个意义单元。在《楚辞》中，不按两句为一个意义单元的情形，在《天问》中最为突出，许多时候一连发出五六问，均以一句为一个意义单元。

---

① 杜甫撰、仇兆鳌详注：《杜诗详注》，上海：上海古籍出版社，1992年版，第328页。
② 黄寿祺、梅桐生：《楚辞全译》，贵阳：贵州人民出版社，1984年版，第28页。
③ 黄寿祺、梅桐生：《楚辞全译》，贵阳：贵州人民出版社，1984年版，第41页。
④ 黄寿祺、梅桐生：《楚辞全译》，贵阳：贵州人民出版社，1984年版，第47页
⑤ 黄寿祺、梅桐生：《楚辞全译》，贵阳：贵州人民出版社，1984年版，第55页。

"燕雀乌鹊巢堂坛兮。"① 此出于《涉江》。此习惯上写作一行，即视为一句。这是一句为一个意义单元的例子。接下来的"露申辛夷死林薄兮。"② 情形相同。

"曰：夫尺有所短寸有所长，物有所不足，智有所不明，数有所不逮，神有所不通。"③ 此五句出于《卜居》。"曰"起领词的作用，只好附在第一句之前。接下来为五个子句构成的并列句，每个子句自成一个意义单元，合起来成为一个大的意义单元。

"雕题黑齿，得人肉以祀，以其骨为醢些。"④ 此三句出于《招魂》，它们构成一个意义单元。

"雄虺九首，往来倏忽，吞人以益其心些。"⑤ 此三句也出于《招魂》，它们构成一个意义单元。

在《楚辞》中，不按两句为一个意义单元的情形很多，不胜枚举。如果拿未标点的《楚辞》来尝试断句和添上新式标点，那么我们就会将《楚辞》中不按两句为一个意义单元来运思的情形，看得更加清楚。一首诗，如果通篇都以两句为一个意义单元，那么就会呆板，不便于歌唱。一首诗，如果通篇都用同样的句式，那么也会呆板，不便于歌唱。律诗是严格按照两句为一个意义单元的，律诗的句式是一概地整齐的，甚至律诗中的一句其内部节奏也是整齐划一的，即五言均为二二一，七言均为二二二一。整齐固然是一种美，但是也有呆板不便于歌唱的缺陷。律诗大盛之后，以长短句为特征的词兴起来了。较诸律诗，长短句更便于歌唱。由于杜甫叙写茅屋为秋风所破的诗篇，部分地具备了词的特征，便于歌唱，因此他将这首诗称为"歌"。

第三，从手法上看，《茅屋为秋风所破歌》系采用赋的表现方式而写成的一首古风。明许学夷《诗源辩体》卷二："然诗之兴多而比赋少，骚则兴少而比赋多。"⑥ 许学夷从六义说出发来认识诗与骚的区别，准确地抓住了两者间的本质差异。张溍《读书堂杜工部诗集注解》卷之十二："此诗似赋其事，非托言。"⑦ 又，据《杜甫全集校注》卷八，元董养性《杜工部诗选注》卷四："此篇因风破屋直赋其事，旧注乃谓比喻时事，谬矣。"⑧ 简言之，《茅屋为秋风所破歌》的手法就是直赋其事，通过朴实的叙事，采用家常的口语，表现了诗人那民胞物与的伟大思想。

第四，从结束处看，"呜呼"一语在《茅屋为秋风所破歌》中起到了特殊的作用，

---

① 黄寿祺、梅桐生：《楚辞全译》，贵阳：贵州人民出版社，1984年版，第88页。
② 黄寿祺、梅桐生：《楚辞全译》，贵阳：贵州人民出版社，1984年版，第88页。
③ 黄寿祺、梅桐生：《楚辞全译》，贵阳：贵州人民出版社，1984年版，第133页。
④ 黄寿祺、梅桐生：《楚辞全译》，贵阳：贵州人民出版社，1984年版，第156页。
⑤ 黄寿祺、梅桐生：《楚辞全译》，贵阳：贵州人民出版社，1984年版，第156页。
⑥ 许学夷著、杜维沫校点：《诗源辩体》，北京：人民文学出版社，1987年版，第32页。
⑦ 张溍著、聂巧平点校：《读书堂杜工部诗集注解》，济南：齐鲁书社，2014年版，第789页。
⑧ 萧涤非主编：《杜甫全集校注》，北京：人民文学出版社，2014年版，第2348页。

它告诉我们，下面的诗行与全篇判然有别。王嗣奭《杜臆》卷之六："'呜呼'一转，固是曲中余音，亦是通篇大结。"① 这种起总结全篇作用的余音，在楚辞中有专门的提示，即"乱曰"。楚辞中的不少诗篇都有这样的乱辞，它说明了楚辞的音乐特征。所谓乱，不是混乱、杂乱，而是歌唱中的合唱部分。合乐谓之乱，众声部交响。总理赋中之意谓之乱，道德寓意（moral）就在这里点出。

兹补充一条材料。直到五六十年代，还有一个民间故事广泛地流传于四川。在居住条件不好的年代，老百姓非常害怕屋漏。尤其在乡村，一遇雨天，家里盆盆罐罐都得拿出来接屋顶上漏下来的雨水。有时睡到半夜，下雨了，雨水滴在铺盖上，明知如此，又不想起床。起来嘛，又冷。不起来嘛，铺盖很快就打湿了。真是没有办法！有个故事就叫《屋漏》，它采用寓意（allegory）手法来叙事，即把屋漏描述为一个人，说他有多么坏，多么可恶，多么狡猾。老奶奶讲这个故事的时候，小孩子听得直打哆嗦。这或许有助于我们更好地理解杜甫的《茅屋为秋风所破歌》。

五、发展屈赋

杜甫对屈赋的发展，主要表现在理论发展、人格发展、创作发展和终生坚持向屈原等伟大作家学习这四个方面。

（一）杜甫对屈赋有很好的继承，更有重要的发展

杜甫对屈赋的发展，首先在于理论上的发展。

屈赋之所以有价值，不仅因为它代表了中国诗歌的浪漫主义之源头，还因为它反映了那个时代，具有重要的史料价值。《楚辞》对我国南方的民俗有具体的描述。《楚辞》中有多篇作品详尽记录了战国时期民间宗教信仰的普遍状况和操作仪轨。《招魂》描写招魂仪式的全过程，不过其中也记录了楚国贵族的食谱。因此，研究战国史，屈赋是重要的史料。比如，周予同主编《中国历史文选》（上海古籍出版社，1979）是一部影响广远的史料选本，其中第八种即为《楚辞》。还有学者将屈赋作为史料，与公元前的日本历史联系起来，进行研究。大宫真人写道："据我的考证，屈原曾到过日本，而且几乎可以肯定他曾来过日本列岛。"② 尽管大宫真人的论点还有待进一步的研究来支撑，但是他把屈赋当作史料来运用这一大方向却是正确的。

诗歌根据其性质可以分为许多门类，其中史诗与历史的关系最为密切。史诗是产生于一个民族早期的长篇叙事诗，它以重大历史事件和上古时期的传说为内容，塑造

---

① 王嗣奭：《杜臆》，上海：上海古籍出版社，1983年版，第218页。
② ［日］大宫真人著、任大海、宋力译：《屈赋与日本公元前史》，海口：海南出版社，1994年版，第2页。

著名的英雄形象，结构宏大，气势磅礴，充满幻想和神话色彩。由于《诗经》中的作品大都篇幅短小，故而《诗经》中是否存在史诗，成了长期以来一直困扰中外文论界的话题。在这一方面，《楚辞》与《诗经》不同，《楚辞》中的作品大都篇幅比较长，拥有更多的上古时期的传说，塑造了英雄的形象，充满了幻想和神话色彩。屈赋尤其如此，比如，《离骚》的通行本长达372行，2477字。由于文本上的差异，一说《离骚》长达373行，2490字。考虑到先秦时期古汉语单音节词较多的情况，《离骚》的篇幅实在是很巨大。我们不妨以《离骚》来比较俄罗斯的民族史诗《伊戈尔远征记》(Slovo o polky Igoreve)，它是世界著名史诗之一，产生于12世纪。"《远征记》在同类作品中是篇幅最少的。十六世纪的抄本没有句读符号，也不分行立段。经研究确定为694行。哈卜古德说只有384行。"① 实际上《伊戈尔远征记》通行本只有454行，而且这还是学者们加以许多补充才达到的规模。不仅《离骚》具有史诗性，就连哲理性较强，叙事成分较少的《天问》也属于史诗之大范畴。杨宽《战国史》："《天问》一篇所问的，从自然现象和神话一直问到远古的历史传说，是一篇美丽的史诗。原来在楚国的宗庙和神祠里，壁上往往绘有关于自然现象、神话和远古历史传说的大幅壁画，《天问》正是针对这些壁画所描写的神话传说来发问的。全诗1500多字，诗句大体以四言为主，一共提出了170多个问题，表达了屈原对传统思想的怀疑和探索真理的精神。"② 在屈赋中，《九歌》和《九章》等也是史诗性质突出的作品。

与史诗密切相关的另一类作品为诗史。当我们从史诗的角度考察问题的时候，我们采用的是西方文类学的立场。当我们从诗史的角度考察问题的时候，我们所采用的是中国传统诗学的立场。史诗的立场，对作品的篇幅有很大的讲究，这是因为世界各国的史诗绝大部分都篇幅宏大。诗史的立场，对作品的篇幅没有特殊的要求，而其理论的基点有两个。第一，诗篇的内容是否如实地反映了某一时期历史的真实面貌。第二，诗篇的精神是否合乎春秋义理。所谓春秋义理，从总体上说即历史哲学，即诗中所写是否符合历史发展的方向。所谓春秋义理，具体说来，即诗人须对具体的人物和事件进行历史的评价。当然，这种评价不必明言，而尽可以做得隐微而不动声色。

以此而观屈赋，我们就会发现，屈赋除了用作史料之外，还具有更大的价值，那就是诗史价值。杜甫在中国文学发展史上的地位是由多方面构成的，不过其中最突出的还是诗史。杜甫善于以诗纪史，杜诗的成就不亚于各民族早期的史诗。孟棨《本事诗》高逸第三："杜所赠二十韵，备叙其事。读其文，尽得其故迹。杜逢禄山之难，流

---

① 于宪宗：《俄罗斯文学史》（古代—19世纪40年代），西安：陕西人民出版社，1989年版，第14页。
② 杨宽著：《战国史》，上海：上海人民出版社，1980年第2版，第494页。

离陇蜀，毕陈于诗，推见至隐，殆无遗事，故当时号为'诗史'。"① 这里所说"二十韵"，指杜甫《寄李十二白二十韵》，见《杜诗详注》卷八。孟棨认为，杜甫《寄李十二白二十韵》是诗史的典范。孟棨仅举了一个例子，事实上杜诗中的多数作品都具诗史的品质。值得注意的是，早在明代就有学者指出，屈赋也具有诗史的品质。明汪瑗《楚辞集解》："瑗按：《史记》谓怀王使原造为宪令，观此，则亦不过因先王执法度而昭明之耳。屈子推功于先王，故得立言之体，而其才能之美，亦自不容掩也。《史记》但知怀王使元造令，而不知其为先王之令也。世称《杜集》为诗史，而不知《楚辞》已先之矣。"② 这是汪瑗写在《惜往日》首四句之后的一段按语。在汪瑗看来，诗史起源于屈赋。按理说，屈赋本应早于杜诗而拥有诗史这一称号。不过，以诗史来指称屈原的作品，除了明代的汪瑗之外，尚未见别的例证。屈赋中浪漫的想象毕竟多于平实的记录。这一点，对比《诗经》就可以看得分明。研究古代的事物，时间越往上溯，我们越应当用大时段来看问题。如此，则《诗经》和《楚辞》大约为同时出现的中国诗歌之总集。按说，《诗经》更应该拥有诗史这一称号，但是人们也还并未这样说。因此，杜甫的诗史类作品之所以产生，正是杜甫发展屈赋的结果。

杜甫发展屈赋并进而使得杜诗具备诗史的品质，这样说有理论上的根据吗？答案是肯定的，而且这理论根据还是杜甫本人做出来的。理由如下：

第一，《杜诗详注》卷十一《戏为六绝句》之一："庾信文章老更成，凌云健笔意纵横。今人嗤点流传赋，不觉前贤畏后生。"③ 庾信（公元513—581年）的诗歌创作应该分为前后两期。庾信前期的诗歌多为宫体，华艳绮靡，风格卑下。梁元帝时庾信出使西魏，梁亡后庾信被强留在北方。羁宦北国而有家不得归，这使他产生了浓郁的乡关之思。身居高位而有志不得展，这使他产生了悲愤之情。他对生活的体验变得深刻了。庾信后期的诗歌，一洗浮薄，内容充实。诗人老了，创造力并未衰退，反而精力充沛，越写越好，手中的笔似乎成了凌云的利剑，诗人可以持剑任意挥动以倾泄胸中的悲愤。庾信善于诗歌创作，而他的赋，则成就更大。赋的篇幅较诗长，更加便于直抒胸臆。杜甫谴责了有些年轻人。他们不懂得这一点而妄加评论。他们哪里知道前贤自有品格！前贤未见得会畏惧那些打胡乱说的后生。杜甫的批评眼光十分敏锐，他指出，长于赋的诗人较容易取得成就。这是因为赋的叙事性较强，因而也就更能够实现诗史的价值。

第二，《戏为六绝句》之二："纵使卢王操翰墨，劣于汉魏近风骚。龙文虎脊皆君

---

① 丁福保辑：《历代诗话续编》，北京：中华书局，1983年版，第15页。
② 汪瑗撰、董洪利点校：《楚辞集解》，北京：北京古籍出版社，1994年版，第214页。
③ 杜甫撰、仇兆鳌详注：《杜诗详注》，上海：上海古籍出版社，1992年版，第355页。

驭，历块过都见尔曹。"① 在这里杜甫举卢王而概指王扬卢骆。王勃（公元649—676年）、杨炯（公元650—？年）、卢照邻（公元635？—689？年）和骆宾王（公元640—684？年）为初唐四杰。杜甫认为，尽管四杰的诗歌创作不及汉魏那样接近风骚，但是其诗歌毕竟很有文采，那些嘲笑四杰的人睁眼看看吧，人家骑龙驾虎在大地上飞舞腾跃呢。杜甫的批评标准定得很准确：风骚，亦即《诗经》和《楚辞》，是衡量后来一切诗歌创作的标准。楚辞广大，其最高成就为屈赋。

第三，《戏为六绝句》之五："不薄今人爱古人，清词丽句必为邻。窃攀屈宋宜方驾，恐与齐梁作后尘。"② 评论诗歌的时候，不应当有任何成见。不管是古人，抑或是今人，只要写出了好诗，都应该加以肯定。杜甫提出了他对古今诗人的看法：在诗坛不应有什么圈子，只要能写出清词丽句者都是自己的朋友。那么，怎样才能写出清词丽句来呢？办法只有一个，那就是向屈宋学习。屈原是屈赋的创作主体，宋玉终生爱好屈赋。

（二）杜甫对屈赋的发展，还体现在他对诗人的人格之认识上。

《杜诗详注》卷十八《赤甲》："卜居赤甲迁居新，两见巫山楚水春。炙背可以献天子，美芹由来知野人。荆州郑薛寄书近，蜀客郗岑非我邻。笑接郎中评事饮，病从深酌道吾真。"③ 此诗作于大历二年春，时杜甫56岁，居住在赤甲山。杜甫在诗中描写了山间野趣和他对故交的怀念。红红的赤甲山，像男子汉袒胛晒太阳。山里人以袒胛晒太阳为乐趣。天子不知道这样的乐趣，告诉他吧，让他也乐一乐！山里人以涩口的野芹为美味。天子不知道这样的美味，献给他吧，让他也尝一尝！芹曝之献，说明忠臣爱君之深厚，爱君之诚挚，忠臣在任何情况下都不忘为国献良谋。这样的人，对待老朋友，也一定诚朴。

这首诗凸显了杜甫的人格。人格是一个人的感情和行为有别于他人的总体表现，我们可以从人们行事的风格而见出其人格的差异。人格本质上是人的社会特质，因而它终究为社会条件所决定。人格的表现方式也因具体的社会条件而异。人格是人的尊严、价值和道德品质的总和。杀身以成仁，比如屈原，这是高尚的表现。顽强地生活下去，比如苏武，这也是高尚的表现。不过，屈原沉江而逝，这毕竟是一件令人痛心的事情。从《赤甲》一诗可知，杜甫不主张自杀，即使在非常艰难的情况下，他也保持着乐观的生活态度。杜甫认为，诗人应该顽强地生活下去，以便为国献美芹。杜甫的思想是复杂的，它以儒家思想为主，同时也含有杜甫所吸收的当时先进的其他思想

---

① 杜甫撰、仇兆鳌详注：《杜诗详注》，上海：上海古籍出版社，1992年版，第355页。
② 杜甫撰、仇兆鳌详注：《杜诗详注》，上海：上海古籍出版社，1992年版，第356页。
③ 杜甫撰、仇兆鳌详注：《杜诗详注》，上海：上海古籍出版社，1992年版，第637页。

之成分。在唐代基督教具有一定的先进性，作为最优秀的知识分子，杜甫对之有所了解是很自然的事情。基督教主张坚持信望爱，其各派都同样不允许自杀。"坚定的信心和宗教信念是预防自杀的最好保护。宗教在预防自杀中起着重要的决定性作用。"① 笔者以为，杜甫对于基督教有相当的体认。这有助于我们了解，为什么在极其艰难的情况下，杜甫仍然笃定地坚信，自己终究会有机会为国献美芹。顺便指出，变质的牛肉和酒产生致命的毒素。这确是杜甫的死因。当地官员出于好意，送美酒和牛肉给杜甫疗饥。杜甫之死，确属意外。杜甫享寿近六十，这是推算出来的，因为杜甫的生年没有记载。而且，在古人中这样的寿命并不短。杜甫好道，并且在杜诗中有多篇作品记录了他的修道实践。杜甫讲究养生，如果不是出于意外，那么他将十分长寿。

（三）杜甫对屈赋的发展，还表现在创作上。

杜甫除了诗之外，文也不少。而且，杜文十分有特色。杜甫对自己的文很得意。《杜诗详注》卷二四《进三大礼赋表》："窃慕尧翁击壤之讴，适遇国家郊庙之礼，不觉手足蹈舞，形于篇章。漱呓甘液，游泳和气，声韵寖广，卷轴斯存，抑亦古诗之流，希乎述者之意。"②《三大礼赋》指《朝献太清宫赋》《朝享太庙赋》和《有事于南郊赋》，它们均为高妙之文。杜甫还有别的赋作，其中《天狗赋》尤其特色突出。

> 尝观乎副君暇豫，奉命于畋，则蚩尤之伦，已脚渭戟泾，提挈丘陵，与南山周旋，而慢围者戮，实禽有所穿。伊鹰隼之不制兮，呵犬豹以相缠。麾乾坤之禽习兮，望麋鹿而飘然。由是天狗捷来，发自于左，顿六军之苍黄兮，劈万马以超过。材官未及唱，野虞未及和。冈髐矢与流星兮，围要害而俱破。洎千蹄之并集兮，始拗怒以相贺。真雄姿之自异兮，已历块而高卧。不爱力以许人兮，能绝甘以为大。既而群有啾咋，势争割据。垂小亡而大伤兮，翻投迹以来预。划雷殷而有声兮，纷胆破而何遽。似爪牙之便秃兮，无魂魄以自助。各弭耳低徊，闭目而去。③

杜甫于天宝年间作《天狗赋》。天狗本是传说中的猛兽，现为皇家所饲养，老在院中，埋没无用。作者对此感到忧虑和惋惜。仇兆鳌将《天狗赋》划为四段，以上为第二段。这是一段有趣的文字，它似屈赋，而又不尽然。在这篇赋之末，仇兆鳌写道："此骚赋

---

① ［德］卡尔·百舍客著、静也等译：《基督宗教伦理学》第二卷，上海：三联书店出版社，2002年版，第339页。
② 杜甫撰、仇兆鳌详注：《杜诗详注》，上海：上海古籍出版社，1992年版，第836页。
③ 杜甫撰、仇兆鳌详注：《杜诗详注》，上海：上海古籍出版社，1992年版，第866页。

格也。篇中画然四大段。或叙或断。有开有阖。与集内五古诸诗。局势相似。"① 此可谓一语中的。骚赋这一文体因屈原《离骚》而得名，杜甫《天狗赋》属于骚赋，这从"兮"字的大量使用中可以看出来。然而，杜甫《天狗赋》也有与屈赋很不相同的地方。在所有的屈原的赋中，均没有骈行的句子。然而，在《天狗赋》中骈行句子大量地存在。在以上的引文中，除了前面七句话之外，其余部分全部为骈行的句子。《天狗赋》是带有骈文句式的赋。在杜甫的其他赋中，也有不少的骈文成分。可以说，在赋中加入骈文的成分，这是杜甫对屈赋的发展之一。广义的屈赋，也包括宋玉等人的作品。在宋玉的赋中倒是有一些骈行的句子。不过，骈文句式出现在宋玉的赋中还不是一种自觉的行为，而只是宋玉兴之所至写成那样罢了。杜甫与宋玉不同，杜甫在赋中使用骈文句式是一种自觉的行为。杜甫对中国文学的贡献，不仅集大成，而且还有创新。杜甫对屈赋做了发展。在杜文中，除了赋之外，还有其他体类的作品，其中也或多或少具有骈文的成分。

（四）向屈原等伟大作家学习，向屈赋学习，这是杜甫终生不倦的追求。

《杜诗详注》卷十六《壮游》是杜甫的一篇自传性的五言古风，计 56 韵，560 字。杜甫把人生看作灵魂大地上的游历，而他自己的一生则是一次壮丽的游历。从少年到青年，从青年到壮年，从壮年到老年，杜甫一生的主要经历大都写进《壮游》一诗中了。杜甫在叙事中夹入了抒情和议论。从叙事学的角度看，杜甫的一生犹如一个坐标系，岁月为横坐标，地方为纵坐标。在这个坐标系中杜甫的一生过得丰丰满满。杜甫的抒情和议论，以翰墨文章为开始，以忧国忧民为终结。"之推避赏从，渔父濯沧浪。"② 这是《壮游》诗的第 53 韵。杜甫的人生理想是要做介子推那样高洁的人，他要从《楚辞·屈原·渔父》篇中吸取力量。矢志向屈原学习，矢志向屈赋学习，这是杜甫发展屈赋的内在动力。

---

① 杜甫撰、仇兆鳌详注：《杜诗详注》，上海：上海古籍出版社，1992 年版，第 868 页。
② 杜甫撰、仇兆鳌详注：《杜诗详注》，上海：上海古籍出版社，1992 年版，第 569 页。

屈骚传统的多角度解读

——南宋中期骚体创作新貌探析

山东大学 刘 培[①]

【摘 要】 南宋中期的骚体创作,是随着楚辞学的发展而勃然兴起的,因此,所表达的思想与对屈骚传统的解读密切相关。屈原的圣贤化倾向使得文人们更重视屈原在忠君方面的价值,而对其发愤抒情精神有所扬弃;其对现实的慷慨悲歌,在当时文人的解读中注入了道德使命感;屈骚在表现高洁脱俗境界方面的价值也为文人们所重视。可以说,楚辞在抒发忧国忧民之情、表现高雅境界以及浪漫境界方面的价值得到深入开掘,屈骚传统在人们的创作中,折射出层次丰富的光芒。

【关键词】 南宋 骚体 屈原 爱国 隐逸 社交

在宋代辞赋当中,骚体占有相当大的比重。这一方面是由于宋代文人在骚体题材和表现手法上的不断开拓,使它的表现领域更为宽广;另一方面也是由于屈骚忧国忧民的精神在宋代被不断地张扬。

"诗以言志",诗歌一直是古代文人抒发情志的重要载体。宋代以来,随着词的兴起,诗、词在抒情言志方面有了大体上的分工,雅驯的情感由诗来担当,旖旎情思则由词来承担。但是由于诗在发展过程中抒情达意的功能不断为表现哲思所侵占,诗趋向于深刻瘦劲,特别是重学风气对诗的影响以及江西诗派的诗风对文人创作的浸渍,使得诗在抒发个人情志方面出现"理障",自由言情达意的功能逐渐丧失。词在北宋后期以来内容上呈现出向诗的雅驯靠拢的倾向,学术界所谓的"以诗为词"或者是"以文为词"正反映了词在弥补诗的不足以及在抒发雅正情感方面的积极表现。除了词以外,骚体在表达忠愤方面具有优秀的传统,而且其灵活的形式也便于文人们充分展现怀抱。因此,诗在走向哲理化方向的时候,骚体受到了文人们的青睐。它的兴起和词的"雅化"一样,是在弥补诗在抒情方面的弱化。北宋后期以来,出现了许多研究楚

---

① 作者简介:刘培,山东大学文学与新闻学院教授,博士生导师。

辞的学术著作，如晁补之的《续楚辞》《变离骚》，洪兴祖的《楚辞补注》，钱杲之的《离骚集传》，杨万里的《天问天对解》，朱熹的《楚辞集注》，以及吴仁杰的《离骚草木疏》等，学术研究的推动，也刺激了文人们选择骚体来抒发怀抱。

  北宋中期以来，除表现忠愤的内容而外，文人们在展现高雅脱俗的精神世界方面开拓了骚体在抒情言志方面的意义。而且楚辞如《九歌》以及《离骚》等在表现非人间的浪漫境界方面也为文人们提供了进一步踵事增华的因子。南宋中期的骚体创作，是随着楚辞学的发展而勃然兴起的，因此，所表达的思想与对屈骚传统的解读密切相关。屈原的圣贤化倾向使得文人们更重视屈原在忠君方面的价值，而对其发愤抒情精神有所扬弃；其对现实的慷慨悲歌，在当时文人的解读中注入了道德使命感；屈骚在表现高洁脱俗境界方面的价值也为文人们所重视。可以说，楚辞在抒发忧国忧民之情、表现高雅境界以及浪漫境界方面的价值得到深入开掘，屈骚传统在人们的创作中，折射出层次丰富的光芒。

一、骚体创作中对屈原人格的深入反思

  北宋后期，屈原逐渐被重新塑造成一个合于儒家大道的圣贤形象。早在汉代，对屈原的评价一直存在着分歧，虽然也有人在完全肯定屈原，但大多数人景仰屈原人格，同情屈原悲剧，却不赞同其以身殉国的行为，认为这是在扬主上之恶，与用行舍藏的道德规范不合。北宋后期的人们似乎对他自沉汨罗没有做更多的思索，而是关注于他变法图强的精神和誓死不渝的忠爱之气，这可能与当时推行新政的政治环境有关，因此，对屈原的封祀就构成了其时政治文化的一部分①。逮徽宗时期，国事渐渐不可收

---

  ① 在宋神宗时期，屈原被尊奉为"清烈公"或"忠洁侯"。清《湖广通志》卷二十五《祀典志·祠庙附》："清烈公祠，祀三闾大夫屈原。唐元和十五年，刺史王茂元，于州治西，偏江北十里，即屈公旧宅址建祠。宋元丰三年，封清烈公。邦人立庙。"（文渊阁四库全书本）《宋史》卷十六"本纪第十六神宗三"："六年春正月……丙午，封楚三闾大夫屈平为忠洁侯。"《宋史》卷一百五"礼志第五十八·礼八·吉礼八"："屈原庙在归州者封清烈公；在潭州者封忠洁侯。"清惠栋《九曜斋笔记》卷二"艺苑德音"："（《潜邱札记》）又曰：'王莽时，求封司马迁后为史通子。宋神宗封三闾大夫屈平为忠洁侯。元至元二年，追谥唐杜甫为文贞。至正十七年，追谥唐刘蕡为文节。此数公皆以旷世之才，负忠愤之气，或被逸以死，或赍志以没，而独见褒于百世后之人主，亦可谓艺苑之德音，文人之宠遇矣。'"（台北：艺文印书馆，1970年）《宋史》卷一百五"礼志第五十八·礼八·吉礼八"："秘书监何志同言：诸州祠庙多有封爵未正之处，如屈原庙在归州者，封清烈公；在潭州者，封忠洁侯。永康军李冰庙已封广济王，近乃封灵应公。如此之类，皆未有祀典。致前后差误，宜加稽考，取一高爵为定，悉改正之。他皆仿此。故凡祠庙赐额封号，多在熙宁、元祐、崇宁、宣和之时。"《宋会要辑稿·礼》二〇之九："政和元年七月二十七日，秘书监何志同言：详定九域龙志，内祠庙一门，据逐州供具到多出流俗……诸州祠庙多有封爵未正之处，如屈原庙在归州者封清烈公，在潭州者封忠洁侯。永康军李冰庙已封广济王，近乃封灵应公。如此之类，皆未有祀典该载，致前后封爵反有差误，宜加稽考，取一高爵为定，悉改正之，他皆仿此。"（中华书局1957年版）

拾，屈原的忠愤之情引起了文人们的广泛共鸣。像邢居实的《南征赋》之所以为时人激赏就是因为其漂泊之感和忧愤之情深得三闾之三昧。黄庭坚等标举创作楚辞要得屈原之正，就是要张扬其对家国的忧患意识。晁补之是北宋第一位对楚辞作全面整理的学者，他对屈原的看法集中体现了时人的认识："世衰天下皆不知礼义，故君视臣如犬马，则臣视君如国人，而原一人焉，被谗且死，而不忍去其辞，止乎礼义可知，则是诗虽亡至原而不亡矣。"① 他把屈原视为诗教传统的接续者。在《续离骚序下》中，他又花费许多笔墨考证屈原生当孟子、荀子之间，是儒家道统传承的重要一环，这样，就把屈原的人格提升到了一个前所未有的高度。把屈原列入道统传承中的重要一环，这是晁补之的独创，由此可以看出他对忠君的道德观异乎寻常的重视。

  南渡以来，理学呈强势发展态势，其发展是以标举民族大义、弘扬忠君爱国思想为号召的。在当时的民族危机和国家危难之时，其思想容易引起人们的心理共鸣，从而获得同情和理解。理学思想的这个特点和北宋后期以来凄凉悲愤的时代氛围的互动，促成了骚体创作的繁荣和忧国忧民情感的释放。在两宋之际，骚体就担当着抒发忠爱之思的功能，从毛滂的《拟秋兴赋》、周邦彦的《续秋兴赋》、晁补之的《江头秋风辞》、邢居实的《秋风三叠》到李纲的《秋风辞》、苏籀的《秋辞》三章，从蔡确的《送将归赋》、李纲的《三黜赋》到张九成的《谪居赋》，叶适的《六子哀辞》到晁公遡的《悯独赋》、李纲的《南征赋》，从李纲的《吊国殇文》到喻汝砺的《卮酒词》、史浩的《五世祖衣冠招魂辞》，南北宋之交的骚体无论是悲秋之作，还是征行、凭吊之文，大都涌动着对家国天下的深沉忧患。其实，理学家对屈原在标举大义方面的价值和骚体创作的意义是非常关注的。其中，朱熹的功劳尤其引人注目。朱熹极其推崇屈原忠君爱国的人格，他说："屈原一书，近偶阅之，从头被人错解了。自古至今，讹谬相传，更无一人能破之者，而又为说以增饰之。看来屈原本是一个忠诚恻怛爱君的人，观他所作《离骚》数篇，尽是归依爱慕、不忍舍去怀王之意，所以拳拳反复，不能自已。何尝有一句是骂怀王？亦不见他有偏躁之心。后来没出气处，不奈何，方投河殒命。而今人句句尽解作骂怀王，枉屈说了屈原。"② 朱熹对汉儒指责屈原性格狂狷颇不以为然，他说："夫屈原之忠，忠而过者也。屈原之过，过于忠者也。故论原者，论其大节，则其他可以一切置之而不问。论其细行，而必其合乎圣贤之矩度，则吾固已言其不能合于中庸矣，何尚说哉！"③ 朱熹没有直面屈原湛身的偏执狂狷，而是从其中解读出忠君、爱国的动机："窃尝论之，原之为人，其志行虽或过于中庸而不可以为法，

---

① 晁补之：《鸡肋集》卷三十六（四库全书本），长春：吉林出版集团，2005 年版。
② 黎靖德：《朱子语类》第 8 册，北京：中华书局，1994 年版，第 3258—3259 页。
③ 朱熹：《楚辞集注》，上海：上海古籍出版社，2001 年年版，第 241 页。

然皆出于忠君爱国之诚心。"① 这样就将屈原进一步伦理化、儒家化。基于这样的认识，朱熹推崇楚辞忧国忧民的精神，而有悖于这种精神的骚体作品，在他看来是离经叛道的，甚至是没有价值的作品，同样的追求辞采华艳，楚辞是不得已而华艳，词人之赋则是为文造情。在《楚辞后语目录序》中他说："盖屈子者，穷而呼天、疾痛而呼父母之词也，故今所欲取而使继之者必其出于幽忧穷蹙、怨慕凄凉之意，乃为得其余韵。而宏衍巨丽之观，欢愉快适之语，宜不得而与焉。至论其等，则又必以无心而冥会者为贵。……若其义，则首篇所著荀卿子之言，指意深切，词调铿锵，君人者诚能使人朝夕讽诵，不离于其侧，如卫武公之抑戒，则所以入耳而著心者，岂但广厦细旃，明师劝诵之益而已哉！此固余之所为拳拳而不能忘者。若《高唐》《神女》《李姬》《洛神》之属，其词若不可废，而皆弃不录，则以义裁之，而断其为礼法之罪人也。《高唐》卒章虽有思万方、忧国害、开圣贤、辅不逮之云，亦屠儿之礼佛，倡家之谈《礼》耳，几何其不为献笑之资，而何讽一之有哉？……至于扬雄，则未有议其罪者，而余独以为是其失节，亦蔡琰之俦耳。"② 朱熹对屈原作品中惊采绝艳的夸饰认为是不得已而为之，这样就绕开刘勰对楚辞重视文采的非难，从而确立了它的经典地位。③ 从有为而作的观点出发，朱熹主张骚体的创作同样要直抒胸臆，不得已而为文，这种主张，对当时辞赋创作的张扬抒情性无疑具有启发作用。而且朱熹特别强调楚辞在抒发忧愤之情方面的意义。在《楚辞集注序》中他说："然使世之放臣、屏子、怨妻、去妇，抆泪讴吟于下，而所天者幸而听之，则于彼此之间，天性民彝之善，岂不足以交有所发，而增夫三纲五典之重？此予之所以每有味于其言，而不敢直以'词人之赋'视之也。"④ 这种看法，对当时文学当中抒发爱国之情和不遇之感无疑是有积极意义的。不惟朱熹，高元之在他的《变离骚》九篇自序中说："《风雅》之后，《离骚》为百世词宗，何为而以'变'云乎哉？探端于千载之前，而沿流于千载以后，然则非变而求异于《骚》，将以极其志之所归，引之达之放理义之衷，以障堤颓波之不及也。昔周道中

---

① 朱熹：《楚辞集注》，上海：上海古籍出版社，2001年版，第2页。
② 《楚辞后语目录序》。
③ 刘勰主张文宗经，视楚辞的夸饰过分为不合中道，在《文心雕龙·辨骚》中他说："将核其论，必征言焉。故其陈尧、舜之耿介，称汤、武之祗敬：典诰之体也。讥桀、纣之猖披，伤羿、浇之颠陨：规讽之旨也。虬龙以喻君子，云蜺以譬谗邪：比兴之义也。每一顾而掩涕，叹君门之九重：忠怨之辞也。观兹四事，同于《风》《雅》者也。至于托云龙，说迂怪，丰隆求宓妃，鸩鸟媒娀女：诡异之辞也。康回倾地，夷羿弊日，木夫九首，土伯三目：谲怪之谈也。依彭咸之遗则，从子胥以自适：狷狭之志也。士女杂坐，乱而不分，指以为乐；娱酒不废，沉湎日夜，举以为欢：荒淫之意也。摘此四事，异乎经典者也。故论其典诰则如彼，语其夸诞则如此。固知《楚辞》者，体慢于三代，而风雅于战国；乃《雅》《颂》之博徒，而词赋之英杰也。"
④ 朱熹：《楚辞集注序》，上海：上海古籍出版社，2001年版。

微,《小雅》尽废,……屈原当斯世,正道直行,竭忠尽智,可谓特操之士。……故《离骚》源流于六义,具体而微,兴远而情逾亲,意切而辞不迫。既申之以《九章》,又重之以《九歌》,《远游》《天问》《大招》,而犹不能自已也,其忠厚之心亦至矣。班固乃谓其露才扬己,苟欲求进,甚矣,其不知原也!……然自宋玉、贾谊而下,如东方朔、严忌、淮南小山、王褒、刘向之徒,皆悲原意,各有纂著,大抵抽绎绪言,相与嗟咏而已。若夫原之微言匿旨,不能有所建明。呜呼,忠臣义士杀身成仁,亦云至矣,然犹追琢其辞,申重其意,垂光来叶,待天下后世之心至不薄也。"① 其立论与朱熹如出一辙。袁燮在《策问离骚》中这样问道:"王迹熄而诗亡,忠臣义士忧国爱君之心,切切焉无以自见,而发焉感激悲叹之音,若屈原之《离骚》是也。原见弃于君,栖迟山泽,而系念不能忘,可谓忠矣。然尝疑之,道合则从,不合则去,此古人事君之大致也。有所蕴蓄,而时不我用,虽古圣不能自必,原又安能必其君之感悟欤?不见是而无闷,不见知而不悔,古人所以自处者盖如此。原以见弃,遂至于悲愁愤闷,不能自释。……古人进退出处之际,壹若是之怵迫欤?……其愤世嫉邪之心,不能自遏,岂古人'卷而怀之','用舍行藏'之义欤?……盖讥其未合于古也。然有古诗恻恻之意,胡为而复见称欤?……或称其义兼《风》《雅》,可与日月争光;或称其正道直行,竭忠尽智;或诋其何必沉身,作《反骚》者,而《旁骚》《广骚》相继而作,是终不敢訾原也。"② 袁燮在嘉定年间曾做国子监祭酒,这道策问可能是当时所作,他所提出的一系列的问题,正反映了当时人们对楚辞的重视和屈原形象对士子人生的指导意义以及其在文化生活中的重要价值。当时的骚体创作,正是在这样的社会环境和学术文化氛围中得以长足发展。

在当时的骚体创作中,有些是对屈原作品从立意到表现的模仿或者是以屈原的遭际为表现对象。这种创作方式在汉代颇为流行,以至于一些代屈原立言的作品混迹于楚辞当中难以甄别。南宋以后文人们对这种创作方法的重视反映了他们对忠君爱国道德观的深入思索和对国事飘摇的深深忧虑。两宋之际的骚体如李纲的《拟骚》《续远游》,周紫芝的《哀湘垒》,王灼的《吊屈原赋》等都是这样的作品。中期以后,拟骚的创作渐成风气。范成大的《楚辞》是由四篇短章构成的组歌。其中《幽誓》的立意来源于《九歌》的《山鬼》,表现了游荡于山中的孤独求索的形象:"天风厉兮山木黄,岁晼晚兮又早霜。虎号崖兮石飞下,山中人兮孰虞。予造轫兮挟辀,纷不可兮此淹留。灵眸兮揣迈,趣驾兮远游。予高驰兮雨濡盖,予揭浅兮水渐佩。横四方兮未极,

---

① 《全宋文》卷二七七册,上海/合肥:上海辞书出版社/安徽教育出版社,2007年版,第125—126页。

② 《全宋文》卷二七七册,上海/合肥:上海辞书出版社/安徽教育出版社,2007年版,第176—177页。

泥盎盎兮予车以败。望夫君兮天东南,江复山兮斯路巉。恍欲遇兮忽不见,奄昼晦兮云昙昙。前马兮无路,税驾兮无所。谁与共兮芳馨,独苍茫兮愁苦。"这种上下求索的困惑在当时的许多作品中出现过,折射出在君、相专制,党争酷烈的那个时代人们的苦闷彷徨,对国家前途的深重忧患。第二首是《愍游》,其立意类似于楚辞的《招魂》,赋中写道:"君何为兮远游?蹇行迷兮路阻修。朝予济兮沧海,灵婿怒兮蛟跤舟。暮予略兮太行,车堕辐兮骖泱。攀援怪蔓兮一息,雷昼阚兮山裂。四无人兮又风雨,灵幽幽兮为予愁绝。君何为兮远道,委玉躬兮荒草。与魑魅兮争光,与虎兕兮群嗥。君之居兮社木苍然,衡门之下兮可以休老。归来兮婆娑芳,满堂兮傩歌。奉君子兮眉寿,光风荡兮酒生波云。日兮同社,月星兮偕夜。千秋兮岁华,弭予盖兮继予马。悲莫悲兮天涯,乐莫乐兮还家。"不忍决然遽去的形象反映了作者难以割舍的济世情怀。《交难》则是对《离骚》中"怨灵修之浩荡兮,终不察夫民心"这一意象的进一步深入描写:"美一人兮岩之扃,佩璧月兮间珠星。岁既单兮不圭币,路巉绝兮远莫致。稼石田兮长饥,谁与此兮艺之。藉予玉兮双瑴,先予缔兮五两。不万一兮当此,托长风兮寄想。长风兮无旁,吾媒乏兮凤凰。谓苹若兮蒿艾,凤告予兮不祥。恐青女兮行秋,奄销歇兮众芳。搴芳华兮玉蕤,将以遗兮所思。玉蕤兮霜露,所思兮未知。"落魄荒野的美人无媒以通君王,男女比君臣之艺术表现的运用反映了作者怀才不遇的苦闷,这样的描写和屈原"贤人失志"的形象是相通的,而且,力耕石田的意象往往是砥砺道德的象征,如北宋王令的《南山之田》。《归将》表现的是欲追随高人远去而不得的苦闷:"舆不济兮中河,日欲暮兮情多。子兰桡兮蕙棹,愿因子兮凌波。瞽瞽兮以渔,周落兮以驱。骊龙兮飞度,郊之麟兮去汝。波河溃兮迷涂,黄流怒兮不可以桴。目八极兮怅望,独顾怀兮此都。御右兮告病,銮铃兮靡骋。河之水兮洋洋,不济此兮有命。""凌波"语出曹植《洛神赋》,暗示了此篇是继承了传统的礼神辞赋中因不得与神感通而失落的主题。这一篇是对这组作品主题的深化,苦闷彷徨之后,继之以人生的深深的失落感。范成大的这组作品基本上涵盖了当时人们对政治苦闷思索的重要方面,其典雅流畅的语言和飘忽不定的意象构成了瑰丽奇谲的艺术境界,颇得《九歌》之神韵。范成大的《惜交赋》也是代屈原立言之作,赋序中说:"屈原既遭子葡、子椒之谮,伤楚国之俗,朋友道薄,始合之难,而终以轻背,故著惜交之词,道知心之难遇,故旧之不再得,动心忍性,徘徊不能去。君子览之,有以增义合之重焉。"这篇作品神游天上的描写和问卜巫咸、号百灵而讯之等情节和香草美人等比兴手法的运用完全模仿《离骚》。赋中对屈原苦闷的处理更加倾向于怨妇式的倾述:"至于今其十年兮,固知美恶周必复。敏予德而日新兮,羌未变乎初也。修予容其滋媚兮,嗟采色其犹未暮也。妒被离而害交兮,谗禽胁而败度。虽君子之石肠兮,固将徇乎市虎。两造膝而笑言兮,惨其间之容斧。予冶容虞予善佚兮,赪颜谓予汝怒。发甚短而怨长兮,舆则固而路艰。

蹇中道而如遗兮,予既寡而汝鳏。夫岂无他人兮,焉有夫君之好贤。虽得汝于万一兮,终不及当时之缠绵。彼日而食兮,此月而亏。物不终尽剥兮,信复盈之有时。"这种悲怨情绪的过分渲染虽然是苦心孤诣地张扬忠君道德,但是却缺乏悲悯生民忧患家国的大气魄大胸怀。

薛季宣也是一位对屈原有深刻认识的作家,他的《怀骚赋》由观看民间竞渡而追忆屈原不朽的人格力量:"眺丹阳而佗傺兮,黄沙之莽莽。拔高丘之松桂兮,删寄根于非土。鸾凤翔于千仞兮,来下栖于荆棘。豢龙烹兮,同鸡鹜于人食。鄂渚徜徉兮,思要渺之故步。永怀流烈兮,闻高风于竞渡,时移世变地益远而年益迈兮,孰孜孜其愈勤,飘风发而白雪飞兮,兰含香而自焚。"屈原遭时暗乱,沉江以显忠心。时变世移,而民间竞渡习尚不减,屈原的精神、人格也将随着竞渡的传承而千秋流传。他的《九奋》由九篇骚体组成,是代屈原立言之作,这组作品是当时对屈原在文化意义上反思最为深刻的作品。古来追模屈骚作"九"者颇多,而模仿《九章》者多以屈原的口吻来反思其遭际,如王褒之《九怀》,刘向之《九叹》,王逸之《九思》等多是这样的作品,其立意多表现屈原志行高洁,被服众芳,履行忠贞,无奈时世混浊,黑白颠倒,贤愚混淆,世不我知,遭谗见逐,蒙冤忍屈,仍心念故国,情系故君。主题多类《离骚》和《九章》。这组骚体以屈原的人生经历和行踪结构全文,第一篇是《启愤》,其构思颇类《离骚》,以香草比美德,男女比君臣,不过神游天界以象征求索的意象被改造成对现实困惑的超越。作者的立意与贾谊的《吊屈原赋》相似,突出了高洁之人处身群小充斥的俗世的无奈,这一章对有志难伸的苦闷铺排非常充分:"余心隐忧兮,惟灵修之故也。靓修饰而娟娟兮,而以为恶也。余静好而弗余亲兮,蹲踏蛾眉之妒也。足顿地而不我知冤兮,仰天而不吾讦也。省吾私而内不疚兮,此固天之数也。悲幽幽兮楚宫深,望漠漠兮楚云阴。指天极兮清高,聊适我兮遐心。"这篇是整组诗篇的枢纽,在作者看来,屈原以及后来有志之士苦难的关键是不能知遇于君王。这个命题其实在汉代大一统时代就已经为敏感的文人所注意,而且几乎是整个专制集权时代文学的重要命题之一。从董仲舒的《士不遇赋》到东方朔的《答客难》、扬雄的《解嘲》等,人们对集权政治下士人人格的卑微和命运的脆弱进行了深入反思。君王与士的关系随着大一统时代的到来由过去的主宾关系变成了主奴关系,士人的穷达命运甚至思考言说的权利统统掌握在君王手里,士人只是帝国政治机器的一个部件而已,他们的人格独立丧失了,把握自己命运的权利丧失了,而作为传统文化担当者的角色又使他们无法完全忘怀对家国天下的责任,这样,他们的政治理想实现就只有像怨妇那样寄托于君王的眷顾之上。薛季宣从这个角度来看待屈原的悲剧,进而看待士人群体的宿命,这是非常有见识的。《怨春风》更像是一首伤春之作。作者在描写了万花凋零的凄凉景象后借灵氛之口,对如花一样脆弱的个人命运作了思索,指出:"人生百年,犹树花兮。三春发荣，粲其葩兮。光彩馨香，能几何兮。一夕飘风，竟辞柯兮。彼随飚兮展转，或归根兮或远，或一坠于庭闱兮，或遂沉于坑圊。风何知而花何有兮，子之心焉眷眷。嗟世态之汩于是非兮，孰通其说？西施见斥兮，嫫母为说。毁弃尺璧兮，鼠璞见珍。明月沉埋兮，鱼目为珷。美自美而恶自恶兮，赝与真其谁分？春与秋其代谢兮，子何与而伤春。"落花飘无定所的比喻常被人们用来解释人生命运的偶然性（见《南史·范缜传》），在这里，薛季宣似乎要将这种偶然性的命运视为人生之常态，左右人们命运的不是个人的才识修养和进取求索的努力程度，而是造化的播弄，这种认识反映了在极权之下士人对个人命运的束手无策，是对前一部分的深化。《去郢》描写的是屈原离开郢都的落寞心境，通过表现其对楚王的留恋作者是想展示士人们那种深刻的对家国天下的系念，君王与国家同一化的趋势也是士人们命运悲剧的根源之一。《东首》颇类征行赋的体式，表现的是屈原在流放途中翘首东望，对吴越相争的思索，情感色彩是对《去郢》的补充深化。《溯江》以充满奇诡想象的笔触描写江路的险恶，《赋巴丘》描写洞庭湖种种奇怪狰狞的怪物，景象阴森，这两篇似乎在在暗示屈原命运的悲剧。《记梦》描写屈原的一个入水梦境，在这个梦境中琳宫华丽，仙乐铺张，水族品物，班班有序，这似乎是屈原理想生活的图景，作者借此暗示屈原投江的结局。《行吟》模仿《渔父》表现屈原的人格美："世滔淫而混浊兮，我惟洁清。彼醉者之纷挐兮，同怒余之独醒。""父愀然而教之兮曰：圣人之致一。父愀然而教之兮曰：不必动而营皇兮，卓时中之变物。贵莫贵于和光兮，太洁在情之甚嫉。混浊世兮，胡不扬波而泥涊，众皆醉兮，尚可餔糟而歠醨。不同人而求自异兮，宜一朝之见绌。"保持节操独拔流俗与和光同尘与道委蛇这两种态度在儒家那里都可以找到支撑点，这也正是士人们必须面对的困惑，在这种比较中，作者要强调屈原那种敢于担当的精神更具有现实意义，因为在当时乡愿横行世风萎靡的情势下，重视事功的薛季宣更看重脚踏实地的学风。《沉湘》表现屈原沉江的场面，其中"望苍梧兮，将望华之云愬。巘九疑之不可辨兮，又藐然其烟雾。杀竹枝而求泪斑兮，思二妃之矩度。哀灵修之返无期兮，苏舍兹将安寓"几句视屈原的沉江为对其理想无法实现的解脱，具有殉道的色彩。从对屈原这一文化现象反思的深度来说，这组作品具有标志性的意义，它把忠君爱国的信仰与个人的穷通命运、人格独立完整紧密地联系起来加以思考，更具现实意义和反思精神。与《九奋》类似的作品在当时为人瞩目的还有高元之的《变离骚》。这组作品由九篇组成，即《愍畴志》《臣薄才》《惜来日》《感回波》《力救》《危衷》《悲婵娟》《古诵》《绎思》，曾丰在《高元之〈变离骚〉后序》中说："《雅》变为《风》，《风》变为《骚》，极矣。下此，则乐而淫，哀而伤，怨诽而乱，去《雅》远而难反，不足以为常道矣。故《诗》之原止于《雅》，其流止于《骚》。庆元己未腊，余得高元之《变骚》于周君可。初疑《骚》不可复变，变则徇流，翻而绎之，意所欲者，变《骚》为

《风》，变《风》为《雅》。盖还原之道，虽名变也，其诸异乎人之变之欤？齐变至鲁，鲁变至道，孔子志也。《骚》变至《风》，《风》变至《雅》，元之志也。"① 于此可知，这组作品创作的本意依然是从儒家的角度来认识屈原，褒扬他的人格合于儒家之道的一面。

二、骚体创作中淑世精神的张扬

  南宋中期骚体创作繁荣局面的出现既是两宋之交骚体创作勃兴的延续，也是理学家对屈原形象的重构在文学中的反映，当然更离不开孝宗以来社会文化生活方面的变化对文人心态的改造。从时代精神来看，一方面，孝宗即位，意欲振作，秦桧专国时期的恐怖压抑气氛荡涤一空，虽然张浚草率的北伐以失败告终，但是已经激励了士气，恢复了人们的自信，而且，在理学家的大量鼓吹下，基于春秋尊王大义的民族意识空前高涨，政治上的主战与主和被简单图解为衡量爱国与卖国、忠与奸的一个标尺②，这就使得人们对国家政治的分析更多了些情绪化的成分；另一方面，当时的北方也进入了一个全面发展的时期，北伐的愿望变成了难以实现的幻梦，这种阻遏作用使得士人们一扫胡尘的激情表现得愈加强烈，而朝中激烈的党争、官场的萎靡习气以及太上皇和以他为代表的主和势力对朝政的掣肘更使得文人们壮怀激烈，揾泪太息。生不逢时、报国无门、慷慨悲歌成了那个时代文学的主调。在抒发郁垒之情方面具有体式上和传统上之优势的骚体自然为文人们所青睐。

  振作士气、呼唤对国家的担当意识是这个时期骚体创作的重要内容之一。范成大作于乾道三年（公元1167年）的《三高祠记》是为纪念范蠡、张翰、陆龟蒙三位隐逸之士而作的，其中有三篇模仿淮南小山的《招隐》的骚体。如写范蠡的曰："若有人兮扁舟，抚湖海兮远游。群芳媚兮高丘，忽独君兮不可留。长风横兮浪波白，荡摇空明兮南极一色。镜万里兮鞭鱼龙，列星剡剡兮其下孤蓬。眇顾怀兮斯路，与凉月兮入沧浦。战争蜗角兮昨梦一笑，水云得意兮垂虹可以权棹。仙之人兮寿无期，乐哉垂虹兮去复来。"虽说逍遥物外其乐融融，但是高人应该出来为国效力，对世人多希冀归隐，不问国事表示了沉痛的感叹。他在这篇记中说："不有君子，其能国乎！今乃自放寂寞之滨，掉头而弗顾，人又从而以为高，此岂盛德之所愿哉！后之人高三君之风，而迹其所以去，为世道计者，可以惧矣。至于豪杰之士，或肆志乎轩冕，宴安留连，卒悔

---

  ① 曾丰：《高元之〈变离骚〉后序》，《缘督集》卷十八，四库全书本。
  ② 这种情况也不是完全绝对的，理学家对战与和的态度，在孝宗时期曾有过一些调整。钱穆指出："朱子言：言规复于绍兴之间者为正，言规复于干道以外者为邪。故孝宗初政，朱子上封事陛对，尚陈恢复之义，后乃置而不论。淳熙十五年上封事谓：区区东南，事犹有不胜虑者，何恢复之计可言乎？遂极论当时弊政。"（《国史大纲》下册，北京：商务印书馆，1996年版，第619页）。

于后者，亦将有感于斯堂，而成大何足以述之。"所谓"为世道计者"正是在强调士人为天下苍生的担当意识。范成大的这三篇骚体是有针对性的，当时的士大夫已经习惯了养尊处优的生活，他们恢复家国的进取之心在南方优美的湖光山色中已经消磨殆尽。即使有识之士的热切呼喊也难以彻底扭转这种颓势。孝宗就沉痛地指出："士大夫讳言恢复，不知其家有田百亩，内五十亩为人所强占，亦投牒理索否？士大夫于家事则人人甚理会得，至于国事则讳言之。"① 一些人既主张积极入世，又难以割舍闲居的淡逸清雅（其实范成大就是这样），而且，当时的士林风气是贵空谈而贱事功的（事功学派的崛起正反映了一些有识之士企图补救这种风气的努力）②，因而他们转而标榜严子陵式的生活方式，隐居乡野而为天下作则，道德圣贤与世外高人合二为一。滕岑、王炎同题之作的《钓台赋》就反映了这种倾向。王炎的作品是这样理解严子陵的归隐的："昔者卯金尝一仆而再起兮，真人翔于参虚。群公攀附其鳞翼兮，策高足于天衢。功烈藏在金匮兮，封爵载诸丹书。大冠长剑之陆离兮，又写以南宫之图。先生适际斯时兮，独深潜乎江湖。虽可致不可屈兮，思鱼钓吾其径归。羞富贵耽贫贱兮，夫何眇一世而偭驰。粤若圣贤之制行兮，其大致惟出处之两岐。人臣仗钺而观兵兮，二子饿首阳而采薇。君王溺冠而傲士兮，四老遁商颜而茹芝。意固各有所为兮，非好恶独与人殊哉。"在两汉之际群雄逐鹿的当口，正是士大夫效命国家之秋，而此时严子陵却隐居渔钓。在作者看来，当时追随各自的主公逐鹿天下的人物是攀附鳞翼骥尾博取富贵的名利之徒，而乱世隐居则是保持操守，为天下保留一线的道德良知。在王炎等人看来，淑世情怀首先是维护道德使命感，对国家的担当意识主要是维护道德良知，而非为国家用命，这也就是理学家标榜的"为生民立命"。因此，在作品当中作者对卖主求荣之徒大加挞伐，认为严子陵的意义在于对名节的重视："噫！有国者乱亡相寻兮，未始不自夫名节之先隳。麟凤旷世不一见兮，是焉可以繫维沥。"

---

① 李心传：《建炎以来朝野杂记》乙集《孝宗论士大夫微有西晋风》，北京：中华书局，2000年版，第542页。朱熹亦说："今世士大夫唯以苟且逐旋挨去为事，挨得过时且过。上下相咻以勿生事，不要十分分明理会事，且恁糊涂。才理会得分明，便做官不得。"（《朱子语类》卷一〇八）

② 孝宗曾指出："今士大夫微有西晋风，作王衍阿堵等语，岂《周礼》言理财，《易》言理财，周公孔子未尝不以理财为务。"（《建炎以来朝野杂记》乙集卷三，北京：中华书局，2000年版，第545页。）理学家对道德的过分标榜其目的是唤起人们的社会责任感，但是其末流却堕入高谈道德而轻视事功的风气。风气对当时的政坛产生了较大影响，孝宗的不满就是针对当时的政风而发的，许多比较理性的人士对理学的反思也多着眼于此。周密说过："道学之名，起于元祐，盛于淳熙。其徒有假其名以欺世者，真可以嘘枯吹生。凡治财赋者，则目为聚敛；开阃扞边者，则目为麤材；读书作文者，则目为玩物丧志；留心政事者，则目为俗吏。其所读者，止四书、近思录、通书、太极图、东西铭、语录之类，自诡其学为正心、修身、齐家、治国、平天下。……每见所谓达官朝士，必愤愤冬烘，弊衣菲食，高巾破履，人望之为道学君子也。清班要路，莫不如此。"（周密《癸辛杂识》续集下，北京：中华书局，1988年版，第169—170页。）

从道德使命感出发的这种淑世情怀在当时的骚体创作中表现颇多,尤其是道学人士的作品。如朱熹的《感春》《空同》诸赋以及张栻的《风雩亭词》《遂初赋》、薛季宣的《本生赋》等。杨万里的《中秋月赋》赋序中说是为怀念紫岩先生而作,紫岩先生即张浚。张浚是当时主战人士和道学人士的一面旗帜,但是作者对张浚的褒扬没有从其事功入手,而是从其道德情怀着眼的,指出其人格的卓尔不群:"举一世以好径兮,予乃独背而驰。予兰茹而菊餐兮,岂求饱之故也?臞予躬以鹭立兮,彼腴者哂予误也。"杨万里还为张浚作过《张丞相咏归亭词》两首骚体,在作品中他完全把张浚比作不容于当世的屈原,以彰显其主战主张不为世人所理解和其振其衰世的道德孤独感,赋的第二首写道:"兰圃兮沼芙蕖,有美君子兮,何斯其燕居?孚尹兮袖间,升白虹兮斗之虚。章甫兮深衣,御风骑气而天游兮,与造化而为徒。独立万物之表兮,室迩而人甚远。山立而洲靓兮,道德燕及虫鱼。韦编兮在手,隐几而卧兮,梦一丈夫。首肖乎尼山兮河其目,莞尔而笑兮,告予以下学而上达,知我者其天乎。忽寤兮四顾,欸乃一声兮亭之西隅。"但是作品没有表现屈原那种举世皆浊我独清的忧愤,而是展示了平淡渊粹的道德自足。我们不难发现,当时的人们在对屈原作圣贤化的提升的同时,仍然崇尚一种平和淡定的道德情感,对屈原那种愤激之情采取扬弃的态度。他的《延陵怀古》凭吊延陵季子(札)、兰陵令(荀卿)和苏东坡,同样是从道德情怀入手的。他的《黄世永哀辞》在凭吊逝者时,不同于以往的骚体哀辞之表现逝者的飞升天界的美丽,而是表现其追慕古圣先贤的道德上的孤独:"圣门际天而不可径兮,子聚粮以疾趋。古文熄而哇郑兮,子独追而雅诸。众皆赏其襮而遗其里兮,知全者不在予。仕者谓赣民之器兮,不啻姝邦之夫。何子之仁以荵兮,若膝下之乳雏?予惟子之规兮,则未知封屋之迁。沐猴豸而罔觑兮,子发上而衡盱。舍己躁进而谓子躁进兮,宜不曰沽名之非愚。"举世蝇营狗苟,这位逝去的贤者一生执着于探求古道,为当世所不理解。在作者看来,这种对古道的求索精神与屈原的为国家探索新路的求索是一致的,因为当时的道学家大都认为挽救当世的途径不是兴利除弊等事功事业,而是匡时济俗的道德完善。杨万里的《有宋死孝毛子仁哀辞》、曹彦约的《尽心堂赋》、吴镒的《义陵吊古赋》等也是以旌表道德为核心的作品。

当时也有一些文人在抒发淑世情怀的时候没有拘泥于以道德完善来振起衰世,而是通过张扬爱国精神、探究古今兴衰之理来表达对现实的关心。陈造的《酹淮文》几乎是一篇恢复失地的檄文,赋曰:"长淮浑浑,荡沸潏兮。经楚被吴,浚之一兮。匪河匪江,天岂以是限南北兮?卫拱皇居,神所职兮。杀敌之冲,师济其出兮。皇皇圣箅,包九域兮。搴幽冀,跐龙荒,行有日兮。"作品模仿王粲的《浮淮赋》,王赋寄托国家统一的愿望,此赋亦然。王炎的《怀忠堂辞》赞美为国赴难的颜真卿,作品极力褒扬一种慷慨报国的精神:

> 跂逸驾兮前修，佩武符兮典州。迹已陈兮德新，可敬而慕兮几春复秋。意其存兮闳千万年之原，谓其逝兮乃在浮罗之巅。奋忠精兮取义，贯羲娥兮烂然。陞尘寰兮上征，挥八极兮为仙。黄鹄脱骖兮素虬停驷，几驲节兮念遗民而来顾。高弁苍苍兮清苕瀰瀰，公来游兮湖山增美。游观罢兮来归，有蒲与荷兮清泠之池。鱼鸟怀生兮，欣欣焉其有依；银钩虿尾兮，灿翠珉而陆离。弦琴兮击鼓，羞羔豚兮酌醴。跪起以荐兮，愿公燕喜。公燕喜兮吾民乐康，却灾诊兮蠲除不祥。云来兮万祀，烝尝兮不忘。

斯人已去，英气长存，那些蒲荷鱼鸟乃至一草一木都欣欣然沐浴于英烈的浩然之气当中。薛季宣的《吴墟赋》是凭吊吴国故城之作。作品在荒凉破败的场景描绘中，寄托着强烈的兴亡之叹："金城汤池草莽莽兮，巷无主兮屋倾颓。畴告语兮兴废，乘除宁有所兮，……日而月兮，一来一往，又安知他日之宫墙，不变今之草莽也。"赋文采用对比手法，通过吴初与亡国之时用人政策的比较，来探求亡国的原因："怀太帝之英雄兮，爰经始于是都，樊山以为西障兮，三面汲于江湖。抡材用而建邑屋兮，信微冈弃大者栋梁兮，庋庌取之至细。柱楣榱桷之适当其用兮，木札竹头以不废。轮奂成此室居兮，且以传之万世。"前期唯才是举，因才而用，国家因此欣欣向荣。而他们的子孙却"矧将反是庄蹻为廉兮，伯夷为秽。黄女克宫兮南威见弃。犬为狼兮豕为虎豹。……刑无辜而亲有罪兮，衣裳反其上下"善恶不辨，是非颠倒，重用佞人，使大厦毁于一旦。在鲜明的对比中，其成功失败之理，不言而明。吴国失败于用人的不当，而南宋政权重用佞人，始用秦桧，后用韩侂胄，忆古思今，感慨系之。

可以说，当时的骚体当中表现出的淑世情怀是非常强烈的，这种情怀既包括匡时救世的道德完善，也包括对国计民生的慷慨悲歌，其立足点，乃是屈骚的忠君爱国精神。

三、骚体创作中表现出对超凡脱俗的精神世界的追求

屈原的楚辞往往通过超凡脱俗的境界来寄托人生旨趣。这种境界基本上表现为两个方面：一是通过峻洁的形象与平庸的俗世进行对比，以展现理想，如《离骚》《九章》等；一是描绘非人间的纯美境界以寄托浪漫之思，如《九歌》等。在北宋后期，对高雅精神境界的追求成为文学的重要内容之一，骚体中表现脱俗境界的倾向较为明显，如文同、黄庭坚、张耒等人的创作就很有代表性，到了南宋初期，文人们走向了世俗和庸俗，他们的田舍翁般的自足情绪在骚体创作得以充分展现。也可以说，这是

南宋文人对骚体创作的新贡献，如葛立方的《喜闲》《横山堂三章》等详尽描绘了乡野生活的方方面面，他甚至把乡居生活和神仙生活相提并论，这就使得屈原笔下那种纯美的浪漫境界和悠然见南山的陶然情调结合起来，给田园意象注入了精神自由的新内容。在《喜闲》中他写道："白苹花发兮水晶宫，舍此地兮余将曷从。斧斤丁丁兮为余之栖，药作房兮梁则辛夷。朝迎山云兮暮送云归，伏腊粗给兮朝市奚为！姜畦兮芋畴，瓜瓞蔓长兮女桑始柔。高田兮壤沃，麦芒如彗兮黍如粟下。下田兮若桉，穄稷衡从兮碧泉。"他以描写神女居处的笔触来写乡野景象，流注着对乡村生活的深挚之爱。《横山堂三章》也采用了这样的手法，如其三云："阳羡之居兮宅森茫，辛夷闱兮薜荔墙。建芳馨兮庀门，烂昭昭兮未央。横山老人兮独处廊，十七地兮三一屋。龙驰兮冲天，花鸟水竹兮聊尔平泉。公有豫章梗楠兮耸万仞，公有瑊玏厉兮磨而不磷。栋梁兮娓娓，柱之石兮不倾以支。此栋此石兮非斤非斧，盍以骈轇兮寰宇。"这简直是把乡村生活等同于游仙的生活了。南宋中期，骚体创作的这种倾向依然在延续，但是那种过分的对乡居闲逸的描写却淡化了，这主要是由于当时激昂奋发的时代氛围使然。此时的骚体创作对超凡脱俗之精神世界的企求主要表现为通过表现世路风波身为形役以寄托企隐之志，通过表现浪漫境界以展示高洁胸怀。

在南宋中期的骚体中，批判现实的精神没有表现为屈原的那种以独拔流俗的形象来反衬现实，否定现实，而是在深沉的人生感叹中寄寓处身俗世的无奈。范成大的《桂林中秋赋》写道："乃吾生之漂泊兮，寄蘧庐于八埏。九得秋而九徙兮，靡一枝之能安。上瀛洲而瀑饮兮，当作噩之初元。旋水宿于垂虹兮，混金碧之浮天。克后期而竟爽兮，忽罨画之沧湾。既戊子而守括兮，摘少微于楼栏。丑寓直于玉堂兮，听宫漏之清圆。再西风而北征兮，胡笳咽于夜阑。迨返旆之期月兮，放苕霅之归船。幸故岁之还吴兮，带夕晖而灌园。甘土偶之遇雨兮，就一丘而考槃。今又飘飘而桂海兮，宾望舒于南躔。访农圃之昨梦兮，杳征路之三千。月亦随予而四方兮，不择地而婵娟。谅素娥之我哈兮，老色涴于朱颜。"范成大在宋乾道九年（公元1173年）出知静江府（今桂林）兼广南西路经略安抚使。在当时人看来，桂林一带仍是荒蛮之地，因此，出知桂林对作者来说多了些许悲凉。作品由"九得秋而九徙"引发感叹，对身不由己的漂泊生活感到厌倦，希望悠游田园，灌园农圃。对月怀乡、感慨身世这是咏月文学惯常的主题，但这篇作品把隐居田园的渴望和眼下的宦海奔波对比来写，暗含深意。六朝以来，在人们的观念当中，隐居与为宦就构成了雅与俗的对照，所谓"处则为远志，出则为小草"（《世说新语·排调篇》），因此，此赋的这种结构暗示了作者是胸怀东山之志的高洁之士，飘摇风尘是迫不得已。同样的作品还有杨万里的《归欤赋》，作品由梦而归家所感，反思为生之辛劳和隐居的渴望："嗟予生之艰勤兮，墨兵纳我于儒林。慕黄口而轻予之明月兮，以耒耜而易搢绅。既自山海之弃而粥于市兮，又何欺池活而笼驯？羌初心之岂其然兮，亦曰负米而为贫。家焉釜吾亲兮，公尔以芹吾君。惟是行之猖狂兮，随荐书以叫阍。谒帝久而乃觐兮，岂不就于一列？其如釜甑之空兮，履五当而衣有结。乐调饥而济渴兮，犹幸有曾冰之与积雪。仰王都之造天兮，非都庐其奚蹑？反而顾予之蹩足兮，欲自杂于汗血。梦归而不归兮，不念吾亲之指啮。蹢欼蹢欼，岂南溪之无泉兮，南山之无蕨！"此赋表现了安贫乐道的本心和不得已而混迹宦途的"予生之艰勤"，把甘于贫贱和入朝为宦进行对比，而且把为宦描写的很不堪，用"啮指"来暗示人生的归处是亲人身旁，是尽孝道，"南溪""南山"则暗示了隐居守志的愿望。杨万里的这篇作品以田园乡居生活来否定勠力王事、济世救民的人生道路。不过，这种乡居生活和葛立方等人的不同之处在于，他是要回归到儒家的那种修身齐家的生活理想，而是不那种沾沾自喜的田舍翁状态。再比如崔敦礼的《闲居赋》：

> 释吏尘之鞅掌兮，望吾庐而载旋。野鹤脱于樊笼兮，解病马于骖编。嗟余居何甚小兮，聊复有此池园。敬余意足有适兮，岂必金谷与平泉。余既浸以成趣兮，画人事而与辨。曰悠悠其莫往来兮，垒柴门之苍。薛朝吟芦花之白雪兮，暮数渔舟之青烟。时扪腹而徐行兮，俄曳杖乎池边。龟鱼识余之履声兮，喷苹藻而不喧。迟余步乎东畴兮，或嘉蔬之葱蒨。撷杞菊而将瓜芋兮，袖雨露之微涓。忽长风之吹来兮，哄万柳之喧骈。倾若相逾蹙若相斗兮，各献状而争妍。余矫首而徜徉兮，欲飘飘而俱仙。穆室处之晏娱兮，乐图书之舒卷。耿青灯而深语兮，下潜幽而穷玄。惊倦仆之僵屏兮，鼾夜床之对眠。感晨鸡之呼觉兮，怅流光之易迁。于是懋然而起，起而歌曰：岁荏苒兮风露，手种木兮今槃槃。世我忘兮我宁忘世，去来去来兮，吾居不可久闲。

作品基本上是对陶渊明《归去来兮辞》的踵事增华。赋的开篇载欣载奔的描写表现了摆脱吏尘鞅掌的轻松快乐，作者自比"野鹤""病马"暗示了高雅自然的天性和不堪厕身皂吏的品质。文章的主体表现优雅闲逸的乡居生活，作者着力表现了"会心处不必在远，翳然林水，便自有濠濮间想也，觉鸟兽禽鱼自来亲人"（《世说新语·言语篇》）的境界。能体会到这种人与自然和谐相处、自然万物生气流行之境界的人，自然是一位高洁之士，脱俗之人。这段人与万物交互感应的描写于平和中见丰旨，于淡远中见深挚，是南宋骚体中少有的精美文字，充分展现了作者高雅脱俗的精神境界。赋的结尾，作者随意而施，即成点睛之笔，问晨鸡之鸣而感时光易逝，这自然让人联想到闻鸡起舞的为天下生民担当的精神，因而进一步点明主旨：天下人可以忘记我，但是我不能忘记天下！作者并没有像陶渊明那样结庐人境而心无尘杂，而是身在江湖心存魏阙，既是高人又是志士。这正是当时文人较为普遍的人生态度，他们把陶然忘机和忧患天下有机地统一在一起，他们追求的是包容仕与隐、穷与达的大气魄大心胸。在杨冠卿的《君子亭赋》、陈造的《怡轩辞》、周孚为辛弃疾的献辞等赞美友人贵人的骚体中，往往兼及主人优雅高妙的胸怀和济世的情怀。在喻良能的《菊赋》、王炎的《石菖蒲赋》、廖行之的《岩桂赋》等咏物骚体中，他们往往表现物象处身困境的淡定和妖娆多姿的优美，这同样是当时人们对理想的精神境界的具象化的理解。

当然，也有文人醉心于表现远离尘俗的浪漫境界。王质曾作过一些骚体篇什，已佚，他在《云韬堂楚辞后序》说："余之本趣资物态以陶己灵而已，会情于耳目者多，索妙于简策者少，以熟故精，非以博故详也。山梁雌雉，时哉时哉。子路共之，三嗅而作。浴乎沂，风乎舞雩，咏而归，吾与点也。故曰：智者乐水，仁者乐山；智者动，仁者静；智者乐，仁者寿。圣人之所事此，凡寓意于彼，适意于此，所以导人心，茂此种也。孟子曰：'夫仁亦在乎熟之而已矣。'鸢飞戾天，鱼跃于渊，此虽无补于世，亦岂无益于己也？"① 从他的这段话中我们可以窥知他的楚辞是为抒写性灵而作，表现的应当是"曾点之乐"的陶然境界，是蕴含仁者、智者胸怀的那种澄怀雅韵。陈炳的《泛秋浦辞》模仿曹植《洛神赋》结构篇章，描写了一出独行秋浦意荡神迷与秋浦之神盘桓仙界的美境：

> 羌予行兮酷暑，修途邈兮回遭。埃迷目兮眵昏，仆马瘦兮踬颠。若有人兮扁舟，破菱荷以径前。接予袂兮俱往，欲惊（驾）我兮登仙。与汝钓兮空明，鱼杂龙兮藻荇青。与汝浴兮靓深，悲风度兮秋涛生。汝游兮嵌岩，骇鸥凫兮争翻。与汝望兮茫冥冥，若有无兮飞烟。水一去兮入海，问此程兮数千。指蓬莱兮一发，有安期兮倔佺。紫贝阙兮珠宫，笑纷车兮尘寰。沉瀣欲兮芝餐，盍轻举兮蜕蝉。嗟吾生兮穷屯，履平地兮奔湍。心炯炯兮犹在，愿托履兮人间。青老兮欲丹，露溥溥兮山寒。吾何归兮日暮，寄此怀兮江之南。

作者驰骋想象，精心构建了一幅飘渺旷远的神仙世界，在这里，人不仅摆脱了世俗的精神羁绊，而且任意飞翔，餐风饮露，长生不死，以安期、偓佺等仙人为友，彻底摆脱了物质世界的羁绊。作品展示了摆脱一切牵绊的情况下的生存状态，的确引人入胜。这种意象是游仙诗中惯常表现的，六朝以来游仙与咏怀有结合的趋势，如郭璞的游仙诗就是这样，既表现飞升的愿望，又表达对现实的不满，是游仙诗逐渐脱离企求长生久视的庸俗格调的一种努力。此赋也是沿着这个路数，在结尾点出自己"穷屯"，时命不济，这样就使得作品中浩渺飘忽的想象具有了深厚的现实基础。

---

① 王质：《雪山集》卷五，四库全书本。

当时热衷于在骚体中构建超现实的纯美境界的是高似孙。他的《骚略》三卷收录了《九怀》（9篇）、《山中楚辞》（6篇）、《欸乃辞》《崿台神弦曲》（2篇）、《飞花引》《蓬莱游》（两篇）、《秋兰辞》《小山丛桂》《朝丹霞》《幽兰赋》《后长门赋》《读易赋》《秋兰赋》等二十五篇。高似孙的著作以"略"命篇者除了《骚略》还有《经略》《史略》《子略》《集略》《纬略》，这六"略"可以说涵盖了学术的各个方面。以"略"命篇始于刘歆的《七略》，这里的"略"当为简要、概要之谓，刘歆的《七略》是对学术发展和各类图书的概要介绍，其成果为班固的《汉书·艺文志》所吸收。我们从今存的高似孙《纬略》都是学术杂记性质来看，《骚略》也当是对骚体的研究，也就是说，《骚略》不单是以骚体为主的文集，更是一部研究屈骚传统的学术专著，其中的作品，应该是要探讨、阐释他认为纯正的屈骚正源，也可以说是与"以诗解诗"是同一路数，是"以骚解骚"。在《骚略》序中他说："《离骚》不可学，可学者，章句也；不可学者，志也。楚山川奇，草木奇，原更奇。原，人高志高，文又高，一发乎词，与《诗三百五》文同志同。后之人沿规袭武，摹效制作，言卑气，志郁弗舒，无复古人万一。武帝诏汉文章士修楚辞，大山、小山，竟不一企，况骚乎！呜呼，《诗》已亡矣，《春秋》不作矣，不可再矣。独不能忘情于《骚》者，非以原可悲也，独恨夫骚不及一过夫子耳。使《骚》在删《诗》时，圣人能遗之乎？呜呼！余固不能窥原作，犹或知原志者，辄抱微款，妄意抒辞，题曰《骚略》。"又曰："后之视今，今之视昔也，知我者《骚》乎！"① 从这段话可以看出，在高似孙的心目中，楚辞是与《诗经》比肩的元典文献，而屈原及其作品是道统和文统传承的重要一环，这又回到了晁补之、朱熹他们讨论的问题了，其实质是对屈原作圣贤化的打扮，对楚辞作经典化的提升②。高似孙以为自己独得屈原奥旨，前人之作均不入其法眼，他的《骚略》就是在揭示他感受到的屈原的境界。前人对高似孙的《骚略》多看不上眼，以为他模仿抄袭太甚③，高氏的模拟正是源于此书的性质是一部学术专著，非严格意义上的个人创作，其目的是描画屈原的心灵境界，因此，作者选择屈原作品的原词或者意象来揭示其本旨，这应该是更为可行的路径。

然而，高似孙笔下的屈原之志更多的是他心灵的折射，他冲淡了屈原作品的悲怨

---

① 是书存于《百川学海》，有丛书集成初编本。

② 在《纬略·楚辞》中高似孙说："今观屈宋骚辞，所以激切顿挫，有人所不可为者，盖皆发于天。如羌淬謇纷、佗傺些只者，楚语也。沅湘江澧、修门夏首者，楚地也。兰茝荃药、蕙若苹蘅者，楚物也。以其土风，形于言辞，故风雅比兴一出于国风二雅之中，不可及已。……自汉以降，后才士但袭其体、追其韵，言杂燕粤，事兼夷夏，亦谓之楚辞，失其旨矣。"（《纬略》卷一《楚辞》，丛书集成初编，第308册，第9页）。

③ 明谢肇淛评曰："高续古《骚略》三卷，步骤屈宋，几若优孟于孙叔敖矣。"（谢肇淛《文海披沙》卷二《花飞引》，明万历三十七年沈儆炌刻本。）

色彩，重在展示高雅脱俗的境界。由于他揣摩到的屈原之志高雅脱俗，因而对具有纯美境界而绝少悲怨色彩的《九歌》推崇有加①，《九怀》作为《骚略》的第一篇作品，具有开宗明义的意义，作品用越中的九位神祇来替代《九歌》中的东皇太一等九神，其做法和北宋鲜于侁《九颂》的路数一样，而平淡渊粹的风格也非常相似。如《苍梧帝（湘夫人）》：

望九疑兮云雨，心惨惨兮思君。冉冉兮愁痕，楚波深兮斑竹活。历嵯峨兮极眺，讯遐心兮谁将。蛟何路兮冲波，鸿何惊兮离纲。湘有苹兮渚有荃，欲将诚兮无能宣。苍莽兮何之，孰亮余兮娟。羽何音兮锵锵，凤何仪兮济济。朝腾余轫兮梧阴，夕娱兮清澧。蹇蹒躇兮自喜，逆清川兮如洗。植馆兮云中，树之兮石磊。大贝阙兮鳞堂。杂青枫兮始霜。芷路兮蘅薄，桂飞橑兮兰房。相芰荷兮可衣，美秋菊兮曾粮。瑶华兮在席，江有蘺兮吐芳。被薜兮带萝，表之兮以兰香。汇众卉兮扬徽，贮芳辛兮同薰。哀弦切兮入云，灵来下兮缤纷。捐余珰兮中流，遗科玦北渚。俨奉君兮嘉荐，乃遗余兮芳杜。时契阔兮难再，聊歌风兮自语。

文辞虽然雅丽洁净，立意也基本上得《湘夫人》之仿佛，但是缺乏其苦苦的企望思念之情。类似的作品还有《崿台神弦曲》，其他如《朝霞引》《飞花引》等也是这个样子，充分展示了高似孙体会到的高雅脱俗的"骚体之本旨"。

高似孙以屈原的高洁特立的秉承之人自诩，仿《离骚》幽隐曲折的笔触，表达独拔流俗的情怀，他的《山中楚辞》辨江淹的《山中楚辞》，能于"损悲"的幽闷之怀中巧妙地消释悲哀，完成自省自适直至自达的心灵转换，如其第一章："山如罨兮栖柔烟，鸟徘徊兮翠如寋。荫松柏兮牵丹泉，猿在上兮鹤在前。拍浮丘兮延偓佺，话坎离兮生坤乾，问山月兮今何年，月得道兮玄之玄。"前半部分描绘山中优美静谧的景色，营造出安适恬然的氛围，继而融我入境，全然自释，终进入庄子化蝶一般物我不分的玄妙境界。又如第四章："若古兮多奇，御夏兮高明。蹇千山兮在下，石吐泉兮泠泠。采新果兮半熟，被疏郗兮全轻。非老子兮孰悟，亦晋人兮予盟。风来南兮洗琴，棋落落兮争声。心有宫兮自玉，天相知兮同醒。"其以老子与陶潜为标举，以他们的超脱淡

---

① 高似孙在《纬略·楚辞》中说："楚辞注：'楚有先王之庙及公卿祠堂，图画天地山川，神灵奇伟，及古贤圣怪物行事。屈原周流罢倦，休息其下，仰见图画，因书其壁，呵而问之，以渫愤懑、舒泻愁思。'读此，则《九歌》之意全本于此。图画鬼神之间，犹足以渫愤懑、泻愁思，况其余乎？今观屈宋骚辞，所以激切顿挫，有人所不可为者，盖皆发于天。"（《纬略》卷一《楚辞》，丛书集成初编，第308册，第9页）。

然的心境解慰自处，涤荡胸襟，沉寂心灵，以求出于神黯情伤之境，消释愁忧，从而避世娱心，达到自我超越。这种淡泊的情怀正是构筑起高雅境界的基础。

高似孙对兰花情有独钟，他创作了两首骚体：《秋兰辞》《幽兰赋》。这两首作品的立意均来源于屈原《九歌·少司命》中对秋兰的描写①。在《幽兰赋》的序中他说："兰曾伴屈大夫，政复何限，然非屈大夫无知兰者。余固非知兰，亦非知大夫者。后五百年，或有知余者焉。"他认为兰花最能代表屈原的品格，因此，在对兰花的描写中倾注了他对屈原的仰慕之情。在《秋兰辞》中他写道："秋兰兮青青，得道兮如素。娟娟兮好修，行隐隐兮不渝。夫人兮孰怀，美兰何为兮睹处。秋兰兮英英，含章兮自明。山中兮无人，其与谁兮晤倾。悲复乐兮乐复悲，怅来者兮不可期。悲莫悲兮有所思，乐莫乐兮心相知。"突出兰花芳华外扬、真正内积、和气所资、精英自得的品德，表现了兰花在比德方面的意义。高似孙还有两篇《水仙赋》虽然体裁上不是骚体，但是其雅丽骚怨的格调和这两篇兰花赋相近，这同样是因为在他看来水仙的品格与他心目中的屈原形象相近。

高似孙还有一篇《松江蟹舍赋》，亦是一篇寄托深刻的人生感悟与处世哲学的境界邈远的佳作。赋作咏史抒怀，以范蠡之事开篇，纵笔铺叙"松陵互潮，太湖交渚，川纳壑府，波画村墟"的广袤幽渺的大观景象，以出庙堂以达世外的山水比喻脱尘世的内心解放，用笔稳妙蓄情不露；文中展现渔子生活的惬意洒脱，以范蠡和渔翁的互相诘难问答，借渔子之口点出题旨："宅金汤之固者，莫崇乎德者也。建竹帛之功者，莫勇乎谋者也。目吴越之成败，忾君臣之嗟戏。"赋末，以渔翁歌咏："洞庭兮既波，松江兮未雪。一舸兮自决，知者乐兮乐者哲，蟹健兮鱼肥，风吹觞兮酒淋衣，知有蟹兮不知时。若斯人兮其庶几！"表现出忘情世事、知命长乐的心境体悟。他的《小山丛桂》反淮南小山之《招隐士》，极写山中的美好风物，然后以"若人兮悲秋，山中兮胡为不可留"作结，表现了对超然世外的生活的向往。

可以说，高似孙对屈原的向往表现的是其高雅脱俗的一面，与朱熹他们突出屈原的家国天下的担当意识是有区别的。人们对高似孙对屈原的理解颇不以为然，但是他也不乏知音。民国时期李之鼎就对他推崇有加："高氏所拟骚赋凡三十三篇，规抚前人，熏香摘艳，自具炉锤，非消等麟楦者所可同日共语。宋自南渡后诗文靡弱，迥异北宋，高氏劬学尚古，上拟骚经，其学识诚加人一等矣。"②

当然，当时的骚体在表现个人情志方面题材范围是相当广泛的，不仅仅限于忧国

---

① 《九歌·少司命》曰："秋兰兮麋芜，罗生兮堂下，绿叶兮素华，芳菲菲兮袭予。夫人自有兮美子，苏何以兮愁苦？秋兰兮青青，绿叶兮紫茎；满堂兮美人，忽独与余兮目成。"

② 李之鼎《骚略》跋，《宋人集》丁编，民国南城李氏宜秋馆刻本。

忧民和超凡脱俗两端,如罗愿的《寄远辞》对人生奔波的感慨,薛季宣的《感沐赋》《感除赋》对年命流逝的真切感受,他的《坊情赋》对男女情爱的体会玩味等,都昭示着骚体在导泄人情方面的积极意义。不过,在政治方面的出处仍然是骚体着力表现的,这表明在理学盛行的时代,士大夫的人生皈依仍然难以摆脱对家国天下的眷恋。

四、骚体创作向现实政治生活的渗透

屈原在南宋时期的圣贤化倾向和骚体创作的繁荣反映了当时学术文化与政治生态的某种诉求,其与理学在当时的强势发展有着密切的关联。而南宋政坛的斗争以及北宋后期以来的党争是激发理学的重要动因。可以说,骚体创作的发展与南宋中期的政治学术环境尤其是理学的勃兴有着紧密的联系。骚体创作与屈骚爱国传统之间的联系,也是理学人士在党争中争夺学术文化话语权的重要命题之一。由于这种风气的带动,骚体在政治生活中的作用得到彰显。骚体创作与政治学术斗争的关系我们前文已经探讨,这里只就骚体对日常的政治生活中的渗透加以讨论。

人际关系是政治生活的组成部分之一,尤其是在逢迎上官、党同伐异等方面,人际关系就是政治生活的延续。秦桧专国时,每年在其生日时举国献诗献赋成了政治文化生活中的一道风景。南宋中期,这种风气并没有完全销声匿迹,而是成了文人们结党与逢迎的重要手段之一。《离骚》中赞美独拔流俗的部分被人们模仿、放大,用来赞美同道或上官。杨万里的《张丞相咏归亭词》《中秋月赋》,杨冠卿的《君子亭赋》,曾丰《海柏赋》等都或多或少具有模仿《离骚》的痕迹。尤其是释宝昙的《嗣秀王生日楚辞》更具代表性。秀王是孝宗生父赵子偁,死后追封秀王,其长子赵伯圭嗣秀王。这篇作品就是献给赵伯圭的寿辞,赋曰:

> 摄提之岁兮厥月惟寅,莫谁商略兮六英发春。揆王初度兮箕横翼陈,纷吾先驱兮康护帝茵。谓太平本无象兮,何为而生凤麟?艺兰之九畹兮,蕙茝同芬。河润九里兮,其源骏奔。春风兮桃李,芳菲菲兮袭人。绶累累兮万石,蹈前修后尘。阆风兮县圃,归来兮隐沦。芝车兮荷屋,倚桂枝兮轮囷。闻韶兮屡舞,凤将九子兮其来下。玉节兮旌幢,世世兮茆土。职道德兮维垣,友夔龙兮方虎。晃聘兮扶桑,夕望舒兮延伫。援北斗兮为觞,饮南山兮坠露。制芙蓉兮裳衣,佩水苍兮陆离。采芳馨兮杜若,遗云仍兮以时。问乔松兮安在,将并驾兮焉之。植大椿兮八千为岁,方蘖芽兮吾其庶几。

作品的开篇模仿《离骚》以及篇中模仿《九歌》都是意在表现主人出身的高贵。这样的作品我们不能认可作者完全是出于和秀王的交情而创作的，这种满纸溢美之词的文字其用意无非是在博得秀王的欢心，以获得某种不可预期的好处。因此，这是一种带有政治色彩的社交活动。当代学者对高似孙给韩侂胄献寿诗诟病不已，其实，这在当时是普遍现象，是一种文化，高对韩侂胄的趋奉和宝昙对秀王的趋奉其性质是一样的，高的骂名是因为韩侂胄不为理学家青睐招来的，因为南宋后期思想文化的话语权落在了理学家的手里。

当时的文人在日常的政治生活中，如以官方身份进行的祭祀、祈雨、行春等活动，也喜欢创作骚体。这是当时非常有趣的现象，官员们热心于创作劝农文①、祭祀祈求类骚体等，这几乎成了官场风气，与理学的为政思想和官员的学究化倾向密切相关。祈求降雨止雨的骚体如李洪的《迎送神辞》、陈造的《送龙辞》、张栻的《公安竹林祠迎神送神乐章》、陈炳的《望黄山辞》等；祭祀类的骚体如曾丰的《祀蚕先》《乞如愿》《祀南海神》，张栻的《谒陶唐帝庙词》，张孝祥的《祭金沙堆庙辞》，陈傅良的《西庙招辞》等。这类作品基本上是沿袭《九歌》传统，描写神灵所处的环境，赞美神灵，以寄托祈求之意，当然也有的作品颇流露个人情绪，如陈炳的《望黄山词》：

> 望黄山兮峨峨，见接天以葱青。纷群峰兮怪奇，眩百变兮幽明。朱砂汤兮山椒，下白龙兮甚灵。袭深潭兮百尺，夜有光兮晶荧。山中泉兮娱嬉，坐蛇虺兮隐形。岁徂夏兮不雨，震失望兮麋惊。禾稼郁兮满野，垂槁死兮无成。诉哀恫兮神祠，牲豆陈兮芬馨。巫夸诩兮后先，龙跧处兮皇宁。合归云兮九霄，麾雷公兮震霆。前丰隆兮戒路，叱雨师兮建瓴。予揭来兮江东，元耆窍兮储瓶。井邑荒兮穷谷，门两版兮常扃。泛被襫兮良勤，几视日兮占星。粟升斗兮莫饱，将填壑兮鳏茕。官吾卑兮何求，职水旱兮忧矜。愿时以云兮又以雨，黄之田兮世世可耕。

这是一篇祈雨之作，作品首先描写小白龙居处的神秘氛围和和其若隐若显的仙姿。这是祈求类之作惯有的格套，是从《九歌》神灵场景描写发展而来的。接下来向白龙倾述久旱生灵苦难，希望恩赐甘霖。作品的与众不同之处在于作者把个人的际遇与祈雨时的急迫心情结合起来，说自己生活已经相当不堪，位卑窘迫，希望白龙能够顾念自己，赏赐雨水，帮助自己完成职守。个人的穷愁潦倒流露于庄严典则的求雨辞中，相当有创意，雅有风致。

---

① 劝农文在南宋中期以后激增，而且有的还刊布于碑石，如1979年陕西洋县发现的南宋时洋州知州宋莘刊行的《劝农文》碑。祭祀祈求类骚体的兴起几乎与劝农文同步，其中当有密切的关联。

这个时期骚体创作祈祷祭祀类题材的兴起是一个颇为引人注目的现象，它的兴起与人们对楚辞的重视密切相关，也是当时官员学究化倾向的反映。

总之，在楚辞学发展的刺激下，南宋中期的骚体创作呈现出繁荣的局面，其创作与屈原的圣贤化以及楚辞在抒发个人情绪方面的价值有着千丝万缕的联系。文人们通过骚体创作对屈原的人格进行了深入的反思，张扬了自己对现实人生的深深关怀，同时也表现了自己超越世俗的愿望。楚辞学的兴盛也促进了当时官场上祭祀祈祷类骚体的繁荣。

悲情与幽韵，千载遥相通

——屈原、戴望舒诗歌类同性探究

肇庆学院 刘挺颂 胡凤娇

【摘 要】 屈原和戴望舒都是时代造就的诗人。他们在个人气质上和诗歌艺术特质上有着诸多的类同点。社会背景及个人遭遇使得他们在个人气质上都充满了悲情。他们把心中的悲情倾注在诗歌中，这就使得他们的诗歌在艺术特质上有着诸多的类同点。这具体表现在诗歌所选取的意象、所采取的抒情方式、诗歌所蕴含的情感等方面。

【关键词】 屈原 骚体诗 戴望舒 现代诗 类同性

屈原和戴望舒都是在诗歌创作上有很大造诣的诗人，屈原的骚体诗和戴望舒的现代诗都是文坛上璀璨的明珠，富有艺术感染力，为人们所传诵。迄今为止，很多学者都致力于研究他们两者的作品，亦有人提及他们两者在诗歌创作上的联系，如谭德晶、高颖君的《论戴望舒诗歌古典性意象的渊源》提及到戴诗中的"木叶"这个意象原型出自屈原《湘夫人》的"帝子降兮北渚，目眇眇兮愁予。袅袅兮秋风，洞庭波兮木叶下"，"花草意象"来自屈原的"香草美人"意象[1]。张建锋在《戴望舒诗歌的意象》提到戴望舒《寂寞》中的"园中野草"沿袭了《招隐士》的"王孙游兮不归，春草生兮萋萋"的"春草"意象[2]。王卫湘《论戴望舒诗歌与屈骚的艺术联系》则从"悲秋""怀乡""神游"等方面论述了戴诗与屈骚的联系[3]。但他们都是从浅层面描述了一下戴望舒的诗歌创作受屈原的影响，而未能较系统深入地论述屈原和戴望舒在个人气质和诗歌艺术特质方面存在的类同点。鉴于此，笔者认为非常有必要通过类同研究，系统地来考察屈原和戴望舒在个人气质和诗歌艺术特质方面存在的共通之处，从而让我们知晓尽管屈原和戴望舒相隔年代久远，但他们却是有着诸多共同点的杰出诗人，加

---

[1] 谭德晶、高颖君：《论戴望舒诗歌古典性意象的渊源》，《求索》2008年第3期。
[2] 张建锋：《戴望舒诗歌的意象》，《成都大学学报（社科版）》2000年第2期。
[3] 王卫湘：《论戴望舒诗歌与屈骚的艺术联系》，《船山学刊》2003年第2期。

深我们对屈原与戴望舒的认识与理解。

一、抒情主体的类同性

诗歌是时代和个人经历的投影。戴望舒和屈原虽然生活的时代相隔久远，但他们在生活的时代背景、人生经历和政治遭遇、个性人格、思想情怀方面存在着诸多的相似之处。

（一）时代背景的类同性

屈原生活的时代刚好处于战国的中后期，那是七个诸侯国矛盾斗争最为尖锐的时期。当时秦和楚抓住了时机改革政弊，秦的商鞅变法和楚的吴起变法使秦、楚成了当时的两大强国，斗争的焦点自然就是秦楚争强了。两强相争胜负主要取决于国家内政与外交政策的正确与否。当时"博闻强识、明于治乱、娴于辞令"[①]的屈原对时局有比较清醒的认识。在内政上，他主张彻底改革，富国强兵；在外交上，他主张联合齐国打败秦国，让楚国一统天下。但当时奸臣当道，怀王昏庸，疏远屈原。顷襄王即位也听信谗言，流放屈原，老百姓生活在水深火热中。屈原在政治上遭受了严重的挫折之后，忧国忧民的他对国家的前途命运堪忧，借写诗歌来抒发内心繁杂的感情。

而戴望舒也生活在动荡不安的时代。1937年卢沟桥事变，抗日战争全面展开。1938年5月，戴望舒从上海来到了香港，而且在陆丹林的介绍下，他担任了《星岛日报·星座》的编辑。面对着苦难的生活，他的爱国热忱被最大限度地激发了起来，用三寸之笔挥洒自己的爱国情怀，在自己主编的《星岛日报·星座》上刊登自己及爱国志士的优秀诗篇，呼吁、激励人民全力奋战。当时国内政治动荡不安，左翼分子与右翼分子虽说是站在统一战线下合作抗日，但是背地里却在暗斗。不幸的是，香港沦陷后，戴望舒没有及时离开香港，他落入了日本人的手中，遭受了三年零八个月在监狱生活的苦难。自身的惨痛经历让他写出了《狱中题壁》《我用残损的手掌》《等待》《过旧居》等感人诗篇。战争胜利后，三次爱情的失败又给他的精神带来了很大的打击。面对着惨不忍睹的现实社会以及人生理想的破灭，他沉浸在个人及国家的苦痛中无法自拔，于是借写诗歌来抒发自己内心百感交集的情感。

（二）人生经历和政治遭遇的类同性

屈原是一个执着于美政的人，他针对当时楚国的实际处境，多次建议楚怀王任用贤才，深入变革："举贤而爱能兮，循绳墨而不颇"[②]、"国富强而法立兮，属贞臣而日

---

① 司马迁：《史记》，北京：中华书局，1959年版。
② 林家骊：《楚辞》，北京：中华书局，2010年版，第16页。

嬉"①。可是由于楚国内部官员"众皆竞进以贪婪兮,凭不厌乎求索。羌内恕己以量人兮,各兴心而嫉妒"②,在怀王耳边捏造事实,排挤屈原。而怀王也听信谗言,不但没有采纳屈原的强国之策,反而疏远屈原,致使屈原"长太息以掩涕兮,哀民生之多艰"③。后来,秦的势力日益膨胀,楚国却日益衰弱,最终,怀王成了秦国的死囚。等到楚顷襄王即位,仍然是听不进屈原的忠言,在小人的挑拨离间下,屈原被放逐到远离国都的江南。自此,楚国长期屈辱求和,疆土不断被割让。远离郢都的屈原徒有能使楚国强盛的美政理想却不得施展,抑郁不得志。

戴望舒是一个在现实生活中遭受了很多不如意的诗人。首先他在生理上存在着缺陷,他小时候不幸染上了天花,治愈后脸上留下了麻子,受尽了人们的嘲笑,内心深感自卑。其次他情场失败,他与施绛年、穆丽娟、杨静的三段婚姻都以离婚告终,幸福美好的家庭生活全都犹如昙花一现,给戴望舒带来了沉重的打击。最后他纯粹只是都市的流浪者,作为知识分子,他满怀着人生理想,但是从农村步入城市的他却无法融入现代都市,可是又无法脱离都市生活,对故土家园难以忘怀,内心感到孤独而寂寞。

(三)个性人格方面的类同性

歌德在他的谈话录中说过:"在艺术和诗里,人格确实就是一切。"④《离骚》是屈原最杰出的代表作,作者把自身的思想情感全都熔铸其中。透过《离骚》我们可以了解屈原的个性人格,他是一个既追求外美又追求内美的人。"民生各有所乐"⑤,他"独好修以为常"⑥,"虽体解犹未变"⑦。在外美方面,他追求美好事物,而且以各色花草修饰自己,彰显自己美好的品德。在内美方面,他坦然面对黑暗势力的打击迫害,始终坚持自己的美政理想,不向黑暗势力低头,正如他在《橘颂》所说的"独立不迁""苏世独立,横而不流"⑧一样,他始终保持着坚贞的节操,为人光明正直,绝不同流合污。

戴望舒也是一个追求美好事物的人,他向往安静祥和的生活。因此,他在抗战时期竭尽全力办好诗刊,和全国人民一同抗日。同时他憧憬甜蜜的爱情,期盼爱情开出娇妍的花,结出丰硕的果实。另外,他也有着强烈的爱国情怀,被捕后依然在狱中书

---

① 林家骊:《楚辞》,北京:中华书局,2010年版,第146页。
② 林家骊:《楚辞》,北京:中华书局,2010年版,第8页。
③ 林家骊:《楚辞》,北京:中华书局,2010年版,第10页。
④ 朱光潜:《歌德谈话录》,北京:人民文学出版社,1978年版,第229页。
⑤ 林家骊:《楚辞》,北京:中华书局,2010年版,第13页。
⑥ 林家骊:《楚辞》,北京:中华书局,2010年版,第13页。
⑦ 林家骊:《楚辞》,北京:中华书局,2010年版,第13页。
⑧ 林家骊:《楚辞》,北京:中华书局,2010年版,第155页。

写着自己的愤慨。如《狱中题壁》"用你们胜利的欢呼"① 一句抒发了他内心的希望，他坚信中国能够取得最终的胜利。他那绝不向侵略者低头，始终保持着刚强的民族气节的高尚人格昭然可见。

(四) 思想情怀方面的类同性

屈原和戴望舒都是时代和社会的流浪者。屈原被放逐，远离郢都的他陷入了孤独无助的境地。他把自己视为一个独行的流浪人。《离骚》中所说的"路漫漫其修远兮，吾将上下而求索"② 就是他作为流浪人的真实写照。为国殚精竭虑的他遭到了小人的诬陷，君王不再信任他，处于"信而见疑，忠而被谤"③ 的艰难处境的他毫无政治同僚可以依靠。一方面他无法低头向奸臣诌媚，和他们同流合污，做有损国家及百姓利益的事，以求谋得在朝中的一席立足之地。另一方面，忠君爱国的他又无法全然不顾楚国的安危，做一个不问世事的隐居人。因此，他成了一个被君王抛弃，却依然执着于美政的流浪者。远离国都的他时刻都在忧国忧民，竭尽全力想回到君王的身边，辅助君王成就千秋大业，可是他没有志同道合的朋友可以帮助他，君主迟迟不召他回国都，他只能空抱着人生理想在江南之野做一个孤苦的流浪者。

戴望舒通过具体诗作来抒写其在现代都市生活中的不适感。从农村来到城市的他面对着都市的光怪陆离，不禁对现代都市抱有排斥之感。他在《乐园鸟》一诗中所写的"乐园鸟"，一年四季都在不停地忙碌着，"昼夜没有休止"，但却毫无明确的目标。在这里，作者借"乐园鸟"来象征现代都市每天忙忙碌碌，但生活毫无目的的现代人，他对这种所谓的现代人是持否定态度的。面对着残酷的喧嚣的现实生活，他只能在记忆中寻求慰藉，因为只有记忆是忠实于他的。正如他在《我的记忆》中写的一样："我的记忆是忠实于我的/忠实得甚于我最好的友人。"④ 面对着物欲横流、道德伦理规范丧失的现代都市，戴望舒既无法将自我融入其中，又无法抽身而出，只能以流浪者的身份流离在陌生的人群中，独自承担着无法排解的寂寞。久而久之，现代都市的喧嚣造成了诗人的怀乡病，继而在梦中营造属于自己的小天地，因为在梦中，所有的一切都能够随自身的意念实现。

二、抒情意象的类同性

古往今来，大多文人墨客都借助意象来抒发内心的思想情感，屈原和戴望舒亦不

---

① 乐齐:《流浪人的夜歌》，昆明：云南人民出版社，2013年版，第101页。
② 林家骊:《楚辞》，北京：中华书局，2010年版，第19页。
③ 司马迁:《史记》，北京：中华书局，1959年版，第2482页。
④ 乐齐:《流浪人的夜歌》，昆明：云南人民出版社，2013年版，第25页。

例外。戴望舒在诗歌创作中，大量借鉴了屈原诗歌中所运用的意象来抒怀，在戴望舒诗作的抒情意象中，我们可以看到屈原诗歌中抒情意象的影子。

(一) 花草意象

戴望舒和屈原一样，喜欢借助各种花草来抒发自我的情感。在屈原的诗歌中，我们可以找到大量的花草意象，其中在《离骚》中运用的花草意象共有 18 种，如"江离、辟芷、秋兰、木兰、申椒、杜衡、芳芷、秋菊"等，作者借其阐明自身品行的高洁。在戴望舒的诗作中，花草意象也多达十多种，如：《静夜》中的"蔷薇"、《山行》中的"山花"、《十四行》中的"海带草"、《雨巷》中的"丁香"、《有赠》中的"兰花"、《二月》中的"蒲公英"等，这些意象就是作者的情感对应物，承载着作者的心绪。

(二) 神游意象

屈原是一个极富浪漫主义的诗人，他的诗作中包罗了宇宙万物，借此表达自己能够上天入地，实现美政理想的愿望。在他的作品《离骚》《九歌》《天问》和《九章》中都不同程度地运用了神话意象，表达了"路漫漫其修远兮，吾将上下而求索"(《离骚》)的坚定信念。如他在《离骚》中所写的："驷玉虬以桀鹥兮"①、"前望舒使先驱兮，后飞廉使奔属。鸾皇为余先戒兮，雷师告余以未具。吾令凤鸟飞腾兮，继之以日夜。飘风屯其相离兮，帅云霓而来御"②。他借"望舒""飞廉""玉虬""鸾皇""凤鸟""飘风""云霓"这些神游意象写出了他期盼御驾各种能够冲天之物，突破重重阻挠，去实现自己的美政理想的愿望。

我们知道戴望舒的笔名就是出自屈原《离骚》中的"前望舒使先驱兮，后飞廉使奔属"③，"望舒"指"月神"，即他的笔名就运用了一个神游意象。在他的诗中，美丑之物经他的点化，都成了情感寄托的承载物。例如他在《古神祠前》吟唱："它飞上去了/这小小的蜉蝣/不，是蝴蝶，它翩翩飞舞/在芦苇间，在红蓼花上/它高升上去了/化作一只云雀/把清音撒到地上……/现在它是鹏鸟了/在浮动的白云间/在苍茫的青天上/它展开翼翅慢慢地/作九万里的翱翔/前生和来世的逍遥游"④。作者借"蜉蝣""蝴蝶""云雀""鹏鸟"这些神游意象来写自己的思绪在高空中自由地展翅高飞，内心的苦闷早就烟消云散，有的只是做一只宇宙间的自由体，尽享翱翔的欢乐。但欢乐转瞬即逝，现实留给他的只有孤独与忧愁。

---

① 林家骊：《楚辞》，北京：中华书局，2010 年版，第 19 页。
② 林家骊：《楚辞》，北京：中华书局，2010 年版，第 19 页。
③ 林家骊：《楚辞》，北京：中华书局，2010 年版，第 19 页。
④ 乐齐：《流浪人的夜歌》，昆明：云南人民出版社，2013 年版，第 77 页。

（三）美人意象

戴望舒和屈原一样，对美好事物有着浓烈的憧憬之情。屈原渴望实现自己的人生理想，却遭小人陷害，但他始终保持着高洁的品性。在《离骚》中，他巧妙借"女嬃"之口直陈自己博采众芳，节操与众不同，却不吸取鲧因刚直而遭流放的教训，茕然独立而遭奸党妒忌。而且在《离骚》中他通过写自己追求"宓妃、有娀之佚女、虞之二姚"未果，表面上看是说自己想要求得美人却因种种原因而无法实现，实则是说自己虽怀富国强兵的伟大理想，却苦于因为身边没有可信任依靠之人而变成空想，内心烦闷不堪。

戴望舒笔下的美人意象，最为经典的就是他在《雨巷》中所塑造的"一个丁香一样地结着愁怨的姑娘"。他希望逢着这样的一个姑娘，这个姑娘是他美好理想的象征，然而理想与现实却有着无法填补的差距，她转瞬即逝，希望破灭，只留下他独自彷徨在寂寥的雨巷。他在《烦忧》《百合子》《梦都子》《八重子》《三顶礼》中所塑造的美人意象也都不同程度地负载着作者的主观情绪，他想做现实社会的主宰者，但是每次他都无法令他世界的周围泛起丝毫的涟漪，现实世界并不会因为他的意念而稍有改变。

三、抒情方式的类同性

诗歌是情感表达的载体，他们在抒情方式上也存在着诸多的共同点。

（一）屈骚与戴诗都大量使用了象征的手法

黑格尔给象征下的定义是：象征一般是直接呈现于感性观照的一种现成的外在事物，对这种外在事物并不直接就它本身来看，而是就它所暗示的一种较普遍的意义来看。① 屈原和戴望舒在诗篇中并不是直陈事实，而是普遍运用象征手法，赋予具体事物以暗示之义。如屈骚中的"香草美人"意象群就是作者高洁品行的象征，与之相反的"臭艾、萧艾"等则是奸佞小人无耻行径的象征。《哀郢》"鸟飞反故乡，狐死必首丘"② 两句借叙述"鸟飞得即使再远，最终还是能返回故乡，狐狸在死亡的时候，头一定会朝向它所出生的小丘"来象征自己对楚国深厚的眷恋之情。

戴望舒也像屈原一样，善于通过具体可感的事物来表现抽象晦涩的事物。如《古神祠前》的"古神祠"象征着阻碍自己追求理想的黑暗势力。与此相对应的"蜉蝣、蝴蝶、云雀、鹏鸟"则象征着诗人追求理想，创造一个新的社会的决心。《我的记忆》

---

① 黑格尔：《美学（第2卷）》，上海：商务印书馆，1979年版，第10页．
② 林家骊：《楚辞》，北京：中华书局，2010年版，第126页。

中把"记忆"比喻成"忠实自己的友人"①，赋予抽象的事物以具体可感的形象，拉近了过去和现在的时空感。保留他的记忆的"燃着的烟卷""绘着百合花的笔杆""破旧的粉盒""颓垣的木莓"①等都是他人生经历的象征。《印象》中那"堕到古井的暗水里的青色的珍珠"②象征着美好的事物容易消逝。《林下的小语》中的那"亲爱的你"象征着作者苦心追求的理想，而"幽暗的树林"象征着理想的破灭。《秋蝇》通过写"秋蝇"在恶劣的环境中走向死亡来象征人们在现实世界的打压下只能无力地挣扎，走向死亡的状况。《秋天》中的"林间的猎角声是好听的/在死叶上的漫步也是乐事"③象征着饱经沧桑的作者无视人生苦痛的积极乐观的态度。可是，这只是作者瞬间觉得的事情，独身汉的他在秋这个萧瑟的季节里并没有闲雅的兴致，因为真正占据心头的依然是孤独与寂寞。

（二）屈骚和戴诗都大量运用了比喻的修辞手法

屈原在诗歌创作的时候喜好运用比喻的修辞手法。如他在《离骚》中所写的追求宓妃、有娀佚女、有虞二姚的行为是比喻贤能的人能够被圣明的君主发现并任用。同样，来自《离骚》的"固众芳之所在"④的"众芳"比喻众多有才能的人；"夫唯捷径以窘步"④中的"捷径"比喻君主治理国家不遵循正轨，贪图快捷的做法；"恐皇舆之败绩"④中的"皇舆"比喻国家政权；"余虽好修姱以鞿羁兮"⑤中的"修姱"比喻美德，"鞿羁"比喻美德所受到的束缚；"众女嫉余之蛾眉兮"⑤中的"蛾眉"比喻优秀的品质；"恐美人之迟暮"⑥中的"美人"比喻君王；"鸾皇为余先戒兮"⑦的"鸾皇"比喻贤能之人；"兰芷变而不芳兮，荃蕙化而为茅，何昔日之芳草兮，今直为此萧艾也"⑧及"椒专佞以慢慆兮"⑧中的"兰芷、芳草"比喻贤人，"茅、萧艾、椒"比喻谗佞小人。《湘君》和《湘夫人》所体现的男女之间的爱情则是比喻君和臣的关系。

戴望舒在运用比喻的修辞手法时也显得非常娴熟，他在诗中所用的意象看似信手拈来，实则都带有他所赋予的深层含义。如在《我们的小母亲》把"机械"比喻为"我们的小母亲"，向我们展现了机械那如母亲般的仁慈，它能带领我们创造一个人性

---

① 乐齐：《流浪人的夜歌》，昆明：云南人民出版社，2013年版，第25页。
② 乐齐：《流浪人的夜歌》，昆明：云南人民出版社，2013年版，第37页。
③ 乐齐：《流浪人的夜歌》，昆明：云南人民出版社，2013年版，第31页。
④ 林家骊：《楚辞》，北京：中华书局，2010年版，第6页。
⑤ 林家骊：《楚辞》，北京：中华书局，2010年版，第10页。
⑥ 林家骊：《楚辞》，北京：中华书局，2010年版，第3页。
⑦ 林家骊：《楚辞》，北京：中华书局，2010年版，第19页。
⑧ 林家骊：《楚辞》，北京：中华书局，2010年版，第25页。

化的理想世界。在《独自的时候》把"房里清朗的笑声"① 比作"百合或素馨"①，于此，我们可以知道这是一个非常温馨的家，可是这已经成为过去了，现在作者留在"满积着灰尘的房里"①只能独自咀嚼内心的悲哀，孤独萦绕，而自己又无法找到排解的途径，因为自己所诉说的一切，"正如徒然向白云说话"①一样。《十四行》把"憔悴的我"①比作"一只黑色的衰老的瘦猫"①，极力渲染爱情失意给自己带来的巨大痛苦。在《静夜》把低头哭泣的主人公比喻成"侵晓蔷薇底蓓蕾，含着晶耀的香露"②，把孤苦之情倾吐而出。在《三顶礼》把"恋人的眼"②比作"夜合花"②，恋人被他比喻为一种可以捉摸的实际物象，缩短了他和恋人的距离。

（三）屈骚和戴诗都充满了想象

屈原和戴望舒在诗歌创作中都是天马行空的神游者，丰富的想象使诗歌内容传递出奇幻的色彩。在《离骚》中，屈原哀婉自己的生不逢时，企图通过上天入地来寻求出路。这在常人看来是绝对不可能的事，但他却能够"驷玉虬以桀鹥，溘埃风余上征"③，"前望舒使先驱，后飞廉使奔属"③，"凤鸟""云霓"等都受他的调遣，帮助他到达目的地。让人为此感到不可思议。又如，作者为了说明自己的品行是多么的高洁，不惜花费大量笔墨来书写自己各种奇特的行为。"扈江离与辟芷兮，纫秋兰以为佩"④及"朝饮木兰之坠露兮、夕餐秋菊之落英"⑤ 就是最好的证明。在《湘君》中他所乘着的龙舟亦装扮得异乎寻常：薜荔作为船屋门窗上所挂的帘子，蕙草作为床帐，船桨缠绕着荪草，兰草作为旌旗。凡此种种均可见屈原的想象力是多么的奇伟诡谲。

戴望舒的诗歌世界也是一个通过想象创作的小天地，在这个小天地里，他的思绪可以自由自在地飞扬。最为经典的就是《祭日》，诗歌开头的"今天是亡魂的祭日／我想起了我的死去了六年的友人"⑥，这是符合我们现实逻辑的叙述，随之而引出的那超脱现实的想象让人惊叹，"或许他已老一点了，怅惜他爱娇的妻／他哭泣着的女儿，他剪断了的青春／／他一定是瘦了，过着漂泊的生涯，在幽冥中／但他的忠诚的目光是永远保留着的／而我还听到他往昔的熟稔有劲的声音／'快乐吗，老戴？'／／他不会忘记了我：这我是很知道的／因为他还找我，每月一二次，在我梦里／他老是饶舌的，虽则他已归于永恒的沉寂／而他带着忧郁的微笑的长谈使我悲哀"⑥。这些想象的词句完全把亡友当成了仍然具有生命，而且富有情感的人，他通过写亡友的种种行为来表达自己对

---

① 乐齐：《流浪人的夜歌》，昆明：云南人民出版社，2013年版，第30页。
② 乐齐：《流浪人的夜歌》，昆明：云南人民出版社，2013年版，第12页。
③ 林家骊：《楚辞》，北京：中华书局，2010年版，第19页。
④ 林家骊：《楚辞》，北京：中华书局，2010年版，第3页。
⑤ 林家骊：《楚辞》，北京：中华书局，2010年版，第8页。
⑥ 乐齐：《流浪人的夜歌》，昆明：云南人民出版社，2013年版，第39页。

友人的追思，蕴含自己对现实生活的不满。另外在《古意答客问》中，作者虚构了一个客人，通过想象写他和客人的问答："你问我的欢乐何在？/——窗头明月枕边书""你问我的灵魂安息于何处？/——看那袅绕地、袅绕地升上去的炊烟""你问我可有人世间的挂虑？/——听那消沉下去的百代之过客的跫音"①，来表露自己的精神追求，从中我们可以意会到作者与现实生活的格格不入以及他试图在想象的世界寻找心灵的栖息地。

四、情感特质的类同性

屈原和戴望舒因各自所处的黑暗时代和自身的悲惨经历，所以在诗歌中向我们讲述的大多是他们人生的种种不幸，展现的大多是他们内心深处的忧郁、悲苦、矛盾与孤独。

（一）屈原和戴望舒的诗作都是忧郁情感的沉淀物

屈原和戴望舒都是有才有德之人，他们都希望能够为国家的安定、富强贡献自己的一份力量。可是理想是美好的，现实却是残酷的，他们在为理想而奋斗的时候，却发现前面已经无路可走。理想的破灭让他们承受了常人无法理解的打击，而他们身边又没有真正理解自己的好友，心有千千结，不能一吐为快，所以就借诗歌来书写自己的悲情人生。

屈原是一个内心忧郁的人。他在《惜诵》中写道："竭忠诚以事君兮，反离群而赘肬"②，为此他"惜诵以致愍，发愤以抒情"③。也就是说，屈原的诗歌并不是纯粹的发牢骚，而是熔铸了他的真情实感。屈原坚信"夫维圣贤以茂行兮，苟得用此下土"④，希望君王能够"举贤而授能兮，循绳墨而不颇"④。但一直以来忠心耿耿的他成为众人怨恨的对象，竟无法保全自身，"心郁结而纡轸"⑤，而又没有人能够理解他的衷情，情绪压抑无法畅快地表达，倍感失意与忧郁。从"曾歔欷余郁邑兮，哀朕时之不当。揽茹蕙以掩涕兮，沾余襟之浪浪"⑥这些伤感的语句，我们容易体会到屈原当时是多么的痛苦。又如《悲回风》"吾怨往昔之所冀兮，悼来者之愁愁"⑦，写出了屈原至今仍无法实现以前就已经怀抱的希望和对未来感到的恐惧，充满了忧郁的情绪。在《天问》中屈原更是通过对历朝兴衰的深入思考，强烈表现了自己实现理想的愿望以及对民族

---

① 乐齐：《流浪人的夜歌》，昆明：云南人民出版社，2013年版，第85页。
② 林家骊：《楚辞》，北京：中华书局，2010年版，第109页。
③ 林家骊：《楚辞》，北京：中华书局，2010年版，第108页。
④ 林家骊：《楚辞》，北京：中华书局，2010年版，第16页。
⑤ 林家骊：《楚辞》，北京：中华书局，2010年版，第113页。
⑥ 林家骊：《楚辞》，北京：中华书局，2010年版，第16页。
⑦ 林家骊：《楚辞》，北京：中华书局，2010年版，第164页。

发展和人生命运的深切忧虑，可是君王并没有给他施展才能的机会，这就无疑平添了他的忧郁。

戴望舒也是一个具有忧郁特质的人，他也把这种忧郁散发到具体的诗作中。如《忧郁》直接从诗题就使整篇诗歌笼罩在晦暗的情感基调中，"心头的春花已不更开，幽黑的烦忧已到我欢乐之梦中来"① 一句，把内心的绝望推到了极点，渴望安宁的新生活的他在大革命期间"呼吸着火焰"①，听着"幽灵倾诉"①。竭尽全力投身革命的他，最终面对的还是革命的失败，残酷的现实使他的心灵遭受了无法愈合的创伤，他看不到前途和出路，觉得自己对新生活的追求只不过是"欺人的美梦，欺人的幻像"①罢了，心中的忧郁情思无法排解。《山行》字里行间也满溢着作者的忧郁情调，开头的"见了你朝霞的颜色，便感到我落月的沉哀"② 就让读者感受到了他的忧郁情怀。而且作者在《百合子》和《八重子》中塑造的"百合子"和"八重子"这两个女性形象的共同特征都是忧郁的，她们都是作者内心情感的自我投射。《单恋者》更是说明他在黑暗的夜中，只不过是一个"可怜的单恋者"③，"一个寂寞的夜行人"③，围绕着他的是那挥之不去的忧郁。

（二）屈原和戴望舒都在诗作中袒露了自己内心的悲苦之情

屈原和戴望舒在现实生活中遭受了各种不公平待遇，内心早已千疮百孔。在《哀郢》中，屈原述说自己"去故乡而就远"④，他刚出了郢都的城门就神思恍惚，心中牵挂不舍，"哀故都之日远"④，"心绻结而不解，思蹇产而不释"④。想到回郢都的路途遥远，而且归期无望，凄楚无人可诉，不禁悲从中来，绵绵不断。在《抽思》这首诗中，屈原直陈自己被怀王疏远而漂泊无依，留寓汉北时，想起君王的说话不算数，迁怒于己，心绪烦乱，自己想寻找机会表白自己，但是自己列数心事来陈词，君王却假装耳聋听不见，意欲回到楚国，辅佐君王把美德发扬光大的心愿成了泡影，只能靠灵魂出窍来回返郢都，悲苦之情时刻萦绕着自己。《涉江》中的"哀吾生之无乐兮，幽独处乎山中。吾不能变心而从俗兮，固将愁苦而终穷"⑤ 更是从高度上升华了他的悲苦之情。

政治理想的幻灭和爱情的一波三折使戴望舒蒙受了沉重的打击，谱写了一篇又一篇抒发自己内心悲苦的诗歌。⑥ 在《元旦祝福》里，他深信"新的年岁带给我们新的

---

① 乐齐：《流浪人的夜歌》，昆明：云南人民出版社，2013年版，第19页。
② 乐齐：《流浪人的夜歌》，昆明：云南人民出版社，2013年版，第13页。
③ 乐齐：《流浪人的夜歌》，昆明：云南人民出版社，2013年版，第45页。
④ 林家骊：《楚辞》，北京：中华书局，2010年版，第121页。
⑤ 林家骊：《楚辞》，北京：中华书局，2010年版，第117页。
⑥ 侯敏：《论戴望舒诗歌创作中的悲剧意识》，《鞍山师范学院学报》2007年第5期。

力量"①、"苦难会带来自由解放"②,结果他的希望并没有给他带来精彩的人生。1942年,他被捕入狱,受尽了折磨,出狱后,婚姻又凋谢了,这些惨痛的经历让他饱尝了人生的悲苦。在《我的记忆》中,作者说"我的记忆是忠实于我的/忠实甚于我最好的友人"②。世界如此大,原本人与人每时每刻都是在发生着联系的,按理说,友人才是我们最忠实的伙伴。然而与此相反,在作者认可的世界里,永远陪伴着自己,而且绝不会变心的只有那最忠实的记忆。这说明他的人生是多么的悲苦啊!《到我这里来》中,作者深情地呼唤离自己而去的恋人:"到我这里来/假如你还存着着。"在每一个傍晚,他都在苦苦地等待着恋人能够回到自己身边,可是恋人已经彻底离他而去了,只给他留下了悲痛与愁苦。《深闭的园子》更是借荒凉的景象道尽了他对黑暗现实的抵触,"小径已铺满苔藓,而篱门的锁也锈了"③,诗人是耐不住孤独寂寞的人,他渴望光明和温暖,但外在世界的纷纷扰扰让他止步了,他不愿走出去,别人也不进入他的世界,他只深处在深闭的园子里,咀嚼人生的悲苦。《静夜》中那"嘤嘤不停的哭泣"④亦把人生的痛苦和哀伤凸显得淋漓尽致。

（三）屈原和戴望舒在诗作中都袒露了矛盾的心理

屈原的诗作中表达了他矛盾的心绪。如他在《思美人》中说曾经"欲变节以从俗",但是又"愧易初而屈志","知前辙之不遂",但又"未改此度"⑤,"登高"自己又不喜欢,可是"入下"自己又不愿意。思虑烦乱的他不知道应该怎么办,于是去拜访太卜郑詹尹,诉说心中的诸多矛盾:"吾宁悃悃款款朴以忠乎,将送往劳来斯无穷乎?宁诛锄草茅以力耕乎,将游大人以成名乎?宁正言不讳以危身乎?将从俗富贵以偷生乎?宁超然高举以保真乎?将呢訾栗斯,喔咿儒儿以事妇人乎?宁廉洁正直以自清乎?将突梯滑稽,如脂如韦,以洁楹乎?宁昂昂若千里之驹乎?将泛泛若水中之凫,与波上下,偷以全吾躯乎?宁与骐骥亢轭乎?将随驽马之迹乎?宁与黄鹄比翼乎?将与鸡鹜争食乎?此孰吉孰凶?何去何从?"⑥从中我们可以看出屈原的内心其实是纠结愁苦的。他希望自己能够受君主的信任,帮助君主处理国家大事,使楚国一统天下,让百姓安居乐业。但是被流放多年了,君主还是没有觉悟,对奸佞小人的话深信不疑,对自己这个贤人却毫无欣赏之心,没有把他召回朝中,让他大展身手,整顿纲纪。为此,他曾思考要不要随波逐流,追求富贵,求取功名,最终又被自己标榜的廉洁正直

---

① 乐齐:《流浪人的夜歌》,昆明:云南人民出版社,2013年版,第97页。
② 乐齐:《流浪人的夜歌》,昆明:云南人民出版社,2013年版,第25页。
③ 乐齐:《流浪人的夜歌》,昆明:云南人民出版社,2013年版,第69页。
④ 乐齐:《流浪人的夜歌》,昆明:云南人民出版社,2013年版,第12页。
⑤ 林家骊:《楚辞》,北京:中华书局,2010年版,第142页。
⑥ 林家骊:《楚辞》,北京:中华书局,2010年版,第182页。

唤醒了。富有主体意识的他渴望有所作为,但客观世界对他多有阻挠,他无法突破障碍。但是要他阿谀奉承,和黑心官吏亦步亦趋,在朝中取得立脚之地,他又无法做到。他想要远离浊世,置身事外,但是又怕毁坏了自己的名声。就这样,他找不到两全其美的答案,只能处在矛盾的痛苦之中。

通过诗作,我们可以窥探到戴望舒其实也是一个矛盾的生物体。他在《我的素描》中揭露了自己矛盾的心理状态:"我是青春和衰老的集合体/我有健康的身体和病的心//在朋友间我有爽直的声名,在恋爱上我是一个低能儿"。① 一方面,他觉得自己是拥有青春和健康的身体的人,渴望着少女对自己的倾慕;但另一方面,他又深信自己是衰老的,而且心是有病的。于是"当一个少女爱我的时候/我就先要栗然地惶恐"。这是一种极为矛盾,极不和谐的心境,带着感伤的色彩。又如作者在《过时》一诗中通过明显对立的词语"少年"与"老人""崭新"与"过时"来呈现自己矛盾的情绪。春去秋来,诗人时刻希望自己还是往日的那个少年。但是岁月不饶人,他不愿承认衰老的事实,以为自己依然是"崭新"的,充满活力的少年。可岁月告诉他,他已经"过时",不再年轻。最终他意识到自己在岁月的长河中已渐渐老去,但他还是不愿意坦诚自己真的老了,于是强调自己是"一个年轻的老人"②,于此我们可以看出作者自我意识的期盼与客观现实产生了矛盾,那矛盾冲击着诗人脆弱的内心,增添了他的惆怅。同样的,《在对于天的怀乡病》中,作者渴望回到故园,重拾幸福的生活,可是现实却不允许,他只能留在人性险恶的都市,被生活的重压压得喘不过气来。

(四)屈原和戴望舒的诗作都充满了孤独的色调

屈原是孤独的苦行僧。他胸怀大志,追求美名,可身边没有志同道合的人。朝中大臣都把他视为眼中钉,他就像大海上的一枚孤舟,在海上历尽波浪的冲击。"余处幽篁兮终不见天""表独立兮山之上"③,"心郁邑余侘傺兮,又莫察余之中情。固烦言不可结诒兮,愿陈志而无路"④、"世溷浊而莫余知兮""幽独处乎山中"⑤、"独隐伏而思虑"⑥ 等诗句都把诗人内心的孤独寂寞展露无遗。

戴望舒和屈原一样,他也是一个孤苦的独行者。在他的诗歌中,带有孤独韵味的诗句大量出现:"独身汉的心地我是很清楚的"⑦、"我是漂泊的孤身"⑧、"我是一个寂

---

① 乐齐:《流浪人的夜歌》,昆明:云南人民出版社,2013年版,第44页。
② 乐齐:《流浪人的夜歌》,昆明:云南人民出版社,2013年版,第58页。
③ 林家骊:《楚辞》,北京:中华书局,2010年版,第72页。
④ 林家骊:《楚辞》,北京:中华书局,2010年版,第110页。
⑤ 林家骊:《楚辞》,北京:中华书局,2010年版,第117页。
⑥ 林家骊:《楚辞》,北京:中华书局,2010年版,第159页。
⑦ 乐齐:《流浪人的夜歌》,昆明:云南人民出版社,2013年版,第31页。
⑧ 乐齐:《流浪人的夜歌》,昆明:云南人民出版社,2013年版,第8页。

寞的夜行人"①、"寂寞已如我一般高"② 等。他在《寒风中闻雀声》所塑造的抒情主体"孤零的少年人"③ 就是自己的真实写照，原本孤零一人就很凄凉了，面对着"枯枝在寒风里悲叹，死叶在大道上萎残，大道寂寞凄清，高楼悄悄无声"的环境，孤独的情绪就更加强烈了。

五、名作比较分析

戴望舒的诗歌和屈原的诗歌确实有着很多的相似点，下面将通过对《九歌·湘夫人》与《雨巷》《九章·哀郢》与《对于天的怀乡病》进行比较分析，借此凸显他们诗歌创作的类同性。

屈原的《湘夫人》和戴望舒的《雨巷》都是关于爱情的诗篇，作者驰骋自己的想象，通过各种意象和抒情主人公的行为、心理等揭示自己的心迹。《湘夫人》的抒情主人公就是屈原自己，《雨巷》的抒情主人公就是戴望舒本人。屈原希望逢着谜一样的湘夫人，就如他希望遇到贤明的君主一样。屈原如约到北渚和湘夫人相见，但湘夫人并没有赴约，但他并不是稍等片刻就离去，而是苦苦地等待。戴望舒久久徘徊在雨巷，也是为了能够遇到"一个丁香一样地结着愁怨的姑娘"④。

屈原和戴望舒都有崇高的政治抱负，希望有所作为，可是理想和现实却发生了不可调和的冲突，他们的理想在残酷的现实社会中遇到了各种各样的阻碍，迟迟不能实现，因此，他们就把人生理想注入诗歌中，借其说明心志。屈原和戴望舒追求理想就如诗中的主人公追求爱情一样，从来都没有因受阻而放弃的念头。

环境描写往往是一个时代的缩影，负载着抒情者的情感体验。在《湘夫人》一诗中，屈原通过环境描写来暗示了自己的生活处境，讽刺了时局的黑暗。"袅袅兮秋风，洞庭波兮木叶下"⑤，表面上看作者是在写屈原在等待湘夫人时所处的环境很苍凉、萧瑟，实际上暗含了自己在追求理想过程中受到了外界环境的干扰。"鸟萃兮蘋中，罾何为兮木上"，鸟本该在林中栖息，在空中驰骋的，但它们却聚集在水中；渔网本该在水中发挥它的效用的，但它却被挂在了树上。其中暗含的意思是，贤能之人（自己）被放置荒野，而无能之人却占据着高位。戴望舒在《雨巷》中同样描写了雨巷的环境来批判黑暗的社会。诗歌中反复出现的"悠长又寂寥的雨巷"暗含着大革命期间，作者

---

① 乐齐：《流浪人的夜歌》，昆明：云南人民出版社，2013年版，第54页。
② 乐齐：《流浪人的夜歌》，昆明：云南人民出版社，2013年版，第95页。
③ 乐齐：《流浪人的夜歌》，昆明：云南人民出版社，2013年版，第4页。
④ 乐齐：《流浪人的夜歌》，昆明：云南人民出版社，2013年版，第23页。
⑤ 林家骊：《楚辞》，北京：中华书局，2010年版，第49页。

在从事革命运动的过程中遭受的打击，他看不到希望，找不到出路。

通过《湘夫人》和《雨巷》，我们可以发现屈原和戴望舒的心境是多么的怅惘。屈原久等湘夫人而不至，但内心坚信湘夫人是深深地爱着他的，不禁神思飘忽，幻想着他和湘夫人以后的幸福生活："筑室兮水中，葺之兮荷盖。荪壁兮紫坛，播芳椒兮成堂……"在水中建房，荷叶做屋顶，荪草装饰墙壁，紫贝铺地面……在他的想象中，这个家是如此的温馨。可是这只是他的幻想罢了，湘夫人已弃他而去。这想象的一切和屈原的实际人生经历是多么的相似啊，他向来钟爱"荷叶""荪草""芳椒"等美好事物，用以标榜自己是多么的品德高尚。然而如此一个品行高洁的人，却被君主抛弃了，只能够独自排遣内心的忧伤。同样的，戴望舒追求像丁香一样美好的事物，渴求实现自己的理想。可是美好的事物，人生的理想在恶劣的环境之下，"她静默地远了"①。最令人痛惜的是"在雨的哀曲里/消了她的颜色/散了她的芬芳/消散了，甚至她的/太息般的眼光/丁香般的惆怅"①。他所执着追求的东西最终化为泡影，那失望与忧伤笼罩着诗人，久久挥之不去。

乡思向来是古代文人墨客吟咏的主题，屈原和戴望舒也是满怀思乡之情的诗人。遭流放的屈原通过《哀郢》来吐露自己对郢都的思念，与喧嚣的现代都市格格不入的戴望舒则通过《对于天的怀乡病》来强调自己是多么的怀念淳朴的乡村生活。屈原"发郢都而去闾"②，在离开故国的路上渐行渐远，一路上频频回头，思念之情愈来愈浓。想起"至今九年而不复"③，回郢都的路途又是那么的遥远，心情忧郁，惆怅满怀。从农村步入城市的戴望舒是一个敏感多疑的人，他见识了大都市的生活后，感觉那并不是自己想要的生活，他不能以强者的身份面对物欲横流的现代都市，于是迫切"渴望着回返到那个如此青的天"④，因为"在那里我可以生活又死灭/像在母亲的怀里/一个孩子欢笑又啼泣"④。在乡下，他可以触摸到人事的和谐，可以感受大自然的温馨，可以享受亲人给他的爱，而都市带给他更多的是痛苦与挣扎。

《哀郢》和《对于天的怀乡病》都是理想和现实不可磨合的产物，诗人在和客观现实的较量中，总是处于败者的位置。屈原饱受流放之苦都是拜奸佞小人所赐。在《哀郢》中，屈原抒发了内心的愤慨。"外承欢之汋汋兮，谌荏弱而难持。中湛湛而愿进兮，妒被离而鄣之"③，谗佞小人都是只会奉承君主，而没有能力辅助君王，忠心的贤臣想进谏，却被小人阻挠。最令人气愤的是君主居然疏远贤臣，亲近小人。目睹着一幕幕不愿看到的事，屈原愁肠欲断，日夜都在思念着被奸臣践踏的国都，欲救楚国而

---

① 乐齐：《流浪人的夜歌》，昆明：云南人民出版社，2013年版，第24页。
② 林家骊：《楚辞》，北京：中华书局，2010年版，第122页。
③ 林家骊：《楚辞》，北京：中华书局，2010年版，第124页。
④ 乐齐：《流浪人的夜歌》，昆明：云南人民出版社，2013年版，第32页。

不能，心中痛苦不已。和屈原一样，戴望舒也是一个怀乡病者。在大都市里，他无法"安安地睡着"④，他每时每刻都在目睹着人们的权钱相斗，感受着人与人之间的冷漠，经受着痛苦的折磨，他的心一直都属于那个淳朴的乡村。可是作为一代知识分子，他又不可能与都市完全隔离，回到自己所向往的乡村，只能在外漂泊，面对不如意的生活，尝尽人间悲苦。

结 论

综上所述，笔者认为屈原和戴望舒的确是身处不同时代，却在个人气质和诗歌艺术特质上有着诸多共通之处的诗人。他们的个人气质都是带有悲情特质的，这与他们的生活社会背景及个人遭遇有着必不可分的关系。社会的黑暗、理想的落空让他们看不到希望，找不到人生的出路，心中的悲苦时刻萦绕着他们。时代造就诗人，诗歌是诗人内心情感的负载物。既然屈原和戴望舒的个人气质有着相似之处，这反映在诗歌中自然也就有着诸多的相似点，这具体表现在诗歌所选取的意象、所采取的抒情方式、诗歌所蕴含的情感等方面。在他们的诗歌中，我们能捕捉到种种类同的东西，当我们把这些类同点理清的时候，我们也就能进一步了解屈原和戴望舒的内心世界，进一步知悉戴望舒对屈原诗歌创作的继承，加深我们对文化传承的辉煌的认识。

从思妇形象分析战国与汉末婚恋观的异同

——以《楚辞·九歌》和《古诗十九首》为核心

南通大学 吴慧鋆

【摘 要】 "思妇"这一文学题材源远流长,《楚辞·九歌》中思妇的配饰芬芳、乘驾雍容、约会恋人主动等,折射出楚国男女在当时婚恋中的关系较为自由,妇女在婚恋关系中有较高的地位。而到了东汉末年的《古诗十九首》中思妇形象发生了改变:思妇的形象和幽怨的感情成为一种审美对象;女子在感情上变为被动;将思妇的等待上升到道德高度。这显示出在多种婚姻制度中,一夫一妻制战胜了其他婚姻形式,在汉代得到了巩固和加强。其原因是一夫一妻制、男尊女卑观念适应奴隶制向封建制转变的需要;适应父权社会父权强化的需要;适应中央集权巩固的需要。汉代采用儒家婚恋伦理观引导妇女,用法律限制妇女,来巩固和宣扬一夫一妻婚姻制度。通过《楚辞·九歌》和《古诗十九首》中思妇形象的变化,我们发现婚恋思想表层原因是伦理和道德的产物,深层原因则是人类对物质占有与继承的需要。

【关键词】 思妇形象 《楚辞·九歌》 《古诗十九首》 婚恋形式

"思妇"文学是我国一种源远流长的文学题材,这一词语早期是指一种鸟的名称,如战国宋玉的《高唐赋》:"姊归思妇,垂鸡高巢,其鸣喈喈"[①]。大约到曹丕所处的时代才将它确立为怀念远出丈夫的妇人[②]。其实,在三国之前的文学作品中也存在描写女子倾慕、思念异性的情况。思妇诗中透视出婚恋观、道德观,也反映出社会经济、政治制度等问题,是一个重要的研究课题。本文以《楚辞·九歌》和《古诗十九首》为核心,分析战国与汉末婚恋观的异同及其原因。

---

① 朱碧莲:《宋玉辞赋译解》,北京:中国社会科学出版社,1987年版,第74页。
② 见曹丕《燕歌行》:"慊慊思妇恋故乡,君何淹留寄他方。"

一、《楚辞·九歌》中的思妇形象及楚人的婚恋情况

（一）《楚辞·九歌》中的思妇

《楚辞·九歌》中《湘君》《湘夫人》《大司命》《少司命》《河伯》《山鬼》是人神相恋、神神相恋的赞歌，其描写思妇形象的瑰丽、情感的深挚，为我国恋爱诗歌史画上浓墨重彩的一笔。其中，《湘君》《山鬼》以女子口吻，写出了对异性的思恋和追求，塑造的思妇形象比较具有典型意义。

1. 容貌姣好、配饰芬芳

《湘君》中湘夫人"美要眇兮宜修"①，《山鬼》中的女子"既含睇兮又宜笑，子慕予兮善窈窕"②。巧笑倩兮，美目盼兮，湘夫人和山鬼的美妙形象，赏心悦目地绽放在湘水河畔和深山僻谷中。不仅如此，她们的配饰也很美妙。《山鬼》中曼妙的山鬼对自己作了精心修饰，"被薜荔兮带女萝""被石兰兮带杜衡，""山中人兮芳杜若"③，薜荔、石兰、杜衡都是香草，女萝即菟丝，用在这里，缠缠绕绕，象征女子的感情悠长。

2. 乘驾雍容、身份高贵

《湘君》中描写湘夫人所乘之船"薜荔柏兮蕙绸，荪桡兮兰旌"④。薜荔、蕙、荪、兰是芬芳高洁之花草，湘夫人的乘船，香草萦绕、芳香扑鼻、高贵典雅。《山鬼》中"辛夷车兮结桂旗"⑤，辛夷、桂皆为香草，山鬼所乘之车，同样也是装饰华美。不仅如此，她们的坐骑都不是凡品，湘夫人"驾飞龙兮北征"⑥，山鬼"乘赤豹兮从文狸"⑦，她们或以奇异香草装饰乘驾，或以飞龙赤豹为骑、文狸为仆从，凸显出主人身份的高贵。

（二）思妇形象折射出的楚人婚恋情况

湘夫人、山鬼分别在湘水河畔和深山僻谷这种缺少社会群体约束的环境中约会恋人，大胆地表达自己炽热的恋情。从社会制度角度看，这表现了楚国男女当时在婚恋中的关系较为自由，并不注重婚姻仪式。《仪礼·士昏礼》上记载古代婚姻行六礼，包括纳采、问名、纳吉、纳征、请期、亲迎六个成婚仪式。⑧但《左传》所记楚国初期的

---

① 周建忠、贾捷：《历代名著精选集·楚辞》，南京：凤凰出版社，2009年版，第47页。
② 周建忠、贾捷：《历代名著精选集·楚辞》，南京：凤凰出版社，2009年版，第66页。
③ 周建忠、贾捷：《历代名著精选集·楚辞》，南京：凤凰出版社，2009年版，第66页。
④ 周建忠、贾捷：《历代名著精选集·楚辞》，南京：凤凰出版社，2009年版，第47页。
⑤ 周建忠、贾捷：《历代名著精选集·楚辞》，南京：凤凰出版社，2009年版，第66页。
⑥ 周建忠、贾捷：《历代名著精选集·楚辞》，南京：凤凰出版社，2009年版，第47页。
⑦ 周建忠、贾捷：《历代名著精选集·楚辞》，南京：凤凰出版社，2009年版，第66页。
⑧ 郑玄：《仪礼》，见黄丕烈校《仪礼》，上海：商务印书馆，1936年版，第17页。

婚娶仪式仅言"娶"或"奔",没有"纳征"或"亲迎"之礼①。当时的女子可以不要任何仪式,自奔男子成亲。《左传·昭公十九年》上记"楚子之在蔡也,鄾阳封人之女奔之,生大子建"②,这里,"楚子"指的是楚平王,"奔"指的是不按礼而娶,即姘居。私奔情况生下的孩子也可以立为太子,这在当时的中原地区是难以想象的,说明楚国人对婚姻仪式的约束作用并不看重。

并且,妇女在婚恋关系中有较高的地位。和《古诗十九首》不同,《楚辞·九歌》中感情真挚、执着不悔的思妇形象反映了女性在婚恋当中的主动权,女子可以主动追求男子。《山鬼》中的感情描写相当细腻,"思公子兮徒离忧"③,大胆地表达对"公子"的追求和思慕。《湘君》中湘夫人在久等心上人不来,推导出原因是"心不同兮媒劳,恩不甚兮轻绝","交不忠兮怨长,期不信兮告余以不闲"④,这些都是湘夫人的猜测,但她没有自怨自艾,表现出妇女在婚恋中冷静而独立的判断。

从以下两个方面可以证实楚国婚恋自由的史实。

第一,楚国有公开的幽会场所,其中最典型的是云梦。《山鬼》中女子在深山中等待恋人,《湘君》中湘夫人和心上人会合的地点是在湘江。《墨子·明鬼》记载:"燕之有祖(通"沮"),当齐之社稷,宋之有桑林,楚之有云梦也,此男女之所属而观也。"⑤就楚国云梦而言,男女之间的婚外关系发生过多次。如《吕氏春秋·贵直论·直谏》记载:"荆文王得茹黄之狗,宛路之矰,以畋于云梦,三月不反。得丹之姬,淫,期年不听朝。"⑥《左传·宣公四年》记载:"初,若敖娶于䢵,生斗伯比。若敖卒,从其母畜于䢵,淫于䢵子之女,生子文焉。䢵夫人使弃诸梦中,虎乳之。"⑦若敖为西周末年楚国国君,"䢵"或写作"郧",一般也认为是云梦之地⑧。山林水泽,既符合楚国的地理风貌,也是男女幽会的地点,这为男女婚恋自由提供了场所保障。

---

① 参见顾久幸:《楚国婚姻形态略论》,《湖北社会科学》1988年第10期。
② 晋杜预注、唐陆德明音义、孔颖达疏:《十三经注疏考证·春秋左传注疏》卷四十八,广州:广东书局,1739年校刊,第103页。
③ 周建忠、贾捷评注:《历代名著精选集·楚辞》,南京:凤凰出版社,2009年版,第66页。
④ 周建忠、贾捷评注:《历代名著精选集·楚辞》,南京:凤凰出版社,2009年版,第47页。
⑤ 孙诒让:《墨子间诂》卷八,北京:中华书局,2001年版,第357页。
⑥ 吕不韦著、陈奇猷校释:《吕氏春秋新校释》,上海:上海古籍出版社,2002年版,第617页。
⑦ 左丘明:《左氏春秋》见《十三经注疏·春秋左传正义》卷二十一,广州:广东书局,1739年校刊,第103页。
⑧ 周宏伟:《云梦问题的新认识》,《历史研究》2012年第2期。先秦迄汉晋时代在江汉—洞庭平原长江南北、峡江地区、黄淮平原淮河以北分布有七处以上的云梦,而汉代的"云梦官"不止一处,楚国(地)人也有"蔽曰云""梦,泽中""梦,草中"之类的解释,因此早期"云梦"应不是专名,而是古夏(汉)语楚地方言对具有游赏意义的水体不大但植被繁茂之区的通称,其本来含义即为草泽或泽草。云梦并不专指某一处,可见楚国男女自由婚恋的宽泛程度。

第二，对偶婚的存在。对偶婚"是一种双方可以轻易离异的个体婚制"①。对偶婚制刚从群婚制发展而来，是个体婚制的第一种形态，在这一阶段中必然还保持着浓厚的群婚制残余：如婚前性自由，节日性自由，婚外性关系以及例外的一妻多夫、一夫多妻等等。②对偶婚本身就说明女性在配偶的选择与更替中有自主性。《湘君》中就可见对偶婚的影子。湘夫人在觉得情人已变心之后，经过短暂的忧伤，决绝地"捐余玦兮江中，遗余佩兮澧浦"③，将定情信物抛弃，快刀斩乱麻。并将采摘的杜若送给下女，"时不可兮再得，聊逍遥兮容与"④，时光匆匆，青春美貌不回头。可以想象湘夫人在进行自我疗伤，准备下一轮的美好感情。这一回，她或许会吸取上次感情的教训，要找一个"同心"而"恩重"的意中人。

二、汉人的婚恋情况

秦朝统一了文字、货币、度量衡，实行统一的法律，在制度统一的过程中，伦理观和道德观也发生了改变，战国时中原地区对男女交往中"礼教大防"思想渐渐占了上风。就文学作品而言，也能从中感知到汉代思妇形象的趋同性。《古诗十九首》被认为是东汉末年中下层失意文人所作⑤，十九首中有十首比较明显地表现了思妇的形象和情感，从中可以看到这种变化的痕迹。

（一）《古诗十九首》中的思妇形象

1. 思妇的形态美

《青青河畔草》中"盈盈楼上女，皎皎当窗牖。娥娥红粉妆，纤纤出素手"⑥。"盈盈""娥娥""纤纤"全用叠字，描绘出体态轻盈、妆容粉嫩、十指修长的佳人形象。《迢迢牵牛星》中有"皎皎河汉女。纤纤擢素手"⑦的句子。"皎皎"指女子正当妙龄，容光焕发，"纤纤"特写柔美的手部细节。这些诗句描写的都是思妇的美貌。

2. 思妇对男子的复杂情感

《古诗十九首》中不乏对忠贞感情的描述，例如《孟冬寒气至》中丈夫的书信

---

① ［德］恩格斯：《家庭、私有制和国家的起源》单行本，北京：人民出版社，1954年版，第25页。
② 程德棋：《试论对偶婚》，《云南社会科学》1984年第3期。
③ 周建忠、贾捷评注：《历代名著精选集·楚辞》，南京：凤凰出版社，2009年版，第47页。
④ 周建忠、贾捷评注：《历代名著精选集·楚辞》，南京：凤凰出版社，2009年版，第47页。
⑤ 赵东栓、孙少华：《〈古诗十九首〉的时代作者与文体来源》，《中国社会科学院研究生院学报》2010年第2期。
⑥ 隋树森：《古诗十九首集释》卷二，北京：中华书局，1995年版，第1页。
⑦ 隋树森：《古诗十九首集释》卷二，北京：中华书局，1995年版，第10页。

"三年字不灭",思妇"一心抱区区,惧君不识察"①;《客从远方来》中妇人对丈夫捎回来的"一端绮""著以长相思,缘以结不解"②;《冉冉孤生竹》中有"君亮执高节,贱妾亦何为!"③的誓言。但在这种忠贞的感情中,另外一种情愫是不可忽视的,那就是幽怨,对年华逝去、独守空闺的不甘,对良人许久不归的怅然。这种描写体现在以下几方面:

(1) 感叹青春易逝。《行行重行行》《冉冉孤生竹》两首诗中有直接感叹"思君令人老"④的句子;《东城高且长》中"晨风怀苦心,蟋蟀伤局促"⑤,蟋蟀鸣叫象征一年又将结束;《冉冉孤生竹》"伤彼蕙兰花,含英扬光辉。过时而不采,将随秋草萎"⑥,以花自喻,感叹年华虚度的悲哀。

(2) 对丈夫久出不归的怨怅。《明月何皎皎》中"出户独彷徨,愁思当告谁"⑦描写独处深闺难以排解的寂寞。

(3) 对双方感情的怀疑。《东城高且长》中"燕赵多佳人,美者颜如玉"⑧,思妇猜测丈夫回家的脚步或许因此而被牵绊。虽然有以上几种哀怨的情愫,但思妇仍痴心以待,不作他求。

(二) 婚恋中男女双方的关系

《古诗十九首》中容颜娇美、痴心不改的思妇形象折射出男女在婚恋关系中地位的变化。

1. 思妇的形象和幽怨的感情成为一种审美对象

(1) 思妇无一例外地拥有姣好的容颜,作者从生物角度出发,以满足男性雄性心理对女子的审美标准。思妇形象从《楚辞·九歌》—《古诗十九首》—艳诗逐步转变,我们在这个过程中可以看到对女子的体态、着装描写越来越细致。

(2) 思妇的怨怅痛苦之情被提炼为一种审美对象。作者用优美的词句来描写思妇的幽怨,其表面是对伤感的美妙陈述,实质上也存在限制女性自由挥发思想,以幽怨面对现实的情况。思妇在长久等待的寂静中已经成了一种审美标准,思妇的形象和感情形成特定的审美对象和审美效果,这个过程体现了女子地位的下降。

---

① 隋树森:《古诗十九首集释》卷二,北京:中华书局,1995年版,第25页。
② 隋树森:《古诗十九首集释》卷二,北京:中华书局,1995年版,第26页。
③ 隋树森:《古诗十九首集释》卷二,北京:中华书局,1995年版,第11页。
④ 隋树森:《古诗十九首集释》卷二,北京:中华书局,1995年版,第1页,第11页。
⑤ 隋树森:《古诗十九首集释》卷二,北京:中华书局,1995年版,第18页。
⑥ 隋树森:《古诗十九首集释》卷二,北京:中华书局,1995年版,第11页。
⑦ 隋树森:《古诗十九首集释》卷二,北京:中华书局,1995年版,第27页。
⑧ 隋树森:《古诗十九首集释》卷二,北京:中华书局,1995年版,第18页。

2. 女子在感情上的被动

我们可以看到,在《古诗十九首》中无论是表达感情的忠贞还是等待的忧伤、寂寞的难以排解,其核心就是幽怨。在这里,思妇无一例外地置身于深闺之中,周围是凄冷的环境,眼前所见所闻只有草木荣枯、候鸟南来北返、虫吟鸟鸣、红花绿树,思妇所能做的也只能是徘徊院庭,空室长叹,在狭小的生活空间里孤独地、无止境地咀嚼相思之苦,并且时刻承受着担心被抛弃的恐惧和痛苦,已经没有了《楚辞·九歌》中思妇对自由情感独立和坚定的追求。作者对此采取了一种欣赏的视角,这从另一个方面限制了女性对于生活不满、追求婚恋自由的可能性,体现女子对男子的附属地位。

3. 将思妇的等待上升到道德高度

利用道德约束力限制符合生物本性的婚恋自由。《古诗十九首》表达了对"一对一"婚恋关系的崇尚,这无形中是对"一对一"婚恋形式的宣扬,并将它提高到道德的层面,希望以此引导社会追寻这种男性确立的价值观。例如《孟冬寒气至》中思妇长夜无眠,从怀袖中拿出丈夫三年前捎回的书信,其间书信不知被阅读了多少遍,"三年字不灭"象征一字一句已经刻在妇人心里,其情感忠贞而坚定。思妇尽管与丈夫相隔万里,但心中无时无刻不在记挂着丈夫,对丈夫寄送回来的信件、信物视若珍宝,念念不忘;尽管有对丈夫久出不归的怀疑,这也是满足男性的骄傲心理,希望女子对自己始终牵挂;尽管有对思妇深闺中寂寞难以排解的描写,从男性视角出发,女性的世界缺失了自己的存在,就会孤独寂寞,突出了婚恋关系中男性的主体地位。而《冉冉孤生竹》出现"高节"一词,思妇勉励丈夫信守高节,并以此激励自己忍受相思之苦进行等待,说明贞洁守节的观念已经出现。并且,女子的愁怨在这里成了一种审美,将这样的审美建立在女子的痛苦等待上,可以看到夫尊妇卑的观念已经得到社会普遍的价值标准认可。

从《楚辞·九歌》到《古诗十九首》中思妇形象的不同,我们可以看到一夫一妻制度战胜了其他婚姻形式并得到巩固,婚恋中男女较为平等的思想逐步被男尊女卑思想所取代。

三、战国到汉末婚恋观点变化的原因分析

人类的婚姻制度发展是由群婚向个体婚发展的,而个体婚经过了两个阶段:第一阶段为对偶婚,第二阶段为一夫一妻制。[①] 在这多种婚姻制度中,一夫一妻制战胜了其他婚姻形式,在汉代得到了巩固和加强。其原因如下:

---

① 程德祺:《试论对偶婚》,《云南社会科学》1984年第1期。

(一) 奴隶制向封建制转变的需要

战国时期正是奴隶制向封建制过渡的阶段，封建制度是以家庭为生产单位的经济结构组织。随着生产力提高和私有制的巩固，家庭的私有财产继承成为维系封建统治的重要问题。血缘继承成为最可靠、最可行的继承方式。一夫一妻制和其他婚姻形式相比，保证了父方单方血缘的纯正，更适合封建制度。一夫一妻制不再是仅有生物性和繁衍后代的需要，而是有共同经济基础的比较稳定的婚姻形态。当然，在封建制度中，皇帝和大臣们对这种制度进行了折中，他们实行的是一夫多妻，但只有一个正妻，其实是一夫一妻的一种变相形式。正妻之子为嫡长子，拥有权力的继承权，避免统治集团内部的为财产权力继承而引起的厮杀，维护了封建统治的稳定。

(二) 父权社会父权强化的需要

父权社会以父系血缘为纽带，在对偶婚阶段，父权只是开始萌芽，丈夫对妻子所生的子女"开始稍微有把握地确认他的亲生子女"，"父权开始作为一种微弱的势力出现"。①

母系社会走向父系社会是由男女在社会生产中扮演角色的重要程度决定的。伴随着男性在生产劳动和征战中表现出来的优越性，男子成了社会生产的主要力量、财富的重要创造者，从而也拥有了在财富分配中的决定权力。在父权社会的家庭中，妻子和子女成为丈夫家庭的成员，女性对男性的依附成为满足男性占有欲的根基，从纯生物角度说也就是满足了男性基因延续的要求。当然，男性为了满足自身的需求，必须努力获得足以支撑家庭成员生存的物质财富，女性为了物质的满足，处于弱势，失去了根据天性行事的物质条件；女性要分享男性为主创造的物质，必须在婚恋关系上遵循忠贞原则，这实际上是男性与女性在物质交换关系上形成的契约。而物质获取的愉悦，又使得女性从自身的附庸地位得到了一种美好感觉。

(三) 中央集权巩固的需要

从国家机器的运转角度说，统治体系是由个人、家庭、社会由小到大的利益单位形成的。家庭作为统治链条的中间环节，它的稳定与否直接决定了社会的稳定与否。一夫多妻和一夫一妻的婚姻形式的巩固是家庭稳定的基石，同一群体中每个个体利益的互相制约、联系，促进了家庭这个最小群体的稳定。因为婚姻是由男女双方构成的，在男权社会里，妇女处于弱势，但女性的婚姻观念及其对婚姻的实践关系到婚姻的质量，封建社会通过亲情关系、道德规范将不具备血缘关系的人群捆绑在一起，使他们成为利益共同体，从而保证了家庭的稳定。国家可以通过家庭利益的管理，来实现制

---

① [美] 摩尔根：《古代社会》，北京：北京师范大学出版社，2001 年版，第 458、469—470 页。

约家庭中每个人言行思想的目的。国家社会管理的有效性增加，管理的成本降低。

所以，在婚姻形态的变化过程中，一夫一妻制的优越性更适合封建统治，因而被统治者提倡和宣扬，而其他婚姻形式逐渐消亡。

四、巩固和宣扬一夫一妻婚姻制度的方式

在确立了一夫一妻制的主体地位以后，汉代整体的趋势是压抑女性在婚恋中的自主选择权，并通过以下的方式来促进和巩固这种婚姻制度。

（一）用儒家婚恋伦理观引导妇女

汉代用"三从四德""三纲五常"对妇女进行约束。《仪礼·丧服·子夏传》云："妇人有三从之义，无专用之道。故未嫁从父，既嫁从夫，夫死从子。"①《周礼·天官冢宰》云："九嫔掌妇学之法，以九教御妇德、妇言、妇容、妇功。"②"三从四德"是儒家的思想，这些思想虽然在周代开始萌芽，但直到汉代，才成为完整的伦理体系，并被统治者提倡和宣扬，使其更加有力地服务于汉代的意识形态导向。

最典型的表现就是汉代儒家关于女子德行的著作较为集中地问世，将概念化的德行内容形象化。《列女传》《女戒》《后汉书·列女传》等宣扬女德思想的论著大量出现，就是服务于儒家的女性婚恋观。

《列女传》中刘向以先秦儒家的伦理观念和董仲舒的"三纲"理论为标准，记叙了105名妇女的故事，其实质是用故事的形式将"三从四德"榜样化。《女戒》对女子的日常行为举止，及其女子对丈夫，对舅姑，对丈夫的兄弟姐妹的态度都作了具体的规定，其基本思想就是要求女儿对父亲，妻子对丈夫，女子对男子在心理上无条件的服从。汉代儒家关于女子德行的著作较为集中地问世，是将概念化的德行内容形象化。统治阶级的意识通过诗歌、传记的形式越来越被社会价值所认可，使女性群体心甘情愿地放弃自由婚恋的主动权，转向对男权社会的认同。《后汉书·列女传》是正史中第一部为普通妇女立传的纪传体史书，按照《诗经》《尚书》言女德之标准，书中所收集的自汉宣帝中兴以来妇女的事迹，基本上都是对丈夫忠贞不渝、唯命是从的实践。不难看出，西汉儒家所提倡的礼制在东汉时期已经内化为妇女的自觉行为，妇女的言行已与儒家礼制要求渐趋一致，妇女在婚姻观念上由西汉时期的对婚姻质量的追求，对礼制的反抗和被动的服从，逐渐演变为以丈夫为自己活动的中心，顺从丈夫，渐渐丧失对婚姻质量的追求，主动地接受礼制的约束。

---

① 郑玄：《仪礼》，见黄丕烈校：《仪礼》，上海：商务印书馆，1936年版，第22页。
② 孙诒让：《周礼正义》，北京：中华书局，1987年版，第515页。

（二）用法律限制妇女

除了伦理道德上的强化提倡，汉代还将对女性婚恋的禁锢上升到法律层面，对战国时期遗存的其他婚恋形式采取了禁止措施。

1. 汉代"禁和奸"

是指禁止"在夫妇关系之外，男女双方自愿的性行为"①。显然，和奸既破坏婚姻的稳定，也践踏了夫权，因而受到汉律的严禁。张家山汉简《二年律令·杂律》如此规定："诸与人妻和奸，及其所与皆完为城旦舂。其吏也，以强奸论之。"② 法律对通奸当事人均予以"完为城旦舂"的处罚，用法律的规定，将对偶婚、婚外性行为严格排除在外了，扼杀了女性在婚恋上的自由。

2. 汉代的离婚权

汉代的离婚权掌握在男方手中，"七出"的说法在《大戴礼记·本命》中有明确记载："妇有七去：不顺父母去，无子去，淫去，妒去，有恶疾去，多言去，窃盗去。"在汉代形成法律③，妇女婚恋关系上加上沉重的枷锁。尽管在礼制中也有"妇有三不去"：有所取、无所归，不去；与更三年丧，不去；前贫贱，后富贵，不去"，但在现实生活中是否得以执行，则未得其知。

在本性和道德、法律博弈的过程中，女性追求婚恋自由只留下了一条狭小的缝隙。司马相如与卓文君的私奔成为这个狭小缝隙的例证，但卓文君的父亲感觉很没脸面，司马相如后来想纳妾的举动也表现出对这种私奔行为的反讽。宋代以后，社会的控制更加完善，女性在婚恋中的自主权逐步丧失殆尽。

五、结　论

《楚辞·九歌》与《古诗十九首》反映了这两个时代独特的婚恋思想，而这两种婚恋思想的演变正是从战国到汉代，儒家思想产生发展并获得社会意识形态领域主导地位的反映。那么，通过梳理楚国与汉代特殊婚恋思想的社会背景，可以发现婚恋思想表层原因是伦理和道德的产物，深层原因则是人类对物质占有与继承的需要。

---

① 张淑一：《张家山汉简所见汉代婚姻禁令》，《史学集刊》2008 年第 3 期。
② 张家山汉简《二年律令·杂律》192 简，转引自张淑一：《张家山汉简所见汉代婚姻禁令》。
③ 参见李慈铭在《越缦堂日记》"七出之条，自汉律至今，沿之不改"，程树德也认为"七弃三不去之文，皆载于汉令，今不可考矣"等。

屈原思想及精神影响研究

论屈原对黄宗羲的影响

——屈原精神与浙东文化传统研究之四

宁波大学 张宏洪

【摘 要】 黄宗羲是我国明末清初伟大的启蒙主义思想家、博学多才的学问家、浙东学派的开创者。考察黄宗羲的传世之作和生平事迹可以发现，战国时期的伟大思想家、爱国主义诗人屈原在黄宗羲的思想认识体系中不仅是一位有崇高地位的"豪杰"，更是不顾个人安危批判弊政、主张改革的正直官僚士大夫的楷模，是他学习效仿的榜样之一。屈原对壅君、时弊的批判精神，以民本思想为原动力的爱国精神，博学兼容、主体自觉的精神，对黄宗羲的思想、人格产生了重要影响，对黄宗羲成为一代学术泰斗起到重要作用。

【关键词】 屈原 黄宗羲 浙东文化传统 影响

黄宗羲（公元1610—1695年），字太冲，号南雷，学者称梨洲先生，浙江余姚人，是我国"明末清初伟大的启蒙主义思想家，也是博学多才的学问家，在我国思想文化史上具有十分重要的地位。他一生著述颇多，仅专著和诗文集即在三百万字以上，涉及的学科有政治学、哲学、史学、文学、数学、天文学、地理学、文字学等门类"。[①]

考察黄宗羲的传世之作和生平事迹可以发现，我国战国时期的伟大思想家、爱国主义诗人屈原对黄宗羲的思想、人格有着重要影响。屈原在黄宗羲的思想认识体系中不仅是一位有崇高地位的"豪杰"，更是不顾个人安危批判弊政、主张改革的正直官僚士大夫的楷模。他在《明夷待访录·取士下》批判当时科举制时写道："古之取士也宽，其用士也严，……今也不然，其所以程士者，止有科举之一途，虽使古豪杰之士若屈原、司马迁、相如、董仲舒、扬雄之徒，舍是亦无由而进取之，不谓严乎哉！"屈原列在"古豪杰之士"之首。他在《南雷诗历·感旧》中写道："维斗危身自丙寅，人中此日效灵均。于今名士皆生色，此是吾侪复社人。""维斗危身"句缅怀了在天启

[①] 沈善洪主编：《黄宗羲全集（增订版）》，杭州：浙江古籍出版社，2005年版。

六年（丙寅）因主张改革弊政而惨遭"阉党"迫害致死的包括黄宗羲之父黄尊素在内的东林党人，后两句强烈地抒发了自己和同道作为东林党人后继力量的自豪和自信，"效灵均"则旗帜鲜明地表示屈原是他们的榜样。概言之，屈原对黄宗羲思想、人格的影响主要在于：对壅君、时弊的批判精神，以民本思想为原动力的爱国精神，博学兼容、主体自觉的精神。

一、屈原对壅君、时弊的批判精神对黄宗羲的影响

屈原的作品，尤其是《离骚》《九章》，表现了对当时楚国壅君、党人和弊政的强烈批判，因此司马迁在《史记·屈原贾生列传》中指出："屈原疾王听之不聪也，谗谄之蔽明也，邪曲之害公也，方正之不容也，故忧愁幽思而作《离骚》。"

屈原的批判矛头直指当时的最高统治者。《离骚》："不抚壮而弃秽兮，何不改乎此度也？""荃不察余之中情兮，反信谗而齌怒。"《九章·惜往日》："谅聪不明而蔽壅兮，使谗谀而日得。""不毕辞而赴渊兮，惜壅君之不识"。这是在揭露和批判楚怀王的昏庸。屈原还通过揭露历史上的暴君，来批判最高统治者的荒淫和残暴。如《离骚》中说："启九辩与九歌兮，夏康娱以自纵。""羿淫游以佚畋兮，又好射夫封狐。""夏桀之常违兮，乃遂焉而逢殃。后辛之菹醢兮，殷宗用而不长。"在《天问》中，他对所憎恶的统治者提出谴责性的质问："穆王巧梅，夫何为周流？"周穆王巧于贪求，他周游天下为的是什么？

屈原对统治集团中的"党人""佞人"朋比为奸、无耻钻营、谗害贤能等恶德败行，也毫不留情地揭露和批判。如《离骚》："唯党人之偷乐兮，路幽昧以险隘。""众皆竞进以贪婪兮，凭不厌乎求索。""众女嫉余之蛾眉兮，谣诼余以善淫。""唯此党人之不谅兮，恐嫉妒而折之。"又如《九章·哀郢》："忠湛湛而愿进兮，妒被离而鄣之。""众谗人之嫉妒兮，被以不慈之伪名。"《九章·怀沙》："夫惟党人之鄙固兮，羌不知余之所臧。"

屈原对当时社会的黑暗与不公也作了大量的揭露与抨击。例如："固时俗之工巧兮，偭规矩而改错；背绳墨以追曲兮，竞周容以为度。""世溷浊而不分兮，好蔽美而嫉妒。"（《离骚》）又如："忠不必用兮，贤不必以。伍子逢殃兮，比干菹醢。""露申辛夷，死林薄兮。腥臊并御，芳不得薄兮。阴阳易位，时不当兮。"（《九章·涉江》）"变白以为黑兮，倒上以为下。凤凰在笯兮，鸡鹜翔舞。""邑犬之群吠兮，吠所怪也；非俊疑杰兮，固庸态也。"《九章·怀沙》再如："鸱龟曳衔，鲧何听焉？顺欲成功，帝何刑焉？""比干何逆，而抑沉之？雷开何顺，而赐封之？"（《天问》）

黄宗羲的批判精神集中地体现在他的《明夷待访录》中。他在首篇《原君》中将

批判矛头直指封建君主,直截了当地指出:"为天下之大害者,君而已矣。"因为封建君主"以为天下利害之权皆出于我,我以天下之利尽归于己,以天下之害尽归于人,……以我之大私为天下之大公。……荼毒天下之肝脑,离散天下之子女,以博我一人之产业,……以奉我一人之淫乐,……今也天下之人怨恶其君,视之如寇仇,名之为独夫,固其所也。"很显然,黄宗羲抓住了封建君主"以我之大私为天下之大公"这个要害,揭露了封建制度的本质。

黄宗羲在《明夷待访录》中,对他所处的封建社会作了一系列揭露和批判。如揭露、抨击封建政治:"以谓臣为君而设者也。君分吾以天下而后治之,君授吾以人民而后牧之,视天下人民为人君橐中之私物。今以四方之劳扰,民生之憔悴,足以危吾君也,不得不讲治之牧之之术。"(《原臣》)"三代以下,天下之是非一出于朝廷。天子荣之,则群趋以为是;天子辱之,则群挞以为非。"(《学校》)《原法》篇中批判封建法制:"后之人主,既得天下,唯恐其祚命之不长也,子孙之不能保有也,思患于未然以为之法。然则其所谓法者,一家之法,而非天下之法也。""自非法之法桎梏天下人之手足,即有能治之人,终不胜其牵挽嫌疑之顾盼,……而不能有度外之功名。"《置相》篇毫不留情地抨击了明朝的官僚制度:"有明之无善治,自高皇帝罢丞相始也。原夫作君之意,所以治天下也。天下不能一人而治,则设官以治之,是官者,分身之君也。……后世君骄臣谄,天子之位始不列于卿、大夫、士之间,而小儒遂河汉其摄位之事,以至君崩子立,忘哭泣衰绖之衰,讲礼乐征伐之治,君臣之义未必全,父子之恩已先绝矣。不幸国无长君,委之母后,为宰相者方避嫌而处,宁使其决裂败坏,贻笑千古。"对当时的教育、取士制度多有揭露与批判,如:"而其所谓学校者,科举嚣争,富贵熏心,亦遂以朝廷之势利一变其本领,而士之有才能学术者,且往往自拔于草野之间,于学校初无与也。"(《学校》)"取士之弊,至今日制科而极矣。故毅宗尝患之也,为拔贡、保举、准贡、特授、积分、换授、思以得度外之士。乃拔贡之试,犹然经义也,考官不遣词臣,属之提学,既已轻于解试矣。保举之法,虽曰以名取人,不知今之所谓名者何凭也,势不得不杂以贿赂请托。及其捧檄而至,吏部以一义一论试之,视解试为尤轻矣。准贡者用解试之副榜,特授予者用会试之副榜。夫副榜,黜落之余也。其黜落者如此之重,将何以待中式者乎?积分不去赀郎,甚源不能清也;换授以优宗室,其教可不豫乎!凡此六者,皆不离经义,欲得胜于科目之人,其法反不如科目之详,所以徒为纷乱而无益于时也。"(《取士上》)对封建赋税制也多有揭露批判,如:"然而什而税一,名为古法,其不合古法甚矣。而兵兴之世,又不能守其什一者,其赋之于民,不任田而任用,以一时之用制天下之赋,后王因之。后王既衰,又以其时之用制天下之赋,而后王又因之。呜呼!吾见天下之赋日增,而后之民者日困于前。……有明亦未尝改,故一亩之赋,自三斗起科至于七斗,七斗之外,尚有官耗私增。计其一岁之获，不过一石，尽输于官，然且不足。乃其所以至此者，因循乱世苟且之术也。"(《田制一》)《兵制一》条分缕析地批判了明朝兵制的弊端："有明之兵制，盖三变矣：卫所之兵，变而为召募，至崇祯、弘光间又变而为大将之屯兵。卫所之弊也，官军三百十三万八千三百，皆仰食于民，除西北边兵三十万外，其所以御寇定乱者，不得不别设兵以养之。兵分于农，然且不可，乃又使军分于兵，是一天下之民养两天下之兵也。召募之弊也，如东事之起，安家、行粮、马匹、甲仗费数百万金，得兵十余万而不当三万之选，天下已骚动矣。大将屯兵之弊也，护众自卫，与敌为市，抢杀不可问，宣召不能行，率我所养之兵反而攻我者，即其人也。"《奄宦上》《奄宦下》揭露、批判了封建社会特有的"阉宦之祸"："奄宦之祸，历汉、唐、宋而相寻无已，然未有若有明之为烈也，汉、唐、宋有干与朝政之奄宦，无奉行奄宦之朝政。今夫宰相六部，朝政所自出也。而本章之批答，先有口传，后有票拟。天下之财赋，先内库而后太仓。天下之刑狱，先东厂而后法司。其他无不皆然。则是宰相六部，为奄宦奉行之员而已。""奄宦之如毒药猛兽，数千年以来，人尽知之矣。……曷故哉？岂无法以制之与？则由于人主之多欲也。"

今本《明夷待访录》收有《原君》《原臣》等二十一篇。据全祖望《书明夷待访录后》云："原本不止于此，以多嫌讳弗尽出。"可知原本揭露、批判的火药味还更浓。然即以今本言之，也应算得上是封建社会中出现的揭露和批制封建君主、封建制度最为系统、最为犀利的一部著作了。

黄宗羲的其他著述中，也多有对君主、时弊的揭露与批判，这里就不一一例述。

二、屈原以民本思想为原动力的爱国精神对黄宗羲的影响

屈原是中国历史上第一个在自己的诗作中集中而强烈地抒发以民本思想为原动力的爱国精神的诗人。

屈原十分关心民众安危，同情人民的苦难。他的许多诗句抒发了这种情感，如："瞻前而顾后兮，相观民之计极。""长太息以掩涕兮，哀民生之多艰。"(《离骚》)"民离散而相失兮，方仲春而东迁。……望长楸而太息兮，涕淫淫其若霰。"(《九章·哀郢》)

屈原深深地忧着祖国，恋着祖国。他在青年时期写下《橘颂》，借歌咏橘树"不离故土"之秉性，抒发内心热爱祖国的情愫："受命不迁，生南国兮。深固难徙，更壹志兮。"这种情愫甚至直接影响到他的诗歌写作，使他的诗呈现出异常浓郁的楚地气息。他中年时因受谗遭放逐，经受着肉体和精神的双重折磨，他明知在当时的世风之中，

他完全可以离开楚国,"游诸侯,何国不容"① 但他还是"眷顾楚国"②,决不离开祖国:"陟升皇之赫戏兮,忽临睨夫旧乡。仆夫悲余马怀兮,蜷局顾而不行。"(《离骚》)"欲横奔而失路兮,坚志而不忍。"(《九章·惜诵》)"曼余目以流观兮,冀壹反之何时?鸟飞反故乡兮,狐死必首丘。"(《九章·哀郢》)

屈原从人民的利益出发,时刻关心着祖国的前途和命运。为实行"联齐抗秦"战略他不辞辛苦地出使齐国,为追求"美政"理想他呕心沥血地上下求索,甚至不顾个人安危与壅君、党人抗争:"怨灵修之浩荡兮,终不夫民心。""岂余身之惮殃兮,恐皇舆之败绩。"(《离骚》)

黄宗羲的爱国精神,也是以民本思想为原动力的。《明夷待访录·原臣》中他说:"盖天下之治乱,不在一姓之兴亡,而在万民之忧乐。"很显然,这一评判世道的标准是以民本思想为基础而提出的。以此为总纲,他提出了一系列具体主张。例如,主张君王:"不以一己之利为利,而使天下受其利;不以一己之害为害,而使天下释其害。""以天下为主,君为客,凡君之所毕世经营者,为天下也。"(《原君》)这里所谓"天下",即是"兆人万姓"的人民。主张人臣:"故我之出而仕也,为天下,非为君也;为万民,非为一姓也。吾以天下万民起见,非其道,即君以形声强我,未之敢从也。"(《原臣》)主张法制:"藏天下于天下者也,山泽之利不必其尽取,刑赏之权不疑其旁落,贵不在朝廷也,贱不在草莽也。"(《原法》)主张赋税应起到:"遂民之生,使其繁庶"的作用。(《田制二》)这些主张明显地包含着以民为本的理念。因此,有学者认为这些思想已经具有民主主义色彩。③

据黄宗羲七世孙黄炳垕编辑的《黄梨洲先生年谱》记载:康熙十五年(公元1676年),67岁的黄宗羲在海宁讲学,当地邑令许三礼约请了一些官僚士大夫前来听讲,黄宗羲告诫他们说:"诸公爱民尽职,即时习之学也。"可见"爱民"是黄宗羲确立在自己心中并终生倡导的重要价值观。

黄宗羲的爱国精神集中地体现于他投身长达八年的浙东抗清斗争的经历。

关于黄宗羲的抗清活动,黄炳垕所编《黄梨洲先生年谱》、明末清初人翁洲老民所撰《黄宗羲传》、清代人全祖望所撰《梨洲先生神道碑文》、清代人江藩所撰《黄宗羲传》《黄宗羲全集(增订版)》执行主编吴光所撰《清初启蒙思想家黄宗羲传》等多种著述均有记载,以吴光所撰者最为详尽。下面参考吴光所撰的史实来分析黄宗羲的爱国精神。

---

① 司马迁《史记·屈原贾生列传》。
② 司马迁《史记·屈原贾生列传》。
③ 参见沈善洪《黄宗羲全集序》。

清顺治二年（公元1645年）五月，清军攻下南京后南下，很快占领杭州，接着豫亲王多铎率部进军浙东。明军残部节节败退，不少州县官史或弃官逃跑，或投降清军。然而，不甘清军蹂躏的浙东人民和爱国官吏纷纷自动组织起来开展抗清武装斗争。这年闰六月初九日，原明九江道佥事孙嘉绩和吏科给事中熊汝霖首先在余姚举起义旗，参加起义的民众达数千人。黄宗羲就是在此时立即积极响应，与弟弟宗炎、宗会商议，变卖家产以作抗清经费，集合了家乡黄竹浦一带六百多名青壮年农民组成一支义军，当时人们称之为"世忠营"。此后，绍兴府秀才郑遵谦杀了清朝招抚使，在绍兴举义。原明刑部员外郎钱肃乐等人在宁波聚众响应。本来已准备降清的定海总兵王之仁也率兵响应。原明兵部尚书张国维也在家乡组织农民投入武装抗清。六月二十七日，各路义军从台州迎接明鲁王朱以海到绍兴，打起"监国"旗号，开始了长达八年的浙东抗清斗争。

监国鲁元年（清顺治三年，公元1646年）二月，前明总兵陈梧在嘉兴被清军打败，从海上逃到余姚，纵兵掳掠乡民，余姚县令王正中派兵攻击陈梧，乡民们也奋起除暴，杀了陈梧，于是陈梧部众大乱。这时鲁王臣僚中有人主张罢免王正中，以稳陈梧部众。黄宗羲仗义执言，严正指出："陈梧纵兵掳掠乡民，致干众怒，是贼也。正中守土，即当为国保民，何罪之有？"这言论为鲁王采纳，遂未追究王正中。"为国保民"，也正是黄宗羲对当时起义抗击清军斗争动机的定性，其中闪烁着爱国精神的光辉，是显而易见的。

正是在这种爱国精神的推动下，黄宗羲在追随监国鲁王抗击清军期间，坚持了许多正确主张，提出过不少进取性策略，有不少受到采纳。也正是在这种爱国精神的推动下，当浙东抗清斗争遭受挫折时，黄宗羲仍保持顽强斗志，毅然率领残部退入四明山区，打算结寨固守，作为抗清根据地；在遭清政府悬赏捉拿时，他被迫奉持老母，携带妻儿，避居化安山，后又作为监军官员同澄波将军阮美出使日本，请求援兵；即使到了清军加紧镇压四明山和舟山地区抗清志士及其家属的险恶时期，他并未被吓倒，曾挟带鲁王的帛信试图联络金华地区的义师。黄宗羲将这些艰险卓绝的抗清斗争经历与感受，写入了骚体长诗《避地赋》，流传于今，这篇用《离骚》句式写成的长篇赋作，正好成为他"效灵均"、受到屈原影响的直接证明。

三、屈原博学兼容、主体自觉精神对黄宗羲的影响

司马迁《史记·屈原贾生列传》称屈原"博闻强志，明于治乱，娴于辞令"。"为怀王左徒，……入则与王图议国事，以出号令；出则接遇宾客，应对诸侯"。刘勰《文心雕龙·时序》说："唯齐楚两国颇有文学，……邹子以谈天飞誉，驺奭以雕龙驰响，

屈平联藻于日月，宋玉交彩于风云。"从这些记述中可知，屈原从年轻时期起，就已经以博学兼容、聪明能干而闻名。

纵观屈原的传世之作可知，屈原的博学兼容，不仅体现于他的思想形成，同时也体现于他对"楚辞体"诗歌样式的开创。我曾撰《论屈原的爱国主义思想》一文，论述了屈原的"美政"理想，包含了"以德为政、修明法度，举贤授能，革除弊政，国强民富、九州一统"等主张，是批判地吸收了当时儒、法两家思想精神而形成的；屈原吸取了古代民本思想、人道主义思想为原动力，继承了前人的爱国精神，以爱祖国爱人民的真挚情感为基础，以"美政"理想和坚持"修能"、不懈追求理想的精神为主柱的爱国主义思想大厦，为中华民族的爱国主义传统奠定了基础。我在研究屈原《天问》的艺术成就过程中发现，屈原在《天问》中所体现的唯物主义自然观、天道观，则是接受了老子自然无为的天道观和比屈原略早的宋钘、尹文唯物主义元气论的影响。我在《继承 借鉴 创新——论屈原的文学成功之路》一文中论述到：屈原继承了中原民歌，尤其是楚地民歌的形式特点，同时又借鉴了中原、楚地诸子散文，楚地的音乐、舞蹈、美术以及民间习俗的表现手法、艺术特色等诸多因素，才开创出"楚辞"这种前所未有的新诗体，从而大大增强了诗的叙事言志、抒发情感的功能，在中国诗歌发展史上产生了深远的影响。

屈原的主体自觉精神，首先表现于他关于诗歌创作的主张上。他在《九章·惜诵》中唱出："惜诵以致愍兮，发愤以抒情。"表明他写作诗歌，是为了"发愤""抒情"。观屈原的作品，的确均属他的"发愤""抒情"之作。如写作《离骚》是为了抒发他对于来自怀王、来自谗诌小人、来自社会种种不公、不平现象的痛恨、愤懑。屈原自觉地以诗歌怨刺社会的精神，在中国诗歌史上堪称第一。因此屈原"发愤以抒情"的诗歌主张与实践的出现，标志着我国诗歌进入了自觉的有意识的创作阶段。屈原的主体自觉精神，还体现在他对于自己的观点、理想矢志不渝地坚持和不懈地追求上。屈原在他的诗作中塑造了一个"上下求索"的自我形象，他探索着天地、社会间的哲理，他追寻着实现政治理想的道路，他坚持着自己的"修能"，尽管有人劝他"与世推移"，(《渔父》) 他内心也有过思想旋涡，但最终还是宁可"托彭咸之所居"，(《九章·悲回风》) 而仍然坚持自己的观点、理想"独立不迁"。(《九章·橘颂》)

黄宗羲的博学兼容也是举世公认的。黄炳垕在《黄梨洲先生年谱·叙》中说："国初所称三大儒者，北则容城孙夏峰先生，西则盩厔李二曲先生，东南则我遗献文孝公也。维时三峰鼎立，宇内景从，无所轩轾于其间；然身世之迍邅，著述之宏富，声气之应求，公视孙、李有加焉。"黄宗羲从小就养成博览群书的习惯，他在《南雷文钞·家母求文节略》回忆少时博览群书的情景："宗羲此时年十四，课程既毕，窃买演义，如《三国》《残唐》之类数十册，藏之帐中，俟父母熟睡，则发火而观之。"黄宗羲19

岁起，跟随王阳明心学的殿军学者、当时的名儒刘宗周学习，受到王阳明哲学的熏陶。21岁那年，黄宗羲在南京参加乡试落榜，从此他不再为科举花费精力，而发愤苦读经、史和诸子百家之书以及天文、地理、历法、数学、音乐、佛教、道教等方面的书籍。全祖望《梨洲先生神道碑文》写道："公遂自明十三朝《实录》，上溯二十一史，靡不究心，而归宿于诸经。既治经，则旁求之九流百家，于书无所不窥者。……既尽发家藏书读之，不足，则钞之同里世学楼钮氏、澹生堂祁氏、南中则千顷斋黄氏、吴中则绛云楼钱氏。穷年搜讨，游屐所至，遍历通衢委巷，搜剔故书。薄暮，一童肩负而返，乘夜丹铅，次日复出，率以为常。"黄宗羲博学兼容地学习为他后来成为一代学术大师奠定了坚实的知识基础，涵育了博大的学术胸怀。

黄宗羲极好地继承了屈原的主体自觉精神，并且加以发扬光大。

首先应该大书特书的是他如同屈原那样，对自己的观点、理想能矢志不渝地坚持和不懈地追求，最终做出令世人瞩目的实绩。

清顺治十年（公元1653年）三月，鲁王宣布取消"监国"称号，标志着浙东抗清斗争的彻底失败。黄宗羲在动荡流离中开始思考和总结明朝灭亡的历史教训，他决心要为后人留下一些有益于经世治国的思想和言论。经过半年努力，他写出了以批判明朝腐朽政治为主要内容的《留书》①，他在《自序》中说明写该书的目的："古之君子著书，不惟其言之，惟其行之也。仆生尘冥之中，治乱之故，观之也熟；农琐余隙，条其大者，为书八篇。……自有宇宙以来，著书者何艰？或以私意搀入其间，其留亦为无用。吾之言非一人之私言也，后之人苟有因吾言而行之者，又何异乎吾之自行其言乎？是故其书不可不留也。"此后他进一步探究历史上的"治乱之故"，思考如何为后人"条具为治大法"，于康熙元年至二年间（公元1662—1663年），在《留书》八篇基础上，写成了《明夷待访录》2卷。在《明夷待访录》中，黄宗羲将批判矛头指向中国的整个封建君主专制制度，并且从政治、经济、法律、军事、教育、文化等多方面提出了颇有民主启蒙思想倾向的政治主张。梁启超在《中国近三百年学术史》② 中评价说："这部书是他的政治理想。……三百年前——卢骚《民约》出世前之数十年，有这等议论，不能不算人类文化之高贵产品。""此书乾隆间归入禁书类。光绪间，我们一班朋友曾私印许多送人，作为宣传民主主义的工具。"

黄宗羲认为：明朝虽亡，但一代文章决不可弃。虽然明朝"三百年人士之精神，专注于场屋之业，割其余以为古文，其不能如前代之盛者无足怪也。"（《明文案序》），但也有不少好文章被埋没在应酬、论杂之内。"宗羲之意，在于扫除摹拟，空

---

① 关于《留书》写成时间，从吴光《清初启蒙思想家黄宗羲传》中的观点。
② 参见《黄宗羲全集（增订版）》第12册，第227—287页。

所倚傍，以情至为宗，又欲使一代典章人物俱藉以考见大凡。"（《四库全书总目提要》）于是他从康熙十七年（公元1678年）起，着手搜集整理明人文章，历经七年，编定《明文案》217卷。当时黄宗羲已66岁高龄，但他还不满足，继续搜集没有收入《明文案》的文章，又经十多年的努力，在他84岁时，最终完成在《明文案》基础上扩编而成的《明文海》482卷。《四库全书总目提要》评价此书："搜罗极富，所阅明人集几至二千余家，……亦可谓一代文章之渊薮，考明人著作者，当必以是编为极备矣。"

黄宗羲认为治史的根本目的应是"经世应务"。"经世应务"，就是为现实社会服务，因此，他把治史的重点放在宋、元、明代，并注重于"治乱之故"的总结上。他67岁那年，写成62卷近100万字的明代学术思想史著作《明儒学案》。该书搜集材料极其丰富，系统总结了明代各家各派思想主旨及发展演变。全祖望称其为"有明三百年儒林之薮也"（《梨洲先生神道碑文》）。《四库全书总目提要》称："于诸儒源流分合之故，叙述颇详，犹可考见其得失，知明季党祸所由来，是亦千古之炯鉴矣。"沈善洪《黄宗羲全集序》称它是："我国第一部思想史的巨著。"黄宗羲在治史上倾注的精力是十分惊人的，据吴光《清初启蒙思想家黄宗羲传》统计和《黄宗羲全集（增订版）》所载，黄宗羲纂著的史学著作还有：《宋元文集》（今佚）、《明史案》244卷（今佚）、《宋元学案》（未竟而卒，后由其子黄百家、弟子全祖望续补为100卷）、《弘光实录钞》4卷、《行朝录》12卷、《海外恸哭记》1卷、《金石要例》1卷、《历代甲子考》1卷等。

黄宗羲希望国人重视自然科学的学习和研究，使中国的自然科学得以发展。为了实现这一愿望，他不但身体力行，刻苦钻研自然科学知识，撰写自然科学方面的著作，而且利用讲学的机会讲授自然科学知识。他的《叙陈言扬勾股述》一文虽不长，但清晰而强烈地反映出他对于发展中国自然科学的愿望和追求。陈言扬，海昌人。据《黄梨洲先生年谱》记，黄宗羲曾多次到海昌讲学，讲学中很重视自然科学知识的讲授，他讲授过《授时历》《西洋历》《回回历》和数学等知识。陈言扬是听课学生之一，他听课后深得教益，并对勾股定理作了研究，写了一本专著。黄宗羲看了陈著后非常高兴，很有感慨，专门为之作《叙》。《叙》中痛心地揭露了中国封建社会中知识分子不重视自然科学而使之落后于西洋的重大弊端："句股之学，其精为容圆、测圆、割圆，皆周公、商高之遗术，六艺之一也。自后学者不讲，方伎家遂私之。溪流逆上，古冢书传，缘饰以为神人授受。吾儒一切冒之以理，反为所笑。近世韩苑洛作《志乐》，律管空围，不明算法，割裂凑补，终成乖谬。……珠失深渊，罔象得之，于是西洋改容圆为矩度，测圆为八线，割圆为三角，吾中土人让之为独绝，辟之为违天，皆不知二五之为十者也。数百年来，精于其学者，元李治之《测圆海镜》，明顾箬溪之《弧矢算术》、周云渊之《神道大编》、唐荆川之《数论》，不过数人而已。"这种揭露不是博通历史、深谙数学且有爱国精神的学者是作不出来的。看到陈言扬听了讲学之后能取得如此进步，黄宗羲当然非常惊喜："海昌陈言扬因余一言发药，退而述为句股书，空中之数，空中之理，一一显出，真心细于发，析秋毫而数虚尘者也，不意制举人中有此奇特。……今因言扬，遂当复完前书，尽以相授，言扬引而伸之，亦使西人归我汶阳之田也。"褒扬希冀之意，溢于言表。黄宗羲还在《叙》中回忆自己刻苦钻研数学的情景："余昔屏穷壑，双瀑当窗，夜猿啼怅啸，布算簌簌，自叹真为痴绝。"据《黄梨洲先生年谱》记，这种"痴学"的情景当发生在黄宗羲抗清斗争受挫退入四明山时期，就在这充满着颠沛和艰险的数年时间中，黄宗羲仍不懈地钻研和写作，写出《春秋日食历》《授时历故》《大统历推法》《授时历假如》《回回历假如》《西历假如》《气运算法》《句股图说》《开方命算》《测圆要义》等历学、数学专著。

　　黄宗羲还是一位古文大师、诗人、文学评论家。他继承了屈原提出的"发愤以抒情"这一诗歌创作主张，不但贯彻在自己的诗文写作上，还贯彻到诗文的评论上。他的诗文总体风格是质朴而又一往情深。在《黄宗羲全集》收录的《南雷诗文集》中，有70余篇"序类"文章，集中地反映出黄宗羲认为好诗好文必须"从性情而出"的观点。如："诗之为道，从性情而出。"（《寒邨诗稿序》）"喜笑怒骂，皆文心之泛滥。如是则于文章家之法度，自有不期合而合者。"（《山翁禅师文集序》）"夫诗以道性情，自高廷礼以来，主张声调，而人之性情亡矣。"（《景州诗集序》）"古今之情无尽，而一人之情有至有不至。凡情之至者，其文未有不至者也。"（《明文案序上》）"从来豪杰之精神，不能无所寓。老庄之道德，申韩之刑名，左、迁之史，郑、服之经，韩、欧之文，李、杜之诗，下至师旷之音声，郭守敬之律历，王实甫、关汉卿之剧本，皆其一生之精神所寓也。"（《靳熊封诗序》）"诗也者，联属天地万物而畅吾之精神意志者也。"（《陆鉁俟诗序》）"夫身当患难，去死毫厘，人世怨毒酸苦之境，陷于心坎，则其发之为诗，当必慷慨而不可收拾。"（《绿萝庵诗序》）"情者，可以贯金石、动鬼神。"（《黄孚先诗序》）

　　黄宗羲言行一致地倡导"实事求是、经世致用"的学风，也是他主体自觉精神的一种体现。

　　我们说他的倡导是言行一致的，是指他不但在讲学中谆谆教诲，而且在文章、著作中明确主张、身体力行。黄宗羲主张为学、治史必须实事求是、全面客观，明经通史、经世致用。他认为作为学者必须博览群书、独立思考，否则"读书不多，无以证斯理之变化；多而不求于心，则为俗学"。他认为"经术所以经世，方不为迂儒之学"。（《梨洲先生神道碑文》）他反对"不能通知一代盛衰之始终，徒据残书数本，谀墓单辞，便思抑扬人物"的不严肃态度，也反对"封己守残，摘索不出一卷之内，……天崩地解，落然无与吾事；犹且说同道异"的"所谓道学者"。(《留别海昌同学序》)他主张通过"质疑"来获得"深信"："昔人云：'小疑则小悟，大疑则大悟，不疑则不悟'，老兄之疑，固将以求其深信也。"(《答董吴仲论学书》) 他在讲学中要求学生相互辩论驳难，以求真知卓见，反对教条主义。《黄梨洲先生年谱》记载了在海昌的讲学场面："公每拈《四书》或《五经》作讲义，令司讲宣读。读毕，辩难蜂起。公曰：'各人自用得着的，方是学问，寻行数墨，以附会一先生之言，圣经贤传皆是糊心之具'。"可以说，黄宗羲的每一部著作，都极好地体现着他所倡导的学风。

在黄宗羲讲学和著作的培育下，在实事求是、经世致用学风的熏陶下，出现了众多人才，形成为清代和近代学术思想史上有重大影响，对浙东文化传统有重大影响，其影响直至今日的学派——浙东学派。

从屈原抒愤传统看文学的自我疗愈

台北商业大学　何慧俐

【摘　要】　屈原以生命镕铸的不朽诗篇，不仅为其命运多舛的政治生涯留下了轨迹，更开创了迁客骚人自我疗愈的书写传统。欧阳修"诗穷而后工"的论点，也正延续了屈原"发愤以抒情"、司马迁"发愤著书说"、韩愈"不平则鸣，文穷益工"等人的抒愤情怀，共同形成了在中国文学的创作理论上的抒愤传统。屈原身处战国末期楚国由盛转衰的时期，本着贵族知识分子的身份与职责，却"信而见疑，忠而被谤"，这也是历代迁客骚人在贬谪文学中最大的伤痛与苦楚，屈原将自己的亲身经历撰成字字刻骨铭心的血泪史，令许多无语问苍天的辛酸文人找到了千古知音，获得了同情共感的认同，也在经历屈原的文字净化后，得到了领悟、获得了解脱，找到自我疗愈的出路。

【关键词】　屈原　抒愤　文学　疗愈　自我疗愈

一、前　言

屈原身处战国末期楚国由盛转衰的时期，本着贵族知识分子的身份与职责，他对于家国前途及个人政治生命自然有一番憧憬。无奈屈原"信而见疑，忠而被谤"（司马迁《史记·屈原贾生列传》），因而他只能借由创作表白自己可昭日月的赤胆忠心、并指斥朋比为奸蒙蔽君王的群小党人。

屈原以生命镕铸的不朽诗篇，不仅为其命运多舛的政治生涯留下了轨迹，更开创了迁客骚人"发愤以抒情"的自我疗愈书写传统；同时也让有相同情境的读者，在阅读后找到自我疗愈的出路。

二、屈原的抒愤情怀及抒愤传统的形成

屈原在《楚辞·九章·惜诵》开篇即言："惜诵以致愍兮，发愤以抒情。"屈原忠

君为国却遭谗被疏，满腔怨愤，乃借由书写赋作表露出其内心的愤懑，以作为纾解情绪、自我疗愈的管道。而在楚辞其他篇章中，也不乏"发愤以抒情"的字句表达，例如："惜诵以致愍兮，发愤以抒情。"（《楚辞·九章·惜诵》）"独便悁而烦毒兮，焉发愤而纾情。"（《楚辞·九章·哀时命》）"肠愤悁而含怒兮，志迁蹇而左倾。"（《楚辞·九叹·逢纷》）"征夫劳于周行兮，处妇愤而长望。"（《楚辞·九叹·怨思》）"独愤积而哀娱兮，翔江洲而安歌。"（《楚辞·九叹·忧苦》）皆在字里行间抒发了其心中的愤悁之情。

司马迁在继承屈原"发愤以抒情"（《楚辞·九章·惜诵》）的理论基础上，提出了"发愤著书说"的文艺心理学命题。司马迁在《史记·太史公自序》云："夫诗书隐约者，欲遂其志之思也。昔西伯拘羑里，演周易；孔子厄陈蔡，作春秋；屈原放逐，著离骚；左丘失明，厥有国语；孙子膑脚，而论兵法；不韦迁蜀，世传吕览；韩非囚秦，说难、孤愤；诗三百篇，大抵贤圣发愤之所为作也。此人皆意有所郁结，不得通其道也，故述往事，思来者。"就点明了身处逆境中，因发愤而著书立说的情况。在司马迁《报任安书》又云："所以隐忍苟活，函粪土之中而不辞者，恨私心有所不尽，鄙没世而文采不表于后也。"也说明了因为心中仍有未尽之语，所以宁可隐忍苟活，也要将"究天人之际，通古今之变，成一家之言"的旷世巨作完成，此乃化悲愤为力量的具体展现。

中唐韩愈继承屈原、司马迁的抒愤传统，提出了文学产生于不平之鸣的看法：

  大凡物不得其平则鸣。草木之无声，风挠之鸣；水之无声，风荡之鸣。其跃也，或激之；其趋也，或梗之；其沸也，或炙之。金石之无声，或击之鸣；人之为言也亦然。有不得已者而后言，其歌也有思，其哭也有怀。凡出乎口而为声者，其皆有弗平者乎？（《送孟东野序》）

韩愈认为文学的产生，是由于"不得其平"，因此换句话说，文学乃生于不平之鸣。心中愈是不平、所遇到的环境愈是穷困险阻，愈能激荡出垂世不朽的作品。一般来说，各种东西在不平静的时候就会发出声音，就如同风吹草木因此才会发出声响，水遇上险阻才会有腾跃的水波。正如尼采所说："没有岩石的阻挡，哪能激起美丽的浪花？"人们发表言论也是如此，泰半是心情遭受某种冲击，才会激起想要发表意见、抒发情思的冲动。而当"胸中块垒欲成堆"，所郁积的不平之气不吐不快时，自是不会再为文造情，也不会作无病呻吟，因此所表达的内容，自能更加撼动人心。而韩愈在《荆潭唱和诗序》又言："夫和平之音淡薄，而愁思之声要妙；欢愉之辞难工，而穷苦之言易好也。"乃更具体地点出"不平则鸣，文穷益工"的抒愤传统理论。

北宋时期的欧阳修在《梅圣俞诗集序》里，提出了"诗穷而后工"的说法，并且做了较深入的阐述：

> 予闻世谓诗人少达而多穷，夫岂然哉？盖世所传诗者，多出于古穷人之辞也。凡士之蕴其所有，而不得施于世者，多喜自放于山巅水涯之外，见虫鱼草木风云鸟兽之状类，往往探其奇怪；内有忧思感愤之郁积，其兴于怨刺，以道羁臣词解寡妇之所叹，而写人情之难言，盖愈穷则愈工。然则非诗之能穷人，殆穷者而后工也。

多数的骚人墨客，在面对不得志的现实人生时，大都喜欢自我放逐于山水之间，再经由大自然的种种奇山异景，将内心郁积忧愁愤慨的思想寄托于其中，并借此描写出难以言喻的情感。因此，愈是不得志，诗愈能写得好。并非诗使人不得志，而是不得志的人，才会沉潜自己的心灵，将种种情感转化为千锤百炼的作品，因此诗才能写得好，才能成为足以撼动千古人心、引起相同境遇者共鸣的不朽巨作。欧阳修"诗穷而后工"的论点，也正延续了屈原、司马迁、韩愈等人的抒愤情怀，形成了在中国文学的创作理论上的抒愤传统。

中西古今历来能藏诸名山、流传千古的作品，多半离不开"苦闷"熔炉的冶炼。英国著名的诗人雪莱曾经说："最甜美的诗歌就是那些诉说最忧伤的思想的"，正如日本文艺评论作家厨川白村在《苦闷的象征》所言："生命力受了压抑而生的苦闷懊恼，乃是文艺的根柢。"所以"文学是苦闷的象征"，这样的论点已广为世人所认同。

三、自我疗愈的原理与过程

依据自我疗愈的对象，可从"创作者"及"阅读者"来探究自我疗愈的原理与过程。

（一）就创作者而言

以创作者作品产出的过程观看自我疗愈的原理，可得知：从"酝酿""书写"到"释放"，乃是经历了心灵的三阶段成长。

许丽芳《古典文学与现代心灵：书写疗愈的认识》[①] 的演讲中，提出以下的看法：

> 作者在书写过程中，不仅让过往的事件不断被重制、删减、加工，具有某种虚构倾向，作者在书写时，说明在写作中的各阶段回忆或反省，有时回到童年记忆，有时停留在某个特定时空的心情，但最终会回到书写的当下，

---

① http：//www.gec.ntou.edu.tw/app/news.php？Sn=368.

以此来重新检视自己。也因如此，使书写展现疗愈抒怀的功能。

书写使受到现实羁绊的情怀或纷扰得以疏解，从而获致个人经验之自疗（self-healing），也可能因叙述活动本身而带来自我转化（narrative self-transformation），都可能改变个人对于未来生命的期待与思考角度，这即是书写疗愈的功能。

换句话说，书写者对事件本身的"关注""评价"与"反省"，才是疗愈过程的重点。书写者重新面对事件、理出思绪的个人思考倾向，乃提供自我机会，能深度思索过往的种种经历，使自己的情绪经过沉淀后能化解忧伤，而再次获得成长与新生。

(二) 就阅读者而言

陈书梅在《绘本对大学新生之情绪疗愈效用研究》一文中，提出了阅读能发挥素材的情绪疗愈效用，其机制原理乃经过三项心路历程：

> 阅读者能在与素材的互动过程中，产生所谓的认同、净化与领悟的心理状态。详言之，"认同"指的是读者透过阅读适当之图书信息资源，认同故事中的角色以产生知音之感，感觉自己并非唯一的受苦或受难者，并透过故事人物更清楚地了解自己（Afolayan，1992；Brewster，2008；Morawski，1997；Pardeck，1991）。而所谓"净化"的过程，乃是读者以旁观者与参与者的角度阅读，并与故事中之角色分享感觉、情绪及挫折等，而得到感同身受的经验，进而得以释放被压抑的内心情绪，并产生同情共感后的解脱（Doll&Doll，1997；Sullivan&Strang，2002）。至于"领悟"则是指读者在产生认同后，借由故事中角色的遭遇与情境照见个人的情绪、问题，以及行为反应等，并能以成熟、理性的态度面对自我与解决问题，最终读者能整合个人之心境与情绪，产生"有为者亦若是"的想法（Lu，2005；Pardeck&Pardeck，1993）。总之，若当事者在阅读的过程中能够经历此三项心理历程，则可获得个人情绪之疗愈效果。①

从阅读者本身观看自我疗愈的原理，可观知：读者透过文字与作者交游，乃经历了"认同""净化""领悟"三层次的心理变化，亦即"觅得知音""同情共感""反思后再出发"的三个阶段，可以使其获得心灵世界的自我疗愈。

正如同江明于《从〈红楼梦〉剖析文学原型与生命疗愈》的深耕伦理讲座指出，生命疗愈过程有三步骤：首先认识自己，使身心灵合一；其次理解情绪变化起伏；最

---

① 陈书梅：《绘本对大学新生之情绪疗愈效用研究》，《图书馆学与信息科学》2013年第4期。

后走出情绪模式,调整生理心理的最佳状态,也可寻求多元化的抒发管道或资源,寻找属于自己的生命疗愈课程。这些历程,亦同于上述所言的"认同""净化""领悟"三层次的心理变化,读者可上与古人交游,经由文学的阅读,达到自我疗愈的功效。

四、《惜诵》中自我疗愈的实践

从创作者的角度来看,屈原在面对人生由高峰跌入低谷时,文本书写的确陪他走过许多阴暗的幽谷。书写者对事件本身的"关注""评价"与"反省",正带领着创作者找回重新面对现实人生中种种挫败的勇气。兹以《惜诵》一文,观察屈原经由创作以自我疗愈的实践过程:

(一) 关注

《惜诵》是屈原退守三闾大夫之后的第一篇作品,篇首"惜诵以致愍兮,发愤以抒情"即开宗明义的说明:作者正满腹悲伤地打算陈述出内心的忧苦,想发泄心中的愤懑,以抒发忧苦的情愫。创作者正对事件本身充满着放不下的"关注"之情。

为了诉说自己的忠诚绝无虚言,宁可对天起誓,请天地山川的神明来作证陪审,只因自己"竭忠诚以事君兮,反离群而赘尤",屈原再三反复重申,自己一心为国为君,却招来群小记恨的情况:

> 吾谊先君而后身兮,羌众人之所仇。专惟君而无他兮,又众兆之所雠。壹心而不豫兮,羌不可保也。疾亲君而无他兮,有招祸之道也。

屈原强调自己全心全意只为君王着想,分毫无私念,却招来众多小人的无端怨恨。虽然毫不犹豫地极力专心事奉君王,结果却是自身难保、成为招来祸事的根由,使他有苦无处可申诉。

而最令屈原无法释怀的,是他以一片赤诚之心忠诚事君,竟换来无情的流放:

> 思君其莫我忠兮,忽忘身之贱贫。事君而不贰兮,迷不知宠之门。忠何罪以遇罚兮,亦非余心之所志。行不群以巅越兮,又众兆之所咍。纷逢尤以离谤兮,謇不可释。情沉抑而不达兮,又蔽而莫之白。心郁邑余侘傺兮,又莫察余之中情。固烦言不可结诒兮,愿陈志而无路。退静默而莫余知兮,进号呼又莫吾闻。申侘傺之烦惑兮,中闷瞀之忳忳。

因此屈原以大量的文字不断陈述"忠何罪以遇罚兮,亦非余心之所志"的心境。

事实上，屈原心中一直萦绕着"举世皆浊我独清，众人皆醉我独醒，是以见放"（《楚辞·渔父》）的慨叹，因此内心苦闷、心神不安，容颜憔悴、形体枯槁，只因没有人能体察他的衷情。心中的烦闷无法以话语表白，想陈述衷情又没有适当的途径。退处缄默或大声疾呼，都无人理会。在屡屡失望彷徨不安的情况下，忧伤惨然的心绪、苦闷烦乱的灵魂，只得另觅发泄纾解的管道。

其实屈原最关注的是：君王是否能与他同心合意，只要能得到君王的认同，一切群小的谗言是非，也就不攻自破、烟消云散了：

> 忘儇媚以背众兮，待明君其知之。言与行其可迹兮，情与貌其不变。故相臣莫若君兮，所以证之不远。

屈原一再强调他对圣上的不欺不瞒、言行一致、表里如一，希望君王能张开法眼，洞察一切，看出自己所有行事皆是先君而后己，了解自己是竭尽忠诚地保护君王。而且是因为不知取巧诡媚才会背离庸众，是因为忠于君上才会反遭排斥。

然而千古以来，忠臣昏君的情况是屡见不鲜的，南宋末年文天祥于《正气歌》中所言："牛骥同一皂，鸡栖凤凰食。"正可与屈原的慨叹遥相呼应。

(二) 评价

屈原在单面向的陈述后，则借他人之口述心中底层之言：

> 昔余梦登天兮，魂中道而无杭。吾使厉神占之兮，曰："有志极而无旁。""终危独以离异兮"，曰："君可思而不可恃。故众口其铄金兮，初若是而逢殃。惩于羹者而吹齑兮，何不变此志也？欲释阶而登天兮，犹有曩之态也。众骇遽以离心兮，又何以为此伴也？同极而异路兮，又何以为此援也？晋申生之孝子兮，父信谗而不好。行婞直而不豫兮，鲧功用而不就。"

此种借占卜或他人之口言己心想法的表达方式，在《卜居》《渔父》皆可见之。这种手法可说是内心善恶搏斗的交战，而从其中的对立说法，可以看出屈原在面对人生挫折困境时，内心世界真实的评价。

厉神以较持平的看法，说明"君可思而不可恃"的道理。人性是私己的，大家都想得到君主的认同与圣宠，深怕与君主离心离德，对于在思想上"非我族类"者，又怎么能成为志同道合的伙伴呢？"众骇遽以离心兮，又何以为此伴也？""同极而异路兮，又何以为此援也？"这些道理屈原是理解的，正所谓"道不同，不相为谋"，只是现实当中无法面对，只得借厉神之口以劝说的方式道出。屈原也气自己为何明知众口铄金、群小不能得罪，却总学不会教训，还举了"惩于羹者而吹齑兮，何不变此志也？欲释阶而登天兮，犹有曩之态也。"告诉自己不要如此固执不知变通，才不会每一次都遭到必然失败的下场。此外又举出了历史上的孝子申生以身殉父和刚直不阿的鲧最后未竟其业之例，借厉神之口以道出自己不该如此的愚忠与耿直。一切符合世间的两全之计，屈原其实都了然于心。

（三）反省

经过对事件的关注、内心世界两种声音的评价拉扯，终归要在反省之后，找出一条属于自己继续往下走的路。

> 吾闻作忠以造怨兮，忽谓之过言。九折臂而成医兮，吾至今而知其信然。矰弋机而在上兮，罻罗张而在下。设张辟以娱兮，愿侧身而无所。欲儃佪以干傺兮，恐重患而离尤。欲高飞而远集兮，君罔谓汝何之？欲横奔而失路兮，坚志而不忍。背膺牉以交痛兮，心郁结而纡轸。梼木兰以矫蕙兮，鑿申椒以为粮。播江离与滋菊兮，愿春日以为糗芳。恐情质之不信兮，故重著以自明。矫兹媚以私处兮，愿曾思而远身。

明知做忠臣容易招来祸怨，无奈"欲横奔而失路兮，坚志而不忍"。人格高洁的屈原，在遇到现实状况时，仍坚持要"矫兹媚以私处兮，愿曾思而远身"，宁可身怀美德独居幽处如空谷幽兰自发清香，因此再三深思后，也坚持不愿与世俗同流合污！正如同屈原在《楚辞·渔父》所言："新沐者必弹冠，新浴者必振衣；安能以身之察察，受物之汶汶者乎？"在屈原心中，只有绝对的黑白对立，没有虚与委蛇的灰色地带，不能忍受模糊含混的"与世推移"（《楚辞·渔父》）。因此，经过一番心里的挣扎、评价与反思后，屈原终究还是选择了"择善固执"这条符合正义却又分外艰辛的正确的道路。

创作者之所以愿针对事件本身进行"关注""评价"与"反省"，乃是因满腹的真情不被人识，为了能将赤诚之心公之于世，乃借由单向书写一抒胸臆，正如同屈原所言："恐情质之不信兮，故重著以自明"（《楚辞·惜诵》），似乎唯有透过反复的述说、一再的申明，才能将沉冤加以洗刷、获得救赎。在不断反复书写的同时，创作者也借此经历从"酝酿""书写"到"释放"的心灵三阶段成长。

再从阅读者的角度来看，读者透过文字与作者交游，乃经历了"认同""净化""领悟"三层次的心理变化，亦即"觅得知音""同情共感""反思后再出发"的三个阶段，可以使其获得心灵世界的自我疗愈。

屈原写出了中国文人最痛苦的灵魂，却成了最动人魂魄的精神瑰宝。"信而见疑，忠而被谤"是历代迁客骚人在贬谪文学中最大的伤痛与苦楚，明明直道而行，为何反遭污蔑？屈原将自己的亲身经历撰成字字刻骨铭心的血泪史，令许多无语问苍天的辛酸文人找到了千古知音，获得了同情共感的认同，也在经历屈原的文字净化后，得到了领悟、获得了解脱。这正是透过阅读文本后，阅读者本身自我疗愈的原理。

五、结　语

孔子云："君子疾没世而名不称焉。"（《论语·卫灵公第十五》）这也是历代读书人心中所关注之事。其实早在春秋时期，《左传》就已点出能不朽于世的方法："太上有立德，其次有立功，其次有立言。虽久不废，此之谓不朽。"（《左传·襄公二十四年》）此"三不朽"中，"立言"可说是读书人能名垂于世最终的寄托。

朱光潜曾说："对悲剧说来紧要的不仅是巨大的痛苦，而且是对待痛苦的方式。没有对灾难的反抗也就没有悲剧。引起我们快感的不是灾难，而是反抗。"[①] 逆境中的心灵体会，有助于创作者对人生进行深刻的反思。正如孟子所言："人之有德慧术知者，恒存乎疢疾。独孤臣孽子，其操心也危，其虑患也深，故达。"（《孟子·尽心上》）孟子又曰："故天将降大任于是人也，必先苦其心志，劳其筋骨，饿其体肤，空乏其身，行拂乱其所为，所以动心忍性，曾益其所不能。人恒过，然后能改；困于心，衡于虑，而后作；征于色，发于声，而后喻。"（《孟子·告子下》）创伤性的情感体验，影响着文学艺术作品的产出及其价值性。人陷于逆境之中，身心灵所受的苦难，往往会迫使他为寻求解脱，而去探索宇宙人生的深层价值。

正如但丁《神曲·天堂篇》的结语："只是一阵闪光略过我的心灵/我心中的意志就得到了实践/要达到那崇高的幻想/我力不胜任/但是我的欲望和意志已像那均匀转动的轮子般被爱推动/爱也推动那太阳和其他的星辰"。巨大的焦虑和压抑，到了压不住的时候，就会冲决而出。[②] 弗洛伊德认为艺术是对压抑的最好舒泄，因为它可以逃避痛苦，成为"替代性的满足"，他把这称为"升华"[③] 无论是郁积性的苦闷还是创伤性的心理痛苦所造成的那种强大心理势能，都能转化为心理内驱力，迫使作家通过"著书"这种途径使得情感得以释放。[④]

"抒愤"是希望在处于压抑状态下的现实人生中，能表明自己的心迹，期待在广大未知的读者群中获得共鸣。正如《汉书·司马迁传》所云："思垂空文以自见"，其实

---

① 朱光潜：《悲剧心理学》，北京：人民文学出版社，1983年版，第206页。
② 金道行：《论〈离骚〉诗祸》，《三峡大学学报（人文社会科学报）》2010年第5期。
③ ［奥地利］弗洛伊德：《作家与白日梦》，北京：国际文化出版公司，2001年版，第106页。
④ 王长顺：《司马迁"发愤著书说"的心理美学内涵探析》，《渭南师范学院学报》2006年第6期。

"自见"就是一种自我实现,是对于现实生活中种种不如意的自我超越,将满腔未能付诸实现的热血,竭尽自己的心力,以呕心沥血的方式,垂诸世人、传于后世。世道不古,人心险恶,但身为能执笔为文的读书人,自有一抒胸臆、能制裁小人之道。正如孔子作春秋,而乱臣贼子惧,乃因孔子秉持着"笔则笔,削则削"的秉笔直书之精神,使罪人都能留下千古骂名,这对被奸邪小人压抑而郁郁不得志者,自是文学书写的自我疗愈;且对于读完因"心有戚戚焉"而抚掌称快之人,自也是文学阅读的自我疗愈之效。

简论柳宗元对屈骚精神的传承[①]

湖南科技学院　翟满桂　蔡自新

【摘　要】 战国晚期的屈原与中唐时期柳宗元被放逐贬谪之地都在湖湘,无独有偶地形成了其二人共同的遭际地理环境。在相似的政治基因作用下,柳宗元对屈原的骚怨精神有着切身的体认,二人的创作历程和个人秉性十分相似。因此,笔者拟从基因、传承、嬗变三个维度加以探讨。

【关键词】 柳宗元　骚赋　传承

宋代严羽道:"唐人惟柳子厚深得骚学,退之、李观皆所不及"[②]。这一评价实际上是一个文学传承的命题,它不仅直接把柳宗元与屈骚紧紧地连到了一起,而且将柳宗元上升到了唐人骚学典型代表的高度。柳宗元与屈骚精神的关联,我们拟从基因、传承、嬗变三个维度加以探讨。

一、基因论

屈原生活在公元前300多年的战国晚期,柳宗元生活在公元800年左右的中唐时期。屈原"造为宪令",希冀楚国复苏强盛,直言进谏被谗而遭放逐;柳宗元渴望改变大唐颓势,在唐顺宗朝擢升礼部员外郎,以新进朝官身份积极参与永贞革新的政治斗争失败而被贬谪。屈柳虽然时代不同,政治基因却类似。他们都期盼通过自身作为而改变时代政局的理想息息相通,大起大落的仕宦际遇更是其二人共同遭具的政治生态。而且,屈柳放逐贬谪之地都在湖湘,无独有偶地形成了其二人共同遭际的地理环境。

屈原在怀王早期,曾官居左徒。这是一个具有实权的官职。他充分利用自身的政治地位,给楚怀王提出自己的主张,影响怀王;他帮助怀王制定宪令,对内政诸多方面进行建章立制,纠偏补过,修明法度和选贤使能。这样着力的整饬政治,对腐朽没

[①] 教育部人文社会科学研究规划项目"柳宗元年谱长编",批号:12YJA751077。
[②] 严羽:《沧浪诗话·诗评》,转引自吴文治:《柳宗元资料汇编》,北京:中华书局,1997年版,第149页。

落的贵族阶级是一个沉重打击，因而屈原的改革招致他们的忌恨和围攻。楚怀王听信谗言，将屈原放逐左迁为三闾大夫，后又放逐播迁江汉沅湘，成了在中国政治改革史上遭流放的第一人。中唐时期，面对权奸当道，吏治腐败，宦官擅权，藩镇割据的局面，柳宗元等一批年青热血的朝官，积极地参与王叔文集团的政治改革，力图辅助唐顺宗扭转盛唐之后的颓势。然而，随着永贞革新的失败，除了王叔文、王伾被贬官离京外，还有柳宗元、刘禹锡等八人均南贬为远州刺史，并在他们赴任途中，竟以处理太轻为由，再加贬为远州司马，形成历史上的所谓"永贞二王八司马"事件。

在共同的政治基因作用下，柳宗元对屈原的骚怨精神有着切身的体认。柳宗元从长安来到湖南，入湘的第一件事就是停舟汨罗江口祭奠。当年屈原自沉于湘江下游的汨罗江，柳宗元贬往楚南永州则恰恰是湘江上游。屈原被贬黜流放而身沉汨罗，令人悲戚；屈原坚持"美政"的思想情操，如日月之悬于中天，令人景仰。《吊屈原文》是柳宗元入湘后写的第一篇诗文。然而，柳宗元仅仅是为了吊屈？其实亦是吊己，屈原隔世千年恍如柳宗元之今生。柳宗元在文中敏锐地发掘了"骚怨"精神。"求先生之汨罗兮，揽衡若以荐芳"。"哀余衷之坎坎兮，独蕴愤而增伤"。"吾哀今之为仕兮，庸有虑时之否臧！""既偷风之不可去兮，怀先生之可忘"①。柳宗元视屈原为生命的同道知音，是自己向往与追求的偶像。可以说，读解《吊屈原文》是把握柳宗元传承屈骚精神之关键，屈原的骚怨精神成为柳宗元个人思想信念的承载依托。

"投迹山水地，放情咏《离骚》"②。柳宗元与屈原既具备相同的政治基因，又恰恰生活在相同的湖湘山水地理环境之中，特别的赋予二人十分相似的创作历程和个人秉性。他们都曾有过得宠一时的机遇。在那个时候，他们很少写作，即使写，也多是一些奏折式的官样文章。他们真正的创作，大都是失宠、被贬时创作的。屈原的《离骚》《九章》《九歌》都是失宠被贬后的作品，柳宗元最有代表性和最有影响的作品，也都是被贬永州之后的创作。柳宗元效屈骚作文，深得屈骚之魂。从《吊屈原文》发端，"先生之貌不可得兮，犹仿佛其文章。托遗编而叹唶兮，涣余涕之盈眶"③，直步屈原《离骚》《九章》承袭骚怨精神，写下《惩咎赋》《闵生赋》等赋文。《惩咎赋》名为"惩咎"实则毫无悔祸之意。自己抱有"处污以闵世"的壮志，希望"邀尧、舜与之为师"却事与愿违，遭受到严酷的打击。尽管经历了种种困苦，仍然要坚持理想的"大中之道"。《闵生赋》抒写怀才不遇的感慨："肆余目于湘流兮，望九疑之垠垠。波淫溢以不返兮，苍梧郁其茞云。重华幽而野死兮，世莫得其伪真。屈子之微兮，抗危

---

① 柳宗元：《柳宗元集·吊屈原文》，上海：上海古籍出版社，1997年版，第160页。
② 柳宗元：《柳宗元集·游南亭夜还叙志七十韵》，上海：上海古籍出版社，1997年版，第370页。
③ 柳宗元：《柳宗元集·吊屈原文》，上海：上海古籍出版社，1997年版，第160页。

辞以赴渊。"楚地的湘江、九疑山、苍梧之野,以及野死的重华、赴渊的屈原,这些自然山川、历史人物颤抖着他的心灵。"孰眇躯之敢爱兮,窃有继乎古先"①。反映了作者坚决效法古代仁人志士坚持真理、舍身取义的精神。屈原在《离骚》中尽情地倾诉:"已矣哉,国人莫我知兮,又何怀乎故都;即莫足与为美政兮,吾将从彭咸之所居。"美政是屈原精心设计,并毕生求索、锲而不舍的政治理想。不论受到怀王的器重,官居左徒之职;还是受到小人排挤,左迁为三闾大夫;抑或被放逐江汉沅湘,屈原都矢志不渝地坚持他的美政思想,并义无反顾地为之实践。中国古代,臣僚对君主怀有怨望或不平之气,不能直笔针砭,宣泄怨气,只是用隐笔曲笔借以讽谏。屈原常常借香草和神灵比君,一方面是抒发自己对楚怀王的怨望;另一方面,他也真切期望怀王真像香草和神灵一样出类拔萃,治国有所作为,使楚国国富兵强。屈赋通篇只有对君王如诉如泣的哀伤、怨悔、希望,没有对君王的抨击和谩骂;即使在流放期间,他还对君王寄以厚望,规劝他回心转意,改变前非,一心一意地革新朝政。柳宗元如同屈原一样,也曾进入朝廷政治中心,同样也直接面对着君臣矛盾、忠奸对立这两大屈原母题。也正因为如此,才有可能与屈原展开跨越时空的精神对话。"大凡物不得其平而鸣……楚,大国也,其亡也以屈原鸣"②。韩愈将屈原精神冠以"不平则鸣"的文学宣言,其同道柳宗元更容易产生类似的骚怨精神情感共鸣。柳宗元南来楚湘之地,唯有屈骚精神相随相伴,支撑着他度过了忧愤抑郁的贬谪生涯。《新唐书》本传谓:柳宗元"既窜斥,地又荒疠,因自放山泽间,其堙厄感郁,一寓诸文。仿《离骚》数十篇,读者咸悲恻"③。柳宗元辞赋本身即是对骚怨精神的最好的诠释。

战国时期的屈原与中唐时期的柳宗元,虽然相隔1100多年,二人的秉性却很相似,倔强着不肯向权势低头,即使在现实中失败了也不愿意随波逐流。屈原遭放逐后,抱定的决心是"虽九死其犹未悔"。柳宗元面对革新失败和贬辱之灾,也抱定"虽万受摈弃,不更乎其内"④。"抱拙终身,以死谁惕"⑤。柳宗元被贬永州之后,投迹于边远荒僻之地,而不丧其神明,直以坚韧之心性追踪屈骚,发为高唱。这正见出柳宗元所执着的骚怨精神之顽强。

---

① 柳宗元:《柳宗元集·闵生赋》,上海:上海古籍出版社,1997年版,第14页。
② 韩愈:《送孟东野序》,《韩愈全集》,上海:上海古籍出版社,1997年版。
③ 宋祁:《新唐书》,转引自吴文治:《柳宗元资料汇编》,北京:中华书局,1964年版,第31页。
④ 柳宗元:《柳宗元集·答周君巢饵久寿书》,上海:上海古籍出版社,1997年版,第254页。
⑤ 柳宗元:《柳宗元集·乞巧文》,上海:上海古籍出版社,1997年版,第150页。

二、传承论

对人生现实特别是政治经历的思考，是柳宗元传承屈骚精神的载体，它既是十分沉重的，也是充满激情的。因而，柳宗元辞赋可按内容分为侧重于陈情和咏物两类。

侧重于陈情的辞赋是个体激昂情绪的宣泄。如《解祟赋》《惩咎赋》《闵生赋》《梦归赋》《囚山赋》《乞巧文》等，围绕着往事经历，从"祟""咎""闵""梦""囚""拙"等多种角度、不同层面，如同火山喷发般地倾泻自己深深的反思。柳宗元参与王叔文集团"永贞革新"的政举时间仓促短暂，他们完全仰仗的皇帝顺宗因"中风失语"而病退，而一直与王叔文集团交恶的太子李纯继位为宪宗获得了宫廷夺权斗争的胜利，革新派的台面人物随即全部被贬"一锅端"。政治斗争的跌宕导致人生起伏的落差太大，使得柳宗元对自身的作为感到不可理喻。当他从叱咤风云的朝廷政治中心跌落到如同囚禁的流贬地，这样的思考无论怎样深沉都不为过，这样的情绪无论怎样激愤都可以理解。"浏乎以游于万物者，始彼狙雌倏施，而以祟为利者，夫何为耶"①。"日施陈以系縻兮，邀尧舜以为师。上睢盱而混茫兮，下驳诡而怀私。旁罗列以交贯兮，求大中之所宜……苟余齿之有惩兮，蹈其烈而不颇。死蛮夷固吾所兮，虽显宠其焉加？配大中以为偶兮，谅天命之谓阿"②。"知徙善而革非兮，又何惧乎今之人"③。"罹摈斥以窘束兮，余惟梦之为归……首丘之仁类兮，斯君子之所誉。鸟兽之鸣号兮，有动心而曲顾"④。"匪兕吾为柙兮，匪豕吾为牢。积十年莫吾省者兮，增蔽吾以蓬蒿"⑤。"独溺臣心，使甘老丑。嚣混莽卤，朴钝枯朽。不期一时，以俟悠久。旁罗万金，不鬻弊帚"⑥。这里需要特别指出，这些陈情无论如何愤懑都留有着自身的底线，那就是像屈骚精神对国君坚持不二的忠诚一样，柳宗元始终怀抱"以利安元元为务"的赤子之心不变。

侧重于说事咏物的辞赋显得沉重而又犀利。如《佩韦赋》《瓶赋》《牛赋》《愈膏肓疾赋》《骂尸虫文》《斩曲几文》《宥蝮蛇文并序》《憎王孙文》《逐毕方文并序》《辨伏神文并序》《愬螭文并序》《哀溺文并序》《招海贾文》等，分别针对性急与性缓、瓶与鸱夷、牛与羸驴、治病与理国、尸虫与告阴状的小人、正曲与扶直、远小人与祸端、真与伪、命与利等事物。"守而不迁兮，变而无穷。交得其宜兮，乃得其终。

---

① 柳宗元：《柳宗元集·解祟赋》，上海：上海古籍出版社，1997年版，第12页。
② 柳宗元：《柳宗元集·惩咎赋》，上海：上海古籍出版社，1997年版，第13页。
③ 柳宗元：《柳宗元集·闵生赋》，上海：上海古籍出版社，1997年版，第14页。
④ 柳宗元：《柳宗元集·梦归赋》，上海：上海古籍出版社，1997年版，第15页。
⑤ 柳宗元：《柳宗元集·囚山赋》，上海：上海古籍出版社，1997年版，第15页。
⑥ 柳宗元：《柳宗元集·乞巧文》，上海：上海古籍出版社，1997年版，第150页。

姑佩兹韦兮，考古齐同"①。"清白可鉴，终不媚私。利泽广大，孰能去之"②。"人不惭愧，利满天下"③。"膏肓之疾不救，衰亡之国不理。巨川将溃，非捧土之能塞；大厦将倾，非一木之能止"④。"潜下谩上，恒其心术；妒人之能，幸人之失。利昏伺睡，旁匿窃出，走谗于帝，遽入自屈"⑤。"今我斩此，以希古贤。谄谀宜惕，正直宜宣。道焉是达，法焉是专"⑥。"与汝异途，不相交争。虽汝之恶，焉得而行"⑦。"群小遂兮君子违，大人聚兮孽无余。善与恶不同乡兮，否泰既兆其盈虚"⑧。"黠知急去矣，愚乃至此。高飞兮翱翔，远伏兮无伤"⑨。"物固多伪兮，知者盖寡。考之不良兮，求福得祸"⑩。"善游虽最兮，卒以道夭。与害偕行兮，以死自绕"⑪。"死为险魄兮，生为贪夫。亦独何乐哉"⑫。这些铺叙和评议中，融注了柳宗元政治斗争君与臣、忠与奸的评判智慧，也始终没有离开骚怨精神的传统。

　　最值得提出来的是柳宗元的《天对》，这是为回答屈原《天问》而作的一篇大赋。屈原《天问》全篇仅374句、1565字，不仅是篇幅仅次于《离骚》的长赋，还是中国文学史上的神话史诗。《天对》是柳宗元企图穷究屈骚精神的一种尝试，他将《天问》中的172问归结为122条，在相距1100多年以后的时代，全面进行重新认识，努力加以诠释和回答。在文学的表现形式上，保持了与《天问》一致的四言格式，力图在规整的文字范围内表达丰富的内容。《天问》曾经对大量的人与神的传说提出了质疑，尤其是关于鲧的传说，表现出屈原极大的不平。他对鲧为了治水而遭惩罚深表同情。《天问》涉及商周以后的历史故事和人物诸如桀、汤、纣、比干、梅伯、文王、武王、师望、昭王、穆王、幽王、褒姒直到齐桓公、吴王阖庐、令尹子文……充分表现了作者对历史政治的正邪善恶、成败兴亡的看法。他的怀疑、愤懑，虽以"问"的形式出现，实际却是一种对现实的评判。从《天问》到《天对》，屈原怀怨愤之情问天，柳宗元抱贬谪之恨对天，两赋一问一答。柳宗元《天对》在形式上是为回答屈原《天问》而写。但是，柳宗元除了尽可能地解答屈原留下的疑问，也在痛苦深思的问答中表达出自己

---

① 柳宗元：《柳宗元集·佩韦赋》，上海：上海古籍出版社，1997年版，第10页。
② 柳宗元：《柳宗元集·瓶赋》，上海：上海古籍出版社，1997年版，第11页。
③ 柳宗元：《柳宗元集·牛赋》，上海：上海古籍出版社，1997年版，第12页。
④ 柳宗元：《柳宗元集·愈膏肓疾赋》，上海：上海古籍出版社，1997年版，第16页。
⑤ 柳宗元：《柳宗元集·骂尸虫文》，上海：上海古籍出版社，1997年版，第151页。
⑥ 柳宗元：《柳宗元集·斩曲几文》，上海：上海古籍出版社，1997年版，第152页。
⑦ 柳宗元：《柳宗元集·宥蝮蛇文并序》，上海：上海古籍出版社，1997年版，第153页。
⑧ 柳宗元：《柳宗元集·憎王孙文》，上海：上海古籍出版社，1997年版，第154页。
⑨ 柳宗元：《柳宗元集·逐毕方文并序》，上海：上海古籍出版社，1997年版，第155页。
⑩ 柳宗元：《柳宗元集·辨伏神文并序》，上海：上海古籍出版社，1997年版，第156页。
⑪ 柳宗元：《柳宗元集·哀溺文并序》，上海：上海古籍出版社，1997年版，第157页。
⑫ 柳宗元：《柳宗元集·招海贾文》，上海：上海古籍出版社，1997年版，第158页。

的理想。其实,柳宗元正是以屈原自况,通过与前贤对答的反复思考,表现出自己对社会现实的焦虑和批判。《天问》《天对》作为诞生于湖湘大地的两朵文学奇葩,历来受到了人们的特别关注。唐代诗人李贺赞曰:"《天问》语甚奇崛,于楚辞中可推第一,即开辟以来,可推第一"①。鲁迅评价《天问》"放言无惮,为前人所不敢言"②。郭沫若也称赞道:"其实《天问》这篇要算空前绝后的第一等奇文字"③。有趣的是,屈原只问不答,从战国时期一直到唐代,只有贬于永州的柳宗元才以《天对》之篇汪洋恣肆,以赋对答赋问。南宋诗人刘克庄说:"子厚《天对》,真可以答《天问》"④。清代何焯也道:"定远云:柳州作《天对》,其文亦几于三闾也。题曰《天对》,似是未安,天尊不可问,故不曰'问天'"⑤。一代伟人毛泽东也非常欣赏柳宗元在《天对》中的批判精神。他在与古典文史专家刘大杰的谈话中说:"屈原写过《天问》,过了一千年才有柳宗元写《天对》,胆子很大"⑥。可以说,屈原《天问》与柳宗元《天对》都是作者对自然和社会深入思考的结果,是冥思苦想得以无限展开的精神升华。这种勇于批判、探求真理的进取精神深远地影响着后世。

三、嬗变论

柳宗元与韩愈同为唐代古文运动的主将。柳宗元既然要推行古文,又如何传承屈骚精神,这是一个需要释疑的问题。

(一)要搞清楚古文运动的主旨

唐代从贞观初到开元末的110余年间,诗赋骈文成为唐代前期普遍使用的文章样式,章、奏、表、启、书、记、论、说多用骈体写成,这从当时留存至今的策文全部都是骈文可见,以至于对当时的科举取士都有很大影响。经盛唐至中唐,骈文开始去赘典浮辞,开始走向平易流畅反映出了文学领域变革动向。柳宗元与韩愈辈适时挺身而出,振臂高呼文章明道、载道,共同推行古文运动的变革,才得以彻底改变这种局面。然而,他们的主旨是要下决心改变靡华文风,意欲让圣人之道更好地光大,而不是单纯地去为了摒弃骈文。柳宗元早年的学习就是从诗赋开始的。"某始四岁,居京城

---

① 蒋之翘:《七十二家评楚辞》,转引自吴文治:《柳宗元资料汇编》,北京:中华书局,1997年版,第112页。
② 鲁迅:《摩罗诗力说》,天津:天津人民出版社,1982年版。
③ 郭沫若:《郭沫若古典文学论文集》,上海:上海古籍出版社,1985年版,第79页。
④ 刘克庄:《后村先生大全集》卷十,转引自吴文治:《柳宗元资料汇编》,北京:中华书局,1997年版,第151页。
⑤ 何焯:《义门读书记》,转引自吴文治:《柳宗元资料汇编》,北京:中华书局,1997年版,第351页。
⑥ 张贻玫:《毛泽东批注历史人物》,厦门:鹭江出版社,1993年版,第83页。

西田庐中，先君在吴，家无书，太夫人教古赋十四首，皆讽传之"①。"始吾幼且少，为文章，以词为工。及长，乃知文者以明道，是故不苟为炳炳烺烺，务采色、夸声音而以为能也"②。柳宗元明确提出"文者以明道"，这就是他与韩愈共同推行古文运动的基本理念。

（二）要全面了解柳宗元对屈骚精神传承的成效

柳宗元永州十年砥砺没有沉沦不振，而是在屈骚精神的伴随下，在永州山水的滋润中进行了思想、文学的全面升华。他的自然哲学思想站在了唐代哲学思想的顶峰，使其成为那个时代最伟大的一位思想家。他的文学创作让山水游记获得诞生，为寓言杂文发展定型，这是他对中国古代文学发展的一份特别的贡献。柳宗元骨子里徜徉着的屈骚精神，让他对辞赋等传统文学样式运用更为娴熟。可以说，非文非诗而又亦文亦诗，限制少、容量大的辞赋，是柳宗元运用较多的一种文学样式。无论就数量还是质量来看，还是从思想内容还是艺术成就来讲，辞赋成为其传承屈骚精神的重要载体。

（三）柳宗元辞赋的嬗变

这是柳宗元传承弘扬屈骚精神至为重要的方面。

在四十五卷本柳宗元文集中，直接以"古赋""骚"冠以卷名的分别是卷五和卷十八，各有九篇、十篇，亦即后人称道的"九赋""十骚"。其实，历来人们对柳宗元文集中有哪些辞赋作品看法不一。卷十五"问答"中的《晋问》，曾经被宋人晁无咎收入《续楚词》，其系词云："枚乘《七发》，盖以讽吴王濞毋反；《晋问》亦七，盖效《七发》以讽时君薄事役而隆道实矣"。又如，明人茅坤选录柳宗元《晋问》时说："即汉魏以来七之遗也。然所见不选，姑存之以见子厚词赋之丽云"③。到了民初，姚永朴指出："骚、七难、对问、设论、辞之类，皆词赋也。"④ 就是说，不仅是《晋问》，还包括《答问》《起废答》《愚溪对》都被列入辞赋行列。冯书耕、金仞千也指出："柳子厚《愚溪对》……亦为辞赋体，不应入论辩类。"⑤ 今人王基伦依姚鼐《古文辞类纂》十三体类的方式罗列柳文的骚赋类作品为32篇。⑥ 这是以往人们多认为柳宗元文集中的骚赋作品应有30多篇的通常看法。

马积高《赋史》对辞赋进行了创造性的系统研究，其成果达到了前人未有的高度，尤其是从艺术层面对辞赋的发掘最为精辟："骚的基本艺术特征同《诗经》中的诗无二

---

① 柳宗元：《柳宗元集·先太夫人归祔志》，上海：上海古籍出版社，1997年版，第101页。
② 柳宗元：《柳宗元集·答韦中立论师道书》，上海：上海古籍出版社，1997年版，第101页。
③ 茅坤：《唐宋八大家文钞》卷二十五，北京：商务印书馆文渊阁四库全书本。
④ 姚永朴：《文学研究法》卷上五《门类》，台北：台湾商务印书馆，1973年版，第33页。
⑤ 冯书耕、金仞千：《古文通论》，南京：国立编译馆，1966年版，第895页。
⑥ 王基伦：《韩柳古文新论》，台北：台北里仁书局，中华民国八十五年版。

致。它们之间在形式上的差异,除语言、结构等不同外,主要在于骚是不歌而颂的。骚之称赋,其理由即在于此;赋之得名,亦在于此;而与诗六义之一的'赋'无涉"①。基于马积高对骚赋基本艺术特征的判断,我们可以将骚赋概括为述而不歌、大致有韵的文体样式。以此为据,深入分析柳宗元文集中的铭、碑诔、祭文、表状、杂题诸卷,除了"九赋""十骚"等30余篇已经公认的骚赋文章外,卷十四"对"中的《天对》篇,源自《楚辞》传统,属有韵之文,乃为屈原《天问》直接作答的古今第一赋章。外集卷上"赋文志"中的《披沙拣金赋》《迎长日赋》《记里鼓赋》等篇,是毫无疑问的赋篇。卷十九"吊赞箴戒"中的《吊苌弘文》《吊屈原文》《吊乐毅文》,则与卷十八中的"十骚"无甚区别。箴铭赞和诔祭文约60篇采纳了骚赋体表现手法,表状类60多篇也多用骚赋文学形式。这样,柳宗元文集中的辞赋不仅是"九赋""十骚",也不能局限于通常的30余篇,必须将视野放开到150篇的范围。这既是柳宗元研究中的重要事件,更是辞赋研究中值得注意的文学现象。应当说,长篇大赋只是柳赋当中的个案,可以借此看出其对屈骚汉赋的沿袭与继承,但精短小赋则是更多的篇章,这是柳宗元竭力倡导和实践的重要内容。即使是应用到表状箴铭诔祭之赋,也都有着非常出色的表现。"自古中兴之主,必有命代之臣"②。"君子之惧,惧乎未始","君子不惧,为惧之初"③。"敌存灭祸,敌去召过"④。"孰致也而生?孰召也而死?焉从而来?焉往而止?魂气无不之也,骨肉归复于此"⑤。

柳宗元辞赋形式多样,既有使用语气助词的骚体赋,也有中规中矩的四言诗体赋;少有上千言的汪洋大赋,多有十数行的精短小赋,他身体力行地引导传统的汉魏齐梁堆砌名物辞藻的大赋,朝着真实抒发情感的精短小赋方向发展。

柳宗元的抒情小赋《吊苌弘文》是《吊屈原文》的姐妹篇。吊文高度称扬了苌弘为国捐躯的忠义品格和临危不顾的勇敢批判精神。章士钊认为:"子厚吊苌弘,实乃吊王叔文。"⑥ 柳宗元参加王叔文革新集团的"原意","唯以中正信义为志,以兴尧、舜、孔子之道,利安元元为务"⑦。这与苌弘的愿望是类似的。王叔文锐意革新弊政,失败后不幸被贬,继而赐死。这与苌弘筑城成周,以强周室,反而为周人所杀的遭遇,何其相似乃尔!"俟贞臣以为友",身处囚籍的柳宗元通过吊苌弘,强烈地抒发了对王

---

① 马积高:《赋史》,上海古籍出版社,1987年版,第5页。
② 柳宗元:《柳宗元集·为裴中丞上裴相贺破东平状》,上海:上海古籍出版社,1997年版,第313页。
③ 柳宗元:《柳宗元集·诫惧箴》,上海:上海古籍出版社,1997年版,第163页。
④ 柳宗元:《柳宗元集·敌戒》,上海:上海古籍出版社,1997年版,第164页。
⑤ 柳宗元:《柳宗元集·下殇女子墓砖记》,上海:上海古籍出版社,1997年版,第107页。
⑥ 章士钊:《柳文指要》,上海:文汇出版社,2000年版,第662页。
⑦ 柳宗元:《柳宗元集·寄许京兆孟容书》,上海:上海古籍出版社,1997年版,第242页。

叔文"古固有一死兮，贤者乐得其所"的同情之心。

《惩咎赋》写得极为动情。这篇赋名为"惩咎"，实是咏怀，发抒了自己心中多年的压抑和困苦，也表明了以死明志的节操，却并无半点悔过之意。《梦归赋》是柳宗元怀乡之作。他因希冀量移恢复从政而更思念故园。"列兹梦以三复，肠一日而九回"①。写得极其沉痛，令人叹惋。《闵生赋》是柳宗元抒写冤遭贬斥，怀才不遇的作品，要以屈原这样的"古先"为榜样，即使"一废不复"死于贬所，也要壮怀激烈，流芳百世。《囚山赋》形象地描述出一幅永州的群山图。柳宗元在永州的地理特征基础上，把自己的不幸与人民的悲苦联系在一起了。

骈散不拘是柳宗元辞赋的重要艺术特色，这与其倡导的古文运动有着极大的关系。马积高说："古文家韩愈、柳宗元、李翱、孙樵，都写过一些有现实主义光辉的作品。其中柳宗元尤为杰出。他的抒情小赋、讽刺小赋都能在继承前人成就的基础上别开生面，如《囚山赋》《哀溺文》《乞巧文》《牛赋》《瓶赋》《起废答》，都能戛戛独造，几可与屈赋比美"②。

柳宗元辞赋有中规中矩的文体赋，也有使用语气助词的骚体赋，更有不少偏向于散或骈散不拘的赋。《对贺者》设"有自京师来者"，见面后说客套话，称柳宗元面容气色好，没有因为被贬而愁眉苦脸，因而改变安慰的初衷转致祝贺。柳宗元正言直叙内心苦闷，"嘻笑之怒，甚于裂眦。长歌之哀，过乎恸哭。庸讵知吾之浩浩，非戚戚之尤者乎？"③ 所用句式，有俳有散，语言铿锵，掷地有声，真挚情感自然流淌。

讽谕为旨的讽刺小赋是柳宗元辞赋的亮点。将俳谐讽刺作为艺术手段，以往着重自抒胸臆，刻画心灵，柳宗元变而为重在描绘形象、体物寓言，从而揭露并批判了当时社会现实和政治生活中形形色色的丑类的嘴脸与行径。如《骂尸虫文》，尸虫躲藏在阴暗的角落里，"潜窥默听"，刻意于颠倒黑白，淆乱是非，以谗毁中伤、打小报告为职业、为能事的尸虫般的人物，在柳宗元之前和之后漫长的历史岁月中，又何尝没有，几曾断绝过？"取彼潛人，投畀豺虎。豺虎不食，投畀有北。有北不受，投畀有昊"④。自《诗经》而后，不少人对这类尸虫般的潛人，对他们"萋兮斐兮，成是见绵"的行为，曾多次予以指斥、诅咒，但以如此具体生动的笔墨，把他们的形象勾画出来，暴露于光天化日之下，还是不多见的。《憎王孙文》借猿与王孙这两种动物势不两立的习性、特点，以爱憎分明的笔墨，一方面深情地赞美了像王叔文集团那样的在政治上主张革新进步者的德行，另一方面则无情地揭露了以大阉强藩为核心的反动势力的罪行。

---

① 柳宗元：《柳宗元集·梦归赋》，上海：上海古籍出版社，1997年版，第15页。
② 马积高：《赋史》，上海：上海古籍出版社，1987年版，第11页。
③ 柳宗元：《柳宗元集·对贺者》，上海：上海古籍出版社，1997年版，第113页。
④ 柳宗元：《柳宗元集·骂尸虫文》，上海：上海古籍出版社，1997年版，第151页。

《哀溺文》借一个由于舍不得扔掉钱而终于被水淹死的"永之氓"的事例，进而刻画了一个贪"大货"而被"世涛"淹死的"大氓"的形象，对他们的贪婪以至胜过性命的丑恶行径、给予了辛辣的讽刺；对他们葬身于名利场中的必然结局，表现了轻蔑的悲悯。柳宗元是一个特别爱好深沉之思的人，对人情、物理、历史都有一种探求底蕴的精神。其辞赋思致幽深，又力求文辞峻洁挺拔，创造了柳赋的独特风格。以至明代王文禄说："柳赋，唐之冠也。"① 马积高对赋的发展历史加以全面研究之后，为柳宗元做出了极高的评价："他在辞赋方面的成就更是唐三百年间首屈一指的。"②

---

① 王文禄：《文脉》卷二杂论，转引自吴文治：《柳宗元资料汇编》，北京：中华书局，1997年版，第252页。
② 马积高：《赋史》，上海：上海古籍出版社，1987年版，第313页。

黄道周骚体赋创作原因初探

闽南师范大学 陈良武

【摘 要】 晚明闽籍著名学者黄道周一生以讲学、著述为务，不仅理学、经学成就斐然，而且其骚体赋的创作数量亦不少。黄道周能创作如此多的骚体赋，除了弥漫明代文坛的复古之风的影响外，闽地楚辞学传统的熏陶、少年成长环境的影响、闽地淫祀风俗的浸染、楚辞独特的体制也是其中的重要原因。此外，黄道周倾心骚赋还出于对屈原、贾谊的钦慕，以及与他们因遭遇相似在心灵上激起的异代同慨的共鸣。研究黄道周对骚体赋的接受及其创作的原因，对研究文学的传播具有一定的启示意义。

【关键词】 黄道周 骚体赋 创作原因

引 言

辞赋是中国古代文学创作中的一种重要文体，其发轫于先秦，兴盛于两汉。经唐、宋、金、元的发展，辞赋至明清虽然进入了"发展的停滞和衰落时期"，但这种"所谓停滞和衰落，是说辞赋在体制上已没有什么新的发展，并不是说没有产生优秀的作品和作家"。[①] 据马积高先生统计，其编辑《历代辞赋总汇》时，搜集的明赋达5000余篇，作者1100余人，而且这还不是明赋的全部。[②] 在这些传世的作品中，不乏优秀作家的优秀作品，黄道周的骚体赋就是其中颇为重要的部分。

骚体赋为辞赋之一种，主要由祖述屈原等人的楚辞作品而来。因楚辞作品中以《离骚》最为杰出，故将这种带有明显骚体特点的赋称为骚体赋。骚体赋以楚辞为模拟对象，虽经后世仿作而渐趋泛化成为一种独立的文体，但体制上与屈、宋等人的楚辞作品并没有什么差异；就其内容而言，骚体赋以咏物抒情为主，而且抒发的多为哀怨沉痛之情；就其形式而言，语句当中带有"兮"字，具有典型的楚辞特征。

---

① 马积高：《历代辞赋研究史料概述》，北京：中华书局，2001年版，第140页。
② 马积高：《历代辞赋研究史料概述》，北京：中华书局，2001年版，第141页。

黄道周（公元1585—1646年），字幼玄，号石斋，福建铜山（今福建东山县）人，晚明著名学者。黄道周一生以讲学、著述为务，邵懿辰《题黄忠端公〈謇骚〉卷》谓其"文章雄伟，博丽而劲正，文如其诗，诗如其字，字如其人。虽为理学，经学亦然"。① 其中，黄道周骚体赋的创作数量不少，仅《黄漳浦集》卷三十六《骚赋》就收录有《謇骚》（九章）、《续招魂》（三章）、《续离骚》（两章）、《九绎》（十一章）、《九氂》（十一章）、《九诉》（九章）、《刘招》《丛骚》（十五章）、《续〈天问〉》等九篇六十二章，实属罕见。另外，在其碑铭之类的文章中也有不少是以骚体赋为铭的。②

黄道周的辞赋作品在当时具有较高的影响，张明弼曾因黄道周的知遇之情而作《感知赋》，其序文中赞曰："今代有黄石斋先生，其才拔出二千余年，与长卿分毫，子云对席。东京以后，未见其敌也。"③ 此种评价不可谓不高。

关于黄道周骚体赋的研究，已有学者发表了几项重要成果，其中既有对黄道周骚赋的全面、概括研究，也有对单篇作品的深入解读。④ 本文将对黄道周创作骚体赋的原因作些初步的探讨，以期进一步推动黄道周骚赋的研究。

众所周知，明代科举不试辞赋，只是在某些特定场合需要辞赋文体的创作，比如皇帝在某些场合下的特别要求和入翰林院庶吉士的课试作赋。在此种环境下，黄道周还能创作如此多的骚体赋，定然有其原因。除了弥漫明代文坛的复古之风的影响外，以下几方面也是促使黄道周创作骚体赋的重要原因。

一、闽地楚辞学传统的熏陶

闽地具有深厚的楚辞学传统，在朱熹之前，最为著名者为黄伯思。黄伯思为北宋后期福建邵武人，学问渊通，"自《六经》及历代史书、诸子百家、天官地理、律历卜筮之说无不精诣"。⑤ 黄伯思著述颇多，有文集五十卷、《翼骚》一卷。其子集其平日所为议论题跋成《东观余论》。其《东观余论》曾云：

---

① 邵懿辰：《题黄忠端公〈謇骚〉卷》，《半岩庐遗集》卷二，续修四库全书影光绪戊申三月刊本。
② 郑晨寅：《论黄道周拟骚之作》（《中州学刊》2012年第2期）较为全面地清理了《黄漳浦集》中收录的黄道周存世拟骚作品的基本概况，可资参看，此处不再赘述。
③ 张明弼：《感知赋》，张明弼：《琴张子萤芝集》卷一，明天启五年书林段君定刻本。
④ 前者以郑晨寅《论黄道周拟骚之作》（《中州学刊》2012年第2期）为代表，后者以辞赋研究专家于浴贤《论黄道周骚体赋》（《漳州师范学院学报》2009年第1期）、《黄道周〈续离骚〉〈续招魂〉新探》（《泉州师范学院学报》2011年第5期）、陈良武的《黄道周〈刘招〉考论》（《扬州大学学报》2013年第2期）为代表。另外，周建忠、汤漳平主编的《楚辞学通典》（湖北教育出版社，2003年版，第130—133页）对黄道周九篇六十二章骚赋均有概括分析，可资参看。
⑤ 脱脱等撰：《宋史》，北京：中华书局，1977年版，第13106页。

> 屈、宋诸骚，皆书楚语，作楚声，记楚地，名楚物，故可谓之楚辞。若"些""只""谇""蹇""纷""侘傺"者，楚语也。悲壮顿挫，或韵或否者，楚声也。沅、湘、江、澧、修门、夏首者，楚地也。兰、茝、荃、药、蕙、若、芷、蘅者，楚物也。①

这段言论揭示了楚辞的地域特征，为后来治楚辞者反复引用，对楚辞稍有了解者都会熟悉它。

但是，真正开创闽地楚辞学传统的是朱熹。朱熹一生主要功业在发扬儒学，表彰圣贤。从理学在闽地的发展来看，二程理学最先由杨时传入闽地，历经罗从彦、李侗等人的发扬，最终由朱熹集大成而形成了闽学。在朱熹"致广大而尽精微"的理学构建过程中，致力于儒家经典的整理、诠释与义理发挥是情理之中的事，也是其重要的手段。让时人意外的是，一生精力尽在儒学经典的朱熹，在其晚年却倾心力于《楚辞》的研究，完成了在楚辞学史上具有里程碑意义的《楚辞集注》。

朱熹一生的追求和遭遇颇似屈原，读《楚辞》极其容易在其情感上产生共鸣。不仅如此，屈原忠君爱国的思想与其理学追求也是一致的。除了《楚辞集注》外，朱熹还有《楚辞协韵》一卷，并且交时守漳州的傅伯寿刊刻于漳州。此外，朱熹在漳州期间还作有《书楚辞协韵后》《再跋楚辞叶韵》和《题屈原天问后》等文。"朱熹笺注、刊刻、研究《楚辞》，高张屈原'虽九死其犹未悔'的忠君爱国思想，这对于皇帝昏庸，权臣执柄，党祸不绝的南宋王朝来说，无疑具有补救时弊，振奋人心的作用。从这个角度看，朱熹在漳州刊刻《楚辞协韵》与其敦风俗、播儒教的毕生努力是一致的。"②

朱熹在闽地的影响是巨大的，李光地曾说："吾闽僻在天末，然自朱子以来，道学之正为海内宗。"③ 此语正道出了漳州士人以家乡为朱熹过化之地而自豪的真实心态。以朱熹在闽地的影响，其《楚辞集注》一出，影响巨大，研究楚辞及借屈骚以写志遂成为闽地士子的传统。

朱熹之后，闽地学者治楚辞者代有人出，而且其中多为在楚辞学史上颇具影响的。有学者统计，现存传世的100余种楚辞研究专著中，闽地学者所著即多达13种，其中较著名者有宋末谢翱的《楚辞芳草谱》，明陈第的《屈宋古音义》、林兆珂的《楚辞述

---

① 黄伯思：《校定楚辞序》，《东观余论》（卷下），文渊阁四库全书本。
② 陈良武：《朱熹漳州刻书的文献学追求》，《佳木斯大学社会科学学报》2008年第6期。
③ 李光地：《重修蔡虚斋先生祠引》，《榕村集》卷十三，文渊阁四库全书本。

注》、黄文焕的《楚辞听直》，清林云铭的《楚辞灯》、李光地的《离骚经九歌解义》等。① 按照游国恩《楚辞概论》的观点，历代的楚辞注家大体可分为训诂派、义理派、考据派、音韵派四派。这四种派别的研究，闽地都有好的成果。例如，万历进士莆田人林兆珂撰有《楚辞述注》十卷，其书虽因"好以时文开合承接之法，评论古人之文，不知楚骚之体自与时文不同"而为人所诟病，但其"训诂字义，悉有依据，其就诸本字句异同，参互考证，订伪补遗，亦颇谨严，是则终异于同时诸人之穿凿附会，恣情窜乱古书也"。② 可见，该书俨然为闽地楚辞学训诂派的代表性成就之一。

在与黄道周同时代的闽南士人中，研究《楚辞》者亦不少，其好友张燮即为其中著名者。张燮关于辞赋的研究，除了其在《汉魏七十二家集》中通过序、引、题辞等形式对于屈原③、宋玉、贾谊等骚体作家的评述外，其《刻杨氏天解序》亦为重要的一篇。序文如下：

> 邹衍谈天、诡谲于天以外者也，时主慕之，高开碣石之宫；屈平问天，抖搜于天以内者也，时主狂之，终沉汨罗之水。夫邹氏闳衍不经，推至无所垠，始滥而归于节俭，意在扩其道术，使人瞿然耳。屈平原本忠爱，用写其侘傺无聊之感，而警采绝艳，奋飞辞前。《天问》一篇，大率穷宇宙之所始，就中取类虽杂，其于兴衰成败，有余恫焉，钩颐抉隐，借以竖义，非必斤斤焉事理所有，沿其垢囊也。子厚之对、盖亦牢愁自放，故托天口，与屈子相酬酢。攫茧成丝，端竟自在、亦若经著而传随耳。④

这里所谓的"杨氏天解"是指杨万里的《天问天对解》。该书系"取屈原《天问》、柳宗元《天对》比附贯缀，各为之解"⑤ 而成，其创作原因是杨万里"每病于《天对》之难读"，"因取《离骚》《天问》及二家旧注释文，而酌以予之意以解之，庶以易其

---

① 对此，汤漳平先生论述颇详（参阅汤漳平：《闽学视野下闽地的楚辞研究与骚体文学创作》，中国屈原学会编：《中国楚辞学》（第 19 辑），北京：学苑出版社，2013 年版，第 366—373 页）。
② 中国科学院图书馆整理：《续修四库全书总目提要（稿本）》，济南：齐鲁书社，1996 年版，第 485 页。
③ 张燮《七十二家集》从宋玉开始，虽未专门选辑屈原作品，但在《宋大夫集》等的序中多有涉及评述屈原的言论。如《宋大夫集序》评述"骚以屈平浚源，赋以荀卿导基，遂开万祀词人之始……宋玉为三闾高弟，所为骚能衍其师绪而弘播徽音"等语。
④ 张燮：《刻杨氏天解序》，转引自李诚、熊良智主编：《楚辞评论集览》，武汉：湖北教育出版社，2003 年版，第 318 页。
⑤ 《四库全书》研究所整理：《钦定四库全书总目》（整理本），北京：中华书局，1997 年版，第 1977 页。

难"。① 张燮这篇序文即为杨万里该书而作,对屈原《天问》篇的创作及其题旨进行了令人信服的评述。

闽地学者不仅研究《楚辞》,而且积极从事拟骚作品的创作实践,出现了一批有影响力的作家和作品,② 黄道周就是其中的杰出者。

黄道周深受当时闽南楚辞学传统影响,自幼好读《楚辞》,当其修齐治平的政治理想与纷扰的社会现实发生激烈碰撞的时候,进退失据,悲愤抑郁,骚赋自然成为其抒写个人理想抱负,寄予人生感慨的重要手段。

二、少年成长环境的影响

黄道周生于东山岛,自幼生活在海边。黄道周于山海之中,听松涛阵阵,观海波荡漾,读书其间,胸中气象为之开阔。庄起俦年谱记载:

> (万历二十年,年八岁)即能为比偶文。顾独喜挟册走最高峰,倚松欹石,踽踽忘返。先生虽恂焉髫稚,然修敕翘上,冠履济楚,稍不如意,即弃去,雅不乐与侪俗等夷。故独从伯兄讲业于渔鼓溪之顿坑者凡数年。③

黄道周《书嵇康〈琴赋〉后》亦有洪思注曰:

> 子少而多能,十岁辄善属文,亦辄善琴。时家在海外,读书渔鼓溪。每属文,或先狂走,寻岛中最高峰,对怪石长松踽踽移时,归而插弦,然后落笔,顷刻辄数千言,若有神授也。岂所谓山水移情者乎?④

从以上记述可知,黄道周少从其兄黄道琛耕读于渔鼓溪顿坑,行事作为颇具魏晋士人之风范,更具潇洒放任的文士性格。少年黄道周不仅已经显露出非同一般的文学才华,而且其内心深处也是有做一文士的愿望的。很显然,较之格律谨严的近体诗,楚辞这种自《诗经》之后而郁起的奇文,其较为自由灵活的诗歌样式,恰好与特定环境中这个少年意气风发的心性相一致,显然更适合其突破律诗形式规范而淋漓尽致地

---

① 杨万里:《天问天对解引》,《诚斋集》卷九十六,文渊阁四库全书本。
② 可参阅汤漳平:《闽学视野下闽地的楚辞研究与骚体文学创作》,中国屈原学会编:《中国楚辞学》(第19辑),北京:学苑出版社,2013年版,第366—373页。
③ 庄起俦:《漳浦黄先生年谱》,侯真平、娄曾泉校点:《黄道周年谱附传记》,福州:福建人民出版社,1999年版,第48页。
④ 黄道周:《书嵇康〈琴赋〉后》,《黄漳浦集》卷二十三。

抒写其性情。黄道周对楚辞的青睐，显然与此相关。

万历二十六年，年仅十四的黄道周游学于博罗，尝"振笔作《罗浮山赋》，无停思而多奇字"。又与当地士人共登观海楼，酒酣晨起，为《观海楼赋》，"疾书数千言"，"由是，神异之称，遍博罗焉"。①

黄道周创作了如此多的拟骚作品，与其对楚辞的阅读和研究是分不开的。黄道周少好楚辞，尝言"周之少也，溺于骚雅"。② 不仅阅读，黄道周也进行过楚辞的评品。从目前留存下来的极少的黄道周论楚辞的资料中，可以看出这一点。蒋之翘《七十二家评楚辞》中，辑司马迁以下 72 家评论楚辞之语，黄道周即为其中一家。其评品曰："屈宋而下，以至班、扬、左、马之流而及张、蔡，嶰谷之竹递宣，楚泽之蓝互蒨，莫不铿其巨响，树为弘标。"③ 日本江户时期的学者芦东山（公元 1696—1776 年）在其纂著的《楚辞评园》中，汇录了自汉司马迁、班固、扬雄、王逸以下至明代的 49 家的《楚辞》评语，其中亦有黄道周的评点之语。④

三、闽地淫祀风俗的浸染

楚地多淫祀，《汉书·地理志》认为"楚人信巫鬼，重淫祀"。在巫风盛行的楚地，上自朝廷贵族，下迄普通百姓，无不浸浸其中，这是楚辞产生的重要文化土壤。祭祀神灵的仪式活动中，常伴有歌舞，故王逸说："其俗信鬼而好祠，其祠必作歌乐鼓舞，以乐诸神。"⑤ 屈原《九歌》明显就是以楚地民间的祭祀娱神之歌为基础而作的，而《招魂》则是源自民间招魂词。具体以《九歌》来说，朱熹在《楚辞集注》卷二中指出："九歌者，屈原之所作也。昔楚南郢之邑，沅、湘之间，其俗信鬼而好祀，其祀必使巫觋作乐，歌舞以娱神。蛮荆陋俗，词既鄙俚，而其阴阳人鬼之间，又或不能无亵慢淫荒之杂。屈原既放，见而感之，故颇为更定其词，去其泰甚，而又因彼事神之心，以寄吾忠君爱国眷恋不忘之意。是以其言，虽若不能无嫌于燕昵，而君子反有取焉。"⑥ 不仅如此，楚辞作品中大量的巫的形象、浓郁的神话色彩，这都折射出淫祀巫风对楚辞的影响。

---

① 庄起俦：《漳浦黄先生年谱》，侯真平、娄曾泉校点：《黄道周年谱附传记》，福州：福建人民出版社，1999 年版，第 49 页。

② 《答曾叔祁书》，《黄漳浦集》卷十八。

③ 杨金鼎主编：《楚辞评论资料选》，武汉：湖北人民出版社，1985 年版，第 116—117 页。

④ 蒋之翘也是《楚辞评园》所辑录的四十九家之一。可以推测，《楚辞评园》的内容很可能来自蒋之翘的《七十二家评楚辞》。

⑤ 王逸：《楚辞章句·九歌序》，黄灵庚：《楚辞章句疏证》，北京：中华书局，2007 年版，第 742—743 页。

⑥ 朱熹：《楚辞集注》，上海：上海古籍出版社，合肥：安徽教育出版社，2001 年版，第 31 页。

在淫祀这一点上，闽地与楚地非常相似。

"闽俗好巫尚鬼，祠庙寄闾阎山野，在在有之。"其中，既有"祀典所载，及礼所宜祀者无容议"者，亦有"肇自古昔，功业虽不甚著而载之旧志者"，甚至还有"妖妄不经，悉在所当去"者。① 此种习俗，以闽南地区尤甚。据《福建通志》记载，漳州"俗尚淫祀，多以他邦非鬼立庙。此邦陋俗，常于秋收之后，优人互凑，诸乡保作淫戏及弄傀儡"。② 朱熹知漳，敦化民俗，所面对的问题之一就是淫祀。其弟子陈淳有《与赵寺丞论淫祀书》《与傅寺丞论淫戏书》，前者开篇即曰：

> 淳窃以南人好尚淫祀，而此邦之俗为尤甚。自城邑至村墟，淫鬼之名号者至不一，而所以为庙宇者亦何啻数百。所逐庙各有迎神之礼，随月送为迎神之会。自入春首，便措置排办迎神财物……③

陈淳作此书的目的正与乃师一样，当在禁淫祀淫戏，以绝不法之徒借此敛财、惑乱民心之祸，以收移风易俗之效。但是，这客观上给后人留下了关于漳州尚淫祀的历史资料。

尚淫祀之风，至今犹存。走在今天的闽南大地，无论是村头地尾，还是大街小巷，各种说不出来历的大小神灵的祭祀场所无处不在。

黄道周生活在这样的环境中，耳濡目染，自然会对其接受和创作楚辞具有潜移默化的影响。黄道周尝言："诗者，鬼神之吟咏歌啸其事也。"④ 说的是诗，楚辞何尝不是如此？

四、楚辞体式的独特

"诗三百"之后，楚辞作为一种具有浓郁地域特色的新的诗歌样式勃然兴起。它善于运用丰富的想象力和奇特的构思，借助比喻、夸张等修辞方法和神话故事，呈现出强烈的浪漫主义特征。同时，楚辞句式参差，形式自由富有变化，多用"兮""些"等楚语，不仅使其可以表达更为丰富的内容，而且情感的抒发更显委婉而有情致。因此，与《诗经》相比，楚辞的表现力更强，更适合抒发复杂、激烈的感情，尤其是可以曲尽哀怨悲愤之情。

---

① 黄仲昭：《八闽通志》（下），福州：福建人民出版社，1991年版，第365页。
② 《福建通志》卷九，文渊阁四库全书本。
③ 陈淳：《与赵寺丞论淫祀书》，《北溪大全集》卷四十三，文渊阁四库全书本。
④ 黄道周：《历年十二图序》，《黄漳浦集》卷二十。

传统的儒家文艺观强调"乐而不淫,哀而不伤"的"中道"原则,主张情感的抒发要恰到好处,大喜大悲的极端情感宣泄是不符合温柔敦厚的要求的。骚"为贤人失志之赋",按照儒家传统的诗学观念,当然不如诗的纯正,更"不可以登清庙",但其"长于言幽怨之情",① 可以在光怪陆离的世界中以诡异谲怪之内容抒发哀怨沉痛之情绪。对此,明人陆时雍说:"诗道雍容,骚人凄婉。读其词,如逐客放臣,羁人嫠妇,当新秋革序,荒榻幽灯,坐冷风凄雨中,隐隐令人肠断。"② 这种特色,可以突破儒家温柔敦厚的传统,抒写某种比较极端的情感。

关于骚体赋的这种特征,明人论述不少,可见其已成为研究骚赋者的共识。除了前面所引陆时雍之说外,王世贞亦有一段为辞赋研究者广为引用的话。其言曰:

> 骚赋虽有韵之言,其与诗文,自是竹之与草木,鱼之与鸟兽,别为一类,不可偏属。《骚》辞所以总杂重复,兴寄不一者,大抵忠臣怨夫惨怛深至,不暇致诠,亦故乱其叙,使同声者自寻,修隙者难摘耳。③

又曰:

> 作赋之法,已尽长卿数语。大抵须包蓄千古之材,牢笼宇宙之态。其变幻之极,如沧溟开晦,绚烂之至,如霞锦照灼,然后徐而约之,使指有所在。……拟骚赋,勿令不读书便竟。《骚》览之须令人裴回循咀,且感且疑;再反之,沉吟歔欷;又三复之,涕泪俱下,情事欲绝。赋览之,初如张乐洞庭,褰帷锦官,耳目摇眩;已徐阅之,如文锦千尺,丝理秩然;歌乱甫毕,肃然敛容;掩卷之余,彷徨追赏。④

王世贞的这段话在比较中论述了散体赋与拟骚赋创作和鉴赏的不同,而黄道周辞赋创作的情形,正好可以在一个侧面印证了这种区别。

明代文学发展过程中呈现出很浓重的复古特征,其表现之一就是大量辞赋作品的出现。在明代的辞赋创作中,散体大赋数量居多,而拟骚赋相对较少。与此不同的是,

---

① 程廷祚:《骚赋论上》,《青溪集》卷三,蒋氏慎修书校印《金陵丛书乙集》本。
② 引自蒋之翘编《七十二家评楚辞》。
③ 王世贞著、罗仲鼎校注:《艺苑卮言校注》,济南:齐鲁书社,1992年版,第30页。
④ 王世贞著、罗仲鼎校注:《艺苑卮言校注》,济南:齐鲁书社,1992年版,第31页。

黄道周的辞赋创作则以骚体赋的数量所占比例为高。① 之所以如此，是与黄道周创作时的具体情境和心境相关联的。从黄道周的骚体赋看，此类作品多数是在其处于某种极端情绪之下而创作的。处于这些境地，不仅近体格律诗的形式不足以承载其此种情感，散体大赋也不适合此种情绪的宣泄，唯有"长于言幽怨之情"的骚赋成为其宣泄情感的最好选择。郑玫《黄石斋先生诗集原序》云：

> 《续骚》《丛骚》《续招魂》《九诉》《九螯》《九绎》《续天问》，皆丧其尊人青原公时作。削籍守墓，作《号招》一篇。《謇骚》九章，将殉难作于尚食监中。约四卷。比事属词，虽各不同，大旨归于忠孝。②

郑玫与黄道周弟子洪思志同道合，亦以收录、整理、刊刻黄道周遗著为务，曾于康熙五十三年刊《黄石斋先生文集》，后又刊《黄石斋先生诗集》。因此，郑玫此处所言当属事实。同时，这些作品内容本身和黄道周的年谱记载都与此相符，可相互印证。

万历三十五年（公元1607年），黄道周甫二十三，父亲故去。黄道周"念其亲侘傺未能自直，负奇以死；又值艰难，委命于空山，亲戚乖离，无以自振，穷至不能为丧，虽欲自比湘累，又何过焉？故忧愁愤郁，而续《离骚赋》，作《离疚经》。既殡，作《九螯传》。"③

《续离骚》《九螯》都是黄道周父亲去世时所作。黄道周少负奇节，年始及冠而父亲亡故，孤苦无依，"穷至不能为丧"，此时孝子失怙之痛、"世俗的冷酷、穷居下层的屈辱和和困厄中坚操自守的艰难"④交织在一起，不由忧愁愤郁而续《离骚》。此外，其《续招魂》第三章《礼魂》写日暮迎神而未至，不由悠悠伤感。此种伤感之情，用"兮"字尾韵收到了哀婉绵细抒情效果。⑤

《续离骚》系现存黄道周骚赋中创作时间最早的，而《謇骚》则是可考的黄道周传

---

① 于浴贤《辞赋文学与文化学探微》设立《黄道周赋评述》等专门章节，结合黄道周《平一赋》《闻雷赋》《梁山锋山赋》《洞庭赋》等散体赋作，论述了黄道周"达则兼济天下""穷亦不忘世事"的思想，分析了黄道周散体赋"形式灵活，富有故事情节""诸体交融，富有变化""哲理性强，学者味浓"的特色。（于浴贤：《辞赋文学与文化学探微》，北京：中国社会科学出版社，2010年版，第173—194页）

② 郑玫：《黄石斋先生诗集原序》，转引自崔富章：《楚辞书目五种续编》，上海：上海古籍出版社，1993年版，第382—383页。

③ 庄起傅：《漳浦黄先生年谱》，侯真平、娄曾泉校点：《黄道周年谱附传记》，福州：福建人民出版社，1999年版，第52页。

④ 周建忠、汤漳平主编：《楚辞学通典》，武汉：湖北教育出版社，2003年版，第131页。

⑤ 周建忠、汤漳平主编：《楚辞学通典》，武汉：湖北教育出版社，2003年版，第130页。

世骚赋中创作时间最晚的作品。据邵懿辰《题黄忠端公謇骚卷》：

> 所书《謇骚》九章，草于南京尚膳监中，去授命旬日耳。悲感杂沓，灵爽倏忽，与三闾大夫为朋，而"高皇"二宗，相为上下。其中抑辖懰戾，有古今同慨者。使后人揽观，尽然心伤，不知涕泪之流落焉。①

正命前夕，思虑平生，百感交集。黄道周反复申论屈原章句之意，以表达自己情志。黄道周生于衰世，报国之志与现实窘境的矛盾所激起的悲愤都通过其骚赋作品得以宣泄，具有"古今同慨"的艺术感染力。黄道周的骚赋作品，其"大体以屈赋中语义，与个人遭遇及明季惨痛之事相糅合而为此。故有真情悃志，非无病呻吟者比也"。②

综上，楚辞独特的体制特点是黄道周选择其作为抒写情感、宣泄激烈情绪的主要因素。这一点，当时流行的近体诗是无法胜任的。

除了以上几方面原因的共同作用外，黄道周倾心骚赋还出于对屈原、贾谊的钦慕，以及与他们因遭遇相似在心灵上激起的异代同慨的共鸣。

崇祯十一年（公元1638年），黄道周因弹劾杨嗣昌等人而与崇祯发生激烈的辩论，被以"朋串扰乱"之罪降级使用，贬为江西布政司都事，遂乞假归乡。次年三月，黄道周针对去年"朋串扰乱"之罪名，在其父母庐墓旁建十朋轩和九串阁，列历代事迹类似的先人二十八对，凡五十六人。五十六人，"皆异代同风，韵实殊致，道鼎侪辈，递为宾师"，③以表其无私之心迹。九串阁壁间位置所列的第一对先贤就是屈原、贾谊，可见屈、贾在其心中的地位和影响。不仅如此，在仕途颠簸、宦海沉浮之时，黄道周多次言及屈贾，或以屈、贾自喻，或以二人自励。崇祯十四年（公元1641年）冬，黄道周在刑部狱中有"上不避讥于游、夏，下不分哀于屈、贾"之语。④崇祯十五年（公元1642年），黄道周得脱牢狱之灾，在赴贬所途中，又一次到大涤山，又有"今幸不死，将排衡云，陟君山，访怀沙之渚，探吊湘之窟，不复与朱、李周旋，宁当舍旧交与屈、贾少年同怫勃乎"之论。⑤

---

① 邵懿辰：《题黄忠端公謇骚卷》，《半岩庐遗集》卷二，续修四库全书影光绪戊申三月刊本。
② 姜亮夫：《绍骚隅录》，《楚辞书目五种》，北京：中华书局，1961年版，第451页。
③ 庄起俦：《漳浦黄先生年谱》，侯真平、娄曾泉校点：《黄道周年谱附传记》，福建人民出版社，1999年版，第70页。
④ 黄道周：《书孝经颂后》，《黄漳浦集》卷二十三。
⑤ 《大涤书院三记》，《黄漳浦集》卷二十四。

结　语

　　黄道周对骚体赋的接受和创作，其原因是多方面的。这启示我们，当我们研究某种文学样式的传播时，必须综合考虑各方面的因素，既要考虑到文学本身的因素，又要关注文学外部的生态影响。这种文学生态涵盖极广，包括一地的文化和文学传统、民风民俗、作家的成长经历等。只有这样，才能够较好地揭示出文学传播和接受的内在规律。

陈洪绶的遗民情结与屈骚情怀

金陵科技学院　刘树胜

【摘　要】　本文通过对明末清初文人陈洪绶生平的回顾及对其诗画作品的分析，讨论了陈洪绶其人老而弥坚的遗民情结，包括其对故国亡君的追恋，对忠义之士的赞美，以及作品反映出的清人带来的深重灾难；同时分析了陈洪绶根深蒂固的屈骚情怀，包括其对屈原作品的热爱，《九歌图》的创作，以屈原自比的创作行为，以及诗画作品中与屈原相同的志趣等。

【关键词】　陈洪绶　遗民　屈骚情怀　归隐

陈洪绶，字章侯，幼名莲子，一名胥岸，号老莲，别号小净名，晚号老迟、悔迟，又号悔僧、云门僧。浙江诸暨枫桥镇人。明末富有个性的大画家。他幼年早慧，诗文书画俱佳。成年后师从著名学者刘宗周和黄道周，深受其人品学识的影响。明朝覆亡后，清兵入浙东，陈洪绶避难绍兴云门寺，削发为僧，一年后还俗。晚年学佛参禅，在绍兴、杭州等地以鬻画为生。有《宝纶堂集》传世。纵观陈氏晚年的行为与创作，不难发现，他作为大明遗民身上深重的遗民情结和根深蒂固的屈骚情怀。尝试论之。

一、形骸放浪的末世浪子新朝遗民

清人钱保塘《历代名人生卒录》载："陈洪绶，万历二十七年生，顺治九年卒，年五十四。"① 洪绶籍里，宣统《诸暨县志》谓："长阜乡地道为陈洪绶先生故里。"② 这里是宋明以来著名的道学之乡，王阳明开创的的蕺山学派、姚江学派就活跃在这里。

明亡那年，陈洪绶48岁。这一年距他54岁卒，仅剩六年时间，由此足见他是一个地道的遗民。明亡后三年，他一度入绍兴云门寺落发为僧，自称老迟，亦称悔迟、老莲。据孟远《陈章侯传》载："大兵渡江东，即披剃为僧，更名悔迟。即悔碌碌尘寰

---

① 钱保塘：《历代名人生卒录》卷八，民国海宁钱氏清风室刊本。
② 谭献：《诸暨县志》

致身之不早，又悔才艺誉名之滋累，即忠孝之思、匡济之怀、交友话言，昔日之皆非也……向之怨尤悲愤、颓唐豪放之气，悉归无有。"① 尽管乱世逃禅是明清之交风行的人生选择，自认"儒门收不了，释氏得安焉"，但陈洪绶出儒入佛的痛苦非但没有削弱，反而日渐增强，"自分为儒者，谁知作罪人。千山投佛国，一画活吾身"的心理矛盾一直折磨着他②。故而嗣后还俗，其后只活了4年。其间，他思考的最多的是国破家亡的悲哀和身为遗民的生不如死，反复思考"儒者不能殉社稷，学禅哪得伏魔军"和"国破家亡身不死，此身不死不胜哀"这一话题。

在毛奇龄所撰的《陈老莲别传》与朱彝尊所撰的《陈洪绶传》两则传记中，甲申变前的陈洪绶被视为迷乱红尘"纵酒狎妓"的浪子，所谓"非妇人在座不饮；夕寝，非妇人不得寐；有携妇人乞画，则应去"③（毛传），所谓"客有求画者，虽罄折至恭，勿与。至酒间招妓，辄自索笔墨，小夫稚子无勿应也"（朱传），并为《清史稿》《诸暨县志》等官方资料反复征引，乃至朱彝尊辑《明诗综》收录唯一一首陈诗，就是题写风尘的《赠妓董飞仙》。这些资料似在说明他的好色。而清温睿临《南疆逸史》亦云："土木形骸，垢面敝衣，不事修饰……取酒放饮，醉辄骂当路诸公……遇田雄于座，使酒大骂，雄错愕不敢犯也。"④ 这些资料似在说明他的好酒。需要注意，《陈洪绶集》里几乎篇篇涉酒，而绝少所谓狎妓使娟，甚至还有劝说儿子远离狭邪的诗作。这样看，毛奇龄与朱彝尊之说的可信度有待商榷。无论其书画才情如何高妙，其贪酒好色的性格，都在说明他放浪形骸的一面。从材料的叙述语气上看，其贪酒好色时在甲申之前。

据孟远《陈章侯传》载："甲申之难作，栖迟吴越，时而吞声哭泣，时而纵酒狂呼，时而与游侠少年椎牛埋狗。见者咸指为狂士，绶亦自以为狂士焉。"⑤ "绶既遭世变，醉后辄恸哭不已，已而纵酒自放，头面或经月不沐。"⑥ 甲申之后的陈洪绶，已不再是玩世不恭的末世浪子，而成为地道的前朝遗民，论者不应忽略他这一身份的变化，因为，这一身份不只关系到他自己，还关系到他所置身的社会环境，它所赖以存身的空间。所以，资料显示，这一时段的陈洪绶最多的表现是吞声哭泣、纵酒狂呼或混迹游侠，绝无携妓放荡之行。徐世昌《晚晴簃诗汇》所载全谢山《题老莲画》云："谁言此老空清狂，个中心事良勃窣。故都已哭钟山陵，故乡重吊青藤碣

---

① 陈洪绶：《陈洪绶集》，杭州：浙江古籍出版社，2012年版，第660页。
② 陈洪绶：《陈洪绶集》，杭州：浙江古籍出版社，2012年版，第118页。
③ 陈洪绶：《陈洪绶集》，杭州：浙江古籍出版社，2012年版，第663页。
④ 温睿临：《南疆逸史（卷四十四列传第四十）》，清传氏长恩阁钞本。
⑤ 陈洪绶：《陈洪绶集》，杭州：浙江古籍出版社，2012年版，第660页。
⑥ 陈洪绶：《陈洪绶集》，杭州：浙江古籍出版社，2012年版，第663页。

……萧疏为写岁寒姿,春花傍得冬株苫。招魂一曲万古愁,中有畸人不朽骨。"① 应是看透了陈氏此期内的心事。他为大明招魂,为消解内心的痛苦纵酒,为遗民的无聊而混迹游侠。因而,陈氏此期内的诗画创作也自然表露出图写不屈人格、为前朝招魂的遗民情怀。

然而,要全面地了解他,最为可信的文献就是他的诗画创作。但历史上的陈洪绶给人们留下的印象,似乎只是一个有个性、成就卓著的画家,至于他的诗文人们却相知甚少。其实,正如阮元《两浙轩录》所引述《凫亭诗话》的描述那样,"诸暨陈章侯洪绶能诗而名勿著,为画所掩"②,其诗文有足可称道处。吟诵陈氏的诗文创作,其性情之率真,手法之老辣,有足多者。尤其是其甲申之后的作品,颇具金刚怒目、按剑谁何的风神,较全面而生动地体现了他深重的遗民情结,淋漓尽致地表现出其根深蒂固的屈骚情怀。

二、老而弥坚的遗民情结

(一)陈洪绶的遗民情结,首先体现为对故国、亡君的追恋

陈洪绶与大明君国的情缘,可以追溯到明亡以前。陈氏尝于崇祯壬午入资为国子监生,以画技备受崇祯宠渥,授舍人,召为内廷供奉,不拜。南明时,鲁王监国,授翰林院待诏,隆武帝又召为监察御史,皆不赴。由于他不羁的个性,虽然他没有出任大明官吏,但这些经历给他留下了深刻的印象。

在他的心目中,大明君国就是中华的正统,皇上就是君父。在为族人陈庚卿送行的序文中,他就提出了"事君如事亲"的忠君思想,并再三申述"庚卿勉之"③。他还时刻关注着大明王朝的命运,在李自成进京、清兵入关以后,有感于大明江山不保的现实,他曾经渴望恢复,其《东事》诗反映的就是这一特定时期的真实想法:"文皇血战地,瞬息灭黄天。举国叫百舌,龙庭栖杜鹃。黑云从北起,翠辇欲南迁。安得扬神武,口口衣锦还。"④ 他以中华正统的心态,视清人为夷狄,将其入主中原之举斥为"四夷乱德"⑤。他感叹大明王朝的瞬间覆灭,把义军进京称为鸠占鹊巢,将满清入关称作黑云北起,把扬神武而衣锦还的希望寄托于南明小朝廷身上。而《感事》诗"鬼雄成北陇,嫠妇化南云"更将清兵压境、北民南逃的境况与上诗相互表里,抒发了"扼

---

① 徐世昌:《晚晴簃诗汇(卷十七)》,民国退耕堂刻本。
② 阮元:《两浙轩录(卷二)》,清嘉庆刻本。
③ 陈洪绶:《陈洪绶集》,杭州:浙江古籍出版社,2012年版,第10页。
④ 陈洪绶:《陈洪绶集》,杭州:浙江古籍出版社,2012年版,第174页。
⑤ 陈洪绶:《陈洪绶集》,杭州:浙江古籍出版社,2012年版,第43页。

腕登楼啸"的悲壮情怀①。他也曾戎装登台,立马吴山,探问恢复消息,而等来的却是"南内飞龙随弟子,三年已不见归来"和"朱氏无君雁不来"的幻灭。而当此现实摆在眼前的时候,作为遗老的他惧怕的是"佳节至""菊花又傍战场开"②。这一微妙的心理活动,将佳节思亲思友思君思国的情绪,与昔日战场的悲凉肃杀、朱明王朝的灭亡和朱氏复国理想的破灭巧妙地结合起来,生动地凸显了他拳拳的忠君爱国之情,这一情绪与陆游"南望王师又一年"的心理近似。由此不难看出他根深蒂固的正统思想和强烈的遗民意识。

陈洪绶的遗民情结还体现为对崇祯皇帝的怀念。在《日课自序》中称:"古人不德厚爵而死知己","余平生于交游,每以古人期之。"③这一价值取向,较为集中地体现在他对有知遇之恩的崇祯皇帝的怀念上。他曾经以画师供奉的身份面见过崇祯皇帝,"贱士无名梦侍班,入京幸喜见天颜",这给他留下了非常难忘的印象。而今先帝已吊死煤山,大明王朝不在,如今"要识天颜面",即使在梦境里也难找到天寿山了④。就在崇祯吊死煤山的那年九月,友人劝他到南京应举,他明确表示:"腐儒无可报君仇,药草簪巾醉暮秋。此已生而不若死,尚思帝里看花游。"⑤他除了以不能为君报仇、自愧生不如死外,已不再留恋富贵荣华,发誓"二王若说为官事,捉鼻休辞老瓦盆",因为占据他心灵世界的是"尚思帝里看花游"的崇祯时代。陈氏曾打算为其画像:"曾睹先帝容,无术图其像。丹山碧水中,画工一凄凉。"⑥但残酷的现实已不容他实现夙愿了。他出家为僧后,还曾梦到过先帝崇祯,醒来后泣赋三首小诗记述此事:"衣钵多时寄病身,也宜忘却是孤臣。禅心梦里身难管,白玉墀头拜圣人。"皈依佛门应忘却自己的孤臣身份,但禅心管不住梦里的身心,梦是他忠君愿望的达成。"老僧幸得觐先皇,八彩重瞳永不忘。梦里天颜犹咫尺,余年犹敢离禅床。"八彩重瞳的圣明天子形象出现在他的梦境,如果真的还在,他还敢于叛教,重为大明子民。"半夜钟声觉草堂,老僧正梦见前皇。嵩呼顿唤弥陀号,泪滴袈裟荷叶裳。"⑦梦中见到先帝,不觉热血沸腾,山呼万岁,高声念佛。而夜半钟声打碎了美梦,不由得涕泗横流沾湿了袈裟。对前朝先帝的怀念,体现了陈洪绶对大明王朝的忠诚,显示了他深重的遗民气节。这一气节,即使与那些曾经在朝为官者相比,也是毫无逊色的。明亡以后,陈洪绶并没有像他的

---

① 陈洪绶:《陈洪绶集》,杭州:浙江古籍出版社,2012年版,第174页。
② 陈洪绶:《陈洪绶集》,杭州:浙江古籍出版社,2012年版,第262页。
③ 陈洪绶:《陈洪绶集》,杭州:浙江古籍出版社,2012年版,第15页。
④ 陈洪绶:《陈洪绶集》,杭州:浙江古籍出版社,2012年版,第301页。
⑤ 陈洪绶:《陈洪绶集》,杭州:浙江古籍出版社,2012年版,第334页。
⑥ 陈洪绶:《陈洪绶集》,杭州:浙江古籍出版社,2012年版,第196页。
⑦ 陈洪绶:《陈洪绶集》,杭州:浙江古籍出版社,2012年版,第296页。

朋友周亮工那样依附新朝，他仍然眷恋着大明王朝和崇祯皇帝，他称崇祯帝为"烈皇先帝""先帝"，从不在乎要避清朝的讳。在《好义人传》中，他深有感慨地说："烈皇先帝宠眷群臣，或官爵崇显，心腹未孚。然其名义所属，如子之事父，岂从慈爱有差等而子职亦有差等乎？甲申至己丑几六年，所不闻有以草莽孤臣于清明寒食，以一盂麦饭望北风而浇之者。"① 将臣事君与子事亲等同起来，并以子事父不计爱有等差而侍奉无别的道理，指斥了那些曾备受恩宠而忘记先帝的明朝臣子们，讥讽他们不惟不思复仇甚或殉节，甚至连在清明寒食望北祭祀的人都没有，流露出留恋故国、思念先君、不齿二臣的复杂情绪。当然，我们不能站在今人的立场上去苛责我们的古人，讥评他的愚忠愚孝。

在陈洪绶看来，明王朝就是他的身家性命，而大明王朝的覆亡带给他的是无限的惋叹。《斋中》一诗，生动地描述了当他闻知亡国消息时那种难以置信又惊惧不已、手足无措的惶恐情状："惕以大命倾，大业从此皆。幡然入我斋，瞿然叹不已。"② 而《春雪》一诗则借咏史抒豪情，自比为项王守节的鲁城儒生，表现了遗民文人的铮铮骨气："汉王灭项羽，持头降鲁城。刀戟且加颈，犹闻弦歌声。我国既云破，我曾为儒生。"③ 刀戟加颈而弦歌依然，大义凛然而泰然自若，这也是陈氏的自我期许。他甚至还曾有过为报君国之仇而投笔从戎、一试身手的想法："南市买弓箭，秀才学健儿。安危资论说，狸首尽歌诗。大帅关弓羽，儒生穿札迟。轻裘缓带处，宁有几人知！"④ 这种豪情与左思"铅刀贵一割"的用意近似。虽然这种想法看上去有些幼稚，但其中奔涌着的拳拳爱国激情却是真挚的。即使在明亡将近六年时，他还期待着明室后裔朱常青能够东山再起，自己还会有为国效力的机会："东顾堪飞泪，西瞻欲断肠。感时将六载，莫自老冯唐。"⑤ 他甚至慨叹当时"忠义军难起，痴顽老子多"，致使权归竖儒而难报先帝之仇，而自己也只能做一个痛苦呼号的遗民而已。甲申之变后，陈洪绶似乎一刻也没有放弃过对忠义的追求，即使在遁迹空门后，他还不忘"松月谈忠义"⑥，甚至在浇愁的醉梦里还做着"戒刀梦斩左贤王"的英雄复仇之梦⑦，还在申说"眼底故山新主地，箧中新哭故君诗。报仇若与收京邑，子必先知令我知"这样满怀亡国之恨、期望恢复的话⑧，其情感与陆游《示儿》诗近似，于此足见其爱国忠君的正统情怀，而

---

① 陈洪绶：《陈洪绶集》，杭州：浙江古籍出版社，2012年版，第20页。
② 陈洪绶：《陈洪绶集》，杭州：浙江古籍出版社，2012年版，第44页。
③ 陈洪绶：《陈洪绶集》，杭州：浙江古籍出版社，2012年版，第85页。
④ 陈洪绶：《陈洪绶集》，杭州：浙江古籍出版社，2012年版，第144页。
⑤ 陈洪绶：《陈洪绶集》，杭州：浙江古籍出版社，2012年版，第89页。
⑥ 陈洪绶：《陈洪绶集》，杭州：浙江古籍出版社，2012年版，第137页。
⑦ 陈洪绶：《陈洪绶集》，杭州：浙江古籍出版社，2012年版，第344页。
⑧ 陈洪绶：《陈洪绶集》，杭州：浙江古籍出版社，2012年版，第241页。

这正是他终身持之的遗民精神支柱。

作为大明遗民，亡国之恨、遗民之悲常常使他睹物伤怀，那种挥之不去对前朝的思念，时时撩拨着他痛苦的心灵。甚至出家以后，他还自称为"万历年间老楚囚"①，恋恋于曾经经历过的大明盛世："枫溪梅雨小楼醉，竹屋茶香佛屋眠。得福不知今日想，神宗皇帝太平年。"②《太子湾识》谓："自丙戌五月晦始，每经前朝读书处，则不忠不孝之心发而面赤耳热，视其身至舞象孙供奉之不若也。吾得为人，曾横生之不若，犹未可伤怜者乎？"③ 其身为大明子民而不能以身殉节的羞愧感和隐忍苟活的羞耻感，正是遗民心理的典型写照。"世乱春风来，人生亦不乐。国亡春风来，心肠宜作恶。……难以解孤臣，春风吹泪落"④，身处社会动乱之季、亡国破家之秋，即使是怡人的春风桃李，也难以抚慰他大明孤臣的愁怀，残酷的现实使他面对美景潸然泪落。而作于50岁时的《中秋》一诗，则又生动刻画了怕见中秋明月的复杂心理："半世湖山月里生，中秋一夜倍伤情。可怜五载于兹矣，怕见中秋分外明。"⑤ 以悖理达情的手法，委婉地描述了半生流连湖山，而鼎革五载以来却伤情于兹，故而怕见中秋明月的心理变化。这种情绪，与李后主"春花秋月何时了"的反常情绪如出一辙。因为他"胸涵千古恨"，他的愁情就像天上的一丸明月那样无休止地消长。他长夜难眠，常常披衣拭泪⑥。虽然他性情耽酒，却劝家人不要酿制新酒，怕的是新年日月照临故国山川⑦，使其徒增物是人非之感。

而对故国亡君的追念，较为集中而全面地体现于《失道》组诗中：

> 惭负君亲老博士，且逃山麓课诸儿。教其忠孝而可矣，念及功名则已之。
> 梦里难忘三世禄，忧深哪禁一篇诗。余生日是偷生日，唱叹时交感叹时。

自称以辜负君恩、不能死君为惭，唯有避逃深山教儿忠孝而远离功名，表现了不与新朝合作的孤高态度，其所深忧也只能托之于诗了。深感自己活着就是偷生，而吟诗唱叹也就是无奈的感叹了。其不忘故国而无可如何的遗民悲情，如万斛血泪，喷薄欲出。

---

① 陈洪绶：《陈洪绶集》，杭州：浙江古籍出版社，2012年版，第234页。
② 陈洪绶：《陈洪绶集》，杭州：浙江古籍出版社，2012年版，第275页。
③ 陈洪绶：《陈洪绶集》，杭州：浙江古籍出版社，2012年版，第23页。
④ 陈洪绶：《陈洪绶集》，杭州：浙江古籍出版社，2012年版，第67页。
⑤ 陈洪绶：《陈洪绶集》，杭州：浙江古籍出版社，2012年版，第328页。
⑥ 陈洪绶：《陈洪绶集》，杭州：浙江古籍出版社，2012年版，第216页。
⑦ 陈洪绶：《陈洪绶集》，杭州：浙江古籍出版社，2012年版，第196页。

　　　　心肝呕血作诗文，半百雕虫道莫闻。儒者不能殉社稷，学禅哪得伏魔军。
　　　　无过宿世为辞客，敢望空山礼白云。品行如斯言岂重，又何超出死生云。

自责品行不济、人微言轻，呕心沥血所为之忠君爱国之诗文，惜无知音能赏。究其所以，归咎于作为儒生不能为国殉节，出家为僧不能降魔灭清，为诗为文隐居空山于事无补。字里行间充满了羞愧与自责。

　　　　白头难得比于人，奚取功名置病身？不死如何销岁月，聊生况复减青春。
　　　　先朝养士斯为报，孝子忘君敢自陈。持此无欺求恕我，锦囊驴背了孤臣。

生活于为士不能报君恩、为孝子忘记君父的矛盾与痛苦中的陈洪绶，产生了岁华不再、不死如何的可怕想法。而作为遗民的他，眼下所能做的，似乎只有自欺求恕，以作诗了此一生。全诗流露出无可奈何、愧怍难当之感。

　　　　廿载青春抛马足，五湖风浪转船头。异乡虽不成安土，故国如何作客游。
　　　　臣子一伦今世绝，首丘片念几时休。吾愁与命相终始，芳草空劳日唤愁。①

五湖风浪转船头暗指清人入主中华，故国作客明说不服新朝，而今世绝臣子一伦则宣言永为大明之臣而不作二臣，心向故国、狐死首丘成为一生信念。并断言自己此愁将于生命相终始，与呼唤王子归来的骚人故国之愁相表里。

　　由以上四诗可以看出，作为遗民的陈洪绶，在甲申之变以后的心理是极为矛盾和痛苦的：一方面是山河易主的悲哀，另一方面又是未能效忠大明君国的遗恨；一方面是苟且偷生的煎熬，另一方面又是无可奈何的慨叹。其"【诉衷情】东阪步还"一词与此可互为表里："春光半落甲兵中，天子太匆匆。愧不书生戎马，一剑倚崆峒。长中酒，卧溪风，海棠红。父书未读，事君无路，转眼成翁。"②然而，从这种种的矛盾与痛苦里，我们都能感受到他那愈老弥坚的遗民情结，触摸到那颗时刻跃动的忠君爱国之心。即使在出家以后，他的亡国之念也不曾断绝过。做和尚要四大皆空，而陈洪绶虽断了丧家之心，却难忘亡国之念③。而将家国对举，足见其忠君爱国的遗民之心是何其执着。其《游奉圣寺》云："国破忘情罢，孤忠付后尘。髡钳难自恕，酗酒愈伤神。

---

① 陈洪绶：《陈洪绶集》，杭州：浙江古籍出版社，2012年版，第251页。
② 陈洪绶：《陈洪绶集》，杭州：浙江古籍出版社，2012年版，第370页。
③ 陈洪绶：《陈洪绶集》，杭州：浙江古籍出版社，2012年版，第112页。

攘攘寻山馆，依依亲野人。万松古刹里，倍痛及君臣。"① 他宣称，国破之后他已经忘情，甘将一片孤忠付与后人。而出家为僧又难以自恕，饮酒浇愁又不免伤神，只得在众情扰攘的世界里寻找一个寄身之所，与村野樵夫相过从。但躲在古松环绕的寺庙里，亡国之悲似乎比任何时候都更加深沉。这里所描述的内容，是陈洪绶在甲申之后精神苦闷的真实写照。

(二) 陈洪绶的遗民情结，还表现为对忠义之士的颂美

一个人少年时期的精神追求，往往决定了他一生的命运。少好清廉，长为廉吏；少好雄豪，长为英杰；少好忠义，长为忠臣。据朱彝尊《陈洪绶传》载："（洪绶）年四岁就塾妇翁家……画汉前将军关侯像，长十尺余，拱而立。"② 显示出其崇尚英雄豪杰、景仰忠义之士的奇特志趣。而这一志趣，正是他终身奉之的精神鹄的。

陈氏早年师事浙东大儒刘宗周，并奉之为忠臣孝子的楷模。陈氏放浪形骸，往往使酒骂座，"顾独敬畏刘蕺山，闻其语音，即却步自敛。蕺山亦喜与之语"。还在明王朝未覆亡时，作为弟子的陈洪绶曾给落难的刘宗周写过一封声援信，信中称刘宗周、黄道周、涂从吉等人均为"真责难于君之纯臣也"③，而那些蝇营狗苟的小人当杀。于此足见他对刘氏的追崇。刘宗周下野后，陈氏牵念国事，慕师孤忠高节，写了《夫子受谴去国小诗赋别》相送："圣君不治思朝夕，夫子孤忠在责难……诵道稷山瞻北阙，浮云不许老臣观。"④ 又据《明儒学案》载，刘宗周推崇忠义，尝云："古人恐惧二字，尝用在平康无事时，及至利害当前，无可回避，只得赤体承当。"⑤ 浙江降清之日，先生恸哭曰："此余正命之时也。"门人以文天祥、谢翱、袁闳故事相劝，先生曰："今吾越又降，区区老臣，尚何之乎？若曰身不在位，不当与城为存亡，独不当与土为存亡乎？……君臣之义，本以情决，舍情而言义，非义也。父子之亲，固不可解于心，君臣之义，亦不可解于心。今谓可以不死而死可以有待而死，死为近名，则随地出脱，终成一贪生畏死之徒而已矣。"⑥ 绝食二十日而卒。"及蕺山没，悬其遗像，朝夕礼焉。自题其像曰：'浪得虚名，山鬼窃笑。国亡不死，不忠不孝。'"⑦ 陈洪绶还为诗追怀，表达了对先师的尊崇与怀念。而每当他典衣买酒之时，亡国破家的遗民辛酸与怀念先师之情则随之流露，表示"愿煮一杯茗，浇师坟上土。已约桂花时，断不避风

---

① 陈洪绶：《陈洪绶集》，杭州：浙江古籍出版社，2012年版，第127页。
② 陈洪绶：《陈洪绶集》，杭州：浙江古籍出版社，2012年版。
③ 陈洪绶：《陈洪绶集》，杭州：浙江古籍出版社，2012年版，第25页。
④ 陈洪绶：《陈洪绶集》，杭州：浙江古籍出版社，2012年版，第246页。
⑤ 黄宗羲：《明儒学案》，北京：中华书局，2008年版，第1521页。
⑥ 黄宗羲：《明儒学案》，北京：中华书局，2008年版，第1514页。
⑦ 陈洪绶：《陈洪绶集·陈章侯传》，杭州：浙江古籍出版社，2012年版。

雨"①。

　　陈氏也曾师事闽南义士黄道周。崇祯三年，黄道周"至浙江，学者闻道周至，为筑大涤书院而秉学焉"②。陈洪绶就是在此期间列为黄道周门墙的。黄道周刚直不阿，敢言直谏，被革除官职，甚至治罪入狱，表现了为国为民、光明磊落的情怀。晚年，他受命于危难，自请募兵北上抗清。被俘不屈，顺治三年三月被杀于南京，临刑前，血书"纲常万古，节义千秋，天地知我，家人无忧"，表现了舍生取义、宁死不屈的民族气节。乾隆许之"立朝守正，风节凛然，其奏议慷慨极言，忠议溢于简牍；卒之以身殉国，不愧一代完人"③，徐霞客谓之"字画为馆阁第一，文章为国朝第一，人品为海内第一，其学问直接周孔，为古今第一"，《东林书院志》谓曰"文章风节高天下"④。黄道周的凛然正气深深地影响了陈洪绶，使之也成为一名有气节的大明遗民。对这样一位人品学问古今第一的完人，陈氏寄予了无限深情。先生生前，他曾向先生请益学问，为报答师恩而赠予一幅书画，自谓这种情感就如同将昙花供奉佛祖之前一样："问道提心性地昏，悔将笔墨叩师门。譬如野象闻弹指，牙拗昙花供世尊。"⑤ 先师就义后，他还念念不忘恩师所赐字迹，其《祁奕远馆予竹雨斋问余行藏即出黄石斋先生所书》其二云："献策空爱国，著书徒备边。明时耗精血，乱世空衰年。"⑥ 连续用两个"空"字、一个"徒"字和一个"耗"字，对黄道周的一生功业予以了否定，以发牢骚的方式为先生打抱不平，肯定了先生忠心赤胆、忠君爱国的精神品格。这一手法，与《赚蒯通》中蒯通历数韩信的十大罪状的用意近似。而在《祁奕远以忠烈公所遗端石赠陶去病去病索题》一诗中，陈氏又对石斋先生的忠义高节予以了深情赞美："歌咏忠魂霜满林，郎君遗赠爱人深。陶君解此深情否，敬赠先人一片心。"⑦ 可以说，对刘黄二位大儒的景慕与赞颂，是构成陈氏遗民情结的一个重要链条，不容忽视。

　　国难当头之际，陈洪绶痛感忠义的沦丧和栋梁的缺失，不惜呼唤像曹操那样的乱世奸雄，力主恢复，反对和议。而面对军败涂地、将帅踟蹰的现实，他也只能徒唤奈何。《春雪》其二反映的就是乙酉年春的现实："忠义乾坤绝，奸雄良不多。复仇谁与计，和议奈他何。半壁窥游骑，三军畏渡河。酒徒忧社稷，宁去听儿歌。"⑧ 其三则揭

---

① 陈洪绶：《陈洪绶集》，杭州：浙江古籍出版社，2012年版，第65页。
② 黄宗羲：《明儒学案》，北京：中华书局，2008年版，第1332页。
③ 张书才：《纂修四库全书档案》，上海：上海古籍出版社，1997年版，第552页。
④ 高廷珍：《东林书院志》卷十，清雍正刻本。
⑤ 陈洪绶：《陈洪绶集》，杭州：浙江古籍出版社，2012年版，第278页。
⑥ 陈洪绶：《陈洪绶集》，杭州：浙江古籍出版社，2012年版，第127页。
⑦ 陈洪绶：《陈洪绶集》，杭州：浙江古籍出版社，2012年版，第382页。
⑧ 陈洪绶：《陈洪绶集》，杭州：浙江古籍出版社，2012年版，第109页。

露了亡国之时大明衣冠多成贼盗、将帅无能不能拒敌、奸臣投敌卖国充当奸细、须眉男儿作妇人模样及文人误国的社会乱象。陈氏对那些卖国求荣的汉奸和败军嗤之以鼻，斥其为"负国贼"，称那些不抵抗的军队为"逃军"，同时也流露出对时事的无奈："负国贼闻投闽境，逃军旗说返幽州。盘餐唯菜逢多雨，避乱还山有小楼。"① 在陈洪绶昔日的朋友当中，唯有周亮工恋位贪权，明亡后出仕为官。对此，陈氏屡次奉劝他脱身官场，与他一同隐居山林："刀剑锋头老友还，商量同入古松园。劝君莫恋卑官好，好恋茶山与竹山。"② "独脱烽烟地，同寻菡萏居。半年两握手，十载几封书。人壮吾新老，兵销会不疏。此来难久住，一笑一欷歔。"（《喜周元亮至湖》）顺治七年六月，陈氏为周亮工作《归去来兮图》十一段，其画作题词大有讽谏之意。《陈章侯传》多处写到陈、周二人的交往，而多以不欢而散收场，由此足见陈氏对投降者的态度。此外，对那些"志在新朝得令名"而麻木不仁、醉心功名、依附新朝的书生，陈氏予以了辛辣的嘲讽。对那些"当年幸落孙山外""盗泉未饮肆讥评"而"无惭听雨"的前朝老成之士，他也予以了委婉的批评③。而对于自己这样一位前朝遗老，他却借赵孟頫赵孟坚二人的归宿，表达了内心情怀："孟坚寂寂掩柴门，孟頫轩轩作状元。国破笔端传恨处，水仙须学赵王孙。"④ 将两位宋代亡国遗民进行了对比。据《宋人轶事汇编》载：赵孟坚入元以后，不乐仕进，隐居湖州广陈，而对那个随顺新朝出仕为官的从弟赵孟頫嗤之以鼻，擅长画象征高洁的水仙，以书画传写亡国之恨。二者相较，陈氏做出了"水仙须学赵王孙"的选择。

陈洪绶主张忠臣烈士当死节殉国，报答君臣的鱼水恩情。其《闻闽中失守君臣入海又闻卫公城守有怀》二首云："素愤偷生与死等，甚明忍死寄生云。定全节义文章节，善报君臣鱼水君。""闽海忽惊图籍纳，金公不惜首身分……得生佳信终难信，传死风闻最喜闻。"⑤ 视偷生如死，视忍死如寄，表达了自己崇尚全节全义、不欲忍死偷生而甘愿报效君恩的夙愿。听说闽地归降则不禁大惊失色，意在不纳不降，誓死效忠明朝；对金堡江城抗战的义举予以了充分肯定，当闻说金公殉节没有如愿时，他宁愿相信这是虚假的消息；而当听到其首身分离的传言时，反而心生欢喜，以为这才是忠臣孝子的举动。照常理看，这一心理明显是违背常情的，但在那个特定的时代，体现于这个特定的人物身上，也就不足为奇了。

由于陈氏恪守着这样的信念，他所交往的亦多为死节之士，像祁彪佳、祁豸佳、

---

① 陈洪绶：《陈洪绶集》，杭州：浙江古籍出版社，2012年版，第264页。
② 陈洪绶：《陈洪绶集》，杭州：浙江古籍出版社，2012年版，第318页。
③ 陈洪绶：《陈洪绶集》，杭州：浙江古籍出版社，2012年版，第295页。
④ 陈洪绶：《陈洪绶集》，杭州：浙江古籍出版社，2012年版，第309页。
⑤ 陈洪绶：《陈洪绶集》，杭州：浙江古籍出版社，2012年版，第263页。

祁季超、祁奕远、祁奕庆、祁止祥、陶去病、毛奇龄等。祁止祥是祁彪佳、祁豸佳的后辈，抗清遗民祁季超的兄弟，与陈氏交往甚笃，唱和很多。《奕远赠予移家之资却赠即书扇上》歌颂祁奕远的慷慨，并愿与之同老林泉："浩唱千峰月，携君老石林。"《祁奕远以杜少陵寄王中允诗韵索赋走笔书扇》"秋山松月下，老友动悲吟。"以祁奕远为同调。在《寄祁止祥》一诗中，他自称与祁止祥"同为沉沦客，游踪不可欺"，推想"君当无慨叹，我亦少伤悲"，而末句则急转直下，指出对方的来信当中"字字有余思"。所谓沉沦客，指的就是亡国遗民；而无慨叹少伤悲则是牢骚之语，说明慨叹悲伤之不可或止；而所谓余思，正是不尽的亡国遗民之悲。又如，好友王毓蓍（元祉）也是这样一位杀身成仁、慷慨赴死的义士。顺治二年六月清兵破杭，当时无赖诸生群议犒师，毓蓍大怒，榜其门曰"不降者，会稽王毓蓍也"。闻刘宗周举义，毓蓍大喜；其事不成，乃为书告刘氏"门生毓蓍已得死所。愿先生早自决，毋为王炎午所吊"！又作《愤时致命》篇交付其子张贴于孔庙。六月二十二日，赴柳桥河死。① 陈洪绶为其作《挽王正义先生》，充分肯定了他"谈笑追前哲，从容岂宿因。全躯于没命，陨首是生身"视死如归、舍命全节的壮举，热情歌颂了他"溪边留节义，睫下忽君臣……僭为死社稷，讵止愧通津"慷慨赴义的忠君情怀，并决心向王氏学习，以实际行动"躬将明大伦"②。同时，对那些慷慨好义的大明遗民也予以热情的歌颂，并为之立传，用意良苦。《好义人传》就记载了王毓蓍慷慨赴死后，一个叫小碧的遗民在家里设了王氏灵位，每到初一十五与忌辰，都要邀请王氏遗孤及与其性命相交的朋友，在王氏读书处杀鸡为酒予以祭奠，并时常周济烈士遗孤。

然而，遗民队伍中值得歌颂的忠义之士，其具体的全节方式千差万别。在《哭朱讱庵》一诗中，陈洪绶一气列举了"严子死愤懑，马子死海滨。沈子死奔命，萧子死战尘。朱五死于酒，朱四死于津"③，这些人的死法虽各不相同，但其死因却是一致的，那就是为了效忠大明王朝而慷慨赴死。这也体现了陈氏坚定的遗民情结。

尤为值得玩味的是，顺治八年，陈洪绶还通过画《水浒叶子》向世俗社会宣传了他的忠义思想。虽《兰阁主人王罋漫题》称："《水浒》者，忠义之别名也。文士笔端造化，偶尔幻出，虽然，非幻也。呼保义、黑旋风、浪子青诸名相幻，而忠义二字，入火烧乎？入水泖乎？陈子从幻中点此一段不幻光明，毫端生气，以此四十人，不烧不泖者正告天下。嗟乎！陈子而为此也？口使陈子而为此也？颂曰：《水浒》非假，世界空立。政如笔端，忠义欲泣。惟百八人，口此四十。进退予夺，厥

---

① 计六奇：《明季南略》卷十，浙纪清钞本。
② 陈洪绶：《陈洪绶集》，杭州：浙江古籍出版社，2012年版，第86页。
③ 陈洪绶：《陈洪绶集》，杭州：浙江古籍出版社，2012年版，第73页。

义不袭。作叶子观,其眼如粒。"① 从《水浒》的创作宗旨到人物的性格,肯定了《水浒》一书的忠义性质,进而高度评价了陈洪绶《水浒叶子》的内在意蕴。难怪彭孙贻《茗斋集》卷二十一《朱萱画云台功臣及三逸民图赞有序》竭力诋毁画作内容:"会稽陈洪绶贯中水浒人物,惜以虎头之笔写狗盗之雄,虽工不可训。"② 其所谓不可训者,指的正是画作中蕴藏的水浒英雄的忠义思想,在统治者看来,这是很危险的遗民情绪。

(三) 陈洪绶的遗民情怀,还表现为以废人自命的酒色佯狂归隐生活

朝代鼎革之后,陈洪绶自命废人,所存者唯有愁情,而所作诗唯以杀戮、忧愁、哭泣为内容了。而其所谓废人,其意盖有多端。其《姜绮季赴天章子山二陶子废诗社寄陶水师去病》列举了自己的十大废处:"不为君父死,一敢废伦常。乱后未扫墓,二敢废爹娘。薙发披袈裟,三则废冠裳。……钳口谈治乱,九则废疏狂。毋与人间事,十则废行藏。"不能为君父殉节而死,属于废了纲常伦理之人;因动乱不能扫祖墓,是废了孝道之人;国亡而剃发为僧,是个废了士子气节的人;闭口不谈治乱,是个疏狂无用之人;不关心人间之事,是个舍弃了做人根本的人。舍此而外,他所能做的只是"杀戮作诗料,忧愁为诗肠。哭泣当诗韵,和墨写诗章"③。在他看来,把诗歌作为精神寄托,反映杀戮、抒写忧愁、任情歌哭,是个十足的苟活偷生的"废人"。与此相似,《偶题》其二联想到少年时代读史的悲壮,其情景不意竟落到自己头上,而自己作为遗民却蒙羞忍死,生发出品德不及前人的感慨,其悲愤痛悼、哀伤自责之情难以自已。而"始觉人无忠义志,不须去读古人书。山河举目非无感,诗酒当前又自如"一诗④,亦自愧身为士人,本应效法古人忠义当先、为国尽忠,不意竟沦落到面对故国山河以诗酒自娱的颓废境地。但面对既成的"国破家碎"的事实,他已经泯灭了安乐之思,甚至以家贫不能输税为安慰,在狭窄的生活圈子里看藤花、听黄雀、坐石桥、且养生⑤,过上了苟且偷生的生活。在《青藤书屋示诸子》一诗中,他自称为"乱世无德人",希望"大灾从而速"⑥,借此断绝内心的忧煎之苦。其所谓"无德",即上言所谓废伦常、废爹娘、废冠裳的"废人"之举,尤其是指不能为君父死节而苟活。而其"生死事不究,何必住于世……我闻一古德,至晓必垂涕"之所谓"古德"⑦,正是忠

---

① 陈洪绶:《陈洪绶集》,杭州:浙江古籍出版社,2012年版,第445页。
② 彭孙贻:《茗斋集》卷十三,《四部丛刊续编景写本》。
③ 陈洪绶:《陈洪绶集》,杭州:浙江古籍出版社,2012年版,第66页。
④ 陈洪绶:《陈洪绶集》,杭州:浙江古籍出版社,2012年版,第324页。
⑤ 陈洪绶:《陈洪绶集》,杭州:浙江古籍出版社,2012年版,第71页。
⑥ 陈洪绶:《陈洪绶集》,杭州:浙江古籍出版社,2012年版,第75页。
⑦ 陈洪绶:《陈洪绶集》,杭州:浙江古籍出版社,2012年版,第76页。

臣不事二主的为臣之德。由此可见，垂暮之年的陈洪绶内心是如何的矛盾与痛苦！《绝句》其三则将这种莫可名状的痛苦之情抒发到了极致："半记难明指月，满床也撒雪珠。不死不忠不孝，非仙非佛非儒。"① 可谓句句沉痛，字字血泪。

这种以废人自命的生活，却表明了他不与新朝统治者合作的决绝态度。孟远《陈章侯传》曰："甲申之后，情有三变，一曰狂，二曰悔，三曰隐。"② 准确地把握了他情感变化的轨迹。这三种变化具体表现为饮酒远世、出家遁世和隐逸避世。

1. 先看饮酒远世

《世说新语·任诞》有一段王恭对名士风度的诠释："名士不必须奇才，但使常得无事，痛饮酒，熟读《离骚》，便可称名士。"③ 那些名士饮酒的目的，或自命孤高，或借以自远。而老莲一生以酒色自晦，绝非为了追求名士风度。其一生创作凡1300余首篇，涉及饮酒的篇什随处可见，尤其是甲申之变后的创作，几乎篇篇带酒、处处沉醉。《读画录》谓："章侯性诞僻，好游于酒，人所致金钱，随手尽。"④ 他曾为酒所困，但宣言："不图君国不为人，安用生为惜此身。不若醉埋苏小墓，墓碑题曰酒徒陈。"⑤ 声言自己既不为君国谋划，也不为他人谋划，用不着珍爱生命，醉死后埋尸于苏小小墓侧，做一个风流快活的酒徒而已。反复吟咏，不难体味其中故作潦倒、故作达观的牢骚况味。需要注意，陈氏饮酒并非剿袭魏晋人一意要做名士，其唯一目的就是借酒浇愁，借酒醉消解内心的亡国之痛、遗民之愁。在他看来，饮酒沉醉可以忘却当朝的存在，而这个当朝就是使他成为亡国遗民的罪魁："万蹄铁骑动黄尘，随地烟霞老比邻。但得鹅儿新熟酒，不知斯世有强秦。"⑥ 他声称，面对难以改变的事实，情愿避地烟霞，只要能有酒喝，就能忘却残暴强秦的存在。其中"不知斯世有强秦"的话，既有对清兵暴行的控诉，又有对满清政府的蔑视，也有借酒浇愁的牢骚。作为遗老，他对秋天的萧瑟况味异乎寻常地敏感，为了消解亡国之愁，他"只凭邻舍三家酒，梦上南湖百尺楼"，但亡国之悲即使在醉梦中也难消除。他志大无偶，壮志难酬，面对国事日非的现状，内心充满了悲伤，"羞比豪家儿，我思遗不得。鲜衣而怒马，国是罔闻知……今虽乐志死，我实为世悲"，自己只得"含泪勉进酒，仰看花落墀"了。陈氏自称，饮酒是他浇愁的手段，而一旦无酒，画竹、画梅也聊可自慰："我庸常人与，一叹

---

① 陈洪绶：《陈洪绶集》，杭州：浙江古籍出版社，2012年版，第179页。
② 陈洪绶：《陈洪绶集》，杭州：浙江古籍出版社，2012年版，第660页。
③ 刘义庆：《世说新语》（诸子集成本第八册），上海：上海书店，1986年版，第198页。
④ 周亮工：《读画录》卷一，清康熙烟云过眼堂刻本。
⑤ 陈洪绶：《陈洪绶集》，杭州：浙江古籍出版社，2012年版，第304页。
⑥ 陈洪绶：《陈洪绶集》，杭州：浙江古籍出版社，2012年版，第326页。

三对镜。呼儿速取酒,我将愁至病。无酒速取绢,写竹言孤性。"① 饮酒浇的是愁,画竹代的是酒,而画竹自然可以当酒,也就是说,画竹也是他抒愁的手段,这种要抒发的愁情就是他的所谓"孤性"。在陈氏的诗文创作中,他动辄自谓孤忠、孤臣、孤性,联系起来看,不难推知这种"孤性"就是他的遗民之思。"年将知命"而劫后余生的陈洪绶,有感于"彼时自分膏刀斧"的惨痛经历,沉痛地抒发了"艰难此会宜沉醉,醉后休提亡国情"的悲慨②,表面看来他立志要借沉醉来忘怀国事,实则是他更难忘怀的一种表达方式,而"醉后休提亡国情"正说明醉后提及亡国已经习以为常。为了浇愁,作为酒徒的他甚至到了"强饮故人桑落酒"的田地。而每当饮酒,也总难忘自己前朝遗民的身份,"集我酒徒,各付康爵。嗟嗟遗民,不知愧怍"③,虽自嘲作为遗民不知愧怍,而其羞愧愤郁之情却淋漓满纸,其哀毁自伤之情,正是老去的陈洪绶流露出的无奈之感。为消除忧愁,他常常用酒来麻醉自己,而每当酒醒又不免愁情更深,发出生不如死的感慨:"一日几回醉,如同无事人。醒来常一叹,曲指计残春。"酒成了他消磨残年的寄托。即使在他隐居之后,他也一如既往地靠饮酒来浇愁:"长夜饮愁不得足,送春诗出和皆忙。尸横宗庙生非分,骨醉陶家埋不香。昨日儒冠今日箨,有时心热或时凉。"他所愁的是崇祯皇帝尸横宗庙的亡国之愁,"有时心热或时凉"的心结需要靠酒来麻醉。他也曾因病酒而禁酒,但禁酒之后病情益发繁剧,原因是"最是亡国破家恨,青天白日上心窝"④;他也曾因出家皈依佛门而试图戒酒,但最后还是没能如愿,其情境与刘伶戒酒的故事极为相似:"誓于六月朔,止酒多读书。尚有六七日,饮兴不使余。非吾竭精力,痼疾不自如。……但恐除酒后,复为名利驱。以此做佛事,庶几还最初。"⑤ 所以戒酒,其目的还是借此淡泊世事,借酒自远于世俗。由此可见,他的出家遁世不过是与饮酒远世相互表里的一种手段而已。

2. 再看出家遁世

陈洪绶于朝代更替之后,有感于自己亡国遗民的身份,本想为君殉节一死了之,但念在山水,隐逸也不违背君子之道。他有感于明朝君臣无视社稷和清人的屠戮,亡国之初就有了皈依佛门的想法:"须留原觉惊人眼,刀冷迟于夏剃头。运由君臣轻社稷,画中甲子自春秋。遗黎已有莲宗愿,壮不如人老合休。"⑥ 抒发了事不关己、高高挂起的牢骚之情。"偷生始学无生法,叛教终非传教材。柴屋大都随分去,莲宗小乘种

---

① 陈洪绶:《陈洪绶集》,杭州:浙江古籍出版社,2012年版,第46页。
② 陈洪绶:《陈洪绶集》,杭州:浙江古籍出版社,2012年版,第25页。
③ 陈洪绶:《陈洪绶集》,杭州:浙江古籍出版社,2012年版,第37页。
④ 陈洪绶:《陈洪绶集》,杭州:浙江古籍出版社,2012年版,第324页。
⑤ 陈洪绶:《陈洪绶集》,杭州:浙江古籍出版社,2012年版,第49页。
⑥ 陈洪绶:《陈洪绶集》,杭州:浙江古籍出版社,2012年版,第250页。

因果。未来金界与银界，永去歌台与舞台。"① 则把学佛视作偷生之法和远离歌舞繁华的手段，自言剃发为僧虽无颜面可言，然所幸已经年届五十，出家也不失为送老一途，遂愤然薙发为僧，企图以此麻醉内心的悲哀与痛苦，并借以了此残生。其作于明亡后第三年的《丙戌夏悔逃命山谷多猿鸟处便薙发披缁》一诗，就是他这一心理的写照，也是他遁迹佛门的宣言："拟从泉台会，复在山水好。意外得友朋，喜都不悖道。剃落亦无颜，偷生事未了。幸吾五十人，急景可送老……不过数株松，小屋一把草。②" 甚至他还曾与王豐相约一起到云门出家，权作终老之计。出家在陈洪绶，不在乎修行自性，而在乎遁世终老，这样看来，出家是其遗民情怀的一种外现。在佛子，出家的目的为的是心中无荆棘、无挂碍。陈氏所忧在学道不努力，而不在儿女，"骨肉非所忧，学道忧不力。持此心而游，何处有荆棘"③。这正说明，他学道不力既不在儿女，也不在学道，他所忧的，正是促使他遁入佛门的不在了的大明江山社稷。《且止》其二将这一情绪渲染到极致："五十看亡国，百年不若殇。人伦心早死，农圃力非强。避地完经济，听松盖法堂。吾生草草尽，两鬓点星霜。"④ 亡国贱民生不如死，想到自己忘怀人伦之爱又不能力耕，只好皈依佛门，糊里糊涂地了此一生完事。由此看来，因亡国而厌世，因厌世而遁世乃至出世，才是他遁迹空门的完整心路历程。然而，"两鬓点星霜"又告诉我们，这一路径并没有使他忘怀遗民的身份，没有忘记亡国之恨。《且止》其四"净土开生路，名山收废人。可怜从圣教，竟不识君臣"，则又把"废人"与不识君臣的"圣教"等同起来，对出家一途予以了否定。《重口院住足》则明确指出他的出家为的是"避乱借禅林"，而"僧虽酒肉忘名利，寺阅兵戈历古今。亡国泪干随画佛，首丘念绝望遥岑。为人君父都违教，也似霜晨泽畔吟"⑤，道出的是屈原那样"狐死首丘""披发行吟泽畔"的失路不忘爱国之情怀。事实证明，出家向佛并没有给陈洪绶带来安慰，"画得如来欲赞叹，口头三昧示人难。婆罗门作河西舞，避难而来一响欢"⑥，他所得到的，只是一响之欢，而难以告人的却是内心的遗民之苦。他终难原谅自己的这一举动："明朝四十八年人，三月曾为簪笔臣。今日薙发蒙笠子，前生不识作何因？"⑦（诗中"前生"二字诗集作"偷生"，依陈氏手稿径改）作为前明旧臣，不知前生作了什么冤孽竟于今世薙发为僧，直斥前朝误国之人，兼讽满人入主之可恶。《诸暨

---

① 陈洪绶：《陈洪绶集》，杭州：浙江古籍出版社，2012年版，第261页。
② 陈洪绶：《陈洪绶集》，杭州：浙江古籍出版社，2012年版，第60页。
③ 陈洪绶：《陈洪绶集》，杭州：浙江古籍出版社，2012年版，第65页。
④ 陈洪绶：《陈洪绶集》，杭州：浙江古籍出版社，2012年版，第118页。
⑤ 陈洪绶：《陈洪绶集》，杭州：浙江古籍出版社，2012年版，第251页。
⑥ 陈洪绶：《陈洪绶集》，杭州：浙江古籍出版社，2012年版，第270页。
⑦ 陈洪绶：《陈洪绶集》，杭州：浙江古籍出版社，2012年版，第297页。

县志》尾注谓其"此逃禅时诗也,读之大节凛然。"所评极为精当。

陈氏的一些作品,如《爱莲庵蚤起》,则似乎已真正把自己置身于方外世界,进入了避乱、皈依、闲逸的虚无境界:"生死不安命,避乱徒间关。所慰者僧舍,幽桂修篁环。看山爱早起,闲云未出山。有山不爱看,云更比我闲。少焉匹练抹,乃至苍狗斑。"而结句"云亦颇劳攘,况我落人间"①,则流露出不关世事、跳出红尘的欣喜之感。甚至还公然说"兵革非不幸,反得讲真如"②,把残酷的事变视为他皈依佛门的契机,表现了随世浮沉、玩世不恭的态度。他也似乎真正进入了逍遥绝尘的真如境界,上升到了唱彻菩提的精神阶段,领会了皈依佛门的精妙之处:"一念菩提万念捐,善根夙种有良缘。青莲会里无尘土,兰若盘中绝挂牵。暗地燃灯如白日,微尘拨雾见青天。勤修精进防休歇,苦海回帆是福田。"③念佛修行捐除了包括亡国之恨在内的万念,尘世的烦恼与牵挂也随之烟消云散,苦海回帆即是福田。而"喜吾怒发髡千尺,任彼龙蛇混九州"的描述④,从另一面把自己曾怒发千尺、愁情万种的遗民情绪表述出来,将对龙蛇乱华、清人入主的忧虑突现出来,从而透视了陈氏遁世忘情的愿望与不能忘怀现实的矛盾心理。其实,这都是他内心痛苦到极点的外现,是无可奈何的牢骚之语。纵观他现存的诗文,愤激、苦闷、彷徨之情几乎贯穿了他的一生。在他遁迹佛门之后所作的《老媪舍一地结茅计较诸事不觉悲喜交至》一诗中,流露了自己出家假年作福、伤心苦行的矛盾与悲哀⑤。孟远《陈章侯传》对此洞若观火:"古人固有事在此而意不在此者,而徒以迹求。然则先生之晚而逃禅、诵经、念偈,岂真为衲子哉?"⑥能说出这样的话,堪为陈氏知音。

3. 再看隐逸避世

如果我们将陈洪绶的酒色自晦看成是愤激之情的外露的话,那么,隐逸山水就是他对人生的看破。但需要注意的是,这种看破,是他的遗民情绪渐次发展的结果。置身山水之间,视天地为逆旅,视自身为过客,很大程度上就是隐士的生活。《游净慈寺》称:"老悔一生感慨多在山水间。何则?既脱胎为好山水人矣,每逢得意处,辄思携妻子,栖性命骨肉归于此,魂气则与云影水声、山光花色同生灭,吾愿足矣!"⑦将自己的生命与山水融为一体,成为他人生末路的一种期许。而《借园记》则更将人生

---

① 陈洪绶:《陈洪绶集》,杭州:浙江古籍出版社,2012年版,第83页。
② 陈洪绶:《陈洪绶集》,杭州:浙江古籍出版社,2012年版,第138页。
③ 陈洪绶:《陈洪绶集》,杭州:浙江古籍出版社,2012年版,第254页。
④ 陈洪绶:《陈洪绶集》,杭州:浙江古籍出版社,2012年版,第262页。
⑤ 陈洪绶:《陈洪绶集》,杭州:浙江古籍出版社,2012年版,第168页。
⑥ 陈洪绶:《陈洪绶集》,杭州:浙江古籍出版社,2012年版,第660页。
⑦ 陈洪绶:《陈洪绶集》,杭州:浙江古籍出版社,2012年版,第24页。

看作庄周之梦，把一切归于虚无。他尽情地描写山水隐逸之乐，叙写隐逸生活的闲适与快乐，《同远林卜居山中》与《山居》都是表现这一情绪的代表作。其后者云："相见皆古人，不分愚与贤。亦少衣冠人，岂复肯守钱？"① 同道之人都是大明遗民，从无世俗的贤愚之分，这里没有颐指气使的官老爷，也没有锱铢必较的守财奴。句句平实，丝丝入画，缺乏遗民经历、没有这一生活体验的人难以达到这一境界。他甚至明确表示"未许出青山"，做一个真正的隐士，但必须注意，他的隐逸是被动的，即使如此，他依然"深忧悲白发"。他虽然声称"避乱皆余事，聊生只得闲"，"避乱住山水，从游老道人"②，似乎俨然是优哉游哉的隐士，但必须注意，这只是他无可奈何的牢骚之语。他甚至把隐逸不出当作选择朋友的一个标准，只要对方不再出仕为新朝之官，就愿意相互往来："堂中有老母，墙外有青山。愿君不复出，我肯相往还。"③ 从某种意义上讲，这首小诗与嵇康的《与山巨源绝交书》有异曲同工之妙。他还劝说张登子不要出仕为官，认为自古大豪杰都是隐士："天下虽扰扰，所需固俊豪。我闻大豪杰，终身事桔槔。"④ 并且愿意把自己的新住处分一半给他，与他一同隐居。这组小诗，在劝说友人的同时，还表现出自己不与新朝合作的坚决态度。甚至在以"前朝薙发老明经"的身份为张登子祝寿时，还不合时宜地讥讽人家"君有活人千万祝，福星空作老人星"⑤，足见他对新朝的不认同态度。

面对那些以死明志的往日师友，陈洪绶痛感"客来禁道兴亡事，自悔曾为世俗儒"。而晚年的陈洪绶对时事已无可奈何，浙东鲁王、闽南隆武帝相继灭亡，故国恢复已不再可能，而为诗、作画、游历就成了他埋恨寄愁的载体。他沉醉、出家、隐居，源于他深陷幽恨而不能自拔。其《姜绮季手录陈诗老莲自叙》称："僧不必高，不拈公案，吾得一无；又道不必仙，不谈龙虎，吾得一善长；客不必才子逐名航，吾得一茂齐。虽刀槊声时一入耳，步虚声，梵呗声，韵语声，映而去已，何愁哉？"⑥ 在这番故作豪壮的自诉里，流露出难以掩饰的悲酸。时老莲52岁，距其去世已不足一年，由此足见其对时事的无奈。据文中所述，他此时所关心的，是不能周济那些如他一样的沈石逃、阿琳、朱仲轶、孙竹痴、朱诃庵、金堡等遗民的后代们，使他们脱离孤苦伶仃的生活。

（四）陈洪绶的遗民情结，还表现为真实而深刻地反映了清人带来的深重灾难

在清初文祸惨烈的背景下，陈氏以独有的胆气记录了清人入主带来的巨大灾难，

---

① 陈洪绶：《陈洪绶集》，杭州：浙江古籍出版社，2012年版，第61页。
② 陈洪绶：《陈洪绶集》，杭州：浙江古籍出版社，2012年版，第132页。
③ 陈洪绶：《陈洪绶集》，杭州：浙江古籍出版社，2012年版，第211页。
④ 陈洪绶：《陈洪绶集》，杭州：浙江古籍出版社，2012年版，第211页。
⑤ 陈洪绶：《陈洪绶集》，杭州：浙江古籍出版社，2012年版，第266页。
⑥ 陈洪绶：《陈洪绶集》，杭州：浙江古籍出版社，2012年版，第9页。

显示了不屈不挠的遗民气节。

陈洪绶以史笔真实地记录了明清易代之际战争给人民带来的深重灾难。《搜牢行》和《官军行》从明朝败军这一角度反映了战争的罪恶，后者云："人恶官军淫掠人，官军却有情可伸……军有妇人鼓声死，帅列明眸与皓齿……明知官军有劫取，不敢轻易犯众怒……帅先士卒抄村落，分明教我亦淫掠。"①此处所说的官军，指的应是明王朝的败军。作为官军统帅，他们不仅不思为国效力，却对自己的人民奸淫掳掠，甚而还为这种奸淫行为巧为饰说。将帅如此，明朝灭亡已在情理之中。涵咏两诗，大有高适《燕歌行》之悲慨。然而，陈洪绶对战争的揭露主要还是集中于对清兵暴行的描写上。其《游高丽寺》云："见古树摧薪，山溪饮马，则劣得成事。当龙战之时，不知能为鲁灵光者有五六十年否？"②良材佳木被斩伐为薪，优美的山溪竟成了大军饮马之所，其中隐喻了"木犹如此，人何以堪"的感叹。而《南山》诗则更将这一社会动乱与自己痛不欲生的身世之感结合起来，揭露了战争对社会的严重破坏，抒发了渴望和平的强烈愿望："南山多大木，十存一二焉。木乎吾与尔，值此鼎革年。……日日望解甲，旌头正当天。不如同木尽，免我心尤煎。"③朝代鼎革之年，非但人民涂炭，连南山的大树也不能幸免于难。面对旌旗蔽日、杀戮正酣的现实，老莲竟产生了不如速死、免得心如油煎的奇怪念头。虽然悖理，却能达情。朝代更迭的战乱造成的巨大危害，主要体现为生灵的涂炭。《题商绹思放生册》借江南人崇尚放生之俗，愤怒地谴责了清兵入关以来的杀戮暴行："太平世俗视人为人、众生为众生，故炙驴烹犬犹言无下箸处者，怡如也。所以酿成今日屠戮之世界，虽菩萨出世，也救不得。乱世军中，转饷立春磨之砦，攻城作人油之炮，尚得视人为人、众生为众生者耶？"④军中转运粮草、攻城略地，百姓难逃骈死原野、弃尸沟壑、命悬庖厨、身同鸡犬的厄运，天下已经到了视人非人的境地。《春雪》其一记载了乙酉年春的杀伐惨况："流血天心见，不惟春雪多。凶丰无两事，南北莫谁何……牡丹灯月下，箫鼓尽悲歌。"⑤此年杀戮之多殆同春雪，岁无论丰歉，地不分南北，除了杀人似无他事。一时间，山河变色，大好河山仿佛变成了人间地狱，"斩头陷胸如不胜，白日闭门避蛇虺。露刃讥察满穷巷，僧家俗家难依倚。……只今不敢当街行，唯恐能之多凶否。夕阳在山便缚人，抱头鼠窜眠屋底。摩云鸾鹤垂天飞，投入罗网待笃矢"（《思薄坞》），大兵狠如豺狼，磨牙吮血，杀人如麻，百姓抱头鼠窜，若避蛇虺。战乱中，男子被杀，妇女被俘，"男头悬马妇乘船，业

---

① 陈洪绶：《陈洪绶集》，杭州：浙江古籍出版社，2012年版，第230页。
② 陈洪绶：《陈洪绶集》，杭州：浙江古籍出版社，2012年版，第24页。
③ 陈洪绶：《陈洪绶集》，杭州：浙江古籍出版社，2012年版，第65页。
④ 陈洪绶：《陈洪绶集》，杭州：浙江古籍出版社，2012年版，第40页。
⑤ 陈洪绶：《陈洪绶集》，杭州：浙江古籍出版社，2012年版，第108页。

在刀环天可怜",残酷的现实,使陈氏生出"不知今夕是何年"的悲慨(《今夕》)。《蕙茝伯开祖兄不知避乱何地》一诗,还描写了大乱之后大兵压境,致使骨肉分离的惨状:"僧舍兵将驻,山村盗易攻。太平催不至,离乱急难通。儿子虽同县,茫茫何处逢。"① 在昏黑的残夜,他送四个儿子避难山中:"国破犹存妻子念,晓风残月送孤舟。"(《愧送豹尾师子羔羊虎贲避乱》)他还牵挂着自己的兄弟骨肉,推想他们的行踪,希望他们携手相帮共渡难关:"平时轻握手,兵燹重伤情。窜逐同群否?群鸦逐队鸣。"(《诸暨有警怀季良弟居卿栗卿畏卿诸侄》)甚至痛悔太平时对侄孙怜爱不足,对亡侄不够负责(《怀侄孙见远》;《又怀侄孙见远》)。此外,陈洪绶还将诗笔深入到社会生活的最底层,反映了战争给百姓带来的深重苦难,《夜雨》组诗是其代表:其一曰"豆麦即无恙,田家小有秋。兵粮如可继,村舍则何忧",其二曰"兵荒相继发,农事不需忙。此夜劳悲叹,来年泣稻粱"②,写出了百姓为输兵饷盼望丰收时恐栗若探汤的微妙心理。

陈洪绶时刻关注战乱中的家园,反映了战争对美好家园的破坏。虽是"枫桥好枫落,吾亦爱吾庐",但"杀运天未尽"的现实,使得自己"魂魄惊飞热"而不得归(《不得归》)。《诸暨有警怀枫桥东阪西阪旧所游处》则细致地描写了战争对枫桥的残酷破坏,使得他有家难回:"红树狼头纛,苍山鱼丽兵。枫桥论古地,芦管作边声。连岁微抄掠,今年大战争。梦归归不得,老死死会情。"③ 树树狼旗、满山甲兵、边声遍地、劫掠公行,风雅的枫桥成了征战之地,使得作者连回家的梦也做不成。而"计定闻兵乱,血流声满村"(《诸暨有警怀先茔》),甚至连回家扫墓也成为泡影。《闻兵过枫桥无警志喜》一诗,题目虽云"无警志喜",却是婉而多讽、意在言外:"暨邑狰狞甚,兵人亦动哀。犹难为蓐食,久不给干苔。可怜慈悲生,反从杀戮来。"④ 往日的残酷杀戮,竟使大兵也为之动容,竟萌生了慈悲之心。流亡中,他时刻依恋着故乡,甚至梦回故乡,期许"行到枫桥杨墅里,白头兄弟笑来迎",但故乡等待他的却是"故山已筑骷髅城"的惨像(《偶题其四》)。他厌恶战争,向往和平,其《故山》诗表达了他对太平生活的痴想:"故山秋最好,今日断相思。但有丹枫处,无非白骨支。难忘生长地,痴想太平时。万念俱灰冷,一归梦未衰。"⑤ 原本可爱的故乡,如今已成人间地狱,而面对现实,太平生活已是不能实现的梦想。即使是佛门清净之地,求得一身安宁也成为空想:"佛地起矛戈,生途安可得?"(《南山二》)而劫后的河山已是满目疮

---

① 陈洪绶:《陈洪绶集》,杭州:浙江古籍出版社,2012年版,第131页。
② 陈洪绶:《陈洪绶集》,杭州:浙江古籍出版社,2012年版,第138页。
③ 陈洪绶:《陈洪绶集》,杭州:浙江古籍出版社,2012年版,第170页。
④ 陈洪绶:《陈洪绶集》,杭州:浙江古籍出版社,2012年版,第172页。
⑤ 陈洪绶:《陈洪绶集》,杭州:浙江古籍出版社,2012年版,第110页。

痍,"种菜悲焦土,移家叹陆舟"(《菜田》),村野一片焦土,城池仿佛陆沉。乱后"鸡犬声犹寂,人家还未安"反映出的人生凋敝、生活困窘,使得他连留客人吃饭的条件也没有(《留别鲁仲集栗兄弟》)。这种直言时事的精神,在清初那个文祸惨烈的时代是稀有的。

而"天崩困美才"的鼎革之乱,给陈洪绶这样的文人们则带来的是朝不保夕的人生无常之遇。在其诗文中,反映这一现实的作品不在少数。其《示招予饮者》其一揭露了清兵"屠戮时方炽"的滥杀行为,抒发了亡国遗民"吾为几上肉,子亦釜中鱼"的痛苦与悲哀①。其《流水寄王予安》其二记述了"白日惊魂去,黄昏怪梦来"的胆战心惊的生活境况,抒写了"时为煎寿药,生是苦心媒"的切身感受②。白日惊魂,夜里噩梦,都是动乱带来的精神折磨。这种精神折磨,使得陈洪绶产生了厌时恶生的厌世情绪。身处乱世的陈洪绶,真切体会到了"乱世流光缓"的况味,发出了"昔时曾苦短,今日厌婆娑"的感叹③。战争的惨烈甚至使世界失去了生机,而国破家亡的命运和无尽的遗民之愁使他感到生不如死:"国破家亡身不死,此身不死不胜哀"(《入云门北山之间觅结茅地不得》),"战尘山气惨,兵象海云铺。世界何生意,交情留病夫。闲愁酣益甚,身命有如无。"(《对朱集庵言贫》)大兵带来的灾祸,使其无处可逃,虽是"竹篱茅舍",也不能"免得此伤情"(《诸暨道中》)。其《自序避乱草序》谓:"五月六月间,其知得生者欤?五月至十二月间,其知死而复生者欤?知携手高士老僧,晨曦相唱酬者欤?此 153 首,非嵇中散视日影之琴声者欤?过此以往,知有今日者欤?知无今日者欤?"④ 这一感受,代表了乱世文人共同的心理感受。其作于顺治八年的《博古叶子铭》自述为全家糊口计,做了这一套用来饮酒行令的纸牌。由此可见,社会的动荡,使他至于到了舍弃遗民老脸谋生的地步,其时距他离开人世只有一年。朝代更迭带来的杀戮之苦,不只反映在那些死于刀剑者,还表现在死于彷徨愤懑的遗民身上。在《哭朱讱庵》一诗中,他一气列举了"严子死愤懑,马子死海滨。沈子死奔命,萧子死战尘。朱五死于酒,朱四死于津"⑤,这些人的死法虽有不同,但其死因却是一致的。

综上,易代之际的陈洪绶表现出留恋大明君国、耻事新朝的遗民气节,其忠君爱国虽然带有抱残守缺的一面,但其骨鲠方正、不屈于势力、不事二朝的文人气质,也是千百年来中国知识分子奉行的,它与屈原的忠君爱国也是一脉相承的。

---

① 陈洪绶:《陈洪绶集》,杭州:浙江古籍出版社,2012 年版,第 115 页。
② 陈洪绶:《陈洪绶集》,杭州:浙江古籍出版社,2012 年版,第 121 页。
③ 陈洪绶:《陈洪绶集》,杭州:浙江古籍出版社,2012 年版,第 121 页。
④ 陈洪绶:《陈洪绶集》,杭州:浙江古籍出版社,2012 年版,第 10 页。
⑤ 陈洪绶:《陈洪绶集》,杭州:浙江古籍出版社,2012 年版,第 73 页。

三、根深蒂固的屈骚情怀

陈洪绶与屈原有着很深的渊源。孟远《陈章侯传》谓："余少犹得从先生游，读其文，见其咏歌之志，何异《离骚》《天问》？"① 这是他从内蕴的角度对陈氏诗文予以的深刻感悟。他认为，陈氏的诗文创作主旨，与屈原创作在忠君爱国、宁死不屈、九死不悔这些品质层面上是一致的。关于这一点，在前面对陈氏遗民情结的论述中已初见端倪。虽然二者的忠爱对象不同，表达方式和程度有差，但我们不能否认，他对大明君国的追恋、对忠义之士的颂美、对黑暗现实的揭露，与屈原爱国忠君的情怀存在明显的继承关系。此外，在陈洪绶现存的诗画作品里，我们不难发现许多或明或暗的屈骚痕迹，这些痕迹较为生动地体现了陈氏追慕屈原、效法屈原的屈骚情怀。

（一）陈洪绶的屈骚情怀，最早表现为其《九歌图》的创作

可以说，《九歌图》的创作是他早期受屈原影响的里程碑。陈洪绶对楚辞的热爱，据其诗文自述，起于与楚辞学家来钦之交往，这是他热爱楚辞的一个重要原因。青少年时代的陈洪绶与年长的来风季相交甚深，成忘年之交。二人曾有"日日出看山，九塘过柳陌。将手数酒徒，酒徒一当百"的流连唱和，结下了"连床半月归，秋天复可迟。我如不得来，君来为我志"的友谊②。正因如此，二人才有了《楚辞述注》中《九歌图》的联手创作。《九歌图》依据《九歌》十一篇的故事主人公的身份，画出了人物的神采。而《屈子行吟图》，乃是陈氏综合了《涉江》之"余幼好此奇服兮，年既老而不衰。带长铗之陆离兮，冠切云之崔嵬。被明月兮佩宝璐"的服饰描写和《渔父》"屈原既放，披发行吟泽畔，颜色憔悴，形容枯槁"的行为描述而创作的。从画作与诗作两个角度看，陈氏的确写出了屈原的神韵。虽然我们不能说《楚辞述注》在明亡之前就带有了遗民之思，但这种醉心楚辞、热爱屈原的情感，还是对甲申之变前后的遗民陈洪绶产生了重大影响。在作于崇祯十一年的《楚辞述注序》中，陈氏透露了他与楚辞的早期机缘："丙辰，洪绶与来风季学骚于松石居……风季辄取琴作激楚声。每相视，四目莹莹然，耳畔有寥天孤鹤之感。绶便戏为此图，两日便就……以为文章事业，前途于迈。岂知风季羁魂未招，洪绶破壁夜泣，天不当对此宁然作顾陆画师之赏哉！"③ 学骚为诗，琴声高亢悲凉，出于对屈原忠君爱国、九死不悔精神的理解；四目相视，有孤鹤翔天之感，源于对屈原孤高人格的感动；而所谓天不当以画师视之者，正是提醒后人要领会《九歌图》及《屈子行吟图》中的深意。此序作于来风季（来钦

---

① 陈洪绶：《陈洪绶集》，杭州：浙江古籍出版社，2012年版，第660页。
② 陈洪绶：《陈洪绶集》，杭州：浙江古籍出版社，2012年版，第56页。
③ 陈洪绶：《陈洪绶集》，杭州：浙江古籍出版社，2012年版，第16页。

之）死后，当时大明王朝已处于风雨飘摇之中。此时，洪绶追记青年时期的往事，用意当不难理解：热爱楚辞，醉心楚辞，是一种关心时事、痛心国事、企图呼唤忠君爱国精神回归的曲折反映。程象复《初刻宝纶堂集跋》曰："忆髫年客游浙中，捧读《楚辞》，见卷首叙述并绘《屈子行吟图》，次第抽毫，檃栝殆尽。是章侯陈先生笔，传布海内，亦志屈子之所志也。"① 恰恰是从《九歌图》的创作中发现了其中的深意。事实上，在陈洪绶的行事与诗文创作中，我们不难发现《楚辞》和屈原对他影响的痕迹。而其影响表现在众多方面：或以屈原自比，或推崇屈原的气节，或崇敬屈原的为人，或袭用屈原的诗句，或接受其创作精神，或故意背离屈原的作为，或爱屈原之所爱，可谓不一而足。

需要注意，姜亮夫先生在《楚辞书目五种》里说，《楚辞述注》的眉语中也收录了陈洪绶、陶岸生、钟伯敬及来氏族人的评语，这充分体现了陈氏的楚辞情结。或许是版本的原因，惜而未睹。

（二）陈洪绶的屈骚情怀，还表现为以屈原自比

《春雪六首序》陈氏自谓："乙酉春雪，作如此诗。每年岂无春雪，岂无诗歌，变声至此，何可言说？绶从今废投于水滨矣。命虽永，惭负以之；皮骨虽脱，愤懑无穷。我正愚言也哉！不过老生耳。老生顾乃痛君父无终耶？吾侄子训以为何如？"② 所谓"废投于水滨"者，檃栝屈原放吟之事，谓其时自己已无力干政，已为废人。语出于《楚辞·渔父》"屈原既放，披发行吟泽畔"。而《重囗院住足》之"亡国泪干随画佛，首丘念绝望遥岑。为人君父都违教，也似霜晨泽畔吟"③，前二句反用屈原《哀郢》"鸟飞反故乡兮，狐死必首丘。信非吾罪而弃逐兮，何日夜而忘之"，谓国破家亡而自己返乡念绝。后二句则自比吟于泽畔的屈原，已经失去了为人臣为人子的品节。《失道》之"臣子一伦今世绝，首丘片念几时休。吾愁与命相终始，芳草空劳日唤愁"，前二句则又云首丘之念不绝，后二句则脱胎于《楚辞·招隐士》之"王孙游兮不归，春草生兮凄凄"的诗意，诉说了屈原般与命终始的故国之愁。他还自称湘累、南冠和楚囚。湘累特指投湘水而死的屈原后借指因罪被贬黜的人，而南冠和楚囚则特指不屈服的楚人："湘累空掩南冠泣，雪窖虚传北雁来"（《九日与朱集庵卧病云门》）自比于湘累和南冠。他还称自己是"万历年间老楚囚"（《愧送豹尾师子羔羊虎贲避乱》），俨然以楚人屈原自比。

（三）陈洪绶的屈骚情怀，还表现为对屈原作品的钟爱

陈洪绶的人生志趣，与《离骚》所蕴含的炽热的忠君爱国之情、九死不悔的坚毅

---

① 陈洪绶：《陈洪绶集》，杭州：浙江古籍出版社，2012年版，第656页。
② 陈洪绶：《陈洪绶集》，杭州：浙江古籍出版社，2012年版，第108页。
③ 陈洪绶：《陈洪绶集》，杭州：浙江古籍出版社，2012年版，第251页。

斗志是一致的，这或许就是他不忘旧国、特立独行的精神源泉。他还将读骚的意蕴拓展到书画艺术领域，其明亡以前所作的《饮酒读骚图》，将画意与诗情融为一炉，以读《离骚》而抒爱国情怀，复以饮酒而泄胸中之愤。体现了对《离骚》的热爱。从其诗文可以看出，吟诵《离骚》是他的生活乐事，《九月晦》曰"霜雪藤萝月，《离骚》课子哦"①，他推想，如果兵戈能息他就会放声歌唱，稍有乐事就会庆祝生存的胜利，在寒冷的冬夜兴致高昂地教子女讽诵《离骚》。结合整篇作品，我们可以感受到他真挚的忠君爱国之心。他以遗民自许，把读《离骚》与痛饮结合起来："竹浪乱松涛，梅花带雪飘。遗民当此际，痛饮读《离骚》。"② 以竹之节、松之性、梅之骨象征自己的遗民品格，以痛饮的狂傲和读骚的悲怀，表明了自己不从俗、不低头的态度。而《祁奕远蒋氏山庄》一诗将《楚辞》化盐入水，述说了他驰驱骚雅、计较松醪的生活，以为二者唤得来春风、留得住春花，虽在老病之中，也能像"有鸟自南，来集汉北"的屈子，幽赏其《楚辞》创作的离愁别恨③。

尤其值得注意的是，陈洪绶对屈原及其楚辞的接受，是透到骨子里的。他的许多诗篇，不只是袭用楚辞的一些诗句和词汇，更主要的是继承了楚辞的内在精神，将其忠君爱国之怀与沉郁老辣的创作手法结合在一起，创造了一种高远的境界。其创作于甲申乱前的《送外父来工部之京》一诗，已初见这一端倪："寡寡修能者，功名不可期。万人思作吏，众女嫉蛾眉。虽有迁客遇，由来才子羁。三秋千里别，何必话相离。"④ 诗意脱胎于《离骚》，其中"修能"二句正是"忠而见疑，信而被谤""黄钟毁弃，瓦釜雷鸣"的别一种说法，"万众思作吏，众女嫉蛾眉"又是"众皆竞进以贪婪兮，凭不厌乎求索"，"众女嫉余之蛾眉兮，谣诼谓余以善淫"的浓缩，而迁客才子又是以屈原的遭遇进行规劝的话。其甲申之后创作的《祁奕远以杜少陵寄王中允诗韵索赋走笔书扇》，亦最能体现这一特点，最具楚辞风调："山鬼幽篁里，夫君湘水深。虚名追魏胜，实事愧王琳。来世完忠孝，全生守道心。秋山松月下，老友动悲吟。"⑤ 脱胎于《九歌》，而《山鬼》的哀怨、《二湘》的缠绵所营造的悲剧气氛，与陈氏完忠孝于将来、守道心于今生的衷肠两相辉映，达到了水乳交融的凄美境界，气格高，词采茂。而其1648年所作的《病中》诗"群凶吞噬尽，便得望松楸。五载千行泪，半时一拜收"⑥，写大乱之后思念故国，与《哀郢》"皇天之不纯命兮，何百姓之震愆……望

---

① 陈洪绶：《陈洪绶集》，杭州：浙江古籍出版社，2012年版，第145页。
② 陈洪绶：《陈洪绶集》，杭州：浙江古籍出版社，2012年版，第209页。
③ 陈洪绶：《陈洪绶集》，杭州：浙江古籍出版社，2012年版，第263页。
④ 陈洪绶：《陈洪绶集》，杭州：浙江古籍出版社，2012年版，第157页。
⑤ 陈洪绶：《陈洪绶集》，杭州：浙江古籍出版社，2012年版，第117页。
⑥ 陈洪绶：《陈洪绶集》，杭州：浙江古籍出版社，2012年版，第122页。

长楸而太息兮,涕淫淫其若霰"的诗意又极其相似。

(四)陈洪绶的屈骚情怀,还表现为他与屈原有同样的志趣,这充分展示在他的诗画创作中

王逸《离骚序》曰:"《离骚》之文,依《诗》取兴,引类譬喻,故善鸟香草,以配忠贞;恶禽臭物,以比谗佞;灵修美人,以媲于君。"① 形成了以鲜花香草喻忠臣美人的象喻传统。为屈原屡屡称道的主要有荷、兰、菊等,而这些花草也成为陈洪绶尤为喜爱且长于表现的对象。

1. 先看荷

荷又名芰荷、芙蕖、芙蓉、莲,其花容清丽,香气清幽,象征神圣高洁。屈原作品多次写到荷花荷叶:《离骚》写到自己要"退而复修吾初服"时说"制芰荷以为衣兮,集芙蓉以为裳",要用荷叶裁制上衣,用荷花连缀为下裙,色彩艳丽,气味芬芳,体现了灵均的精神追求;《九歌·湘夫人》写到湘君为迎接湘夫人做准备时说"筑室兮水中,葺之兮荷盖。芷葺兮荷屋,缭之兮杜衡",用荷叶做屋顶并以荷花装饰内室,既切合水神身份,又体现了对湘夫人的珍视;《少司命》写少司命离去时的装束时说"荷衣兮蕙带,倏而来兮忽而逝",既写出了飞离时的缥缈,又表现了少司命的美丽;《河伯》写到河伯交通工具的排场时说"乘水车兮荷盖,驾两龙兮骖螭",用荷叶作船篷符合河伯的身份;《招魂》以美丽的园林设计招魂说"芙蓉始发,杂芰荷些"等等,其用途包括了服饰、居室、车驾等。此外,《九歌·湘君》说到自己的追求错误时说"采薜荔兮水中,搴芙蓉兮木末",《九章·思美人》写自己左右为难的心情时说"因芙蓉而为媒兮,惮褰裳而濡足",等等,同样反映出他对荷的钟情。屈原对荷花的喜爱,除去其爱美的天性因素外,主要源自荷花的出污泥而不染的象征意义。陈洪绶对荷叶荷花的喜爱,大致也是如此。

孟远《陈章侯传》曰:洪绶生时,"有道人持莲子授其父陈于朝",遂起小名莲子,老称老莲②。毛奇龄《别传》称"洪绶好画莲,故名老莲"③。《陈洪绶集》显然是以莲作比的意思。万历三十七年陈氏12岁时作《芙蕖》图,落款为"老莲洪绶",疑为后期所补。尤为值得注意的是,陈氏诗文中涉及莲的篇什很多,仅以莲命题的诗就有七首,如《醉中画荷与元鲁叔》《荷花》《醉芙蓉》四首、《莲》等。如《醉芙蓉》其二云:"为爱潇湘浅妆,顿令心醉一苇航。侵晨涤荡三秋魄,覆午淋漓千日浆。醒珀瑶姬娇楚岫,沉珊玉姊艳昭阳。莫教今夕闲题咏,傲杀名园罚自将。"④ 把对莲花的热爱与

---

① 洪兴祖:《楚辞补注》,北京:中华书局,1983年版,第2页。
② 钱保塘:《历代名人生卒录》卷八,民国海宁钱氏清风室刊本。
③ 陈洪绶:《陈洪绶集》,杭州:浙江古籍出版社,2012年版,第663页。
④ 陈洪绶:《陈洪绶集》,杭州:浙江古籍出版社,2012年版,第259页。

对屈原的热爱融而为一，倾诉了艳羡之情。他不仅以莲自比，还把它作为行为的座右，时刻提醒自己保持高洁的品质。《美人》诗以"美人"为题，也正是继承了屈原花草美人的象喻传统，而"难将旧曲迎新好，又值初开红藕花"的心理描述（《美人》），明确表达了不向新朝低头、永远保持大明遗民气节的坚定信念。可以说，这首诗从内容到形式，处处显示了陈氏深沉的屈骚情怀。

陈洪绶不仅诗文涉及莲花，作为一名艺术家，其画作也钟情于莲花。据不完全统计，现存陈氏以莲花为描写主题的传世画作有 27 幅之多。如门应兆编绘《古刻新韵》丛书中就有《离骚图·湘君》湘夫人手持荷花图，陈传席编著《中国古版画·陈洪绶版画·张深之正北西厢记·窥简》画页上的屏风荷花图和《缄愁》画页上的院中荷花图，北京荣宝斋编《陈洪绶蓝瑛画集》上的《浇书》《岁朝图》《画荷花》，藏于美国普林斯顿大学美术馆的《荷花图轴》，藏于弗利尔美术馆《童子手持荷花图》《荷塘图》，《观音罗汉图轴》《准提佛母法像轴》《南生鲁四乐图卷》荷花插瓶、《模古画册页》之十七、《隐居十六观册页》之一、《倚石听阮图》扇面，藏于南京博物院《陈洪绶画册》之六，方瑜编《中国历代名画作品欣赏·陈洪绶作品》之《龙王礼佛图》女神手持荷花、《斗草图》《停琴品茗图》《四季花鸟图屏》之一、《红莲图》《荷花双蝶图》《荷花鸳鸯图》《花鸟册》之六、《莲石图》之四、《杂画册选》之六，飞达印刷公司中民国三十三年二月十五日初版《陈老莲诗画精品》之十一，等等。这些画作，无不显示出陈氏对莲花的醉心，表现了他与屈原有着共同的爱好、共同的人生志趣。

2. 再看菊

菊本作鞠。鞠，穷也。花事至此而穷，故谓之鞠。菊花历来被视为孤标亮节、高雅傲霜的象征，代表着名士的斯文与友情。且其入秋以后他花已经凋谢，唯菊独秀，深受中国文人雅士的喜爱。冷峻高洁的菊花与梅、兰、竹被人们誉为"四君子"。其孤傲高洁、坚贞不屈的品格，深受人们的青睐。陶渊明爱菊，看重的是菊的孤芳自赏，或者还有魏晋人求长生的意思。屈原对菊花也情有独钟，他看重的是菊的孤傲芳洁和坚贞不屈。《离骚》写到自己不愿随俗驰骛追逐、担心老境将至而修名不立时，便以"朝饮木兰之坠露兮，夕餐秋菊之落英"的方式加强自身修养，为了追求道德上的完善，他饮用的是洁净的花露，吃的是傲霜的菊花；同样，《九章·惜诵》为表达不可横奔失路的坚毅志向时声言"播江离与滋菊兮，愿春日以为糗芳"，也以江离和菊花为食粮，其用意也是在表明最求品行的完善；《九歌·礼魂》在表达对诸神的礼赞时，以春兰和秋菊这两种季节性强烈的鲜花申明了"长无绝兮终古"的美好愿望。

陈洪绶爱菊，与屈原也有致密的关系。陈氏诗文中涉及菊的篇什很多，以菊命题的诗就有四首，如《菊》《九日不见菊花》等。其《山东见菊花》之"作实仙能度，餐英叶可嘉。何当化黍稷,牛背唱污邪"①,脱化《离骚》之"餐英",直把菊花作食,表达了"污邪满车"的丰收愿望;而《题菊赠人》之"将有湘江梦,黯然写菊花。今秋当此际,风雨各天涯"②,则显然与屈原色授魂与,表达了梦中相随而风雨天涯之感;"劝翁莫种菊,种菊最劳神。我欲酿秋酒,醉呼奇服人"(《菊》)一诗,化用《惜诵》与《涉江》诗意,表述了因爱菊而神伤的内心痛苦和醉呼屈原、诉说心事的感受。

画家身份的陈洪绶,在其画作中也多处观照了菊花。如,海峡两岸收藏的有门应兆编绘《古刻新韵》之《离骚图》、荣宝斋印《陈洪绶蓝瑛画集》之《杖菊》《玩菊图》,四川省博物院编《陈洪绶工笔画册页》之一、之五,《海外藏明清绘画珍品·陈洪绶华岩卷》,上海商务印书馆《陈老莲画册》之五,飞达印刷公司《陈老莲诗画精品》之九,台湾故宫博物院收藏的《玩菊图轴》和《杂画册页》第六幅,台湾侯或华收藏的《童子拜观音图轴》;流落到美国的有,藏于景元斋的《白衣送酒图轴》,哈利孙藏《饮酒祝寿图轴》,王己千藏《春秋图轴》,藏于普林斯顿大学美术馆的《陶渊明对菊图轴》《竹菊朱雀图轴》,藏于火奴鲁鲁艺术学院《陶渊明故事图卷·采菊》《陶渊明故事图卷》《南生鲁四乐图卷》《高隐图卷》《三处士图卷》,藏于美国克利夫兰美术馆《模古画册页》之二、十八、十九、《五柳先生》《为预和尚画册》之八,大都会博物馆《蝶菊图》扇面、《斗草图》《二老行吟图》《睎发图》《四季花鸟图屏》之四、《花卉册页》之三、《蓝菊蜘蛛图册页》《梅菊图》扇页,藏于纽约佳士得公司《陶渊明采菊图册页》;流落到其他国家的有,藏于瑞士苏黎世莱特堡博物馆《南生鲁居士四乐图卷》,大英博物馆藏《冰壶秋色图轴》,等等。这些以菊花为内容的画作,反映了陈氏对菊花的钟情,而这种爱尚的相同也表现了他对屈原倾心。

3. 再看兰

兰草出于深山幽谷,姿容清丽,气质高雅淡泊,被誉为花中君子。屈原对兰草的醉心,于其所吟咏的鲜花香草中可见一斑。屈原把兰花作为香美的配饰。《离骚》在申述自己为了加强道德修养而不懈追求时称"扈江离与辟芷兮,纫秋兰以为佩",把香洁的兰花连缀为花环。上天求索遇阻时"结幽兰而延伫",唯以芳自洁比喻坚贞的节操。讲到党人好恶独异时称"户服艾以盈要兮,谓幽兰其不可佩",谓其独恶香洁、独好臭秽;屈原还把兰草比喻为自己培养的贤才。他以象征的手法自述自己曾培养了各种有用的人才时说"余既滋兰之九畹兮,又树蕙之百亩",他培植了最多数量的顶级的兰,还培植了相当数量的次一级的蕙。但"兰芷变而不芳兮,荃蕙化而为茅",昔日的芳草

---

① 陈洪绶:《陈洪绶集》,杭州:浙江古籍出版社,2012年版,第107页。
② 陈洪绶:《陈洪绶集》,杭州:浙江古籍出版社,2012年版,第181页。

如今都变而从俗，成为萧艾。他痛悔自己对人才的判断错误，"余以兰为可恃兮，羌无实而容长"，岂知他徒有其表、华而不实。而其他级别的人呢？"览椒兰其若兹兮，又况揭车与江离"，连兰都是如此，更不用说揭车和江离们了。此外，《九歌》中也用到了大量的兰草。《东皇太一》之"蕙肴蒸兮兰藉"将兰草作为蒸蕙肴的垫子，《云中君》之"浴兰汤兮沐芳"将兰花作为熏香的香料，《湘君》之"荪桡兮兰旌"将兰花作为旗帜的装饰，《湘夫人》之"沅有芷兮澧有兰"将其作为美好追求的代表，《少司命》之"秋兰兮蘪芜""秋兰兮青青"和《礼魂》之"春兰兮秋菊"作为祭神场所的摆设。无一不是取其香洁美丽，有良好的比德效果。《九章》在表明个人的不同志趣时说"故荼荠不同亩兮，兰茝幽而独芳"，看重的就是它的象征意义。

陈洪绶也喜欢兰花。其诗文中以兰为题的诗作有《予退居种兰数十盆》《护兰》等。前者曰："我欲出门饮，数居皆兰香。我欲闭门饮，溪上皆垂杨。一日闭门饮，一日出门觞。兰香半月歇，半年杨叶黄。"通过对饮酒与观花的二难选择，表现了对兰花的喜爱之情①。后者则曰："梅花一事已，解与兰花当。春寒复阴雨，兰花不甚芳。数日必晴暖，定能香满堂。静言弹琴客，邀坐花之旁。安可用酒客，来渎王者香。"② 一个以酒为命的人，为了护持兰花，竟然说出这样的话来，足见他对兰花的钟爱。虽然他以兰为题的诗文不多，但其画作中兰也是主要的观照对象。现藏于南京博物院《陈洪绶画册》之十二，四川省博物院《陈洪绶工笔画册页》之二、之三，藏于美国景元斋《山水花卉册页》之三，火奴鲁鲁艺术学院《山水人物花鸟杂画册页》之二，翁万戈藏《三处士图卷》《模古画册页》之十三、《为预和尚画册页》之六，等等，都是画兰杰作。

需要提及的是，陈洪绶除了对莲花、兰花、菊花等象征高洁孤傲的花情有所钟外，还特别喜欢写梅画梅。虽然屈原在《楚辞》里没有提到过这一物种，但梅花身上孤高、坚毅、香洁、冷峭的气质，与屈原的坚贞不屈、九死不悔情感相通，与陈洪绶卓荦不群的遗民人格相通。其诗文中涉及梅花的诗非常多，仅以梅为题中的就有21首，如《梅花下醉书》《瓶梅纪事》《写梅与诸东住》《梅花下醉赋》《画梅与八叔》《画梅赠何北垣》《小梅》《松梅》《梅》《梅花》三首、《寄梅与风季》《画梅与来廿八》《画梅与女德》《梅花志喜》《梅花下酒间赋》等。《画梅》一诗可以视为陈氏爱梅的总纲，自称与梅的孤高孤傲与坚劲冷峭相仿佛，虽不得成就营园筑楼之梦，但能以画笔将其移至床头日日为伴③。他爱梅花清秀澹远的风神、傲霜斗雪的节操、暗香浮动的韵致，

---

① 陈洪绶：《陈洪绶集》，杭州：浙江古籍出版社，2012年版，第78页。
② 陈洪绶：《陈洪绶集》，杭州：浙江古籍出版社，2012年版，第82页。
③ 陈洪绶：《陈洪绶集》，杭州：浙江古籍出版社，2012年版，第365页。

《赏梅》一诗正道着这番好处①。他感叹梅花的荣枯飘零,《观梅》一诗就在荣茂艰难、飘零太易的叙写中打入了自己的身世之感②。而《梅》"香雪随香风,满溪复满陌。以彼得道人,颇不自矜惜"的叙③,正是他这位所谓得道人惜花惜春、感叹岁华的真实反映。可以说,梅花诗与他的生命共始终,这些诗作反映了他不同时期的心迹。陈氏的审美趣味与价值取向于此可见一斑。

附论悔与屈原的关系。屈原有着九死不悔的坚强意志,但他并非一味如此,面对现实,他也曾犹豫和彷徨过:《离骚》在叙写现实斗争处处碰壁之后,曾经说过"悔相道之不察兮,延伫乎吾将反"的话,他还说趁着"行迷之未远",要"回朕车以复路",因"进不入以离尤"而"退将复修吾初服",是自悔选择失当。但这一闪念并没有左右他对人生的思考,他不悔初衷"揽余初其犹未悔",认定"亦余心之所善兮,虽九死其犹未悔","虽体解吾犹未变兮,岂余心之可惩"!由此可以看出,屈原在各种打击面前曾经有过思想上的矛盾,但最终并没有产生动摇,这正是屈原坚持理想、九死不悔的高贵精神品格。孟远《陈洪绶传》云:"大兵渡江东,即披剃为僧,更名悔迟,既悔碌碌尘寰致身之不早,而又悔才艺誉名之滋累,即忠孝之思、匡济之怀、交友语言,昔日之皆非也。"④ 此为顺治三年事。其《悔》诗明确说:"悔于太平年,草草送光阴。宜望前途迈,宁忧末路深。砚田荒酒肆,佛地隔词林。老病难鞭影,兵戈坚道心。"⑤ 他后悔乱前荒废了时间,在前途与末路之间作了错误的选择。饮酒荒废了创作,诗词隔绝了礼佛,如今老病交加难于自责,而乱世的征战倒是坚定了求道信佛之心。这样看来,他的悔与屈原的悔,内容上不同。老莲遁迹空门出家辞俗,均是由朝代更迭的战乱引起,是对现实的不满。他的这个"悔"字,包含了深刻的自我反省与批判,所谓"自悔曾为世俗儒",或许是对当初追逐功名的否定,只不过这种否定的背后深藏着他的理想破灭之后的心有不甘。这使得他的晚年生活抑郁多于舒畅,内心始终受着煎熬。

总之,陈洪绶在诗画中流露的爱屈崇屈痕迹,充分地展示了他深沉的屈骚情怀,这种情怀不只表现在他对屈原、对楚辞的向往与喜爱,更为深刻地体现在他对屈原忠君爱国、坚持理想、爱憎分明的精神品格的继承上,而这种继承又与他的遗民情结息息相关。

---

① 陈洪绶:《陈洪绶集》,杭州:浙江古籍出版社,2012年版,第258页。
② 陈洪绶:《陈洪绶集》,杭州:浙江古籍出版社,2012年版,第112页。
③ 陈洪绶:《陈洪绶集》,杭州:浙江古籍出版社,2012年版,第190页。
④ 陈洪绶:《陈洪绶集》,杭州:浙江古籍出版社,2012年版,第664页。
⑤ 陈洪绶:《陈洪绶集》,杭州:浙江古籍出版社,2012年版,第172页。

四、看看陈洪绶的酒色伴狂

我们说,陈洪绶引屈原为同调,崇屈爱骚,他的内心充盈着浓重的屈骚情怀。但通观他的一生,不难发现,他的屈骚情怀是存在矛盾的,这主要表现为他的放浪形骸的行为与屈原的洁身自好的品格格格不入。

陈洪绶行为放浪有违屈原的一个表现是饮酒沉醉。陈氏一生耽酒,大明未亡时流连壶中,甲申之变后更是埋身曲糵,但这并不意味着他背离屈原清醒的宗旨。屈原在作品中郑重声明,"举世皆浊我独清,众人皆醉我独醒",后人尤其是元人散曲中更将其过分解读为屈原不饮酒。其实,这是一种误读。这里所说的醉与醒并非实指,而是他习用的比喻,意在说明众人的糊涂和他的清醒。林云铭《楚辞灯》谓之"浊指溺利欲言,醉指无知识言"①,实是搔着了痒处。其《招魂》中"四酎并孰,不涩嗌只。清馨冻饮,不歠役只。吴醴白糵,和楚沥只"的描写,足见他对酒的理解。明白了这个道理,陈氏嗜酒如命的问题就可以得到解决了:正是由于他对国事的关注及其无奈,才使得他欲图在沉醉当中获得暂时的遗忘。他的醉是真实的酒醉,屈原说的醉是象征意义上的迷醉。

陈洪绶行为放浪,有违屈原的另一个表现是饮食男女。《陈洪绶集》有一篇劝说豹隐鹿头远离狭邪的文章,似乎就是规劝儿孙不要狎妓。而其自身是否有这种嗜好,他没有明说。毛奇龄《陈老莲列传》谓其"平生好妇人,非妇人在座不饮"②,朱彝尊说他甲申后"纵酒狎妓,自放头面,或经月不沐。客有求画者,虽馨折至恭,勿与。至酒间召妓,辄自索笔墨"③,有人甚至说王士禛所编的《明诗综》中仅列了陈氏一首诗竟也是赠妓诗,一并将其视为女性狂,未知真假,亦颇可怀疑。至赵尔巽《清史稿·列传》,只说到"鼎革后,混迹浮屠间……纵酒不羁",并没有说他狎妓的事。而陈氏戊寅年所作《录果报小引》所说的"夙业纠缠""飞语不已"④,是否与他狎妓或有人中伤他有关,也不得而知。作为封建时代的文人浪子,狎妓被视为风流也是情理中的事。我们不能因为屈原在作品里多处写到对女性的追求就说屈原有女性癖,当然也不能因为他是一个君子就说他是个禁欲主义者。尤其是《招魂》对女性的描写,更是尽态极妍。

总而言之,陈洪绶的遗民情结与屈骚情怀,及其与放浪形骸的矛盾,是一个时代

---

① 刘树胜:《楚辞灯校勘》,保定:河北大学出版社,2012年版,第158页。
② 陈洪绶:《陈洪绶集》,杭州:浙江古籍出版社,2012年版,第663页。
③ 陈洪绶:《陈洪绶集》,杭州:浙江古籍出版社,2012年版,第664页。
④ 陈洪绶:《陈洪绶集》,杭州:浙江古籍出版社,2012年版,第38页。

所造成的,是他忠君爱国的理想与国事日非的残酷现实相互矛盾的结果。愤激的遗民情结和深沉的屈骚情怀,构成了强大的精神支柱,支持他以独特的行为方式走完了艰难的遗民之路,塑就了傲岸的品格。

浅论屈原形象的神化与仙化

湖南女子学院　林彬晖

【摘　要】　屈原以其文学盛名和高洁之行,一直为研究者所重。他伟大的爱国者形象已深入人心,但屈原在后世典籍或文学创作、民间传说、或是民俗活动中还有一个身为水神的形象。本文认为屈原文学创作中对仙人仙境描绘的游仙内容在后世人们对屈原形象的想象中起到至关重要的作用,使屈原身化成仙有了被世人接受的心理基础。而屈原身处水神信仰盛行的楚地,熟悉楚地水神的祭祷和相关传说,并在创作中对水神高度关注,这成为他身后成为地域性水神的文化诱因。屈原"哀民生"而行"美政"的政治追求和"舍生取义"的所为又寄托了百姓对改变现实的强烈渴求。因此,屈原水神形象不但为文学做出了贡献,更成为民脉延续的线索。剖析其形成过程有助于今人对屈原文化的深入了解,对于文化传承和保护都有着积极的意义。

【关键词】　屈原形象　神化　仙化

屈原在中国文学史上享有盛名,鲁迅先生赞其创作"逸响伟辞,卓绝一世","其影响于后来之文章,乃甚或在《三百篇》以上"[①]。屈原曾任楚怀王的左徒、三闾大夫,他带着一腔爱国热血,却遭谗流放,最终自沉汨罗,给人们留下了无尽的哀思。在他举身赴清流之后的2000多年时间里,无论是他的政治情怀、高尚人格,还是文学创作,都为研究者所重,他伟大的爱国者形象已深入人心。但在后世,屈原还有一个身为水神的形象未能引起人们过多的关注。剖析屈原水神形象的形成将有助于今人对屈原文化的深入了解。

一、叙写神仙,种下仙缘

屈原作品中的神仙世界丰富多彩、光怪陆离,有各种超凡出尘的仙人和梦幻飘渺

---

① 鲁迅:《汉文学史纲要》,北京:人民文学出版社,1973年版,第20页。

的仙界，屈原身后化身为仙，并得到世人的普遍接受与认可，均与其文学创作中这些游仙内容的表现有关联，而这些多源于他对神话传说题材的选择和运用。

屈原的作品中，仙人众多，如《九歌》中就有"东皇太一""云中君""湘君""湘夫人""大司命""少司命""河伯""山鬼"等，尽管对他们具体身份的认知颇有分歧，如"东皇太一"，《文选》唐五臣注云："太一，星名，天之尊神，祠在楚东，以配东帝，故云东皇。"① 认为东皇太一是东帝，洪兴祖《楚辞补注》与朱熹《楚辞集注》皆承袭其说，但何焯《义门读书记》与马其昶《屈赋微》则认为是战神；闻一多又以为是伏羲。而"云中君"也被世人以为或是云神，或是月神，或是雷神、云梦泽之神、云中郡神等等。但这些分歧都不否认，他们是神人而非凡人。又如《天问》中提及的女神就有女娲、涂山女、女歧、洛嫔、简狄、娥皇、女英等，她们无不是人们心目中遥不可及的仰望对象。屈原笔下的仙人们或"抚长剑兮玉珥"（《东皇太一》），或"龙驾兮帝服，聊翱游兮周章"（《云中君》），或"乘水车兮荷盖，驾两龙兮骖螭"（《河伯》）。他们"采薜荔兮水中，搴芙蓉兮木末"（《湘君》），"荷衣兮蕙带，倏而来兮忽而逝"（《少司命》），身上"灵衣兮被被，玉佩兮陆离"（《大司命》），"青云衣兮白霓裳"（《东君》），"被薜荔兮带女萝"（《山鬼》），那精美高妙的仪态、驭风而行的身姿，衣袂飘飘，虚空来往，令人仰视。而仙人们的居所也是非同一般的。屈原频频提及仙人所居的昆仑山："登昆仑兮食玉英"（《涉江》），"冯昆仑以瞰雾兮"（《悲回风》）"登昆仑兮四望，心飞扬兮浩荡"（《河伯》），"邅吾道夫昆仑兮，路修远以周流"（《离骚》）。昆仑山，是传说中极为高耸的世界中心点，是凡人不能沾及其边缘的神圣地方。那里"芷葺兮荷屋，缭云兮杜衡"（《湘夫人》），香草遍植，祥云缭绕。而《天问》则把这种仙界渲染和铺张做到极致："圜则九重，孰营度之？惟兹何功，孰初作之？斡维焉系，天极焉加？八柱何当，东南何亏？九天之际，安放安属？隅隈多有，谁知其数？"

神仙世界的种种描绘，以及仙人形象的塑造，对后世人们对屈原形象的想象起到至关重要的作用，并因此使屈原身化成仙有了被世人接受的心理基础。同时，屈原作品中的游仙思想与神仙世界还与他所处的楚地巫文化有关联。王逸在《九歌序》中说："昔楚南郢之邑，沅湘之间，其俗信鬼而好祀。其祀必使巫觋作乐歌舞以娱神。"② 巫觋文化中许多神秘和浪漫的色彩，交织着各种原始意象。潇湘水国引起的凄婉渺茫的遐想和雾雨深锁的幽谷峻岭引起的惶惑与恐惧，与神仙所处的飘渺仙境遥相呼应。

---

① 王逸章句、洪兴祖补注、夏剑钦校点：《楚辞章句补注·楚辞集注》，长沙：岳麓书社，2013年版，第57页。

② 屈原：《楚辞集注》，北京：中华书局，1953年版，第30页。

当人或事已远远地超出常人的想象或是控制之后，该人或事就会走向神化、仙化或是魔化。屈原身后神鱼相驮的民间传说已带有神意色彩。传说中屈原投江后，百姓闻讯赶来打捞他的尸体，但两日两夜遍寻无着。在第三日清晨，忽有金色大海鱼跃出江面，载屈原溯流而行。屈原倚坐鱼鳍，头戴切云冠，身穿白长袍，容貌如生。他盘坐鱼口，凭吊残破之郢都，泪如泉涌。随后进入西陵峡，神鱼载屈原至秭归，绕游三周，忽腾空入云，一起消逝。升天之时，留下屈原的衣冠于一鱼形山脊，后人就在那里建立了屈原衣冠冢。传说的死而复生，正是神化的第一步。屈原自身的文学创作，为这种转化提供了基础。于是，透过美丽的文字描绘，神游天地的游仙想象，屈原的自我形象也感染了神化特质。"高余冠之岌岌兮，长余佩之陆离。""扈江离与辟芷兮，纫秋兰以为佩。"（《离骚》）。他不论是衣着还是配饰，都与他笔下的仙人并无二致，身佩香草，超尘物外，成为后世一切屈原形象仙化的基础。而这一有神仙特质的屈原形象则在后世文学中超越了历史本真的形象。

二、身处泽国，赞颂水神

身处泽国，是屈原身后与水神结缘的重要因素之一。在古人的思想观念中，山川皆有神灵，而其掌管者，自先秦而至后世，多有变化不同，其间又有地域之分。楚地河网密布，水乡的现实环境加上水对生产和生活所起到的至关重要的作用，让水神在楚地有着重要的地位，因此楚地祭祀水神早已有之。"楚人所祭祷之水神并不限于江、汉、雎、漳，另有'江'、'大水'、'大川'、'汉女'、'湘君'及'湘夫人'、'大波'、'淮河'、'曲池'等，北方常见的'河伯'、'玄冥'、'罔两'和'水上'、'溺人'等厉鬼，亦偶享祭祷。"① 大水、江、大川、大波等称出自楚简，但其神有其名却难画具体之形。汉女、湘君、湘夫人等神祇在后世记载中则有名有形。东汉马融的《广成颂》中有"湘灵下，汉女游"之句，唐人李贤注谓："湘灵，舜妃，溺于湘水，为湘夫人也。"② 南朝刘敬叔《异苑》卷七载蒋道支在梦中闻人云："吾暂游湘水，过湘君庙，为二妃所留，今复还，可于水际见寻也。"③ 前蜀杜光庭《墉城集仙录》卷五载"湘江二妃"，韩愈有《祭湘君夫人文》。可见汉唐时期关于汉女、湘女为水神之说已很普遍。而河伯（有冯夷、冰夷、无夷等别名）乃黄河水神，为何在南方也享祭祷呢？杨华指出："故疑楚人本不祭河，但战国时期中原文化南渐，黄河水神亦为南方所

---

① 杨华：《楚地水神研究》，《江汉论坛》2007年第4期。
② 范晔撰、李贤等注：《后汉书》，北京：中华书局，2000年版，第1329页。
③ 刘敬叔撰、范宁校点：《异苑》，北京：中华书局，1996年版，第71页。

祭。"① 水神信仰的遍及是屈原最终亦跻身水神之列的文化土壤。

水是生命之源，是农业生产的基础，因此农耕时代水神的重要性显而易见。屈原对楚地水神的祭祷和相关传说十分熟悉，因此，屈原的创作中对水神也有高度关注，并多处写及掌管水域的仙人，为其后世化身水神打下伏笔。例如《远游》中有"使湘灵鼓瑟兮，令海若舞冯夷"之句，海若为北海之神，冯夷即河伯别名。《九歌》中有《河伯》一篇，写河伯"冲风起兮横波""波滔滔兮来迎"，河伯之神居于深水之中，"鱼鳞屋兮龙堂，紫贝阙兮朱宫，灵何为兮水中"。《天问》中也有"胡羿夫河伯，而妻彼雒嫔？"此外还有对玄冥的描绘："冥凌浃行，魂无逃只。"（《大招》）"历玄冥以邪径兮，乘间维以反顾。"（《远游》）"冥"，王逸《章句》解："冥，玄冥，北方之神也。……玄冥之神，遍行凌驰于天地之间。"参照《离骚》"帝高阳之苗裔"，据《史记·五帝本纪》记载，高阳即颛顼，为黄帝之孙，昌意之子。《礼记·月令》中四时迎气于郊，皆有所配。冬月水德所祭颛顼帝，便以上古水官玄冥神为配祀。故玄冥亦是水神。于是我们在屈原笔下种种水神的赞颂与描绘中，好像还感受到屈原之所以成为水神而为人们接受，似还包含着对他出身身份的这重认可。屈原身处水神信仰盛行的楚地，诗篇又多绘水神，这些因素都是促使他身后成为地域性水神的文化诱因。

由此，自魏晋以来，屈原成为水神的记载便出现在典籍中。晋王嘉《拾遗记》载："屈原以忠见斥，隐于沅湘，披蓁茹草，混同禽兽，不交世务，采柏实以合桂膏，用养心神。被王逼逐，乃赴清泠之水。楚人思慕，谓之水仙。其神游于天河，精灵时降湘浦。楚人为之立祠，汉末犹在。"②《纂异记·蒋琛》篇载，溪神湖神江神共同拜见湘神，其间"汨罗屈副使"虽"服饰与容貌惨悴""伛偻而进"，但侃侃而谈。元明时期，《三教源流搜神大全》卷二云："江渎，楚屈原大夫也。唐始封二字公，宋加四字公，圣朝加封四字王，号广源顺济王。"③《月令广义·岁令一》也说："江神，即楚大夫屈原。"④ 可见，奉屈原为水神或江神，在这时已被普遍接受。胡应麟《玉壶遐览》卷二中即录"海伯"（屈原。见《卮言》）⑤

三、舍生取义，寄托民情

楚地水乡泽国，失命于水者自古多见，而这些不幸者中，非正常死亡而不得安魂

---

① 杨华：《楚地水神研究》，《江汉论坛》2007年第4期。
② 李格非、吴志达主编：《文言文小说》，郑州：中州古籍出版社，1987年版，第551页。
③ 宗力、刘群：《中国民间诸神》，石家庄：河北人民出版社，1986年版，第337页。
④ 万里主编：《湖湘文化辞典》，长沙：湖南人民出版社，2011年版，第251页。
⑤ 胡应麟：《少室山房笔丛》，上海：上海书店出版社，2009年版，第454页。

者，被称为水鬼，亡于水上而非沉入水中淹死之人（舟船上自杀的或是病故的）被称作"水上"，溺水淹死者即是"溺人"。屈原自沉却绝不能列属其中之一。他的身亡是为义而付出生命的主动选择，更多的带有一种精神的决绝。他在作品里不断表达自己的忠贞，"内惟省以端操兮，求正气之所由。"（《远游》），他"内美修能""重仁袭义""怀质抱情，独无匹兮"。诚如学者所言，屈原的作品表现出"选定'我'为善，选定'我'为他人负责，从而使'我'坚定了向善的决心与勇气。"① 而这种选择正是屈原爱国形象的内因。

屈原是颛顼后代，有着楚王室成员的高贵身份。在他被彻底远放，"媒绝路阻"（《思美人》）、"哀见君而不再得"（《哀郢》）时，有人劝他"何所独无芳草兮，尔何怀乎故宇？"（《离骚》）但屈原却至死不愿离开楚国，才最终因不忍再见故国罹难，"愿依彭咸之遗则"（《离骚》），沉江自尽。是理想的破灭让屈原选择了自沉殉国。他悲情而崇高的精神追求获得了后世的景仰，同时也寄托了百姓的美好愿望，这是因为"在百家争鸣的战国时代，屈原作为楚王族的后裔与政治家，受中原王道文化与天命观的影响，'哀民生'而行'美政'，自觉担当起匡扶国难和关切民生的使命，传承了孔孟儒学为善他人的道德思想"。② 他的坚持与追求中，寄托了百姓对生活改善的向往，而民生的艰难也让人们更加渴求天道的公正。面对民生的艰难，屈原"长太息以掩涕兮，哀民生之多艰"。（《离骚》）他从历史经验的审视与反思中体认天道的终极正当性与为政以德的必要性："皇天无私阿兮，览民德焉错辅。……夫孰非义而可用兮，孰非善而可服？"（《离骚》）皇室身份和为民疾呼，让屈原形象地位的正统性获得认可，并在屈原舍生取义后得到集中和升华。

屈原这种思想的传达在后世影响甚远，而人们对这种有着高尚品德和牺牲精神的人物便加诸以更多的关注和增饰，于是自魏晋人们就将其神化，视屈原为水神，立祠来进行祭祀的活动。究其原因是"楚人思慕"也。所谓思慕，即怀恋和追慕，这其中展现了人们强烈的愿望和渴求。可以说，屈原形象神化仙化的过程，同时也是屈原故事丰富发展的过程，其中浓缩的是人民对屈原的评价，是人民情感的投射和愿望的表达。由是在后世文学中，便有借奇幻之笔写屈原成仙，将屈原为民请命与水神身份的形象合在一起。如清代戏曲作品中，周乐清的《屈大夫魂返汨罗江》写屈原被渔父救活重返楚国政坛，并以积极的人生态度献策楚王；丁耀亢的《化人游》中屈原不仅成仙，而且所居之所叫作"鱼腹国"；胡盍朋的《汨罗沙》写湘江水仙屈原与吴江水仙伍

---

① 王振钰：《"民生禀命，各有所错"：屈原"他人"思想对儒学的继承与超越》，《华南农业大学学报（社会科学版）》2010年第3期。
② 王振钰：《"民生禀命，各有所错"：屈原"他人"思想对儒学的继承与超越》，《华南农业大学学报（社会科学版）》2010年第3期。

子胥一起巡江。这些幻化之作，由作者而言，他们创作的理由是："悲欢常态，不足以发我幽思幻想，故一托之于汗漫离奇，狂游异变，而实非汗漫离奇、狂游异变也"。①当然也有"别创规模，立案翻新，令观者称快，叹未曾有"②的原因。作品所述虽然与历史不吻合，但这类作品的产生代表了来自人民的企望。作者的用意在于对历史的同情，对现实的失望，借屈原以寓意。人间天国虽然很难看到，但寄予理想是无可厚非的。

四、神化历程，意义深远

洞庭湖水神信仰"随着历史的变迁和时代的发展而不断变化，其信仰对象、信仰方式和信仰心理分别经历了由自然神向人神、由娱神到娱人、由神圣到世俗的嬗变"。③屈原水神形象的演化过程同样有类似的诸多阶段，并融进世俗，融入到民俗生活之中。南朝梁吴均《续齐谐记》载："屈原五月五日投汨罗而死，楚人哀之。每至此日，竹筒贮米，投水祭之。汉建武中，长沙欧回，白日忽见一人，自称三闾大夫，谓曰：'君当（常）见祭，甚善。但常所遗，苦蛟龙所窃。今若有惠，可以楝树叶塞其上，以五彩丝缚之，此二物蛟龙所惮也。'回依其言。世人作粽，并带五色丝及楝叶，皆汨罗之遗风也。"④宋《太平寰宇记》引《襄阳风俗记》也有类似的记载："屈原五月五日投汨罗江，其妻每投食于水以祭之。屈原告妻，所祭皆为蛟龙所夺。龙畏五色丝及竹，故妻以竹为粽，以五色丝缠之。今俗其日皆带五色丝、食粽，言免蛟龙之患。又原五日先沉，十日而出，楚人于水次迅楫争驰，棹歌乱响，有凄断之声，意在拯溺，喧震川陆，风俗迁流，有竞渡之戏。"⑤明代万历四十三年（公元1615年），"遣司礼李恩捧旒袍封大帝水府庙为屈平大夫，各处祀之"⑥。在湘江下游至入湖河段，以屈原为祭祀对象的水府庙多见。而在台湾民间，屈原也被当作"水仙尊王"崇拜祭祀。台湾民间对水仙尊王的信仰由来已久，但奉祀水仙对象不一。据蔡相辉《台湾的祠祀与宗教》一书所考，至清朝，清雍正初年，民间水仙咸认为是禹帝（大禹）、伍员（伍子胥）、屈大夫（屈原）、楚王（项羽）、羿王（或鲁班）五人，即今所俗称的"一帝二王二大夫"。

---

① 吴毓华：《中国古代戏曲序跋集》，北京：中国戏剧出版社，1990年版，第309页。
② 齐霁：《古今戏剧中的屈原形象》，《深圳特区报》，2010年6月10日，第二版。
③ 李琳：《洞庭湖水神信仰的历史变迁》，《民俗研究》2010年第2期。
④ 张君著：《神秘的节俗：传统节日礼俗、禁忌研究》，南宁：广西人民出版社，2004年版，第119页。
⑤ 袁珂：《中国神话传说词典》，北京：北京联合出版公司，2013年版，第416页。
⑥ 朱一玄、刘毓忱编：《中国古典小说名著资料丛刊〈三国演义〉资料汇编》，天津：南开大学出版社，2012年版，第646页。

水仙尊王屈原神像是公元 1721 年（清康熙六十年）随着明末遗臣朱一贵来到台湾的。它本是一郭姓先贤自福建漳州府龙溪县家乡随身奉祀之保护神，随朱氏入台后，后因朱氏起义失败，便继续留在洲美地区由先民们供奉参拜。①

　　历史人物在后世神化或仙化的情况一直存在，明胡应麟《玉壶遐览》卷二前有序："《宛委馀编》所录古帝王贤哲没为明神及生有所自者，暇读二典泊杂史、小说家言，复得若干条，辄以弇州遗意补录于左。"② 哲人帝王、各路英雄人物、草根小民，均有机缘而化为神明，我们熟知的则有儒家的孔子、道家的老子、武将关羽、药王孙思邈、天后宫供奉的海神娘娘林默等等。历史人物在后世的神化、仙化过程在今天看来，其内容或荒诞不经，但却能看出一时一地的民风习俗，而这些都是宝贵的历史资料，因而有研究与利用的价值。水神屈原所代表的洞庭湖水神信仰亦是"人类在不同的历史阶段中，为了满足生存与发展的需要，特别是心理需求而创造出来和不断传承的一种文化现象"。③ 在这个影响扩大化个人神圣化的过程中，神化或仙化是一种拔高的行为和过程。历史本真的人物在民俗传说中，逐渐地在外貌着装上与普通人有所区分，其言行亦被奉为判断是非曲直的标准，最终其个体成为一种精神意义的符号。他们不但为文学做出了贡献，更成为民脉延续的线索。对于文化传承和保护都有着积极的意义。就屈原而言，不论是孤愤的屈原，还是幻化的屈原，无不被打上了时代的烙印。过去人们对屈原的解读，其一是失意知识分子取其孤愤之情以自拟；其二是爱国志士慕其爱国之志欲救亡。但文学作品与民间传说中的屈原已不是本真的屈原，我们当以拓展眼光来看待屈原身后的文化现象，特别是传说与民俗中水仙屈原的形象。屈原"舍生取义"的所为，不是生命的毁灭，反而是生命的坚持与超越，因此赢得后世万民永远的信任。他在构建我国优良文化传统、构建民族精神方面，起着无可估量的作用。屈原文化是民族心理民族进步的展示。也正由于此，当代文学家余光中曾亲至湖南拜访屈原遗迹，说："我来汨罗江和屈子祠，就是来到了中国诗歌的源头，找到了诗人与民族的归宿感。"④

---

① 苏慧霜：《从游仙到水仙》，《三峡论坛》2010 年第 5 期。
② 胡应麟：《少室山房笔丛》，上海：上海书店出版社，2001 年版，第 446 页。
③ 李琳：《洞庭湖水神信仰的历史变迁》，《民俗研究》2010 年第 2 期。
④ 古远清：《余光中：诗书人生》，武汉：长江文艺出版社，2008 年版，第 27 页。

宋玉研究

宋玉赋几种物类事象及其生成源头

中国人民大学 李炳海

【摘 要】 宋玉赋的风意象在作品结构框架、叙事方式、取材对象方面与《庄子·齐物论》多有相通之处；所承载的理念则带有鲜明的楚文化特色，而与齐文化存在明显差异。宋玉的《大言赋》《小言赋》，脱胎于道家的小大之辩，与道论密切相关。《高唐赋》展示的狩猎场面，则与楚国散文及《招魂》的狩猎叙事一脉相承，同时，宋玉又对某些情节作了虚化处理。宋玉的《钓赋》与战国楚文学的弋射、垂钓及论剑方面所用的譬喻可以相互印证。宋玉赋以战国楚文化为主要依托，同时，它的源头又是多个，而不是单独一个。

【关键词】 宋玉赋 物类事象 生成源头 楚文化

关于赋类作品的起源，历史上存在多种说法，至今仍然是重要的学术热点问题。宋玉是中国古代最早以赋名篇的作家，他和荀子是赋类作品的两位奠基人，因此，如果能把宋玉赋的生成源头探讨清楚，那么，赋类作品起源问题也就解决了一大部分。宋玉赋有的来源比较清楚，很容易断定。他的赋出现许多四言诗句，有的是整个段落全用四言诗句，显然，它的最初源头可以追溯到《诗经》。宋玉赋有些段落运用骚体句式，他本人也写过骚体的《九辩》，断定宋玉赋脱胎于先秦楚辞，这个结论也可以成立。宋玉赋还有些物类事象的来源不是直接呈现出来，而是很大程度上处于隐蔽或模糊状态。对于这些物类事象，需要进行系统地梳理，从而把宋玉赋的追本溯源置于坚实的以文献为依托的基础上，作出客观、全面的判断，并对历史上的赋源论是非得失加以衡量评判。

一、《风赋》与战国楚文学的风意象

风作为一种自然存在物，是先秦文学重要的取材对象。至于以风作为篇题，宋玉则是首创。把宋玉《风赋》与战国文学风意象加以沟通，是对宋玉赋探源的必由之路。

(一)《风赋》与《庄子·齐物论》地籁段落叙事对比

宋玉《风赋》第二个段落如下：

> 王曰："夫风，始安生哉？"宋玉对曰："夫风生于地，起于青苹之末，侵淫溪谷，盛怒于土囊之口，缘泰山之阿，舞于松柏之下，飘忽淜滂，激飏熛怒。耿耿雷声，回穴错迕，蹶石伐木，梢杀林莽。至其将衰也，被丽披离，冲孔动楗，眴焕粲烂，离散转移。"①

《风赋》后面的板块把风分为两类，即大王之雄风和庶人之雌风，前边援引的这段文字则是从整体上对风加以描绘。《文心雕龙·诠赋》称："赋自诗出，分歧异派。写物图貌，蔚似雕画。"②刘勰把赋概括为"写物图貌"，指出它的咏物属性，如同为所咏之物雕刻和绘制图像。《风赋》上边所引文字，是典型的写物图貌，是在为风绘制图像。

对风作绘声绘色的描写，《庄子·齐物论》如下一段文字颇为精彩：

> 子綦曰："偃，不亦善乎，而问之也！今者吾丧我，汝知之乎？女闻人籁而未闻地籁，女闻地籁而未闻天籁夫！"子游曰："敢问其方。"子綦曰："夫大块噫气，其名为风。是唯无作，作则万窍怒呺。而独不闻之翏翏乎？山林之畏佳，大木百围之窍穴，似鼻，似口，似耳，似枅，似圈，似臼，似洼者，似污者；激者，谪者，叱者，吸者，叫者，譹者，宎者，咬者。前者唱于，而随者唱喁。泠风则小和，飘风则大和，厉风济则众窍为虚。而独不见之调调，之刁刁乎？"③

这段文字对风所作的描绘淋漓酣畅，穷形尽相。对此，清人方以智评论道："读《庄》当如歌诗，此是一篇天风赋。"④实际情况的确如此。如果这个段落单独成文，冠以标题，就是一篇标准的咏风短赋。如果把它与宋玉赋上述段落相比，会发现二者在叙事方面诸多的相通之处。

第一，二者均采用主客问答的方式。《齐物论》对风所作的描绘，假托出自南郭子綦之口，是他和颜成子游对话的一部分。颜成子游是问方、客方，南郭子綦是答方、主方。《庄子·齐物论》和宋玉《风赋》对风所作的描绘，均出自答方、主方。清人章

---

① 萧统编、李善注：《文选》，长沙：岳麓书社，2002年版，第406页。
② 刘勰撰、范文澜注：《文心雕龙注》，北京：人民文学出版社，1985年版，第136页。
③ 郭庆藩撰、王孝鱼点校：《庄子集释》，北京：中华书局，2004年版，第45—46页。
④ 方以智撰：《药地炮庄》，清康熙三年谭阳天瑞堂梓行浮山此藏轩本。

学诚论述赋的起源称："假设问对,庄、列寓言之体也。"① 战国采用主客问对体的文章不限于《庄子》《列子》的寓言,而是比较普遍。宋玉赋作为中国古代赋类作品的开山鼻祖,多数采用问对体,它的来源也是多种渠道。不过,仅就宋玉的《风赋》而论,说它脱胎于《庄子·齐物论》的上述段落,却是有一定道理,章氏的论断在这个范围之内可以成立。

第二,宋玉《风赋》和《庄子·齐物论》上述段落对风所作的描写,采用的均是按照时空顺序进行推移的叙事方式,并且在脉络结构方面有相似之处。宋玉《风赋》上述段落对风所作的描写可划分为四个阶段,即初起、侵淫、盛怒、衰歇,其中第三个阶段是叙事的重点。写物图貌分四阶段进行,是宋玉赋经常采用的叙事方式,除《风赋》之外,还见于《高唐赋》《神女赋》。各阶段叙事的开头通常有领起的词语,是划分阶段的重要标志。"辞赋生成期所孕育的对动态事象进行四段铺陈的手法,是一种重要的结构模式,在后代辞赋中经常可以见到。"② 《齐物论》描写风的段落总体上按照时空顺序进行叙事,同时,中间十六句又按照类别进行铺陈。前一组八句描写树穴的形状,后一组八句模拟风声。正如成玄英所说:"略举树穴,即有八种;风吹树穴,还作八声。"③ 如果对模拟风声的八个短语加以划分,可分为四组。每组两个短语,表示两种相反的风声。"激者,謞者"为一组,激、謞,押药部韵。激指激荡,受到阻碍之声。謞,本指箭离弦之声,这里指得到外力助推之声。叱,指向外出粗气,吸则指气流向内而细,叱、吸、质、辑合韵。叫,"高而声扬";譹,"下而声浊"。叫、譹、幽、宵部合韵。宎,"深而声留";咬,"鸣而声清"。④ 宎、咬,押宵部韵。这八个排比短语每两个分为一组,所用摹声的实词押韵。八个短语八处押韵,用韵是很密集的,宋玉《风赋》上述所引文字,对风的描写分四个阶段,与《齐物论》对风的描写分为四组,在思维方式和数理逻辑层面有相通之处。《风赋》上述板块对风的描写重点是第三阶段,即从"缘太山之阿"到"梢杀林莽"。其中的下、怒、迕,押鱼部韵。莽与上句的"木"以声相谐,又与前面的"滂"押阳部韵。宋玉对于风在盛怒阶段所作的渲染,基本上是两句为韵,以鱼部韵为主。这种调遣与《齐物论》八个短语构成的段落可谓异曲同工。

《齐物论》对风在开始阶段所作的叙述如下:"是唯无作,作则万窍怒呺。而独不闻之翏翏乎?"呺,宵部;翏,幽部。这两句是宵部、幽部合韵。《齐物论》描写风的

---

① 章学诚著、叶瑛校注:《文史通义校注》,北京:中华书局,1985年版,第1064页。
② 李炳海:《黄钟大吕之音——中国古代辞赋的文本阐释》,长春:吉林人民出版社,2001年版,第369页。
③ 郭庆藩撰、王孝鱼点校:《庄子集释》,北京:中华书局,2004年版,第48页。
④ 宣颖撰、曹础基点校:《南华经解》,广州:广东人民出版社,2008年版,第12页。

消歇阶段，用的句子如下："而独不见之调调，之刁刁乎?"调，幽部韵；刁，宵部韵。这两句话也是宵部、幽部合韵。宋玉《风赋》上述段落描写风之初起："夫风生于地，起于青苹之末。"地，歌部；末，月部。这两句是歌、月合韵。叙述风之将衰，"被丽披离"，"离散转移"。离、移俱属歌部。《齐物论》和《风赋》叙述风起的始末，前后段落的用韵，均呈现遥相呼应的态势，所用韵部相同这种看似偶然的巧合，反映出宋玉《风赋》与《庄子·齐物论》上述段落深层次的相通，二者之间存在渊源关系。

第三，宋玉《风赋》和《庄子》均关注风与穴的联系。

《风赋》先是说"空穴来风"，后边又称风"盛怒于土囊之口"，李善注写道：

> 土囊，大穴也。盛弘之《荆州记》曰："宜都很山县有山，山有穴，口大数尺，为风井。土囊，当此类也。"①

李善注合乎原文本义，可取。《风赋》把风的盛怒阶段置于它穿越洞穴的空间背景之下，合乎自然规律。《风赋》在后边的两个板块所作的叙事，依然关注类似于洞穴的风的通道。大王之雄风，"回穴冲陵"，"经于洞房"。庶人之雌风，"起于穷巷之间"，"冲孔袭门"，"邪薄入瓮牖"。穷巷，孔和门，瓮牖，均是风的通道，因为那里有孔穴而便于穿行。尽管宋玉笔下的风有雌雄之别，但是，它们以孔穴为主要通道的属性则是一致的。

宋玉《风赋》着眼于风以洞穴、空隙为通道这种自然现象，《庄子·齐物论》同样如此，并且对巨树的孔窍作生动的展示，列出它的八种样态。对此，宣颖称："三者取象于身""三者取象于物""二者取象于地"。②庄子用人的头部器官鼻、口、耳，用杞树编制的圆形杯和石臼，用凹形的地面坑洼，对树窍加以摹拟，采用的是比喻的笔法。宋玉《风赋》有"空穴来风"之语，李善注引《庄子》之文及司马彪注如下：

> "空穴来风，桐乳致巢，此以其能苦其性者。"司马彪曰："订户空也，风善从之。桐子似乳，著其叶而生，其叶似箕，鸟善巢其中也。"③

所引《庄子》之文及司马彪注，不见于今本《庄子》，当是已经亡佚。从中可以看出，"空穴来风"是《庄子》及宋玉《风赋》的共同用语，均关注空穴充当风道这种自然

---

① 萧统编、李善注：《文选》，长沙：岳麓书社，2002年版，第407页。
② 宣颖撰、曹础基点校：《南华经解》，广州：广东人民出版社，2008年版，第11页。
③ 萧统编、李善注：《文选》，长沙：岳麓书社，2002年版，第407页。

现象。《风赋》记载:"宋玉对曰:'臣闻于师:枳句来巢,空穴来风。'"宋玉所说的"空穴来风"之语,是他老师传授的。宋玉老师究竟是谁,已经无从考证。既然《庄子》已有这句成语,从楚文化系统传承的角度审视,《庄子》的作者所起的作用相当于宋玉的老师。

《庄子》和宋玉《风赋》均对洞穴充当风的通道一事予以关注,屈原生活的时段介于庄子和宋玉之间,他的《九章·悲回风》提到风穴:"依风穴以自息兮,忽倾寤以婵媛。"洪兴祖作了如下解释:

  《归藏》曰:"乾者,积石风穴之寥寥。"《淮南》曰:"凤凰羽翼弱水,暮宿风穴。"注云:"风穴,北方寒风从地出也。"宋玉赋曰:"空穴来风。"①

这里的风穴,指北方之风所出的洞穴。洪兴祖用宋玉《风赋》的"空穴来风"之语为风穴作注,无意中勾勒出战国楚文学在取材于风穴方面一脉相承的线索。

风以孔窍、洞穴为通道,因此,先民对此予以特殊关注,并且通过诗文加以表现,这个进程从《诗经》时代就已经开始。《邶风·谷风》以"习习谷风"发端,程俊英先生称:"谷风,来自山谷的大风。"②《小雅》亦有《谷风》,开篇曰:"习习谷风,维风及雨。"程俊英先生注:"习习,连续不断的风声。谷风,来自山谷的大风,大风。"③所作的解释颇为准确。谷,指山谷;山口,系风的通道。《大雅·桑柔》称:"大风有隧,有空大谷。"程俊英先生解释如下:"有隧,隧隧,风疾速的样子。"④这两句诗首句渲染大风迅疾,第二句称山谷空空,言外之意,风从山谷吹来,故强度很大。描写风而着眼于它以空谷孔穴为通道。宋玉《风赋》的观照视角,可以从《诗经》上述作品找到它的最初源头。班固在《两都赋序》中写道:"或曰:'赋者,古诗之流也。'"⑤他援引别人的话语,把赋的起源锁定为以《诗经》代表的古诗。仅就宋玉赋风自谷出的取材而论,《诗经》确实是宋玉赋的源头。不过,这是它的远源,直接源头则是《庄子》、屈原作品中出现的空穴来风、风穴之类的意象,都属于战国楚文学系统。

(二)《风赋》所承载理念的楚文化特色

宋玉《风赋》在作品结构、叙事方式、取材对象等方面,与先前战国楚文学一脉

---

① 洪兴祖撰、白文华等点校:《楚辞补注》,北京:中华书局,1983年版,第159页。
② 程俊英:《诗经译注》,上海:上海古籍出版社,1985年版,第62页。
③ 程俊英:《诗经译注》,上海:上海古籍出版社,1985年版,第404页。
④ 程俊英:《诗经译注》,上海:上海古籍出版社,1985年版,第580页。
⑤ 萧统编、李善注:《文选》,长沙:岳麓书社,2002年版,第1页。

相承。同时，《风赋》所承载的理念，也带有鲜明的楚文化属性。

风以孔窍、空谷为通道，这是先民普遍认可的事实。至于风从何而生，先民给出的答案不尽相同，从中可以看出各个文化系统之间的差异。

宋玉《风赋》写道："王曰：'夫风始安生哉？'宋玉曰：'风生于地。'"顷襄王追问风从哪里生成，宋玉作出"风生于地"的回答。《庄子·齐物论》称："夫大块噫气，其名为风。"古注对"大块"所作的解释颇为迂曲，对此，俞樾作了如下辨析：

> 大块者，地也。块乃凷之或体。《说文·土部》："凷，墣也。"盖《中庸》所谓一撮土之多也，积而至下广大，则成地矣。故以地为大块。……此本说地籁，然则大块者，非地而何？①

俞氏所作的辨析可取。块，指土块。《左传·僖公二十三年》叙述晋公子重耳流亡，其中有如下情节："出于五鹿，乞食于野人，野人与之块。"杨伯峻先生注："块，土块也。"② 块，指土块。大块，确定无疑是指地，它由无数土块构成，故称大块。庄子把风说成土地吐出的气流，这和宋玉所说的"风生于地"如出一辙。就此而论，把风的生成母体归结为大地，是宋玉和庄子共同秉持的理念，也是战国楚文学一条线索。《荀子·劝学》及《大戴礼记·劝学》均称："积土成山，风雨兴焉。"由此可见，这在当时是具有普遍性的观念。这种观念源于对风朴素直观所产生的感觉，而不是抽象的思辨所生。

《大戴礼记·曾子天圆》写道："阴阳之气各静其所，则静矣，偏则风。"卢辩注："偏，不正也。阴入于阳，旋而无形，为风也。"③ 这是用阴阳学说解释风的生成。偏，谓边侧，指阴阳二气不是各静其所，而是偏离正常位置。《曾子天圆》出自孔子后学曾参学派，写定于战国时期。这里对于风所作的解释，明显是哲学思辨的产物，与战国楚文学把风说成生于地的朴素直观明显有别。

宋玉《风赋》把风分为大王之雄风与庶人之雌风两类，它们不但具体形态存在差异，所具有的功能也截然相反。"清清泠泠，愈病析酲，发明耳目，宁体便人。此所谓大王之雄风也。"这类风能使人病愈酒醒具有医疗保健功能，是创造性因素。"中心惨怛，生病造热。中唇为胗，得目为篾，啖齰嗽获，死生不卒。此所谓庶人之雌风也。"李善注："风疾既甚，言死而来既死，言生而又有疾也，故云不卒。"④ 大王之雄风，是

---

① 郭庆藩撰、王孝鱼点校：《庄子集释》，北京：中华书局，2004年版，第46页。
② 杨伯峻著：《春秋左传注》，北京：中华书局，1990年版，第406页。
③ 王聘珍撰、王文锦点校：《大戴礼记解诂》，北京：中华书局，1983年版，第98页。
④ 萧统编、李善注：《文选》，长沙：岳麓书社，2002年版，第409页。

清凉之风，对人的生命是创造性因素。庶人之雌风则是湿热之风，对人的生命是破坏性的。

宋玉《风赋》兼顾风的创造性和破坏性功能，屈原作品也可以见到类似情节和场面。《离骚》写道："前望舒使先驱兮，后飞廉使奔属。"王逸注："飞廉，风伯也。"① 抒情主人公神游，令风神飞廉殿后。飞廉作为风神充当抒情主人公神游的随从，起着保护抒情主人公的作用，充当创造性的正面角色。由于风神充当抒情主人公的扈从，于是出现了如下场面："飘风屯其相离兮，帅云霓而来御。"王逸注："回风为飘。飘风，无常之风，以兴邪恶之众。屯其相离，言不与己和合也。"② 王逸把飘风释为邪恶的象征，是与抒情主人公离心离德的角色。后代注家多从其说，对此，汤炳正先生作了如下驳正："御，侍也。见《广雅·释言》。《惜诵》'俾山川以备御兮，命咎繇使听直'与此句同意，王逸亦云'御，侍也。'"③ 所作辨析可取。抒情主人公令风神伴随神游，风和云往往相伴相生，因此，抒情主人公前行过程中，大风率领云霓前来充当侍从，风还是作为创造性的角色出现，协助抒情主人公远行。《远游》是《离骚》的姊妹篇，其中抒情主人公神游是"风伯为余先驱"，风神充当开路先锋，是抒情主人公神游的引导者。《离骚》和《远游》的抒情主人公神游，风神或是殿后提供助推力，或是在前边扫清障碍，作为积极的正面角色出现。《九章·悲回风》的抒情主人公登高攀天，"依风穴以自息"，把风穴作为可以休息的场所，风对抒情主人公而言是依傍对象。

《离骚》《远游》《悲回风》上述风意象作为创造性的因素出现，均是抒情主人公在神游过程中与风结缘，把具体场景设置在幻想世界。但是，屈原作品有些神灵所处的幻想世界，风是作为破坏性因素而被呈现，《九歌》就有这类案例。《湘夫人》中的"袅袅兮秋风，洞庭波兮木叶下"，《山鬼》中的"风飒飒兮木萧萧"，风是清冷、凄凉的象征，带来的是损伤、痛苦。屈原作品在现实层面所作的描写，也是兼顾破坏性和创造性功能两个方面。《九章·涉江》的"欸秋冬之绪风"，《悲回风》的"悲回风之摇蕙"，其中的风都具有杀伤力。而《招魂》中的"光风转蕙"，则是令人心旷神怡的美景。宋玉的《九辩》以悲秋开篇，其中的"草木摇落而变衰"，就是萧瑟的秋风所造成。而这篇作品的篇末，抒情主人公远游却是"通飞廉之衙衙"，令风伯伴随前行，把风作为可供依托的对象。屈原、宋玉的楚辞作品，风的破坏性往往设定在秋天，而风的创造性则多次出现在抒情主人公神游旅途中。《文心雕龙·诠赋》篇称赋类作品"拓宇于楚辞"，战国楚辞对风所作的呈现兼顾它的创造性和破坏性，宋玉的《风赋》也是

---

① 洪兴祖撰、白文华等点校：《楚辞补注》，北京：中华书局，1983年版，第28页。
② 洪兴祖撰、白文华等点校：《楚辞补注》，北京：中华书局，1983年版，第29页。
③ 汤炳正、李大明、李诚、熊良智注：《楚辞今注》，上海：上海古籍出版社，1996年版，第29页。

这样。就此而论，最初的赋确实是"拓宇于楚辞"。

《庄子》散文是战国楚文学的重要组成部分，它对于风所作的艺术显现，同样兼顾风的创造性和破坏性功能，分别见于两篇寓言。

《天地》篇有谆芒与苑风对话的寓言："谆芒将东之大壑，适遇苑风于东海之滨。"对于文中的谆芒，宣颖称："开口寓意大壑，便有神人一段解悟在胸中矣。"① 谆芒是这则寓言的主角，确实作神人、道的化身出现。关于苑风，古注或释为小风，或释为扶摇大风，两种解说指向相反。苑，字形从夗。《说文解字·夕部》："夗，转卧也。"段玉裁注："谓转身压人也。《诗》曰'展转反侧'。凡夗声、宛声字，皆取委曲意。"② 夗指侧身转压人，苑字构形从夗，故有翻转、旋转之义。苑风，指旋转的风。在这则寓言中，谆芒是体悟道性者，苑风则是求教者的角色，向谆芒询问什么是圣治、德人、神人，所提的问题折射出苑风富有建设性、创造性的愿望，风是被肯定的对象。至于《逍遥游》中的扶摇之风，为大鹏展翅高飞提供依托，也是创造性的因素。

《庄子·秋水》篇有一则夔、蚿、蛇、风对话的寓言。其中假托风之口对自身作了如下描述：

> 予蓬蓬然起于北海而入于南海也，然而指我则胜我，我亦胜我。虽然，夫折大木，蜚大屋者，唯我能也，故以众小不胜为大胜也。

郭嵩焘称："指者，乎向之；鳍者，足蹴之。"③ 风有时是柔性的，人的手脚都可以制御它。风有时又是令人恐惧的对象，它有巨大的能量，能造成严重的破坏。在这种情况下，它属于自然暴力，是损害性的因素。从上述两则寓言可以看出，《庄子》散文中出现的风，同样兼具创造性和破坏性，与此后楚地辞赋的风意象具有相通之处。

描写风而兼顾它的创造性与破坏性，这个源头仍然可以追溯到《诗经》。如前所述，《诗经》中的谷风多是作为破坏性因素出现，它对人造成损伤。《邶风·凯风》写道："凯风自南，吹彼棘心。"毛传："兴也，南风谓之凯风，乐夏之长养者。"④ 凯风是温暖的风，是草木欣欣向荣，是创造性因素。《诗经》对风的取象兼顾它的创造性和破坏性功能，宋玉《风赋》也是这样。由此看来，把赋说成是古诗之流，确实有其道理。

风作为一种自然物，既有创造性功能，又具有破坏性，这是战国楚文学一脉相承

---

① 宣颖撰、曹础基点校：《南华经解》，广州：广东人民出版社，2008年版，第93页。
② 许慎撰、段玉裁注：《说文解字注》，上海：上海古籍出版社，1981年版，第315页。
③ 郭庆藩撰、王孝鱼点校：《庄子集释》，北京：中华书局，2004年版，第595页。
④ 王先谦撰、吴格点校：《诗三家义集疏》，北京：中华书局，1983年版，第156页。

的理念，继承的是《诗经》的传统。那么，战国楚文学所承载的有关风的理念，在当时是否普遍认可呢？这是值得进一步追问的话题。《管子》是战国时期齐国稷下学宫文献汇编，其中《四时》篇写道：

东方曰星，其时曰春，其气曰风。风生木与骨，其德喜嬴而发出时节。

尹知章注："东方阴阳之气和杂之时，故为星，星亦不定于阴阳也。"①《四时》篇把四种自然现象同四时相配，春为风，夏为阳，秋为阴，冬为寒。从这种对应关系可以看出，《四时》篇把风作为具有和合之性的自然存在物看待。文中又称，如果春季的政令能够顺应自然规律，"然则柔风甘雨乃至"。所谓的柔风，也就是和煦之风，它的功能是促进万物发育成长。《四时》篇认为风是创造性的因素，而不是具有破坏性的自然暴力，这与战国楚文学对于风所作的展示，所承载的理念呈现出明显的差异。

《管子·白心》篇有如下段落：

夫不能自摇者，夫或捨之。夫或者何？若然者也。视则不见，听则不闻。洒乎天下满，不见其塞。集于颜色，知于肌肤。责其往来，莫知其时。薄乎其方也，韕乎其圆也，韕韕乎莫得其门。

捨，古摇字。这段话以风为描述对象，尹知章注写道：

风有时摇动，谁使然也。……风之洒满天下也。风无拥塞时也。寒者遇风则色惨，热者遇之则清也，惟肌肤能觉风。责问其往来，则不得其时。谓遇方则为方；韕，复貌，遇圆则为圆也。虽复圆转，终不见其门也。②

《白心》对于风所作的描述，取自风的没有形质、飘忽往来的属性，以及人的触觉对它的感知。虽然描述的对象是风，但是，所用的语言却与战国文献对于道所作的渲染相似，把风作为道的象征看待。至于风的具体功能，却是涉及甚少，基本上没有接触到的它的创造性与破坏性，可以说是超脱于二者之外。

《管子》一书的《四时》《白心》，在把风作为描述对象时作了抽象化的处理，或与阴阳学说相沟通，或是以形而上之道相比附。而战国楚文学则是把风加以形象化，

---

① 黎翔凤撰、梁运华整理：《管子校注》，北京：中华书局，2004年版，第842页。
② 黎翔凤撰、梁运华整理：《管子校注》，北京：中华书局，2004年版，第799—800页。

对它作绘声绘色的描写。风无形质，它的本身是不可见的。但是，它的功能效应却是可见的。正是通过对风的功能效应的展示，把它的破坏性与创造性功能反映出来。战国楚文学的风意象，立足于风的朴素直观，以经验世界为依托，而没向抽象化伸展，从而形成鲜明的楚文学特色。由此看来，宋玉的《风赋》植根于楚文化的土壤，与齐文化没有直接关联。

二、《大言赋》《小言赋》与战国的小大之辩

宋玉的《大言赋》《小言赋》均置于对话体框架之内，两篇作品都属于文字游戏。其背景是宋玉、唐勒、景差与顷襄王游于阳云之台，三位文人各自以言大、言小的方式作赋，是一种娱乐活动，宋玉所作的赋最终得到楚王的奖赏。

从战国中期开始，悄悄兴起小大之辩的风气，那么，世界上至大至小之物究竟各是什么？宋玉等人的《大言赋》《小言赋》就是在这种历史文化氛围中生成的，是对上述问题以作赋方式所给出的解答。既然如此，这两篇作品的直接源头，也必须到先前的小大之辩文献中去搜寻。

（一）宋玉的《小言赋》与《晏子春秋》《列子》极细之物

《艺文类聚》卷十九所载宋玉《小言赋》全文如下：

> 无内之中，微物潜生，比之无象，言之无名。蒙蒙灭景，昧昧遗形。超于大虚之域，出于未兆之庭。纤于蠛蠓之微蔑，陋于茸毛之方生。视之则眇眇，望之则冥冥。离朱为之叹罔，神明不能察其情。二子之言，磊磊皆不小，何如此之为精。①

宋玉所说的至微之物，实际是按照形而上之道的属性加以描述，几乎每句都留下道论的印痕。开始两句称"无内之中，微物潜生"，何谓无内？这是战国时期用以描述至微之物的专用术语。《庄子·天下》篇介绍惠施的学说时引述他的如下话语："至大无外，谓之大一；至小无内，谓之小一。"成玄英疏："入于无间，谓之小也。"② 所谓的至小无内，指体积小到极限，不能再加以分割，其中不能再容纳任何物品。"至小无内"的命题出自惠施，同时也是道论经常运用的话语。《管子·内业》篇写道：

> 彼道自来，可藉与谋。静则得之，躁则失之。灵气在心，一来一逝。其

---

① 欧阳询撰、汪绍楹校：《艺文类聚》，上海：上海古籍出版社，1999年版，第346页。
② 郭庆藩撰、王孝鱼点校：《庄子集释》，北京：中华书局，2004年版，第1103页。

细无内,其大无外。所以失之,以躁为害。

《内业》是论道专篇,出自齐国稷下学宫的道家流派。以上一段论述得道之方及道的功用。"其细无内"是对道体形态所作的描绘,意谓道体至微,小到无法析分的程度。这个段落隔句押尾部,谋、失,用的是之部、质部合韵。逝、外、害,用的是月部韵。就其句式及押韵而言,已与宋玉《小言赋》的文本形态相近。

《楚辞·远游》写道:"道可受兮,不可传。其小无内兮,其大无垠。"这里还是用"其小无内"描述道体至微的一面。传、垠为韵,用的是文部、元部合韵。通过以上梳理可以看出,宋玉《小言赋》把至微之物说成生于无内之中,继承的是惠施、稷下学宫道家流派,可与《远游》相互印证,与那个时期的道论存在直接联系。

宋玉《小言赋》称至微之物"无象""无名""遗形","视之则眇眇,望之则冥冥"。这些话语主要脱胎于《老子》,主要见于第一、十四、二十一、二十五、三十四、三十五、四十一章。《小言赋》对至微之物所作的描述直接脱胎于道论,远源可以追溯到《老子》,近源可以追溯到稷下学宫的道家流派。从用韵情况进行考察,《内业》上述论道段落共十句,其中前四句用的是之部、质部、月部合韵,后六句用的是月部韵。《远游》上述四句诗,用的是文部、元部合韵。宋玉《小言赋》共十六句,隔句押韵,用的是耕部韵,没有用合韵,中间也没有换韵,而是一韵到底,用韵极其规则。《内业》和《远游》上面段落,对于道的描述以四言句为主,没有超过五字的长句。宋玉的《小言赋》则兼用四言句和六言、七言句,句式错落多变。无论是用韵,还是对句式的调遣,宋玉《小言赋》的艺术水平都明显超越《内业》和《远游》的相关段落。

战国时期用韵文描述至小至微的对象还有一个系统,其中出现的不是其小无内的道,而是有形之物。《晏子春秋·外篇》有如下记载:

> 公曰:"天下有极细乎?"晏子对曰:"有。东海有虫,巢于蚊睫,再乳再飞,而蚊不为惊。臣婴不知其名,而东海渔者命曰焦冥。"[①]

这段话用东海之虫描述极细之物,采用的是夸张渲染的笔法。其中虫、惊、名、冥为韵。虫属冬部,后三者属于耕部,是冬、耕合韵。

晏子所言至小之物称为焦冥,《列子·汤问篇》也提到它:

> 江浦之间生么虫,其名曰焦螟。群飞而集于蚊睫,弗相触也。栖宿去来,

---

① 吴则虞撰:《晏子春秋集释》,北京:中华书局,1962年版,第514页。

蚊弗觉也。

张湛注："么，细也。"① 这段文字对焦螟所作的描述同样采用夸张渲染的笔法，并且较之《晏子春秋》上述文字力度更大。虫、螟为韵，用的是冬部、耕部合韵。触、觉为韵，用的是屋部、角部合韵。《晏子春秋》《列子·汤问篇》把至微之物锁定为虫，只是一者在东海，一者在长江流域。景差、唐勒所作的《小言赋》，沿袭的是这个路数，都是把至微的对象选择为小到极点的动物。宋玉的《小言赋》则是按照道体的至微形态为依傍，已经超脱具体的存在物，就此而论，它与《晏子春秋》所属的齐文化不存在渊源关系。

战国时期用韵语描述至微之物分为两个系统，可是，这两个系统有时不是界限分明，而是错杂在一起。《列子·汤问篇》在对至微之虫进行描述时还写道："离朱、子羽方昼拭眦扬眉而望之，弗见其形；𩭖俞、师旷方夜擿耳俯首而听之，弗闻其声。"张湛注："夫用心智赖耳目以视听者，未能见至微之物也。"② 这是说至微之物无法用视觉和听觉加以感知。宋玉《小言赋》称至微之物，"离朱为之叹闷，神明不能察其情"，所用话语与《列子·汤问篇》所作的描述如出一辙，都是按照道体的形态加以渲染，带有鲜明的道家色彩。

（二）宋玉的《大言赋》与春秋战国的巨人传说

《大言赋》所载宋玉的第二首诗如下：

> 并吞四夷，饮枯河海。跋越九州，无所容止。身大四塞，愁不可长。据地天，迫不得仰。③

《大言赋》是以巨人为描写对象，宋玉在唐勒、景差之后连续两次对巨人进行变本加厉的渲染，最终成为获胜者。春秋战国时期的巨人传说，最早见于《国语·鲁语下》记载的防风氏。他被杀之后"骨节专车"，每个骨节能装满一辆车。关于防风氏的身高，孔子称："僬侥氏长三尺，短之至也。长者不过十之，数之极也。"韦昭注："十之，三丈，则防风氏也。"④ 传说防风氏身高三丈，是位伟岸的巨人。防风氏葬于封嵎之山，在今浙江境内。战国时期的巨人传说主要见于四类文献：一是《山海经》的《海内东经》《大荒东经》记载的大人之国，二是《列子·汤问篇》提到的龙伯大人之国，三

---

① 杨伯峻撰：《列子集释》，北京：中华书局，1979年版，第157页。
② 杨伯峻撰：《列子集释》，北京：中华书局，1979年版，第157页。
③ 严可均辑：《全上古三朝秦汉三国六朝文》，北京：中华书局，1958年影印本，第72页。
④ 徐元诰撰：《国语集解》，北京：中华书局，2002年版，第214页。

是《庄子·外物》篇出现的垂钓巨人任公子，四是《楚辞·招魂》提到的东方"长人千仞"。

《大言赋》中宋玉对巨人所作的夸张渲染，有先前的文献作为依托。但是，宋玉并未原封不动沿用已有故事传说，而是有他自己的独创。《国语·鲁语下》记载的防风氏身高三丈，《招魂》提到的东方巨人是"长人千仞"，王逸注："七尺曰仞。"① 传说中的东方巨人身高七千尺。以上传说中的巨人，他们的身高都有具体尺度，或三尺，或七千尺，即七百丈。可是，宋玉笔下的巨人，他的身高却是无法测量，不能用尺度加以标示。《庄子·外物》篇任公子用大钩巨绳垂钓，"蹲乎会稽，投竿东海"，可见他本身就是一位巨人。然而，尽管他体型硕大，毕竟没有超出东南沿海一带。宋玉笔下的巨人却是"跋越九州，无所容止。身大四塞，愁不可长"。整个中土九州无法容纳这位巨人的身躯，较之《外物》篇的任公子更加魁伟。《列子·汤问篇》的龙伯之国的巨人，迈出数步就跨越几万里，能把负载仙山的巨鳌一次钓起六只，致使两座仙山漂移沉没。龙伯国巨人有如此大的威力，他的伟岸魁梧可想而知。可是，龙伯国巨人毕竟是在天地之间垂钓，没有超越天与地的范围。宋玉笔下的巨人则是"据地盼天，迫不得仰"，他顶天立地，伸不直腰身，言外之意，他的身躯高度超越上天，这使龙伯国大人难以望其项背。宋玉笔下的巨人出自虚拟，他在已有的巨人传说的基础上，又变本加厉，踵事增华，推出这尊无与伦比的巨人形象。章学诚称"至战国而文章之变尽"，②宋玉对巨人作的夸张和渲染，是巨人传说文学书写的新变，是一种臻于极致的历史超越。

《文子·道原》篇称："夫道者，高不可极，深不可测，苞裹天地，禀受无形。"③道至高至大，无法度量，宋玉笔下的巨人同样具有道的这种属性。道又"卷尺不盈一握"，这是说道至精至微，小得到了极限。宋玉笔下的至微之物，正是按照道的属性加以刻画。宋玉笔下的极高的巨人和至小的微物，都留下道家理念的印记，脱胎于道家的小大之辩。《庄子·秋水》篇假托北海之口说道："又何以知豪末之足以定至细之倪！又何以知天地之足以穷至大之域！"成玄英疏："至小之倪，何必定在于毫末！至大之域，岂独理穷于天地！"④ 宋玉的《小言赋》《大言赋》承载的是道家的这种理念。他所描述的至小之物生于无内，"纤于螝末之微蔑"，毫末不足以定其至细之倪。他所描写的巨人"据地天"，正是天地不足以穷其至大。《秋水》篇有关至细至大的理念，在宋玉《小言赋》《大言赋》中用艺术的方式得到完美的呈现。

---

① 洪兴祖撰、白文华等点校：《楚辞补注》，北京：中华书局，1983年版，第198页。
② 章学诚著、叶瑛校注：《文史通义校注》，北京：中华书局，1985年版，第62页。
③ 王利器撰：《文子疏义》，北京：中华书局，2000年版，第1页。
④ 郭庆藩撰、王孝鱼点校：《庄子集释》，北京：中华书局，2004年版，第592页。

宋玉有《大言赋》，无独有偶，《晏子春秋·外篇》也有类似内容：

> 景公问晏子曰："天下有极大乎？"晏子对曰："有。足游浮云，背凌苍天，尾偃天间，跃啄北海，颈尾咳于天地乎！然而寥寥不知六翮之所在。"①

在同一篇故事中，晏子既向齐景公描述至大之物，又介绍至微之物，与宋玉的《大言赋》《小言赋》相类似。伏俊琏教授称：这篇故事所录晏婴话语，"节奏感很强，是一篇韵诵体杂赋性质的作品，与宋玉《大言赋》和《小言赋》是同类作品"。②所下的判断有一定的道理，总体上可以成立。晏子对至大之物所作的描述，很大程度上取象于《庄子·逍遥游》的大鹏形象。所用的句式有四言，也有七到十字的长句。云、天、间为韵，是文部、真部、元部合韵。海、在为韵，押之部韵。这段文字确实可以称为咏物短赋。把晏子对极大之物的描写与宋玉的《大言赋》相比照，可以发现二者之间明显的差异。宋玉的描写对象是巨人，晏子的描述对象是大鸟；宋玉《大言赋》承载的是道家理念，晏婴则是渲染鸟的巨大而已，没有更深的寄寓。因此，宋玉《大言赋》脱胎于战国道家理念，而不是借鉴晏子对大鸟所作的描述，二者虽属同类作品，但在指向上相疏离，不可能存在渊源关系。

三、《高唐赋》的狩猎场面及《楚策》《招魂》的相关叙事

宋玉《高唐赋》将近结尾部分是叙述楚王狩猎的场面：

> 于是乃纵猎者，基趾如星。传言羽猎，衔枚无声。弓弩不发，罘不倾。涉莽莽，驰苹苹。飞鸟未及起，走兽未及发。何节奄忽，蹄足洒血。举功先得，获车已实。③

这段文字对于楚王狩猎场面所作的叙事，开汉代羽猎赋的先河，在同类题材的赋作中具有奠基意义。如果对战国狩猎题材的文章依次向上追溯，可望找到《高唐赋》狩猎叙事的直接源头。

屈原是早于宋玉的楚地文人，他所作的《招魂》乱辞前段写道：

---

① 吴则虞撰：《晏子春秋集释》，北京：中华书局，1962年版，第514页。
② 伏俊琏著：《先秦文献与文学考论》，上海：上海古籍出版社，2011年版，第219页。
③ 萧统编、李善注：《文选》，长沙：岳麓书社，2002年版，第588页。

> 献岁发春兮汨吾南征。菉苹齐叶兮白芷生。路贯庐江兮左长薄。倚沼畦
> 瀛兮遥望博。青骊结驷兮齐千乘,悬火延起兮玄颜烝。步及骤处兮诱骋先,
> 抑骛若通兮引车右还。与王趋梦兮课后先,君王亲发兮惮青兕,朱明承夜兮
> 时不可以淹。

对于文中的"路贯庐江兮左长薄","倚沼畦瀛兮遥望博",王逸注写道:"言屈原行先出庐江,过历长薄。长薄在江北,时东行,故言左也。……言己循江而行,遂入池泽,其中区瀛远望平博,无人民也。"①《招魂》是屈原被贬谪到汉北期间所作,王逸所说的江北,实际是指汉水北岸。屈原在那里遥望楚王狩猎的场面,用上述文字加以展示。

《战国策·楚策一》有如下记载:

> 于是,楚王游于云梦,结驷千乘,旌旗蔽日,野火之起也若云霓,虎嗥
> 之声若雷霆,有狂兕车依轮而至,王亲引弓而射,壹发而殪。王抽旃旄而抑
> 兕首,仰天而笑曰:"乐矣,今日之游也!寡人万岁千秋之后,谁与乐此矣?"

上述文字选自《江乙说于安陵君章》,取首句为题。对于文中的楚王,范祥雍先生作过深入的辨析,得出如下结论:"然江乙在楚宣王时,此策'王'即宣王(《诸宫旧事》作'安陵君有宠于宣王')。"②所下的判断是准确的,以上段落叙述的是楚宣王狩猎的场面。战国时期各国君主经常狩猎,但是,对君主狩猎作如此具体的叙述,在《战国策》中尚属首例。另一例见于《楚策四》的《庄辛谓楚襄王》。而在其他诸侯国板块中,见不到这方面的事象。这些事实表明,战国楚文学对于君主狩猎题材予以特殊关注,推出一系列相关的作品。楚宣王所处的时段在屈原之前,宋玉所处时段又晚于屈原,鉴于这种情况,可以通过文献对读的方式进行对比,用以辨析《高唐赋》的狩猎叙事与先前楚文学同类题材作品的关联,探索它的直接源头。

把宋玉《高唐赋》展示的狩猎场面与《招魂》《楚策一》的上述记载加以对比,可以发现它们之间有如下相通之处。

第一,猎场均是云梦泽。《楚策一》明确记载"楚王游于云梦",在那里进行狩猎。《招魂》称"与王趋梦兮课后先",也是以云梦泽为背景。尽管有的学者对《招魂》的写作时间、地点的断定与本文前边的论述不同,但是,对这句诗所作的解释仍然以云

---

① 洪兴祖撰、白文华等点校:《楚辞补注》,北京:中华书局,1983年版,第213页。
② 刘向集录、范祥雍笺证:《战国策笺证》,上海:上海古籍出版社,2006年版,第767—768页。

梦泽作为狩猎的场地："梦：楚人称梦，指云梦泽。'趋梦'谓奔驰云梦泽之中。"① 关于云梦泽的具体地域，谭其骧先生所作的考辨甚详，绪论如下：

> 方"九百里"的云梦泽，北以汉水为限，南则"缘以大江"，约当今监利全县、洪湖西北部、沔阳大部分及江陵、潜江、石首各一部分。②

《招魂》是屈原被贬谪到江北时所作，云梦泽北以汉水为限，因此，对于楚王在云梦泽的狩猎，屈原可以隔水遥望。《高唐赋》开头写道："昔者楚襄王与宋玉游于云梦之台，望高唐之观。"文中出现的狩猎场面，就是以云梦泽为空间背景。

第二，均有对狩猎队伍声威仪仗的渲染。《楚策一》称"楚王游于云梦，结驷千乘"，梦、乘入韵，用蒸部韵。《招魂》称"青骊结驷兮齐千乘，悬火延起兮玄颜烝"，乘、烝入韵，亦用蒸部韵。《高唐赋》称："于是乃纵猎者，基趾如星。传言羽猎，衔枚无声。"基趾，"一作基址，这里指部下随从"。③ 基趾如星，指随从楚王狩猎的人员极其众多，如同群星，还是对威仪声势加以渲染。文中星、声为韵，用的是耕部韵，与《楚策一》《招魂》描写狩猎声势所用的蒸部韵相近。

第三，均对声韵予以关注。《楚策》系历史散文，用的是散文句式，但是，多数句能够入韵。除开头的梦、乘入蒸部韵，后边的日、至、殪，用质部韵。起、之，用支部韵。首、游、后，用幽部、侯部韵合韵。《楚策一》描写狩猎的段落，可以说是羽猎赋的雏形。《招魂》《高唐赋》同样在声韵调遣方面精心安排，读起来朗朗上口，铿锵动听。

《楚策一》叙事的狩猎主角是楚宣王，《招魂》《高唐赋》的狩猎主角依次是楚怀王、顷襄王。尽管这三个以狩猎为题材的段落的写作年代不同，狩猎主角是三个不同历史阶段的楚王，但是，所作的叙事却多有相似之处，前后相承的线索极其清晰。由此可以得出结论，宋玉《高唐赋》的田猎叙事，脱胎楚国的本土文学。《楚策一》的狩猎叙事段落，《招魂》的乱辞，是它的直接源头。对宋玉赋的追本溯源，不但要关注宋玉之前的楚辞作品，而且要把目光投向史传文学领域。

《高唐赋》对楚王狩猎场面所作的展示，与《楚策一》《招魂》的上述段落也存在明显的差异。

第一，《楚策一》提到"野火之起也若云霓"，《招魂》称"悬火延起兮玄颜烝"，

---

① 汤炳正、李大明、李诚、熊良智注：《楚辞今注》，上海：上海古籍出版社，1996年版，第241页。
② 谭其骧撰：《云梦与云梦泽》，《复旦学报》1980年增刊《历史地理专辑》，第8页。
③ 汤漳平：《楚辞》，郑州：中州古籍出版社，2007年版，第346页。

二者都有纵火驱兽的情节,《高唐赋》则没有出现这方面的叙事。

第二,《楚策一》提到对于飞奔到车旁的狂兕,"王亲引弓而射,壹发而殪"。《招魂》则称"君王亲发兮惮青兕"。两篇作品均出现楚王亲自射野牛的情节,用以凸显君主的勇武和高超的技艺。《高唐赋》则没有这方面的内容。叙述楚王狩猎而出现君主亲射的情节,很大程度上是先秦楚文学的传统。《说苑·立节》篇记载:"楚庄王猎于云梦,射科雉,得之。"向宗鲁先生引清人卢文弨之语:"'科雉',《吕氏春秋·至忠》篇作'随兕'"。① 楚庄王是春秋五霸之一,相传他在云梦泽狩猎射中栖身于坑穴的雉鸟,箭法精湛。这个传说在流播过程中出现不同版本,射雉鸟变成射野牛。《楚策一》《招魂》的楚王射兕情节,与楚庄王射雉、射兕传说属于同一类型,是楚文学一脉相承的狩猎叙事传统。

宋玉《高唐赋》叙述楚王狩猎,没有纵火驱兽、君王亲射的情节,在很大程度上作了虚化处理。文中写道:"飞鸟未及起,走兽未及发。何节奄忽,蹄足洒血。举功先得,获车已实。"对于其中的"何节奄忽",李善解释如下:

> 何,问辞也。言何节奄忽之间,而兽之蹄足已皆洒血。节,所执之节。②

释"何"为疑问词,是正确的,可取。释"节"为所执之节,则上下无法圆通,显得语义含混。节,在这里不是指符节,而是用它的特殊意义,指的是事情。《战国策·秦策三》:"秦三世积节于韩、魏。"这里的节,谓事、战事。《高唐赋》的"何节奄忽",意谓狩猎之事何以如此迅速完成,节,指狩猎事项。《高唐赋》没有交代如何纵火驱赶、猎杀飞禽走兽,只是展示狩猎所获得的成果,用以凸显狩猎行动的迅速、狩猎者技艺的高超。《高唐赋》有关狩猎的叙事,它的源头可以追溯到《楚策一》和《招魂》的相关段落,《高唐赋》狩猎叙事的总体框架对它们有所借鉴,但在具体细节方面则是自出机杼,进行创新,反映出战国楚文学狩猎题材叙事的历史演变,宋玉擅长的化实为虚的笔法也再次得到展示。

四、《钓赋》与战国楚文学的弋射、垂钓及论剑之喻

《钓赋》出自宋玉之手,开篇称"宋玉与登徒子偕受钓于玄渊",宋玉和登徒子一道向玄渊学习垂钓之术。玄渊,又称环渊、范环、范蜎。《战国策·楚策一》有《楚王问于范环》章。范祥雍先生称:

---

① 刘向撰、向宗鲁校证:《说苑校证》,北京:中华书局,1987年版,第93页。
② 萧统编、李善注:《文选》,长沙:岳麓书社,2002年版,第593页。

"环""蜎"音近通用,《史记·孟子荀卿列传》环渊,《汉书·艺文志》《文选·七发》注引《七略》"环"并作"蜎",是其证。①

玄渊又称范环,关于他所处历史阶段,钱穆先生有过考证,结论如下:

> 蜎环即环渊,值楚怀晚节。其游稷下,则当宣王来,或湣王时。其人尚应与庄周并世。而詹何与中山公子牟问答,中山亡已值楚怀末年,则詹何环渊亦应并世,而环渊稍前,詹何稍后。②

玄渊是战国中期著名学者,先在楚国,后游齐,是稷下学宫的先生。玄渊活动在楚怀王末期,与屈原处于同一时段。宋玉称自己向玄渊学习钓艺,从时间上推断完全存在这种可能。当然,宋玉之言也可能出自假托,并非实有其事。

《汉书·艺文志·诸子略》在道家栏目著录"《蜎子》十三篇",班固自注:"名渊,楚人,老子弟子"。③ 据此,则玄渊系道家学派的人物。宋玉称自己曾经向玄渊学习垂钓,但是,他对玄渊的垂钓方式并不赞成。他在登徒子讲述玄渊垂钓的具体场面之后,通过与楚王的对话,否定玄渊的的垂钓方式:

> 今察玄渊之钓也,左挟鱼罶,右执槁竿,立于潢污之涯,倚乎杨柳之间。精不离乎鱼喙,思不出乎鲋鳊,形容枯槁,神色憔悴。乐不役勤,获不当费,斯乃水滨之役夫也已,君王又何称焉?④

宋玉认为玄渊的垂钓方式不值得称道。玄渊垂钓时聚精会神,心无旁骛,所有的注意力多投放在钓鱼这件事上。宋玉认为玄渊已经在垂钓过程中异化,是在奴役自己。他所思虑的是能否钓到鱼、钓上来的是什么样的鱼,把获鱼作为最终追求,陷入物欲之中,是水滨的迷失自我之人。

玄渊垂钓是世上经常可以见到的钓鱼方式,属于常态。对这种垂钓加以否定,还见于《庄子·外物》:"夫揭竿累,趣灌渎,守鲵鲋,其于得大鱼,难矣。"对于其中的

---

① 刘向集录、范祥雍笺证:《战国策笺证》,上海:上海古籍出版社,2006年版,第783页。
② 钱穆著:《先秦诸子系年》,北京:商务印书馆,2001年版,第518页。
③ 班固撰、颜师古注:《汉书》,北京:中华书局,1962年版,第1730页。
④ 严可均辑:《全上古三朝秦汉三国六朝文》,北京:中华书局,1958年影印本,第75页。

"竿累""灌渎""鲵鲋",宣颖依次释为"小纶""小水""小鱼",① 颇为确切。在《外物》篇作者看来,寻常的垂钓只能获得小鱼,不可能钓到大鱼。对普通的垂钓方式予以否定,《外物》与宋玉《钓赋》如出一辙。由此看来,宋玉否定道家人物玄渊的普通垂钓方式,这种逆反思维却又可以与作为道家经典的《庄子·外物》相互印证,这种思维方式来源于道家学派。

《外物》篇否定常见的垂钓方式,其真正用意是批判世俗风气,有所寄托。在对常见垂钓方式予以否定之后写道:"饰小说以干县令,其于大达亦远矣。"对此,钟泰先生依古注作了如下解释:

> "县"同"悬",国家所悬之功令,以征召于下者。"干",谓求合也。②

《外物》的篇题揭明作品的宗旨,指的是超然物外,不为欲望对象所惑,避免沉溺于名利之中。文中对普通垂钓方式的否定,引出的是摆脱名缰利索的话题,表现的是出世倾向。

宋玉否定玄渊的垂钓方式,他所出示的是圣王之钓:

> 昔者尧、舜、禹、汤之钓也,以圣贤为竿,道德为纶,仁义为钩,禄利为饵,四海为池,万民为民。钓道微矣,非圣人其孰能察之?③

宋玉否定普通的垂钓方式,用钓艺比附圣王之治,把它提升到治国理政的层面。他的意义指向不是超然出世,而是积极主动入世,与《庄子·外物》的宗旨截然相反。如果探讨这种理念的来源,当然是非儒家莫属。

把普通的技艺引向治国理政的社会实践,这种譬喻方式在《史记·楚世家》中也有记载,楚人善于弋雁者对楚王问时说道:

> 小臣之好射鶀雁、罗鸗,此小矢之发也,何足为大王道也。且称楚之大,因大王之贤,所弋非直此也。昔者三王以弋道德,五霸以弋战国。故秦、魏、燕、赵者,鶀雁也;齐、鲁、韩、卫者,青首也;邹、邵者,罗鸗也。外其馀则不足射者。见鸟六双,以王何取?王何不以圣人为弓,以勇士为缴,时

---

① 宣颖撰、曹础基点校:《南华经解》,广州:广东人民出版社,2008年版,第185页。
② 钟泰著:《庄子发微》,上海:上海古籍出版社,2002年版,第632页。
③ 严可均辑:《全上古三朝秦汉三国六朝文》,北京:中华书局,1958年影印本,第75页。

张而射之？此六双者，可得而囊载也。其乐非特朝昔之乐也，其获非特凫雁之实也。①

这位善弋者以射鸟为喻，把射艺引申到成就霸业的层面。他把楚国比作射手，而把其他主要诸侯国比作弋射对象，根据诸侯国的强弱而与不同的鸟类相对应。弋者的这番言辞，与宋玉《钓赋》可谓异曲同工。据《史记·楚世家》的记载，弋者与楚王对话是在顷襄王十八年，正是宋玉所处的历史阶段。这个事实表明，以艺喻治，宋玉所处时段的楚国已经蔚然成风，必须把《钓赋》的生成置于这种文化生态中加以审视。

弋者主张"以圣人为弓，以勇士为缴"，宋玉《钓赋》也有类似的排比句式，把圣贤、道德、仁义、禄利分别比作钓竿、钓丝、钓钩、鱼饵，把四海比作钓池，把万民比作鱼。这种比喻、铺排的句式，在《庄子·说剑》中也可以见到。文中假托庄子之口，把剑分为三类：天子之剑、诸侯之剑、庶人之剑。其中对诸侯之剑所作的描述如下：

> 诸侯之剑，以知勇士为锋，以清廉士为锷，以贤良士为脊，以忠圣士为镡，以豪桀士为夹。②

这五个排比句以人喻剑，把不同类型的杰出人才比作剑的相应部位，与《钓赋》的用垂钓比喻治国理政亦属异曲同工。《说剑》的写定时间、学派归属，至今仍是一桩学术悬案。以《楚世家》所载弋者之辞及宋玉的《钓赋》相参照，可以推出《说剑》写定的大致时段，应与上述两个文献生成的时期相近，同是战国中后期的产物。弋者之辞、《钓赋》及《说剑》上述段落，或是很少入韵，或是押韵的规则性不强，这是因为所用比喻选取的事物是固定的，不能随意变更，因此声韵受到影响。

结　语

《风赋》《大言赋》《小言赋》《高唐赋》《钓赋》，确定无疑是宋玉的作品，这在学术界已经达成普遍共识。通过对以上作品及其段落的辨析，宋玉赋得以生成的源头已经显豁可见，它主要以战国楚文化为母体，而与屈原的楚辞作品、战国道家文献及楚地历史散文的关系最为密切。宋玉赋与楚文化的渊源，已引起当代学术界的关注。

---

① 司马迁撰、裴骃集解、司马贞索隐、张守节正义：《史记》，北京：中华书局，1982年版，第1730页。

② 郭庆藩撰、王孝鱼点校：《庄子集释》，北京：中华书局，2004年版，第1622页。

伏俊琏教授称："可以说,《说剑》是一篇讲诵性质的作品,带有故事赋因素。"① 这种说法有一定道理。他还把《说剑》与《风赋》加以对比,认为二者在结构安排上很相似,都是形式上并列,内容上同类的几个段落。《风赋》和《说剑》确实具有可比性,《风赋》与《庄子》中的风意象也有可比性。这些事实表明,宋玉赋与庄子学派有着特殊的缘分,而《庄子》一书是战国楚文化重要的组成部分。

班固把赋说成是"古诗之流",刘勰称赋"拓宇于楚辞",这两个结论在宋玉赋中都能得到证实。严格地加以认定,《诗经》是宋玉赋的原始源头,屈原所作的楚辞则是宋玉赋的近源、直接源头。然而,宋玉赋生成与楚文化的关联,它的近源又不限于庄子学派和屈原的作品,还有楚地的历史散文。宋玉赋生成的母体虽然主要是楚文化,但是,它的源头是多个,而不是单一的。刘师培先生的《论文杂记》把宋玉赋的来源归结到《诗经》,并称:"写怀之赋,其源出于《诗经》。"② 这是把宋玉赋的来源归结到《诗经》,基本是重复班固的结论,所持的是赋类起源单极论的理念,属于偏颇之论,应予补充修正。对于宋玉赋的历史生成,应当秉持多源论的理念,而不能用单源论片面、笼统地加以概括。

---

① 伏俊琏著:《先秦文献与文学考论》,上海:上海古籍出版社,2011年版,第216页。
② 刘师培著:《刘师培全集第二册》,北京:中共中央党校出版社,1997年版,第85页。

宋玉赋"衡山"地望田野调查与研究

湖北文理学院　刘　刚　吴龙宪　蒋梦婷

【摘　要】　通过对可能与宋玉《笛赋》相关的几处"衡山"进行实地考察，发现只有坐落于安徽西南的古有衡山、霍山之称的天柱山与《笛赋》描写相吻合。安徽天柱山符合《禹贡》关于衡山描述的方位与其提供的地理参照，是先秦秦汉文献所记述的衡山与南岳。湖南之衡山，在隋唐之际才被朝廷指认为南岳并加以崇祀。

【关键词】　宋玉　《笛赋》　衡山　田野调查

　　宋玉《笛赋》开篇即言"余尝观衡山之阳"，古今注释者皆以为是今湖南之衡山。大约十年前我曾根据历史文献资料写过《衡山考》一文，力辩其误，认为宋赋所指当为今安徽潜山县境内古称衡山的天柱山。然而当下一些宋玉研究者仍沿袭南宋章樵的旧注，坚持旧说，对于新的提法持怀疑甚或否定的态度，为此我们宋玉遗迹传说调查小组决定对可能与宋玉《笛赋》有关的几处"衡山"进行实地考察。据《隋书·地理志》记载，历史上称衡山者凡有四处：《南阳郡·武川》有雉衡山，在今河南南阳市北；《庐江郡·开化》有衡山，在今安徽安庆市北，即今潜山县之天柱山；《吴郡·吴》有横山，一称衡山，在今江苏苏州市西南；《衡山郡·衡山》有衡山，在今湖南衡阳市北。[①] 另《光绪霍山县志》据清姚鼐《汉庐江九江二郡沿革考》，认为《史记》所记"秦始皇二十八年渡淮水，之衡山"中的衡山在清霍山县境内，即今安徽霍山县之小南岳山。这就是说，史称衡山者凡有五处。我们以历史文献记载和宋玉作品所反映出的宋玉人生行迹为依据，选择了安徽霍山县小南岳山、潜山县天柱山和湖南衡阳市南岳区之衡山作为考察对象，拟从宋赋所描写的竹笛之竹材与其生长地之环境特征的角度进行更为深入的研究，同时也进一步梳理辨析古来有关衡山地望问题论争的是是非非。

---

① 《隋书》（《二十五史》本第五册），上海：上海古籍出版社，1987年版。

一、系列调查印象

宋玉在《笛赋》中关于制笛之竹材与竹材生长地有着极为详细的描写:"余尝观于衡山之阳,见奇筱异干、罕节、间枝之丛生也。其处磅礴千仞,绝溪凌阜,隆崛万丈,磐石双起;丹水涌其左,醴泉流其右。其阴则积雪凝霜,雾露生焉;其东则朱天皓日,素朝明焉;其南则盛夏清徵,春阳荣焉;其西则凉风游旋,吸逮存焉。干枝洞长,桀出有良。"在这段描写中,描写核心是制作笛子的竹材,其品种是"奇筱",即区别于毛竹类高大竹种的小竹。而这种小竹的特点是,①"罕节",即竹节间隔较远;②"间枝",即由于"罕节"而竹枝间距较大(竹枝是在竹节处生出的);③"干枝洞长",即竹子的主干因为"罕节"而中空修长;④"桀出有良",即形体出众、材质优良。这完全符合现代制作竹笛对竹材密度、弯曲度、内外径与竹节间距的要求。据悉,现代制笛的竹材有苦竹、紫竹、水竹、白竹、淡竹、湘妃竹等,这就要求我们的考察地区至少要有这些竹种中的某一种。在这段描写中,还刻意描写了竹材生长的环境,①竹材生长地的大方向是"衡山之阳",即衡山的南面;②竹材生长地的具体环境是"磅礴千仞,绝溪凌阜",即在一处高耸的凌驾于一般丘阜之上的岗麓之上,而且岗麓两侧都有溪流,有着"绝溪"的视觉印象;③在竹材生长地岗麓上方可见"隆崛万丈,磐石双起",即岗麓的高远处应有隆然崛起的山峰,而峰顶有一双磐石傲然屹立;④竹材生长地所隔绝开来的溪水是"丹水涌其左,醴泉流其右",丹水、醴泉注者多以为是借用先秦典籍中的水名,但也不能排除作者的客观写实或主观联想的因素。上述诸点就是我们在考察地要重点考察的要点。

(一)安徽霍山县小南岳山调查印象

今小南岳山古称霍山,据清李蔚、王峻等《同治重修六安州志》卷三《舆地志五·山》记载:"霍山,县西南五里。一曰衡山、曰天柱、曰南岳。高一千一百三十丈,峰峦耸秀,俨若飞鸾。"[①] 2015年4月16日,我们抵达霍山县后即奔赴小南岳山考察。其山在城南2.5公里处,虽然在群山中相对高耸,但海拔仅405米,并不高大。自霍山县城至小南岳山有公路蜿蜒盘桓通至山下,而后则需徒步登山。登山之石阶步道有两条,一是从近年修建于山腰的南岳大庙(当地人因山顶有古南岳庙,称此庙为"二庙")左侧登山,自东坡抵达山顶;一可由南麓"小南岳"牌坊上行,翻越青龙尖(小南岳山麓上的一座山岗名),沿山脊步道而至。我们是从东坡石阶步道登上山顶的。山顶约呈长方形,东西长,南北窄,由东向西又呈四级台地形势,第二级台地较

[①] 李蔚、王峻等:《同治重修六安州志》,《中国地方志集成》安徽府县志辑(19),南京:江苏古籍出版社,1998年版。

一级高约3米,第三级台地较二级高约20米,两级间以石阶相连,有"百步阶"之称,第四级较第三级高约2米。东面的第一级台地修有供游人憩息观览的长亭,中间的第二级台地为观音殿,占地面积最小;第三级台地为东向朱紫色的南岳庙山门,门后正中有一方池,约4米见方,人称"天池",是为奇观;西面最高的第四级台地面积也最大,是为南岳庙正殿所在,亦即《光绪霍山县志》中所说的南岳祠遗址。正殿坐北朝南,东西狭长,因山顶面积所限,殿堂并不宏伟,殿门也不够庄严,可以说是为民居式的庙宇建筑。瞻仰大殿中供奉的神像,皆与南岳神无涉。考察祠中碑文,现有建筑重建于1992年,此后直至2014年20余年中间有修缮。于重建之建筑中,能够体现古南岳庙文化内涵的仅有三处,一处是东面山门上有"南岳庙"三字,题字无款署,不知为何人所题;一处是南岳庙正殿殿门上有"小南岳"三字,为民国元老于右任所书;还有一处南岳庙西门外门楣上有"汉帝敕封"四字,亦无款署,不知为何人手笔。其余关涉汉武帝登礼南岳之事,仅是在现代重建或维修的碑记中追述而已。观察此山环境,满山及四围冈阜均有竹树,西坡尚有供人游赏的竹园,俯瞰环望,绿色可观;山北沟谷中有一小湖,名珍珠湖,当是拦截山麓东与东北季节性山溪蓄水而成,然不见另有溪流,蓄成此水虽可增添景区山水雅趣,但仍无宋赋"绝溪"与两溪左右夹流的景象;山中裸露出的岩崖不多,而多覆于土层之中,微微暴露于山脊者如地面铺石,而暴露于脊下陡坡者则如护坡石壁,虽可称"磅礴千仞",而绝无宋赋"隆崛万丈"之势,至于"磐石双起"的景象,因山顶原貌已被后世的宗教建筑所破坏,更无从寻觅,但从山顶四级台地的地貌分析,也不像曾存在"磐石双起"的迹象。尽管此山多有可以制笛的竹材(水竹),然而其环境则与《笛赋》的描写无缘。

(二)安徽潜山县天柱山调查印象

今天柱山古称霍山或潜山、皖山,亦称衡山。《尔雅》"岱、霍、恒、华、嵩为五岳。"郭璞注:"霍在庐江西,一曰衡。"2015年4月17日、18日,我们考察了安徽潜山县天柱山。据景区介绍,天柱山海拔1488.4米,风景区面积达82.46平方公里。由于高山险要,坡陡谷深,林木茂密,考察路线不得不先选择景区修建的步行道进行,然后到了重点考察地段再寻山间小路甚或披荆开路、越溪涉水而行。我们的基本路线是以天柱山庄为起点,沿西路步行石阶北上,经六月雪、振衣岗、牛马城、通天谷、神秘谷诸多景点,绕过飞来峰南岩石根,登上天池峰抵达天柱峰下的。天柱峰峭如无比粗壮、挺然高耸的巨大竹笋,直插云端,周围圆崖壁立,无路可攀。我们从西、南、东三个方向仔细观察了天柱峰后,沿东向石阶路前行,经拜岳台、仙人洞、潜龙窟等景点南转,又经西关寨、莲花峰西转下山,再经甘露泉抵炼丹湖(湖为近年人工筑坝而成,此地古称寮箬坪,后又称良药坪),绕炼丹湖至其南端人工大坝后再西行翻越晴雪岭,跨过飞来涧,返回天柱山庄。用时近8小时,几乎走遍了天柱山的中心景区。

一路所见之景点，能够直接表现南岳文化的有三处，一是南大门入口大门正面门楣上题有楷体"天柱山"三字，背面门楣上题有小篆"古南岳"三字，两处题字均有名款，但字形漫漶难以辨识；二是大龙窝索道上行出口广场旁的南岳亭，亭当在旧址上新建，亭中立有"古南岳亭记"石碑一方，碑额题曰"汉武南岳"四个篆字，此碑为天柱山风景名胜管理委员会2014年10月立；三是天柱峰东侧山岗脊顶的拜岳台，据吴兰生、王用霖修，刘廷凤篆《民国潜山县志》记载，传说中的汉武帝拜岳台遗址本在天柱山下潜山县野寨中学后山岗之上（此地古名野人寨），此处当为近年修建的旅游景点。在一路考察中，根据我们的考察要点，晴雪岭上《民国潜山县志》所载的潜山县十景之一"天柱晴雪"一带引起了我们的特别注意。①晴雪岭在天柱峰正南，是天柱山主峰由北向南延展逐渐走低的山岗，符合宋赋"衡山之阳"的方位。②晴雪岭"天柱晴雪"景点的海拔高度在900米以上。此岭东为炼丹湖，其湖水多源，主要有东北、正北、西北、正西四条山溪汇流而成，而东北莲花峰下甘露泉的流水量最大，当为主流水源，以此可知未筑坝蓄水前这里是一条潜水的三级支流，修筑人工湖前称天柱源。此岭西为飞来涧，涧水主要有两个源头，一是源于飞来峰下的飞来泉，一是源于牛马城景点东的"飘云瀑"。二源海拔均在1100米左右，汇合后形成飞来涧山溪向南偏东方向流淌，是为潜水的又一条三级支流。飞来涧水至青龙潭（本称青龙涧，因筑坝蓄水成潭而改称）又与天柱源之水合流南下，形成越崖直下、垂直落差达200米的激水瀑，而后经琼阳川流入潜水河。天柱山志编纂委员会新编《天柱山志》记述"青龙涧"时称"天柱源之水由此出山"。又《太平寰宇记》载："潜山有魏左慈炼丹房，山东南有激水，冬夏悬流如瀑布。"这说明天柱源、飞来涧从古至今水源充沛，并不是那种季节性间歇式溪流。晴雪岭正在天柱源与飞来涧之间，既有"绝溪"之势，又与宋赋"磅礴千仞，绝溪凌阜"的描写相吻合。③若立于晴雪岭"天柱晴雪"景点山脊高处或晴雪岭南端丹砂亭上北望天柱山顶飞来峰、天池峰、天柱峰三座石峰，因天柱峰居北，被其南的飞来峰、天池峰遮挡，所以所见只有飞来峰、天池峰两座，远远仰望犹如两大巨石向天耸立。这与宋赋"隆崛万丈，磐石双起"的景象何其相似，且特征非常突出明显。④宋赋说"丹水涌其左，醴泉流其右"，观者于晴雪岭山脊若向北面对天柱峰方向站立，其左即是飞来涧，其右即是天柱源。这与宋赋描写也极为接近。我们虽难以考证在宋玉时代左面之水是否叫"丹水"，右面之水是否叫"醴泉"，但此处"天柱晴雪"周围的景象与景点的名称激发了我们的联想与深思。晴雪岭有一处砂岗，与天柱山范围内绝大多数为花岗岩巨石或横亘叠摞或直竖相偎的景观完全不同，而是砂砾满坡，别有一番风光。《民国潜山县志》卷二《古迹·十景》称："天柱晴雪，在天柱寺左。其山面西石，块然峭拔，色苍而黝，露浥其上，旭日从山后转映之处，山莹然如雪，晶光四射。惟晴霁时，当卯辰之刻登寺眺之，其景始奇，夜月时亦然，故名雪山。"新编《天柱山志》也称:"这里翠岭环围,松杉繁茂,万绿丛中,露出一片砂岗。常年似冰封雪盖,四季如银山烂海。尤是雨后初晴,阳光辉映,砂砾经雨水洗滤后,格外洁净无暇,如皑皑白雪,光华耀眼。"并于《第一章·地貌》中解释说:"'天柱晴雪'的成因与晴雪岭组成物质和地貌形态有直接关系。这里由长石为主石英含量相对减少的混合花岗岩组成。位于(天柱山景区的)中心地带,岩石湿润,有利于水对岩石的作用。加上太阳辐射强烈,日夜温差较大,使岩石表面层层裂开,逐渐松散成砂层。晴雪岭顶部坡度不大,砂层不易下滑,堆积成丘。"据观察,这里的砂砾实际呈浅淡的金黄色,晴雪岭最南端称丹砂峰,地貌与"天柱晴雪"相同,峰顶有丹砂亭,其"丹砂"的命名即是砂砾颜色的真实写照。《民国潜山县志》载:"丹砂峰,覆盆(峰)之南。世传有丹砂,人不能取,中夜或现红光,还(环)近皆睹。"新编《天柱山志》解释说,"旧志丹砂之说实属道教色彩之用笔。峰顶覆有略呈红色的砂砾,才是天然本色之所在。"其实与晴雪岭隔飞来涧相望的振衣岗下也有一处类于"天柱晴雪"的砂岗,古来俗称"六月雪",今立有碑刻,面积也颇为可观。这就是说,从飞来峰下飞来泉流下的飞来涧,是夹在两处丹砂色的砂岗之间。据此设想,宋玉赋以岗之丹砂色称此涧水为"丹水",很可能是缘于此处特殊的地貌,当不是空穴来风。至于古天柱源之水被宋玉赋称为"醴泉",当源于其水清澈甜美。《白虎通义》卷下说:"醴泉者美泉也,状若醴酒,可以养老。"今炼丹湖的东北水源,亦即古天柱源的主流源头,其名为"甘露泉",可知其泉之水质甜美,并优于天柱山景区中其他所有山泉。调查小组的两名学生挹泉品味,极赞泉水甘洌。由此推测,宋玉赋称天柱源之水为"醴泉"可谓名副其实,并非虚夸。或许如今称作"飞来涧""天柱源"的山溪在宋玉时代就称为"丹水"和"醴泉",抑或这两条山溪本无名称,宋玉赋据其特点以文学家的思维与想象即兴为其赋予了这种带有"书卷气"的美称。⑤我们在"天柱晴雪"景点不远处的步行道边找到了可制作竹笛的多处野生水竹丛。晴雪岭"天柱晴雪"处海拔900米以上,按水竹对生长环境的要求,此处有水竹生长实为罕见,然而这却是个不可质疑的事实。以上五个方面的考察,足以证明天柱山"天柱晴雪"一带的环境与宋赋描写是高度契合的,而这种高度的契合若不是天缘巧合,则说明《笛赋》描写的竹材生长之地很可能就在这里。

(三)湖南衡山县南岳衡山调查印象

今湖南衡山可谓是一个小山脉的总称,延展面积广大,峰峦起伏林立,旧有"七十二峰,盘亘八百里"之说。面对诸多的山峰,我们调查小组在出发前对于调查对象作了精心的选择,首先根据宋赋"衡山之阳"的描写,着眼于主峰祝融峰及其以南的山峰;其次根据"绝溪凌阜"的描写,在主峰以南的山峰中特别关注有溪水夹流的山峰;再次根据"磐石双起"的描写,寻找峰顶有巨石的山峰;此外,考虑到古时衡山以祝融峰为主峰之前曾有以岣嵝峰为主峰的说法，于是我们选定了祝融峰、天柱峰、岣嵝峰为调查重点。另则，湖南衡山的植被中竹林植被占百分之三十以上，据新编《南岳志》记述，主要为毛竹林、箬竹灌丛、箭竹灌丛。古时还当多有紫竹，新编《南岳志》介绍半山亭附近"紫竹林"道观时说，"进入山门，便是大殿前坪。坪下一片竹林，高篁耸翠，绿叶摇风，大概也就是'紫竹林'命名的由来吧"。① 紫竹正是制作竹笛的竹材。紫竹林全称紫竹林道观，在祝融峰南略微偏东的香炉峰下，海拔在700米左右。道观既然以"紫竹林"命名，则说明其地曾有大片紫竹生长。这是古代祝融峰南面山麓生长有紫竹的佐证，因此我们没有将制笛竹材这个考察要点纳入选择调查地点的取舍条件。按照预定计划，我们调查小组于2015年5月10日、11日考察了湖南衡阳市南岳区衡山中的祝融峰与天柱峰，12日、13日转道衡阳市区考察了衡阳县岣嵝峰。

1. 祝融峰调查印象

祝融峰是湖南衡山的主峰，位于南岳古镇北30公里处，海拔1298.8米，明代始建的石墙结构、三叠台基、雄伟壮观的祝融殿即坐落于祝融峰峰顶。为了再现"衡山之阳"的观察体验，我们选择了喜阳峰作为观察点。这是个不得已的选择，因为如果选择正南方向的芙蓉峰或碧萝峰则与祝融峰隔着一道深谷，不符合宋赋所描写的观察点与瞭望处有山体连接的情景。2001年阿迪力在衡山第二届寿文化节上所走的斜拉钢丝，就是从芙蓉峰跨过深谷拉向祝融峰的，如今那凌空架设的钢丝仍在。喜阳峰在祝融峰东南，距祝融峰约900米左右，两峰间有一道起伏的山脊彼此相连。喜阳峰海拔1266米，略低于祝融峰，现为衡阳市高山电视调频转播台和高山气象站所在地。由喜阳峰向西北眺望，可见祝融峰上威严壮观、高耸云端的祝融殿和登殿陡阶与殿前广场。然而可想而知，这被后世道教建筑所覆盖的峰顶景象，绝不是先秦时代此峰的原始面貌。我们围绕祝融殿仔细观察，发现大殿西北角殿基下有一排大石或叠摞或依偎而自然组合成巨大的石壁，石壁长近10米，高约8米，一些石面还有摩崖石刻，最醒目者为"接天"两个半米见方的大字。石壁下是一角面积较大的平台，因其西向而称之为望月台。从石壁的原始形态推知，祝融峰顶原本当有巨型石阵傲然耸立，而此段山脊两侧也多有巨石龙盘虎踞，如高台寺附近就有镌刻着"大鹤行窝""朱陵洞天""冠石""伏象朝真"等诸多大石，亦可作为推测的佐证，然而祝融峰顶原本是否是"磐石双起"之样貌则不得而知。祝融峰北即祝融殿后乃为峭拔的悬崖，连接祝融峰与喜阳峰的山脊的东西两侧均为深谷，且坡度极陡，深度极邃。由于山脊无比高峻，其两侧的谷底也要高于祝融峰北面的诸多山峦，从山谷地势来看，很难集水成溪，尽管新编《南岳志·南岳山水系图》标出祝融峰西北有五岳溪，东北有龙凤溪与其支流仙岩溪，

---

① 湖南省地方志编纂委员会编：《南岳志》，长沙：湖南出版社，1996年版。

但其源头距离祝融峰还有比较远的距离，倘若夸张些说，也只可视为溪水之理论上的上源，因其实是为溪水涵养水分、提供补给的山体与沟谷。因此，对于这段山脊虽可以用"磅礴千仞""隆崛万丈"来形容，但必须注意的是，从喜阳峰到祝融峰高度差仅有30多米，又不符合从"千仞"到"万丈"的陡起"隆崛"的山势，加之山脊两侧沟谷情况，着实难以描写为"绝溪凌阜"，更难以让人产生如何将溪水命名为"丹水"与"醴泉"的联想。

2. 天柱峰调查印象

天柱峰海拔1051米，位于祝融峰正南。其山体通过轸宿峰、烟霞峰、碧萝峰、芙蓉峰、金简峰、喜阳峰与祝融峰呈">"形接连，距祝融峰的直线距离约3千米。《衡州府志》说："天柱峰一名双柱峰。"《光绪衡山县志》说："两峰端耸，其形似柱，故名天柱。"遥望其山巅，实为两峰比邻并峙，其中稍高者是为主峰。主峰北侧接近峰顶处，有一片巨大的石壁裸露于山体之外，裸露面积长可百有余米，最大高度约40米，堪称壮观。巨大石壁的西侧下方存有巨型摩崖石刻"南天石柱"四字，每字近5米见方，为湖南衡山摩崖石刻之最。据记载，其字为民国湖南省政府主席何键1933年所书，而摩崖刻石则于其后的民国25年（公元1936年）。天柱峰主峰峰顶建有一座六角石亭，是20世纪60年代当地林场为林区防火建造的瞭望亭，亦可供游客登高望远，一览衡山南麓壮美景色。根据衡山中居住于半山亭的老年山民指点，遵循"衡山之阳"的体验原则，我们选择了祝融峰之南，天柱峰南麓南台寺后瑞应峰上的金刚舍利塔作为观察点。瑞应峰是由天柱峰向南延伸而下的山麓上的一个山峰，海拔605米，其北经掷钵峰上接天柱峰，直线距离约5.5千米。金刚舍利塔不见于新编《南岳志》的记载，当为近年所建，是一座仿宋式八层阁楼式建筑，塔高48米。在最高层塔楼之上向北眺望，最高处祝融峰如高墙壁立横出云外，中段天柱峰的两座山峰如驼峰双耸挺立于莽莽林海，天柱峰以下南麓山岗竹树茂密苍莽浑然如巨蟒屈伸蜿蜒上行。依照我们的调查要点来观察，天柱峰南麓山体的确有"磅礴千仞""隆崛万丈"的宏大气象，接近峰顶的山体上也依稀可见点点岩壁，但天柱峰顶双峰之山体覆土浑圆，尽管勉强可以认为有"双起"之态势，却绝非"磐石"之体质。上文曾提及天柱峰近于主峰峰顶处有巨大的石壁，但石壁在山体北侧而不在南侧，由南向北眺望是绝然望不到那巨大石壁的，因而也就不可能有"磐石双起"的观察体验。天柱峰南麓东西两则山谷中皆有溪流，由于谷地落差极大，陡峭处即形成了瀑布，流水声嘹亮悠扬，在盘山道路上行走便时时可以听到。询问衡山景区中延寿村的山民，均不知天柱峰南麓东西两条溪流的名称，只知东侧山溪下方有华严湖水库，西侧山溪下方有白龙潭水库。后来我们查阅新编《南岳志·南岳山水系图》方才晓得，东侧的叫寿涧溪（亦称南岳溪），发源于祝融峰南稍微偏东海拔1096米的金简峰南麓山谷中；西侧的叫白龙溪，其水源即源出于天柱峰西南沟谷。两条山溪至山下分别从东西两侧绕过南岳古镇，在古镇南合流为龙隐河，东南流注于湘江。看来说天柱峰南麓"绝溪凌阜"是毫无问题的。然而我们的总体印象是，天柱峰南麓虽然符合宋赋"磅礴千仞""绝溪凌阜""隆崛万丈"的描写，但是不合乎"磐石双起"的描写，所以尚不能认为符合宋玉《笛赋》制笛竹材生长环境的描写。因此，对于两条山溪是否可称之或联想为"丹水""醴泉"，也就没有必要深考了。

3. 岣嵝峰调查印象

岣嵝峰海拔951米，在祝融峰南极远处，距祝融峰约有15公里之遥，按照现行的行政区划分，祝融峰属于衡阳市直辖的南岳区，而岣嵝峰属于衡阳市下辖的衡阳县。《同治衡阳县志》卷九《山水·下潢水》载："下潢水今或谓之白鹭港水，水出嫘祖峰东北。峰在祝融南卅里，人行可六十里。其西为岣嵝峰，岣嵝本南岳之别名也。冈峦连体，双峰别秀。东峰最高，是名嫘祖，俗呼为雷祖，非也。……嫘祖峰稍西一峰亚之，望若俯背，故名岣嵝。"从岣嵝峰景区山门至岣嵝峰山顶，据景区管理人员介绍，大约有7.5公里的山路。我们先是沿盘山公路历时两个多小时上行5公里抵达接近峰顶的禹王宾馆，稍事休息，便登上了"之"字形曲曲折折的步行石阶山道，经禹泉、禹碑、禹王殿、禹居（古称禹穴）、禹床、望江亭、彭公亭等景点，又沿着山脊石阶路登上了山顶。山顶正中为四角石亭，曰望日亭。亭前为木板铺设的望日台，亭后树有一巨型石碑，碑高约4米，上镌"天上岣嵝"四字。在望日台上鸟瞰岣嵝峰南面山麓，一脉冈阜由高而低伸向湘江东岸的平原，冈阜上竹树茂密，郁郁苍苍，渐远渐淡。冈阜东西两边远处均可见一湾泓水，东边的面积略大，西边的面积稍小，恰如大小两面明镜映照着无尽山色。当返回禹王宾馆时天色已晚，借吃晚饭的机会，我们向景区服务人员询问，在山顶看到的两处湖水或水库的名字，他们用湖南方言讲了许多，遗憾的是我们一句也没有听懂，我们请他们用汉字写出来，可他们都不知道两个名字该如何书写，我们只好礼貌地作罢。后来我们查阅《南岳志·南岳山水系图》方才知道，东边的叫古竹溪，是湘江的三级支流；西边的叫樟木港，是湘江的二级支流；二水在樟木市合流后汇入湘江。第二天我们起了一个大早，准备爬上岣嵝峰正南的山岗体验仰望岣嵝峰的感觉，然而没有找到爬山的道路，又由于前两天这里下了一场大雨，山坡泥泞湿滑无法攀登，只有放弃。无奈之中我们采取了一个权宜的办法，登上了位于岣嵝峰西南的招待所一号楼的楼顶去观察体验。在四层高的楼顶之上举目凝望，正如《县志》所言"冈峦连体，双峰别秀"，然东侧的嫘祖峰和西侧的岣嵝峰并非峭岩尖峰，而皆为土顶且呈覆碗之状，《县志》用"望若俯背"来描述，真可谓仰望印象之实录。想来，岣嵝峰也同天柱峰一样，虽可称"磅礴千仞""绝溪凌阜""隆崛万丈"，亦可谓有"双起"之象，只可惜"双起"者不是翘望中"刺破青天"的"磐石"。我们只能遗憾地说，此处又与宋赋描写无涉。

二、先秦秦汉文献中的衡山与其地望

考先秦文献中的衡山：《尚书·禹贡》："荆及衡阳惟荆州。"伪孔安国注："北据荆山，南及衡山之阳。"以为此衡山乃今湖南之衡山。其实当指今安徽之衡山，即天柱山。因为《禹贡》又说："岷山之阳，至于衡山，过九江，至于敷浅原。"伪孔安国注："言衡山连延过九江，接敷浅原。"又注："衡山，江所经，在荆州。"这个"过九江""江所经"的衡山，只能是距长江和九江较近的安徽衡山，而不可能是远离长江的湖南衡山。《周礼·职方氏》："正南曰荆州，其山镇曰衡山。"郑玄注"衡山在湘南"，此注是受班固《汉书》的误导而导致的误注（详见下文）。此处"山镇"的叙述当从《禹贡》，亦指安徽之衡山，或江苏之衡山。《逸周书·职方解》："正南荆州，其山镇曰衡山。"与《职方氏》文字全同。二者的下文，言川，举江汉；言薮，举云梦；言浸，举颍湛；所举或在长江以北，或临近长江，对江南水系无涉，故其所举之衡山亦当在长江以北，亦当为安徽之衡山，或江苏之衡山。《左传·襄公三年》："楚子重伐吴，为简之师。克鸠兹，至于衡山。"杜预注："衡山在吴兴乌程县南。"这个衡山指江苏之衡山，《隋书》亦称横山。《战国策·魏一》："昔者，三苗之居，左彭蠡之波，右有洞庭之水，文山在其南，而衡山在其北。"① 这个西南是洞庭，东南是彭蠡（今鄱阳湖北）的衡山，实为安徽之衡山。《吕氏春秋·求人》："（禹）北至人正之国，夏海之穷，衡山之上，犬戎之国，夸父之野，禹强之所，积水积石之山。"陈奇猷注："衡山当即《大荒北经》之衡石山，与南岳衡山异。"这个衡山不是我们讨论中的衡山。《管子·轻重戊》也提到了衡山，但是作为方国名称出现的，位置在鲁国之北，齐国之南，所谓"鲁削衡山之南，齐削衡山之北"是也。这也不是我们要讨论的衡山。综上所述，传世的先秦文献中还未提及河南和湖南的衡山。

考秦汉文献中的衡山：《史记》卷二《夏本纪》："荆及衡阳维荆州。"此引《尚书·禹贡》文，所指当与《禹贡》同指安徽之衡山。《夏本纪》又言："汶山之阳，至衡山，过九江，至于敷浅原。"亦引《禹贡》文，所指亦当与《禹贡》同指安徽之衡山。《史记》卷六《秦始皇本纪》："乃西南渡淮水，之衡山、南郡，浮江，至湘山祠。……上自南郡由武关归。"从秦始皇的巡游路线看，此衡山当指安徽之衡山无疑。《史记》卷二十八《封禅书》："五月，巡狩至南岳。南岳，衡山也。"此引《尚书·尧

---

① 按，《韩诗外传》作"衡山在南，岐山在北，左洞庭之波，右彭泽之水"。此文显系袭用《战国策》的记述，但改"衡山在其北"为"在南"。据考，现存的《韩诗外传》已非原书之旧，部分内容已被后人修改，此为一例。故本文不引以为说。

典》"五月南巡狩，至于南岳"文，"南岳，衡山也"是司马迁随文注释语。《封禅书》又说："上巡南郡，至江陵而东，登礼潜之天柱山，号曰南岳。"是知此衡山当指天柱山，秦汉人也称之为霍山，亦即安徽之衡山。此外，《史记》中屡屡提到"衡山王"，"衡山"作为方国名出现。《史记》卷七《项羽本纪》："（项羽）故立（吴）芮为衡山王，都邾。"邾，《集解》："县名，属江夏。"又卷一百二十九《货殖传》："衡山、九江、江南豫章、长沙，是南楚也。"又卷一百一十八《淮南衡山传》："庐江王徙为衡山王，王江北。"三者都证明衡山国在长江以北，即今安徽省西南部，实因安徽之衡山而得名。

《汉书》卷二十八《地理志》："荆及衡阳惟荆州。"又"嶓山之阳，至于衡山，过九江，至于敷浅原。"二者均袭引《尚书》《史记》文，前已论及，此衡山乃安徽之衡山。又言："正南荆州，其山曰衡。"此袭引《周礼·职方氏》文，前亦论及，亦当指安徽之衡山。又言："南阳郡……雉衡山，澧水所出，东之郾入汝。"此无疑指河南之衡山。又言："六安国，故楚，高帝元年别为衡山国，五年属淮南，文帝十六年复为衡山，武帝元狩二年别为六安国。"此又证衡山国在长江以北，今安徽西南部。又言："长沙国……湘南，《禹贡》衡山在东南，荆州山。"此衡山，指湖南之衡山。此条记述最值得注意，班固认为《禹贡》所记之衡山，乃湖南之衡山，且似指荆州之山镇。然而班固亲撰《白虎通·巡狩》中却说："南方为霍山者何？霍之为言护也。言太阳用事，护养万物也。小山绕大山为霍。"以南岳为霍山，与其前言相抵牾。尽管如此，这条记述却是认为《禹贡》所记之衡山为湖南之衡山的最早的记述。

考上引《尚书》《周礼》《战国策》《史记》《汉书》注疏中关于衡山为湖南之衡山的注释者，有伪孔安国《尚书传》、郑玄《三礼注》、贾公彦《周礼注疏》、鲍彪《战国策注》、裴骃《史记集解》、司马贞《史记索引》、张守节《史记正义》、颜师古《汉书注》，及《史记正义》引录的萧德言、顾胤的《括地志》。郑玄，东汉人，晚于班固近百年，伪孔安国《尚书传》出自魏晋人之手，裴骃南朝刘宋人，司马贞、张守节、颜师古、萧德言、顾胤、贾公彦皆为唐人，鲍彪则为南宋时人，这些人都晚于班固。

其实，班固记述"长沙国湘南县"情况说："《禹贡》衡山在东南，荆州山。"实是据《尔雅》为说，《尔雅·释山》："河南华，河西岳，河东岱，河北恒，江南衡。"这是《尔雅》对上古"九州山镇"的举要性解说。值得注意的是，"山镇"与"岳"是不同的，这里的"江南衡"说的是山镇，而不是五岳之一的南岳，因而《尔雅·释山》于此条后又有专门释说"五岳"的词条。《尔雅》虽说这个作为南方山镇的衡山在江南，但并未具体界定其地理位置。前已言及，江南衡山有二，一是江苏之衡山，一是湖南之衡山。《尔雅》所说的到底是哪座衡山呢？以班固言"《禹贡》衡山"看，哪座衡山与传说中的大禹事迹有关，哪一座就是《尔雅》之所指。虽然以传说为据有失科学，但有些地名确实与传说有关，如果从地名学的角度看问题，也不失是一种地名溯源的方法。《禹贡》所记"荆及衡阳惟荆州","岷山之阳,至于衡山,过九江,至于敷浅原",经我们分析,认为是指安徽之衡山,此不赘述。除《尚书·禹贡》和《史记》外,记述大禹事迹的典籍颇多,若泛言之者不计,记述大禹南方行迹比较具体的有《墨子》《吕氏春秋》和《吴越春秋》。《墨子·兼爱中》说:"(禹)治天下……南为江汉淮汝,东流之注五湖之处,以利荆楚、越与南夷之民。"句中所言汉水、淮河、汝水皆在长江以北,所言五湖,一说指太湖,一说以太湖及附近滆、洮、射、贵四湖为五湖,一说以洞庭(先秦时洞庭湖面积很小)、青草、彭蠡、具区、洮滆为五湖。无论以哪一说为据,其虽可涉及江南,但均与长江相近。可见,《墨子》言大禹治南方之水未涉及湖南衡山一带。《吕氏春秋·求人》说:"(禹)南至交趾、孙朴、续樠之国、丹粟、漆树、沸水、漂漂、九阳之山,羽人、裸民之处,不死之乡。"此记神话色彩太浓,地名多不可考,交趾大约在今广东一带,所记虽可以涵盖湖南之衡山,但在其所举的五座山中却没有提及。《吴越春秋·越王无余外传》说:"禹伤父功不成……七年闻乐不听,过门不入,冠挂不顾,履遗不蹑,功未及成,愁然沉思。乃案《黄帝中经历》,盖圣人所记,曰:'在于九山东南天柱,① 号曰宛委,赤帝左阙。其岩之巅,承以文玉,覆以磐石。其书金简,青玉为字,编以白银,皆瑑其文。'禹乃东巡,登衡岳,血白马以祭,不幸所求。禹乃登山,仰天而啸,忽然而卧。因梦见赤绣衣男子,自称玄夷苍水使者……东顾谓禹曰:'欲得我山神书者,斋于黄帝之岳岩之下。三月庚子,登山发石,金简之书存矣。'禹退,又斋。三月庚子,登宛委山,发金简之书,案金简玉字,得通水之理。"语中"九山",《淮南子·地形训》释说:"何谓九山?会稽、泰山、王屋、首山、太华、岐山、太行、羊肠、孟门。"据此,位于坐标四方的九山中之东南者,于四处衡山中,当数江苏之衡山最为适合。这也合于"禹乃东巡"的方向。《禹贡》衡山若指湖南之衡山,那该说"南巡"。这说明《尔雅》所说的九州山镇中的"江南衡",是江苏之衡山。因此,《汉书》以为《禹贡》衡山在湘南县东南,实是个误会。至于后人又将作为山镇的"江南衡"视为"南岳衡山"的地望佐证,则可谓是由误会走向了错误。

然而,由于班固以著名史家身份在世人推崇的《汉书》中作出了《禹贡》衡山在长沙国湘南县东南的表述,致使班固个人的一个误会影响了后世注释家对衡山的诠释。仅以先唐著名的注释家为例:东汉郑玄注《周礼》,以为"衡山在湘南",完全承袭班固之说。晋郭璞《尔雅·释山注》于"江南衡"下注说:"衡山,南岳。"于"霍山为南岳"下注说:"即天柱山,潜水所出。"唐孔颖达《春秋左传正义》引郭璞注《尔

---

① 九山,《艺文类聚》《初学记》《太平御览》引作"九疑山"。按,湖南衡山在九疑山之东北,与文中所标识的"东南"不符,是为唐宋人妄衍"疑"字。

雅》云："霍山，今庐江潜县，潜水出焉。别名天柱山。汉武帝以衡山辽旷，故移其神于此。今其土俗人皆呼之为南岳。"以此知，郭璞受班固影响以为汉武帝前南岳为湖南之衡山，汉武帝始改南岳为安徽之衡山。考《史记》《汉书》只有汉武帝巡狩封禅南岳天柱山之文，而无有诏改字样。实则《战国策》《史记·项羽本纪》中早有安徽之衡山的记述，天柱山、霍山，又称衡山，并不始于汉武帝。不知郭氏所据为何？是为悬度之说乎，抑或囿于道家之玄伪之言，但足以证明郭氏注"衡山"时已陷入迷惑之中。尽管如此，郭氏《尔雅注》却成为把湖南衡山视为南岳的最早的文献，这一点是研究者必须要注意的。

三、"五岳"说中的衡山与其地望

衡山，属于五岳之一，我们也可以从五岳的角度考查衡山。关于五岳，始见于《尚书·尧典》，其记曰："岁二月，东巡狩，至于岱宗。""五月，南巡狩，至于南岳。""八月，西巡狩，至于西岳。""十有一月，朔巡狩，至于北岳。"记中仅指出东岳为岱宗（泰山），余者均为举其山名。于后，在先秦文献中，《周礼·大宗伯》及《大司乐》提到了"五岳"，《左传·昭公四年》提到了"四岳"，也均未举其山名。五岳的具体名称最早见于《尔雅》，《尔雅·释山》："泰山为东岳，华山为西岳，霍山为南岳，恒山为北岳，嵩高为中岳。"此后，两汉的文献多有释说，《毛诗传·崧高》："东岳，岱；南岳，衡；西岳，华；北岳，恒。尧之时，姜氏为四伯掌四岳之祀。"刘向《说苑》卷十八："五岳者，何谓也？泰山，东岳也；霍山，南岳也；华山，西岳也；常山（即恒山），北岳也；嵩高山，中岳也。"班固《白虎通·巡狩》："东方为岱宗"，"南方为霍山"，"西方为华山"，"北方为恒山"，"中央为嵩高"。许慎《说文解字·山部》："东岱，南霍，西华，北恒，中大室。"以上释说举出了先秦文献所记"五岳"的具体名称，但尚未标示出其地望。应劭《风俗通义·山泽》："东方泰山，……岱宗庙在博县西北三十里。""南方衡山，一名霍山，……庙在庐江潜县。""西方华山，……庙在弘农华阴县。""北方恒山，……庙在中山上曲阳县。""中央曰嵩高，……庙在颍川阳城县。"应劭的释说，不仅举出了各山的名称，还举出了五岳祠庙的所在地，这就使我们对五岳地望的认识更为明了。应劭在这段文字后还特意注明《尚书》提及的"四岳"说："岱宗，泰山也。""南岳，衡山也。""西岳，华山也。""北岳，恒山也。""中，嵩高也，王者所居，故不巡焉。"明确释说了《禹贡》五岳的所指及其所在。又《汉书》卷二十五《郊祀志》："自是五岳四渎皆有常礼。东岳泰山于博，中岳泰室于嵩高，南岳潜山于潜，西岳华山于华阴，北岳常山（恒山）于上曲阳。"这说明班固在注湖南衡山为《禹贡》衡山的同时，也承认安徽衡山为南岳。或以为安徽衡山,只名为霍山、天柱山、潜山,无"衡山"之称谓。从《尔雅》及两汉文献来看,其所记"南岳",或为"霍山",或为"衡山",似两难难定,然而《风俗通义》点破了迷津:"南方衡山,一名霍山,……庙在庐江潜县。"这就是说所谓的南岳,在先秦两汉之时,被认为是在庐江郡潜县,衡山,霍山为一山,也就是我们说的安徽之衡山。为了强调这一点,应劭更明言:"南方衡山,一名霍山。""庙在庐江潜县。""谨按《尚书》:……'五月南巡狩,至于南岳。'南岳,衡山也。"看来,班固《汉书》认为"《禹贡》衡山"在长沙国湘南县东南的误记,在东汉当代,就遭到了应劭的批评。

通过以上的分析,我们可以清楚地看到:河南之衡山,又称雉衡山,与古人心目中的五岳四镇无关;江苏之衡山,又称横山,也有人以为即会稽山,为四镇山之一,虽有待详考,但已知与五岳无关;安徽之衡山则属《周礼·职方氏》和《逸周书·职方解》所说的九镇之一,又在东汉以前(起码在《尔雅》和《史记》中)被视为五岳之一;而湖南之衡山,在东汉班固《汉书》中才被认为是《禹贡》所记之衡山,在东汉郑玄《周礼·职方氏》注中才被明确地指认为九镇山之一,在东晋郭璞《尔雅注》中才被视为"南岳"。可见,湖南之衡山,被文献所记录,被指认为五岳四镇中的名山,是晚于安徽之衡山的。

关于湖南之衡山,其名称可能古已有之,也可能是在战国后才被命名。著名的历史地理学家钱穆先生曾提出三个考辨历史地名的原则,其中第二个原则是"地名迁徙",他说:"地名迁徙,必有先后,决非异地同时可以各得此名不谋而合也。地名迁徙之背后,盖有民族迁徙之踪迹可资推说。"① 考安徽之衡山,本古之三苗之北疆,《战国策·魏一》:"昔者,三苗之居,左彭蠡之波,右有洞庭之水,文山在其南,而衡山在其北。恃此险也,为政不善,而禹逐之。"《尚书·尧典》:"窜三苗于三危。"三苗之迁是向西至古雍州,与今湖南无涉。春秋战国时,安徽之衡山属楚;秦统一六国后,设衡山郡,即以郡中有今安徽之衡山而命名;项羽灭秦之际,立鄱君吴芮"为衡山王,都邾";② 刘邦称帝时,"徙衡山王吴芮为长沙王,都临湘。"③《汉书》卷三十四《韩彭英卢吴传》:"吴芮,秦时番阳令也,甚得江湖间民心,号曰番君。天下之初叛秦也,黥布归芮,芮妻之,因率越人举兵以应诸侯。沛公攻南阳,乃遇芮之将梅鋗,与偕攻析、郦,降之。及项羽相王,以芮率百越佐诸侯,从入关,故立芮为衡山王,都邾。……项籍死,上以鋗有功,从入武关,故德芮,徙为长沙王,都临湘。一年薨,

---

① 钱穆:《史记地名考》,北京:商务印书馆,2001年版。
② 司马迁:《史记》,北京:中华书局,1975年版。
③ 司马迁:《史记》,北京:中华书局,1975年版。

谥为文王，子成王臣嗣。薨，子哀王回嗣。薨，子共王右嗣。薨，子靖王差嗣，孝文后七年薨，无子，国除。"① 是吴芮为衡山王4年，徙为长沙王后，传四世，历45年。或以为，湖南衡山之名由西汉之初吴芮迁临湘后始有之。钱穆《史记地名考》卷三《禹贡山水名上》"衡山"条案说："至隋开皇九年，始诏定长沙衡山为南岳。"② 这又是朝廷祭封湖南衡山之肇始。湖南之衡山当由此而显于世。《初学记》卷五《衡山》说："徐灵期《南岳记》及盛弘之《荆州记》云：五岳之南岳，其来尚矣。至于轩辕乃以潜霍之山为其副焉。故《尔雅》云，霍山为南岳。盖因其副焉。至汉武帝南巡，又以衡山南远，道隔江汉，于是乃徙南岳之祭于庐江潜山。此亦承轩辕副义焉。"其说大为可疑，一则其为东汉以后的说法，所出甚晚；二则有以今释古之嫌，以晚出之说妄解《尔雅》之释山与汉武帝南巡之事；三则缺乏佐证，东岳、西岳、北岳、中岳皆无副，何独南岳有副？四则言"轩辕乃以潜霍之山为其副"，考历史文献并无此种说法的任何迹象。此臆说一出，附会湖南衡山为《尚书》所记之南岳者亦随之泛滥，如郦道元《水经注》卷三十八《湘水》在描述湖南之衡山时说："丹水涌其左，醴泉流其右。"乃是袭用宋玉《笛赋》成句，把宋玉对安徽之衡山的描写移植到了湖南衡山的身上。杨守敬注说："丹水、醴泉皆无考。《澧水》篇之水出武陵充县，与衡山中隔沅、资、涟诸水。《夷水》篇之丹水，出夷道，更隔澧水，又在右，不在左，皆非此水也。今衡山之东有数水，东入湘水，未知孰为丹水；衡山之西有数水，北入涟水，未知孰为醴泉也。"③ 再如前引《吴越春秋》所记，禹血马祭衡岳之事，也从江苏衡山之传说移植到了湖南衡山的身上，至今湖南衡山还标示有禹王城（在喜阳峰东麓）、禹王殿（在岣嵝峰西南山腰）等汉代以后因附会而留存的遗迹。可见，湖南之衡山不仅被文献记载晚于安徽衡山，而且被称为南岳也晚于安徽衡山。

四、隋唐以来关于"衡山"地望的争讼

自东汉起，虽然关于衡山的地望与南岳的所指产生了意见的分歧，但还仅仅是停留在文化界学术争鸣的层面。事实上并没有影响到朝廷的崇祀与封禅，在汉武帝之后，西汉宣帝，南朝宋汉孝武帝，都曾致祭于今安徽之衡山。然而这一情况在隋初被改变了，清荣锡勋《南岳形胜考》说："至隋开皇九年，征文考献，诏定衡山为南岳。遣使就其所，祭以太牢，而废霍山为庐江名山，南岳始复其旧。唐初，诏祭南岳于衡州，天宝间，诏封为司天王，始建司天霍王庙。开元中改建南岳真君祠。宋开宝间，诏修

---

① 班固：《汉书》，北京：中华书局，1983年版。
② 钱穆：《史记地名考》，北京：商务印书馆，2001年版。
③ 杨守敬：《水经注疏》，南京：江苏古籍出版社，1989年版。

南岳庙。祥符中,加封司天昭圣帝,玉册衮冕,礼制上视宗庙,并加南岳景明后之号。元世祖时,诏修南岳庙,加封司天大化昭圣帝,惟惑于谶文,谓朱明峰有王气,遣使凿庙后地为新堑,引水以断来脉。建辖神祠以制赤帝。迨明太祖兴,姓与国号果附朱明之谶。洪武三年,遣使至祭,改称南岳衡山之神。酌礼准经,以正名号。万历间,分巡衡永道管大勋,倡捐开复水道,填接后龙,即今所称接龙桥是也。国朝受命修礼地祇,勒功五岳,每逢朝廷大庆,遣使南来,牲礼祭告,以答神庥,又屡动公帑,兴修庙宇,金碧辉煌,规模远超前代。并颁列圣宸题,光昭云汉,永镇南疆。皇皇哉,天下之大观,古今之盛仪。"但是凭借朝廷的权威所做出的诏定,并不一定符合事实,不一定让所有人都趋而同之,不同的意见也时有发声。唐皮日休《霍山赋》有曰:

> 殆而寐,梦一人绛衣朱冕,怪貌魁形,曰:"余祝融之相也。夫霍山君之故治也,尔赋之,诚形矣胜矣,怪矣典矣,然义有不备。帝俾余莅,夫古有五岳,霍居其一,所以五岳相迓者,唐虞之帝五载一巡狩,一载而遍。上以觐侯,下以存民,侯有治者陟,不治者黜,民有冤者平,穷者济。洎唐虞以降,皆燔柴于霍,我帝用缋其礼,至周且册而命我与诸岳星列中国。汉之后乃易我号,而归于衡,故祝融迁都,余守霍。今圣天子越唐迈虞而废巡罢狩,余之封内有可陟可黜可平可济者,是圣天子无由知之。尔能以文请执事之达者,易衡之号,以归于我,请天子复唐虞黜陟之义。故尔之将赋,余闭遏尔怀而不尔文,帝曰有衡既远,有狩必劳,惟霍之迩,斯号可复。赋者有能言,胡不俾帝命。余赐尔文,尔无忘也。"臣曰:"谨惟神命。"既觉而书,呜呼异哉!①

赋中作者借梦中所见霍山之神"祝融之相"的口吻,申说了霍山亦即今安徽天柱山才是古南岳的事实,笔法虽然浪漫,**阐述理据却义正词严**。宋吴仁杰作《两汉刊误补遗》,于卷四专论古南岳之正与唐而后南岳之误:

> 舜五月巡狩至南岳,南岳者衡山也,禹遵之。又曰,上登礼潜之天柱山,号曰南岳。师古曰,武帝以天柱山为南岳。郭景纯注《尔雅》霍山云,即天柱山。仁杰曰,如志文及注所云,是谓南岳之称在虞夏则衡,在汉则霍也。要其实不然,虞夏所祠在霍所衡。伏生虞传曰,中祀大交霍山。郑康成注谓,

---

① 秦达章修、何国佑纂《光绪霍山县志》(《中国方志丛书》安徽辑016册),台湾:成文出版社,1974年版。

五月南巡守所祭。夏传曰，禹莫南方霍山。郑注谓莫祭也。然则天柱之为南岳非武帝创祀兹山，特修虞夏之旧耳，其后孝宣诏祠官岁祠，肃宗巡守望祀亦皆在潜。晋升平中何琦上疏曰，五岳惟潜之天柱，在王略之内，旧台选百户吏卒以奉其职。中兴之际常遣祷赛，宜修旧典。《隋志》方泽从祀衡山尔。太史公、班讫隋，南岳之祀常在潜霍。至唐始祀衡山尔。太史公、班孟坚及孔安国书传皆注衡山者，殆是祖述《职方》九州之镇。而云不知岳与镇固自有别也。《尔雅·释山》首言五山之名，江南衡、河南岳，此盖五方之镇，同于《职方》所载者，至后言五岳，则南曰霍、西曰华，而衡与太岳不与焉。故《隋志》从祀霍岳、华岳之外又有衡镇、太岳镇，最为得礼也。或谓衡山一名霍山，斯又不然。《尔雅》谓山大而高曰嵩，大山宫小山曰霍，二岳正以是得名。今天柱一峰介于众山之间，若小而独高，四望绵亘数百里皆大山，相与环拱其下，此岂他山所得而名者哉！景纯云，衡山自别名岣嵝。王彦宾考订弗审妄下雌黄，谓潜霍因武帝殚远始以为南岳，《尔雅》当举衡山，而反举霍山，是以知此书非周公之作。秕哉斯言也。①

其文虽为短制，其论驳中有立，立而有据，堪称精辟。开篇明义，特别强调"虞夏所祠在霍所衡"；接下又引尚书及注，证霍山为南岳非武帝所创，古者已然；再次据汉至隋"南岳之祀常在潜霍"，"至唐始祀衡山"，力证易祀于今湖南衡山之误；继而以《尔雅》中"岳"与"镇"之区别，证隋前祀衡镇"得礼"；最后认为湘南衡山无"霍山"之称，是以并非先唐之南岳。

关于衡山的地望问题，由于历代争讼不息，到了清代特别是清代后期，其争讼愈演愈烈，与衡山地望有关的府县在修志时各抒己见，均将南岳衡山视为本土所有。概括地说，清后期的争讼，有两个焦点，一是清潜山县、霍山县与衡山县之争，焦点在于南岳衡山是在今安徽还是在今湖南；二是清潜山县与霍山县之争，焦点在于古南岳衡山是今潜山县境内的天柱山还是今霍山县境内的霍山（今称小南岳山）。我们先看南岳衡山是属今安徽还是属今湖南之争：

主古南岳在安徽说者主要有二：一、《中国方志丛书》本，清秦达章修、何国佑纂《光绪霍山县志》卷十三《艺文志》载，邑贡生熊应隆《衡山辨》曰：

> 按《尚书大传》岱山、霍山、华山、恒山、嵩山为五岳，此著在训典也。今自后来舆图充拓名山鼎峙论之，霍似不足以当衡之峻绝，曰霍为衡之副是

---

① 吴仁杰：《两汉刊误补遗》（据丛书集成初编本影印），北京：中华书局，1991年版。

已,然以虞周之土舆而论,则霍山当即为衡山,而汉以后之衡非复虞周之旧衡矣。盖舜分天下为十二州,淮汉以北居九焉,周分天下为九州,淮汉以北居七焉,则古昔盛时天运在西北,地势之开辟亦在西北,而极南之衡未必入虞周之版图也,乌得即指南衡为虞周天子巡狩之地耶。周制天子十二年一巡狩,六服一朝;虞制天子五年一巡狩,群后四朝,君臣往来,车马旌羽贡献予赍,宛若手足腹心呼应贯彻,不若汉武之穷极海内涉迹岛夷为可知矣,何嫌于霍之不为衡也哉!且虞无论已,周之时,吴尚为荆蛮地,泰伯寻古公之风者,而采药于衡山。夫吴今之金陵,周之蛮地也,泰伯逃之。周天子之巡狩南岳,岂有出于蛮夷之逃者乎!泰伯逃吴而衡山采药。衡山一名横山,为湖之属,非指霍而言,然亦霍之近地也,亦将谓采药之衡为极南之衡耶?凤阳盱眙县有第一山,宋米芾诗云,"莫论衡霍衡山斗,且看东南第一山",盖以近山相比也,亦将谓衡霍之衡为极南之衡耶?又考之记礼者,自衡山至衡山,大约遥近方三千里,而应氏称南以衡为限,百越未尽辟也。自秦而上,西北广而东南蹙,秦而下,东南展而西北缩,观此则霍之为衡乃在东南蹙地之内,而周制三千里之地,岂为秦而下东南展地之内乎!此亦足以为佐证矣。极南之衡侈称于后代者,缘虞周以下幅员日广,百越俱入中国而高山峻岭适当其南之极地,故即称为虞周南巡之岳,盖借名之也。汉武帝南巡以衡山远隔江汉,乃徙南岳之祭于庐江潜山,盖复虞周之故地而不自知耳,不然以汉武之穷极侈口,入海岛求神仙,无惮车舆趋从之劳,尚以为极远而不之往,矧虞周之天子乎!所可惜者,东西二岳为天子巡狩至止有麟经所载,鲁郑许祊假田之说,足以明征其义而恒之与!衡居方定位不显,然列于经传以起千载之疑。故予为之辨云。①

其文的中心论点是,否定今湖南衡山为古之南岳,而力证今安徽霍山县之霍山(小南岳山)为衡山。文章以古地理及先秦开土拓疆的历史趋势为论证古衡山地望的前提,并以上古祀礼、以泰伯采药衡山事、米芾题"东南第一山"事为佐证,认为上古版图范围尚未涉及今湖南之衡山,汉武帝"移祭"实为复古,因而古之南岳在今安徽而不在今之湖南。二、《中国地方志集成》本,吴兰生、王用霖修,刘廷凤纂《民国潜山县志》卷一《山川附录》载,宿松朱太史书《古南岳辨》曰:

---

① 秦达章修、何国佑纂《光绪霍山县志》(《中国方志丛书》安徽辑016册),台湾:成文出版社,1974年版。

  五岳惟岱宗见于《尚书》，余四岳无主名。《尔雅》岱、霍、恒、华、嵩为五岳。郭璞注，霍在庐江西，一曰衡。是即潜之天柱山也。他书称，黄帝封禅潜之天柱山为南岳，《禹贡》导江亦曰至于衡山。今大江经潜山天柱山之麓，距湘南衡山不啻千里。《江赋》又云，衡霍磊落以作镇。皆明其去江甚近。《汉书》谓衡山为南岳，而当时封号衡山者，实国于今庐州潜霍地，则霍山一曰衡，此明验也。武帝巡南郡，至江陵而东，登礼潜之天柱山，号曰南岳。浮江自浔阳出枞阳，过彭蠡，礼其名山川。使汉武无所本，必不以天柱号南岳。或云湘南衡山远不能至，姑以天柱代。此求其说不得，又从而为之辞也。夫既远过彭蠡，又口难上九嶷，且过彭蠡而礼名山川，安知湘南衡山不在其内耶？《水经》明言，五岳亦曰霍山为南岳，在庐江潜县西南。古潜县，天柱阴，故岳在县西南也。《希水注》又引《地理志》云，潜县有祠南岳庙，则南岳在潜久设祠庙，不但汉武一祭而已。至衡山则止云，在长沙湘南县南，不曰南岳。《尔雅》口最古，《水经》出汉人，去古未远，其前后符合既如是，轩辕、汉武相距数千年，又历崇祀焉，南岳为潜之天柱山审矣。四岳皆近帝都，南岳不应独远。若谓舜崩苍梧为行巡南岳之证，则会稽禹穴又何说也？况孟子有卒于鸣条之说，苍梧不可谓东夷，又从来所疑者耶？皮日休赋力主南岳在潜，其说得之。《衡山志》辨之多方，此欲私名山于楚南，而不考于古者也。①

其文的中心论点是，今安徽之天柱山即为古之南岳。举证有六条：①据《禹贡》考大江流经证天柱山临于长江，而今湖南衡山距长江远隔千里；②据秦汉时封国衡山以证天柱山有"衡山"之称，力驳天柱山无"衡山"之名的异说；③据汉武登礼天柱山的路线，驳斥武帝所祭也可能是今湖南衡山的推测；④据《水经》记述指出，古南岳为"潜之天柱山"，而非"在长沙湘南"；⑤据帝都与岳之距离为证，认为古南岳不可能远在今湖南；⑥以皮日休《霍山赋》为证，证明其说不孤。以上两篇论述，以及唐皮日休赋和宋吴仁杰考，与本文在第二、三节的考论正相契合，所以我们有足够的理由认为，隋唐以前先秦秦汉文献所说的古南岳当在今安徽境内。

  主南岳所在自上古至现今均在今湖南者，主要有三说：一、《中国地方志集成》本，清李惟丙等《光绪衡山县志》卷七《山川》说：

---

① 吴兰生、王用霖修、刘廷凤纂《民国潜山县志》，（《中国地方志集成》安徽府县志辑17），南京：江苏古籍出版社，1998年版。

南岳衡山。《山海经》注，衡山俗谓岣嵝山。《寰宇记》宿当翼轸，上应玑衡，故名衡山。《衡山记》云，下踞离宫，摄位火乡，赤帝缙其岭，祝融宅其阳，故曰南岳。上如车盖及衡轭之形，高四千一十丈，周回八百里。《星经》云，玉衡主荆州，而长沙一星在轸中，主寿、长子孙。昌亦曰寿，昌之次衡岳，旧属长沙，故又谓衡山为寿岳。《杨升庵集》衡山一名芝冈。《湘中记》云，衡山如陈云沿湘千里，九向九背。《水经注》山东南二面临映湘川，自长沙至此江湘七百里中有九背，故渔者歌曰"帆随湘转，望衡九面"。衡岳者五岳之南岳，即州官所谓荆州之镇也。又《夏书》云，宛委山也，自下而上九千七百三十丈，东至洞阳，西抵白鹤，云阳面其南，大围踞其北。石鼓乃朱陵之西门，青草是衡阳之左腋。《述异记》南岳为盘古右臂。《道典》云，黄帝命潜山为南岳。《尔雅·释山》云，江南衡。李巡曰，南岳衡山也。又云霍山为南岳。郭璞曰霍山今在庐山（江）潜县，潜水出焉，别名天柱山。汉武帝以衡山道远，故移其神于此。考徐灵期记衡山为南岳，其来旧矣，昔轩辕以潜霍之山为其副，故《尔雅》遂以霍山为南岳。《南岳志》衡山之脉发于岷山，由蜀入黔，迢递九嶷，联络五岭，为南方之干，自驹田岭入楚，盘纡八百余里，特起南岳在衡州府衡山县境，县故以得名也。山东南尽衡山县境，西入衡阳县境，北入湘潭县境，又北入善化县境，西北接湘乡县境，袤跨长沙、衡州二府四县之间，东南二面以湘水为界，西以蒸水为界，北以兴乐江为界。由县治至岳庙三十里，由岳庙至祝融绝顶亦三十里……①

此文为《衡山县志》对衡山的介绍性文字，然而介绍之中大有举证说明衡山在今湖南的命义。其文首先介绍了衡山名称的由来以及其诸多别称，以为山之称"衡"只有此山才名副其实；其次综述南岳地望的不同说法，而后以徐灵期《衡山记》"轩辕以潜霍之为其副"的说法，消解了古文献中有关南岳为霍山记载的实证力量与价值，从而否认南岳在今安徽的事实；接着又以"衡山之脉发于岷山"为据，力主衡山不当在长江以北。然而徐灵期为南朝宋时修道于今湖南衡山的方外之人，其"为其副"说不仅晚出，而且又为道家者言，其可信度较之经史著述有相当大的距离；至于"发于岷山"说，考于《禹贡》原文，是讲述江水之发源与流经，而不是叙说山脉形成与走势，况且据现代地理学科学勘察证明其说法并不符合事实，又难为实证。因而其文让人感觉理据不足，实为巧辩之说。二、《光绪衡山县志》卷七《山川》又载清彭维新《南岳

---

① 李惟丙等：《光绪衡山县志》（《中国地方志集成》湖南府县志辑38），南京：江苏古籍出版社，2002年版。

衡山辨》一文，其文曰：

衡山之为南岳，南岳之居荆州南境，自来无歧说。汉武帝巡方始移南岳之祭于庐州郡之潜山，此特一时权宜，而南岳衡山古今原有定在。近有好事者撰《南岳考实》，竟谓潜即衡岳，何其漫无考证耶。稽之于经，《禹贡》"荆及衡阳惟荆州"。是荆、衡二山专属荆域。潜不见于经，度其地当在《禹贡》九州徐、扬之间，于荆无预也。又云"岷山之阳至于衡山"。衡山巇嶂绵簇，自岷山南来，潜划隔大江，距九江、洞庭、敷浅原、庐山尚远，于岷山之阳无预也。《周礼》正南曰荆州，其镇曰衡山。郑康成注《大司乐》云，五岳衡在荆州。衡于州之镐京、洛邑，均直正南，潜则迤东矣，于正南又无预也。至《尔雅·释山》云，江南衡。按江南、江北昉于左氏，指云梦言，非今之江南也，若潜则旧隶江南，今在江北，又于《尔雅》所云无预也。更证诸史，《史记·封禅书》云，上至江陵而东登礼潜之天柱山，号曰南岳。夫曰自南而东，则非南矣，曰潜之天柱山，则非衡矣，曰号曰南岳，则本非南岳矣。子长汉武帝时人，其言信而有征。班氏《汉书》所纪无异辞，至《郊祀志》云，南岳衡山则就移祀后言，在《郊祀》言郊祀，言各有常也。范蔚宗《后汉书·郡国志》，湖南侯国衡山在东南，厥后诸史无少参差。更广参之诸家之说，《山海经》云，衡山一名岣嵝。今惟衡有岣嵝峰。徐灵期《衡山记》曰，衡山者五岳之南岳也，名朱陵太虚之天，踞离宫之乡，赤帝馆其巅，祝融宅其阳，故名南岳。今惟衡有朱陵洞、祝融峰。罗含《湘中记》曰，衡山度应玑衡。《天官书》南宫朱鸟为权衡。今潜分野属斗，为北官之宿，于权衡、玑衡之义均无当也。《吴越春秋》云，天柱峰在九嶷东。《风俗通》衡山本名霍山，《广尔雅》云，天柱谓之霍山。《地理志》霍山天柱在长沙湘南县之南，即南岳也。然则潜之称霍与天柱，已属假借。而南岳衡山之非潜可冒更不待言矣。王充《论衡》谓，舜南至霍山，亦以衡山本名霍山故耳。至天柱称山，凡山之峻特者多被此名，如余杭、寿阳、平度、泰和、乐清、南安皆有之，惟九嶷之东、湘南之县为南岳衡山之天柱不可移易，故举衡可以统霍，言霍不可以统衡。夫彝莫如经核，莫如史逅，蒐幽讨莫备于百家之说，于南岳衡山均确信不易，若此至山之大小崇卑，虽妇孺亦能辨之矣。衡岳之山，以其高且大，殊于众山也。衡山绵亘八百里，巨峰七十二，名泉三十八，岩洞、溪潭不可殚计，为南服诸名山领袖，故与泰、华、恒、嵩并峙宇内，虽九叠之昌庐，四百三十二峰之罗浮，犹倾居支辅，况潜山乎！此必误读《尔雅》及郭璞注之故。《尔雅》云霍山即南岳，盖以衡山本名霍山也。郭注即天柱山，潜水所出云者，盖据徙祀之后言。观其《山海经》之注衡山，援据明晰，毫无游移，可知《山海经》衡山注云，在湖南衡阳县南岳也，谓之岣嵝。郭璞注云，今诸处皆有以霍名者。《水经》第四十，三者口口句，亦有"霍山为南岳，在庐江郡潜县之西南"者，县名见其为改祀后之南岳明甚。郦善长于口水南岳衡山注，备详邻近诸山水，而于此南岳时出县注，但云有霍山，有南岳庙而已，有南岳庙者如东、西、北岳庙所在多有之，非即为某某法也。今既不征典策，又不识山之形势，且于《尔雅》文义尚未了然，少见多怪，真所谓毁所不见而终以自蔽者。夫雄才大略如汉武祇移祠祀于一时，仍不能泯岩岳之故处所，一空疏村学究倡独学无稽之言，撼千古不刊之迹，只费墨渝徒自扰耳。畴其信而从之，且历代踵祀罔学。圣朝核典崇禋，夫章叠焕永，垂亿万世。愚贱不倍之义敢稍逾软！本不弘辨，德行不乏，读《尔雅》不熟之人，取议贻笑，为引证订误，俾知衡山之为南岳，南岳之居荆州南境，后之人无庸更置一喙也。①

其文看似振振有词，咄咄逼人，若与主古南岳在安徽说对比来看，不过强词夺理而已。文中力驳潜之天柱山非为古之南岳：①指其"于荆无预"，岂不知《禹贡》言"荆与衡阳"是为划界古九州之一荆州之界说，其山正在荆州与徐州、扬州之界点之上，与荆州岂无关涉。②指其与"于岷山之阳无预也"，岂不知《禹贡》所言乃长江之源与长江之所经，实是安徽天柱山距江为近，而湖南衡山距江为远。③指其"于正南又无预也"，岂不知《周礼》"正南"是以中原为参照说明荆州之方位，而并非说明今安徽衡山之方位。退一步说，即便认为"正南"是在表示"衡"之方位，那么与衡山并提的荆山又岂在正南乎！④指其"于《尔雅》所云无预也"，岂不知《尔雅》"江南衡"指的是南方山镇而非南岳，又说"江"指云梦，不过是偷换概念之计。⑤指其"本非南岳"，岂不知"号"亦可作"重新宣称"解，不仅仅只有"命名"一义。⑥指其"于权衡、玑衡之义均无当也"，岂不知先秦称衡山者不只今安徽、湖南两座衡山，尚有河南、江苏之衡山，难道以"衡"命名只有"权衡、玑衡"一义可用，而不可取之于该字的其他义项？文中力挺湖南衡山为南岳的唯一理由是，"今惟衡有朱陵洞、祝融峰"，其说出自刘宋道家徐灵期之口，岂可为实据！况《水经注》言，"湘水又北经衡山县东，山在西南，有三峰：一名紫盖，一名石囷，一名芙容。芙容峰最为竦杰。"以此知郦道元时衡山之主峰尚无"祝融峰"之名，其峰名不仅后出，而且有附会"芙容"转

---

① 李惟丙等：《光绪衡山县志》（《中国地方志集成》湖南府县志辑38），南京：江苏古籍出版社，2002年版。

音为之的嫌疑。其文之失在于非要将今湖南之衡山说成是隋唐前之古南岳，因证据难寻，不得不曲解文献释说之含义而强为之词。三、20世纪新编《南岳志》第十二篇《文献》第四章《考辨》又引清罗汝怀《南岳衡山说》，其文曰：

《尔雅·释山》："河南，华；河西，岳；河东，岱；河北，恒；江南，衡。"郭璞注："衡山，南岳。"《释山》又曰："泰山为东岳，华山为西岳，霍山为南岳，恒山为北岳，嵩山为中岳。"郭注："霍山，即天柱山，潜水所出也。"《周礼·职方氏》："河南曰豫州，其山镇曰华山。""正西曰雍州，其山镇曰恒山。""正南曰荆州，其山镇曰衡山。"《尚书·舜典》："至于南岳。"《传》："南岳，衡山。"《毛诗》："嵩高维岳。"《传》："岳，四岳也；东岳岱，南岳衡，西岳华，北岳恒。"《白虎通》曰："岳者何，谓岳之为言捔，捔功德也。""南方为霍，霍之为言护也，言太阳用事，护养万物也。"《风俗通》曰："岳，捔。考功德黜陟也。""泰山，山之尊，一曰岱宗。岱始也，宗长也，万物之始，阴阳交代，故为五岳长。王者受命，恒封禅之。衡山一名霍，言万物霍然大也。"《汉书·地理·庐江郡》"潜"下曰："天柱山在南，有祠。"《长沙国》"湘南"下曰："《禹贡》衡山在东南，荆州山。"《尚书》曰："五月巡狩，至南岳。""南岳，衡山也。"《史记·封禅书》曰："其明年冬，上巡南郡，至江陵而东，登礼潜之天柱山，号曰南岳。"《汉书·郊祀志》："自是五岳四渎，皆有常礼。东岳泰山于博，中岳泰室于嵩高，南岳潜山于潜，西岳华山于华阴，北岳常山于上曲。"是南岳之见于前载者章矣，其本为湘南之衡山，而汉武帝移祀于潜之天柱山无疑也。然而论者且聚讼不已。主《尔雅》前说者，肇于《风俗通》之"衡山一名霍山"，继之以孙炎之注《尔雅》，谓霍当作衡，此以圆通《尔雅》后说。而甚者谓天柱山亦属衡矣。主《尔雅》后说者，郭璞《尔雅注》已阙落，而见于《书·舜典》《诗·嵩高》《左传·昭四年》三《正义》所引，谓衡、霍两山，皆有南岳之名。汉武非在《尔雅》前，则并非汉武移祀。此以圆融《尔雅》前说。而甚者谓天柱亦名衡矣。夫《尔雅》虽不出于一时一人之手，然不应一篇之中，显为乖异。其霍山之云，未知所指，固不得以潜之天柱当之。观《史记·封禅书》始引"南岳"之文，《汉书·郊祀志》初叙天柱"号南岳"，与《史》同。后复云"自是五岳四渎，皆有常礼，南岳潜山于潜"云云，则马、班之时，并无两山皆称南岳之说。其因移祀而始著为典礼，文意尤自分明。且皆称天柱，称潜山，而不称霍。即《地理》《郡国》两志，庐江郡内皆无霍山。然则天柱在汉时并无霍山之名。其以天柱为霍山者，始于张楫《广雅》。楫殆见当时号天柱为南岳，以为《尔雅》霍山当即指此，故附会为言。而后来郭景纯又本之以注《尔雅》，霍山之名，当成于魏晋之际。今六安州之霍山县即汉之潜县，六安即汉之六县。霍之名州自梁始，霍山之名自隋始。开皇九年，诏定衡山为南岳，而废霍山为名山。盖自汉元封以来，天柱久假南岳之名，至是始复其故。而天柱横被霍山之名，遂千古不废。斯实出误会《尔雅》者之肇始矣。且《尔雅》以"大山宫小山"为霍山，方志称天柱山耸削无附，则又名实不符，此所以不见于马、班、范三书也。惟全谢山氏以吴芮封衡山王而国于江夏。江夏本九江之所分，故以天柱为望，而名其国。厥后淮南分为衡山，亦在江夏。二衡山国皆不在长沙，故谓霍山本名衡山，且均在元封以前，其言颇辩。及细核之，而实不然也。考《史记》，汉元年项羽以黥布为九江王，都六。吴芮为衡山王，都邾。四年，六布为淮南王，都六。九江、庐江、衡山、豫章皆属焉。五年，徙吴芮为长沙王，都临湘。十一年，黥布反，高祖自往击之，立长子为淮南王。孝文十六年，上怜厉王废法，失国早死，乃立其三子，安为淮南王，勃为衡山王，赐为庐江王，皆复得厉王时地三分之。观于黥布都六，六属庐江；吴芮都邾，邾属江夏。若以天柱为衡山，则芮宜都六，乃反之以都布，则其立国非取于附近之山川以为望可知也。而必以天柱为衡山，不其泥乎？然立国之号衡山，则固何说？按前志《南阳郡》"雉"下曰："衡山，澧水所出，东至郾如汝。"《说文》："澧水出南阳雉衡山，东入汝。"《水经注》："澧水出雉县衡山，即《山海经·中山经》之衡山。"马融《广成颂》曰："面据衡阴，在雉县界，故世谓之雉衡山。"衡山名国，其以此欤？若谓南岳别郡，则都江夏之邾者，取望于庐江之潜，原出本郡之外，以道里计，则黄州距南阳约八九百里，而黄州距霍山亦约六百里。班书《诸侯王表叙》曰："北界淮濒，略衡庐，为淮南。"小颜注："衡庐，二山名。"所谓衡者，亦当指此山矣。或以为衡庐为庐江、衡山二国，亦不可知。然如方志所言，封淮南者，都寿春；封庐江者，都舒；封衡山者，都六安州西南。则三国者相距二三百里间，不应如是之逼促。而史公谓淮南、衡山疆土千里。则方志所言都舒城霍山者，盖未足据。且淮南王安谓伍被曰："今我令楼缓先要成皋之口，周被下颍川，兵塞辕辕伊阙之道，陈定发南阳兵守武关。河南太守独有洛阳耳！"南阳苟不为淮南下辖地，则奚能发其兵哉！衡山虽由故淮南而分，亦必因故衡山之迹，固不必定以天柱为望矣。《武帝纪》："南巡登潜天柱山。"应劭注曰："南岳霍山，在潜。"此非谓天柱为霍山，其谓霍山即指衡山，亦犹衡山一名霍山之说耳。夫衡之转声为霍，古者方言之一，或则呼衡，或则呼霍，此应氏之说，尤足为《尔雅》证明。即《说文》"岳"篆下所谓南霍者，当亦此义。管见聊备一说，俟达者正焉。①

其文先列先秦秦汉文献中有关南岳的记载，而后断言，"是南岳之见于前载者章矣，其本为湘南之衡山，而汉武帝移祀于潜之天柱山无疑也。"然而研读其所引，无一处记载说南岳"其本为湘南之衡山"，其说实为无根之谈。其实作者本人也知其说是无证立论，故而于下文辩护其说，然而却不出实证立论，只是着眼于驳论：①以为《尔雅》"其霍山之云，未知所指，固不得以潜之天柱当之"，然"湘南之衡山"何以当之？又不举证。②以为"天柱在汉时并无霍山之名"，然"湘南之衡山"在汉时可有霍山之名？亦不举证。③以为天柱山"霍山之名，当成于魏晋之际"，作为政区称谓"霍之名州自梁始，霍山之名自隋始"，意谓得名颇晚，然"湘南之衡山"得名于何时？还不举证。④以为"《尔雅》以"大山宫小山"为霍山，方志称天柱山耸削无附，则又名实不符"，然"湘南之衡山"其主峰祝融峰实高于所谓"七十二峰"中其他诸峰，这难道就合于"大山宫小山"的描述吗？仍然不举证。⑤力驳汉之衡山国以衡山（天柱山）为地望，从而否定天柱山一名衡山之说。既以为"黄州距南阳约八九百里，而黄州距霍山亦约六百里"，其地望可能是今河南之衡山，而非天柱山，又以为"衡山（国）虽由故淮南而分，亦必因故衡山之迹，固不必定以天柱为望矣"。辨析何其迂曲！论说何其牵强！殊不知《汉书·地理志》南阳为郡，下辖三十六县，而衡山国所在区域并不为其所属。⑥全文唯一的举证是，"夫衡之转声为霍，古者方言之一，或则呼衡，或则呼霍，此应氏之说，尤足为《尔雅》证明"。衡，上古音为匣纽阳韵；霍，上古音晓纽铎韵。二者声母同属喉音，韵母主要元音相同，而韵尾不同，可谓阳入对转。二字确实可通，然而问题是，这一点不只是证明"湘南之衡山"可称为霍山的证据，在不能否定天柱山一名衡山的情况下，也是天柱山可称霍山的证据，同理，如果承认天柱山一名霍山，则又是霍山可称为衡山的证据。真是好不容易举出一证，还是为别人缝制了量身合体的嫁衣裳。此外，新编《南岳志》尚引有清荣锡勋《南岳形胜考》一文，所论基本与前引相同，所不同者仅有一则，兹引如下：

  勋按，衡山为南岳，三代以上，皆无异辞。自楚考烈王徙寿春，仍施旧号为郢，而境内高山大川遂因之侨置。此九江、衡山之名，所以并移于江北也。《史记》项王立黥布为九江王都六，即今六安州，立吴芮为衡山王，都邾，即今黄州府。是皆以江北新域，而袭江南旧名，质诸《虞夏》《周书》所载，准其地望判若天渊。及汉武徙南岳之祭于潜霍，由是增诬益谬，众喙纷

---

① 湖南省地方志编纂委员会编：《南岳志》，长沙：湖南出版社，1996年版。

如，而衡山巍然巨镇几非荆州所有矣。至隋代考经据史，辨方正名，然后南岳明，始复炎黄虞夏商周之盛。①

但不知其说楚考烈王徙寿春后"侨置""九江、衡山之名"有何根据，究其语气大概是因为考烈王据楚故都名郢而依旧号寿春为郢，便延展思维，进而推测之。在众多辩说都于事无补的情况下，不得已只有发挥想象，着实难为了主张南岳自上古至现今均在今湖南的好事者。想来持此说者莫不如实事求是，只言其为隋唐以来朝廷命名的南岳，那便是铁打的事实，究其历史也有千年之久，大可不必强已所不能，作无谓之争。

下面再看霍山县与潜山县关于南岳归属之争，于此仅举两则主要的辩说为例：《中国地方志集成》本，清李蔚、王峻等《同治重修六安州志》卷五十九《杂类志·考证》引《南岳考》曰：

《尔雅》霍山为南岳。郭璞注，霍即天柱山。《风俗通》衡山为南岳，在庐江潜县。考汉都关中，孝武南巡由江陵而东，至于盛唐，登潜天柱山。乃浮江。今六有武陟、指封、复览诸遗迹甚著，且所封衡山，国焉。皮袭美赋称，寿之骈邑曰霍山，故岳也。邑赘于趾，正与《汉志》潜县天柱山在南合。杨仪部《循吉记》六之水云白沙河，源天柱山归淮，正与《汉志》及《水经》天柱沘水所出，东北入于淮合。霍于汉魏晋宋俱称潜，而今皖之潜山旧本接境，元始析古潜、皖地置潜山县，彼亦有天柱，犹吾六之西百七十里别有天柱，皆以形得名，未可与霍之岳混。或云古南岳在湘南最远，特封此为副，因曰副衡。或云是即古南岳，虞舜南巡狩所至即此。隋开皇九年始定湘南衡山为南岳，要自汉以来班、马所纪，灼然表著不在湘南，亦非皖境。②

日本早稻田大学图书馆藏本，清何绍基等光绪《重修安徽通志》卷二十四《舆地志·山川》"潜山"条《江南通志》曰：

或有疑天柱山有二，汉所称南岳乃霍山之天柱，与潜山之天柱无涉。而指霍之武陟、指封诸山为证，云霍有登封遗迹，潜则无之也。按，《汉书·郊祀志》元封五年行南巡狩，至于盛唐，登礼潜之天柱山，自浔阳浮江，亲射

---

① 湖南省地方志编纂委员会编：《南岳志》，长沙：湖南出版社，1996年版。
② 李蔚、王峻等：《同治重修六安州志》，(《中国地方志集成》安徽府县志辑19)，南京：江苏古籍出版社，1998年版。

蛟江中获之,舳舻千里,薄枞阳而出,作《盛唐枞阳之歌》。《史记》及《纲目》亦同。盛唐在今安庆府治内,浔阳、枞阳及潜山之上下境,向使武帝登礼天柱在霍,而胡不作"武陟指封之歌",而独歌"盛唐枞阳"乎?山之北流曰沘水,亦名淠水,由霍入淮;山之南流曰皖水,曰潜水,由潜入江。今但云泛江而不云泛淮,则燔柴昭事必在今潜山境内可知矣。彼又云,六安霍山于汉魏晋宋俱称潜,所称潜之天柱,即以霍山言也。然历考诸史,六安本属六国,皖潜安庆境地,东汉时安庆属庐江郡,隶扬州,唐元和二年改为六安国。《续文献通考》云,唐以霍山县置霍州,后州废,仍为县。梁改潜山县,宋改六安军。据此则六安名霍山,又名潜山,潜山为六安,又为霍山。《皇舆图表》所云,安、六接壤,山川连跨,故诸书多互见之文是也。此潜彼霍,县虽分属,而天柱实无二山又可知矣。据邑人金燕记云,《尔雅》之霍,即天柱山,潜水所出。《水经》云,霍山为南岳,在庐江潜县西北。阅衡山别无霍山,则潜山亦名霍山矣。又按旧志,皖、潜、天柱为三山,燕曾亲陟山椒,见峭拔如柱、屹然独尊者一峰耳,曰潜,曰皖,曰天柱,即此山也。其飞来、三台等峰具有名称,且与此山绝不类从。古说山者,曰舒州潜山最奇绝;曰青冥皖公山,巉绝称人意;曰天柱一峰擎日月;此皆一山三峰之明证。说以中一峰为天柱,而以旁连者为潜为皖,乃县以潜得名,郡以皖得名,洞天以潜山名。周大夫称皖伯,舍其大而名其次,必不然矣。①

细读《同治重修六安州志》与《重修安徽通志》,二者皆以汉武帝"登礼天柱山"之事为根据,前者举汉武遗迹武陟、指封、复览为证,认为今六安属县霍山县境内的霍山(今称小南岳山)是武帝当年登礼的天柱山;后者举汉武帝行经的盛唐、枞阳为证,认为今安庆属县潜山县境内天柱山即为武帝当年登礼之山。两相比较,我们认为《重修安徽通志》的说法比较合理,更接近事实。即武帝登礼的天柱山只有一座,今在潜山县境内,古者在今霍山县南,潜山县北。若另立异说,指认霍山县境内的小南岳山为天柱山,一则其山相对矮小,难与其他四岳比肩;二则与古文献记载"天柱山,潜水所出"不合。其实,霍山县境内的小南岳山,很可能是古代南岳庙故址,汉应劭有"庙在庐江潜县"的说法,汉之潜县治所,即在今霍山县境内。又《中国方志丛书》本,清秦聚章修、何国佑纂《光绪霍山县志》卷七《祠祀志》说,"南岳祠在岳顶。"此"岳"是霍岳的简称,旧志称为"霍山",即今之小南岳山。《祠祀志》又于此句下注曰:"《汉书·郊祀志》元封五年南巡狩,至于盛唐,登礼天柱山。文颖曰天柱山潜

---

① 何绍基等:《光绪重修安徽通志》,据日本早稻田大学图书馆藏本影印。

县南,有祠。宣帝神爵七年巡岳有常,礼南岳潜山于潜。旧志岳祠内有唐碑、元碑、彭不骞捐田碑,俱失。考惟明进士吴兰碑尚存。"[1] 说明今霍山县小南岳山上确曾有过南岳祠的遗迹。

五、结束语

关于衡山的所指与地望,可谓是一个历史遗留下来的学案,即便在当代仍然是一个颇有争议的问题,所以我们用了相当大的篇幅,来讨论这一学案的发生、发展和不同意见者所持的立场与辩论依据。概括全文的讨论结果,我们认为安徽衡山即天柱山,符合《禹贡》关于衡山描述的方位与其提供的地理参照,是先秦秦汉文献所记述的衡山与南岳。而湖南之衡山,在东汉班固《汉书》中才被认为是《禹贡》所记之衡山,在东汉郑玄《周礼·职方氏》注中才被明确地指认为九镇山之一,在东晋郭璞《尔雅注》中才被视为"南岳",在隋唐之际才被朝廷指认为南岳并加以崇祀。可见,湖南之衡山,被文献所记录,被指认为五岳四镇中的名山,是晚于安徽之衡山的。关于这一看法,在我们引录并加以点评的东汉以来有关的衡山争讼中,也可以得到证实。因此对于两座在历史上都曾称作衡山且都曾被指认为南岳的名山,我们有理由说,安徽衡山被文献记载最早,可以称之为隋唐以前的古南岳,而湖南衡山被文献记载相对要晚一些,可以称之为隋唐以来的南岳。当然,我们撰写本文的目的,是要考证宋玉《笛赋》中"衡山"的地望,在弄清了先秦衡山之所指与其地望的前提下,再回顾我们的实地调查,在小南岳山、天柱山和湖南衡山祝融峰、天柱峰、岣嵝峰五者中,只有天柱山与《笛赋》描写相吻合。这一调查结果,既证明了《笛赋》"衡山"是指安徽衡山,即今庆阳市潜山县境内的天柱山,也为安徽衡山为《禹贡》所记述的衡山,提供了又一个有分量的佐证。我们的最终结论是,宋玉《笛赋》所描写的衡山,并不是南宋章樵以来注释者所说的湖南衡山,而是坐落于安徽西南的古有衡山、霍山之称的天柱山。

关于这一结论,还可以印证宋玉晚年在失职后由楚国的最后都城寿春南下至湖南临澧宋玉村的经历,同时也可以说明在这一经历中宋玉是到过安徽衡山即天柱山的,因为只有亲身到过那里的作者,才能如此形象而真实地描述安徽衡山特有的山势与景致。在宋玉作品真伪的研究中,很多学者怀疑宋玉作《笛赋》的真实性,当他们读了本文后,了解了作品与描写对象的高度吻合后,怀疑过《笛赋》作者的学者们就应当怀疑自己的曾经怀疑了。

---

[1] 秦达章修、何国佑纂:《光绪霍山县志》(《中国方志丛书》安徽辑016册),台湾:成文出版社,1974年版。

近百年中国文学史宋玉书写概观

——从与屈原书写比较的角度考察

湖北大学 何新文

【摘　要】　宋玉在古代常与屈原并称为"屈宋",但在20世纪以来的文学史著中并没有取得相应的书写地位,大多数断代或通史类的文学史都是在"屈原"或"楚辞"的专章内附论宋玉。这种现象的形成,既受制于文学史家"宋不如屈"的主观认识,更与今传宋玉赋的真实性长期受到怀疑相关。自20世纪后期"唐勒赋"残简发现之后,宋玉赋的真伪得到重新审视,诸如赵明、蔡靖泉、方铭所编文学史著,皆以专章详论宋玉开创赋体之功并充分肯定其文学史地位。从而不仅开始改变轻视宋玉的学术偏见,也对当时及此后文学史著的宋玉书写及其科学评价产生积极影响。当然,所留下的问题也仍然值得继续探讨和深入,如关于宋玉赋作真伪的考辨尚须继续深入,宋玉赋对汉赋形成发展的影响尚待有说服力的内在证明,所谓"屈宋并称"的评价仍然值得论证和斟酌。

【关键词】　宋玉　屈原　20世纪　文学史书写

　　与整个楚辞学界"重屈轻宋"的研究状况大体一致①,在20世纪初期至今的中国文学史著作中,宋玉并没有取得与屈原齐名并称的书写地位。长期以来,绝大多数断代或通史类的文学史著作,大都列有"屈原"或"屈原与楚辞"的专章(专节)论述屈原的文学成就及其在文学史上的重要地位和影响,而"宋玉"则往往只是作为其中

---

① 如据王琳、孙之梅编《辞赋研究论著索引》(载江苏古籍出版社1996年版霍松林主编《辞赋大辞典》附录),自1911—1993年间,出版关于"屈原与楚辞"的著述201种,关于"宋玉"的6种;研究"屈原"的论文3000余篇,研究"宋玉"的90篇。无论是著述还是论文的数量,研究宋玉者均不足研究屈原的三十分之一。又如,黄灵庚先生《楚辞文献学百年巡视》(载《文献》1998年第1期),概述1919—1996年楚辞文献学的成就,其中十之八九是研究屈原的成果;文末所附《百年楚辞要籍及其主要论文目录》著录论、著总数340余种,其中除陆侃如撰《宋玉评传》等个别成果外,绝大多数也都是研究屈原及其楚辞作品的。

的一部分附带论及。这种情形先后延续了近百年之久，直至20世纪末期才开始有所改变。

为什么会出现上述这种现象，为什么长期以来宋玉并未得到文学史家应有的重视？今后的中国文学史著作应该有怎样的宋玉书写？本文拟就这些问题，进行一些初步的论述和探讨。

一、近百年文学史著作宋玉书写的发展变化

如果从1910年公开出版林传甲在京师大学堂所编的《中国文学史》算起，"中国文学史"撰写的历史，已有100余年。这百余年间，国内外出版问世的各种各类中国文学史著作不下数百上千种，但它们对于屈原、宋玉的书写，无论是论述篇幅，还是评价高下，均有很大的不同。

现仅据陈玉堂《中国文学史书目提要》①、吉平平等《中国文学史著版本概览》②等书目著录，以及笔者所研读的约近300种1910—2014年间出版的中国文学史著作关于屈原与宋玉的书写情况，分三个阶段列简表如后：

表1　20世纪以来近三百种断代与通史型中国文学史著作屈宋书写情况统计表

年　代	在屈原或楚辞专章（节）内附论宋玉	合屈原与宋玉为专章（节）	列专门章（节）叙论宋玉辞赋	文学史著合　计
1910—1948	断代2/通史50	断代1/通史2	断代1/	断代4/通史132
1949—1979	/通史29			通史37
1980—2014	断代7/通史95	通史1	断代7/通史3	断代13/通史101
小计（种）	断代9/通史174	断代2/通史3	断代8/通史3	断代17/通史270

在上表所列287种文学史著作（其中断代或区域性史著17种，通史类著作270种），可知明确标明有论述屈宋辞赋章节者为197种。通过对这197种文学史著作的分析，我们可以得到以下两点认识：

第一，有183种文学史是在"屈原""楚辞"或"屈原与楚辞"等相关章（节）内附论宋玉，所占比例为92.8%；其余合论"屈原及宋玉"的4种和列"宋玉"（或"宋玉与其他"）专门章（节）的11种相加为15种，所占比例不到8%。即从整体上看，宋玉在文学史著作尚未得到相应的重视；

第二，从时间上看，第一阶段即20世纪前期的38年，合论"屈原及宋玉"和专列"宋玉"章（节）的文学史有4种；第二阶段即中华人民共和国成立后30年，合论

---

①　陈玉堂：《中国文学史书目提要》，合肥：黄山书社，1986年版。
②　吉平平、黄晓静：《中国文学史着版本概览》，沈阳：辽宁大学出版社，1992年版。

"屈原及宋玉"和专列"宋玉"章(节)的文学史为零;第三阶段即20世纪后期至21世纪2014年的35年,合论"屈原及宋玉"和专列"宋玉"章(节)的文学史为11种。也就是说,列入上《表》的20世纪前80年文学史著作的宋玉书写,除仅有4种合论"屈原及宋玉"或专列"宋玉"章(节)的文学史外,其余100多种文学史全是在屈原和楚辞的名义下附论宋玉的;而列"宋玉"专章(节)的10种文学史著,则全部产生在1980年以后。

为什么在古代中国时常被"屈宋"并称的宋玉,进入20世纪后反而长期得不到文学史家的相应重视呢?这其间的原因是复杂的,但笔者通过研读这些文学史著后发现,以下两个方面的因素,应该是最基本的原因:

首先,大多数文学史的编著者从主观上并不认可所谓"屈宋并称"。如继1955年郭沫若在《新建设》2月号上发表《关于宋玉》一文,说封建时代"屈宋并称"是出于封建文人的"偏见"之后,1963年出版的游国恩等主编的《中国文学史》,就认为"过去屈宋并称,宋固不如屈"①。1983年,姜书阁指出古人"屈宋"并称"当然不一定都正确",因为"无论就屈、宋二人的立身行事而言,或就其文章辞赋而论,宋玉都不能与屈原并驾齐驱,故亦未可等量齐观"②;次年姜先生于青海人民出版社出版的《中国文学史纲要》中阐述过同样的观点,谓宋玉与屈原"大不相同","未可等量齐观、给予同样评价而并称之"③。本着这样的认识,文学史家对于宋玉当然不可能有与屈原近于"等量齐观"的书写和评价。

其次,是对于今传大多数署名"宋玉"赋的真实性的怀疑。关于宋玉作品的载录,古代文献有两种情形:一是书目著录,如《汉书·艺文志》著录"宋玉赋十六篇",《隋书·经籍志》著录"《宋玉集》三卷";二是文章总集收载其辞赋,如王逸《楚辞章句》收有《九辩》和《招魂》2篇,萧统《文选》收有《风赋》《高唐赋》《神女赋》《登徒子好色赋》等5篇,《古文苑》收有《讽赋》《钓赋》等6篇。古今学人对于书目著录宋玉作品的篇、卷数一般都信而不疑,而对于《文选》《古文苑》等总集所载署名"宋玉"赋的真实性就颇多怀疑。

20世纪前期的文学史著,如郑振铎《插图本中国文学史》以为除《九辩》《招魂》外,"自《风赋》以下便都有些靠不住"④。鲁迅《汉文学史纲要》、刘大杰《中国文学发展史》,也都只认可《九辩》一篇。解放后通行的文学史著作,如作为高等学校文科教材的游国恩等主编《中国文学史》认为除《九辩》外,其余《文选》《古文苑》所

---

① 游国恩等:《中国文学史》,北京:人民出版社,1963年版,第95页。
② 姜书阁:《先秦辞赋原论》,济南:齐鲁书社,1983年版,第109—110页。
③ 姜书阁:《中国文学史纲要》(修订本),杭州:浙江大学出版社,2006年版,第39—40页。
④ 郑振铎:《插图本中国文学史》,北京:人民文学出版社,1957年版,第65页。

载 11 篇"都是后人所依托"①；中国社会科学院文研所编《中国文学史》只认可《九辩》《招魂》及《文选》所载的 4 赋②；袁行霈主编《中国文学史》只认同《九辩》及《文选》所载的 5 篇③。被认为可信的作品有限，文学史家关于宋玉的书写当然就不会有太多的篇幅，更遑论所谓"屈宋并称"了。

此外，肯定还会有别的原因。比如怎样看待屈宋本身的文学成就及其在文学史上的地位和影响，就很难有整齐划一的意见；文学史家既会因主观标准和喜好的不同而存在"见仁见智"的评价差异，而且在这个问题上，断代文学史与文学通史的判断也有不同。

二、断代及地域性文学史对宋玉书写的坚持与突破

现当代的断代或地域性文学史著作，笔者所知见且列入表 1 的有 17 种：包括先秦文学史 7 种、战国文学史 2 种、先秦至汉魏六朝文学史 6 种、湖北或楚国文学史 2 种。

这 17 种文学史，对于宋玉均有不同程度的论述和评价，表明了对于宋玉书写的普遍认可和坚持。其中，除有 9 种是在"屈原与楚辞"或"楚辞与屈原"等相关章节内附论宋玉之外，其余 8 种都是将屈原和宋玉各设专门章节或直接以"屈原及宋玉"命题予以论述书写的，所占比例为 47%，远高于包括文学通史在内的 7% 的平均值。这八种以专章书写宋玉的文学史著作是：

游国恩《先秦文学》，第十五章"宋玉及其他作者"（1934）④
鲁迅《汉文学史纲要》，第四篇"屈原及宋玉"（1941）⑤
赵明主编《先秦大文学史》，第五章"宋玉其人及其作品"（1993）⑥
聂石樵《先秦两汉文学史稿》，第六章第九节"宋玉之辞赋"（1994）⑦
蔡靖泉《楚文学史》，第七章"楚辞流衍：宋玉辞赋及其他"（1996）⑧

---

① 游国恩等：《中国文学史》，北京：人民出版社，1963 年版，第 94 页。
② 中国科学院文研所：《中国文学史》，北京：人民文学出版社，1962 年版，第 99 页。
③ 袁行霈：《中国文学史》，北京：高等教育出版社，1999 年版，第 121 页。
④ 陈玉堂：《中国文学史书目提要》，合肥：黄山书社，1986 年版，第 135 页。
⑤ 鲁迅：《汉文学史纲要》，北京：人民文学出版社，1973 年版。
⑥ 赵明：《先秦大文学史》，长春：吉林大学出版社，1993 年版。
⑦ 聂石樵：《先秦两汉文学史稿》，北京：北京师范大学出版社，1994 年版。
⑧ 蔡靖泉：《楚文学史》，武汉：湖北教育出版社，1996 年版。

方铭《战国文学史》，第六章"宋玉及战国赋体文学"（1996）①
褚斌杰等《先秦文学史》，第二十一章"宋玉和其他楚辞作家"（1998）②
方铭《战国文学史论》，第七章"宋玉及战国赋体文学"（2008）③

上述八种文学史中，游国恩《先秦文学》有可能是首开风气，最早将"宋玉"与"屈原"（第十四章）并列为两章的断代文学史。鲁迅《汉文学史纲要》第四篇标题在屈原与宋玉之间着一"及"字，仍似有附论宋玉之意在，故书中称屈原"逸响伟辞、卓绝一世"，并引刘勰"惊采绝艳、难于并能"之语，而认为宋玉之徒"虽学屈原之文辞，而'九死未悔'之概失矣"，其今存辞赋作品也"殆多后人拟作"。④

引人注目的是，在游国恩、鲁迅两种断代文学史问世半个世纪后的1993—1998的五年之间，竟集中出现了赵明、聂石樵、蔡靖泉、方铭、褚斌杰等人主编的5种断代或区域性文学史，都以专门章（节）书写宋玉。这是20世纪以来前所未见的现象。这些文学史著之所以能对于宋玉有与众不同的重视和书写，究其原因，则正好与那些不能正确对待宋玉的文学史家相反，他们对于宋玉在文学史上重要地位的认识已经进入了一个全新的阶段：

（一）增加了对《文选》及《古文苑》所载宋玉赋的认同

学术界对于今传宋玉赋的质疑古已有之。但自1972年考古工作者在山东临沂银雀山汉墓发现"唐勒赋"残简，经文物出版社1985年版《银雀山汉墓竹简》第壹号之《简介》披露，再由罗福颐《临沂汉简所见古籍概略》、吴九龙《银雀山汉简释文》、谭家健《唐勒赋残篇考及其他》、李学勤《唐勒、小言赋和易传》等文著的研究释文，考定这篇250余字的赋为宋玉或唐勒所撰之后，当时的宋玉研究者大多重新认定《文选》及《古文苑》所载十余篇署名"宋玉"的赋都应是真实可信的。

于是，90年代出版的上述几种断代文学史大都吸取了宋玉赋真伪之辨的最新学术成果。如蔡靖泉《楚文学史》以"唐勒赋"就是典型散体文赋为由，印证《文选》所载5篇赋"确为宋玉所作"⑤；褚斌杰1983年版《中国文学史纲要·先秦秦汉文学史纲要》，曾在"屈原和楚辞"章内附论"宋玉"可征信的作品"《九辩》一篇"，而15年之后再主编的《先秦文学史》，则不仅并列宋玉与屈原两个专章，而且将宋玉具有"可

---

① 方铭：《战国文学史》，武汉：武汉出版社，1996年版。
② 褚斌杰、谭家健：《先秦文学史》，北京：人民文学出版社，1998年版。
③ 方铭：《战国文学史论》，北京：商务印书馆，2008年版。
④ 鲁迅：《汉文学史纲要》，北京：人民文学出版社，1973年版，第20—25页。
⑤ 蔡靖泉：《楚文学史》，武汉：湖北教育出版社，1996年版，第466页。

靠性和重要性"的作品扩大到了《文选》所载《风赋》《高唐》和《神女》等赋①；方铭《战国文学史》以及后来修订新版之《战国文学史论》，更认为《文选》和《古文苑》所载宋玉诸赋大多可信。

(二) 从创新"赋体"的角度重估宋玉的贡献及其在文学史上的地位

如果文学史家只局限于从"楚辞"的角度论述宋玉之时，就往往会自觉不自觉地将宋玉置于屈原的从属地位，并在"屈原"或"楚辞"的名义下附论宋玉。故徐北文《先秦文学史》，在"楚辞与屈原"章内列一节论"楚辞流派的变迁与宋玉"②；王齐洲等著《湖北文学史》，也同样在"楚辞与屈原"章内列一节论"宋玉和其他楚辞作家"。③

而前述 90 年代出版的这几种断代文学史，则大都注意到了宋玉与屈原的不同之处，是在于他于楚辞之外创新了"赋体"。其中，如赵明主编《先秦大文学史》，由罗漫执笔的第五章"宋玉其人及其作品"，用五节的篇幅详论"宋玉其人及其作品的真伪"，肯定"宋玉文学的独创性"和"宋玉的文学史地位"，尤其高度评价宋玉在文学史上领导了"赋体文学"的"第一次浪潮"，创造了有别于屈原作品的象征符号④；蔡靖泉《楚文学史》，既在第七章标题中点出"宋玉辞赋"以区别第六章的"屈骚"，又在具体的论述中强调"宋玉所创造的赋这一新文学样式，在楚文学史及中国文学史上都具有重大意义"，并指出宋玉"在很大程度上就是为示美以悦目、见丽以赏心而作"，故"在文学之为'文学'这一审美创造的具体方面，甚至有超过屈原的出蓝之处"。⑤

方铭的《战国文学史》，更自觉地选择了"文体"比较的视角。古代学者，如清章学诚《诗教》曾谓"至战国而后世之文体备"，又说"后世之文，其体皆备于战国"⑥。方铭论战国文学史，亦十分重视"文体"的区分。他不仅在书中专列一节论战国"文学体裁及流派"，主张"楚辞"与"赋"为"两种体裁"，"屈原之辞属抒情诗，荀子宋玉等赋别为一种文学样式"；而且全书内容的主体布局也依文体分别为"论说体""叙事体""抒情体"和"赋体"等四章，有意将"宋玉及战国赋体文学"与"屈原及战国抒情体文学"相提并论，并且高度评价"宋玉、荀况开赋文学之新形式"的"意义是巨大的"。⑦

---

① 褚斌杰、谭家健：《先秦文学史》，北京：人民文学出版社，1998 年版，第 479 页。
② 徐北文：《先秦文学史》，济南：齐鲁书社，1981 年版，第 214 页。
③ 王齐洲、王泽龙：《湖北文学史》，武汉：华中理工大学出版社，1995 年版，第 112 页。
④ 赵明：《先秦大文学史》，长春：吉林大学出版社，1993 年版，第 492—539 页。
⑤ 蔡靖泉：《楚文学史》，武汉：湖北教育出版社，1996 年版，第 481—483 页。
⑥ 章学诚著、叶瑛校注：《文史通义校注》，北京：中华书局，1985 年版，第 60 页。
⑦ 方铭：《战国文学史》，武汉：武汉出版社，1996 年版，第 104、454 页。

褚斌杰等《先秦文学史》，虽然标题仍是"宋玉和其他楚辞作家"，但论述重点已经放在宋玉诸"赋体作品"之上。对于宋玉的评价，也由 15 年前所著《先秦秦汉文学史纲要》中"屈原以后重要的楚辞作家"，改称为"我国文学史上赋体文学的开创者"。①

三、在文学通史中列入"宋玉"专章的创新意义

20 世纪中国文学通史宋玉书写的情况，与断代史著颇不相同。如表 1 所示，自 1910 至 1979 年 70 年间出版的 160 余种《中国文学史》通史著作中，绝大多数都是在"屈原""楚辞"或"屈原与楚辞"等相关章（节）内附论宋玉的。将宋玉与屈原并列同一章（节）的只有 4 种，即 1928 年版赵景深《中国文学小史》的"屈原和宋玉"章，1943 年版田鸣岐《历代文学小史》的"屈原和宋玉贾谊"章，1935 年版张希之《中国文学流变史论》在"楚辞"专章内的"楚辞重要作家屈原与宋玉"一节，1939 年钱基博所撰作为蓝田国立师范学院教材印行的《中国文学史》"先秦"章内的第六节"屈原、宋玉"②；此外，1936 年版郑宾于《中国文学流变史》则在第二章第二节内列"屈原及其作品"与"宋玉景差唐勒"③ 两小节。而未见这 70 年间有将宋玉与屈原一样并列为专章论述者。

即便是在宋玉赋真伪考辨取得新的进展，多种断代文学史著纷纷专章详论宋玉辞赋的 90 年代以至而今，大多数文学通史著作仍然是在"屈原"或"楚辞"等相关专章内附论"宋玉"，诸如罗宗强、陈红主编《中国古代文学发展史》（南开大学 2003 年版）、欧阳祯人编《中国古代文学史教程》（北京大学 2007 年版）、北师大文学院编《中国文学史》（北师大 2008 年版）、姚奠中《中国古代文学史讲稿》（商务印书馆 2014 年版）等，均是如此。其中，作为"面向 21 世纪课程教材"的袁行霈主编《中国文学史》，还是在"屈原与楚辞"章之"楚辞的流变与屈原的地位"一节内用不足两千字的篇幅概论宋玉，"宋玉"的名字尚未出现在章节标题之中。

如上所述，可知 20 世纪以来的文学通史对于宋玉的重视程度及书写篇幅，总体上与断代文学史又有差距。这或许是因为通代史与断代史的容量及具体作家在所处时代与在整个古代文学史上的地位原本就有不同相关。比如，某个作者在其时代算得上是有成绩的作家（例秦代的李斯及其《谏逐客书》），但在整个古代文学史上就可能不算突出。再者，文学史家对被叙述对象的认识也会发生变化。如游国恩原来在《先秦文

---

① 褚斌杰、谭家健：《先秦文学史》，北京：人民文学出版社，1998 年版，第 486 页。
② 钱基博：《中国文学史》（上），武汉：华中师范大学出版社，2011 年版，第 36—39 页。
③ 郑宾于：《中国文学流变史》，郑州：中州古籍出版社，1991 年版，第 117—186 页。

学》中并列"屈原"与"宋玉及其他作者"两章,后来主编《中国文学史》,则将"宋玉"附在《爱国诗人屈原和楚辞》章内用一节论述。这一变化,当表明游先生认为宋玉在先秦文学史上占有很重要的地位,但在整个文学史上的重要性则不如屈原。

值得欣慰的是,在新、旧世纪之交的十多年间,文学通史对于宋玉的书写也终于出现了重要的变化。先是1997年,张炯等的《中华文学通史》出版,其"先秦秦汉文学"编内列入第八章"宋玉及其他楚辞作家",而与第七章"爱国诗人屈原"并列。虽然该书专论宋玉的文字仍只有"悲秋之祖宋玉"[①]一节,重点叙论的作品还是《九辩》,对于《风赋》及《高唐》《神女》诸赋的介绍尚不足千字的篇幅。但此书发凡起例的专章书写宋玉,对于文学通史确有开风气之功。此后十有余年,张炯等主编的《中国文学通史》又由江苏文艺出版社推出,也同样并列有与上书一致的两个专章。

接下去,便相继出现了另外两部文学通史新著:张炯主编的《中华文学发展史》,和方铭主编的《中国文学史》。

笔者看到,2003年版的《中华文学发展史》(上世史)中的关于屈、宋的两章均由方铭负责撰写。故与其《战国文学史》一样,此书仍然注意"辞与赋的区别",认为宋玉的文学成就主要"来自于赋"[②]。于是,他在第八章专论"宋玉等人与赋文学",而与上述张炯主编的两部文学史均从"楚辞"角度书写宋玉有所不同。还因为该书的编辑目的是"为向广大文学爱好者和大、中学生推广中国文学史知识"(《中华文学发展史·前言》),故对于宋玉赋只是重点分析了篇中寓意和特点,并没有详细地论辨宋玉赋的真伪及其在文学史上的影响地位。

而2013年版由方铭主编的《中国文学史》对于宋玉的书写,则可谓后来居上。该书"先秦编"分为八章,主体内容大致按照诗、文、辞、赋的顺序排列,其中第六、第七章分别为"屈原及战国骚体文学"和"宋玉及战国赋体文学"。这样的思路结构与章节安排,将宋玉与屈原、"赋体"与"骚体"并驾齐驱、相对而论,就已然提升了宋玉的文学地位。

而该书在刘刚教授具体撰写的第七章里,也可见出不少新的特点:一是总结清理了长期以来考辨宋玉赋真伪的学术成果。著者先立"战国赋体文学的产生及真伪问题"一节,概述古今学者关于宋玉作品真伪的争辩,自南宋明清质疑《古文苑》及《文选补遗》所收宋玉赋,至现代进而怀疑《文选》所载诸篇,再到《唐勒赋》出土之后,绝大多数学者有了比较一致的认识,即认为《楚辞》《文选》收录7篇以及《古文苑》

---

① 张炯、邓绍基、樊骏:《中华文学通史》,北京:华艺出版社,1997年版,第122—126页。
② 张炯:《中华文学发展史》,武汉:长江文艺出版社,2003年版,第178页。

收录的四赋"为宋玉所作"①。二是对宋玉生平经历的较详细介绍。著者历引古代文献及现当代的考辨成果,叙论宋玉为"楚鄢郢(今湖北宜城)人,其辞赋创作活动大约在屈原逝世之后楚国由衰至亡的数十年间",又谓"宋玉为人耿介,具有爱国爱民的情怀,是'立身本高洁'的正直文人"②。三是具体论析了宋玉赋的艺术特色及成就。该书以认可11篇辞赋为前提,将宋玉的文学成就全面概括为四个方面:(1)师范屈原,以卓越的辞赋创作成为楚辞文学的优秀继承者,赢得了与屈原并称的文学史地位;(2)创立了与屈、荀辞赋不同体制的散体赋,在文体发展史上产生了重要影响;(3)奠定了散体赋的文体特征与基本写作规范;(4)创造了许多具有典型意义的文学形象,如《九辩》的悲秋描写,《高唐赋》的山水描摹,《神女赋》的神女刻画,《风赋》的雌雄之风比喻,《对楚王问》中"阳春白雪"的音乐铺排等等。在此基础上,再以第四、五两节具体论析了宋玉"骚体赋"和"散体赋"的写作特点。

四、关于文学史宋玉书写有关问题的讨论

20世纪以来文学史著作的宋玉书写,虽历经七八十年之久附论于屈原的轻视与偏颇,却终于在上世纪90年代以来得到了部分纠正,如赵明、蔡靖泉、张炯、方铭等主编的几种断代或通代的文学史著,皆以较大篇幅详论宋玉开创赋体的贡献和高度评价其在文学史上的地位影响。但是,这仅仅是一个开始。从总体上看,宋玉远未得到文学史界的普遍重视;从宋玉书写本身而言,也仍然留有值得继续深入探讨的学术空间。

(一)关于宋玉赋作真伪的考辨尚须继续深入

这是一个既影响到如何论述宋玉文学地位却又十分复杂费解的学术难题,即便是在20世纪后期"唐勒赋"残简发现并得到探讨考释之后,以专章书写宋玉的文学史著作对此所持的态度也是不一致的。如蔡靖泉《楚文学史》对《古文苑》和《广文选》所收宋玉赋采取"存疑不论"的态度③;张炯等主编《中华文学通史》对于《文选》所载《对楚王问》和《古文苑》所载六篇仍然怀疑"非宋玉所作"④。诚然,方铭所著《战国文学史》及其主编的《中国文学史》,认为《唐勒赋》的出土可证战国末期已存在赋体文学,从而认可《文选》所载5篇和《古文苑》所载4赋为宋玉所作。但笔者以为,如此推论仍然不足以说明《文选》和《古文苑》所载"宋玉赋"为何在两汉魏

---

① 方铭:《中国文学史》(先秦秦汉卷),长春:长春出版社,2013年版,第199页。
② 方铭:《中国文学史》(先秦秦汉卷),长春:长春出版社,2013年版,第204页。
③ 蔡靖泉:《楚文学史》,武汉:湖北教育出版社,1996年版,第466页。
④ 张炯、邓绍基、樊骏:《中华文学通史》,北京:华艺出版社,1997年版,第122页。

晋五六百年间的各类文献中不见踪影？这原本是一个有趣却难解的问题，为此，笔者曾有过这样的猜测：《汉志》著录"宋玉赋十六篇"，说明这些赋在此前确已流传过。是否因为自司马迁谓其"莫敢直谏"、看低宋玉而不将其赋载在《史记》以后，再加上扬雄、刘向父子《诗赋略》、班固《汉书·艺文志》，一直至西晋皇甫谧、挚虞等人，皆以"没其讽喻之义"或"淫""侈丽""淫文""言过于实""淫浮之病"一类的语言贬斥宋玉赋，使宋玉赋在汉晋时代并没有获得主流舆论的认可，故作品流传未广；只是到了齐梁，由于沈约、任昉、刘勰、萧统等人的推赏，原来隐伏的宋玉赋才重见天日？当然，这个"猜测"也没有证明，这是后话。但可以明确的是，关于宋玉赋真伪问题的探讨考辨并没有结束。

（二）宋玉赋对汉赋形成发展的影响尚待有说服力的内在证明

比如说，若要论述屈原思想、精神及其作品对于汉代的影响，则不仅可以举出贾谊亲临湘水敬吊屈原并作《吊屈原赋》，汉武爱《骚》而使淮南王作《离骚传》，司马迁列《屈原列传》于《史记》之内，扬雄撰有《反离骚》《广骚》及《畔牢愁》，刘向、王逸作录屈原作品为主的《楚辞章句》，班固注《离骚》且撰《离骚叙》；还有王褒《九怀》、刘向《九叹》、王逸《九思》等一系列以悼念屈原为主题的"九体"作品，贾逵、马融等人的《离骚》注，如此等等。而有文学史和宋玉研究者的文著，称述宋玉对于汉赋形成发展的贡献和影响，但却很少有能从汉赋接受角度提出令人信服的论证。

（三）所谓"屈宋并称"的评价仍然值得论证和斟酌

诸专章书写宋玉的文学史差不多都肯定自古有之的"屈宋并称"，并借此推论宋玉"与屈原并称的文学史地位"。其实，这样的判断，亦有可议之处：一是宋玉并非"一向与屈原并称"。事实上，自汉至晋的辞赋批评家大多持着是否"讽谏"的标准"是屈而非宋"①，远不是"屈宋"并列。只有到了齐梁，偏重"讽谏"的文学观念有所削弱之时，辞采华美的宋玉辞赋得到了肯定，沈约、刘勰、萧统等人才有了肯定性的"屈宋并称"评价。唐宋两代的屈宋评论，也有扬抑不同的声音。如王勃斥"屈、宋导浇源于前"，柳冕责屈宋"皆亡国之音"，李白、杜甫等才唱出了"窃攀屈宋宜方驾、恐与齐梁作后尘"的颂歌；至宋代，苏轼提出要"追古屈原、宋玉"，朱熹则高度评价屈原"忠君爱国"而指斥宋玉为"礼法罪人"。可以说，在自司马迁至朱熹的大多数古人心目中，宋玉的文学地位，并不与"惊采绝艳、难与并能"的屈原等同。

当代学者，也不仅游国恩先生有"宋不如屈"之说，姜书阁先生有宋玉无论立身行事还是文章辞赋"都不能与屈原并驾齐驱"之论；笔者以为，即使承认包括《楚辞》

---

① 何新文：《论洪迈与朱熹〈高唐〉〈神女赋〉的评价差异》，《中国韵文学刊》2011年第4期。

《文选》《古文苑》所载署名"宋玉"的全部十有余篇辞赋作品,亦未可与屈原《离骚》《九歌》《九章》《天问》等20余篇作品"等量齐观"。至于用屈原"发愤以抒情而作"比较宋玉"为示美以悦目、见丽以赏心而作",而认为宋玉"在文学之为文学"这一方面甚至有超过屈原之处的论断也尚可推敲:因为所谓"诗言志"与"诗缘情",只不过是批评家的诗学观念,并不能作为衡量诗歌创作水平高下的标准,当然也应该得不出"为文学而文学"的创作就一定比"发愤以抒情"或"言志"的作品更有审美价值的结论。诚如上述,则文学史著以"屈宋并称"推论宋玉有"与屈原并称的文学史地位"的判断,尚有进一步论证和斟酌的空间。

总之,20世纪以来百余年中国文学史的宋玉书写虽长时期附论于屈原却又最终开始改变的历史,是值得回味和总结的。考察这100余年的成绩和存在的问题与不足,不仅有益于纠正长期以来宋玉未受到应有重视的学术偏见,对于今后中国文学史著作的宋玉书写及其科学评价也会有所启迪与借鉴意义。

宋玉赋与倡优话语体系及赋的创始[①]

中南民族大学 赵 辉

【摘 要】 先秦各国都存在倡优，其主要职守是以诙谐、滑稽的话语娱乐君主，形成了倡优娱乐话语体系。宋玉赋和荀子赋在行为的性质、目的、娱乐+讽喻的功能以及讽喻、隐语、体物的言说方式和以问答构篇、韵散配合的语篇结构和语言形式，都与倡优的话语体系有着基本的一致。而在荀子《赋篇》之前，楚国已经诞生了诸如宋玉赋这一成熟的赋作，故我们认为，赋原本是宋玉等在先秦倡优话语的基础上，吸收"语"体的语篇结构和纵横家文章的一些要素而形成的一种"文"学体裁。

【关键词】 倡优话语　宋玉赋　创始

宋玉有骚体诗《九辩》，也有众多的赋作。自汉以来，不少的人视骚为赋，将其赋作与《九辩》比较，可以看出其赋和诗有着不同的审美价值取向，在内容、形式、言说方式方面，都有着很大的不同。这不同，是因为"文各有体"，骚体诗与赋为不同的文体，承担着不同的功能。这不仅说骚体诗不是赋，也说明赋原本非源于诗。赋当始创于楚国，是宋玉等因文学侍臣这一身份，在先秦倡优话语体系的基础上，将倡优话语的要素与"语"这一文体的语篇结构形式、纵横家文章的铺张扬厉相融合，而始创的一种"文"学体裁。故赋原本源于倡优话语，其主要功能娱乐，具有滑稽诙谐的审美特征。

一、先秦倡优话语的性质与功能

倡优，也称之为俳优、俳倡、优倡，或单称为优、倡等。倡优诞生于先秦，在先秦各国宫廷广泛存在。《左传》定公十年载："齐人使优施舞于鲁君之幕下。"《史记·滑稽列传》曾载先秦著名的倡优多人，如齐威王之时的齐国的淳于髡，楚庄王时楚国

[①] 本文为教育部哲学社会科学重大攻关项目《中国文学谱系研究》（项目批准号：JZD11034）中期成果。

的优孟，秦始皇时秦国的优旃。《国语·越语下》曾载吴王："信谗喜优，憎辅远弼。"韦昭注："优，谓俳优。"《晏子春秋·内篇问下》载晏子说："今君左为倡，右为优，谗人在前，谀人在后，又焉可逮桓公之后者乎？"可见，先秦的倡优在各国宫廷非常活跃。此后各代，倡优不绝。如宋陈旸《乐书》卷一百八十七谓："优倡之伎，自古有之。若齐秦宫中之乐，倡优侏儒戏于前。汉惠帝世安陵啁之类，武帝时幸倡郭舍人，滑稽不穷。魏武好倡优，每至欢笑，头没杯案中。梁三朝乐有俳伎小儿读俳，寺子子遵安息孔雀、凤凰、文鹿、胡舞登连《上云乐》歌舞伎。魏邯郸淳诣曹植，必傅粉，科头拍袒，胡舞，诵俳优小说。"① 此后各朝，倡优不绝。

从各代典籍记载的倡优及不是倡优而近于倡优的言说的记载看，倡优有着一个独特的知识、话语体系。古人虽然没有对这一知识话语体系专门论述，但从历代典籍对倡优的职责的记载看，倡优话语体系主要是通过歌舞及说笑以娱乐君主。

对于倡优的职责，《说文解字》说："倡优俳谐，共给戏笑者也。"《汉书》卷五二《田蚡传》师古注亦曰："倡，乐人也。优，谐戏者也。"《乐记》说："今夫新乐，进俯退俯，奸声以滥，溺而不止。及优侏儒，獶杂子女，不知父子，乐终不可以语，不可以道古：此新乐之发也。"所谓新乐，是指不符合雅、颂政治价值取向的歌乐，如郑卫之音。它具有极鲜明的娱乐特征和很强的娱乐性。所以，魏文侯说听"郑卫之音，则不知倦"。可见倡优话语的娱乐性。《子虚赋》亦谓："俳优侏儒，狄鞮之倡，所以娱耳目乐心意者，丽靡烂漫于前，靡曼美色于后。"徐乐《上武帝书言世务》批评汉武帝"金石丝竹之声，不绝于耳，帷帐之私，俳优侏儒之笑，不乏于前。"《文心雕龙·谐隐》将《史记·滑稽列传》的淳于髡、优旃、优孟、东方朔、枚皋的言说之辞都归入"谐"类，谓："谐之言皆也。辞浅会俗，皆悦笑也。"不出"觝嫚媟弄"。又认为"隐""盖意生于权谲，而事出于机急，与夫谐辞，可相表里"；也有"谬辞觝戏"的特点。②《新唐书》载唐代玄宗"置内教坊于蓬莱宫侧，居新声、散乐、倡优之伎，有谐谑而赐金帛朱紫者。"③《金史》卷一百二十九载："张仲轲，幼名牛儿，市井无赖。说传奇小说，杂以俳优诙谐语为业，海陵引之左右，以资戏笑。"④ 因而可以肯定，倡优的话语体系是一个娱乐的话语体系。

但是，倡优的职责虽然是娱乐君主，但因亲近君主，故也有不少以谐、隐来进行政治的讽谏。《史记·滑稽列传》所载优孟，原本是乐人，却"多辩，常以谈笑讽谏"。

---

① 陈旸：《乐书》卷一百八十七，文渊阁《四库全书》，上海：上海古籍出版社，1987年版，第211册，第841—842页。
② 范文澜：《文心雕龙注》，北京：人民文学出版社，1958年版，第270—271页。
③ 宋祁、欧阳修等撰：《新唐书》卷二二，北京：中华书局，1975年版，第475页。
④ 脱脱等撰：《金史》卷一百二十九，北京：中华书局，1975年版，第2780页。

楚庄王的爱马病死，欲以棺椁大夫之礼葬之，并下令：“有敢以马谏者，罪至死！”“优孟闻之，入殿门，仰天大哭。王惊而问其故。优孟曰：‘马者王之所爱也，以楚国堂堂之大，何求不得，而以大夫礼葬之？薄，请以人君礼葬之。……臣请以雕玉为棺，文梓为椁，楩枫豫章为题凑，发甲卒为穿圹，老弱负土，齐赵陪位于前，韩魏翼卫其后，楚庄王时，未有赵、韩、魏三国。庙食太牢，奉以万户之邑。诸侯闻之，皆知大王贱人而贵马也。’”[①] 使楚王赦免了养马者。秦国的优旃，见秦“始皇尝议欲大苑囿，东至函谷关，西至雍、陈仓”，劳民伤财，靡费国力，便对秦始皇曰：“善。多纵禽兽于其中，寇从东方来，令麋鹿触之足矣。”使秦始皇因此而放弃了大兴苑囿的打算。可见，倡优话语体系虽然主要是娱乐话语体系，但并非完全不近政治，而是有时也承担着进谏的功能。

倡优因其技能不同，娱乐的方式也有不同，可以分为三类：一类是以歌舞进行娱乐，一类以百戏进行娱乐，还有一类是以语言进行娱乐，我们可以将这一类人称之“语言倡优”。语言娱乐话语体系发展到后来，就是笑话、相声和所谓“段子”之类，为一种语言艺术，在言说方式上具有非常鲜明的特征。这主要是采用隐语、正话反说、辞浅会俗的诙谐、滑稽、调谐话语，突破普遍的常态的言说逻辑，引人发笑，从而产生一种不同其他话语的审美效果。

《史记·滑稽列传》记载的倡优的话语，充分表现着倡优话语的言说特点。所谓滑稽，据《史记》卷七一《樗里子列传》“滑稽多智”《索隐》所谓：“以言俳优之人出口成章，词不穷竭，如滑稽之吐酒不已也。”[②] 姚察亦说：“滑稽，犹俳谐也。……以言谐语滑利，其知计疾出，故云滑稽也。”[③] 因而，语言倡优具有非常突出的口才。但能说会道并非语言俳优的根本特征。师古注《汉书》卷五十一曰：“俳，杂戏也。倡，乐人也。”“嫚，亵污也。”“媟，狎也。”“诋，毁也。娸，丑也。”“骫骳，犹言屈曲也。”诋娸，用现在的话说，就是调谐。班固说枚皋类俳倡，最为重要的是因为为其言说能“曲随其事”“颇诙笑”。东方朔因其话语诙谐、会俗而被认为有类倡优。《汉书·东方朔传》载有他这方面多段话语，如：

> 臣朔生亦言，死亦言。朱儒长三尺余，奉一囊粟，钱二百四十。臣朔长九尺余，亦奉一囊粟，钱二百四十。朱儒饱欲死，臣朔饥欲死，臣言可用，幸异其礼；不可用，罢之，无令但索长安米。

---

① 司马迁：《史记》卷一二六，北京：中华书局，1959年版，第3200页。
② 司马迁：《史记》卷七一，北京：中华书局，1959年版，第2307页。
③ 司马迁：《史记》卷一二六，北京：中华书局，1959年版，第3203—3204页。

上曰:"先生起自责也。"朔再拜曰:"朔来!朔来!受赐不待诏,何无礼也!拔剑割肉,壹何壮也!割之不多,又何廉也!归遗细君,又何仁也!"上笑曰:"使生自责,乃反自誉!"复赐酒一石,肉百斤,归遗细君。

上复问朔:"方今公孙丞相、倪大夫、董仲舒、夏侯始昌、司马相如、吾丘寿王、主父偃、朱买臣、严助、汲黯、胶仓、终军、严安、徐乐、司马迁之伦,皆辩知闳达,溢于文辞,先生自视,何与比哉?"朔对曰:"臣观其齿牙,树颊胲,吐唇吻,擢项颐,结股脚,连雕尻,遗蛇其迹,行步偊旅,臣朔虽不肖,尚兼此数子者。"

第一段为东方朔为求提高待遇而言。按常理,求提高待遇当说自己的才华之高、能力之强、贡献之大来提高自己的爵禄。但他却从身材高大的自己与身材矮小的侏儒待遇一样,侏儒饱欲死而自己则被饿死,来诉说自己受到不公平的待遇,理由极为滑稽。第二段有似于顺口溜,将自己不待诏而割肉说为胆壮,将割肉不多说自己不贪,说自己割肉是给老婆吃为有仁爱,一反传统道德观念的内涵,似自誉而实调谐。第三段东方朔以自己外貌强于同时会写作的各家,以答武帝的文才之问,调谐他人形貌,也是调谐自己,低俗中含有幽默。这三段话都如班固说东方朔"东方赡辞,诙谐倡优"①,《风俗通义》谓:"(东方)朔所以名过其实,以其诙诞多端,不名一行,应谐似优。"② 可知,倡优话语体系,在言说方面具有诙谐、嘲谑、戏笑的特点。

倡优话语也与隐语的运用有密切关系。而《史记·滑稽列传》所记淳于髡,便常用隐语进行言说。《汉书·东方朔传》载:"上令倡监榜郭舍人。舍人不胜痛,呼謈。朔笑之曰'咄!口无毛,声謷謷。尻益高。'舍人恚曰'朔擅诋欺天子从官,当弃市。'上问朔何故诋之,对曰:'臣非敢诋之,乃与为隐耳。'"刘勰《文心雕龙·谐隐》将《史记·滑稽列传》的淳于髡、优旃、优孟以及东方朔、枚皋的言说之辞都归入"谐"类,而认为隐与谐辞"可相表里"。可知,隐语为倡优话语的一种言说方式。

隐语,很多人认为就是谜语。谜语为隐语,但隐语并非就是谜语。刘勰谓:"谲者,隐也;遁辞以隐意,谲譬以指事也。"认为隐语的关键在于"谲譬",即借此事此物以言彼事彼物,如同修辞学所谓隐喻。《史记·滑稽列传》载,齐威王"好为淫乐长夜之饮,沉湎不治,委政卿大夫。百官荒乱,诸侯并侵,国且危亡在于旦暮,左右莫敢谏。淳于髡说之以隐曰:'国中有大鸟,止王之庭,三年不蜚又不鸣。王知此鸟何

---

① 班固:《汉书》卷一百下,北京:中华书局,1962年版,第4258页。
② 王利器校注:《风俗通义》,北京:中华书局,1981年版,第111页。

也？'王曰：'此鸟不飞则已，一飞冲天；不鸣则已，一鸣惊人。'"这隐语，其实就是隐喻。可知，"遁辞以隐意，谲譬以指事"，也是倡优常用的一种言说方法。

荒诞不经，当也是倡优话语的特色。《庄子·逍遥游》谓："《齐谐》者，志怪者也。谐之言曰：'鹏之徙于南冥也，水击三千里，抟扶摇而上者九万里，去以六月息者也。'"《庄子集释》成疏云："姓齐，名谐，人姓名也。亦言书名也，齐国有此（徘）[俳]谐之书也。志，记也。击，打也。抟，斗也，扶摇，旋风也。齐谐所著之书，多记怪异之事，庄子引以为证，明己所说不虚。"梁吴均作有《续齐谐记》，专记鬼怪之事。知吴均亦认为《齐谐》为书名。根据《庄子》所说，先秦当有专门的谐书，其内容当为神怪之类的荒诞不经之事；而《齐谐》当为倡优的话语集。《庄子》《列子》等当深受倡优话语的影响。

《南齐书·乐志》载有《俳歌辞》："俳不言不语，呼俳喻所。俳适一起，狼率不止。生扳牛角，摩断肤耳。马无悬蹄，牛无上齿。骆驿无角，奋迅两耳。"并说："古辞俳歌八曲，此是前一篇。"以为是汉代的作品。从所谓"生扳牛角，摩断肤耳。马无悬蹄，牛无上齿。骆驿无角，奋迅两耳"看，其内容也如《齐谐》所言怪异荒诞。因而，以荒诞不经的奇谈怪论来吸引言说对象，以达到笑乐的目的，也是倡优话语的特点。

二、宋玉赋与倡优话语

宋玉是先秦赋之大家，但史籍对宋玉的生平却没有多少记载。《史记·屈原列传》说："屈原既死之后，楚有宋玉、唐勒、景差之徒者，皆好辞而以赋见称，然皆祖屈原之从容辞令，终莫敢直谏。"只载宋玉的生活年代及其善于作赋。《新序·杂事》有宋玉的两条记载，一说"宋玉因其友以见于楚襄王，襄王待之无以异"，宋玉责怪朋友。此事亦载于《韩诗外传》卷七，不过文字稍有不同。一载"宋玉事楚襄王而不见察，意气不得，形于颜色"，遭到他人讥笑，宋玉以"处势不便"而作答。《九辩》中，宋玉自己也说"贫士失职而志不平"。而王逸《楚辞章句》曾说宋玉为楚大夫，《九辩》是为屈原明冤而作。但结合《新序》《韩诗外传》有关宋玉的记载和宋玉的赋作看，宋玉虽很有文才，在楚为官，但地位不高，也不受重用，不曾得志于楚襄王。从他的赋作讲述他侍于襄王而说笑看，他不得志，或者就是因其近乎倡优的身份而造成；就如枚皋不受汉武帝重用。故宋玉虽也是楚国官员，但却如众多学者所说，他实际不过是一个文学侍臣。

《战国策·楚策四》曾载庄辛谓楚襄王曰："君王左州侯，右夏侯，辇从鄢陵君与寿陵君，专淫逸侈靡，不顾国政。"知楚襄王是一个很不贤明的君主，而且好色。因而，宋玉赋所言襄王好色，喜游乐，都并非虚言。先秦以喜爱歌舞美色、游赏和倡优为淫逸之主要内涵。如《管子·四称》说："进其谀优，繁其钟鼓"，为"无道之君"。故楚襄王身边当活跃着一个话语倡优集团。《史记·屈原列传》说屈原死后，"楚有宋玉、唐勒、景差之徒者，皆好辞而以赋见称"。《风赋》说："楚襄王游于兰台之宫，宋玉、景差侍。"《大言赋》曾说"楚襄王与唐勒、景差、宋玉游于阳云之台"。《小言赋》谓楚襄王既登阳云之台，令诸大夫景差、唐勒、宋玉等并造《大言赋》。《登徒子好色赋》说"大夫登徒子侍于楚王"而"短宋玉"。《钓赋》说宋玉与登徒子在襄王面前谈钓。宋玉、唐勒、景差、登徒子等，极可能就是襄王身边这个倡优集团的主要成员。

过去，我们判断某一文体的渊源，多从文体形式着眼。文体形式，是文体要素的一个重要方面，但任何一种文体，并非就文体形式就完全可以确定的。中国古代文体所说的"体"，要素包括文体的功能、内容、体裁、言说方式、风格等各个方面。因而，我们讨论宋玉赋与倡优话语的亲密关系，也应该从这些方面着眼：

（一）与倡优话语以娱乐为主，隐含讽喻的话语功能的一致

《汉书·艺文志》载有宋玉赋十六篇，具体作品不载。《文选》载《风赋》《高唐赋》《神女赋》《登徒子好色赋》。《古文苑》载有《大言赋》《小言赋》《讽赋》《钓赋》《笛赋》等。刘勰亦谓《风赋》《钓赋》为宋玉所作。这些赋，大都有着娱乐君主的性质，而《登徒子好色赋》《大言赋》《小言赋》《讽赋》尤为突出，与《汉书·东方朔传》所载东方朔逞口才，以俳谐话语引汉武帝愉悦的行为性质如出一辙。《风赋》写雄风"飘举升降"，"抵华叶而振气，徘徊于桂椒之间，翱翔于激水之上"。"然后倘徉中庭，北上玉堂，跻于罗幢，经于洞房，乃得为大王之风也。"雄风"直惨凄惏栗，清凉增欷。清清泠泠，愈病析酲，发明耳目，宁体便人。"明显有着调谐的味道。《大言赋》和《小言赋》写景差、唐勒、宋玉侍于襄王，襄王以能大言者上座、能小言者受赏的赏赐，让三人言至大与至小，互斗口才而完全不涉政事，目的显然在于娱乐。

此外，宋玉的赋中，有关男女之事的题材占有很大比重。《高唐赋》《神女赋》《讽赋》及《登徒子好色赋》，都是以男女之事进行言笑。《讽赋》写唐勒在襄王面前说宋玉爱主人之女，宋玉以主人之女为宋玉大献殷勤，而宋玉以"吾宁杀人之父，孤人之子，诚不忍爱主人之女"为自己辩解。《登徒子好色赋》亦是写宋玉因登徒子说其好色为自己辩解。其赋先层层推进，极写东家女子之美，然后笔锋一转，说天下最美的这个女子"登墙窥臣三年"，宋玉丝毫不为心动。接下来极言登徒子之妻丑陋，而登徒子却与之生有五个孩子，调谐登徒子喜爱女人到了无以复加的地步。显然，《讽赋》与《登徒子好色赋》同样产生于君臣的娱乐行为。《高唐赋》《神女赋》虽然没有明显的滑稽、调谐性话语，但都为游赏场合之作，所谈依然是男女之事，不是严肃的话题，而且全篇调谐楚襄王好色，也是可以肯定的，故同样具有解颐的功能。

倡优话语体系，原本也具有着讽喻的因素。从《风赋》《大言赋》《小言赋》《登徒子好色赋》《讽赋》等载宋玉、唐勒、景差常侍于楚襄王之前为娱乐襄王而说笑看，他们可能不像倡优职掌娱乐君主，作赋的目的全在娱乐君主。宋玉既然是楚国官员，故赋作也不免讽喻，如刘勰《文心雕龙·谐隐》说"宋玉赋《好色》，意在微讽，有足观者。"《高唐赋》末尾的"思万方，忧国害，开贤圣，辅不逮"，也暗寓讽喻。《风赋》写"雄风"与"雌风"的不同，暗寓帝王与贫民生活的天壤之别，言外之意即襄王不能与民同乐。《钓赋》喻楚王"若建尧、舜之洪竿，擿禹、汤之修纶，投之于渎，视之于海，漫漫群生，孰非吾áo？其为大王之钓，不亦乐乎"！《唐勒赋》虽为残篇，但结合《淮南子·览冥训》所引《唐勒赋》，可知其论造父与钳且、大丙御车之术与时人不同，意在言说治国的道理，亦具有明显的讽喻之意。《屈原列传》说："宋玉、唐勒、景差之徒者，皆好辞而以赋见称，然皆祖屈原之从容辞令，终莫敢直谏。"也在一定的程度上说明着宋玉、唐勒、景差之赋寓讽喻于俳谐之中的特征。故可以说，宋玉赋虽然主要在于娱乐，其内容多为男女之事，或逞口才咏物以斗乐。但因其为君主身边的近臣，故也于娱乐话语中暗寓讽喻。

（二）与倡优话语体系在言说方式上有众多的相同之处

章太炎《检论》卷五曾谓：

> 纵横出自行人，"短长"诸策，实多口语。寻理本旨，无过数言，而务为纷葩，期于造次可听。溯其流别，实不歌而颂之赋也。秦、代、仪、轸之辞，所以异于《子虚》《大人》者，亦有韵无韵云尔。①

认为纵横家的文章，已和司马相如的赋相去不远，赋与纵横家的文章都着着"敷张而扬厉，而变其本而加恢奇"，"务为纷葩，期于造次可听"。《鬼谷子》是一部教人怎样游说君主的书。其中的《权篇》和《反应》教游说者必须"辞贵奇"，"言有象，事有比"。知恢奇、注重辞采和将抽象的东西形象化，是言辞动听的关键要素，也是战国时期纵横游说之辞的重要特征。

宋玉是战国时人，对纵横家的话语耳濡目染。故毫无疑问，宋玉的赋吸收了纵横家文章言辞华丽和铺张扬厉的表现手法。但宋玉毕竟不是纵横家，言说目的不在于"腾说以取富贵"，而是为着娱乐君主；而娱乐君主莫过于倡优的话语。宋玉赋的言说是臣子对君主的言说，自然不可能像东方朔调谐郭舍人和孙绰调谐习凿齿那样去调谐楚襄王。但倡优话语的这些主要言说方式，应该说都在宋玉和唐勒的赋中大多得到了

---

① 章太炎：《章太炎全集（三）》，上海：上海人民出版社，1984年版，第507页。

较为充分的体现。

从《新序·杂事》所载宋玉的话语看，宋玉所言，基本都是采用隐语的言说方式。其一以齐之狡兔和良狗之事，隐喻朋友没有在襄王面前全力推荐自己。其二借玄猿能从容游戏于桂林"超腾往来，龙兴而鸟集"，而在枳棘之中则只能"恐惧而掉栗，危视而迹行"，隐喻自己不得志在于所处环境的不利。知宋玉对于先秦倡优话语的熟练。

宋玉的赋，以大量运用着隐语、讽喻的言说为主要方式。《风赋》看似在言说风为"雄风"和"雌风"的不同形态，说王者之风为"雄风"，具有"愈病析酲，发明耳目，宁体便人"的功效；而百姓之风为"雌风"，叫人"直憯凄惏慄，清凉增欷，中心惨怛，生病造热。中唇为胗，得目为篾，啖齰嗽获，死生不卒"。《高唐赋》《神女赋》表面上写高唐的山水和神女的容貌，而其关键在于楚王梦与神女相合以及神女离去后，楚王"颠倒失据，黯然而暝，忽不知处。情独私怀，谁者可语？惆怅垂涕，求之至曙"，调谐楚王好色之极。但是，全篇只是就神女的美丽容貌和高唐的山水一路写去，全然不露讽刺。《钓赋》以"尧、舜、汤、禹之钓"远强于登徒子所谓的玄洲之调，劝说楚王"建尧、舜之洪竿，揵禹、汤之修纶，投之于渎，视之于海，漫漫群生，孰非吾有？其为大王之钓，不亦乐乎！"虽然言说劝谏不像《风赋》隐藏得那么深，但也不是正言直说，而是和众多的俳优话语一样，借物或者借事进行言说。其赋都可谓得《文心雕龙·谐隐》所谓的"谲辞饰说"和"尤巧辞述"之妙。

(三) 语言形式与倡优话语有众多相同之处

虽然倡优话语主要表现于言说方式，并无一定的体裁；但是，倡优的君臣言说的行为方式与赋这种文体的产生有着非常密切的关系。

中国的文体原本产生于一定性质的行为，包括行为的方式。赋本为祭祀的行为主体向神灵陈说祭祀的物品及贡献的地点、参加祭祀的重要人物等。[①] 这种陈述本为"语"，故后来记述人物话语的文体也称之为"语"。而倡优娱乐君主的方式，也主要是以话语在愉悦君主的同时讽喻君主，故其行为方式也当为"语"。

"语"体体裁的基本形式为主客问答形式。先秦的"语"体一般都和《尚书》中的许多诰、命一样，具有一个外在的叙事框架，使"语"带上了叙事的性质。如《郑语》记"桓公为司徒，甚得周众与东土之人，问于史伯曰：'王室多故，余惧及焉，其何所可以逃死？'史伯对曰……"以几句叙事的话语起篇，然后转入人物对话。宋玉和唐勒的赋也一样，如《风赋》："楚襄王游于兰台之宫，宋玉、景差侍。有风飒然而至，王乃披襟而当之曰：'快哉此风！寡人所与庶人共者邪？'宋玉对曰……"《大言赋》："楚襄王与唐勒、景差、宋玉游于阳云之台。王曰……"《唐勒赋》："唐勒与宋玉言于

---

① 赵辉：《先秦文学发生研究》，北京：人民出版社，2012年版，第162—168页。

襄王前。唐勒先称曰……"可见，宋玉和唐勒的赋在语篇的形式结构上，与"语"体完全一致。荀子的《赋篇》则没有这一叙事的框架。

宋玉和唐勒赋均采用以叙事的话语起篇而转入主客问答的语篇结构形式，应该与倡优和"语"体都是话语言说的行为性质有着内在的关联。倡优更多是以话语侍奉君主，少有其他的职掌，其言说为君臣之间的言说，言说的对象都为君主。他们侍奉君主的行为过程，就是一个为君主说笑的行为过程。虽然其言说的性质为娱乐行为，和《国语》《论语》等记载的言说性质有不同，但却都是话语言说行为。有时他们的整个行为过程也有行为动作，但这一行为动作的目的，在于引起对君主言说的话语。如优孟讽庄王不应以大夫之礼葬马时，便在入殿门时故意仰天大哭，以这一特殊的行为引楚王"惊而问其故"。而君有问，臣必解答。故其行为过程多有君主之问和倡优之答。虽不能说宋玉、唐勒、景差就是倡优，但其赋作言说的行为身份毫无疑问具有倡优的性质。而且不管是宋玉、唐勒的赋还是荀子的赋，都为君臣之间的问答；而且都是"述客主以首引"，以君臣的对话来结构全篇。因而，可以说，赋的原始体裁形式的"述客主以首引"和以君臣的对话来结构全篇，多因为倡优以话语娱乐君主的行为而具有"语"的性质，借用传统的"语"体而生成。所以，不管是宋玉赋还是唐勒赋，虽然也与楚骚一样重视辞采，却具有明显的语体文特征。其体裁形式与骚体诗有着明显的差异，其源头也不在楚骚。

至于宋玉赋和唐勒赋的语言句式，也与倡优话语体系有着很大的关系。宋玉、唐勒赋的语言句式可分两类。一类与《国语》之语基本用散体相同，韵语不多，具有散句的性质。《风赋》《大言赋》《小言赋》《登徒子好色赋》《讽赋》和《唐勒赋》都属于此类。另一类则为《高唐赋》《神女赋》，主客首引部分采用散体，而赋辞部分一般采用四言韵文和骚体诗的句式，间以三言，整体上韵散结合。这种多种语言句式的杂用，不仅极大地增强了文章的表现力，而且更显得自由活泼。

在先秦，诗也为韵文，故不能说韵语为倡优言说所用，倡优的话语亦非都是韵语。但在倡优的话语体系中，用顺口溜之类韵语说笑却是古今常有的事。《左传》宣公二年载宋国华元战败逃归，人们调笑讥讽他："睅其目，皤其腹，弃甲而复。于思于思，弃甲复来。""牛则有皮，犀兕尚多，弃甲则那。""从其有皮，丹漆若何。"其韵目、腹、复押觉部，思、来押之部，皮、多、那、何押歌部，所用都为四言韵语。《汉书·东方朔传》说郭舍人"妄为谐语曰：'令壶龃，老柏涂，伊优亚，狋吽牙，何谓也？'朔曰：'令者，命也。壶者，所以盛也。龃者，齿不正也。老者，人所敬也。柏者，鬼之廷也。涂者，渐洳径也。伊优亚者，辞未定也。狋吽牙者，两犬争也。'"师古注谓：

"谐者，和韵之言也。"① 郭舍人的谐语和东方朔所答，都具有顺口溜的性质。明陆时雍曾编《谐语》："日中不彗是谓失时，操刀不割失利之期，执斧不伐贼人将来，涓涓不塞将为江河，荧荧不救炎炎奈何，两叶不去将用斧柯。"② 亦为韵语。因而，顺口溜之类的韵语应当是倡优话语语言的特色之一。

宋玉赋作中的韵语虽然没有郭舍人和东方朔的谐语那么鄙俗，但如《神女赋》中写神女："近之既妖，远之有望，骨法多奇，应君之相。视之盈目，孰者克尚；私心独悦，乐之无量。交希恩疏，不可尽畅；他人莫睹，王览其状。"以韵语说神女"应君之相"，襄王对神女"私心独悦，乐之无量"，被神女的美貌弄得神魂颠倒，则颇有谐语的味道。这种具有调谐趣味的韵语，只是言说的对象为君主，故显得庄雅一些，没有那些顺口溜之类的谐语低俗而已。因而，虽不能说《高唐赋》《神女赋》中四言和骚体的韵语句式，完全来自于倡优的谐语，但受倡优话语的影响却是可能肯定的。

可见，宋玉、唐勒赋在语篇结构和句式的韵散结合的、具有散文化的体裁形式的形成，既与"语"体有着密切关系，也受四言和骚体的影响，但同时也不能忽视倡优行为性质和话语形式的作用。

（四）极具俳谐的审美风格

在宋玉的赋中，《风赋》《高唐赋》《神女赋》《登徒子好色赋》《讽赋》都具有俳语调谐的特征。其中的《风赋》《高唐赋》《神女赋》因都是臣下对君主的言说，作者的行为身份为小臣，故其言说都使用隐语，对楚王的调谐都很隐蔽。如《风赋》《钓赋》借对风的不同形态的描述，调谐讽喻襄王不能与民同乐。《登徒子好色赋》先极言东邻女之美，转而以"然此女登墙窥臣三年，至今未许也"自夸，转而调谐登徒子好色不择美丑，与丑妻生有五个孩子。不仅有着东方朔对自己割肉自责式的自誉，而且也有着对郭舍人式的大胆调谐："登徒子则不然，其妻蓬头挛耳，龋唇历齿，旁行踽偻，又疥且痔，登徒子悦之，使有五子。"滑稽而诙谐。《讽赋》先说主人之女美，并极言其女有意于宋玉共枕；然后笔锋一转，说自己"吾宁杀人之父，孤人之子，诚不忍爱主人之女"。最后再以王曰："寡人于此时，亦何能已。"调谐楚王比自己好色。全篇通过自誉而自辩，与东方朔的俳语可为伯仲。《神女赋》以四言韵语调谐襄王好色，也与宋人以四言韵语讥刺华元同为一辙。可见，娱乐行为性质在很大程度确定了赋这一话语体系对倡优话语言说方式的运用。

由上可以看出，宋玉不仅具有倡优身份的嫌疑，能说会道，而且其言说和众多的

---

① 班固：《汉书》卷六五，北京：中华书局，1962年版，第2844—2846页。
② 陆时雍：《古诗镜》卷三十六，文渊阁《四库全书》本，上海：上海古籍出版社，1987年版，第1411册，第298页。

赋作，都具有明确的娱乐性质，而且充分表现着倡优话语滑稽、诙谐的审美价值取向，与倡优话语体系当有着非常密切的关系。

三、倡优话语与赋体的创始

最早的赋，古来研究者多认为为荀子的《赋篇》。而这种认识的依据，当更多建立在战国时代的楚国不可能出现宋玉赋这样高水平的作品，为汉以来人们伪作这一推断的基础之上。但从银雀山汉墓出土的《唐勒赋》（也有人认为为宋玉赋）来看，宋玉那个时代的楚国，赋已经确实达到了很高的艺术水准。因而，宋玉赋伪作说，也就当不攻而自破。既然宋玉确实能写出诸如《风赋》之类的作品，那以荀子《赋篇》为赋体的创始，也就有重新审视的必要了。

王齐洲等认为，荀子大概生于前313年，约晚屈原27年，早宋玉15年。荀子《赋篇》作于晚年。《史记·孟子荀卿列传》载其"年五十始来游学于齐"，荀子来楚当是最早在55岁之后，而荀子55岁时，宋玉当在40岁左右。从宋玉的赋看，基本都作于楚襄王之时。而楚襄王死于前263年。可知，宋玉、唐勒、景差等这一批赋家在前263年前已经有了众多成熟的作品。荀子的《赋篇》作于他晚年来楚之后，而此时，宋玉等楚赋家已经有不少的赋作，楚国的赋已经成熟。故荀子的《赋篇》当是受楚赋的影响而创作，是很有道理的。而从宋玉赋和出土的唐勒赋所取得的艺术成就看，楚国赋的创作当在宋玉之前已经比较成熟，至少有着一些文人在进行创作。因而，宋玉赋及唐勒赋当代表着赋的创始，而荀赋则是楚赋的流变。

可以肯定，宋玉赋和唐勒赋都非最原始的赋，但同样也可以肯定，他们的赋全面地表现着最早的赋在话语功能、语言形式和言说方式方面的特征。宋玉赋既然话语功能、言说方式、语言形式和诙谐、滑稽的审美特征，都受倡优话语体系的影响。故赋的始创与倡优话语体系有着密切关系也就不言而喻。

说赋产生于倡优话语体系，也可以从荀子的《赋篇》得到证明。荀子曾在齐稷下学宫三为祭酒，与淳于髡共处。《史记·滑稽列传》载，淳于髡是著名的滑稽家，极善于以隐语和俳谐话语进谏君主。故司马迁将其和楚的优孟、秦国的侏儒优旃合传予以记载。荀子是一个严肃的政治理论家，《荀子》一书，其他的篇章都采用"论"的这一文体来说明礼乐政治的道理。如果是荀子仅仅是为着说明某方面的礼乐政治的道理，他应该完全可以采用论述文的文体。《赋篇》的《礼》《知》《云》《蚕》《箴》，采用隐语中的谜语来说明治国的道理，不仅有着倡优话语之奇，而且有些赋前部分采用四言诗，后以杂言而或以"邪""与"为韵，读之颇有顺口溜之俗之嫌，与《诗经》中的四言和《赋篇》中的佹诗的雅正有着一定的区别。刘勰说，隐语本"与夫谐辞，可相表里"。师古注《汉书·东方朔传》谓:"谐者,和韵之言也。"① 因而,《赋篇》并非没有娱乐的意图,也并非没有俳谐的意味;只不过因为荀子是儒家政治理论家,进谏的性质更为明显一些罢了。

在汉代,不少的赋也与倡优话语具有密切关系。如枚皋的赋。《汉书》卷五十一载,(枚)皋"诙笑类俳倡,为赋颂好嫚戏,又言为赋乃俳,见视如倡,自悔类倡也。故其赋有诋娸东方朔,又自诋娸。其文骫骳,曲随其事,皆得其意,颇诙笑,不甚闲靡。凡可读者百二十篇,其尤嫚戏不可读者尚数十篇。"② 正因枚皋认为赋原本由倡优娱乐君主的倡优话语体系发展而来,才认为"为赋乃俳",也才会被"见视如倡"。而扬雄以为"赋劝而不止""颇似俳优淳于髡、优孟之徒,非法度所存,贤人君子诗赋之正也,于是辍不复为"③;不仅说明着汉代的赋仍然保留倡优话语的血统,而且扬雄等也认为赋与倡优话语有着密切的关系。

综上所述,宋玉的赋和荀子的《赋篇》以及汉代的一些赋,都与倡优话语体系有着血脉相联的关系。宋玉赋和荀子赋在行为的性质、目的、娱乐+讽喻的功能以及讽喻、隐语、体物的言说方式和以问答构篇、韵散配合的语篇结构和语言形式,都与倡优的话语体系有着基本的一致。而在荀子《赋篇》之前,楚国已经诞生了诸如宋玉赋这一成熟的赋作,故我们认为,赋原本是宋玉等在先秦倡优话语的基础上吸收其他文体的一些要素而形成的一种"文"学体裁。

---

① 班固:《汉书》卷六五,北京:中华书局,1962年版,第2846页。
② 班固:《汉书》卷五十一,北京:中华书局,1962年版,第2367页。
③ 班固:《汉书》卷八七下,北京:中华书局,1962年版,第3575页。

宋玉的文士主体性内涵论析

广州大学　陈咏红①

【摘　要】　春秋战国之际，新兴士群体形成，其形成标志是文士主体性的生成，诸子、屈原、宋玉等的作品均传达了文士主体性需求。在文士主体性研究的视域下，宋玉的文士主体性内涵主要有三：一是宋玉作品为文士思想探索的表达模式——答难体的建立奠定基础；二是宋玉作品肇始了中国文人悲剧意识的特定内涵——时间焦虑；三是宋玉作品预见了文人山水田园生活方式的发展方向。

【关键词】　宋玉　文士　主体性

一、文士的主体性

　　春秋战国之际，士阶层分化，新兴士群体形成。由于当政者大力提倡学文，"学士则多赏"（《韩非子》卷19《显学篇》），故文士数量日渐增多，"士竞于教"（襄九年《左传》）。此处的"文士"，泛指那些掌握了较高文化知识，并对内试图寻求"仕"本位意识之外的新的人生价值标准，对外代表一定社会道义的人文知识阶层的成员。②新兴士群体形成的标志是文士主体性的生成。所谓文士的主体性，是文士作为主体所特有的属性，指文士在追求理想、与外界相互作用中所表现的自主性、能动性和创造性。③

　　文士主体性有两个具体表现：一是文人（士）开始重新定义自己的身份，"志于

---

　　① 陈咏红，女，广州人，广州大学广府文化中心研究员，广州大学人文学院副教授，主要研究先秦与唐宋文学、岭南文化。

　　② 此处的"文士"即后世的"文人"。参：陈咏红：《"文人"概念起源考释》，《广州大学学报》2014年第5期。

　　③ 商、西周时期，宗法分封制保证了士等级的稳定，但严格的等级制度又使士的知识和技能无法充分施展，缺乏知识主体的自主性。他们不是独立的知识群体，其知识还没有形成理论学说，没有达到以知识为资本与社会进行交换的程度。在春秋战国，士摆脱了宗教等级的束缚，获得了较多的人身自由。参孙立群：《中国古代的士人生活》，北京：商务印书馆，2003年版，第2页。

道"者方可称得上士。孔子《论语·里仁篇》云:"士志于道。"(《论语》卷4《里仁篇》)后来《说苑》卷19《修文篇》亦云"辨然否,通古今之道,谓之士"。二是文人力求以知识(立言)获得社会地位和生存资料。春秋晚期,"立言"与"立德""立功"被相提并论,被定为文人人生价值追求之一,并被赋予了永恒性。如襄公二十四年《左传》云:"大上有立德,其次有立功,其次有立言。"① 孔《疏》释"立言"云:

> 立言,谓言得其要,理足可传……其身既没,其言尚存。……老、庄、荀、孟、管、晏、杨、墨、孙、吴之徒,制作子书;屈原、宋玉、贾逵、扬雄、马迁、班固以后,撰集史传,及制作文章,使后世学习,皆是立言者也。

孔《疏》认为,屈原之前,所立之言主要指子书。屈原以后,宋玉(约公元前298-约前222年)等文士的立言涉及范围渐广,包含史传及文章等。不少新兴士阶层成员认为,以知识(立言)和行政能力出仕,是士的人生正途。《墨子》卷2《尚贤上》说:"士者,所以为辅相承嗣也"②。《孟子》卷6上《滕文公下》也载:"士之失位也,犹诸侯之失国家也。……士之仕也,犹农夫之耕也。"③ 文人(士)的"立言"既是文士主体性的表现之一,又是其谋生手段。

二、宋玉的文士主体性的内涵

至春秋末年和战国时期,掀起了立言之高潮。在众多新兴文士群体成员之中,宋玉是新兴文士群体"立言"事业的开创性人物之一。在文士主体性研究的视域下,通过宋玉作品,我们可知宋玉的文士主体性的内涵主要有三:

(一)宋玉作品为文士思想探索的表达模式——答难体的建立奠定基础

宋玉《对问》④建立了答难体这样一种文人思想探索的表达模式。这一表达模式具有特定的内容,即文士的思想探索,主要包括文士的危机感的抒发及仕隐出处前途的

---

① 杜预注、孔颖达疏:《春秋左传正义》,北京:中华书局影印阮刻十三经注疏本,1980年版,第1979页。
② 孙诒让:《墨子间诂》,北京:中华书局新编诸子集成点校宣统二年(公元1910年)复位本,孙启治点校,2001年版,第48页。
③ 赵岐注、孙奭疏:《孟子注疏》,北京:中华书局影印阮刻十三经注疏本,1980年版,第2711页。
④ 宋玉《对问》,即《对楚王问》,载《文选》卷45。见:萧统编,李善注:《文选》,北京:中华书局影印清胡克家重刻宋尤袤刊本,1977年版,第627—628页。

探索。文士的危机感指战国末年开始向后延伸的中央集权政治制度建设所引发的文士的危机感。由于集权政治制度建设与思想文化多样化发展的冲突，士人的思想遭到钳制，文士失去了主体性的实现途径，这引发了其危机感。可见，答难体不同于诸子的"对话体"。诸子的对话体在形式上是散文体，在内容上主要是表达其哲学观点及治世方略。

嗣后，与文士主体性的成长相关的东方朔《答客难》等赋作陆续出现。东方朔借主客间的问难，将德才兼备却"官不过侍郎，位不过执戟"的文士人生遭遇作为议题，表达了文士的人生困境及思想矛盾。答难体成为汉赋重要体式之一。刘勰认为："自《对问》以后，东方朔效而广之，名为《客难》，托古慰志。……原兹文之设，乃发愤以表志，身挫凭乎道胜，时屯寄于情泰……"（《文心雕龙·杂文篇》）刘勰认为"答难"式赋体源自宋玉的《对问》，也指出了其"托古慰志"的内容特征。

（二）宋玉作品肇始了中国文人悲剧意识的特定内涵——时间焦虑

宋玉具有普通文士的身份，其心态具有普遍性。《离骚》的"哀朕时之不当"是关于某个"事件"的激烈反应。《九辩》则明确表示焦虑生命的消逝："岁忽忽而遒尽兮，恐余寿之弗将"（《九辩》[1]）；"岁忽忽而遒尽兮，老冉冉而愈施。"（《九辩》）宋玉将文士的长期的、普遍的人生困境人生观化、宇宙观化、文学化（诗化），便生成一种哲学方面的时间焦虑。

宋玉的时间焦虑主要体现为季节意识。据《汉书》《新序》与《襄阳耆旧传》等书载，宋玉"无衣裘以御冬"，出身贫寒卑微而才华秀逸，楚襄王时曾为"小臣"，后因"不见察"与同僚嫉妒失职。《九辩》"悲哉秋之气也"把萧杀悲凉的秋景和肝肠寸断的心态表现得回肠荡气。与出身贵族的屈原那种强烈的正面抗争意识相背离，出身寒门的宋玉以那种怀才不遇、叹老嗟卑的常人心理传达出关于生命的悲叹。宋玉的"贫士失职"（《九辩》）所引发的时间焦虑，到汉代转化为文士悲叹"时命"消逝的主题。嗣后贾谊《惜誓》亦云："惜余年老而日衰兮，岁忽忽而不反"；东方朔《七谏》哀叹："哀时命之不合兮，伤楚国之多忧"；"年滔滔而自远兮，寿冉冉而愈衰"；刘向、严忌高吟："欲容与以俟时兮，惧年岁之既晏"（《九叹》）；"白日晼其将入兮，哀余寿之弗将"；"哀时命之不及古人兮。夫何予生之不遘时。往者不可扳援兮，来者不可与期"（《哀时命》）。

由此，宋玉奠定了中国文人的悲剧意识的特定内涵，即时间意识或时间焦虑。对绝大多数文人来说，时间焦虑传达了文人对生命价值实现无法操控的痛苦：个人价值

---

[1] 本文所引赋作均引自：洪兴祖：《楚辞补注》，北京：中华书局点校明毛晋汲古阁刊本，白化文等点校，1983年版。

是否实现很大程度上要取决于统治者是否给予"立功"的机会及"立功"是否令统治者满意。对于壮志难酬的失路文人,得不到"立功"的机会就意味着个人价值实现不了,而青春和生命是易逝的。当文人把时间意识融进自己的生命时,这类时间意象传达出的便是一份更深层的精神无所归依的悲凉。这种季节意识的来源是文人对年华易逝、人生苦短而形成的时间悲剧意识,其本质实为文人的生命意识,由生命易逝的伤感而引发对生命的珍惜和重视。

(三)宋玉预见了文人山水田园生活方式的发展方向

文士有内在主体性而无外在经济基础,有理想和自我价值取向而要仰仗君主的心意和强权去实施,处于个体精神自由与个体社会进取欲念之间的深刻矛盾之中。这迫使他们寻求应对专制集权政治制度、体现个人主体性的生活方式。

《离骚》亦曾言及遁隐之念:"何离心(贤愚异志)之可同兮,吾将远逝以自疏。""悔(恨)相(视)道之未察兮,延伫乎吾将反,回朕车以复路兮,及行迷之未远。"但是,屈原没有指出遁隐生活方式的发展路径。而且,屈原对遁隐的生活方式颇感寥落。屈原云"苟余心其端直兮,虽僻远之何伤"(屈原《涉江》),无奈中又只能"哀吾生之无乐兮,幽独处乎山中"(屈原《涉江》)。

而在《九辩》中,宋玉则借用物候变迁的自然现象表达文人生命不断消逝的焦虑心理,并流露出不贪恋仕途、寻求新的生活方式之意:"愿沉滞而不见兮,尚欲布名乎天下。"(《九辩》)他表示甘于"穷处""守高":"处浊世而显荣兮,非余心之所乐;与其无义而有名兮,宁穷处而守高。"(《九辩》)王逸《注》:"思从(伯)夷、(叔)齐于首阳也。"

东汉中期,张衡《归田赋》云"与世事乎长辞",流露出与时不合、归田隐居的念头,但仍未有寻找疏离生活方式的具体想法;在汉末专制主义政治制度渐趋成熟、土地兼并严重的情况下,仲长统(公元180—220年)顺应时代经济条件的变化,设计、描绘出疏离文人庄园生活方式的蓝图,在疏离文人探索高扬主体性的生活方式的征途上迈出了第一步。

仲长统《乐志论》将庄园经济与老庄思想结合起来,设计出疏离文人生活方式理想的蓝图:"常以为凡游帝王者,欲以立身扬名耳,而名不常存,人生易灭,优游偃仰可以自娱,欲卜居清旷,以乐其志,论之曰:'使居有良田广宅,背山临流,……踌躇畦苑,游戏平林,濯清水,追凉风,钓游鲤,弋高鸿。讽于舞雩之下,咏归高堂之上。安神闺房,思老氏之玄虚;呼吸精和,求至人之仿佛。与达者数子,论道讲书,俯仰二仪,错综人物。弹《南风》之雅操,发清商之妙曲。消摇一世之上,睥睨天地之间。不受当时之责,永保性命之期。如是,则可以陵霄汉,出宇宙之外。岂羡夫入帝王之门哉!'"(《后汉书》卷49《仲长统传》)代表着士(文)人普遍心态的仲长统的闲适逍遥的庄园生活理想和高雅旷达的性情志趣,源于汉代庄园经济这个社会现实,远接老庄无为、逍遥的人生哲学,成了疏离文人向往的生活目标,"体现了士人与政权的疏离、国家意识的淡薄和个人意识的强化"。①

仲长统将庄园经济与老庄思想结合起来的疏离文人生活方式蓝图,与土地政策的发展相关。夏商西周时期土地公有,其主要土地制度井田制是我国奴隶社会实行的一种农业、行政与军事组织形式合一的土地国有制度。② 在土地私有制度产生之前,人们对社会的疏离方式只能是"个体隐逸山林"。春秋战国时期,政治权力和经济利益的重新分配。原来的多层所有制关系向国家所有制和土地的私人所有制转变。随着战国纷争局面的结束,秦始皇三十一年(公元前216年),政府颁布"令黔首自实田"的法令,土地私有得到法律的承认与保障。西汉时期沿用秦制。自公元前140年汉武帝即位起,土地私有化导致的土地兼并现象日趋严重。庄园经济的强化,使得西汉末年朝廷权力严重削弱,土地兼并之风越演越烈,强宗大族的大型庄园开始出现。自西汉后期开始,士(文)人与家族和大土地所有制密切结合,成了某一家族代表人物。至东汉,庄园实际上发展成一个以士人为族长,以宗族为纽带,包容贫贱富贵、士农工商等各个阶层的大型庄园。如东汉后期崔寔《四民月令》就说明东汉后期庄园经济实际上已发展成一个包括士农工商等阶层的小社会。可以说,历史的机遇决定了疏离文人生活方式的未来走向:既然土地制度、社会经济的发展产生了庄园,那么疏离文人自然会利用庄园作为疏离生活的基地。仲氏主体性的张扬体现了魏晋个体意识强化的先声。

因此,钱钟书《管锥编》说:"《全后汉文》卷六七荀爽《贻李膺书》:'知以直道不容于时,悦山乐水,家于阳城';参之仲长欲卜居山崖水畔,颇征山水方滋,当在汉季。"钱氏意为,从仲长统《乐志论》可见文人山水田园意识和文人山水田园文学的滋生并不在刘勰《文心雕龙·明诗篇》所说的宋初,而是在汉末。其实,宋玉已流露出寻找可以观察"物候变迁的自然现象"和"穷处""守高"的生活方式的意向了。

综之,宋玉作品为中国文人文学提供了不少母题和经典的文学意象,是中国文人生命的栖息之所和精神家园之一。

---

① 章培恒、骆玉明:《中国文学史》,上海:复旦大学出版社,1996年版,第264页。
② 于琨奇:《论春秋战国时期土地所有制关系的变化》,《北京师范大学学报(人文社会科学版)》2001年第5期。

宋玉的"色""义"焦虑及其文学创作

渤海大学 杨 允

【摘 要】 宋玉在多篇作品中塑造出绝代美女形象,在热情地讴歌女性美的同时,也表现出他爱情观中的"色""义"焦虑,显示出他内心感性与理性的纠结。本文将分析解读宋玉作品中的这一焦虑,揭示宋玉的文学理念和艺术个性。

【关键词】 宋玉 女性形象 目欲其颜 心顾其义

一、"荐枕席""迷下蔡":女性形象的角色定位

宋玉在作品中塑造出一些美女形象。通过多样的艺术描绘,赋予她们以不同类型的美,同时,她们的情感诉求更增添了美女形象的魅力。"惑阳城,迷下蔡"是这些美女形象的意义预设。

(一)首先,作者笔下的美女群像与美的类型

宋玉笔下美女的身份有很大差别,女神、邻女、采桑女、逆旅主人之女等。在作品中,这些女性形象超凡之美的内涵可以分为三种类型,即神秘女神的奇幻美、小家碧玉的清醇美、都会采桑女的落落大方美。

1. 女神的奇幻美

巫山女神是宋玉塑造得最成功的,同时也是在中国文学史上产生巨大影响的美女形象。作者在《高唐赋》《神女赋》中多层次、多角度地表现了女神的奇幻美。

巫山女神这一形象集合了超现实的神性与现实美女的魅力于一身,建构起以"奇幻美"为主色调的文学形象。

宋玉向襄王讲述朝云的仪态之美。在朦胧中,绚烂的朝云是女神仪态的幻化:她刚刚出现时,浓密如茂盛的青松。渐渐舒展,仿佛美女舞动长袖,遮蔽太阳的光辉,又似在眺望心中的恋人。形态忽然改变,仿佛驾云车疾驰,五彩羽毛的旌旗飘舞,清爽如风,凄迷如雨。风止雨霁,千姿百态的朝云也无处寻觅。女神在清晨的天空变化万端,去留无迹。

襄王向宋玉讲述梦中女神的朦胧美。她显现于恍惚仿佛中，"茂矣美矣"，"盛矣丽矣"，华美高贵，盛装艳丽，"上古既无，世所未见"。襄王对女神超凡脱俗之美给予热情礼赞。"其始来也"，"其少进也"，梦中相会，远观近察，环姿玮态的妆饰，罗纨绮缋的服采，馨香的发肤，娴静的性情，都令襄王心荡神迷。①

宋玉受命献赋，将襄王梦中所见女神的朦胧形象转化为真切生动的美女影像，他既盛赞女神"其象无双，其美无极"，具有足令毛嫱、西施相形见绌的超凡脱俗之美；又以工笔画般的手法，细致刻画她的容貌：双眸、眼神、蛾眉、朱唇，她的腰肢、体态，讴歌她的天生丽质。②

《高唐赋》《神女赋》通过襄王、宋玉绘声绘色的讲述，塑造出一个无与伦比的女神形象。

2. 邻女的小家碧玉清醇美

作品中的宋玉称：

> 天下之佳人，莫若楚国；楚国之丽者，莫若臣里；臣里之美者，莫若臣东家之子。东家之子，增之一分则太长，减之一分则太短；著粉则太白，施朱则太赤。眉如翠羽，肌如白雪，腰如束素，齿如含贝。③

作品用天下、楚国、臣里、东邻层层推进的视角，由天下之广，逐步聚焦于邻里，夸耀邻女是楚国乃至天下最美的少女。她的身材高矮胖瘦恰到好处，不需粉黛，具有天生容颜之美。她的眉目、肤色、腰肢、牙齿、笑靥，都美丽动人。作者没写她的穿着打扮。没有华贵的服饰，更显出布衣不掩国色的清醇之美。

3. 都会采桑女的落落大方美

《登徒子好色赋》中，宋玉还描绘了爽朗多情的郑卫采桑女形象。

章华大夫是一位见多识广的人，"少曾远游，周览九土，足历五都"，见过众多美女。他发现郑卫采桑女是世上最美的女人。他认为宋玉所称赞的邻女不过是"南楚穷巷之妾"，远不能与他所见过的这些采桑女相比。郑卫在周代就被视为"淫声""淫乐"的产地，桑间濮上是著名的青年男女聚会、游乐之所。章华大夫特别称赞这里的美女："此郊之姝，华色含光，体美容冶，不待饰装。"他对采桑女不需要浓妆艳抹的天生丽质赞叹有加。而在采桑女群体中，他特别赞赏其中最漂亮的少女，与她赋诗赠

---

① 萧统编、李善注：《文选》，北京：中华书局，1977年版，第267页。
② 萧统编、李善注：《文选》，北京：中华书局，1977年版，第268页。
③ 萧统编、李善注：《文选》，北京：中华书局，1977年版，第269页。

答。这位采桑少女:"恍若有望而不来,忽若有来而不见。意密体疏,俯仰异观,含喜微笑,窃视流眄。"① 她天生丽质,含情脉脉,在与士人的交往中保持分寸,又在一颦一笑间暗送秋波,既能以礼自持,又显得落落大方。

上述三类美女的身份有很大的差异,但却都是美的化身,"嫣然一笑,惑阳城,迷下蔡",② 都是魅力的化身。

(二) 其次,宋玉作品中的美女在情感诉求方面也有明显的特点

她们不仅有动人的美貌,而且都表现出对爱的渴望与诉求。她们的身份、处境不同,对爱情的表达也有所差异。这方面的差异也可分为三种类型。

1. "荐枕席"

《高唐赋》中的巫山女神兼有神性与人性的特点。她带着飘忽的、婀娜多姿的神性,带着世间欲望的人性,出现在与楚先王相会的特殊机缘中。③ 女神求爱望幸的情愫,"愿荐枕席"的告白,将诡秘色彩和美女诱惑融合在一起,铸就了她与楚先王的旷世奇缘,成就了文学史上人神恋爱的经典传说。

宋玉笔下热切渴望爱并坦率追求幸福的美女还有《讽赋》中店主人之女。宋玉出行,人饥马疲,寻求休息处。正值主人翁夫妇外出,独有主人之女在家。她请宋玉在兰房芝室休息,自己穿上华美的衣服为客人做饭,劝饭。她对爱情的表白更坦率真诚:

> 以其翡翠之钗,挂臣冠缨,臣不忍仰视。为臣歌曰:"岁将暮兮日已寒,中心乱兮勿多言。"臣复援琴而鼓之,为《秋竹》《积雪》之曲。主人之女又为臣歌曰:"内怵惕兮徂玉床,横自陈兮君之傍。君不御兮妾谁怨,日将至兮下黄泉。"④

主人之女挑逗客人,以翡翠钗挂客人的冠缨,又在歌中述说自己玉体横陈,等待宋玉的爱怜,大胆地将自己激动不安和渴望爱情的急切内心倾诉给宋玉。这是用歌声表达了"荐枕席"的愿望与心情。

2. "登墙窥视"

《登徒子好色赋》中的邻女是一位痴情的少女。她爱慕作品中的宋玉,竟然"登墙窥臣三年",对爱的表达虽不如"愿荐枕席"那样坦率,但其对男主人公的爱慕之意已

---

① 萧统编、李善注:《文选》,北京:中华书局,1977年版,第269页。
② 萧统编、李善注:《文选》,北京:中华书局,1977年版,第269页。
③ 李善注:《文选》,引《襄阳耆旧传》谓先王为楚怀王。笔者认为应据文本,仍作"先王"。至于其为哪一位先王,《高唐》《神女》二赋中人与事本具虚幻性,故不必指实。
④ 章樵新订:《古文苑》,载《丛书集成初编》,北京:中华书局,1985年版,第61页。

表达得较为明白。这样的举动能坚持三年，足可看出她对爱情的大胆与执着。

3."意密体疏""窃视流眄"

《登徒子好色赋》中，章华大夫向那位最美丽的采桑女赋诗示好，又向她献花。这位美女"恍若有望而不来，忽若有来而不见。意密体疏，俯仰异观，含喜微笑，窃视流眄。"采桑女对章华大夫很有好感，微笑间暗送秋波，然而在行动上却保持一定的距离与分寸。这是爱意与好感层面的感情交流，与"愿荐枕席"的求爱望幸有本质的不同。

类似的情感在《神女赋》中也表现得较为明显。女神与襄王交往中，其感情明显不同于面对楚先王时。

> 时容与以微动兮，志未可乎得原。意似近而既远兮，若将来而复旋。褰余帱而请御兮，愿尽心之惓惓。怀贞亮之洁清兮，卒与我兮相难。①

很显然，女神并非见到每个楚王都"愿荐枕席"。襄王为会见女神，虔诚地斋戒，选择吉日良辰，又在服饰、仪仗等方面精心准备，急切地希望续写巫山传说。女神给他以希望，甚至掀起他的床帐。然而，女神的内心始终在彷徨，似乎有接受襄王之意，却又在关键时刻退缩，委婉拒绝。最后给襄王留下难以排遣的遗憾。

作者极力渲染女性形象的惊人之美，描写她们对爱的诉求，塑造出一些魅力四射的女性形象。然而，这并不是作者艺术构思的归宿。这些女性形象，包括她们的美貌，她们求爱的眼神、话语，在作品中都是展现男主人公的精神世界的外部条件，也是实现作品艺术宗旨的基础。

二、纵欲制情三境界

宋玉笔下女性的美和对爱的诉求构成男主人公必须面对的强烈的外部诱惑。在她们的魅力面前，是接受欲望的驱动，还是选择道义的皈依，成为对男主人公内心世界考量的主要依据。面对这些女性的动人之美，宋玉笔下的男主人公表现出不同的态度和不同程度的欲望，表现出各自的情欲观。男主人公精神世界的艺术构建主要体现在襄王、宋玉和章华大夫三个文学形象的描绘中。这些形象为人们展示出在情感、爱欲方面三种不同的境界，即贪恋女色的情欲观，以礼自防的情欲观，以义制欲的情欲观。

（一）贪恋女色的情欲观

在《高唐赋》中，宋玉生动地渲染女神的奇美、诡秘，讲述楚先王同女神的艳遇奇缘，这在襄王心中产生强大的诱惑。在传说中，楚先王与女神的高唐之会是不期而

---

① 萧统编、李善注：《文选》，北京：中华书局，1977年版，第268页。

遇的缘分。而襄王却对高唐传说心驰神往。他渴望自己能续写这个传说，渴望女神能在自己的生活中重现。他对女神怀有强烈的好奇心，也怀着强烈的欲望。

为了续写高唐传说，赢得女神的芳心，襄王煞费苦心地准备这次会晤。他"先斋戒，差时择日。简舆玄服，建云斾，蜺为旌，翠为盖。风起雨止，千里而逝，盖发蒙，往自会。"他虔诚地斋戒，选择吉日良辰，服饰、仪仗等都经过精心准备，为满足内心强烈欲望竟然像祈福祭神一样诚敬。

襄王焦急地期盼与女神相会。"晡夕之后，精神恍忽，若有所喜，纷纷扰扰，未知何意。目色仿佛，乍若有记。见一妇人，状甚奇异，寐而梦之，寤不自识。罔兮不乐，怅然失志。"究竟是幻觉还是梦境，朦胧恍惚，真幻难辨。襄王对女神的追求已经到了迷失自我的程度。此后，"抚心定气，复见所梦"。

然而，对襄王来说，黄昏时如梦似幻的经历留给他的是失落，而此后"复见所梦"的追寻依然是惆怅之旅。他盛赞女神的魅力："茂矣美矣，诸好备矣。盛矣丽矣，难测究矣。上古既无，世所未见。"他称赞女神是卓绝千古的美女。他痴迷地注视女神，"其始来也"，"其少进也"，远观近察，女神的姿容仪态，极服妙采，以及发肤性情无不精妙。他自认为如此美好的女神"宜侍旁"，正适合自己，实现自己梦寐以求的夙愿。然而，女神在犹豫徘徊之后，引身离去。

> 欢情未接，将辞而去，迁延引身，不可亲附，似逝未行，中若相首。目略微眄，精彩相授，志态横出，不可胜记。意离未绝，神心怖覆，礼不遑讫，辞不及究，原假须臾，神女称遽。徊肠伤气，颠倒失据。暗然而暝，忽不知处。情独私怀，谁者可语。惆怅垂涕，求之至曙。①

这次热切盼望，经过一番努力而实现的梦会，竟然在情意缠绵处戛然而止。这令襄王更加失落。他追求艳遇，但鸳鸯梦醒，反把愁添。

作品中的襄王从听说巫山女神到对梦会的追寻再到梦断高唐的失落，可以看出：贪恋女色，追求欲望的满足，这是襄王情欲观的表现。

（二）以礼自防的情欲观

作品中的宋玉形象表现出以礼自防的情欲观。这一感情倾向在《登徒子好色赋》《讽赋》中表现得很充分。

《登徒子好色赋》中东邻的绝色美女向宋玉示爱，"然此女登墙窥臣三年，至今未许也。"邻女虽然美丽动人，又窥墙表示爱意，但他始终未对邻女给以肯定的回应。他

---

① 萧统编、李善注：《文选》，北京：中华书局，1977年版，第268页。

以漠然的态度回答少女，表现出在美女诱惑面前无所动于心，严格地保持自己道德操守，冷静地以礼自防。

《讽赋》中的宋玉形象与此相近。作品中的宋玉面对主人之女求爱的表示，先是"不忍仰视"，拒不回应；后又弹奏《秋竹》《积雪》之曲，表现自己情操高洁；主人之女又在歌声中表示，要"横自陈兮君之傍"，宋玉却回答："吾宁杀人之父，孤人之子，诚不忍爱主人之女。"他断然拒绝了主人之女的爱。在他看来，回应少女的爱就是比杀人之父还严重的罪行。两情相悦的爱，被解释为超越情感交流，超越道德层面的罪恶行径。

（三）以义制欲的情欲观

章华大夫对美女的态度与作品中的宋玉不同。作为文学形象的宋玉是在与不同美女交往情况下实现严格的以礼自防。

章华大夫则不然。他欣赏女性美，喜欢同美女交往，在交往中保持礼法准则。他自述与郑卫采桑女交往的情形：他吟诵《诗经·郑·大路》中的诗句表达对采桑女的好感，又赠少女鲜花。对方仪容端庄，也以诗回赠，彬彬有礼地拒绝了章华大夫。"迁延而辞避，盖徒以微辞相感动，精神相依凭。"

在章华大夫看来，承认女性美并喜欢同美女交往，并不属于"好色"的毛病，"以微辞相感动"的精神交流也是正常的。关键在于当事人应把握交往的原则，这就是"目欲其颜，心顾其义，扬《诗》守礼"。他以自己亲身经历说明同美女交往的感受，以及由此总结出的认识，"楚王称善"。

章华大夫的行为和观点表现出更高境界的爱情观与女性观。他见美思义，不放纵情欲，严守道德修养，彬彬有礼地同美女保持精神层面的交往。

从这些作品可以看出，作者笔下的男主人公在情欲修炼方面显示出三个不同的境界，从纵欲到以礼自防，再到"目欲其颜，心顾其义"，表现出作者在精神世界所进行的探寻。

三、此"宋玉"非彼宋玉

在宋玉的作品中有一个现象值得思考，即往往有一个作为文学形象的"宋玉"出现，这些作品中的"宋玉"所表达的观点，是否可以等同于作品宗旨？是否等同于作者的观点？笔者认为，作品中人物构成关系不同，此"宋玉"同作品的宗旨也存在合与分的差异。

在《高唐赋》《神女赋》中，楚先王仅仅出现在话语背景中，作品有襄王、"宋玉"和若隐若现的女神三个人物形象。"宋玉"是襄王的文学侍臣。他从解释高唐云气而引出女神传说。襄王则因传说而产生对女神的仰慕追求与痴迷的贪恋。

作品中"宋玉"两次献赋。前一篇描绘高唐"使人心动，无故自恐"的山水，以写女神生活的氛围，继而写祭祀、狩猎，为襄王会晤女神的前奏。作品通过这样的描写，意在突出女神超凡脱俗的神性与魅力，也在预示同女神会晤并不是容易实现的。下篇赋襄王与女神梦会之事。这次会晤，"他人莫睹，王览其状"。这是襄王梦中之事，别人自然看不到。作者根据襄王讲述的情形进行艺术显现。但襄王多赞扬女神的美，而他所说"宜侍旁"的联想，既是他一厢情愿的幻想，也流露出一些无奈和遗憾。

宋玉献赋描绘了女神异乎寻常的美，反复表现她在襄王面前的犹豫，"意似近而既远兮，若将来而复旋"，最终女神"怀贞亮之洁清兮，卒与我兮相难"。"顾女师，命太傅。欢情未接，将辞而去，迁延引身，不可亲附。"在离去之时，襄王还要挽留，"原假须臾，神女称遽"，不肯稍作耽搁。留给襄王无限的惆怅与失落。"徊肠伤气，颠倒失据。暗然而暝，忽不知处。情独私怀，谁者可语。惆怅垂涕，求之至曙。"

在宋玉受命所作的赋中，描写襄王与女神的交往，"陈嘉辞而云对兮，吐芬芳其若兰。精交接以来往兮，心凯康以乐欢。"作者以艺术方式肯定他们在精神方面的交流，至于别后的惆怅，则委婉地表现出襄王追求情欲的非现实性和失落的必然性。

作品以较多笔墨铺排渲染襄王与女神相会的情景，同时，又用委婉的方式传达出襄王与女神对这次相会的感情预期。在襄王看来，高唐之会必将是先王艳遇的再现，女神"愿荐枕席"而实现自己纵欲的快乐。而女神却以自己的神态举止表明，她与襄王的会面、交往是值得高兴的，是彬彬有礼的。作品中的"宋玉"以委婉的艺术手法表现出对女神态度的肯定。因此，作品中"宋玉"的形象与观点都是作者情欲观、审美观的直接表达。作者以这样假设问对的方式，用赋体文学将自己对情感的认识传达给"襄王"，也艺术地传达给读者。

在《登徒子好色赋》《讽赋》的研究中，则不应简单地将作品中"宋玉"的观点等同于作者的思想。而应看到，此"宋玉"的观点只是作者思想构成的一部分。在这种情况下，对作者思想的分析，对作品宗旨的认识，都应从文本的整体把握中得出。

在《登徒子好色赋》《讽赋》中都有进谗言者，都以"好色"为中伤"宋玉"的主要依据，并由此提出不应让"宋玉"作为侍从出入王宫，出现在众嫔妃面前。《讽赋》的宗旨在于意在回应"出爱主人之女，入事寡人，不亦薄乎？"这是批评"宋玉"在情感方面比较放纵，随意勾引身边的女人，是浅薄轻浮的浪子。而作品中的"宋玉"在主人之女主动示爱之时，态度坚定地回绝了主人之女，传达"以礼自防"的情欲观，不近女色的人生态度。这里表现"宋玉"尽管承认女性的美，却绝不同女性交往的"以礼自防"，甚至将爱主人之女视为与杀人相类的罪恶行径。《登徒子好色赋》中的"宋玉"也表现了这样的"以礼自防"。但作品中的章华大夫则不然。他讲述自己的经历和感受，表明他喜欢同美女交往，主张在交往中坚守义。"宋玉"同章华大夫之间明显构成情欲观方面两个不同的境界。

"宋玉"与章华大夫思想观点的差异同他们的身份处境有直接关系。章华大夫出入朝廷，使于四方，其所接触的是各诸侯国的美女。这样的人即使"又性好色"，对楚王，对楚朝廷都无大碍。作品中的"宋玉"为襄王近臣侍从，随王出入宫闱。而且"玉为人体貌闲丽，口多微辞，又性好色"。这样的人经常出入王宫，必然对后宫寂寞的嫔妃具有极大的诱惑力。因此，进谗言者以此批评"宋玉"，同时，也要以此调动襄王的妒嫉心和猜忌心，这将使楚王产生后顾之忧。因此，对"宋玉"必须有所戒备。

"宋玉"的处境令他对这一问题非常敏感。章华大夫可以接触众多美女，可以向美女赋诗、献花。他却不能这样做。他必须防范嫌疑，要使襄王放心，表明自己对美女不感兴趣，甚至表现出一定程度的麻木与冷漠。他要以这样的方式证明自己虽然"体貌闲丽"，却绝不会扰乱宫闱。因此可以说，"宋玉"对邻女示爱拒绝回应的"以礼自防"，只是作者思想中的一个部分，更重要的观点是通过章华大夫之口表述出来的。

我们在阅读这些作品时，不应将作品中的"宋玉"等同于作者，也不应将作品中"宋玉"的观点视为作者思想的真实体现。

本文强调分析文学形象"宋玉"的爱情观，是因为作品中人物的观点不能与作者的观点等同。不论作品中人物名之曰宋玉、章华大夫，还是登徒子，他们都是作品主题预设的载体，其中每个人物形象承载的意义指向可能有很大的差别。他们作为传达意义的符号出现在作品中，而作者的主题预设已经融入这些人物形象的言谈与精神中。我们只有从这样的层面分析作品中的"宋玉"形象，才能准确、客观地阐述作者的思想感情。

四、目欲其颜，心顾其义

上述作品中的人物都承载着作者的审美追求，表现其爱情观中色与义的焦虑。宋玉关于女色和情欲的认识，表现在作品中"宋玉"和章华大夫的言谈中。概括地说就是：以礼自防，"目欲其颜，心顾其义"。

作者继承了周代主流文化的情欲观，在文学作品进行艺术营造与发挥。而形成了自己的观点。

在周代文化看来，社会的纷乱与争斗源于人们欲望的恶性膨胀。人们的欲望主要来自对权力、财富、女人的追求。《左传》昭公十年引逸书云："欲败度，纵败礼"[①]，

[①] 杜预注、孔颖达等正义：《春秋左传正义》，载阮元：《十三经注疏》影印本，北京：中华书局，1980年版，第2059页。

情欲及情欲的放纵同礼的宗旨，同社会秩序的稳定是相互对立的。《国语·楚语》载楚贤臣伍举曰：

> 私欲弘侈，则德义鲜少①。

私欲和德义、情感和礼，二者不能都得到发展，只能是抑此扬彼或抑彼扬此。人们在分析齐桓公能享有齐国的原因时，就指出，他"不藏贿，不从（纵）欲，施舍不倦，求善不厌，是以有国"。②追求礼，还是放纵欲，已经成了衡量一个人是否合于礼的定性的重要方面，也是分析其成败的重要依据。《乐记》对这一思想概括得更为透辟。其文云：

> 夫物之感人无穷，而人之好恶无节，则是物至而人化物也。人化物也者，灭天理而穷人欲者也。于是有悖逆诈伪之心，有淫佚作乱之事。③

这就极为深刻地揭示出在礼的思想原则中，情与礼在本质上的对立关系。为了礼的理想与礼的秩序，就必须压抑情感，使世俗的对物质享乐的追求停止于适当的限度之内。否则，这情感，这追求，就被视为丑恶的，罪孽的，应当受到社会的甚至是当事人自己的排斥与否定。④

面对这样的人生课题，先秦的哲人给出了自己的理论阐述。道家主张清心寡欲，要人们衰减对物质享乐和女人的追求，从源头上解决因情欲引发的不安与争斗。儒家传承周代礼乐文明，主张以礼制欲，扼制欲望的发展与膨胀，提出了好色不淫的主张，要求人们将情欲限定在礼的规约框架内。《乐记》云：

> 君子乐得其道，小人乐得其欲。以道制欲，则乐而不乱；以欲忘道，则惑而不乐。⑤

---

① 徐元诰：《国语集解》，北京：中华书局，2002年版，第495页。
② 杜预注、孔颖达等正义：《春秋左传正义》，载阮元：《十三经注疏》影印本，北京：中华书局，1980年版，第2071页。
③ 郑玄注、孔颖达等正义：《礼记正义》，载阮元：《十三经注疏》影印本，北京：中华书局，1980年版，第1529页。
④ 许志刚：《诗经艺术论》，沈阳：辽海出版社，2006年版，第64—65页。
⑤ 郑玄注、孔颖达等正义：《礼记正义》，载阮元：《十三经注疏》影印本，北京：中华书局，1980年版，第1536页。

《荀子·乐论》也引用这段论述，可见这一观点在当时的流传和影响。

　　宋玉生活的时代，楚国贵族和士人已经较多地接受中原文化和儒家学说。从郭店楚简中的《缁衣》《性自命出》等出土文献，可以看出当时楚国与中原文化交流的程度，可以看出儒家思想在楚国上层贵族与士人中间的传播与影响。

　　在中国文学史上，宋玉第一个对女性的形体美进行正面描写和艺术渲染，使之具有独特生动的美和诱惑力，并在此基础上将女性美与人们的情欲置于审美观照下。选择这样的题材就表现出作者对楚国王室的淫乐之风，对思想家禁欲主义说教的思考与挑战，而如何塑造这类题材中的系列人物，如何通过作品的主题预设表现自己的审美追求，便集中体现为创作中的"色""义"焦虑。

　　先秦的儒家、道家将情和礼对立起来，否定情、欲乃是人们现实生活感情的必然，而要限制情感的滋生与发展，提倡禁欲的说教。这种脱离人们情感实际、违反两性关系合理性的说教只能成为阻碍社会发展，阻碍人们追求幸福与欢乐的桎梏，成为封建卫道士摧残人们幸福的破烂武器。在禁欲主义者看来，女性美代表了恶的根源，因此提出了"女色祸国"的命题，甚至于说"甚美必有甚恶"，将美女妖魔化，称之为"足以移人"的"尤物"。①

　　宋玉作为敏感的作家，自然不能接受卫道士的苍白说教。现实生活的感受为他提供创作的动力，而作家的审美追求——从文学角度对社会人生进行艺术的观照、解读，则使他不能无视女性美的现实存在，不能无视情欲对于人生与幸福的决定性作用。

　　另一方面，宋玉生活在楚国上层统治者中间。楚王室淫佚的风气乃是楚贵族和士人无不知晓的。

　　据《史记·楚世家》载，楚国历史上因不能正确对待美女和爱情，导致宫廷内乱或失败的事屡见不鲜。楚成王将以商臣为太子，令尹子上就极富远见地指出，楚王"多内宠，绌乃乱也。"后来，成王果然要废太子商臣而立宠姬所生的公子职，商臣以宫卫兵包围成王。成王请求食熊蹯而死也不可得。庄王即位三年，不出号令，日夜为乐，令国中曰："有敢谏者死无赦！"伍举入谏。庄王左抱郑姬，右抱越女，坐钟鼓之间。楚平王使费无忌赴秦为太子建迎娶新娘。无忌对平王说："秦女好，可自娶，为太子更求。"平王从之，卒自娶秦女，为太子另娶妇。这场父纳子妻的丑剧导致伍子胥率吴兵破楚入郢，辱平王之墓。楚怀王宠爱郑袖，袖所言无不从者，以至于在内政外交方面多听枕边风而屡屡失误。②

---

①　杜预注、孔颖达等正义：《春秋左传正义》，载阮元：《十三经注疏》影印本，北京：中华书局，1980年版，第2118页。

②　司马迁：《史记》，北京：中华书局，1982年版，第1698—1715页。

《战国策·楚三》载：张仪见楚怀王，受到冷遇。张仪便以美女为诱饵，

> 曰："彼郑、周之女，粉白墨黑，立于衢间，非知而见之者以为神。"楚王曰："楚，僻陋之国也，未尝见中国之女如此其美也，寡人之独何为不好色也？"乃资之以珠玉。①

谈到与中原各诸侯国物质饶富的比较，楚王非常自豪，对张仪的态度也很冷淡。但张仪谈起郑、周女人之美，楚王的脸立即由阴转晴，并要张仪为自己游说。

楚君还为争夺美女而出兵征战，用将士的鲜血换取自己情欲的满足。《左传》庄公十四年载，楚文王灭息，将息夫人带回，宠爱超过后宫粉黛，立她的儿子为继嗣，这就是后来的楚成王。《左传》成公二年载，楚庄王出兵伐陈，欲纳美女夏姬于后宫。在大臣的干扰下未能得逞。②

楚宫之乱，多因宠幸女色而起。楚国有识之士子上、伍举等贤臣规劝君主理智地对待爱情，处理好嫔妃关系问题。这是楚国大臣的著名谏说。

很显然，在宋玉进行这组创作时，楚王室多放任纵欲无度，甚至于做出违反伦理的大逆不道之事，由此导致楚国王室乃至楚国悲剧的种种乱象，这正是引发宋玉"色""义"焦虑的历史依据。

由对楚王室放任纵欲及其恶果的考察，很容易推导出排斥女性美，压抑情欲，进而走向禁欲主义的理论训诫。而这正是宋玉审美观照时所不能接受的思想倾向。

宋玉面临着艰难的思考，他不敢也不可能从理论上反驳儒家禁欲主义的教条，而只能对这类题材作审美解读。因此，他的作品中出现了与作者同名的"宋玉"形象，传达出儒家禁欲主义束缚下的士人形象。他严格地以礼自防，守身如玉。他发现身边女性的美及其求爱的表示，却不敢做出回应，甚至不敢看，唯恐看一眼，就守不住感情的堤防。对美女的漠视和拒绝，成为他反驳"好色"谗言的有力证据。

然而，这仅仅是作者审美取向中较低层级的人物意蕴。他在"色""义"焦虑中艰难探索，在善与美的结合中寻求审美归宿。章华大夫的形象中透露出他审美追求的结晶。

章华大夫所说的"目欲其颜，心顾其义"，以及他同美女的交往，表现出作者对女性美的肯定，表现出对男女交往与情感交流的赞许。通过这一形象，女性美不再像洪

---

① 刘向编定：《战国策》，上海：上海古籍出版社，1985年版，第539页。
② 杜预注、孔颖达等正义：《春秋左传正义》，载阮元：《十三经注疏》影印本，北京：中华书局，1980年版，第1771、1896页。

水猛兽般可怕。"色"成为作品中美的重要内涵，而"义"恰是对善的追寻，"色"与"义"的平衡是作者通过章华之口传达出的审美结论。

《史记·屈原列传》云：

> 屈原既死之后，楚有宋玉、唐勒、景差之徒者，皆好辞而以赋见称。然皆祖屈原之从容辞令，终莫敢直谏。①

"终莫敢直谏"表明宋玉等人同屈原在政治品格方面的差距，表现出作家在人文关怀方面的不同。然而，宋玉对楚王室好色的遗风，对今王将巫山女神视为梦中情人的"寡人有疾"，都看得很清楚，"莫敢直谏"，遂婉而言之，借"好色"不好色为题，通过作品中宋玉、章华大夫等文学形象，传达出作者对爱情与人生的理解。《文心雕龙·谐隐》云：

> 楚襄宴集，而宋玉赋好色。意在微讽，有足观者。②

刘勰谓《登徒子好色赋》意在微讽，而非止抒发对男女之情的认识。这是这位文学理论家独具慧眼的阐释。至于《高唐赋》的宗旨，李善注曰：

> 此赋盖假设其事，风谏淫惑也。③

也强调了作品的讽喻意义。

宋玉敏锐地感受到生活中的美，感受到现实情感的合理性。"目欲其颜，心顾其义"是将美与善结合起来的审美命题。这一命题是对春秋时代视女性为祸水的女性观、文学观的一大进步。这为后来的文学正视女性美、塑造完美的女性形象、表现两性相悦的文学思想奠定了良好的基础。从这方面看，宋玉在这组作品中所表现的审美取向具有更深远的文学史意义。

---

① 司马迁：《史记》，北京：中华书局，1982年版，第2491页。
② 黄叔琳注、李详补注：《文心雕龙校注》，北京：中华书局，2000年版，第194页。
③ 萧统编、李善注：《文选》，北京：中华书局，1977年版，第264页。

试析宋玉《九辩》的忠君思想

南通大学 王 芳

【摘 要】 《九辩》是宋玉骚体赋的代表,是其身世遭遇的自述。全诗围绕"贫士失职而志不平"展开,将忠君思想融入个人理想,抒发了忠于君而君不知的孤独、苦闷情绪。忠君思想贯穿全诗,是理解诗人情感表达的关键所在。忠君思想的表达与《九辩》自称词的使用特点是一致的,忠君思想是联系人生之秋与社会之秋的心理基础,是宋玉思想矛盾的根源。

【关键词】 宋玉 《九辩》 忠君思想 自称词

《九辩》是宋玉骚体赋的代表[①],全诗共255句,1500多字,是先秦楚辞中仅次于《离骚》的长篇抒情诗。

《九辩》采用了现实主义的手法"以秋景写秋心"。全诗围绕"贫士失职而志不平"展开,秋风萧瑟、阴雨连绵、霰雪纷糅的凄凉外景与贫士失职、羁旅无友、年老无成的孤独心境相互映照,将忠君思想融入个人理想,表达了诗人生不逢时、怀才不遇的失落、伤悲。《九辩》的忠君思想贯穿全诗,是理解诗人情感表达的关键所在。下面将分别从《九辩》自称词的使用特点、宋玉悲秋的内在逻辑以及宋玉思想的矛盾三个方面进行分析:

一、忠君思想的表达与《九辩》自称词的使用特点是一致的

《九辩》是"宋玉身世遭遇的自述"[②],"抒写的是个人的思想情感,叹息的是自己的不幸,关注的是自身的命运"[③]。我们这里将要探讨的自称词是用于自指的词,既包括第一人称的自称代词,如"我""吾""余"等,也包括自谦之词以及用作自比象征

[①] 刘刚:《21世纪以来宋玉研究的回顾与反思》,《文艺评论》2013年第4期。
[②] 朱碧莲:《宋玉辞赋译解》,北京:中国社会科学出版社,1981年版。
[③] 梅桐生:《试论宋玉〈九辩〉的情感与心态》,《贵州大学学报(社会科学版)》1999年第3期。

的词。

（一）自称代词

《离骚》是屈原自叙生平及政治理想的诗作，全诗共用了五个不同的自称代词，分别是"余"50次，"吾"26次，"予"4次，"朕"4次，"我"2次，总计86次①。相比之下，《九辩》自称代词的使用非常之少，只有"余"和"吾"两个。其中"余"仅出现6次，分别作主格、宾格和领格，如下：

(1) 愿一见兮道余意。（领格）
(2) 君之心兮与余异。（介词后宾格）
(3) 余萎约而悲愁。（主格）
(4) 恐余寿之弗将。（领格）
(5) 悼余生之不时兮。（动词后宾格）
(6) 非余心之所乐。（领格）

"吾"只出现了一次，即"圜凿而方枘兮，吾固知其鉏铻而难入"，用作主格。其他在《离骚》里出现的自称代词在《九辩》中均没有出现。

在这里，我们借用语言学研究的标记理论。这一理论主要运用标记/无标记的概念来分析语言中的非对称现象②，其中无标记项比有标记项"更基本、更自然、更常见"，在意义上具有一般性、非特指性，有标记项则"比较特殊、比较罕见"③。从《九辩》全篇来看，没有使用自称代词的句子在数量上要多于有自称代词的句子，并且在形式上相对简单。我们可以把有自称代词的句子看作有标记句，没有自称代词的句子则作无标记句。有自称代词的标记句相对少见，出现时一般具有强调情感表达的作用。无标记句自称代词隐含在上下文中，可以理解为诗人情感表达的含蓄。《离骚》中大量使用第一人称代词，个性张扬，直抒胸臆，与之相比宋玉在《九辩》中的自怜自叹则较低沉、内敛。

（二）自谦词"窃"

《九辩》中自称代词的使用非常少见，但自谦词"窃"却出现了七次。同样的谦词"窃"在《离骚》中没有出现。《九辩》"窃"字用例如下：

---

① 廖序东：《楚辞语法研究》，北京：商务印书馆，2006年版。
② 赵蓉晖：《语言与性别——口语的社会语言学研究》，上海：上海外语教育出版社，2003年版，第67页。
③ 王宗炎：《英汉应用语言学词典》，长沙：湖南教育出版社，1988年版，第225页。

(1) 窃独悲此廪秋。

(2) 窃悲夫蕙华之曾敷兮。

(3) 窃不敢忘初之厚德。

(4) 窃美申包胥之气盛兮。

(5) 窃慕诗人之遗风兮。

(6) 窃不自聊而愿忠兮。

(7) 窃悼后之危败。

"窃"是"自谦的表敬副词"[①],表示自谦时有"暗暗地、私下"的意思,说话人表达比较含蓄,将自己的位置放得较低。第1、2句写自悲,即暗自悲叹,第4句写暗自赞美,第5句写暗自追慕,第7句写暗自担忧。第3句和第6句指私下里,第3句是私下里不敢忘记当初君王厚德,第6句是私下里不去计较个人得失只愿尽忠。用"窃"抒写个人的情感时比较内敛,表明对君王的态度时则显得较谦恭。

(三) 自比

与《离骚》一样,《九辩》中也有一些象征性的比喻。如在第二节自比为"美人",背井离乡,孤苦伶仃,"专思君兮不可化",想要面见表明心志,但最终不得见只好空留伤悲。写美人也就是写自己的才德不受重视,不被重用,壮志难酬,故而内心抑郁、悲伤。第四节将自己比作蕙华,芬芳美丽、花开茂盛,本以为能得到特别的赏识,哪知在君王眼里"无以异于众芳"。接下来又用骐骥、凤凰自比,时俗工巧,驽骀取路、凫雁唼夫粱藻,于是骐骥伏匿不见、凤凰高飞不下,隐含着自己虽怀才不遇,但不愿随波逐流。除此之外还举了姜太公、宁戚自勉,意在表明自己现在不受重用只是未遇伯乐,同时也期望君王能够辨明贤愚,"亲贤臣,远小人"。分析宋玉自比的这些对象,"美人""蕙华""骐骥""凤凰"均有懿德美行但不被赏识,"姜太公""宁戚"则是幸遇明主最终得以功成名就。前者与宋玉的现实境遇相似,后者则寄托了宋玉渴望得到重用、建功立业的理想。

由自称代词的少见可以看出宋玉情感表达的含蓄,也就是所谓的"温柔敦厚"[②],自谦词"窃"的使用表明其抒写情感的内敛和对君王的恭顺态度,即"怨而不怒",象征性的自比则传达了其渴遇明主、进取求仕的期望。自称词的使用特点与忠君思想的表达是一致的,既然要忠于君就要以君为贵,自我定位时就要表现出谦恭的态度,所

---

① 郭锡良:《古代汉语》,北京:商务印书馆,1999年版,第319页。

② 陆侃如、冯沅君:《陆侃如冯沅君合集:第5卷》,合肥:安徽教育出版社,2011年版,第343页。

用的自比则是在个人理想中融入了忠君思想。

二、忠君思想是联系人生之秋与社会之秋的心理基础

"悲秋"是《九辩》全篇的主要意象,"宋玉悲秋"的"秋"包括自然之秋、人生之秋、社会之秋三个层面。自然之秋是诗人孤独、伤感情绪的始发点,由自然之秋联想到人生之秋、社会之秋。人生之秋的凄凉、孤独感一是由贫士失职想到自己功名未就所感到的落寞、迷茫,二是人生暮年、年光逝去所产生的生命忧患意识。对于社会之秋的描写一是由自然之秋的破败景象联想而来,二是宋玉将其人生之秋的失意归结为社会之秋的腐败、衰落,在哀叹人生之秋时揭露了社会之秋的黑暗,从而将人生之秋与社会之秋关联起来了。如下图所示:

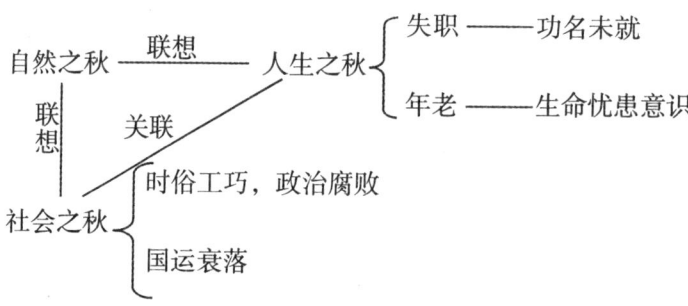

从宋玉悲秋的内在逻辑来看,人生之秋与社会之秋的相互关联是诗人情感表达的重点,其心理基础正是忠君思想,即将个人的理想寄托在君主身上,一旦宦途失意便感到人生孤独、社会悲凉。诗的开头诉说的"贫士失职而志不平"可谓人生之秋与社会之秋联系的起点,具体表现在自己无罪,受到小人妒忌、遭到陷害,然而君王却不能明察,不能重用自己。追述失职的原因、经过即是对社会之秋进行批判、揭露的过程,也是忠于君而君不知的矛盾所在。

在诗的最后,诗人在无奈、失望中"放游志乎云中",但他对君王仍旧念念不忘,"计专专之不可化兮,愿遂推而为臧。赖皇天之厚德兮,还及君之无恙",可见忠君的思想始终伴着他,如影随形。

三、忠君思想是宋玉思想矛盾的根源

鲁迅在《汉文学史纲要》[①]中评《九辩》"虽驰神逞想,不如《离骚》,而凄怨之情,实为独绝"。宋玉的"凄怨之情"是在"贫士失职"后产生的沉重的孤独伤痛,

---

① 鲁迅:《鲁迅全集:第十卷》,北京:人民文学出版社,1973年版,第546页。

是一种深深的不得志的悲愁①。通观《九辩》，由宋玉的低吟、哀叹可以看出其内心的重重矛盾，正是这些矛盾使其最终陷入了无边的孤寂、悲凉中。宋玉思想的矛盾可以分析为以下几点：

（一）小人投机取巧与宋玉耿直公正的矛盾

世风日下，奸佞专权，自己性情耿直，不愿同流合污。"何时俗之工巧兮，背绳墨而改错"，"何时俗之工巧兮，灭规矩而改凿"，这两句近乎相同的诗句便是宋玉对于社会乱象发出的强烈控诉。变古易俗，社会政治黑暗，人心不古，"世雷同而炫耀兮，何毁誉之昧昧"小人投机取巧，结党营私。宋玉坚持正道、公正刚直，不愿随波逐流，"独耿介而不随兮，愿慕先圣之遗教"。宋玉的刚直不屈、德才兼备与小人的巧言令色、拍马逢迎形成矛盾，因而他与时俗显得格格不入，遭到小人陷害，受到排挤。最终他选择"宁穷处而守高"，这也就注定了他是孤独的。

（二）君王昏庸、小人得宠与宋玉忠心耿耿、不受重用的矛盾

君王昏庸，不辨忠奸，"憎愠惀之修美兮，好夫人之慷慨"。宋玉心怀报国理想，受到小人诬蔑，君王听信谗言而不能明辨是非，于是宋玉只能感叹自己生不逢时，"悼余生之不时兮，逢此世之俇攘"。梅桐生将这种孤独称作"可能的孤独"，指人在短暂的一生中如果不能显达，则会产生穷困潦倒、衣食无着、不遇知音、不遇明主、生不逢时的孤独。这种孤独是一种理想落空后的失落、迷茫，是由于宋玉的忠君思想，将希望寄托在君王身上，然而君王却不能明白自己的一片忠心，不能赏识自己。

（三）想要有所作为与最终年老无成的矛盾

"岁忽忽而遒尽兮，老冉冉而愈弛"，诗人由秋天的肃杀景象联想到自己行将就木、日渐衰老。刘惠卿在《论宋玉〈九辩〉的生命忧患意识》一文中说"《九辩》整部作品都洋溢着一股浓郁的生命忧患意识，诗人既叹老惧死，又执着追求生命价值的实现"②。"人生天地间，忽如远行客"，应该说这种"生命忧患意识"带来的孤独感是每个人都会有的，但通常是潜藏着的，一般只有在生活出现突然的变故、偏离预想的轨道时才会凸显出来。对于宋玉来说，这种情感是由"贫士失职而志不平""羁旅而无友生"的现实处境所激发出来的。"生之地之若过兮，功不成而无效"，逝者如斯，宋玉又进一步想到自己年老无成，功名未就。可见宋玉哀叹人生苦短、岁月无情是和自己的理想抱负联系起来的，而他的理想抱负又是和忠君思想联系在一起的，源头仍然是

---

① 范学新：《是自伤非代言——关于〈九辩〉性质的两个问题》，《伊犁师范学院学报》2001年第2期。

② 刘惠卿：《论宋玉〈九辩〉的生命忧患意识》，《西南民族学院学报（哲学社会科学版）》2000年第5期。

忠于君而君不知的矛盾。

(四) 想要隐退与难忘君恩的矛盾

这一点主要是"进"与"退"的心理矛盾。既然自己不遇明主,不受重用,不愿与小人苟合,那么隐退应该是比较好的选择,"闵奇思之不通兮,将去君而高翔"。然而矛盾就在于所谓的"君恩","欲寂漠而绝端兮,窃不敢忘初之厚德""愿衔枚而无言兮,尝被君之渥洽"。难忘君恩就是要忠于君,故而即便有种种隐退的理由也仍然"专思君兮不可化",仍然"愿忠",诗中有四处直接表露了忠君的心迹,"君弃远而不察兮,虽愿忠其焉得""忠昭昭而愿见兮,然霠曀而莫达""纷纯纯之愿忠兮,妒被离而鄣之""窃不自料而愿忠兮,或黙点而污之",都是直陈自己一片忠心却受到小人离间、君王疏远。

分析以上的四重矛盾,第一和第二可以归为外部矛盾,即自己性情耿直,原本无罪但遭到小人陷害,而君王又不能明察,第三和第四可以看作是诗人的内部矛盾,自己想成就事业但年老无成,想隐退但又难忘君恩。可以看出,宋玉思想矛盾的根源可以归于忠君思想,即在个人理想中融入了忠君思想,将个人理想寄托在君王身上,希望君王明辨是非、重用自己,可惜忠于君而君不知。

宋玉生活的战国后期,社会动荡,诸侯争霸,封建统一的趋势日益明显,反映在意识形态领域的忠君思想逐渐形成,这可以说是宋玉忠君思想的社会背景。当时楚国国运衰落,政治腐败,宋玉的怀才不遇、壮志难酬也就是他的忠君报国理想无法实现。理解了宋玉的忠君思想,也就能更好地理解宋玉的孤独情感以及他复杂矛盾的心理。

楚辞与民俗及地方文化研究

《易经》筮法与屈赋占卜

浙江师范大学 黄灵庚

【摘 要】 屈原辞赋存在与《易经》密切关联的因素，素为研究所忽略，本文依据旧注略作梳理。清华简《筮法》是专门传授或指导用《易》卦卜筮的文献，内容分为十七命，涉及日常生活的各个层面。《筮法》最大特点以两卦为节，和包山、葛陵等楚墓出土的卜祷简册中出现的《易》卦完全吻合，说明楚人以《易》卦贞问，均以连用两卦为原则。屈原《离骚》灵氛占辞连用两"曰"，《惜诵》厉神贞卜也连用两"曰"，其实即是《筮法》连用两卦的体现，且依据"二重证据法"，而作全新探究。由此启示，《楚辞》研究应该与《易经》密切结合，是研究《楚辞》一条新途径。

【关键词】 易经 筮法 灵氛两曰 屈赋占卜

清华简《筮法》[①] 是一部指导运用《易经》进行贞卜的重要文献，也是楚文化的遗存载体。依贞问的内容，计有"死生""得""享""弁""至""娶妻""雠""见""咎""瘳""雨旱""男女""行""贞丈夫女子""小得""战""成"等十七类，称之为"十七命"，已经渗透到了楚人日常生活中的各个层面。此外，《筮法》还有"四季吉凶""乾坤运转""卦位图""人身图""天干与卦""地支与卦"以及"爻象"等一系列应用程序的说明、介绍，《易经》的应用及其严密的法则，已经相当成熟和周密，似乎成为家喻户晓的基本常识。"夫《易》，广矣，大矣，以言乎远则不御，以言乎迩则静而正，以言乎天地之间则备矣"（《系辞》）。处于这样的一个文化背景之下，而"博闻强志，明于治乱，娴于辞令"的楚国诗人屈原，对于《易经》的内容以及应用法则也是了如指掌且娴熟于心的，则在他的辞赋之作中不能不有所体现。

东汉王逸说："《离骚》之文，依托五经以立义。"又说："'夕揽洲之宿莽'，则

---

① 清华大学出土文献研究中心编、李学勤主编：《清华大学藏战国竹简》（四），上海：中西书局，2013年版。

《易》'潜龙勿用'也。'驷玉虬而乘鹥'，则《易》'时乘六龙以御天'也。"① 其所举《离骚》两个例子，是否真正可与《易经》类比，或者从《易经》中化出，不敢贸然断定。但是，王逸始终认为屈原创作的辞赋是"依托五经以立义"，而"五经"之首的《易经》自然也包括在其中。古今学者似多不以为意，而且未加深究。细读屈原辞赋之作，深感确有《易》语或《易》义充斥其间，若据《易》义以解《骚》，对屈赋会有更深刻、更丰富的感悟和理解。

一、屈赋存在《易经》的因素

《易经》对屈赋影响，首先表现为屈原对《易经》字词或者语句的套用、因袭。如，《离骚》"芬至今犹未沬"，王逸注："沬，已也。"洪氏《补注》："沬音昧，微晦也。《易》曰：'日中见沬。'"案洪氏以此是套用《易·丰》九三"丰其沛，日中见沬"之语，沬，读作昧，解微晦不明之义，不同意训已。《云中君》"蕙肴蒸兮兰藉"，王逸注："藉，所以藉饭食也。《易》曰：'藉用白茅。'"这个"兰藉"之藉，是取义于《易·大过》初六"藉用白茅"之藉，都是表示衬垫的意思。又，"龙驾兮帝服"，王逸注："龙驾，言云神驾龙也，故《易》曰'云从龙'也。"云中君是云神，而云神出行必驾龙车，则取义于《易·文言》的"云从龙"。《大司命》"乘清气兮御阴阳"，洪氏《补注》："《易》云：'时乘六龙以御天。'乘犹乘车，御犹御马也。"洪氏引《易》，见《乾象》，孔疏："时乘六龙以御天者，言乾之为德，以依时乘驾六爻之阳气，以控御于天体。六龙，即六位之龙也，以所居上下言之，谓之六位也。阳气升降，谓之六龙也。"② 乘清气、御阴阳，这是接受了《易经》乘龙御天的辞藻。《天问》"圆则九重"，洪氏《补注》引《易》曰："乾元用九，乃见天则。"九是天德之位，也是天数的极限。天有"九重"，是"天则"以"九"的体现，显然因袭《文言》的说法。又，后羿射日的神话传说，见载于《汲冢竹书》《淮南子》等，皆用"射"字。而屈子《天问》："羿焉彃日，乌焉解羽？"改用"彃"字。洪兴祖《补注》引《归藏易》云："羿彃十日。"则可能是因袭《归藏易》的辞藻。《惜诵》"欲释阶而登天兮"，登天有航无航，必不得成。洪氏《补注》引《易》曰："天险不可升。"引文见《坎象》。这恐怕也是受《易》所暗示。《惜往日》"妒佳冶之芬芳兮"，洪氏《补注》引《易》曰："冶容诲淫。"引见《系辞》上。佳、冶，皆训美好。佳，或作娃，吴、楚之间谓

---

① 王逸：《楚辞章句后叙》，明崇祯毛晋刻宋洪兴祖《楚辞补注》本，见黄灵庚主编：《楚辞文献丛刊》（第十二册），北京：国家图书馆出版社，2014年版，第401页。文中引用《楚辞》原文、王逸注及洪兴祖《补注》，均据此本，故不再出注。

② 孔颖达：《周易正义》，见《十三经注疏》，上册，北京：中华书局，1979年版，第14页。

好曰娃，是方言词。而冶训妖冶，则取义于《易系辞》。《招魂》"去君之恒干"，王逸注："干，体也。《易》曰：'贞者，事之干也。'"干，本是主体，所以引申为身体。《招魂》不用"恒体"而用"恒干"，是套用了《易·文言》的"事之干"。以上这些例子，依据王逸或洪兴祖的注解，说明屈子在遣词造语上，是有接受、传递《易经》的痕迹。

其次是屈原对《易经》意义的接授、传承、阐释或者改造，在其辞赋中也时有所见，有待于进一步深入发掘与探究。下面胪举五事以说明之。

例之一：

《离骚》"余固知謇謇之为患兮，忍而不能舍也。"王逸注："謇謇，忠贞貌也。《易》曰：'王臣謇謇，非躬之故。'言己知忠言謇謇，刺君之过，必为身患，然中心不能自止而不言也。"王注征引《易》，不光是为了印证"謇謇"这个词的意义，而是据《易》旨以解二句的本意。"王臣謇謇，非躬之故"，原出自《易经·蹇》六二，"謇"又作"蹇"①，本指处境艰难。上博简《周易》作"訐"，马王堆汉帛书《周易》作"讦"②，字无定体，而意义相同，均表示"忠贞"的意思。又，从文献资料看，上博简"非躬"之"躬"作"今"③。今，侵部；躬，冬部。为侵、冬二部通转而提供了新的佐证。上博简《万物流型》："一言而禾（终）不身会（穷），一言而又（有）众。"④身会，从会声，侵部；穷，冬部。清吴翌凤《逊志斋杂钞》乙集："《水经注》云：楚人谓'冢'为'琴'。六安县都陂中，有大冢曰'公琴'，世传即咎繇冢。"⑤冢，冬部；琴，侵部。是皆其相通之证。《蹇卦》为艮下坎上，其六二，处臣位之象，以应君位之象的九三。而九三处于坎中。坎是陷井，象险恶之地。王弼说："处难之时，履当其位，居不失中，以应于五，不以五在难中，私身远害，执心不回，志匡王室者也。故曰：'王臣蹇蹇，匪躬之故。'履中行义，以存其上处蹇，以此未见其尤也。"⑥是从臣子角度看待的，意思说，君上陷于艰险之地，臣子以居位于朝，不能私自离位，而远身避害，而应辅佐王室。虽明知不利己身，而奋不顾身，所以"未见其尤"。朱熹说得更为明白："柔顺中正，正应在上，而在险中，故蹇之又蹇以求济之，非以其身之故也。不言'吉凶'者，占者但当鞠躬尽力而已。至于成败利钝，则非所

---

① 孔颖达：《周易正义》，见《十三经注疏》，上册，北京：中华书局，1979年版，第51页。
② 裘锡圭主编：《长沙马王堆汉墓简帛集成》（三），北京：中华书局，2014年版，第20页。
③ 马承源主编：《战国楚竹书》（三），上海：上海古籍出版社，2003年版，第183页。
④ 马承源主编：《战国楚竹书》（七），上海：上海古籍出版社，2003年版，第259页。
⑤ 吴翌凤：《逊志堂杂钞》，北京：中华书局，2006年版，第26页。
⑥ 孔颖达：《周易正义》，见《十三经注疏》，上册，北京：中华书局，1979年版，第51页。

论也。"① 用朱骏声的话说："重坎为蹇，蹇五蹇二亦蹇，险而入险也。二不私身远害，志在匡王室者，故不言'往来'。此爻如周公之居东。"②《离骚》此二句原意是说，眼看得君王的车驾一步一步走向险厄之地，我不能无动于衷，忠心劝谏，使回返"正路"，明知这样做于己身有祸害，但是不能以一己之故而放弃。这正是《蹇卦》六二的原义。说屈原此二句是化用了《易·蹇》六二之旨，是有道理的。

例之二：

《离骚》"芳与泽其杂糅兮"，王逸注："芳，德之臭也。《易》曰：'其臭如兰。'泽，质之润也。玉坚而有润泽。"王注征引《易》，见于《系辞上》："子曰：君子之道，或出或处，或默或语。二人同心，其利断金；同心之言，其臭如兰。"朱熹说，《系辞》这段话是释《同人》九五的爻义，"言君子之道，初若不同，而后实无间。'断金'、'如兰'，言物莫能间，而其言有味也"③。《同人》是离下乾上，离是一阴夹在二阳之间，象文明、水、日、电。乾象天、阳、君、父。同人，以离遇乾，火上同于天。九五之卦，"五刚中正，二以柔中正，相应于下，同心者也。而为三四所隔，不得其同；然义理所同，物不得而间之，故有此象"④。意思是说，九五的君位和六二的臣位成"相应"之象，都处于正当的位置，但是被三、四的阳爻所阻隔，"必用大师以胜之，然后得相遇也"。屈原初为楚怀王信任，正如《同人》六二、九五的卦象，君、臣相应同心，"其臭如兰"。而后遭谗见疏，即似中间"为三四所隔"。屈原必须破除这层巨大的障碍，才能恢复其初始君臣相契的局面。王注引《同人》"其臭如兰"，正是敏锐地觉察卦义到与《离骚》此文的关联。读《离骚》"芳与泽"二句，体会其时屈原所处境况，自然会联想到《同人》的"断金""如兰"的卦象。由此也看出屈原此时对于楚怀王还抱有很大希望，《史记》所谓"虽放流，眷顾楚国，系心怀王，不忘欲反，冀幸君之一悟，俗之一改也。其存君兴国而欲反复之，一篇之中三致意焉"⑤。

例之三：

《离骚》："举贤而授能兮，循绳墨而不颇。"王逸注："颇，倾也。言三王选士，不遗幽陋，举贤用能，不顾左右，循用先圣法度，无有倾失，故能绥万国，安天下。《易》曰：'无平不颇。'"王逸以为《离骚》此文，典出于《易经》。其引文见《泰》的九三："无平不陂，无往不复，艰贞无咎，勿恤其孚，于食有福。"依据《说文》，这

---

① 朱熹：《周易本义》，北京：中华书局，2009年版，第151页。
② 朱骏声：《六十四卦经解》，北京：中华书局，1953年版，第168页。
③ 朱熹：《周易本义》，北京：中华书局，2009年版，第232页。
④ 朱熹：《周易本义》，北京：中华书局，2009年版，第81页。
⑤ 司马迁：《史记》卷八十四《屈原列传》，北京：中华书局，2013年修订本，第八册，第2997页。

个"颇"字本当作"陂",而"颇"是通假字。《泰》卦下乾上坤,九三是正位,而居于六四阴爻之下,象有"险陂"。王弼注:"乾,本上也。坤,本下也。而得'泰'者,降与升也。而'三'处天地之际,将复其所处;复其所处,则上守其尊,下守其卑,是故无往而不复也,无平而不陂也。处天地之将闭,平路之将陂,时将大变,世将大革,而居不失其正,动不失其应,艰而能贞,不失其义,故无咎也。信义诚著,故不恤其孚而自明也,故曰'勿恤其孚,于食有福'也。"① 意思说,破除"险陂"而使之成为坦途,则要"居不失其正,动不失其应"。即君主处于尊位,一举一动,遵循法则,不失规矩,远离小人,举用贤能,即使"艰"也是暂时的。"艰而能贞,不失其义,故无咎也"。而屈子其时"信而见疑,忠而被谤",仕途可谓是坎坷"无平"矣,怀王又信用谗佞,屡屡打击贤臣,法度尽废,国家政治也可谓是"险陂"矣。《离骚》乃据《泰》卦九三的意义,又攀引三代贤君应天革命,举贤授能,最终变"险厄"为"不陂"的故事,来讽喻、劝谏楚国的时局。王注引《易》以解"循绳墨而不颇",不仅仅是为印证或者是套用"不颇"这个词。

例之四:

《离骚》"已矣哉,国无人莫我知兮",王逸注:"已矣哉者,绝望之词也。无人,谓无贤人也。《易》曰'窥其户,阒其无人。'屈原言:已矣哉,我独怀德不见用者,以楚国无有贤人知我忠信之故。自伤之词。"王逸以为屈原"无人",是指"无贤人",且征引《易》,大概以《离骚》的"无人",也同《易经》的"无人",均指"无贤人"。其引文见《丰》之上六:"丰其屋,蔀其家,窥其户,阒其无人。三岁不觌,凶。"王弼注:"屋藏荫之物,以阴处极而最在外,不履于位,深自幽隐,绝迹深藏者也。'既丰其屋,又蔀其家'。屋厚家覆,暗之甚也。虽窥其户,阒其无人,弃其所处,而自深藏也。处于明动尚大之时,而深自幽隐,以高其行。大道既济而犹不见,隐不为贤,更为反道,凶其宜也。三年丰,道之成。治道未济,隐犹可也。既济而隐,以治为乱也。"② 据王弼注,《易》上六卦的"无人",是指天下既治而不肯出仕的"隐士",说"大道既济而犹不见,隐不为贤",和《离骚》王注"无贤人"大异其趣。但是,前人对于《周易》的卦义的阐述,是可以多式多样的,不唯王弼一家是从。朱熹的解释似与王弼注有差异,说:"以阴柔居丰极,处动终,明极而反暗者也,故曰'丰'大'其屋'而反自蔽之象。'无人'、'不觌',亦言障蔽之深,其凶甚矣。"③ 朱熹说"无人",是看不到人,旨在"言障蔽之深"。至于何人"障蔽"、造成"障蔽"

---

① 孔颖达:《周易正义》,见《十三经注疏》上册,北京:中华书局,1979年景印本,第28页。
② 孔颖达:《周易正义》,见《十三经注疏》上册,北京:中华书局,1979年版,第68页。
③ 朱熹:《周易本义》,北京:中华书局,2009年版,第196页。

因素，未及一语。若依此解《离骚》"国无人"，表示"障蔽之深"而看不到人，致使屈子大发"已矣哉"之叹。这似乎与王逸注"无贤人"的意旨沾上了边。清代朱骏声对此爻有更独到的解释，说："此爻莠在门，鬼瞰室之象，又上六为日全食之象。于斯时也，日月若冥，行人见星，兽归于穴，葬者止于柩俟明。无人不觌，言暗之极也。又上高之象也，天文危为盖屋，虚为哭泣。盖屋之下，中无人，但虚空，似乎殡宫，故主哭泣。然则上六有似殡宫，其虚危之象乎？葬者，藏也，故象传'自藏'，又在丰之家，居乾之位，乾为屋宇。此盖托约之造璇室玉台。部家者，约多倾国之女也。社稷亡，宫室虚旷，故'无人'也，《黍离》之诗是也。三者，天地之数也。国于天地，有与立焉。将亡，天示其祥，地出其妖，人反其常。然则璇室之成，三年而后亡国矣。"① 则《丰》上六之卦象，分明是一派鬼哭狼嚎、亡国破家之景象，正与屈子描述的"国无人"相互参证，可见楚国政局垂危，已经严重到了不可救的程度。王逸注"无贤人"，恐怕也是此意。

例之五：

《天问》："该秉季德，厥父是臧。胡终弊于有扈，牧夫牛羊？干协时舞，何以怀之？平胁曼肤，何以肥之？有扈牧竖，云何而逢？击床先出，其命何从？恒秉季德，焉得夫朴牛？何往营班禄，不但还来？昏微循迹，有狄不宁。何繁鸟萃棘，负子肆情？"这段文字，自王逸至晚清，没有人读通过。民国初期，王国维运用甲骨文的文献材料，才厘清是记载殷商先公的历史。该，是王子亥；恒，是王恒；季，是王季；微，是上甲微；卜辞中都有记载。有扈，即有易，扈是易的错别字。② 后来，顾颉刚依据《易经》又作补充，他说："《易·大壮》六五爻辞：'丧羊于易，无悔。'又，《旅》上九爻辞：'鸟焚其巢，旅人先笑后号咷。丧牛于易，凶。'这两条爻辞，从来《易》学大师不曾懂得。自从甲骨卜辞出土之后，经王静安先生的研究，发现了商的先祖王亥和王恒，都是汉以来史传里失传了的。明白了这件事的大概，再来看《大壮》和《旅》的爻辞，就很清楚了。这里所说的'易'，便是有易。这里所说的'旅人'，便是托于有易的王亥。这里所说的'丧羊'和'丧牛'，便是'胡终弊于有扈，牧夫牛羊'，也即是'有易杀王亥，取仆牛'。这里所说的'鸟焚其巢，旅人先笑后号咷'，便是'干协时舞，何以怀之？平胁曼肤，何以肥之？有扈牧竖，云何而逢？击床先出，其命何从'，也即是'殷王子亥宾于有易而淫焉，有易之君绵臣，杀而放之'。想来他初到有易的时候，曾经过着很安乐的日子，后来家破人亡，一齐失掉了，所以爻辞中有'先

---

① 朱骏声：《六十四卦经解》，北京：中华书局，1953年版，第243—244页。
② 王国维：《王国维全集》（八），《殷卜辞所见先公先王考》及《续考》，浙江：浙江教育出版社、广州：广东教育出版社，2009年版，第236—296页。

笑后号咷'的话。"① 顾氏的解释是可信的,《易经》中《大壮》六五爻辞及《旅》上九爻辞,确实与《天问》"该秉季德"以下一段所记述的是同一内容。虽然不能断定《天问》"该秉季德"一段是因《易经》而问难,至少表明屈子对于《易经》所记载的本事是相当熟悉的。

诚如上述,屈原对于《易经》的承传、因袭或阐延,是毋庸置疑的,屈赋中肯定存在《易经》的因素。王逸"依经以立义"的说法,不加分析地统斥之为以儒家经义强解《楚辞》之弊是不公正的。《离骚》等辞赋凡有《易经》因素,均有待于进一步钩稽、探索,即通过"据《易》以解《骚》"的途径,寻求答案。唯其如此,对屈原辞赋的意旨会有更深刻的理解。

二、屈赋占卜两"曰"字与清华简《筮法》互证

《离骚》后半篇继求帝、三求女失败之后,接下来一段是敷张灵氛占卜的故事:"索藑茅与筳篿兮,命灵氛为余占之。曰:两美其必合兮,孰信美而慕之?思九州之博大兮,岂唯是其有女?曰:勉远逝而无狐疑兮,孰求美而释女?何所独无芳草兮,尔何怀乎故宇?"

这段表现在行事之前而必占卜的习俗,毫无疑问是有《易经》的因素。这里有两个疑难问题,至今困扰着研究者。一是占卜的工具"藑茅"和"筳篿",王逸注:"藑茅,灵草也。筳,小折竹也。楚人名结草折竹以卜曰篿。"然而"藑茅"是一种什么样的"灵草"?"筳篿"是一种什么样的卜具?又是怎样进行占卜的?均在传世文献中无法取证。尤其是后者,汉世以后的古籍引用王逸注"小折竹"异文杂出。如隋骞公《楚辞音》残卷本②、庞元英《文昌杂录》引王逸注③、《文选》本"小折竹"均作"小破竹"④。《玉烛宝典》卷八引王逸注:"楚人折竹结草以卜谓为藑也。"⑤ 则"篿"作"藑",从艸不从竹。《汉书·扬雄传》"又勤索彼琼茅",颜师古注:"筳篿,析竹所用卜也。"⑥《柳河东集·天对》童注:"《楚辞》云:'索琼茅以莛篿',注谓'折竹

---

① 苏雪林:《天问正简》,台北:台湾文津出版社,1992年版,第397页。
② 道骞:《楚辞音》,《楚辞文献丛刊》(第十二册),第1页。
③ 庞元英:《文昌杂录》卷二,文渊阁《四库全书》本第862册,台北:台湾商务印书馆,1983年版,第665页。
④ 李善注:《文选》,清胡克家嘉庆十四年翻刻宋尤袤本,见黄灵庚主编:《楚辞文献丛刊》(第二十册),第26页。
⑤ [日] 石川三佐男:《玉烛宝典解说》卷八《八月仲秋》,日本:日本明德出版社,昭和63年版,第241页。
⑥ 班固:《汉书》卷八十七上《扬雄传》,二十四史合订本第二册,北京:中华书局,1997年版,第894页。

卜曰篿。'"① 皆无"结草"二字。《后汉书·方术传》"日者挺专、须臾、孤虚之术",李贤注:"挺专,折竹卜也。《楚辞》曰:'索琼茅以筳专。'注云:'筳,八段竹也。楚人名结草折竹曰专。'"② 则字作"专"《太平御览》卷七百二十六《方术部》"卜下"条引王逸注:"楚人折竹结草以卜谓为筹也。"③ 则"篿"作"筹"。又引《荆楚岁时记》:"秋分以牲祠社,其供帐盛于仲春之月。社之余胙悉贡馈乡里,周于族。社余之会,其在兹乎。此其会也,掷教于社神,以占来岁丰俭,或折竹以卜。"④ 也无"结草"二字。真可谓众说纷纭,莫衷一是。

应该说,藑,应是"茅"的修饰语,表示"茅"之珍贵,本当作"琼"。由于"茅"从艸,琼也变作"藑"了。琼茅,即类《包山楚简》的"保豪""琛豪"⑤。保、琛,通作宝。《左传》僖四年:"尔贡包茅不入,王祭不共,无以缩酒,寡人是征。"包,也是"宝"的假借字。杜注:"包,裹束也。茅,菁茅也。束茅而灌之以酒为缩酒。"⑥ 以"包"为"包裹"义。恐非。豪,古毫字,与"茅"字音近通用。或谓之灵茅。《汉书·郊祀志》"江淮间一茅三脊",张晏云:"谓灵茅也。"⑦《新蔡葛陵楚墓》竹简卜筮或用"大央"⑧,即大英,也是"琼茅"之类的灵草。筳篿,是"小策",即小竹签,字不当从艸。汤炳正说:"据《说文》云:'筳,缲丝筦也。'是《离骚》之筳字当为引申义而非本义。但王逸注云:'筳,小折竹也。'以文义推之,似是而非,疑当为'筳,小策也'之误。'策'即《楚辞·卜居》'乃端策拂龟'之'策';亦即《周易·系辞》言筮法所谓'乾之策二百一十有六,坤之策百四十有四'之'策',皆指筮卦之工具而言。近年出土之中山壶铭文,'策'作'䇲',下半'斯'即古'析'字。因'析'与'策'古音皆为支部之入声字,故古书'策'多作'䇲'。如今本《老子》二十七章'善数者无筹策',近年马王堆出土帛书《老子》甲本作'善数者不

---

① 童宗说:《注释音辩唐柳先生集》上册卷十四,《四部丛刊初编》缩印本,上海:商务印书馆,1936年版,第76页。
② 范晔:《后汉书》卷八十二上《方术传》,二十四史合订本第三册,北京:中华书局,1997年版,第701页。
③ 李昉等:《太平御览》卷七百二十六《方术部》七"竹卜"条,北京:中华书局,1960年版,第3219页。
④ 李昉等:《太平御览》卷七百二十六《方术部》七"竹卜"条,北京:中华书局,1960年版,第3219页。
⑤ 湖北省荆沙铁路考古队:《包山楚简》,北京:文物出版社,1991年版,第33页。
⑥ 孔颖达:《周易正义》,《十三经注疏》上册,北京:中华书局,1979年版,第1792页。
⑦ 班固:《汉书》卷八十七上《扬雄传》;卷二十五《郊祀记上》,二十四史合订本,北京:中华书局,1997年版,第310页。
⑧ 河南省文物考古研究所:《新蔡葛陵楚墓》,郑州:大象出版社,2003年版,甲三:208,第195页。

以梼箣'。'箣'即'策'字。因后人多见'策'字，少见'箣'字，故王逸注原作'小箣也'之'箣'被误分为'竹析'二字，而抄校者又以意乙转'竹析'为'析竹'，遂误成今本'小析竹也'之注。从《楚辞音》作'小破竹也'，知隋唐时尚作'析竹'，不作'折竹'，其误犹未远。而今作'折竹'之本，乃一误再误之结果。至于王逸注下文云：'楚人名结草折（析）竹以卜曰篿。'其中'结草'即上承'茅'字而来，'析竹'即承'筳'字而来。因'茅'、'筳'皆名词，故解释时加'结'、'析'以足其义。误王注'小策也'为'小析竹也'，除字形易混而外，或跟下文'析竹'之文亦有关。但'筳'字不能训'析竹'，亦犹'茅'字之不能训为'结草'。其义甚明，无容置疑。"① 汤氏辨"筳"字为"小策"之义，其说泰山不移。《包山竹简》竹制的卜具有"彤箮"②，望山楚简有"小筹"③，皆是"筳篿"类的"小策"，彼此得以互证。出土文献所提供的旁证材料，也终于将"藑茅"和"筳篿"两个迷团的谛义涣然冰解。

二是屈原求卜于灵氛，而灵氛告其远逝他方以求，为何有两个"曰"字？王逸没有说明。洪兴祖《补注》说："再举灵氛之言者，甚言其可去也。"汪瑗《楚辞集解》说："此灵氛因占兆吉，复推其说，以劝屈子之词，而决其远游之志也。"④ 王夫之《楚辞通释》说："再言'曰'者，卜人申释所占之义，谓原抱道怀才，求贤者自不能舍。"⑤ 蒋骥《山带阁注楚辞》说："再言'曰'者，叮咛之辞。"⑥ 又，清鲁笔《楚辞达》说："此'曰'字乃原问辞，下章'曰'字，是灵氛答语。"⑦ 戴震《屈原赋注》谓上"曰"下四语，屈原问卜之辞，下"曰"下四语，"灵氛之告以吉占也"。⑧ 陈本礼《屈辞精义》也以上"曰"字为"原问卜之词"，下"曰"字为"灵氛占词"。⑨ 其实诸说皆不可通。

清华简《筮法》十七命的用卦体例，值得深味，对于破解灵氛占词两"曰"字大有启发。十七命的各命均以两卦为一节，如首命贞问"死生"之事，共九个节，每个节是两卦，各节之间用黑点来区分，而贞问之事，往往是以两节为一段。首段是"乾""家人"两卦与次段是"大畜""噬嗑"两卦组成，次段是"师""节"两卦与"兑"

---

① 汤炳正：《楚辞类稿》，成都：巴蜀书社，1988年版，第212页。
② 湖北省荆沙铁路考古队：《包山楚简》，北京：文物出版社，1991年版，第34页。
③ 湖北省文物考古研究所：《江陵望山沙冢楚墓》，北京：文物出版社，1996年版，第238页。
④ 汪瑗：《楚辞集解》，见黄灵庚主编：《楚辞文献丛刊》（第三十四册），第272页。
⑤ 王夫之：《楚辞通释》，见黄灵庚主编：《楚辞文献丛刊》（第四十五册），第53页。
⑥ 蒋骥：《山带阁注楚辞》，见黄灵庚主编：《楚辞文献丛刊》（第五十一册），第300页。
⑦ 鲁笔：《楚辞达》，见黄灵庚主编：《楚辞文献丛刊》（第四十九册），第491页。
⑧ 戴震：《屈原赋注》，见黄灵庚主编：《楚辞文献丛刊》（第六十二册），第29页。
⑨ 陈本礼：《屈辞精义》，见黄灵庚主编：《楚辞文献丛刊》（第六十三册），第119—120页。

"噬嗑"两卦组成,三段是"解""节"两卦与"兑""鼎"两卦组成,四段是"豫""家人"两卦与"剥""遁"两卦组成。也有只两卦为一段,如第五段只有"屯""睽"两卦。卦与卦的组合,预示着与死亡相关的告示,繇辞也是连读的。如最末"屯""睽"两卦,贞卜的内容是"筮死夫":"屯"的上卦为"坎",是中男;"睽"的上卦为"离",是中女。说中男、中女"相见在上,乃曰死"。① 其余也是如此,概莫能外。

在战国时期,虽是属于南蛮的荆楚之地,而《易经》普及程度一点不比中原地区逊色。近年来,出土于战国楚墓的的简册中,时时出现《周易》的卦名。如,《包山楚简》的卜筮祭祷记载,卜人应会在"宋客盛公䜌聘于楚"这年的"䣜尿之月(正月),乙未之日",用"央蚓"这种卜具,为楚国的左尹邵佗贞卜。其所"贞"之事是进退出处,说"自䣜尿之月(正月)以庚䣜尿之月(正月)",即自此年的正月至来年的正月,一年之内"出入事王尽卒岁"?躬身是否"有咎"?接着记下了"豫""兑"两卦。② 又,卜人五生在"大司马卓滑徉楚邦之师徒以救郙"这年的"䣜尿之月(正月),己卯之日",用"丞德"这种卜具,为左尹邵 贞卜,所"贞"之事,是说"出入侍王",在"䣜尿之月(正月)以庚集岁之䣜尿之月(正月)"之间,是否能奉事到底(集岁)?躬身是否有咎?接着记下了"随""离"两卦的符号。③ 卜人陈乙又在同年同月同日,用"共命"的卜具,也为左尹邵佗贞。其所"贞"之事是"邵佗"其人,"既腹心疾,以走(胀)气,不甘饮,尚兼蔽(瘥),毋有祟"?接着记下"颐""无妄"两卦的符号。④ 卜人五生又在在同年同月同日,也为左尹邵佗贞同样的事,"既腹心疾,以走(胀),不甘饮,旧不蔽(瘥),尚兼蔽(瘥),毋有祟"?接着记下了"恒""需"两卦的符号。⑤ 贞问之后,然后再向天地山川神祇或者列祖列宗祭典、祷告,以求福祐。类此占卜记录,又见河南新蔡葛陵楚墓的竹简,也是两卦连用,其所贞问之事无非入官和疾病,计有"同人""比"、⑥ "大过""旅""泰""观"、⑦

---

① 清华大学出土文献研究中心编、李学勤主编:《清华大学藏战国竹简》(四),上海:中西书局,2013年版,第78—80页。
② 湖北省荆沙铁路考古队:《包山楚简》,北京:文物出版社,1991年版,第32页。
③ 湖北省荆沙铁路考古队:《包山楚简》,北京:文物出版社,1991年版,第35页。
④ 湖北省荆沙铁路考古队:《包山楚简》,北京:文物出版社,1991年版,第36页。
⑤ 湖北省荆沙铁路考古队:《包山楚简》,北京:文物出版社,1991年版,第36页。
⑥ 河南省文物考古研究所:《新蔡葛陵楚墓》,郑州:大象出版社,2003年版,甲二:19、20,第188页。
⑦ 河南省文物考古研究所:《新蔡葛陵楚墓》,郑州:大象出版社,2003年版,甲三:112,第192页。

"咸""剥"、①"颐""谦"、②"坤""姤"③等卦的符号,且"同人""比"前后出现两次,④其所贞问之事,由于楚简残泐严重,无法辨别,盖不外乎贞卜人的入官与疾病。但是,这种使用两卦的贞卜方法,竟然与清华简的《筮法》完全一致,绝不会是一种偶然的巧合,而是楚人约定俗定的卜筮法规。

《离骚》灵氛占卜用两"曰"字,与清华简《筮法》每节用两卦不无关系。《筮法》的卦无爻辞,而只记录占卜的繇辞。但是不可以认为楚人所用《易》卦本无爻辞,上博简的《易经》残本的每卦每爻均有爻辞,与传世本《周易》也无甚大差别,则有力证明了这一点。《筮法》不用《易经》的爻辞,而凭两卦的爻位的位置、组合来告示其贞卜的吉凶,其各节均有繇辞。如,第十二节贞问生男或生女之事,只有"谦""家人"两卦,繇辞:"凡男,上去二,下去一,中男乃男,女乃女。"⑤谦是艮下坤上,家人是离下巽上。谦的坤卦去其上二爻而留其下一爻、艮卦去其最下一爻而留其二、三爻,则成为坎卦。家人的巽卦去其上二爻而留其下一爻、离卦去其最下一爻而留其二、三爻,则也为坎卦。坎是中男,是为生男之象。若"上去二""下去一",而得为"长女""中女"或"少女",是为生女之象,所以说"女乃女"。灵氛占卜分别用了"藑茅"和"筳篿"两种卜具,一种卜具各系两卦,其繇辞也应该有两个,所以用两"曰"字分开。曰:"两美其必合兮,孰信修而慕之?思九州之博大兮,岂惟是其有女?"这是用"藑茅"筮的繇辞。曰:"勉远逝而无狐疑兮,孰求美而释女?何所独无芳草兮,尔何怀乎故宇?"这是用"筳篿"卜的繇辞。其筮卜的内容是"求女",大致和《筮法》的"娶妻"相当,但是《离骚》求女是比喻,真实的用意是求君或求贤臣,也就是《乾》九二所谓"利见大人",所以应该归类在十七命中的"见"命。考"见"有两节,前节为"升""涣"两卦,繇辞:"凡见,三女同男,男见。"升卦是巽下坤上,涣卦是坎下巽上,巽是长女,与"坤"为"三女";坎是中男。所以说"三女同男",则"男见"。后节为大壮、贲两卦,繇辞:"凡见,三男同女,女见。"⑥完

---

① 河南省文物考古研究所:《新蔡葛陵楚墓》,郑州:大象出版社,2003年版,甲三:302,第198页。
② 河南省文物考古研究所:《新蔡葛陵楚墓》,郑州:大象出版社,2003年版,乙二:2,第203页。
③ 河南省文物考古研究所:《新蔡葛陵楚墓》,郑州:大象出版社,2003年版,乙四:95,第208页。
④ 河南省文物考古研究所:《新蔡葛陵楚墓》,郑州:大象出版社,2003年版,零:115、22,第212页。
⑤ 清华大学出土文献研究中心编、李学勤主编:《清华大学藏战国竹简》(四),上海:中西书局,2013年版,第96页。
⑥ 清华大学出土文献研究中心编、李学勤主编:《清华大学藏战国竹简》(四),上海:中西书局,2013年版,第90页。

全与前节相反。国为大壮是乾下震上，贲是离下艮上。震是长男，艮是少男，与乾为"三男"；离是中女。所以说"三男同女，女见"。大约后一节的繇辞，即大壮、贲两卦，则比较符合灵氛两占的原意。

但是，"欲从灵氛之吉占兮"，说明灵氛的两占均呈"吉"象。又，依据《筮法》，吉凶与否，又和四季、日辰都有关系①。《九歌·东皇太一》："吉日兮辰良，穆将愉兮上皇。"祭典东皇太一如此，灵氛占卜也是如此。灵氛占卜的时辰，《离骚》没有明确记载。若依据巫咸"恐鹈鴂之先鸣"一句推测，鹈鴂鸣叫的季节是在暮春或初夏②，而一个"恐"字，说明其时"鹈鴂"还没有开鸣，灵氛占卜宜在春季。而春季震、巽是大吉，坎是小吉，艮、离是大凶，兑是小凶。而大壮的上卦是"震"、贲的上卦是"艮"，符合"四时"的条件。据《筮法》的《天干与卦》：乾配甲壬，坤配乙癸，艮配丙，兑配丁，坎配戊，离配己，震配庚，巽配辛。③ 而大壮乾下震上，贲卦离下艮上，则宜在甲、壬、庚、丙、己五日之间。又，据《筮法》的《地支与卦》：震配子午，巽配丑未，坎配寅申，离配卯酉，艮配辰戌，兑配巳亥。④ 则宜在子、午、寅、申、卯、酉、辰七辰之间。由此可以成为推算屈原作《离骚》的月日辰的一条途径。

屈赋与《易经》占卜相关者还有一例，即在《九章·惜诵》一篇中，说："昔余梦登天兮，魂中道而无杭。吾使厉神占之兮，曰'有志极而无旁'。终危独以离异兮？曰'君可思而不可恃'。"王逸注："厉神，盖殇鬼也。《左传》曰，'晋侯梦大厉，搏膺而踊'也。旁，辅也。言厉神为屈原占之，曰：人梦登天无以渡，犹欲事君而无其路也。但有劳极心志，终无辅佐，言己行忠直，身终危殆，与众人异之故。"王逸没有注两"曰"字的意义，解说也颇勉强。登天，比喻求君是正确。但是厉神告以两"曰"，是厉神占卜的两个繇辞，这可能也是用了两种卜具，而连用两卦。前一卦贞问虽有志登天见君，而劳苦倦极，是因为无人辅助。于是后一卦进而贞问，何以我危独而遭此忧患，繇辞说因为"君可思而不可恃"。其例同《离骚》灵氛占卜的两"曰"，后面也可以系上两卦的符号。两卦均明白告示，登天求君不可能有好结果。这毫无疑问，是"事与愿违"而不"利见大人"的凶卦。但是，清华简十七命中的《见》，并没有例示以不得见"大人"的凶卦，则便无从参照了。《见》命除三例"见男""见

---

① 清华大学出土文献研究中心编、李学勤主编：《清华大学藏战国竹简》（四），上海：中西书局，2013年版，第107页。

② 王逸注以为"常以春分鸣"，五臣以为"秋分前鸣"，洪氏《补注》引颜师古说，"常以立夏鸣，鸣则众芳皆歇"。王、颜二说可从，五臣非是。

③ 清华大学出土文献研究中心编、李学勤主编：《清华大学藏战国竹简》（四），上海：中西书局，2013年版，第114页。

④ 清华大学出土文献研究中心编、李学勤主编：《清华大学藏战国竹简》（四），上海：中西书局，2013年版，第118页。

女""见大人"外,其余是否皆为凶卦?则也不可得而知。

要而言之,屈赋二十五篇里头,存在与《易经》卜筮相关联的因素。随着出土的《易》类简帛文献愈来愈多,因而与《楚辞》参证的内容也愈来愈丰富。科学地遵循王静安先生开启的"二重证据法",出土文献与传世《楚辞》相互印证,类似《离骚》灵氛的占辞用两"曰"字的"密码",也便得到了比较合理的破译。

端午为屈原的节俗演变与文化意义

华中师范大学 蔡靖泉

【摘　要】 端午节当源自先秦的夏至节。端午节俗本以祈福禳灾为主题，以避瘟驱毒、防疫祛病等系列活动为表现形式。汉王朝确定了端午仪典，乃使端午成为全国的重大节日。至晚在东汉后期，人们过端午"亦因屈原"而致端午节俗与纪念屈原相联系。历经汉魏至唐代的节俗演变，屈原成为端午节俗祭祀的主角，纪念屈原成为端午节俗活动的主题，龙舟竞渡和吃粽子成为端午节俗的主要内容，同时端午节俗又因承了古老夏至节的祈禳传统，由此构成的端午节俗大概在唐代就大体定型。端午为屈原的节俗演变，是历史的造就和民众的抉择，具有十分重大的文化意义。其意义主要在于，一是丰富了节俗内容及相关设施，使得节日活动繁多精彩，更加能够吸引社会各阶层人士热情参与并传承发展；二是改变了端午节俗的主题，升华了端午节俗的意义，使得端午节俗具有了永恒的生命力；三是促进文化认同和民族团结，有助于国家统一富强，有利于世界和平发展。

【关键词】 端午　屈原　节俗演变　文化意义

农历五月初五的端午节，是中国四大传统节日（春节、清明、端午、中秋）之一，也是迄今中国四大传统节日中唯一入选《人类非物质文化遗产代表作名录》的世界非物质文化遗产。因此，如今的端午已不仅是中国人民的传统节日，也是世界人民的共同节日。

千年以来的端午节俗，虽然在中国各地不尽相同，但汉族居处的多地端午节俗都以吃粽子及赛龙舟为主要活动，以纪念伟大诗人屈原为中心内容。早在晚唐，诗僧文秀就歌云："节分端午自谁言，万古传闻为屈原。"

可是，端午节俗源远流长。其起源本与屈原无关，其传承或历千余年才与屈原逐渐相关，其为屈原而形成的节俗活动则是近两千年来的事情。如此说来，端午为屈原是时令节俗传承演变、丰富发展的结果。

传统节日习俗是历史上在民间长期形成的节俗，是历史上由民众长期传承的节俗。端午为屈原的节俗演变，当然是历史造就的，是民众抉择的。

历史造就和民众抉择的端午为屈原的节俗演变，具有十分重大的文化意义。

一

关于端午的起源，说法不下十种，诸如纪念屈原、纪念伍子胥、纪念勾践、夏至节、祭龙等等。自闻一多的《端午考》发表以来，学者也纷纷就此深入探讨，各抒己见。不少学者赞同闻一多的看法，即本"就是古代吴越民族——一个龙图腾民族举行图腾祭的节日，简言之，一个龙的节日"。不过，较为合理而可信的说法，是端午节源自先秦的夏至节。

夏至，是先秦古人最早确定的四大节气（春分、夏至、秋分、冬至）之一。夏至日北半球白昼最长而夜晚最短，同昼短夜长的冬至日和昼夜半分的春分、秋分一样，易于被古人确定。因其在划分时节、表明物候并据以进行农事活动上十分重要，故被古人看重。时迄夏至，古代中国北方所种菽黍和南方所播稻谷，都进入了夏季茁长期，古人经过繁忙的春种而可稍得喘息；加之气温骤升，杂草恶木、病虫害鸟、瘟疫瘴疠也猖狂蔓延而危害农作物及人的生命，古人以为阳气于此日至极、阴气于此日始兴而"阴阳争，死生分"①，乃企望能于此日助阳抗阴、得生避死、除害获福、去凶化吉。大概如此，古人便于夏至时举行一些活动来祈求丰收和安康、禳除灾害和病瘟。相沿成习，夏至也成了民俗活动日渐丰富的传统夏至节。夏至节的日期，一般在三代古历中切合农事的夏历五月、即仲夏之月的五日前后。或许随着阴阳五行说盛行，战国时人以阴阳消长来说明时节变化，以五行配四时、五方而尚"五"，既尤为重视阴阳消长最为急剧的夏至，又因为尚"五"而将节日固定在五月五日。

五月五日，又称为"端五"或"端午"。《北堂书钞》卷一百五十五引录西晋周处《风土记》：

> 仲夏端午，谓五月五日也。俗重是日，与夏至同。先节一日，以菰叶裹黏米、栗、枣，以灰汁煮，令熟。节日又煮肥龟，令极熟，去骨加盐、豉、麻、蓼，名曰菹龟，节日啖之。黏米一名角黍。盖取阴阳包裹之象也。龟甲

---

① 《吕氏春秋·仲夏纪》。（明）彭大翼：《山堂肆考》卷十一"时令"："夏至：十一月冬至为一阳，十二月大寒为二阳，正月雨水为三阳，二月春分为四阳，三月谷雨为五阳，四月小满为六阳，至五月六阳剥尽，一阴始生，乃阴阳交会之时，故谓之夏至。月令阳生于子而日渐长，至午则极而长之极至也。"

表肉裹阳外阴内之形，所以赞时也。

《艺文类聚》卷四也引录周处《风土记》云：

> 仲夏端五，烹鹜角黍。端，始也，谓五月初五也。又以菰叶裹黏米煮熟，谓之角黍。

南朝梁宗懔《荆楚岁时记》又载：

> 五月五日，谓之浴兰节。四民踏百草之戏，采艾叶以为人，悬门户上以禳毒气，以菖蒲或镂或屑以泛酒。按：《大戴礼》曰："五月五日，蓄兰为沐浴。"《楚辞》曰："浴兰汤兮沐芳华。"今谓之浴兰节，又谓之端午。

唐李匡义《资暇录》则说：

> 周处《风土记》："仲夏端午，烹鹜角黍。"今人多书"午"字，其义无取。

据此说来，"端午"或"端五"，是汉代以后方有的节名，"端"者初也，"五""午"为同音通假字。可是，《说文解字》云：

> （五），五行也，从二，阴阳在天地间交午也。
> （午），牾也，五月阴气牾逆阳，冒地而出也。

由此释义，则"端五"或"端午"，实已有阳气于此日至极、阴气于此日始兴而"阴阳争，死生分"的蕴意，恐怕应是先秦就已有了的夏至节别名。"五为阳数"，"端午"或因此而又称为"端阳"。至于五月五日还有的"重五"和"重午"之称，当为汉代以后衍生的名称。

据先秦和汉代的文献记载，当时人们将仲夏五月视为阴阳相争、死生分判的恶月，将五月五日视为阴气萌作、"感阴气成者死"① 的凶日，故在五月五日恐怕物生不茂、人命不长而主要举行各种禁忌和祈禳活动。《艺文类聚》卷四引录《夏小正》曰："此

---

① 郑玄注、孔颖达疏：《礼记正义·月令》，北京：中华书局，1980年版。

日蓄采众药,以蠲毒气。"汉朝乃将五月五日的祈禳活动,定为国家仪典。《后汉书·礼仪志》记载:

> 仲夏之月,万物方盛。日夏至,阴气萌作,恐物不茂。其礼:以朱索连荤菜,……汉兼用之(指夏、商、周三代的祈禳方式),故以五月五日,朱索五色印为门户饰,以难(傩)止恶气。

杜佑《通典》卷五十五:"汉制,厉殃祀天地、日月、星辰、四时、阴阳之神,以师旷配之。其坛常祀以禳灾,兼用三代苇茭、桃梗。五月五日,朱索五色印为门户饰,以傩止恶气。"夏至日若连端午日,夏至与端午的祈禳活动也就合为一体。举行祈禳活动的夏至及端午,因为朝廷确认为仪典而使端午成为全国的重大节日。

二

大概汉人将五月五日视为阴气萌、人易死的凶日,也将此日看作逝者的忌日,进而在此日纪念一些受到敬重的人物,如割股啖君而不求荣华的介子推、忠贞贤能却遭弃迫死的伍子胥、沿江寻求父尸未得而投水溺亡的孝女曹娥、勤政爱民而政绩卓著的苍梧太守陈临等,并且传说他们都死于此日或别离此日。

关于介子推、伍子胥和曹娥于端午受到纪念的最早记载,均见于东汉文献。陈临于端午受到纪念,也始于东汉时代。

介子推于端午受到纪念的最早记载,见于蔡邕《琴操·龙蛇歌》:

> 《龙蛇歌》者,介子绥(一作推)所作也。晋文公重耳,与子绥俱亡,子绥割其腕股,以救重耳。重耳复国,舅犯、赵衰,俱蒙厚赏,子绥独无所得。绥甚怨恨,乃作《龙蛇之歌》以感之,遂遁入山。其章曰:"有龙矫矫,遭天谴怒,卷排角甲,来遁于下。志愿不与,蛇得同伍,龙蛇俱行,身辨山墅。龙得升天,安厥房户,蛇独抑摧,沉滞泥土。仰天怨望,绸缪悲苦,非乐龙伍,不畀顾。"文公惊悟,即遣求得于绵山之下。使者奉节迎之,终不肯出。文公令燔山求之,火荧自出。子绥遂抱木而烧死。文公哀之,流涕归,令民五月五日,不得举发火。

据此记述,五月五日即寒食日,端午节也即寒食节。古今寒食节都定在清明节前一二日,史籍也未明载介子推死于何日,但晋国故地民间传说介子推于五月五日被焚亡。

晋人陆翙《邺中记》云:"并州俗,以介子推五月五日烧死,世人为其忌,故不举饷食,非也!北方五月五日自作饮食祀神,及作五色新盘相问遗,不为介子推也。"宗懔《荆楚岁时记》辩驳:"周举移书及魏武《明罚令》、陆翙《邺中记》并云,寒食断火起于子推。《琴操》所云子绥即介推也,又云五月五日与今有异,皆因流俗所传。据《左传》及《史记》,并无介推被焚之事。《周礼·司烜氏》;'仲春以木铎修火禁于国中。'注云:'为季春将出火也。'今寒食准节气是仲春之末,清明是三月之初,然则禁火盖周之旧制也。"看来,端午纪念介子推仅为汉晋并州、今山西部分地区的民间习俗,在北方中原并不流行。

伍子胥于端午受到纪念的最早记载,见于邯郸淳《曹娥碑》:

（曹）盱能抚节安歌,婆娑乐神。汉安二年五月五日,迎伍君。

伍君即指伍子胥。传说伍子胥被吴王夫差赐剑自刎后,又被夫差装入皮囊中沉入钱塘江,化为波神。曹盱是东汉会稽上虞（今属绍兴）的巫师,当地每年端午祭祀伍子胥,都由其乘船于江中载歌载舞迎接波神。

曹娥于端午受到纪念的最早记载,也见于《曹娥碑》:

（曹盱）逆涛而上,为水所淹,不得其尸。娥时年十四岁,号慕思盱,哀吟泽畔,旬有七日,遂自投江死,经五日抱父尸出。以汉安迄于元嘉元年青龙辛卯,莫之有表。度尚设祭诔之……

据《后汉书·列女传》记载,上虞县令度尚为了表彰孝烈,迁葬曹娥遗骸并为之立碑。碑文作者,是度尚弟子邯郸淳。自度尚为曹娥立碑设祭,会稽一带便形成于端午纪念曹娥的传统。

陈临于端午受到纪念的最早记载,见于《初学记》第四卷《岁时》引录谢承《后汉书》:

陈临为苍梧太守,推诚而理,导人以孝悌。临征去后,本郡以五月五日祠临东城门上,令小童洁服舞之。

汉代苍梧郡的治所在今广西梧州境内。陈临在世就于端午被祠祭,或是东汉两广地区的习俗。

爱国爱民而投江以殉国难的屈原,也于东汉时在端午受到纪念。《艺文类聚》卷四引录《风俗通》：

> 五月五日，以五色丝系臂者，辟兵及鬼，令人不病温。亦因屈原。
> 五月五日续命缕，俗说以益人命。

《风俗通》即《风俗通义》，为东汉末年学者应劭所作，以考证历代名物制度、风俗和传闻为主要内容。应劭是汝南郡南顿县（今河南省项城市南顿镇）人，曾任泰山太守，卒于邺（城邑在今河北临漳县西南邺镇）。应劭记载的东汉端午纪念屈原的习俗，显然不限于屈原生卒地——今两湖地区的端午节俗。

据文献记载来看，上述在东汉时已于端午受到纪念的五位人物中，就其于端午受到纪念的时间而言，最早是介子推，其次是伍子胥，再次是屈原，曹娥与陈临皆晚；就其于端午受到纪念的地域范围而言，最广是屈原，其次是介子推，再次是伍子胥，曹娥与陈临皆狭。《风俗通义》成书虽然晚于《曹娥碑》成文，但其所记端午"亦因屈原"的习俗流行当不会晚于上虞县令度尚为曹娥立碑设祭。介子推受到纪念的地区，主要是春秋晋国故地的今山西部分地区。伍子胥受到纪念的地区，主要是今苏南浙北。曹娥与陈临受到纪念的地区，分别局狭于今绍兴或梧州一地。唯有屈原，在东汉已经成为当时中国许多地区于端午纪念的人物。

东汉时的端午习俗，仍以禳灾祛害、祈祝平安的活动为主，但许多地区"亦因屈原"而在端午纪念屈原了。

三

屈原在在东汉已经成为当时中国腹心的许多地区端午节纪念的人物，无疑是因为屈原的历史的和社会的影响要比其他在端午受到纪念的人物大得多，因为屈原受到广大民众的尊崇和怀念要比其他在端午受到纪念的人物重得多。

身为楚国贵族的屈原，在约两千年前信息传播极不发达的条件下，怎么会形成广泛而巨大的社会影响？怎么会被广大民众知晓、尊崇、怀念并在端午祭祀呢？究其缘由，主要有三。

其一，是屈原的被疏见放的经历，使得他在疏远至汉北、放逐于江南的生活中，已经为民众有所了解，民间也经久传扬屈原的事迹。

《九章·抽思》歌云："有鸟自南兮，来集汉北。好姱佳丽兮，胖独处此异域。"诗句即屈原被楚怀王黜置汉北的记述。今汉水以北的南阳西峡一带，依旧流传着屈原的故事并举行纪念屈原的活动。

自壮年被放逐江南后，屈原在江南生活长达约20余年，行踪遍及沅湘流域诸地，悲叹"惟郢路之辽远兮，魂一夕而九逝"，至死未能回归国都，最终在秦军掠江南之际，赍志殉国，高葆贞节，自投汨罗，抱石沉江，传说即死于端午。沅湘流域民间于屈原流放之际就受其影响而祭祀保有爱国晚节的楚怀王①，或许也最早于端午祭祀屈原。

汉初，贾谊被贬为长沙王太傅，南行至沅湘间，即"仄闻屈原兮，自湛（通'沉'）汨罗"而"造托湘流兮，敬吊先生"。其"仄闻"屈原事迹，或许是在其故乡洛阳、汉都长安，也可能是所至江南沅湘间。

民众年复一年地传扬屈原的事迹、民间年复一年地举行纪念屈原的活动，屈原的社会影响自然会日渐广远深巨。

其二，屈原抒写自我思想和经历、表现自我理想和人格的楚辞作品，以巨大的精神、人格和艺术魅力倾倒了战国末年至汉代的文化精英们，以致社会风行楚辞、文人竞相研习并仿作楚辞，屈原被推尊为道德人格的楷模，楚辞被推尊为文学艺术的典范。

战国末年，楚人便因思念屈原而"世相教传"楚辞。战乱岁月里"世相教传"楚辞者，当多为避世隐居于民间的文士。因为他们一者有文化，二者通合屈原思想而向往实现"美政"，三者赞赏屈原志行而仰慕屈原为人。楚辞中的《卜居》《渔父》两篇，因王逸《楚辞章句》解题称"屈原之所作也"，且又为朱熹、洪兴祖肯定后，即被视为屈原的重要楚辞作品。但自明、清以来，已多有学者怀疑并证伪。从其文体和文风来看，两篇当不是屈原的作品。据战国后期的楚国历史文化背景和战国至汉初的文学发展状况推断，两篇应作于楚考烈王时代、出自楚国具有道家思想的隐士之手，都是思念屈原的楚人设为问答、假托屈原以"叙其辞"。两篇的产生表明，战国末年的楚人对屈原其人已经有了深刻的认识和高度的评价，即屈原是一位竭忠尽智、高举葆真、廉洁正直、爱憎分明、疾恶如仇、刚贞不阿、坚毅执着而绝不肯屈心抑志、苟且偷生、同流合污、蒙垢染尘的爱国诗人、秉德贤士，是楚人爱国典范、世间人格楷模。两篇中的叙屈原之语，在相当程度上是对屈骚塑造的屈原自我形象体现出的精神品格的概括。这样的认识和评价，可以说是后世人们认识和评价屈原的重要基础②。

汉初，楚风大盛，楚辞大兴。传世的汉初诗歌名篇，都是骚体楚调。

1977年在安徽阜阳双古堆一号汉墓里，发现了屈原《离骚》和《涉江》残简各一支，分别书写"（惟庚）寅吾以降"4字和"（船容与而）不进兮，淹回水（而凝

---

① 屈原《招魂》当为屈原流放于江南时，采用民间招魂词的形式，为在楚怀王忌日民间举行的悼亡仪式上祭祀怀王而作。

② 蔡靖泉：《〈卜居〉、〈渔父〉的产生与屈原的影响》，《华中师范大学学报》2007年第5期。

滞)"5字,另有书写其他辞赋文句的残简若干。此墓墓主卒于汉文帝十五年(公元前165年),距屈原自殉112年,距秦统一仅56年。这一考古发现表明,汉初社会的上层人士大都喜好楚辞而习读楚辞,自然也会景仰屈原。

一代英才贾谊"造托湘流兮,敬吊先生",表达了对屈原的高度敬仰,反映了屈原对他的巨大影响。正是深受屈原影响而于情志、文风自觉追踵屈原,贾谊也享有了与屈原连称的历史地位[1]。

淮南王刘安不仅与众门客"各竭才智,著作篇章,分造辞赋",而且高度推崇屈原及其楚辞,精心研究楚辞而成为专家,还应汉武帝请求而撰写了历史上第一部解说楚辞的专著《离骚传》。刘勰《文心雕龙·辨骚》记述:"汉武爱骚,而淮南作传,以为'《国风》好色而不淫,《小雅》怨诽而不乱,若《离骚》者,可谓兼之。蝉蜕秽浊之中,浮游尘埃之外,皭然涅而不淄,虽与日月争光可也'。"

汉武帝酷爱楚辞也擅长辞赋,不仅向刘安征求《离骚传》,还因臣子善读楚辞而给予恩宠。《史记·酷吏列传》记载,朱买臣即因善读楚辞而得幸于汉武帝。

史家宗师司马迁效法屈原"发愤以抒情"而写成"无韵之《离骚》"的《史记》,并为屈原作传。在《屈原列传》中,司马迁引录《渔父》以彰显屈原志行,推崇屈原志洁行廉"虽与日月争光可也"。其对屈原的称颂和推崇,具有代表性地反映了战国末年至西汉中期上层社会对屈原的基本认识和主流评价。

适应上层社会习读楚辞的需要,屈原的作品及其汉人的仿作也逐渐被汉人汇集编辑成书。其始为之者,或为刘安君臣。逮至西汉末年,大学者刘向"点校经书,分为十六卷"[2],楚辞作品也被正式汇编成书。刘向编辑《楚辞》,出于"点校经书"。刘向整理汇集成书的《楚辞》,也被汉人奉为经典。降及东汉,史学、经学仍盛,但史学家和经学家如班固、贾逵、马融等皆研习楚辞。校书郎王逸撰《楚辞章句》,虽然如其说是因其"同土共国,悼伤之情与凡有异",实际上更是因汉世人们喜好楚辞、研习楚辞、创作楚辞的风气所激励。所撰《楚辞章句》,汇融了两汉学人研习楚辞的成果,为汉代楚辞研究的集大成之作。《楚辞章句·离骚经章句叙》曰:

> 今若屈原,膺忠贞之质,体清洁之性,直若砥矢,言若丹青,进不隐其谋,退不顾其命,此诚绝世之行,俊彦之英也……屈原之词,诚博远矣。自终没以来,名儒博达之士著造词赋,莫不拟则其仪表,祖式其模范,取其要

---

[1] 蔡靖泉:《贾谊才调与楚风侵染》,《职大学报》2011年第3期;《伤逝惜原 抒愤托骚——贾谊〈惜誓〉综论》,《江汉论坛》2012年第1期。

[2] 王逸著、夏剑钦、吴广平校:《楚辞章句补注·离骚经章句叙》,长沙:岳麓书社,2013年版。

> 妙，窃其华藻，所谓金相玉质，百世无匹，名垂罔极，永不刊灭者矣。

王逸对屈原及其楚辞的评论，阐明了屈原的高尚人格和屈原楚辞的深巨影响，概括了汉代文人学士及上层社会对屈原及其楚辞的基本认识和主流评价。

其三，东汉后期王权衰弱、政治溷浊、社会动荡、国家危难的局面，促使社会各层人士更加怀念屈原，并自觉参与到"亦因屈原"的端午纪念活动中。

在传世文献中，屈原于端午受到纪念的最早记载是东汉末年的《风俗通义》。成书于东汉中期的《楚辞章句》，述及当年楚国的南郢之邑、沅湘之间的风土人情，也未提及故楚之地有端午祭祀屈原的习俗。据现有史料看来，东汉晚期以前即使民间有于端午纪念屈原的活动，举行这类活动的地域范围想必不广，上层社会的文人学士也少有参与，以致文献阙载。应劭记载端午节俗"亦因屈原"，则表明这样的端午节俗不仅普及较为广泛，而且当有上层社会的文人学士乃至地方官员参与，故他得以闻知，或许也曾参与。

"亦因屈原"的端午节俗广泛普及，上层社会的文人学士乃至地方官员也自觉参与端午祭祀屈原的活动，想必都因东汉晚期的艰危时事所促成。

东汉中期，就已出现外戚擅政、宦官弄权的局面，朝纲由此不振，政治日益溷浊。一批上层社会的正直名士，对现实不满而希望激浊扬清，彰扬节操，也自然且自觉地标榜屈原的高尚志节。王逸撰《楚辞章句》，既出于对乡贤的景仰，又因为世风的激励，还为了宣扬屈原的精神人格，旨在以屈原的精神人格、理想追求来砥砺士子忠贞爱国、廉洁正直、维护东汉王朝。

东汉晚期，戚、宦斗争剧烈，党锢之祸频发，清正名士惨遭迫害和杀戮，社会动乱不已，最终酿成黄巾起义和军阀混战。此时的一般民众盼望结束社会动乱、实现屈原所追求和描写的"州土之平乐"，清正士子则与屈原异代同感而哀悯屈原以寄托情怀、表白心志。于是，端午祭祀屈原的习俗便会得以广泛普及并吸引社会各阶层人士的参与。

四

魏晋南北朝时期，纪念屈原逐渐成了南方端午节活动的主要内容，一些本为祈禳的活动也与纪念屈原联系起来，关于屈原与端午的民间传说也不断得以丰富。南朝梁吴均《续齐谐志》记叙：

> 屈原五月五日投汨罗而死，楚人哀之，每至此日，竹筒贮米，投水祭之。

汉建武中，长沙欧回，白日忽见一人，自称三闾大夫谓曰："君当见祭甚善，但常所遗，苦蛟龙所窃。今若有惠，可以楝树叶塞其上，以五采丝缚之。此二物蛟龙所惮也。"回依其言。世人作粽，并带五色丝及楝叶，皆汨罗之遗风也。

《荆楚岁时记》也载：

是日竞渡采杂药。按：五月五日竞渡，俗为屈原投汨罗日，伤其死所，故并命舟楫以拯之。舸舟取其轻利，谓之飞凫。……州将及土人悉临水而观之。

据此看来，至晚于南朝时，南方、尤其是今两湖地区端午节的主题已经是纪念屈原了。吃粽子、系五色丝等本为祈禳的习俗，也转为纪念屈原的活动内容。《初学记》卷四引录周处《风土记》："进筒粽，一名角黍，一名粽。"煮食筒粽或用菰叶、楝叶包黏米而成角状的粽子，即如周处《风土记》所记"盖取阴阳包裹之象也"，"以赞时也"，或许也有驱邪避鬼、禳灾止瘟的寓意。五彩丝则本为"俗说以益人命"的"长命缕"，系于人臂也是为了"辟兵及鬼，令人不病温"。两种端午习俗大概自东汉开始因屈原而演变，至南朝已复合为祭祀屈原的活动方式。不仅如此，又因屈原而形成了端午节最盛大、最隆重、也最重要的活动——竞渡。五月五日的习俗不再是"亦因屈原"，而是主为屈原。关于端午纪念屈原的传说，也有了丰富的内容和完整的情节。尽管如《荆楚岁时记》所言，当时人们从《曹娥碑》上知道原有五月五日于水上祭迎伍子胥的"东吴之俗"，也听说过竞渡"起于越王勾践"的传闻，但其俗不再兴，其闻亦"不可详矣"。检索当时文献关于端午习俗的记载，乃知屈原已成了端午节祭祀的主角，端午节也成了主要纪念屈原的节日。

本以祈禳为主的夏至节，为何会在东汉至魏晋南北朝演变成以纪念屈原为主的端午节呢？这想必是屈原精神、楚文化传统在社会黑暗、动荡乃至分裂的时世发生巨大影响的结果。

近400年的魏晋南北朝时期，中国社会经历了三国、西晋、东晋十六国和南北朝，同时或先后出现了几十个政权，政治纷争和民族冲突不断，其间仅有35年的统一。这是秦统一之后中国政局陷入动乱和分裂持续时间最长的时期，被史家视为中国古代的"政治上最混乱、社会上最痛苦"的动乱时世。

由于"五胡乱华"，中原"衣冠南渡"。南渡的士民客居故楚之地，直接受到楚文化的传统的熏陶，又怀念故土、渴望统一，便更好读《离骚》以畅情，也更为深切地

体察到屈原发愤而抒发的爱国情志,更为尊崇屈原的精神和人格。《世说新语·任诞》记载:

> 王孝伯言:"名士不必须奇才,但使常得无事,痛饮酒,熟读《离骚》,便可称名士。"

此语反映出,怀有忧国之心的东晋士子,无不感怀屈原而好读《离骚》,以至于认为他书可以不读却不可以不读《离骚》,"熟读《离骚》"则是当时"名士"的标准。本怀"纬军国""任栋梁"之志却不得已寄身于佛门的刘勰,在《文心雕龙·辨骚》中赞曰:

> 不有屈原,岂见《离骚》?惊才风逸,壮志烟高。山川无极,情理实劳。金相玉式,艳溢锱毫。

刘勰的赞语,亦当表达了南朝士民对屈原及其楚辞作品的普遍认识和高度评价。梁代张缵往南楚供职,"瞻汨罗以陨泗",感怀"若夫屈平《怀沙》之赋,贾子'游湘'之篇,史迁摘文以投吊,扬雄反骚而沉川。其风谣雅什,又是词人之所流连也"[①]。王恭、刘勰、张缵,都是祖籍北方的人士。可想而知,东晋、南朝忧国思乡的南渡士民及其子孙,自然是会同南方士民一起,在端午怀着巨大热情举行纪念屈原的活动,以此招屈原英魂、励士民壮志、祈社会统一、求国家振兴。屈原,便与端午密切地联系到一起。前代在端午受到纪念的其他人物,便逐渐在端午节俗活动中黯淡或消失了。端午的祈禳活动虽然一直因承着,但也逐渐不是其主要内容了。

五

在社会大一统的隋唐时期,南北文化汇融,南朝文化成了主导文化。盛行于南方的以纪念屈原为主题、以食粽和竞渡为主要内容的端午习俗,逐渐北传而成为全国性的端午习俗。

《隋书·地理志》记述了屈原于五月五日赴汨罗、土人追至洞庭鼓棹争救而演"为竞渡之戏"的传说,说明竞渡场面十分壮观、竞渡活动风行古"荆州"诸郡:

> 其迅楫齐驰,棹歌乱响,喧振水陆,观者如云。诸郡率然,而南郡、襄

---

① 张缵:《南征赋》。

阳尤甚。

《太平寰宇记》卷一百四十五"襄阳"引唐人《襄阳风俗记》云：

> 屈原五月五日投汨罗江，其妻每投食于水以祭之。原通梦告妻，所祭食皆为蛟龙所夺，龙畏五色丝及竹。故妻以竹为粽，以五色丝缠之。今俗其日皆带五色丝、食粽，言免蛟龙之患。又原五日先沉，十日而出，楚人于水次迅楫争驰，棹歌乱响，有凄断之声，意存拯溺，喧震川陆。遗风迁流，遂有竞渡之戏。

南郡、襄阳一带于端午举行纪念屈原的竞渡活动，已尤甚于竞渡的发源地沅、湘流域，显然端午竞渡的习俗已经南郡、襄阳而向北传播了。

北传的端午纪念屈原的习俗，未必流行于北方各地，但已为北方士大夫和朝廷君臣并认同。《唐会要》卷二十九"节日"记载，龙朔元年（公元661年）端午，唐高宗向侍臣询问五月五日节俗的由来，礼部尚书许敬宗即告以《续齐谐记》中所记楚人于端午纪念屈原故事，并称"今俗人五月五日作粽并带五采丝及楝叶，皆汨罗遗风"。许敬宗是今杭州人，其父任隋朝礼部侍郎。其向唐皇所告的端午本事，不是端午纪念介子推、伍子胥或其他人物的习俗，而是"汨罗遗风"。不言而喻，时至初唐，中国的长江、黄河中下游的端午习俗大多因袭的是"汨罗遗风"，世人也认同端午"汨罗遗风"。

唐代，人们对所谓古传因为屈原的端午习俗已没有异议，并更加热衷于在端午节举行大型竞渡活动。盛唐诗人储光羲作有《观竞渡》：

> 大夫沉楚水，千祀国人哀。习楫江流长，迎神雨雾开。标随绿云动，船逆清波来。下怖鱼龙起，上惊凫雁回。能令秋大有，鼓吹远相催。

中唐诗人刘禹锡亦作《竞渡曲》云：

> ……灵均何年歌已矣，哀谣振楫从此起。扬枹击节雷阗阗，乱流齐进声轰然。蛟龙得雨鬐鬣动，螮蝀饮河形影联。刺史临流褰翠帏，揭竿命爵分雌雄。先鸣余勇争鼓舞，未至衔枚颜色沮。百胜本自有前期，一飞由来无定所，风俗如狂重此时，纵观云委江之湄。……

由诗文看来，唐人认定端午是纪念屈原的节日，在此日举行奉祭屈原的竞渡等活动是古已有之而流行千年。唐代的竞渡，承隋而成为官府主持的规模盛大、热闹非凡的祈祝及娱乐活动，在江水上设有彩标。令众舟奋勇争胜，伴有鼓吹以激励士气、振奋精神，寓意还在于鼓舞人们争取秋季的大丰收。

中唐文学家沈亚之作《屈原别传》，引述了《续齐谐记》所记端午与屈原的传说，表明唐人对端午节纪念屈原的习俗的认同。

由于唐代普遍举行于端午纪念屈原的竞渡活动，唐人也多有描述竞渡的诗赋。除上面引录的外，著名的又如李群玉《竞渡》诗、张建封《竞渡歌》、范㨾《竞渡赋》等。据其描述，唐代端午竞渡的舟船，已是"彩舟画橄"，即船首立龙头、船尾竖龙尾、船身雕饰龙纹的华美龙船。

诚如闻一多所言："端午节最主要的两个节目，无疑是竞渡和吃粽子。"[①] 竞渡和吃粽子的古老习俗都演变成传说因为屈原而形成，不啻表明端午节俗演变的完成。

屈原成为端午节俗活动的祭祀主角，纪念屈原成为端午节俗活动的主题，竞渡和吃粽子成为端午节俗活动的主要内容，同时端午节俗活动又因承古老夏节的祈禳传统，如民间长期流行喝雄黄酒、挂艾叶菖蒲、采药草煎汤沐浴之类，由此构成的端午习俗大概在唐代就大体定型了，并且流行至今、盛而不衰。唐代以来，中国北方许多地区虽无条件在端午节举行龙舟竞渡，但一直沿袭传统端午习俗而食角黍、包粽子，而且民间以为即"汨罗遗风"。

晚唐诗僧文秀的《端午》一诗，表达了唐人对端午为屈原的节俗性质的认识和节俗主题的肯定。据《唐诗纪事》卷七十四记载："秀，南僧也，而居长安，以文章应制。"身居长安的文秀岂不知北方端午习俗？其所作名篇《端午》一诗，不仅反映了唐人对端午为屈原的共识，而且反映了自唐代以来中国人民对屈原的无比敬仰和共同认识。

"千载悠悠，成习俗，天中端午。逢佳节，粼粼波上，百舟争渡。万户家中缠米粽，三闾庙外吟君赋。祭圣贤，忠义荡乾坤，伤君去。"这曲无名氏的《满江红·端阳前作》上阕，形象地描写了唐代以来最具代表性的端午节俗活动。

端午为屈原，是中国人民的历史抉择；屈原联端午，是中国文化伟人与中国传统节日的结合。一个国家、一个民族的重大传统节日，竟然成了纪念一位诗人的节日，这种文化现象在世界历史上是极为罕见的。

端午习俗的演变和定型，典型地反映了楚文化精神对中国文化发展的深巨影响。

---

① 闻一多：《端节的历史教育》，《闻一多全集》第一册，上海：生活·读书·新知三联出版社，1982年版。

端午竞渡的形成和流行，充分地表明了楚文化代表人物屈原逐渐成为中国人民心目中的诗魂、国魂和民族之魂。

六

端午为屈原的节俗演变，具有巨大而深远的历史文化意义。其深巨意义主要有三。

（一）丰富了节俗内容及相关设施，使得节日活动繁多精彩，更加能够吸引社会各阶层人士热情参与并传承发展

汉代以前的端午节俗，主要为祈禳、卫生活动，即如采艾叶悬挂门上，是为了禳除毒气；"蓄兰为沐浴"虽然可以洁身袭香，但主要是为了祛疫避瘟、防疾治病①；以五色丝缠绕手臂，为的是辟兵及鬼、令人不病瘟而可平安健康；等等。

在端午为屈原的历史演变过程中，一些本与屈原无关的传统习俗也与纪念屈原联系在一起并丰富了内容，为了纪念屈原又不断增添了相关的活动与设施。

古称角黍的粽子，如前所述当本是与屈原无关的时令食品。粽子包成角状，不过是便于包裹而已，恐怕并本无特殊意义。

以五色丝缠绕手臂的习俗，如《荆楚岁时记》所记："以五彩丝系臂，名曰辟兵，令人不病瘟。又有条达等织组杂物以相赠遗……贡献所尊，一名长命缕，一名续命缕，一名辟兵缯，一名五色丝，一名朱索，名拟甚多。"

在端午为屈原的节俗演变过程中，角黍和五色丝在东汉就已与屈原联系起来，并且衍生出《续齐谐志》《襄阳风俗记》等文献记载的因为屈原的传说。于是，角黍和五色丝等端午节俗的传说就更加丰富且感人了。

龙舟的制作和龙舟竞渡的习俗活动，应该起源很早。《穆天子传》卷五："天子乘鸟舟、龙卒浮于大沼。"郭璞注："沼，池。龙下有'舟'字。"将舟船制成龙形，想必始于先秦。先民崇拜龙、凤，认为龙、凤是可以引导、驮载凡人上达天国的神物，故极其钟爱龙凤，也极力表现龙凤。所谓"天子乘鸟舟"，鸟舟即凤舟。竞渡活动或如《荆楚岁时记》所记："越地传云，起于越王勾践。"《旧唐书·杜亚传》："江南俗，春中有竞渡之戏，方舟并进，以急趋疾进者为胜。"这江南春中的竞渡习俗，当是越王勾践时代的遗风。端午竞渡的舟船制成龙形，吴越地区有竞渡习俗，加之古越人也格外崇龙，一些学者乃认为，端午节可能起源于南方崇龙的古吴越人举行的"图腾祭"②。

不过，尽管竞渡活动的产生或许有古吴越人祭龙的渊源，但端午为纪念屈原而举

---

① 李时珍：《本草纲目》卷三上："兰草，并煎汤浴辟疫气。"
② 闻一多：《端午考》，《闻一多全集》第一册，上海：生活·读书·新知三联出版社，1982年版。

行的龙舟竞渡活动，则直接发源于故楚之地并因承楚文化传统。当年楚国兴盛时，便因大举向长江中下游和江南开拓而广并古越之地、广纳百越之族，越文化也大量消融在楚文化中，即使古越人有竞渡之戏，在春秋战国时代也演变为楚人习俗。据文献记载和出土文物反映，"信巫鬼，隆祭祀"的楚人，视龙为雷神、云神、水神和沟通天人的神灵，认为龙可以引导和驮载死者的灵魂升入天国。屈原在《离骚》中描写自我神游天国，即"驾八龙之蜿蜿兮"。屈原在理想破灭后"从彭咸之所居"而投江自沉，或即有希翼其灵魂能够乘龙升天以"陟升皇之赫戏兮""就重华而陈词"之意。屈原《九歌·湘君》描写湘夫人在洞庭湖中寻觅夫君，即乘坐龙舟："驾飞龙兮北征，邅吾道兮洞庭。"楚墓里出土的帛画《人物龙凤图》和《人物御龙图》，描绘的即是龙凤引魂升天和龙驮人升天。尤其是《人物御龙图》，其画面所描绘犹似屈原在诗中描写的自我形象，男子所乘之龙就像条昂首翘尾的龙舟。汉代以来，故楚之地人哀悼和怀念屈原，制作龙舟竞渡水上、表达救助屈原和招还屈原英魂以送其入天国之意，当是直接因承楚文化观念和传统而自然形成的民间习俗。刘禹锡观武陵（今湖南常德）沅江竞渡而作《竞渡曲》，即肯定："竞渡始于武陵，至今举楫而相和之，其音咸呼云何在，斯招屈之义，事见《图经》。"刘氏下此断语，显然不是无稽之论。哪怕"竞渡始于武陵"尚难确证，但为招屈而形成的端午龙舟竞渡活动始于故楚之地则应无疑义。这端午为屈原而演变成的龙舟竞渡之戏，可谓大大丰富了端午节俗的活动内容和文化含义。

许多地方的端午纪念屈原活动，都要举行祭祀屈原的仪典。如近年端午，在武汉东湖行吟阁或屈原纪念馆前，都举行了以武汉大学国学院学生为主的古礼祭祀屈原大典。当今如此，以往尤甚。这种纪念屈原的祭祀活动，内容十分丰富，却是在端午为屈原的节俗演变过程中形成并在其长期传承过程中发展的。

因为纪念屈原、便于端午举行祭祀屈原活动的需要，历史上许多地方都建有屈原庙、屈子祠、屈原塔、招屈亭和三闾亭等设施，并在其中陈列着大量关于屈原以及端午的雕像、书画、诗文、楹联、对联等作品。历代的这些设施和作品，也成为端午文化的组成部分。人们利用这些设施在端午之际举行纪念屈原的活动，也成为端午节俗的重要内容。

屈原是中国第一位伟大诗人，是中国的诗歌之父。古今诗人膜拜屈原，也往往于端午集中举行纪念屈原和诗歌创作活动。1940年代，端午节被确定为"诗人节"。今秭归有成立多年的骚坛诗社，每年端午都举行纪念屈原和诗歌创作活动。

为纪念屈原而创作的戏剧、歌舞等文艺作品，也往往在端午之际集中演出，成为端午文化的重要内容。迄今可考的古代屈原戏的剧目，就有20多种。1953年纪念屈原逝世2230周年，北京和中国各地排演了郭沫若的历史剧《屈原》和一些相关文艺节目。

端午节俗虽然从来就是全民的节日活动习俗，但其演变成为屈原的节俗活动更能吸引社会各层人士热情参与，如文献记载的各地端午竞渡，地方官员和当地百姓"悉临水而观之"。端午为屈原的节俗活动内容丰富、含义深厚，也就能使社会各层人士在热情参与之中大力传承发展端午文化。

（二）改变了端午节俗的主题，升华了端午节俗的意义，使得端午节俗具有了永恒的生命力

汉代以前端午节俗的主题，如前所述是祈福禳灾，具体表现为避瘟驱毒、防疫祛病的系列活动。端午节俗历经汉代至唐代演变定型之后的主题，则是纪念屈原，实质为颂扬中国的诗魂、国魂和民族之魂。

以龙舟竞渡和吃粽子成为端午节俗活动的主要内容，以屈原成为端午节俗活动的祭祀主角，以纪念屈原成为端午节俗活动的主题，意味着年年举行端午活动，岁岁传承端午节俗，是在展现中华民族文化、传扬中华民族精神。因为屈原的爱国思想，是中华民族精神的菁华；屈原的高尚志行，是中华儿女品格的楷模；屈原的卓绝楚辞，是中国文学创作的典范。

闻一多在《端节的历史教育》中写道：

> 端午那天孩子们问起了粽子的起源，我当时虽乘机大讲了一顿屈原，心里却在暗笑，恐怕是帮同古人撒谎罢。不知道是为了谎的教育价值，还是为了自己图省事和藏拙，反正谎是撒过了，并且相当成功，因为看来孩子们的好奇心确乎得到了相当的满足……越国到今天，应该是怎样求生得光荣的时代，如果我们还要让这个节日存在，就得给它装进一个我们时代需要的意义。但为这意义着想，哪有比屈原的死更适当的象征？是谁首先撒的谎，说端午节起源于纪念屈原，我佩服他那无上的智慧！端午，以求生始，以争取生得光荣的死终，这谎中有无限的真！

在闻一多看来，端午节俗起源于春秋越国所处的吴越之地，粽子和竞渡本与屈原无关，故说对给孩子们讲粽子的起源时大讲屈原"恐怕是帮同古人撒谎"。但闻一多说明了，大讲粽子与屈原的传说不仅能够满足现代孩子们的好奇心，更在于其中"有无限的真"。闻一多的真知灼见在于，古老的端午祈禳习俗，是先民在生产力发展水平低下而生存十分困难的历史条件下形成的，是人们为了求得生存而举行的相关活动。当人们的生存已经不成问题之后，这些原始的祈禳习俗也随之失去生活功能和实际意义。端午节俗若要传承下去，就必须赋予其以适合人们解决生存问题之后的时代需要的意义。解决生存问题之后人们所追求的是怎样生得光荣，那么，生得光荣、死得伟大的屈原就是最好的象征和典范。闻一多未能说明的是，他所佩服那具有无上智慧而"说端午

节起源于纪念屈原"者，不是帝王将相或文人学士，而是做出历史抉择的人民大众。

"说端午节起源于纪念屈原"这一端午节俗的历史演变，亦即端午节俗适应时代需要的文化发展。屈原是中华民族的伟大代表，屈原在其楚辞中塑造出了光辉峻洁的诗人自我形象。其自我形象是外形美与内质美的统一、个体意识与群体意识的统一、独立人格与社会人格的统一、常人特征与超人特征的统一，实际上是高度地概括了和充分地体现了华夏民族性格特征和审美理想的艺术典型。屈原一生的不懈追求和悲壮结局，最为鲜明地展现了重于泰山的光荣伟大人生。因此，屈原对于追求人生光荣伟大的世人有着巨大的感召力和永恒的典范性，演变为纪念屈原的端午节俗也就有着巨大的感染力和永恒的生命力。

（三）促进文化认同和民族团结，有助于国家统一富强，有利于世界和平发展

《左传·襄公十三年》记载楚国令尹子囊说："赫赫楚国，而君临之。抚有蛮夷，奄征南海，以属诸夏。"此说实为周代楚人在南土兴族强国的历史过程中，形成并奉行的一条发展路线。这条发展路线，反映出的民族思想是混一夷夏，亦即民族平等、和睦以至于融合；反映出的政治思想是以夏合夷，亦即建立以华夏为主体、多民族共和的统一国家。

张正明先生指出，春秋时的民族思想大致可分为三家，一家以管子所谓"戎狄豺狼，不可厌而言；诸夏亲昵，不可弃也"① 的言论为代表，一家以孔子所谓"裔不谋夏，夷不乱华"② 的言论为代表，一家即以子囊言论为代表③。比较而言，管、孔之说都排斥蛮夷，唯有楚人主张亲和夷夏、混一夷夏。显然，楚人的民族思想最为进步，楚人的政治思想也适应当时历史发展潮流。

正由于楚人具有进步的民族、政治思想并奉行了一条适应历史潮流的正确发展路线，楚人得以"奄征南海"，建立了囊括当时中国南土半天下、包容南方众多蛮夷诸族在内的泱泱大国。

史载"博闻强记，明于治乱，娴于辞令"的屈原，出身于战国时代的楚国王族支系。屈氏家族曾世袭主管国家祭祀和王族子弟教育的莫敖之官，屈原本人曾任"入则与王图议国事，以出号令；出则接遇宾客，应对诸侯"而深受楚王信任的左徒。因此，屈原通晓楚国和先秦中国的历史文化，形成系统的美政理想，具有强烈的历史使命感和社会责任感。

司马迁《屈原列传》阐明："屈平之作《离骚》，盖自怨生也。"屈原成为诗人，

---

① 孔颖达疏：《春秋左传正义·闵公元年》，北京：中华书局，1980年版。
② 孔颖达疏：《春秋左传正义·定公十年》，北京：中华书局，1980年版。
③ 张正明：《先秦的民族结构、民族关系和民族思想》，《民族研究》1983年第5期。

是由于被疏见放后悲怨美政理想无法实现而借助楚辞创作来抒写忧愁幽思。因此，屈原的楚辞代表作《离骚》是带有自传性质的长篇政治抒情诗。在《离骚》及其他诗篇中，屈原集中表达了自己的美政理想。

概括而言，屈原所表达的美政理想主要有三个方面的内容：其一是民本思想和德政主张，其二是法治思想和任贤主张，其三是大一统思想和匡定天下主张。这三方面的内容相辅相成，有机统一，构成了屈原系统完整的美政理想。在屈原的美政理想中，没有夷夏之别的观念，有的是"相观民之计极"的关切，有的是"思九州之博大"的考虑，有的是"田邑千畛，人阜昌只。美冒众流，德泽章只"的向往。屈原的美政理想，可谓先秦政治文明意识的高度凝结，是古代进步政治思想的集中体现，是世代民众社会理想的基本追求，是人类社会健康发展的美好愿望，也与当今的政治文明建设深相契合。屈原的美政理想，可谓超越了民族、国界和时代，是人类共同的精神文化遗产。

屈原的一生，是为实现振兴故国、光融天下的美政理想而不屈不挠、九死不悔地奋斗的一生。正是如此，屈原的一生才生得光荣。

"既莫足与为美政兮，吾将从彭咸之所居。"当秦军攻陷楚国郢都、继而兵掠江南时，屈原深感美政理想破灭，于是投江自殉。屈原之死，是身殉国难，是身殉理想，也是身殉名节。正是如此，屈原之死才死得伟大。

端午节俗以纪念屈原为主题，也就通过吃粽子、龙舟竞渡等相关活动，宣扬和赞颂了屈原爱国爱民、追求九州统一、向往天下光明的美政理想。体现了世代民众社会理想基本追求的屈原美政理想，为中国各地人们、各族人民所接受和领悟，也即促进了民族的文化认同，并且有助于各族人民团结奋斗而实现国家的统一富强。

台湾自古就有端午纪念屈原的传统，而且因纪念屈原而建有屈原庙甚至形成了物候名。明清时，台湾人就将端午兴起的飓风称为"屈原飓"。王士祯《香祖笔记》卷二记载："台湾风信与他海殊异，风大而烈者为飓，又甚者为台……五月五日曰屈原飓。"今台湾彰化屈家村村民自称是清代由福建迁移台湾的屈原后裔，村中建有供奉屈原神像的泰和宫（也称屈原庙），每年端午都举行隆重的祭祀活动。

中国约有 30 个民族都过端午节。除了汉族之外，苗、侗、土家等民族都于端午吃粽子、赛龙舟并纪念屈原。瑶、彝、畲等族在端午未必纪念屈原，却都吃粽子。当代有苗族、土家族学者甚至认为，屈原"当是属于苗族的爱国诗人"或"土家族先民成员之一"[①]。中国的大半民族都过端午节，无疑是受汉族的影响。中国的一些少数民族

---

① 龙海清：《屈原族别再探》，《江汉论坛》1983 年第 3 期。
白俊奎：《巴族文化有传人，"灵均""廪君"一转音》，《西南民族大学学报》2004 年第 4 期。

也于端午纪念屈原或接受了传说为"汨罗遗风"的习俗，则反映了端午节俗对于中华民族认同的促进作用。

东亚、东南亚一些中国周边国家，受到中国文化的影响也过端午节。其端午节俗一般不会有纪念中国文化名人屈原内容，但日本、越南、新加坡等国的端午节俗都有吃粽子或赛龙舟的内容。近几十年来，欧美一些国家如德国、俄罗斯和美国等，也兴起于端午举行龙舟竞赛活动。端午节俗在世界范围日益广泛的传播，体现了世界人民对中国传统文化的认同。

如今，中国端午节已经是世界非物质文化遗产，是全人类共同的文化财富。端午节俗的文化表现形式是中国的，端午节俗的文化内蕴精神则与全人类的理想追求相通合。体现了人类共同愿望，超越了民族、国界和时代的屈原精神，通过端午节俗活动而"润物细无声"地传扬世界，必将增进世界人民的相互了解和文化认同，也必然有利于世界的和平发展。

试论闽南文化与楚文化之关系

闽南师范大学闽南文化研究院　汤漳平

【摘　要】　绝大多数人都认为，闽南文化如同闽文化一样，其底层文化主要应该是越文化。因汉武帝之前，越族在闽地建立过闽越国。但汉武帝于元封元年攻打闽越国，灭之，"诏军吏将其民徙处江淮间"，闽地遂虚。通过对现代福建和其他闽语人群的分子人类学研究，结果并没有看到今日闽语人群具有闽越人的结构，说明他们基本都是来源于北方的汉族移民，所以可以确定历史上的闽越族在福建地区基本已经消失。文化的传承，最主要是在于人，既然找不出有原闽越居民继续在闽存在的确实依据，又如何认定今日之闽南文化是传承自越人？研究表明，今日闽南文化的底层文化主要应是江淮地区的北方汉族移民带来的楚文化。

【关键词】　闽南文化　楚文化　闽文化

一

在闽南文化研究的过程中，有一个让我长期感到困惑的问题，那就是究竟闽南文化的底层文化是什么？

读过许多研究者的研究成果，其中绝大多数人都认为，闽南文化如同闽文化一样，其底层文化主要应该是是越文化。道理很简单，先秦时期越国曾是南方强盛的诸侯国，公元前3世纪后期，楚国打败越国，越人南迁入闽与原土著的七闽人融合而形成了闽越族。至西汉初期，越族首领无诸被汉高祖封为闽越王，建立了闽越国（公元前202年）。直到武帝时期，因东越王余善叛乱，汉武帝于元封元年（公元前110年）派四路大军攻打闽越国，灭之。而后汉武帝以"东越狭多阻，闽越悍，数反复"，因此"诏军吏将其民徙处江淮间，东越地遂虚"。（《史记·东越列传》）这样闽越国前后立国92年。而如果从战国后期越被楚所灭，南迁入闽算起，则越族在闽时间先后近200年。至于之前的"七闽"，有人认为即是百越的分支。

由于闽地曾有这样的历史,因此尽管其间越人被迁移,形成闽地空虚的状况,但许多研究者认为,越人的北迁不可能作得很彻底,因为据《宋书·州郡志》载:

建安太守,本闽越,秦立为闽中郡。汉武帝世,闽越反,灭之,徙其民于江淮间,虚其地。后有逃山谷者颇出,立为冶县,属会稽。(卷三十六《州郡志》第1092页,中华书局校点本,1974年标点本)

那么,究竟有多少闽越人未被迁走,史料无载。所以,研究者大多靠估计,有10万、20万之说等。但这种估计是不可为据的。因为闽越国时期,全闽究竟有多少人,也不清楚。但从唐之前闽中人口统计看,至西晋有8000多户,此后从东晋到隋唐,历经400年时间,人口一直未能增加,有时还仅5000余户。至隋大业年间才有12400余户,以每户4—5人计算,也不过6万—7万人,因此说遗留下来的闽越人还有10万、20万是不可能的。

自汉之后,在今闽北地区确有被称为"山越"的民众,但闽越人和"山越"之间是什么关系,至今也不清楚。徐晓望主编的《福建通史·远古至六朝卷》中说,"他们是本地的闽越人后裔还是从安徽、浙江迁来的山越人,则有些疑点。现有的史料与考古资料都不足以说明这一时期闽中越人的族属",因为"从考古出土的文物来看,他们的文化传统与闽越的联系不明显"。(第一卷《绪论》第10页)这无疑是一种谨慎的治学态度。

虽然如此,这些年在闽文化、闽南文化的研究中多数人依然在重复着相同的观点,即越文化是闽文化、闽南文化的底层文化,其次才顺便也提及还有吴、楚文化。尤其在谈到闽南文化的两个重要的特点,即民间信仰的敬鬼神与海洋意识产生时,更是很自然地和越文化联系起来。其一是关于民间信仰的敬鬼神问题。因为越人是信鬼神的,所谓"楚人鬼而越人禨"(《列子·说符》),禨便是禨祥,都是讲楚人和越人信巫、信鬼的事。《吕氏春秋·异宝》也说:"荆人畏鬼,而越人信禨。"既然越人原居闽地,那么这种习俗自然是从越族传承而来的。

其二是闽南人海洋意识的产生与承传问题。闽人或闽南人都是中原移民的后裔,中原地区并不习水,不近海,那么海洋意识的产生,又容易让人联想到越人,因为越人原就是习惯于水上生活的族群。这样的联想固然有其合理推论的逻辑链,然而却也只能是终止于联想而已。

其实文化的传承,最主要是在于人,既然找不出有原闽越居民继续在闽存在的确实依据,又如何认定今日之闽文化、闽南文化是传承自越人呢?

相反,科学的发展,尤其有关人类基因的DNA检测,分子人类学的发展,却告诉我们,今日之闽人中,并无越人的血源关系。

2007年,李辉教授在《广西民族大学学报(哲学社会科学版)》上发表了一篇文章,题目是《分子人类学所见历史上闽越族群的消失》(第29卷第2期)。李辉教授为复旦大学生命学院现代人类学教育部重点实验室教授、博士生导师。有关曹操后裔的DNA检测便是由他们做出的。论文指出:"分子人类学用DNA材料和计算生物学方法解答了很多人类学的问题。对于中国南方和东南亚地区最大的族群,侗傣族群和马来族群,分子人类学研究发现他们有共同的起源——百越族群,所以可以定义为'澳泰族群'。闽越是这个族群历史上重要的一支,曾经是福建的主体民族。"作者并强调指出,在这些年来的研究中,"百越族群的遗传结构已经基本厘清"。他们通过分子人类学DNA材料和计算生物学方法,调查了范围广泛的东亚人群中染色体O型其下三个亚型(O1、O2、O3)的分布情况,厘清了现代的百越人群(现称为"澳泰族群")主要分布于东南亚的侗泰族群与马来族群,而在国内,则主要集中在上海和浙江地区。文章认为:"通过对现代福建和其他闽语人群的分子人类学研究,结果并没有看到闽越的结构,闽语人群基本都是来源于北方的汉族移民。所以可以确定历史上的闽越族在福建地区基本已经消失。"应当肯定,这种研究所得出的结论是比较令人信服的,它廓清了长期以来许多学者仅凭个人印象做出的一些并不准确的估计。

二

闽南文化的两个重要的特点,即民间信仰的敬鬼神与海洋意识是如何形成的呢?下面先以祭祀为例,探讨闽南人在这一方面的传承问题。当闽越人北上中原之后,中原民众陆续迁移入闽,在闽地开发的过程中,他们也同时带来中原地区的许多民间信仰。郑镛在《闽南民间诸神探寻》一书中认为,"闽南民间寺庙中的主神有近50%来自中原地区"。(河南人民出版社2009年11月第1版,"绪论"第13页。)

中国自上古三代起,便十分注重对鬼神的祭祀,这是因为,"国之大事,在祀与戎"(《左传》)将祭祀提到与打仗同等重要的地位,今人当然很难理解。但在中国古代,华夏先民"敬天法祖"。"敬天",就是对天地自然山川的敬畏,因而有了对天地、山川、风雨、雷电之神力的祭祀;"法祖"就是继承和弘扬祖先的事业。古人认为祖先死去而灵魂不朽,死后而为神为帝,依然在关注子孙的事情,因此我们也就看到殷商甲骨文中有大量祭祀商人祖先神的内容;同样,周人在《诗经》的《大雅》《小雅》《周颂》中都保存了大量的祭祀先祖的诗篇。司马迁在《史记·封禅书》中历记了从古舜帝至西汉数千年间历代帝王祭祀的情况:

《尚书》曰:舜在璇玑玉衡,以齐七政,遂类于上帝,禋于六宗,望山川,遍群神。辑五瑞,择吉日,见四岳诸牧,……

《周官》曰,冬日至,祀天于南郊,迎长日之至;夏日至,祭地祇。皆用乐舞，而神乃可得而礼也。天子祭天下名山大川，五岳视三公，四渎视诸侯，诸侯祭其疆内名山大川。四渎者，江、河、淮、济也。天子曰明堂、辟雍，诸侯曰泮宫。

其后又记载了秦、汉的祭祀神祇及制度，从《封禅书》中可以看出，越到后来，祭祀的神祇种类越多，形成一套完整的天神—地祇—人鬼的祭祀系列。

作为中华文化的一个分支，闽南文化中保存了古代中华文化传统中众多正统的祭祀神，是很自然的，因为今日闽南人大多为两汉之后南迁的中原民众，他们在迁徙过程中把原家乡的祭祀神祇及制度带到闽南，在进行民间信仰的社会调查中，我们听到许多神祇来自北方的中原地区的传说，例如汉代的名将周亚夫、晋代名人谢安的信仰都被认为是唐初陈政、陈元光和中原民众开发闽南时所带来的。这就如同闽南人开发台湾时带去闽南的开漳圣王、妈祖、保生大帝信仰一样。而另一方面，环境的变化，也引发祭祀神祇的变化，这在自然山川之神中也是有显著的体现。当然，作为掌握民众命运的天神，无论民众迁移到何方，都共有一个天，共有天上的日月星辰，都要关注自身的繁衍和发展，这种共同的心理，使中国人无论走到哪里，都敬仰天地自然许多神祇。但山川之神则有了新的变化。如同北方中原地区的祭山、祭河习俗一样，闽南人也祭祀自己所生存的土地，山川之神，因此，山神、江神的祭祀，有了新的山神、新的河神，自然还有东面的海神。对于以讨海及通商海外谋生的东南沿海民众而言，大海是又一片可以耕耘取得收获的地方。因而，不仅有传统的对龙王爷的祭拜，还有对新的海神——妈祖的祭拜。闽台间有号称"四大民间信仰"是共同的，这就是妈祖信仰、关帝信仰、保生大帝信仰和开漳圣王信仰，这四大民间信仰中，除关帝信仰是自中原传来的，其余的则皆为闽地自生的神祇，且均是由人而后成为神的。自然，其所以成为神，也是因其生前有功于民而死后被民众敬奉为神，再受到历朝历代的赐封而爵位愈高，影响愈大。

以上情况可知，闽台民间信仰中新产生的神祇，多与其自身生存的需要而创造出来，并成为其社会生活不可分割的部分代代相传，直至现在祭拜的香火仍然不断。当然，闽南人的祭祀神祇，还有一部分是不列入国家祭典的，被称为"淫祀"，即不遵守礼法的祭祀。闽台之民众对神的祭拜是不分时候的，只要有问题祈求神帮忙解决，就立即可以去庙里祭拜，这种风气，我认为就与楚、吴、越等南方民俗影响有关。

也许有人会说，楚文化也是南方文化，和中原文化并不相同。这种看法不能说没有道理，但只能是其中的一点，即后期的楚文化确实形成了自己的特点，从而可与中原文化相抗衡。但不要忘记，楚文化只是中原文化的一个分支，它在某些方面传承的是比周文化更早的殷商文化。由于这个问题较为复杂，这里就不多讲了，有兴趣的朋友可以去看我刚在《中州学刊》2014年第6期发表的文章《从〈清华简·楚居〉看楚族之渊源》。

三

可能有人会问，不是说闽南人都来自河南中原地区，怎么会和楚、吴越有关呢？这应从历史源头说起。今日不仅闽南人，所有福建人（包括福州人、客家人等），都说自己的祖地在河南固始。可是，对于固始这个地方它的历史情况如何，还是需要厘清楚的。

我们一般讲中原文化，其核心区应当是指黄河流域的中游地区，发端于河洛文化，即今黄河与洛水交汇的一片区域，以此为核心，向西扩展至陕西，向北延伸至山西。上古三代的夏、商、周，其国都虽然不断迁徙，如夏都六迁，商都七迁，但都没有离开这一区域。而其周边甘肃一带为西戎，内蒙古一带为北狄，山东一带为东夷，长江以南则为南蛮。河南固始其地理位置在湖北、安徽与河南交界的三角地带，已属淮河流域，这里在商代是淮夷文化区。自古至今，受安徽一带淮夷文化影响最大。到春秋战国时期，吴楚间多次在这里交锋。20世纪70年代，这里还发现了吴国最后一位国君夫差的妻子句吴夫人的墓地。后来吴被楚所灭，当然就不再有这种争执了。春秋时期，楚国在尽灭汉阳诸姬姓国后，挥戈北上，直取淮河流域广大地区。今河南信阳一带的古代诸侯国如樊、罗、申、江、黄、息、蒋、蓼均于这一时期为楚所灭，而往北及往东的沈、不羹、叶、陈、蔡、应、六等也在此后接连并于楚，所谓"伤心莫过息夫人"的故事便发生于楚文王时期（公元前689—675年在位）。这时还是春秋早期，楚文王先后灭了息、蔡、黄诸国，并在这些地方建立了郡县，将楚国的势力抵达淮河流域，从而建立了北上中原的桥头堡。特别重要的是，他在这里建立了一支强悍的军队——"申息之师"。这支"申息之师"，在楚国历史上曾多次承担重要的军事任务，为其兴盛立下了不朽之功。息国就在固始的北面，与之土地紧密相连，自然很快被楚所灭，如固始的蒋国，在前617年即被楚兼并。楚庄王时（公元前613—前591年在位）著名楚相孙叔敖的家乡便在这里。此后，直至楚国灭亡（公元前223年为秦所灭），在长达400多年的时间里，固始一直是楚国的属地，可以说完全受到楚文化的浸润与影响。孙叔敖为官清廉，死后其家无恒产，十分困难，楚王就将固始封给他的后代。直到唐代，固始仍属淮南西道管辖，而不属中原道。

楚国的习俗和中原地区不同，崇尚鬼神，流行巫歌，被称为"巫风"，楚著名诗人屈原留下的《楚辞》诗篇，被日本学者藤野岩友称为"巫系文学"[①]，《楚辞·九歌》是典型描写楚人祭祀内容的作品。东汉王逸在《楚辞章句·九歌序》中说："《九歌》

---

① 藤野岩友：《巫系文学》，重庆：重庆出版社，2005年版。

者，屈原之所作也。昔楚南郢之邑，沅湘之间，其俗信鬼而好祀。其祠，必作乐鼓舞，以乐诸神。屈原放逐，窜伏其域，怀忧苦毒，愁思沸郁，出见俗人祭祀之礼，歌舞之乐，其词鄙俚，因为作《九歌》之曲。上陈事神之敬，下以见己之冤结，托之以讽谏。"①

《九歌》十一篇，除最后一首《礼魂》是送神曲外，其余十篇分别祭祀了十位神祇：它们是东皇太一、东君、云中君、湘君、湘夫人、大司命、少司命、河伯、山鬼、国殇。这十位神祇中，东皇太一、东君、云中君、大司命、少司命为天神；湘君、湘夫人、河伯、山鬼为地祇；最后配之以国殇，即为国牺牲的将士之魂。符合于天神—地祇—人鬼的祭礼。笔者认为它是楚王室的祭典，② 自然是比较正规的祭典。

但是，楚国还盛行"淫祀"之风，也就是超越祭礼的祭祀。大概这种祭祀的音乐很动听，叫"巫音"，因此在楚地流行，称为"巫风"。这种"巫风"，据《国语·楚语》载，它其实最早是盛行于上古时期："及少皞之衰也，九黎乱德，民神杂糅，不可方物。夫人作享，家为巫史。"③ 而且自九黎传至三苗，又传至商朝。《礼记·表记》引孔子的话说："殷人尊神，率民以事神，先鬼而后礼。"④《商书·伊训》中也记述当时的情况是："恒舞于宫，酣歌于室，时谓'巫风'。"⑤ 周取代商之后，在北方，由周公制礼作乐，加以规范，然而在南方，这种"巫风"并未停止，一方面是所谓"南蛮"的九黎三苗，被赶到南方后并未改变它的习俗，依然保存下这种"巫风"盛行的风气。其次，按照郭沫若的考证认为，楚人从北方迁到南方时，把商人原有的淫祀之风也带到南方。三苗的传统和商人的遗风相结合，形成楚国"巫风"的兴盛。"巫风"，其实是一种原始的宗教，也可称为巫教。其后，楚在其发展壮大过程中，吞并了吴、越、陈等地，这些地方也是"巫风"盛行地域，所以"巫音"之风靡全楚，就是理所当然的。陈国虽与宋、郑等国相邻，却也是"巫风"兴盛的地方。《诗经·陈风》中首篇《宛丘》，就是描写巫舞的诗篇：⑥

　　子之汤兮，宛丘之上兮。洵有情兮，而无望兮。
　　坎其击鼓，宛丘之下。无冬无夏，值其鹭羽。
　　坎其击鼓，宛丘之道。无冬无夏，值其鹭翿。

---

① 洪兴祖：《楚辞补注·九歌序》，北京：中华书局，1983年版。
② 汤漳平：《出土文献与〈楚辞·九歌〉》，北京：中国社会科学出版社，2004年版。
③ 《国语·楚语下》，上海：上海古籍出版社，1978年版，第562页。
④ 孔颖达：《十三经注疏·尚书正义》，北京：中华书局，1980年版，第163页。
⑤ 贾公彦：《十三经注疏·周礼正义》，北京：中华书局，1980年版，第1642页。
⑥ 朱熹：《诗集传》，上海：上海古籍出版社，1980年版，第81页。

《陈风》第二篇的《东门之枌》亦是如此,那位在"东门之枌,宛丘之栩",婆娑其下的"子仲之子",其实也是位巫风的舞者。《诗集传》引《诗序》云:

> 陈,国名,太皞伏牺氏之墟。……周武王时,帝舜之胄有虞阏父为周陶正。武王赖其利器用,与其神明之后,以其女大姬妻其子。大姬妇人尊贵,好乐巫觋歌舞之事,其民化之。①

这是讲陈国也是巫风盛行之所,而陈国就在固始北面。就是说,这一大片地方,风气大致相同。

"巫风"盛行,其结果并不美妙,有的人还把楚国的衰亡同其喜好"巫风"联系在一起。如《吕氏春秋·侈乐篇》载:"宋之衰也,作为千钟;齐之衰也,作为大吕;楚之衰也,作为巫音。"② 千钟、大吕是用青铜制作的大型钟鼓乐器,型制巨大,耗费大量人力物力,所以宋、齐因此而衰。而"巫音"则是祭祀时的乐舞,《吕氏春秋》认为楚人沉湎于此,影响了国家的发展,导致衰败。当然,是否如此,另当别论,但"巫风"在楚漫延,则应是事实。

也许有人会问,从楚国灭亡到中原移民入闽,其间经历了数百年之久,难道社会风气和习俗不会发生变化吗?那么我们不妨看看《汉书·地理志》中的相关记载。

《汉书·地理志》在分别记载了汉代各郡的户口、土地、领县之后,在《汉书·地理志》(下)又分别记载了各地的风土人情,在记陈国时,有这样一段话:

> 陈国,今淮阳之地。陈本太昊之墟,周武王封舜后妫满于陈,是为胡公,妻以元女大姬。妇人尊贵,好祭祀,用史巫,故其俗巫鬼。《陈诗》曰:"坎其击鼓,宛丘之下,亡冬亡夏,值其鹭羽。"又曰:"东门之枌,宛丘之栩,子仲之子,婆娑其下。"此其风也。③

这段话虽与《诗序》陈风前之语略同,而时则已过 300 年矣。

又楚地,《汉书·地理志》(下)载:

> 楚有江汉川泽山林之饶,江南地广,或火耕水耨,民食鱼稻,以渔猎山

---

① 朱熹:《诗集传》,上海:上海古籍出版社,1980 年版,第 81 页。
② 高诱注:《诸子集成·吕氏春秋》,北京:中华书局,1954 年版,第 48 页。
③ 班固:《汉书》,北京:中华书局,1973 年版,第 1653 页。

伐为业，果蓏蠃蛤，食物常足，……饮食还给，不忧冻饿，亦亡千金之家。信巫鬼，重淫祀。①

在谈到吴越的民风时，则说：

本吴粤与楚接比，数相并兼，故民俗略同。②

班固在写《地理志》时，既有对历史的回顾，又有对当时状况的叙写，可知至东汉时风气依然如此。《地理志》在众多郡县中，独对陈、楚、吴、越之域书以"信巫鬼，重淫祀""其俗巫鬼"，可知当时南北异俗已形成，非独今日如此。

作为昔日楚地的固始，其承传的风气也可想而知。即使到宋代，还有人感慨豫南地区的这种风气之难改。由此可知，被楚巫风笼罩的江淮地区信巫鬼、重淫祀之风是源远流长的，又被一批批移民带入闽南，并"发扬光大"。

四

其二是关于闽南人的海洋意识形成问题。许多人认为是与越人的善舟楫及疍人的水上生存方式有关，其实这种看法多少有些想当然。因为闽南人在直接渊源上与原闽越族关系不大，至于疍人与闽南人之间似乎天然存在隔阂，以前疍人只住船上，自成系统，和闽南人之间没有必然的文化传承关系。

闽南人的海洋意识形成经历了漫长的岁月。

唐代入闽的中原人来到海边之后，面对大海发现的只是各种海味，同时也看到海上贸易的好处，但似乎主要是外商前来。泉州港就是如此，唐代末期诗人韩偓咏泉州，依然用"中华地向城边尽，外国云从岛上来"（《登南神光寺塔院》），说明此时海上贸易依然是外国商人来得多。因此才会有"云山百越路，市井十洲人"的景象。（包何《送李使君赴泉州》）

及至宋元，才是闽南人海洋意识的形成期，但还不是成熟期。此时的闽人，因连续数百年的移民，从原来的地广人稀转变为人口稠密区，而"八山一水一分田"的地理格局制约了粮食生产的发展，于是闽南人才将目光从沿海平原转向东面的大海和西面的高山。因山地虽不能种水稻，但可以进行经济作物的种植，于是而有了棉花、水果、甘蔗、茶叶等的种植。而转向大海时看到了海上贸易所带来的利益丰厚，因此也

---

① 班固：《汉书》，北京：中华书局，1973年版，第1666页。
② 班固：《汉书》，北京：中华书局，1973年版，第1668页。

开始了走向大海的进程。如谢履在《泉南歌》中写道:"泉州人稠山谷瘠,虽欲就耕无地辟。州南有海浩无穷,每岁造舟通异域。"

确实宋元时期国家对海上贸易是提倡并加以支持的,主要是可以收取数额可观的贸易税赋。因此才出现"漳、泉、福、兴化,凡滨海之民所造舟船,乃自备财力,兴贩牟利"的状况。(徐松:《宋会要辑稿刑法》卷二,第137页)至元代,闽南的海外贸易得到进一步的发展与繁荣,泉州超越广州而成为东方第一大港,大量外国商船来泉贸易,众多外国商人长期在泉定居,使泉州成为"七闽之都会","番货、远物、异宝、奇玩之所渊薮,殊方别域富商巨贾之所窟宅,号为天下最"(吴澄《吴文正公集》卷二十八,第13页,文渊阁四库全书本)。自然,这种风气极大影响泉州民众,形成"郡民多逐末利"的风气(林弼《林登州集》卷八第9页),泉州、兴化均出现本地商人组成的对外贸易的船队,如兴化的商人船队竟至有大舶200艘,其舰运规模可见一斑。

不过,宋元时期闽南的外贸中,有两点值得注意:一是在这些外贸中,外商即所谓蕃商是主角,他们拥有巨大的财富,甚至主宰着贸易权。南宋末年泉州的蒲寿庚家族为其代表。蒲氏原为番商,长期在泉定居经商,积累财富无数,宝祐年间起任泉州市舶使,至宋末又晋升为福建安抚沿海都制置使。其后蒲氏投元,继续主宰泉州的海上大权,《闽书》载:"元以寿庚有功,宦其子孙,多至显达。泉人避其薰炎者八十余年,元亡乃止。"(何乔远《闽书》卷一百五十二,第4496页)元代就更不用说了,政权主宰者为蒙古人和色目人,他们视闽南人为下等人,因此漳州、汀州不断有民众发动抗元起义,而泉州在元人控制下,天灾人祸频仍,社会秩序混乱到极点,而由外商组成的亦思巴奚军竟割据泉州十多年,民众纷纷逃亡,被杀者不计其数。二是不论宋代还是元代,泉州港均呈现早期繁荣而后期衰落的状况。因此,没有必要过高估计宋元时期闽南人的海洋意识。宋元时期海外贸易的发展,不过是宋元朝廷为增加赋税而开展的贸易活动,宋代泉州贸易规模并不大,"当时的海外贸易不过是每年几条船至十几条船的贸易量而已"(徐晓望主编《福建通史》(宋元)第346页)。

闽南人海洋意识的成熟应以明末的郑氏家族海商集团的形成为标志。自明初起,朝廷实行禁海,甚至发布所谓"片帆不许入海"的诏令,使沿海民众断绝一条重要的生路,明成祖朱棣的永乐年间(1403—1424)虽也曾有过郑和七下西洋的壮举,但其目的是向海外宣扬明朝的国威,而非现代意义的海洋意识。朝廷的禁海结果,是民间与之相对的海上走私活动的产生。从明代前期至中期,长达200年间,明朝一直不得不对海上的走私集团以及与之有关的倭寇作战,沿海民众不仅得不到濒海之利,反而遭受濒海之害。直至1567年,在倭患基本平息之后,明朝廷首次在漳州月港设立督饷馆,允许中国商人可以由此出漳贸易,而政府则收取船舶税等。这样,走私贸易开始变为合法贸易。然而,明廷的对外开放是不得已而行之策,因此往往时开时禁,为保障海外贸易的正常进行，沿海商人自发组成了一个个海商集团。16世纪正是世界大航海时代的开端，西方的葡萄牙、荷兰、英国、西班牙等国家商船纷纷东来，以武装为保护开拓海外市场，中国沿海商人为保护自身利益也纷纷以武力相抗衡，争夺海上的制海权。其中郑成功的父亲郑芝龙的海商集团是在兼并了其他海商之后，形成的最大规模的海上武装集团，基本垄断了从中国沿海直至马六甲海峡的航道的制海权，其势力远远超过明廷的控制范围。郑氏集团的形成及之后数十年的活动，显示了闽南人海洋意识的自觉形成。尽管明清两代政府皆不支持这种民间的海上贸易，甚至时时加以限制，但已感到鞭长莫及，因此只能采取"抚"的政策，给郑芝龙予"总兵"的官职，利用其力量来保卫海防，而这又使郑氏集团的活动合法化，具有了官方的色彩。郑芝龙降清后，郑成功父子以其父的旧部为依托，继续聚集抗清复明的事业。收复台湾及移民东南亚等，都是与郑氏集团的活动密切相关的。

那么是否可以说，闽南人海洋意识的形成，是与中华传统的农耕文明并不相干的呢？我以为并非如此。中华文化的精神并非如一些人所认为的就是一种恒定的顽固、保守、一成不变的精神。中华元典之一的《易经》全书都是在讲通变的道理，所谓"易者，易也"，易就是通变。因此如果以为中华文化中缺乏积极进取精神，那是不懂中华文化的精髓。《周易系辞下》所谓"穷则变，变则通，通则久"，也是讲通变，中华文化之所以长久保持下来，就是懂得通变，因此能够长久。海洋意识的形成，正是闽南族群自中原移徙闽南之后，在长期和海洋的接触中，逐步意识了海洋的生存之道，在漫长的岁月中逐步形成了开放的意识，与积极进取的开拓精神，支撑并加强了这种意识和力量。

关于闽南文化的底层文化问题是一个比较复杂的课题，本文的目的在于提醒大家对这一问题应当继续希望有更多学者继续深入研究，才能得出更符合实际的结论。

这里还必须指出的是，这些年来，台独分子为了给台独制造理论依据，大肆在血缘问题上做文章，甚至耸人听闻地提出所谓台湾人是南方人种，其血缘百分之九十九与中原北方人种不同的怪论，他们还以马偕纪念医院林妈利医师的血液检测为依据，夸大其词，称所有台湾闽客族均与北方不同，提出"我们流着不同的血液"，虽然其检测方法的科学性与准确性遭到不少台湾人类学者的质疑，但也有许多人别有用心地为之鼓吹，并变本加厉地夸大事实真相，颇具欺骗性。这正如台湾大学科学教育发展中心2010年10月25日发表的科学小报告《台湾汉人的基因战争》一文开头所指出的那样："有些争议看起来讨论的是科学，但背后真正纠结的是情感。尽管意识形态一词被高度污名化，但我们仍应正视所有追求知识的行为背后皆有意识形态的事实。"台湾学术界发生的这场论战已持续了十几年时间，显然它将是一场持久战，我们是不能隔岸观火、置之度外的。

楚辞植物占卜研究

贵州师范学院文学院　孙秀华

【摘　要】　楚辞中蕴含较为丰富的占卜文化，详加考察，涉及植物的占卜有蓍占、茅占、竹占、"结"占等，且楚辞里的采花折木也多有植物占卜的意味。

【关键词】　楚辞　蓍占　茅占　竹占　结

今并言占卜，实则占和卜是不同的。《左传·僖公十五年》曰："龟，象也；筮，数也。"《说文解字》释筮曰："筮，易卦用蓍也。"《史记·龟策列传》云："搜策定数，灼龟观兆。"也就是说，卜是指龟卜或骨卜，视甲或骨的兆象断占凶；占是指策占，即筮占（蓍占），据揲蓍数列定休咎与否。当然，见诸文献的古代占卜并非只有龟、策二种。楚辞中蕴含较为丰富的占卜文化，详加考察，涉及植物的占卜有蓍占、茅占、竹占、"结"占等。

一、蓍占

楚辞中《卜居》《招魂》和《九怀·通路》三篇与蓍草占卜有关。

《卜居》：不知所从乃往见太卜郑詹尹曰："余有所疑，愿因先生决之。"詹尹乃端策拂龟，曰："君将何以教之？"……詹尹乃释策而谢曰："……龟策诚不能知此事。"

其中三及"策"字。注解说："五臣云：'策，蓍也。立蓍抚龟，以展敬也。'"[②]《九怀·通路》也有："启匮兮探筴，悲命兮相当。"其中"筴"，即"策"的异体字。"探筴"，是指蓍占，以蓍草占吉凶。

---

① 贵州师范学院 2012 年度博士项目"先秦文学与采集文化"（项目代号：12BS014）研究成果。

② 洪兴祖：《楚辞补注》，北京：中华书局，1983 年版，第 176 页。

《招魂》：帝告巫阳曰："有人在下，我欲辅之，魂魄离散，汝筮予之。"

巫阳对曰："掌梦！上帝，其难从。若必筮予之，恐后之谢，不能复用。"

对于"筮"，注解说："筮，卜问也。蓍曰筮。《尚书》曰：'决之筮龟。'"①

又《九怀·匡机》有曰："蓍蔡兮踊跃，孔鹤兮回翔。"虽原注为："蓍，筮也。"但不可信从，洪兴祖补注辨析甚明："《文选》云：'搏耆龟。'注云：'耆，老也。'龟之老者神，引'耆蔡兮踊跃'。据此，蓍则当作耆。然注以为蓍龟之蓍，蓍虽神草，安能踊跃乎？"也即，此处之"蓍"是通假字，通"耆"。对于"蓍蔡"的这种理解与下文之"孔鹤"二字用法一致，全句摹写龟鹤，有祈寿延年之意。当以洪说为是。②

古人之所以选用蓍草占卜，应该与植物崇拜有关。《史记·龟策列传》云："能得百茎蓍，并得其下龟以卜者，百言百当，足以决吉凶。"③由此可见古人笃信百茎蓍草神异的"决吉凶"功能，因此"闻古五帝三王发动举世，必先决蓍龟……至周室之卜官，常宝藏蓍龟。"而周室卜官，据《周礼·春官》，有：大卜、卜师、卜人、龟人、菙氏、占人、筮人、占梦、眂祲等，各有职守。对于"筮人"的职掌，《周礼》曰：

筮人掌《三易》，以辨九筮之名，一曰《连山》，二曰《归藏》，三曰《周易》。九筮之名，一曰巫更，二曰巫咸，三曰巫式，四曰巫目，五曰巫易，六曰巫比，七曰巫祠，八曰巫参，九曰巫环，以辨吉凶。凡国之大事，先筮而后卜。上春，相筮。凡国事，共筮。④

由此可见，当时国家大事是必然要"筮"的，筮人的地位举足轻重。

非但王室如此重视蓍占，流风所化，民俗皆然。《诗经》中就多次写到蓍草卜筮。《曹风·下泉》之"冽彼下泉，浸彼苞蓍。"毛《传》："蓍，草也。"⑤这种蓍草，即专为"筮"所用。《卫风·氓》有曰："尔卜尔筮，体无咎言。以尔车来，以我贿迁。"毛《传》："龟曰卜。蓍曰筮。"⑥诗中"尔卜尔筮，体无咎言"，便是当时较为典型的卜婚。《诗经》中卜筮并言的除《卫风·氓》还有《小雅·杕杜》："卜筮偕止，会言

---

① 洪兴祖：《楚辞补注》，北京：中华书局，1983年版，第198页。
② 洪兴祖：《楚辞补注》，北京：中华书局，1983年版，第269页。
③ 司马迁：《史记》，北京：中华书局，1959年版，第3223页。
④ 李学勤：《十三经注疏·周礼注疏》，北京：北京大学出版社，1999年版，第650—651页。
⑤ 李学勤：《十三经注疏·毛诗正义》，北京：北京大学出版社，1999年版，第480页。
⑥ 李学勤：《十三经注疏·毛诗正义》，北京：北京大学出版社，1999年版，第230页。

近止,征夫迟止!"这是写"征夫"久出未归时,妻子也求助于蓍草占卜,祈求丈夫能够尽快平安归来。

《说文解字》释曰:"蓍,蒿属。生十岁,百茎。《易》以为数。"《本草纲目》对于蓍草解释道:"其生如蒿作丛,高五六尺,一本一二十茎,至多者五十茎。生便条直,所以异于众蒿也。秋后有花,出于枝端,红紫色,形如菊花;结实如艾实。"又说:"则此类亦神物,故不可常有也。"仍认为是"神物"。

蓍草,拉丁学名为 Achillea sibirca,菊科蓍属植物,别名一支蒿、锯齿草、蜈蚣蒿。现有三种:高山蓍草(Achillea alpina L.)、欧蓍草(A. millefolium L.)和云南蓍草(A. wilsoniana Heim.)。原产东亚、西伯利亚、日本及中国云南、四川、贵州、湖南西北部、湖北西部、河南西北部、山西南部、陕西中南部、甘肃东部。生于山坡草地或灌丛中。耐寒,喜温暖、湿润;阳光充足及半阴处皆可正常生长。不择土壤,但在排水良好、富含有机质及石灰质的砂壤土上生长良好。中医认为全草具有解毒消肿,止血,止痛的功能,夏秋采收,洗净,鲜用或晒干备用。

对于蓍草的占卜操作,即筮的操作流程可分为"命筮""揲蓍"和"释卦"。命筮就是向神灵表明蓍占的目的和祈求。如《国语·晋语四》记载:"公子亲筮之,曰:'尚有晋国。'"指重耳流亡在外,筮占自己命运前命筮"尚有晋国"。又如上文所引《招魂》帝告巫阳之语"有人在下,我欲辅之,魂魄离散,汝筮予之"即为命筮。

揲蓍,据《周易·系辞·上》第九章:

> 大衍之数五十,其用四十有九。分而为二以象两,挂一以象三,揲之以四以象四时,归奇于扐以象闰。五岁再闰,故再扐而后挂。天一,地二;天三,地四;天五,地六;天七,地八;天九,地十。天数五,地数五。五位相得而各有合,天数二十有五,地数三十,凡天地之数五十有五,此所以成变化而行鬼神也。乾之策二百一十有六,坤之策百四十有四,凡三百六十,当期之日。二篇之策,万有一千五百二十,当万物之数也。是故四营而成《易》,十有八变而成卦,八卦而小成。引而伸之,触类而长之,天下之能事毕矣。显道神德行,是故可与酬酢,可与佑神矣。子曰:"知变化之道者,其知神之所为乎。"

则其步骤大致如下:取五十根蓍草,实用四十九根,将其任意分为两份,从这两份中的任意一份中取出一根,然后再把左右两份蓍草每四个一数,直到最后余数不够四为止,然后取出两份最后的余数,再将余下的左右两份蓍草合而为一。以上的四个步骤就是"四营",即"分二""挂一""揲四""归奇"。四营而成一"变",经过三

"变"将得到一爻。如此反复六次，也就是经历十八变之后，得到六爻，即成一卦。三"变"之后得到的蓍草的数目不外乎以下四种情况：36、32、28、24，将这四个数字除以四，便会得到9、8、7、6，9、7为阳爻，6、8为阴爻。这样就会产生由六个阴阳爻组成的一卦，即"本卦"。而9为老阳，8为少阴，7为少阳，6为老阴。根据物极则反的原则，老阳和老阴为变化之爻，少阳和少阴为不变之爻，得到老阳要变为阴爻，得到老阴要变为阳爻。因此得到一卦之后，如果三变之后得到的数字中有6或者9存在，就会产生变爻，这样又形成一个新卦，称为"之卦"。这就是所谓的"大衍筮法"。①

释卦是指得到卦象之后，对筮占结果进行解释，以数、卦象、卦爻辞结合为主占断吉凶。

而尽管楚辞中《卜居》《招魂》和《九怀·通路》三篇提到了蓍草占卜，但似乎对于筮占结果并不十分关切。其中《卜居》和《招魂》实则完全舍弃了筮占。然而，蓍草占卜后世影响仍十分深远。唐代刘长卿《岁日见新历因寄都官裴郎中》诗曰："愁占蓍草终难决，病对椒花倍自怜。"又清代文康的小说《儿女英雄传》第三十六回写到："〔安老爷〕亲自上书架子上把《周易》蓍草拿下来，桌子擦得干净，布起位来，必诚必敬，揲了回蓍草卜，卜公子究竟名列第几。"

二、茅占和竹占

《离骚》有曰：

> 索藑茅以筳篿兮，命灵氛为余占之。
> ……
> 欲从灵氛之吉占兮，心犹豫而狐疑。
> ……
> 皇剡剡其扬灵兮，告余以吉故。
> ……
> 灵氛既告余以吉占兮，历吉日乎吾将行。

这一大段三次写到灵氛，明确写到"灵氛之吉占"，则占卜所用来自"索藑茅以筳篿兮"一句无疑。但具体名物释说，历来见解不一，由此，对于占卜方式方法的判断众说纷纭。

---

① 李良贺：《春秋时期的卜筮研究》，吉林大学硕士论文，2004年。

王逸注解说："藑茅，灵草也。筳，小折竹也。楚人名结草折竹以卜曰篿。"[①] 也即王逸认为有两种占卜方法，灵草占卜，折竹占卜。

《文选》："藑作琼。五臣云：'筳，竹筭也。"[②]"藑作琼"，也即"琼茅"，理解为美好洁净之白茅，可推测《文选》五臣注解认为，有两种占卜方法，茅占和竹占。

洪兴祖补注曰："藑音琼。《尔雅》云：'葍，藑茅。注云：藑、葍一种，花有赤者为藑。'筳，音廷。篿，音專。《后汉·方术传》云：'挺專折竹。注云：挺，八段竹也。音同。'"[③] 也即洪兴祖认为是两种占卜，红花葍占和竹占。

王夫之《楚辞通释》："琼茅，《尔雅》谓之葍，其花赤。《本草》谓之旋复花……筳，折竹枝。篿，为卜算也，楚人有此卜法。取琼茅为席，就上以筳卜也。"[④] 这是认为只有一种占卜，竹占。尽管用到"琼茅为席"，但琼茅不直接用来占卜。

融通来看，对于竹占的存在是没有异议的。楚地盛产竹，因之人们用竹子作为占卜的工具，竹占也就成为楚地的一种重要的竹卜形式。而《文选》五臣注解认为"筳"即为"竹筭"，也就是"竹算"。枚乘《七发》有曰："孟子执筹而筭之，万不失一。""算"与"筹"应关系密切，所谓"运筹帷幄"最初也肯定具有占卜的意味。这说明五臣虽没有明确记载竹占的形式、方法，但指出"筳"即"竹筭"，可见他们对于在当时作为运"数"的竹占并不陌生。

《荆楚岁时记》有"或折竹以卜"，这说明楚人对竹卜法是有所运用的。[⑤] 但如何折竹，怎么占卜，不得其详。而民间"竹筶"占卜现今犹存。竹筶，即劈成两片的竹兜，以凸凹分阴阳。用法为持合之，抛于地面，两凸面朝上为阴卦，两凹面朝上为阳卦，一凹一凸为顺卦。也即分为阴、阳、顺三种卦象，顺为上，顺则吉，顺即胜。重庆博物馆现存有巫师使用的"竹筶"一对，为取楠竹尖部制成，长10余厘米，中剖为二。在巴渝地区方言之中，如关于"试试""试一下"的表达就是"让我来筶一回"，这个"筶"即竹卜。[⑥]

对于"灵草"占卜，认为"葍"为"灵草"，于文献无征。又指"葍""花有赤者为藑"，是生分葍有二种，也即花赤者名为藑，花非赤者仍名为葍，与常理不合。王夫之《楚辞通释》即释说琼茅为赤花葍或旋复花，又说"取琼茅为席，就上以筳卜"，明显没有文献依据，且赤花葍或旋复花如何做得"席"？

① 洪兴祖：《楚辞补注》，北京：中华书局，1983年版，第35页。
② 洪兴祖：《楚辞补注》，北京：中华书局，1983年版，第35页。
③ 洪兴祖：《楚辞补注》，北京：中华书局，1983年版，第35页。
④ 王夫之：《楚辞通释》，上海：上海人民出版社，1975年版，第17页。
⑤ 宋公文、张君：《楚国风俗志》，武汉：湖北教育出版社，1995年版，第451页。
⑥ 曾超：《巴人占卜的选材及其特点述论》，《长江师范学院学报》2008第5期。

张崇琛认为:"琼茅"即《禹贡》荆州所贡之"菁茅",亦即《左传》管仲责楚"尔贡包茅不入"之"包茅"。以其气味芬芳,或谓之香茅。《水经·湘水注》引《晋书·地道志》言零陵郡桂阳县有"香茅",即此物。此物可用以缩酒,亦可用于为卜。当是。这完全合乎王逸"灵草"说。①

茅为灵草,典籍中多见。《周易·大过》初六爻辞云:"藉用白茅,无咎。"是说用白茅做铺垫,就不会有什么灾难了。《礼记·杂记下》记大夫之丧"御柩以茅",即执事者持茅为前导,指挥灵柩进止,亦证茅可通灵。而且,与楚地直接相关的记载还有两条。其一为《尚书·禹贡》记述荆州贡品中就有"包匦菁茅",郑玄注云:"匦,缠结也。菁茅,茅有毛刺者,给宗庙,缩酒。"其二是《国语·晋语八》载:"昔成王盟诸侯于岐阳,楚为荆蛮,置茅蕝,设望表,与鲜卑守燎,故不与盟。"韦注云:"置,立也。蕝,谓束茅而立之,所以缩酒。"这是说以茅缩酒望祭山川,茅显然具有通神灵气。②

然而,如何用灵草占卜,古人没有记载。张崇琛详录宋代文献进行了推测。庞元英《文昌杂录》云:"余昔知安州,见荆湘人家多以草、竹为卜"。是草、竹之卜,宋时犹存。宋人周去非《岭外代答》中更详细记载了草卜之法:

> 南人茅卜法,卜人信手摘茅,取占者左手,自肘量至中指尖而断之,以授占者,使祷所求。即中折之,祝曰:奉请茅将军、茅小娘,上知天纲、下知地理云云。遂祷所卜之事,口且祷,手且掐。自茅之中掐至尾,又自茅中掐至首。乃各以四数之,余一为料,余二为伤,余三为疾,余四为厚。"料"者,雀也,谓如占行人,早占遇料,行人当在路,此时雀已出集故也;日中占遇料,则行人当晚至,时雀至暮当归尔,晚占遇料,则雀已入巢,不归矣。"伤"者,声也,谓之"笑面猫",其卦甚吉,百事欢欣和合。"厚"者,滞也,凡事迟滞。茅首余二,名曰"料贯伤",首余三,名曰"料贯疾"。余皆仿此。南人卜此最验。精者能以时辰与茅折之委曲,分别五行,而详说之。大抵不越上四余,而四余之中,各有吉凶,又系乎所占之事。当卜之时,或遇人来,则必别卜,曰:外人踏断卦矣。

周氏所述,即所谓"掐茅卦"也。曩者湖湘乡间,往往见之。此种"掐算"之法,北方民间也有,然不以茅,径以手指代替。《离骚》"索琼茅"以"占",极可能就是

---

① 张崇琛:《楚人卜俗考略》,《兰州大学学报》1991年第2期。
② 刘振中:《说"茅"》,《中国典籍与文化》1998年第2期。

这类的卜法。①

　　此推测茅占或类似后世之"掐茅卦",有一定认识价值。但与《离骚》文意大不合。《离骚》中"索藑茅以筳篿兮,命灵氛为余占之"是郑重其事,诚信敬意之占卜,绝非"信手摘茅"而为之。且所命之"灵氛"也应非同寻常,其地位崇高,为可占断国是之人,也不应径以"掐算"应对"余"之所请。

　　"茅,多年生草本……秆直立,粗壮,高30—90厘米。叶线形,长可达50厘米,宽约1厘米。"②就茅的植物学形态特点而言,"掐茅卦"或所用当为茅叶,因为茅叶柔软,可很方便地掐断。而楚辞中灵氛茅占所用当为茅秆,因为茅秆更为方便保存,且可反复使用,正如同蓍草占卜是使用蓍草茎秆。至于其茅占之法,当类似蓍草占卜。此即为同样可通灵的茅,替代通灵的蓍草而已。也就是说,茅占同样可经由"分二""挂一""揲四""归奇"等"四营"得到卦象,进而判断吉凶。

三、"结"占

　　《离骚》之"索藑茅以筳篿兮,命灵氛为余占之",王逸注解中说:"楚人名结草折竹以卜曰篿。"显然,"结草"是别样一种占卜,王逸是很清楚的。但后世注家对于"结草"之占卜均无解说。实则楚辞文本中便留存有内证。以下四处当与"结"之占卜有关:

> 《离骚》:擥木根以结茝兮,贯薜荔之落蕊。
> 《离骚》:时暧暧其将罢兮,结幽兰而延伫。
> 《九歌·大司命》:结桂枝兮延伫,羌愈思兮愁人;
> 《九怀·危俊》:结荣茝兮逶逝,将去烝兮远游。

　　值得注意的是,所"结"的对象为茝、兰和桂枝,皆为芳香植物,可称之为香草香木。楚辞中香草香木与美人君子相配,而这种相关联是与香草香木所具有的圣洁或者说神圣特征为基础的。对于"结"而言,其本身也具有神圣性。

　　《周易·系辞·下》曰:"上古结绳而治,后世圣人易之以书契。"孔颖达疏:"结绳者,郑康成注云,事大大结其绳,事小小结其绳,义或然也。"据现代人类学资料,结绳记事,远非孔、郑之大结、小结推测之简陋,由绳之颜色、质地特别是编结方式方法的变换,结绳可以精确记载纷繁复杂的事件。可以想见,上古时代,结绳记事之

---

① 张崇琛:《楚人卜俗考略》,《兰州大学学报》1991年第2期。
② 潘富俊:《楚辞植物图鉴》,北京:九州岛出版社,2013年版,第71页。

"结",对于部族的极端重要性,对于常人而言,"结"无疑具有至高神圣、神秘的特性。

具体到"结草",有这样的典故。《左传·宣公十五年》载有:

> 初,魏武子有嬖妾,无子。武子疾,命颗曰:"必嫁是。"疾病则曰:"必以为殉。"及卒,颗嫁之,曰:"疾病则乱,吾从其治也。"及辅氏之役,颗见老人结草以亢杜回,杜回踬而颠,故获之。夜梦之曰:"余,而所嫁妇人之父也。尔用先人之治命,余是以报。"

这便是受厚恩而虽死犹报之"结草"典故的由来。可"结草"何以让有名的将军杜回踬、颠而受擒呢?奥秘似乎不在于所结之草多么坚韧以至于可以"亢"杜回,而实则在于"结"本身的神秘特性,或者具有某种巫术魔力的附加,类似于厌胜之术。

恰类似于所列出的楚辞中"结"茝、兰和桂枝等香草香木,日本古代有结松枝风俗,或结松枝之人借此表达留恋之意,而且有寄希望于自己再亲手解开此结的意愿,而追根溯源,当为一种结松占卜。关于这种风俗的和歌有以下很著名的这几首:

有间皇子自伤结松枝歌
(2-141) 磐代海滨松,
结枝频祈祝。
如得保平安,
或许能来复。(19)①

长忌寸奥麻吕见结松哀咽歌二首
(2-143) 人云磐代崖,
犹遗松枝结。
不知归路人,
是否再得瞥。(87)
(2-144) 磐代野原上,
松结犹未松。

---

① 李芒译:《万叶集选》,北京:人民文学出版社,1998年版,第19页。诗行前括号内数字,前为该诗在《万叶集》中的原卷数,后为原歌号;全诗结束后括号内数字,为该诗在《万叶集选》中的页码。下引万叶和歌皆同此例。

> 吾心似松结，
> 未解古时衷。(88)

> 山上臣忆良追和歌一首
> (2-145) 辗转频飞翔，
> 精魂如暮鸟。
> 瞩目松枝结，
> 松知人未晓。(157)

特别是第一首和歌，"如得保平安，或许能来复"俨然是向神佛面前祈福许愿，再回过头来看"结枝频祈祝"，其"结枝"的占卜意味非常明显。对于以上几首和歌，"为什么人们要在和歌中通过歌咏松树来祈祷生命的安然无恙呢？"家井真认为："因为松树被人们视作灵魂赖以附着之物"，"与《万叶集》中所歌松树一样，在古代中国松树也被认为是一种凭依，两者具有相同的特征。因此，有马皇子虔诚地向象征灵魂以及神灵凭依的松树祈祷生命的无恙，忆良则歌咏附着有马皇子灵魂的松树"。"可见松树所具有的宗教性在古代日本和中国是共通的。"① 而显而易见的是，楚辞中茞、兰和桂枝等香草香木是明确"被人们视作灵魂赖以附着之物"的。因此，"结"这些香草香木，是具有占卜前途命运、世事和人生的用意的。

至于"结"占的方法，《九怀·危俊》之"结荣茞兮逶逝"，注解说"束草陈信"。② 也就是将"结"解释为"束"，即打结。从所引日本和歌看，结松枝之"结"的方法也似乎没有什么特别，就是"束，打结"。至于结的时候如何祈祷，之后如何来"复"，则应该是有一些复杂神圣的程序，可惜不得而知。

除上述几种植物占卜，楚辞中涉及植物采集特别是香草香木采集的内容，大都具有预测性含义，也就是具有植物占卜的意味。这是因为楚辞中的这些植物被赋予了神性，能起到连接人和神的中介作用。而在《诗经》中早有这样的例子。比如《召南·草虫》的二、三章诗曰：

> 陟彼南山，言采其蕨。未见君子，忧心惙惙。亦既见止，亦既觏止，我心则说。

---

① [日]家井真著、陆越译：《〈诗经〉原意研究》，南京：江苏人民出版社，2011年版，第151—152页。
② 洪兴祖：《楚辞补注》，北京：中华书局，1983年版，第271页。

>陟彼南山，言采其薇。未见君子，我心伤悲。亦既见止，亦既觏止，我心则夷。

此诗里的情景可简化记为：上山采草→未见心伤→既见心悦。那么，这"采草"的神秘功能也就显现出来了，或许"采草"便具有占卜的意味，可以预测自己能否见到倾慕已久的"君子"。类似的还有《小雅·采绿》之"终朝采蓝，不盈一襜。五日为期，六日不詹"。而《王风·扬之水》和《郑风·扬之水》里的"不流束楚""不流束薪"之类也可能是一种占卜的行为。白川静有言："因这样的预卜法是一种卜筮之故，想必似乎广行一时。纵然当作具有祈求意义是心灵共鸣，也包含了如此预卜的意义。行'摘草'、'刈玉藻'等，万叶集多此例。"①

楚辞里则这种采花折木俯拾皆是，不胜枚举，有一些是明显具有白川静所言之"预卜法"意味的。比如《离骚》之"擥木根以结茞兮，贯薜荔之落蕊。""矫菌桂以纫蕙兮，索胡绳之纚纚。""制芰荷以为衣兮，集芙蓉以为裳。"又如《九歌·湘夫人》云："筑室兮水中，葺之兮荷盖；荪壁兮紫坛，播芳椒兮成堂；桂栋兮兰橑，辛夷楣兮药房；罔薜荔兮为帷，擗蕙櫋兮既张；白玉兮为镇，疏石兰兮为芳；芷葺兮荷屋，缭之兮杜衡；合百草兮实庭，建芳馨兮庑门。"尤为突出的是《九歌·湘君》中的"采薜荔兮水中，搴芙蓉兮木末"，以及《九歌·湘夫人》中的"鸟何萃兮苹中，罾何为兮木上？"两处，均表现了行为乖张，类似缘木求鱼，以之暗示出苦待佳人而佳人不至的境地。反观两处，细细揣摩，其占卜意味较为明显。

总起来说，楚辞中占卜文化浓厚，但对于占卜结果却未见笃信。对于"结"占以及采花折木中蕴含的占卜，主人公多是引用这些芳洁植物以言己洁身自好，展现高尚情操。而对于茅占、竹占和蓍占，楚辞里的相关占卜活动中加入了更多理性的因素，体现了某种程度上的理性认识。较为集中和典型的是《卜居》，名为"卜居"而最终"端策拂龟"的卜者"释策而谢"，并未进行占卜。何也？占卜本为决疑，无疑则不必占卜。也即"君子之所以处躬，信诸心而与天下异趋。澄浊之辨，粲如分流；吉凶之故，轻若飘羽。人莫能为谋，鬼神莫能相易。恐天下后世，且以己为过高，而不知卑躬处休之善术，故托为问之蓍龟而詹尹不敢决，以旌己志"。②

---

① ［日］白川静著、加地伸行、范月娇译：《中国古代文化》，地址：文津出版社，1983年版，第71页。

② 王夫之：《楚辞通释》，上海：上海人民出版社，1975年版，第115页。

南阳屈原传说主题概说

周口师范学院文学院 唐旭东[①]

【摘　要】　在河南南阳，至今流传着很多关于屈原的传说。就其主题来说，有的传说解释有关屈原地名的由来，有的传说解释有关屈原的节日和民俗的由来，有的表达对忠臣屈原的赞美和敬仰，有的表达对迫害屈原的奸佞的痛恨，有的表达对昏王的痛恨和对其不听忠谏的惋惜和遗憾，有的表达了对屈原所走之路的看法，有的构想和阐述屈原作品的创作情境，表现了主题的丰富性和民间对屈原的深厚情感。

【关键词】　南阳　屈原　传说　主题

在河南南阳，至今流传着很多关于屈原的传说。但学界目前对这些故事传说还没有展开深入的研究，兹不揣冒昧，对其主题进行探究，以期抛砖引玉。

一、解释有关屈原地名的由来

这一方面主要是解释"屈原岗"和"回车"两个地名的由来。

（一）屈原岗

关于"屈原岗"之得名主要有四说。

（1）清宣统三年内乡县知事邱铭勋撰写的《屈原岗碑序》："士人告余曰：'此屈原岗也'。夫屈原历今几千百年矣！当时仕楚为三闾大夫，陈谏怀王，不听其言，忧郁而去。其后，楚为秦击，败北而归，道经此岗，浩然长叹曰：'使用三闾大夫，当无今日！'"[②]则邱铭勋以为此乃屈原谏阻楚怀王伐秦之岗，刘道丙、封光钊《屈原岗的传说》说同。

[①] 唐旭东，男，1970 年生，山东烟台栖霞市人。文学博士，周口师范学院文学院教师，老子文化研究院专职研究员。主要从事先秦文学与文化的教学与研究。

[②] 本文所有引文均出自张俊伟：《屈原南阳颂歌》，郑州：河南人民出版社，2012 年版，以下不另作注。

（2）封太西《屈原岗的由来》："当年楚怀王要去秦国，屈原劝他不要去。怀王不听，坐车走了。屈原就坐车赶到霄山东边的土岗上，再次劝说，'去了危险'。怀王仍不听，屈原只好坐着车，回楚国都城去了。楚怀王一去，就再也没有活着回国。当地人歌颂屈原的爱国精神，把他劝怀王的土岗叫'屈原岗'；把他转车回都城的地方叫'回车'。还在路边竖'石碑'，标明是'屈原岗'；在屈原岗上建'屈子庙'，来怀念歌颂屈原。"则封太西所讲传说将屈原岗的得名归因于屈原岗是屈原谏阻怀王前去武关会盟之地，杜金山《成语故事与南阳》"虎狼之国"条、无名氏作《屈原与南阳的渊源》、李国选《屈原岗的故事》说同。

（3）任方远《屈原岗与屈原》则曰："楚怀王不听屈原忠谏，于楚怀王二十五年（公元前304年）和秦国订立黄棘之盟。""楚国和秦国订立了黄棘之盟后，拆散了楚国和齐国为首的合纵联盟，贪心的楚怀王什么也没有得到。一怒之下先后两次攻打秦国，由于失去了合纵联盟国的支援，均狼狈败北。当进入楚国国境，路过一土岗时喟然长叹曰：悔不听屈原之言，而有此败绩。因命此岗曰屈原岗，以示铭记教训。""楚怀王三十年（公元前299年）秦王约楚怀王会于武关。朝臣力劝不可。怀王爱子子兰、靳尚、郑袖等一班奸佞之徒，力劝怀王前往。怀王听信谗言，离开楚国向武关进发。屈原从齐国归来，听到这消息，星夜兼程，追赶怀王车驾，一路上风尘仆仆，连鞋子都跑掉了，头发都披散着，也顾不上收拾这些。终于在屈原岗追上了楚怀王的车驾。屈原上前拉着怀王怀王车驾马缰，跪地泣血以谏：秦乃虎狼之国，大王不可前往，难道大王忘了之前的教训了吗？昏庸的怀王，刚愎自用，根本听不进去，反倒认为屈原这话是在揭他的短。于是让人拖开屈原，挥鞭绝尘向西而去。屈原岗周边的老百姓目睹了这泣血忠谏、催人泪下的一幕。后百姓众议，命是岗为屈原扣马岗，后渐又演变为屈原岗。"则是混说二者，但将前者不讲述为屈原谏阻怀王而讲述为屈原谏阻秦楚订立黄棘之盟，屈原岗之得名主要讲述为楚怀王悔过以铭示。

（4）常怀堂《追赶怀王作〈离骚〉》则曰："屈原坐牛车离开回车湾，途经离回车湾约八里的一个山岗，屈原下车，坐在山岗上抱头痛哭。……据西峡县志记载：屈原回车途经的一个山岗，因屈原到此而得名屈原岗。人民公社时更名为屈原岗大队，后为屈原岗村。"李国选《屈原扣马岗传奇故事·屈原扣马岗》则以楚怀王前去接收张仪许诺的600里土地为背景展开屈原谏阻楚怀王的画面，无名氏《河南南阳独特的端午习俗》说同。

关于"屈原岗"命名主体主要有两说；

（1）任方远《屈原岗与屈原》："楚怀王不听屈原忠谏，于楚怀王二十五年（公元前304年）和秦国订立黄棘之盟。""楚国和秦国订立了黄棘之盟后，拆散了楚国和齐国为首的合纵联盟，贪心的楚怀王什么也没有得到。一怒之下先后两次攻打秦国，由于失去了合纵联盟国的支援,均狼狈败北。当进入楚国国境,路过一土岗时喟然长叹曰:悔不听屈原之言,而有此败绩。因命此岗曰屈原岗,以示铭记教训。"此说认为是楚怀王自命名,目的是"铭记教训"。但其下文又说:"后百姓众议,命是岗为屈原扣马岗,后渐又演变为屈原岗。"又采取当地百姓命名的说法。

(2) 封太西《屈原岗的由来》:"当地人歌颂屈原的爱国精神,把他劝怀王的土岗叫'屈原岗';把他转车回都城的地方叫'回车'。还在路边竖'石碑',标明是'屈原岗';在屈原岗上建'屈子庙',来怀念歌颂屈原。"此说认为是当地民众命名,各传说基本都采取当地民众命名之说。

(二) 回车

除了关于孔子"回车"之说,与屈原"回车"之说有关的说法主要有两说。

(1) 陈景涛《西峡县回车地名的由来》:"秦国为了称霸天下,派张仪到楚国离间楚齐关系,许以600里土地为诱饵,条件是放逐屈原,断绝齐楚联盟,当楚怀王派使者去接收土地时,张仪矢口否认,说是六里,不是600里。楚怀王得知后,怒发大军,西征伐秦。虽经屈原多次谏劝,怀王不听仍坚持伐秦,还把屈原放逐到汉北,不让其过问朝政。当屈原听到怀王率领10万大军西征的消息后,当即从江北身骑一马从后面飞驰追来,屈原跪在怀王战车前,再次力谏怀王:'大王,我们已经上了秦国一次当,千万不能再入秦境,否则将大祸临头,请大王掉转马头回车郢都吧!'怀王令军士将屈原拉开,继续挥师西进。当楚军进入秦境后,早有准备的秦国,派大将魏章、甘茂出迎,双方激战数日,楚国大败,主将屈匄及俾将70余人被服,10万大军只剩两万。当楚军败北而归再次经过此岗时,楚怀王深有感触地叹曰:'使用三闾大夫之言,当无今日!'一年后,秦王先娶一楚国美女,后设计一个秦楚永结友好之计,邀怀王到秦地武关相会。这次又是屈原力谏劝阻,在怀王之子子兰和靳尚大夫的唆使下,怀王去到武关,被囚三年,最终死在异国。……对于这段历史的传说,开始人们并不知道此人是谁。屈原投江死后数百年,此地的人们才知道跪劝怀王的人原来是屈原大夫,人们受其爱国精神所感动,在此岗前修建一座屈原祠庙以示纪念。……地以人传,从此这个无名的小山岗正式叫屈原岗(此前也有人叫劝王岗)。屈原岗方圆大地也因屈原在此劝怀王回车郢城而留名回车。"认为回车镇得名是因为屈原于此劝谏楚怀王回车。

(2) 封太西《屈原岗的由来》:"当地人歌颂屈原的爱国精神,把他劝怀王的土岗叫'屈原岗';把他转车回都城的地方叫'回车'。"无名氏作《屈原与南阳的渊源》则曰:"岗下的古镇现在叫'回车',相传就是当年屈原叱马回车南归之地。"常怀堂《追赶怀王作〈离骚〉》则说:怀王欲赴武关会盟,屈原"追到西峡与秦国交界的边界处,仍未追上怀王,不能再向前追了,再追就进入秦国的境地了","追赶怀王已无望了,屈原只好伤心地往回走。据西峡、内乡两县的县志记载:屈原追赶怀王于西峡县边界回车，此处便得名回车湾，后更名为回车公社、回车乡。屈原在《离骚》中也写道：'回朕（朕）车以复路兮，及行迷之未远。'"都以屈原劝谏楚怀王未果或追不上楚怀王而不得不回车而得名"回车"说同。

二、解释节日和民俗的由来

（一）大端午

任方远《屈原岗与屈原》："屈原死后十日消息传到今宛西一带，老百姓为了祭祀和纪念这位伟大的爱国诗人和朋友，把这天（五月十五日）误当成了屈原的忌辰，叫大端午。举行祭奠仪式，和之前的端午节（五月五日）一样隆重。"解释了五月十五日大端午的由来。李国选《大小端午的传说》还提供了另外一些说法："五月十五日并非屈原忌日，但也相传屈原并非五月五日投江，把投江的日子传为五月十五日"，导致一些地方把五月十五日同样当成屈原纪念日。还提供了另外两种说法："另一种说法是屈原于五月五日投江之后，消息很快传开，人们纷纷划龙舟进行打捞，但始终未见屈原身影，到了五月十五日，一渔夫偶见屈原身影在投江之地漂浮，很快传递于一江两岸群众，迅速掀起了打捞屈原遗体的群众高潮，经过长时间的打捞，仍未见屈原身影。……后人把这个日子同样视为屈原忌日进行纪念。""在个别地方，纪念屈原的日子除了五月五日、五月十五日之外，还延续到五月二十五日。具体说法：人死后七天为一个周期，十天为一个旬期，而屈原殉江之后，人们都不希望屈原白白屈死，每隔十天都有无数群众江上巡逻，期望发现屈原活着，每巡逻一次，都采取同样的办法向江内投大量的食品以寄存人们希望。久而久之，形成了对屈原的纪念从五月五日一直延续到五月二十五日。"

（二）端午节习俗

（1）五月五日端午节包粽子、煮鸡蛋、炸麻叶、蒸大蒜、赛龙舟以及把粽子、鸡蛋、麻叶、熟蒜等向江心抛洒习俗。无名氏《屈原与南阳的渊源》："屈原去世后，南阳人民一直都还惦记着这位多次涉足过这片土地上的英才。每年在他去世的五月五日（即端午节），人们纷纷包粽子，煮鸡蛋，并在丹水、白水的广阔水面上赛龙舟。大家还把粽子和鸡蛋扔向江心，据说这样是为了免去江里的鱼虾对屈原身体的伤害，以表达对他的思念。"这是解释了五月五日端午节包粽子、煮鸡蛋、赛龙舟以及把粽子、鸡蛋向江心抛洒习俗的由来。李国选《大小端午的传说》则把划龙舟解释为驱赶河神，保护屈原神灵。张俊伟主编《屈原南阳颂歌》转载河南旅游资讯网《河南南阳独特的端午习俗》一文则增加了炸麻叶、蒸大蒜。说是"据传屈原投江自尽后，人们为不让其尸身遭鱼虾吞噬，纷纷制作粽子、鸡蛋、麻叶、熟蒜等精美小食品投入江中而喂之，表示抚慰忠魂的哀思与寄托。其实这也是南阳民间一种寄物言志、抒发爱国情怀的具体体现"。陈景涛《端午节之源考》则增加解释了端午节喝雄黄酒的习俗与屈原的关联:"有人还把自己船上的雄黄酒倒入江里,用药酒毒晕水兽……每年五月五日就有了龙舟竞赛、吃粽子、喝雄黄酒、吃鸡蛋、家家门前挂菖蒲以避邪恶入门。"

(2) 端午节孩子们戴五色线,戴香布袋习俗。李国选《屈原岗的故事》:"外婆……一字一板地说道:'屈原岗,屈原岗,屈原岗前劝楚王;楚王不听屈原话,灭了楚民秦猖狂。那五色线代表五种怪兽也代表着当时朝里五个奸臣,奸臣出没兴风作浪,闹得鸡犬不宁,人心慌张。恰在这时,山荒兽多,空旷田野经常有野兽出没,闹得人们都很惊慌,特别是小孩子最怕,人们没办法治理。正好屈原跪劝楚王之后被流放在咱们西峡、内乡、淅川一带,知道这事后,屈原想了一个办法,让孩子们都戴上五色线,狼啊,虎啊,啥东西一见就怕,又加上那香布袋,里边有药,兽类怕味,就不敢来吓唬孩子们,不敢兴风作浪。最先是屈原岗一带,后在内乡、淅川等楚国各地流行,再后来,为了纪念屈原,全国都兴起。意思是从小孩开始对奸臣憎恨,双手锄奸,确保人民安康,国家稳定。'"河南南阳旅游资讯网《河南南阳独特的端午习俗》则把佩戴香囊解释为"寄托着大人祈求屈大夫保孩童一年平安之企盼"。而把端午节佩戴五色线解释为:"五色线与香囊并用。五色线喻指龙筋。因为是龙伤害了屈大夫的尸身,老百姓就把它的筋抽了,缠在孩童们的手腕上、脖子上,让那些害人的家伙,不敢再伤害像屈原一样心灵贞洁的孩童们。"曹梅《话说端午节佩香囊》则这样解释:"据《初学记》中记载:汉光武年间,长沙人欧回,见一人自称三闾大夫对他妻子托梦说:'你们祭祀的东西,被江中蛟龙偷走了,以后可以用艾叶包住,五色线捆好,蛟龙最害怕这两样东西。'于是其妻就用竹筒制粽,并缠上五色丝线投入江中。后来世代相传,发展为端午节食品及五色丝线缠粽子的民风民俗。到后来,人们又用五色彩线缠、绣各种各样的香荷包。"

(3) 端午节清晨割艾。李保锋、黄彦林《端午节清晨割艾习俗的由来》:"每年的端午节清晨,在西峡县回车镇屈原岗村,总会见到许多农民忙着在田埂上挥镰割艾的身影。传说这一习俗与伟大的爱国诗人屈原和唐代的药物学家孙思邈有关。""传说屈原在屈原岗劝说楚怀王无望之时,在秦楚两国边界的田埂上徘徊。发现所骑的马因马鞍磨破马肚而流血了,就拔出宝剑,割下一捆长势很壮的艾苗,揉碎艾叶,给马止血。……屈原在农历五月初五抱石投汨罗江身亡后,楚国百姓哀痛异常,纷纷涌到汨罗江边去凭吊屈原。而位于秦楚交界的屈原岗百姓们想起屈原曾在此割艾,纷纷效仿。割艾插在门楣之上,或戴在身上,用艾条编成各种小饰物佩戴在小孩身上,达到辟邪除秽。到了唐代,药物学家孙思邈到伏牛山采药,听说战国时期楚国三闾大夫屈原曾在屈原岗扣马而谏,后割艾而去,就带着对屈原的敬仰之情,到屈原祠祭拜屈原。出于职业习惯，采集了屈原祠后边的艾叶进行药物学研究。……在孙思邈功德圆满被封为药王爷之后，还不忘在每年农历五月初五清晨到屈原岗采集艾叶，并且悄悄洒下长寿药。千百年来逐渐形成了屈原岗农民在端午节清晨挥镰割艾的习俗。"

（三）扎草人，泼滚水诅咒奸佞

李国选《屈原扣马岗传奇故事·草人丑奸》："可能是听外婆讲故事，也有亲眼所见，在豫西一带，人们利用扎草人，泼滚水方法对奸贼诅咒。一般是七七四十九天烧滚水，从草人头部往下浇，天天如此，直到天数圆满，主人方可解恨。据说，草人象征真人，在扎草人中要把诅咒的名字写上挂在其脖子上，然后用滚水烫其人，使其人皮烂肉腐，慢慢地去了灵魂，使被诅咒人死亡。相传，利用这种方法也来自汉水、浙水一带，过去平民对奸臣痛恨于无办法，就在自己的门下扎草人、泼滚水以示对奸臣的仇恨，后来演变为邻里纠纷，丢东少西，求回或求真理的一种表现方式。"当然，作者将此民俗的起源归因于民间对祸国殃民的郑袖、靳尚、子兰和楚怀王的痛恨。

（四）河里洗澡

据张俊伟主编《屈原南阳颂歌》转载河南旅游资讯网《河南南阳独特的端午习俗》一文，白河两岸的南阳人，每逢端午节，大清早便纷纷赶到白河，洗河水澡，至今仍然如此。传说河里洗澡可以耳聪目明，身体健康，无病无灾。"因为屈原是在汨罗江里以身殉国的，所以，南阳人就以此方式表示对他的凭吊和怀念。"

三、表达对忠臣屈原的敬仰和赞美

封太西《屈原岗的由来》："当年楚怀王要去秦国，屈原劝他不要去。怀王不听，坐车走了。屈原就坐车赶到霄山东边的土岗上，再次劝说，'去了危险'。怀王仍不听，屈原只好坐着车，回楚国都城去了。楚怀王一去，就再也没有活着回国。当地人歌颂屈原的爱国精神，把他劝怀王的土岗叫'屈原岗'；把他转车回都城的地方叫'回车'。还在路边竖'石碑'，标明是'屈原岗'；在屈原岗上建'屈子庙'，来怀念歌颂屈原。"讲述比较简略，但也突出了对屈原爱国忠君精神的赞美。任方远《屈原岗与屈原》："楚怀王三十年（公元前299年）秦王约楚怀王会于武关。朝臣力劝不可。怀王爱子子兰、靳尚、郑袖等一班奸佞之徒，力劝怀王前往。怀王听信谗言，离开楚国向武关进发。屈原从齐国归来，听到这消息，星夜兼程，追赶怀王车驾，一路上风尘仆仆，连鞋子都跑掉了，头发都披散着，也顾不上收拾这些。终于在屈原岗追上了楚怀王的车驾。屈原上前拉着怀王怀王车驾马缰，跪地泣血以谏：秦乃虎狼之国，大王不可前往，难道大王忘了之前的教训了吗？昏庸的怀王，刚愎自用，根本听不进去，反倒认为屈原这话是在揭他的短。于是让人拖开屈原，挥鞭绝尘向西而去。"加点文字的表述突出表现了屈原为了谏阻楚怀王而忧心如焚、心急火燎的急切心态和忠君爱国的一片诚心。"屈原岗周边的老百姓目睹了这泣血忠谏、催人泪下的一幕。后百姓众议,命是岗曰屈原扣马岗",这些表述都表现了民众对于忠臣屈原的敬仰和赞美。刘道丙、封光钊《屈原岗的传说》:"那侍从猛跨几步,上前死死拽住屈原的马缰绳,一边流泪,一边颤抖着说:'三闾大夫,你就死了这条心吧!你三番五次劝怀王,怀王不听。如果你激怒了他,什么灾难殃都会落到你头上的。'屈原在马背上大声疾呼:'为了楚国的安危,也为了天下人,什么灾难我而言不怕。你放开手吧!'话音未落,他向马背上'叭'的猛抽一鞭,那马长嘶一声,四蹄腾空,'嗒、嗒、嗒……'向岗西飞奔而去。不大一会儿,屈原就在西边的山岗上,赶上了怀王的战车。屈原翻身下马,拱手叩见怀王。怀王却怒火满腔,全不理睬,继续西进。屈原见怀王战车不停,面如冰霜,就把心一横,想到:'今儿个,即便是战车把我碾成肉泥,我也要拦住他的去路。'于是,他几个箭步,奔到怀王马前,拦在大道中央,双膝跪下,请求怀王停车。怀王没法,只得怒气冲冲地命令车子慢慢停了下来。屈原上前向怀王说:'大王,臣到此——'怀王冷笑一声,耸耸肩膀,打断屈原的话说:'你千里迢迢追赶到这里的用意,我早就知道,还不是千方百计阻拦我出兵秦国么!'屈原回答:'臣这次赶来,正是这个意思。六国为了共同抵御强秦,必须结成盟友。且不可中了秦王挑拨离间的奸计。大王这次率兵伐秦,孤军深入,臣担心——'怀王早就听厌了屈原讲的这些道理。眼下正当出兵秦国的时候,他又来半道拦车谏阻,说出这些不吉利的话,怀王不禁火冒三丈,当即喝斥:'屈原,我念你忠心保楚,因此你再三挡我的道,都没有向你问罪。谁知你不识高低,又赶来拦截战车,你,你……'屈原一心为了楚国安危,早把自己的生死置于度外。他两眼噙泪,继续说:'大王,且不可中了张仪的诡计,秦王用心何等明白,请大王三思!'怀王厉声喝道:'我这次出兵秦国,正是为了报张仪欺辱的仇恨!如果破了咸阳,一定要把他刀剁斧劈,夺回六百里疆土。'屈原又语重心长地劝怀王说:'大王如果为报此仇,轻易出兵,孤军深入,必将——'怀王忙问:'必将怎样?'屈原直言道:'必将败北。'怀王一听,勃然大怒:我今正要出兵,你竟这样口出不祥的话语,恨不能杀你祭旗!楚国将士纷纷跪下,恳求怀王饶恕屈原。可是,昏庸的楚怀王却下了一道命令,把屈原贬为平民。然后,他就驱车西行了。屈原站在高高的山岗上,手抚着挺拔的青松,眼望西去的将士,不觉流下了热泪。一想到这些楚国子弟兵,不久即将战败被杀、被俘,屈原真实心如刀绞,为楚国的江山担忧。"这一段描写,把屈原的忠诚直谏表现得淋漓尽致,字里行间对屈原满腔忠诚却被误解寄寓了深深的同情。李国选《屈原岗的故事》:"并且,传说屈原岗屈原神灵活灵活现,在屈原跪劝楚王地方后人搭了一个戏台,每年屈原忌日都要在这里唱戏,在戏台上能听到霄山顶上的回音。传说,那是屈原每年一次显灵,哀叹响彻云霄,警示后人不要相信谗言,都要忠心报国，使华夏儿女永过太平日子。"更把屈原的忠心表彰到了身后千百年。

李国选《屈原扣马岗传奇故事·屈原养伤》则通过屈原岗一带百姓救助屈原疗伤的故事表现了屈原的爱国忠心和民间对屈原的开导，如："屈原道：'怀王模糊为暂时，总有一天醒悟，楚国可救。'老者道：'心有人，人否有心，君心难测。大夫应养身蓄锐，从长计议。'在大家的劝说下，屈原同意霄山养伤，只是他放心不下楚王前去事态，并让人传信自己的旧部，让他们知道屈原还活着，屈原的志向还活着。""屈原挥泪致别，和村民道：'救命之恩，当涌泉相报，可我现在骨伤未愈，连站起来的机会都无，要没有村民相救，我冤骨葬于岗下，报国就永远没有机会了。'村民道：'屈大夫宏志众人可解，我们山村小民不能报国，也不能看着屈大夫受冤。'说罢都恋恋而去。""屈原在霄山沟内……不觉想起老者每天给他洗擦疗伤用的山艾，便叹了起来，自言自语道：'艾疗吾伤，国伤谁疗？'"一片忠心，时时流露出来。其中详细描写以老者为代表的山民们对屈原的精心照料，也体现了民间对屈原这样的忠臣的敬仰和爱戴。正像老者所言："屈大夫为民、为国肝脑涂地，早有耳闻，小民举手之劳、村民的感激之情都在情理之中。"

爱国、忠君的人也必是爱民之人，在西峡民间传说中，屈原就是这样的一个人。所以，西峡民间除了表现屈原忠君爱国壮举的同时，赋予了屈原爱民的品质，由此表达对忠臣屈原的敬仰和爱戴。像李国选《屈原扣马岗传奇故事·屈原养伤》："屈原和老者道：'霄山一带村民缺少文化，何不办学，让村民识字。'传说，最早的霄山小学就源于屈原养伤。"《屈原扣马岗传奇故事·屈原打虎》中说："屈原打虎之后，深得一方百姓爱戴，并在当地传学送歌，引起极大反响。"养伤之际，创办学校、兴办学校，暂时在野的屈原犹不忘民间疾苦，令人想起后世韩愈、苏东坡兴学之举。类似的还有《屈原扣马岗传奇故事·屈原打虎》："当地官员有请屈原为官，屈原不肯。由于报国心切，数月之后，屈原难舍难离地和这一带父老告别。随官道而行，至六里，回头见乡民山头观望；又几里，仍有乡民欢送。这一切更增加了屈原对人民的感情，对人民的热爱。……此故事也被人们演化，在纪念屈原忌日时，以某种方法颂说屈原品德，小孩的五色线被谐音为虎色线，意屈原打虎为了保护小孩生命安全，也以屈原一心为民，在朝中不怕虎威扰民，力挺保国为民主张。"王占中、闫红丽《屈原拜师》则表现了屈原对楚国烈士遗属的无私帮助，这些都表现了民间对忠君、爱国的屈原的形象的深化和对屈原忠君、爱国、爱民精神的敬仰和赞美。

四、表达对于奸臣、昏王的痛恨

（一）表达对奸臣的痛恨

任方远《屈原岗与屈原》："楚怀王三十年（公元前299年）秦王约楚怀王会于武

关。朝臣力劝不可。怀王爱子子兰、靳尚、郑袖等一班奸佞之徒，力劝怀王前往。怀王听信谗言，离开楚国向武关进发。"这些表述表现了对奸臣误国的痛恨。李国选《屈原岗的故事》："那五色线代表五种怪兽，也代表着当时朝里五个奸臣，奸臣出没兴风作浪，闹得鸡犬不宁，人心慌张。……意思是从小孩开始对奸臣憎恨，双手锄奸，确保人民安康，国家稳定。'"李国选《屈原扣马岗传奇故事·屈原扣马岗》除了塑造了屈原和楚怀王的形象，还专门塑造了奸臣靳尚的形象：怀王"正行至霄山脚下，忽后面一飞马追来，只见那人倾于马背，鞭打马屁，有马飞人舞之感觉，嘴里高喊着：'大王，张仪奸诈，休得上当受骗，请受我屈原一谏，楚可救也。'话落，屈原已到楚王辇前。楚王伸头一看是屈原，他气喘马吁，披头散发，喊声如雷，使怀王大惊，神有震车欲停，震马步缩，欲破河山之感，顿时恼羞成怒，半天喊道：'屈原疯子，你来干嘛莫不是进谏破秦策略，我意已决，你快快回吧'屈原道：'大王应以楚国为重，不可轻信奸佞小人，坏我楚国大事。秦国狡诈，必有阴谋。'说着，马紧靠辇车，有逼马停道之意，使辇车颠簸，楚王很不痛快，并厉声道：'疯子胆敢拦驾，就不怕死吗？'屈原道：'我死国存，楚之大幸。'正在这时，靳尚纵马而回，来到屈原面前，和楚王道：'秦赠我贵地，扩我疆土，是大王之荣幸。而屈原咄咄逼人，飞马而来仍是说小话，实没把大王放在眼里，大王对屈原仁，屈原对大王不仁，坏我大王之兴事，实不可忍，望大王决断。'屈原道：'靳尚你为楚人，却不为楚人着想，你心知肚明，明知秦人用心，不但不予揭破，还想着帮秦人说话，何惧用心？'靳尚勒马回楚王后辇，催辇车马不停蹄，而屈原看着楚王无意停车，就紧前几步，飞下马来，拦住马路，使辇车缓缓欲停。靳尚仍在催马，屈原手扣马缰，身倾于马头之间，过力强拦，使辇车横路而停。屈原立马跪地，面呈连齐救楚策略。大王听了，愤愤道：'屈子此来，是弱楚助齐，坏我秦楚友好，该当何罪？但念你过去有功，且不与你计较，如再三阻拦，不可轻饶。'屈原道：'大王若能悔意，我楚之兴；大王若能破张仪之骗术，我楚之胜；大王若能连齐抗秦，弱奸用能，我楚必盛。楚国虽然连年征战，国伤重重，是用人不当，听信谗言，才使秦视我楚内耗争权夺利之孔而钻。只要我们连齐盟六国，秦之强也非奈我。秦不入，国则无战，民生产，国强胜。强，秦则颤；弱，秦则欺，国人永无安宁。大政方针不定，我楚百姓苦也，望大王三思。'屈原话音刚落，靳尚在一旁吼道：'大王，六百里还要否？'一提六百里，大王一挥手，靳尚马后一鞭，使得战马腾空而过，屈原倒地，辇车从屈原身上压了过去。大王头也没回，就洋洋而去。其他士兵在靳尚的指挥下，后面的战马都从屈原身上越了过去。"之所以塑造奸臣靳尚的形象，实是出于民间对奸佞的痛恨，虽然这一形象尚不够生动细腻，但通过其添油加醋，挑拨是非，蛊惑怀王的话语，这一形象也还是能够在一定程度上表达民间对奸佞的痛恨的。之所以这一形象比较单薄，此以为跟历史上关于靳尚的资料太少有一定关系。《屈原扣马岗传奇故事·屈原养伤》也有一段关于靳尚说屈原坏话的叙述："此事（指屈原打虎）传于朝廷，顷襄王得知，感叹不已，道：'屈原能文能武，这是人才难得。'靳尚却道：'屈原老虎都敢打，说明他死都不怕，用其人等于引虎入朝，今后楚还有好日子嘛？'"

最能表现豫西民间对奸佞的痛恨的是李国选《屈原扣马岗传奇故事·草人丑奸》："传说于豫西一带民众得知屈原可惨可叹背景，无不对奸臣深恶痛绝，恨不得扒其皮，吃其肉，吸其骨髓。但由于无力表现，不能解其仇、其恨，只在嘴里骂骂。后……秦兵追至，一场大战，怀王等人被俘，押至秦都路上。村民知道此事，纷纷传告，并在屈原进谏的地方扎很多草人，表用纸糊，重墨涂彩，以人画像，以像标名，让路人皆知。怀王被俘路过，只见官道路边并站两行文武官员，身穿朝服，花绿虎彩，状鬼不鬼、人不人，有如同兽般；有如同妖魔鬼怪，长舌发散；也有如同奸佞小人，点头哈腰，曲膝舔舌。怀王一见怪物脖子下还挂着大牌，上书着郑袖、靳尚、子兰等朝中大臣。便大惊道：'郑袖、靳尚、子兰这等模样为何？'一老者应许道：'奸臣之言，大王可记得？'怀王不懂，老者又道：'忠奸不分，可知谁人所为？'怀王自知羞愧，有难言之语，老者又道：'当君王应想的是朝中大事，就像当一个人，干人事不干鬼事才叫人事。如今，当人的终极不做事，常常议论别人做事，不做事的人有怕别人做事，一心眼争权夺利，排挤他人，给国家引上绝路，而拿着高官俸禄却不做人事的人，这种人是不是奸臣？那些不识忠奸，不听忠言，不分青红皂白，不纳能用贤，听小人所言，贪一私之利，不顾江山社稷，不顾人民，这样的人该不该诅咒，该不该脸上浇滚水，使他无脸见人，该不该千古唾骂？该不该让路人皆知？'"一番痛骂，寄托了民间对奸佞和昏王的深恶痛恨。后面的一段则直接描写奸臣面对自己的丑相和老者的训斥表现的丑态："靳尚领着一干人又路过此地，看到自己的丑相百态，心里很不高兴。正在犹豫间，一人忽然拦住去路，厉声喝道：'奸臣休走，还屈原公道乎！'靳尚心惊肉颤，一阵六神无主的样子，他看了一下此人，又是那位老者，心里也就放心了，道：'老者指教。'老者道：'诬陷忠良，害我楚民，知道不知道你会被历史唾骂？'靳尚无语，老者又道：'按理以其人之道还治其人之身，你鞭打辇马，车压屈原，本该以礼还礼，让车从你身上压过，愿你悔过自新，重新做人，谏顷襄王重振楚国，只让你背起草人回朝负荆请罪，也好给后人交代。'说完，逼靳尚自行扛起自己的丑相，老者一干人看后呵呵大笑。"表现出了民间对奸佞的痛恨和对他们内心虚弱本质的认识。当然，后文写靳尚回朝不敢说屈原进谏却对老者的训斥耿耿于怀，把怨气全部集中到屈原身上，说屈原的坏话，导致屈原再也没有尽忠机会被迫投汨罗江而死，说明了民间对奸佞怙恶不改的本质的清醒认识。正像该文结尾所言："屈原忠心爱国，又是伟大诗人，得到人们的敬仰。在纪念屈原的同时，也表露了人们对腐败怀王的憎恶，对靳尚等奸臣的痛恨。由此，人们又习惯用草人泼滚水办法，诅咒奸臣不得超生，就出现了草人丑奸传说。"豫西西峡一带将批判奸佞的矛头都指向靳尚,而对郑袖、子兰却几乎无所表现,确实是个值得研究的问题。

(二) 表达对昏王的痛恨和对其不听忠谏的惋惜和遗憾

封太西《屈原岗的由来》:"当年楚怀王要去秦国,屈原劝他不要去。怀王不听,坐车走了。屈原就坐车赶到霄山东边的土岗上,再次劝说,'去了危险'。怀王仍不听,屈原只好坐着车,回楚国都城去了。楚怀王一去,就再也没有活着回国。"从加点的文字中不难看出其中流露出深深的惋惜和遗憾之情。杜金山《成语故事与南阳》"虎狼之国"条:"秦国怕齐、楚联合,派张仪出使楚国。昏庸贪心的楚怀王断绝了与齐国的友好关系之后,又受到张仪的欺骗。楚怀王一怒之下,便匆匆发兵攻秦,反而被秦国打得大败。楚国只好向秦国割地求和。有一次,秦昭王请楚怀王到秦国商谈结盟诸事,屈原知道后,竭力反对,并在南阳内乡(今属西峡)一道山岭处拦住了楚怀王,他扣马而谏:'秦国乃虎狼之国,不可信,不如勿行。'可是楚怀王不听苦谏执意前往。屈原仰天长叹,忧郁而归。其结果是楚怀王听信谗言,身入虎狼之国,被扣受辱,客死于秦。"对楚怀王不听劝谏表示了深深的遗憾和惋惜,对楚怀王的贪婪与昏庸流露出一定的愤慨之情。值得注意的是,有三则传说都提到了楚怀王的感触和后悔,实际上这也是表达了民间对于楚怀王不听劝谏导致失败的惋惜和遗憾。任方远《屈原岗与屈原》:"楚国和秦国订立了黄棘之盟后,拆散了楚国和齐国为首的合纵联盟,贪心的楚怀王什么也没有得到。一怒之下先后两次攻打秦国,由于失去了合纵联盟国的支援,均狼狈败北。当进入楚国国境,路过一土岗时喟然长叹曰:悔不听屈原之言,而有此败绩。因命此岗曰屈原岗,以示铭记教训。"陈景涛《西峡县回车地名的由来》:"楚怀王得知后,怒发大军,西征伐秦。虽经屈原多次谏劝,怀王不听仍坚持伐秦,还把屈原放逐到汉北,不让其过问朝政。当屈原听到怀王率领 10 万大军西征的消息后,当即从江北身骑一马从后面飞驰追来,屈原归在怀王战车前,再次力谏怀王:'大王,我们已经上了秦国一次当,千万不能再入秦境,否则将大祸临头,请大王掉转马头回车郢都吧!'怀王令军士将屈原拉开,继续挥师西进。当楚军进入秦境后,早有准备的秦国,派大将魏章、甘茂出迎,双方激战数日,楚国大败,主将屈匄及俾将 70 余人被服,10 万大军只剩两万。当楚军败北而归再次经过此岗时,楚怀王深有感触地叹曰:'使用三闾大夫之言,当无今日!'"无名氏《屈原与南阳的渊源》:"当怀王西行至武关时,才知道中了秦国的奸计,便起身追赶屈原,来到了那个'叩马而谏'的地方,连呼三声'三闾大夫',那声音悲凉哀怨。可一切都已晚矣,秦兵已断其归路,怀王被俘,最终客死于秦。"任方远《屈原岗与屈原》:"果不出屈原之所料,楚怀王一入武关,便被秦国扣押,解送咸阳。一度逃脱又被秦国抓回。三年后终至客死秦国。遗恨绵绵。"也对楚怀王不听劝谏最终客死秦国的结局表示了深深的遗憾和惋惜。

但是任方远之文对楚怀王的批评也是显然的:"昏庸的怀王,刚愎自用,根本听不进去,反倒认为屈原这话是在揭他的短。于是让人拖开屈原,挥鞭绝尘向西而去。"这些表述就增加了对楚怀王的昏庸和忠奸不分表示了痛恨。刘道丙、封光钊《屈原岗的传说》、李国选《屈原扣马岗传奇故事·屈原扣马岗》则对楚怀王的暴躁、昏庸、固执、迷信进行了生动细致的表现,寄寓了民间对楚怀王的批评。

五、表现对于屈原所走之路的看法

李国选《屈原扣马岗传奇故事·屈原养伤》表现了民间对屈原所选忠谏之路的看法:"屈原看老者很有文化,便问道:'老者不言姓名,但却很有志向,何不出山为国效力?'老者又笑道:'为事者必走正道,则为民,则为国,不则为个人;为天者却不为天,志士何用?霄山龙泉,能为民求雨造福,山中珍宝,能疗于平民百病,隐山为民,兴张侠义,足了。'"从中可以看出民间对于屈原所走爱国忠君之路的看法。应该来说,这种认识差异代表了士大夫和民间不同的人生价值取向。

六、构想和解释屈原作品的创作情境

如无名氏《屈原与南阳的渊源》:"当屈原到此地后,凭吊了丹淅之战的主战场。眼望着昔日的战场,他不仅思绪万千:他想到当初怀王若是能听从他的忠言,也不会遭此惨剧。毕竟数万楚军将士在此流下了最后一滴血啊!这怎能不让自己怀念他们呢?想到此便奋笔疾书写下了那不朽的名篇《国殇》:'操吴戈兮被犀甲,车错毂兮短兵接;旌蔽日兮敌若云,矢交坠兮士争先。'以此来祭祀那些为国牺牲的楚国将士。"一般认为,作为《九歌》之一的《国殇》创作于南楚沅湘流域,未必创作于此种情境之下,但民间的百姓宁愿相信它就是在此情此景下创作的,并把这种创作描述得惟妙惟肖。在这方面更典型的是常怀堂《追赶楚王作〈离骚〉》:"我并不怨恨楚怀王对我的逐放,而是更担心怀王的安危、楚国人民的安危。正如他在《离骚》中写的那样:'岂余身之惮殃兮,恐皇舆之败绩!'、'荃不察余之中情兮,反信谗而齌怒。'""此时,屈原也深感绝望,这使他对那些陷祖国于灭亡而不顾、为百姓制造灾难的奸党上官大夫靳尚、令尹子兰和南后郑袖愤恨到了极点。他指着秦国的地界说:'怀王啊,你受骗入秦,还能回到楚国吗?你走了,楚国怎么办?楚国的百姓怎么办?'于是,他仰天长叹:'长太息以掩涕兮,哀民生之多艰!'追赶怀王已无望了,屈原只好伤心地往回走。……屈原在《离骚》中也写道:'回联(朕)车以复路兮,及行迷之未远。'屈原坐牛车离开回车湾,途经离回车湾约八里的的一个山岗,屈原下车,坐在山岗上抱头痛哭。他想使楚国强盛的抱负无望了,他的'亡秦必楚'的愿望也成了泡影。于是,他悲愤地高喊：'国无人而莫我知'。屈原坐在山岗上，久久不肯离去。他在思考如何尽快把怀王从秦国救回来的办法，使楚国免遭灭亡之灾。他在《离骚》中写道：'路漫漫其修远兮，吾将上下而求索。'心系怀王安危、心系楚国安危的屈原，为了尽快让楚国派人入秦接回怀王，于是，他星爷不停地赶回郢都，冒死向顷襄王进谏，要求顷襄王火速派人入秦接回怀王。他对顷襄王说：'我要求接回怀王的心是不会改变的'、'虽体解吾犹未变兮，岂余心之可惩'、'亦余心之所善兮，虽九死其犹未悔'、'宁溘死以流亡兮，余不忍为此态'"反映了民间对屈原作品创作情境的丰富想象。